私のデビュー作であり
最長の物語です。よき旅を！

這是我的出道作，也是最長篇的故事。
希望各位能享受這趟美好的旅程！

淺倉秋成

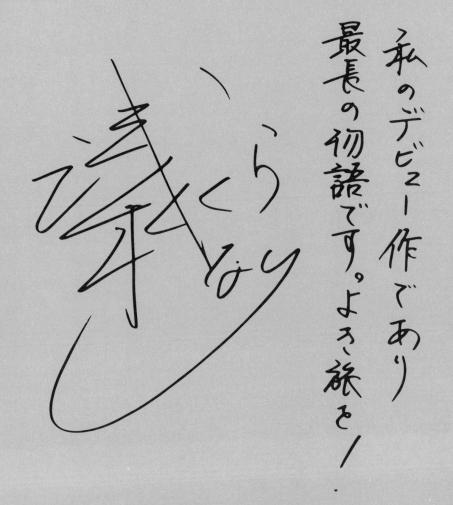

黑色亡魂

ノワール・レヴナント

淺倉秋成
Akinari Asakura

高詹燦——譯

目錄

那東西交給你保管。
在時候到來前，你可以隨意使用。
不過，等時候到來，
請和我合作。

如果時候到來，
你不願意和我合作的話，
你將會——

有點長的序言

雙份濃縮咖啡、蕭邦、
名言、「85」的背後數字

大須賀駿♣

我太大意了。

這就像是將茶壺放在爐上燒，大門也沒鎖，就這樣跑到關島旅行，當真是太大意了。

這想得出幾個原因，第一，都是那快把人煮熟的炎熱天氣的錯。可能是我住在那連冷氣也沒有的便宜公寓，猛烈的悶熱不知不覺間奪走了我的聰敏和活力。從拿筷子進食的動作，乃至於換制服、刷牙，我所有動作都變得龜速。現在回想，確實有這種感覺。

第二，結業式不該是今天。我似乎認為，結業式這種活動，在重要度上遠遠比不上平時的授課。就是大家在體育館裡集合，領取通知表，抱著憂喜夾雜的心情返家。這是我對結業式的認知。不過，雖然我無法認定這就是最直接的原因，但因為多少有點關係，所以我的動作變得更加緩慢，看時鐘的次數自然也隨之減少。這是我內心怠惰的展現。

不過，這始終都是我根據結果，事後展開驗證式的思考所想出的原因，從起床一直到現在，我以為自己完全照著時刻表在為上學做準備。也就是說，我太相信自己的生理時鐘了。

不過，講了這麼一長串藉口，就在此打住吧。總結來說，在我聽到母親的叫喚前，我完全沒發現事態的嚴重性。

「你還不出門啊？」

坐向餐桌，悠哉喝著麥茶的我，抬頭望向時鐘，忍不住發出「噢！」的一聲驚呼。

八點九分。

換作是平時，這時間我早已出門，踩著自行車朝學校而去。那令人絕望的時刻，令我全身被一股難以言喻的寒氣緊緊包覆，全身的血氣像急速退潮般不斷流失。

我急忙將麥茶一飲而盡，擺在和室裡的書包拿了就走。我拿在手中的書包，與平時相比，感覺輕盈得不太自然，我一時感到有點不安，但這不是什麼大問題。因為今天是結業式。不用帶便當，也不用帶課本，書包裡的東西當然少。我急忙轉身朝玄關奔去。

母親朝慌慌張張的我瞄了一眼，靜靜地洗著餐具。她繫著一條花樣簡樸的圍裙，為了配合高度不合的水槽，微微弓著背。

每次從母親身旁經過時，我都會稍微放慢速度，朝母親背後望一眼，這已成為我平日的習慣。就像確認時間一樣，就只是若無其事地瞥一眼，但是得看得又快又準，絕不能看漏。

對我來說，這是很重要的儀式之一，就算快遲到了，也絕不會隨便帶過。這並不是因為我特別喜歡看母親的背影，或是從背影中感受到母親難以言表的偉大，不是因為這種觀念上的原因，而是有個極為實際的緣由。

我母親背後寫著數字。不過，並非只有我母親。每個人的背後都寫著數字。至少我看得到。

而今天母親背後浮現的數字是「49」。

嗯。我暗自點頭。

這數字差強人意，算不上好，也不算壞。雖然這絕不是看了會感到高興的數字，但也沒必要看了心情低落。因為這個數值並非一般的分數，說起來比較像是偏差值[1]，所以「49」算在安全範圍內。應該會是平安無事的一天。

在此，為了母親的名譽著想，我得先澄清一點，這不是她的年紀（我母親比較年輕一些）。

確認過這點後，我再度加速衝向玄關，腳套進學生皮鞋裡，以腳尖朝地面一蹬。接著我懷抱著些許期待，朝裝設在餐廳和客廳中間的傳統掛鐘望了一眼，這姑且也算是一種儀式。時間是上午八點十一分。很遺憾，我沒看錯，不管我看再多次，它都是指向八點十一分。嗯，這下不妙。

我再次確認過自己身陷危機後，伸手搭向大門的門把。

「我出門嘍！」

母親轉動水龍頭，把水關緊。「路上小心。午餐要自己找地方打發哦。」

「我知道。」

我比平時更加用力地打開門，表現出心中的焦急。在此同時，早已守在門外的夏日豔陽，刺眼地照向我的臉龐。在耀眼強光的包覆下，我反射性地瞇起眼睛。

「哦？早安啊，阿駿。現在才要上學啊？」

我就像要撥開陽光般，望向聲音傳來的方向，確認門外的走廊上站著一名男子。即將三十歲的年紀。理得很短，給人潔淨感的頭髮，配上深邃端正的五官。是隔壁二〇一號房的田中先生，對我來說，個性爽朗的成年人，就是像他這樣的人。

關上房門後，我簡短地向他問候。

「早安。你現在去上班嗎？」
「不不不……」
田中先生如此應道，緩緩擺了擺手，否定我的說法。
「因為我提早放暑假。想出去走走。」
「這樣啊……」
在我說這句話的同時，隔壁二〇一號房的房門發出一聲低調的聲響，門就此開啟，走出一名女子。是田中先生的太太。不過，我寫「太太」會給人大嬸的印象，但田中太太才二十五歲左右，給人的印象比較像「大姊姊」。一頭紅褐色的蓬鬆頭髮，配上彷彿直接就能登上女性雜誌封面的出色穿搭，顯得閃亮動人。
「哎呀，阿駿，早安啊。」
田中太太看到我，同樣以完全不輸她先生的爽朗笑臉向我問候。為了不輸給他們，我也盡可能爽朗地向她問候。
「真是的……」她丈夫自言自語道。「明明沒必要一大早就出門的，真受不了。好歹讓我悠哉地享受假日生活嘛。」
田中太太似乎不太服氣，微微鼓起腮幫子。
「這個人老愛這樣抱怨。既然要出門，當然愈早愈好啊。因為這麼一來，一天的時間

1.日本的偏差值是用來衡量升學時考生的分數排名。排名正好位於50％的學生偏差值定為50。偏差值越高，表示學生的分數排名越前面，容易進入好的高中或大學。

就會增長，對吧？」

田中太太略微偏著頭，尋求我的附和。她的大波浪捲輕飄飄地在空中擺蕩。對此，我以不置可否的含糊笑臉回應。

不過話說回來，明明是這種大熱天，田中夫婦卻一滴汗也沒流，像風鈴一樣散發清涼的能量。拜此之賜，我的體感溫度也神奇地下降兩度左右，心中略感暢快。

但我完全沒這樣的從容，可以讓我沉浸在這種愉悅氣氛下輕鬆悠哉。冷靜想想，我現在可是深陷在前所未有的危機中啊。

「對了！我快遲到了。抱歉，我先走一步。」

「好。路上小心。」田中先生展現燦爛的笑容。真的很爽朗。

「請好好享受兩人的約會。」

「哈哈。如果能享受的話，我會好好享受的。不過坦白說，這可是比上班還累人呢。要四處奔走，小心侍候公主，避免惹公主不高興，難度僅次於司法特考啊。」

「你為什麼這樣說？」田中太太問。

我斜眼瞄著互相調侃的兩人，向他們道別後，從他們身邊通過，往樓梯而去。

這時，田中先生背後的數字映入我眼中。

那是以細明體寫成的兩位數字，大小和車牌差不多。嚴格來說，與其說是寫在背後，倒不如說是浮現在離背後數公分高的地方。若是換個不同的看法，也很像是背號。

田中先生的背後寫著「61」。

想到他是在假日陪漂亮妻子出外約會一天，展開很棒的活動，便覺得這也是理所當然，但想到剛才田中先生的言行，我覺得有點滑稽，忍不住嫉妒起來。嘴巴上說「累人」，但背後的數字卻很老實。

我忍不住向田中太太告狀。

「田中太太，妳先生嘴巴上那麼說，但他其實很期待今天的約會，請妳放心。」

田中太太表情沒任何變化，只回了一句「是嗎……」，向她先生投以打量的視線。

我馬上叮囑一聲「我說的準沒錯」，接著一口氣衝下樓梯。長滿紅鏽的鋼筋樓梯，就像在強調它很脆弱般，每走一步就微微搖晃一下。

我繞往公寓後方，從單車停放處牽出我的單車。將書包拋進置物籃後，迅速跨上車。接著我使勁踩向沉重的踏板，緩緩往前騎。

「路上要小心哦！」

我抬頭仰望，看到田中太太從二樓走廊朝我揮手。我右手握住把手，用左手向她揮手回應。

田中先生也在一旁露出柔和的笑容說道「阿駿，你幹嘛那麼多嘴啊」，朝我揮手。想必是被我說中了。真是個可愛又爽朗的人。我朝田中先生揮手，更加用力踩向踏板。

我住的公寓逐漸遠去，單車騎進總武線沿線旁一條沒什麼車的道路。

平常疏於保養的生鏽鏈條，因許久不曾這樣全速運轉，馬上便開始發出卡啦卡啦的悲鳴。儘管如此，我還是毫不留情，像是以虐待為樂般，持續踩著踏板。我可不想遲到。

我騎著單車，以飛快的速度一路劈開那溼度飽和，令人備感不適的夏日空氣。當我以平時一點五倍的速度疾馳時，瞬間全身飆汗，制服像保鮮膜一樣緊貼著肌膚。儘管如此，我還是無暇放慢速度。

幸好我選的這條通勤道路向來行人少，紅綠燈也少，只要我有心，全力疾馳，應該能即時趕上。我咬緊牙關，在體力所及的範圍下持續加速。

我騎了好一會兒，運氣不好，被為數不多的其中一個紅綠燈攔下。我利用等紅燈的時間，調整零亂的呼吸，並從口袋裡取出手機，確認時間。現在時間是八點二十一分。離典禮開始還有九分鐘。這樣或許趕得上。

我在心裡如此鼓舞自己，再度踩向踏板，和其他行人一起等候綠燈亮起。

但燈號遲遲不轉為綠燈。這個紅綠燈的紅燈時間設得特別長嗎？或者只是因為我心裡焦急，所以等紅燈的時間感覺比平時還長？不管怎樣，此刻我急得猶如熱鍋上的螞蟻。

正當我對眼前這等候特別久的紅燈感到焦急時，突然傳來某人的咂嘴聲。咂嘴的人，是在我右手邊一同等候綠燈，身穿藏青色西裝的中年男子。男子一手拿著手機，明顯面露不悅之色，不時拿著手帕擦拭額頭滴落的汗水。他的不悅，是針對夏天的酷暑？手機傳來的壞消息？或者和我一樣，是針對這等候過久的燈號（或者全部都是？）？雖然無法確定，但男子眉間深邃的皺紋，清楚表明他不悅的程度。

我忍不住望向那表現出如此極端情感的人，目光移向他背後。這或許是我的壞習慣。我盡可能不露聲色地慢慢讓單車往後退，窺望男子背部。

男子藏青色西裝上浮現的數值，是「39」。

雖然這是別人的事，和我無關，但看了還是覺得心情沉重。因為「39」算是相當低的數值，破了最近的最低紀錄。這種情況並不常見。

我為男子的這天哀悼，心中默默為他祈禱。說來慚愧，我也只能做到這樣。就某個層面來說，這是早已註定好的事，就算我提供他什麼建議，數值也絕對不會產生任何變化。

當我默禱完畢時，燈號已轉為綠燈。我急忙重新踩上踏板，用力踩下。話說回來，我自己也不該大意。因為此時身處在遲到危機下的我，也許背後浮現的數值只有30幾（不過，我自己的數字就算透過鏡子也看不到）。

如果往回追溯，我記得是四年前暑假的事。我猛然發現人們的背後會浮現數字。真的突如其來，沒任何預告，也沒任何前兆（雖然在前一天晚上發生了像天啟般的情況。不過，這件事目前還是先別提吧）。

總之，從我的家人、朋友，乃至於路邊擦身而過的人，我都可以看見他們背上浮現的數字。

當我開始可以看見數字時，我完全猜不出數字所代表的含意。雖然也曾想過要找人談這件事，但我覺得恐怕無法得到滿意的回答，事實上，我跟幾個朋友以及大人們說過這件事，但馬上換來一陣訕笑。總之，在我明白這數字代表的含意前，我每天都納悶不解。

不過，雖然從那之後已經過了四年，但一直沒人針對這個數字向我解說它的含意，所以它是否真像我自己給它的解釋那樣呢，其實我有點不安。不過，就大部分情況來說，應該和我的解釋沒太大差異。因為從我可以看到數字至今，已經有四年之久，我每天都和這些數字打交道。我有相當的自信。

這數字可能是顯示出這個人今天一整天的幸運等級。簡單來說，可以說是「幸運偏差值」，或是「幸福偏差值」。

這個數值就是偏差值，所以基本值是「50」。這表示沒特別幸運，也不算走楣運。很平凡無奇的一天，這就是「50」。數值愈高，就愈幸運、幸福。如果數值低，就是走楣運、不幸。簡單來說，就是這麼回事。

因此，我母親數值「49」，真的只算是稍微不走運的一天。而數值「61」的田中先生，則會有很快樂的一天（約會對田中先生來說，一定是很幸運的活動吧）。而數值「39」的剛才那位中年男子，恐怕會是相當悲慘的一天。再簡單明瞭不過了。

如果要舉更多過去的例子，像宣布高中錄取學校的那天，我的朋友和樹出現「67」的數值，結果考上錄取門檻很高，大家都說他不可能錄取的高中，而國三那年春天，田徑社的土屋在體育課進行地墊運動時扭傷腳踝，就此無法在夏天的綜合體育大賽中上場，那天他背後的數字是「32」。總之，例子多得舉不完。不管是好是壞，我就是看得到這些數值。

就算不想也看得到。

儘管處在這種背負著遲到風險的窘境下，我還是忍不住邊騎單車，邊望向從身旁掠過的人們背後。身穿套裝的粉領族「52」，跑來跑去的小學男童「48」，他身旁的小學女童「55」，制服和我不一樣的別校男高中生「46」。

大致上都和基本值「50」不會相差太多。這算是常態。

幸運以數值的形態呈現在我面前，所以我沒辦法不去留意它的存在，但是就當事人來說，「45」到「55」的差距，可能是無法感覺出的差異。幸運的日子和不走運的日子，只有微乎其微的差距。大家都在無意識下，毫無自覺地過著平凡的一天。

正當我思考著這個問題時，學校已出現在我前方的視野中。

坐落在千葉縣千葉市美濱區一處幽靜住宅街，一所再平凡不過的公立高中。雖然我並不出色，也不聰明，但也不至於被人稱作是笨蛋。這就是我敬愛的母校。

我穿過校門，才剛將單車停向單車停放處，鈴聲便無情地在我耳畔響起。鈴聲伴隨著沉重的絕望感，傳進我心裡。就像在嘲笑我的努力般，我這下確定是遲到了。

儘管如此，我還是急忙衝進校舍，盡可能不發出聲響，緩緩打開二年一班，也就是我們班的後門。我探頭確認裡頭的情況。

「嗨，大須賀同學，你遲到嘍。」

面對導師那機械式的對應口吻，我面露低調又靦腆的笑容，當中夾帶著反省的意味。周遭傳來陣陣竊笑聲。我們班上的導師年近五十，雖然是個大男人，但聲音卻出奇的輕細，他在點名簿上記下我的遲到紀錄。

我一面說「對不起……」，一面走向教室後方從窗邊數過來第二排的座位。有幾個同學嬉皮笑臉的衝著我笑，並投來既友好，又帶點嘲諷的目光，就像在說「你遲到嘍」。不過除此之外，倒是平安無事，我這才得以馬上加入早上安靜的導師時間。就座後，我將書包擺在課桌旁，這才鬆了口氣。雖然遲到，但幸好不是多嚴重的遲到。那麼晚才出門，可以在這個時間趕到，已經很不簡單了。

「你為什麼會遲到？」

小聲向我詢問的，是坐我隔壁的岩渕。岩渕那天生不帶情感的眼瞳望著我。

我回了她一句「我也不知道」，面露苦笑。「當我發現時，已經快遲到了。」

「嗯～真奇怪。」

岩渕說了這麼一句後，可能是原本就對我遲到的理由不怎麼感興趣，她馬上轉為面朝前方。沒辦法，她就是這樣的人。她背後的數字向來也都會控制在「49」到「51」內，是一位個性冷酷的人（她今天的數值是「50」）。

為了靜靜地等候制式化進行的導師時間結束，我的視線也從岩渕臉上移往前方。

當然了，這時我完全沒料到會有什麼在前方等著我，我在毫無防備的情況下望向正前方。完全沒做好心理準備。

這時我感受到的驚訝，或許足以和想到地動說的哥白尼，以及親眼目睹蘋果掉落的牛頓匹敵。

「噢！」

我在安靜的教室裡，不由自主地大吼一聲。這聲音肯定一路越過二班，傳到了三班去。在驚訝的推動下，我微微從椅子上站起身，採半蹲的姿勢。

教室內眾人的視線一時間全往我身上匯聚。對於班上某個同學的怪聲大叫，所有人臉上都浮現滿是疑問、驚訝、納悶的神情。

除了我之外，所有人都滿頭問號，老師代替眾人向我詢問。

「咦，大須賀同學，你怎麼了？」

我恍神了好一會兒後，只回了一句「……不，沒事」，便就此坐下。老實說，沒事才怪。有幾個同學對我出言調侃，逗笑大家，但全都傳不進我耳中。我沒理會那些無聊的玩笑話，用力眨了幾下眼睛，加以確認。

我沒看錯。

就像今天早上我重新看了幾次時鐘，但時間都沒改變一樣，現在出現我眼前的畫面，不管我重看幾次，也都完全沒改變。

我不由自主地悄聲低語，聲若細蚊。

「……啥，85？」

就在我的左斜前方。

是一頭黑髮綁成雙馬尾的女孩。

除了水汪汪的一雙圓眼外，其他部位都很小巧，外觀給人可愛中帶點稚氣的印象。她很少會突顯自我，總是怯生生的模樣，個性消極內向。是少數和我國中同校的同學。真壁彌生。

她背後確實清楚地浮現「85」這個數字，這對我來說簡直就像天文數字啊。以前我在海濱幕張意外發現一位頭髮花白的陌生大嬸，她一直保有「73」這個世界最高紀錄（我個人的調查），此刻在我面前又出現了一個前所未見的數字，大幅刷新了那項紀錄。

我還是不敢相信，再次緊緊閉上眼睛後張開。

「85」

果然，不管我再怎麼看，都一樣是「85」。

我就像瞻仰日全食或極光這類的魔幻景象般，緊盯著彌生的背後出神。甚至覺得只要我稍微移開一下目光，她就會像野生動物遇到天敵一樣，以驚人的速度逃離現場。

「喂，彌生。大須賀同學從剛才起，就一直緊盯著妳瞧哦。」

因為岩渕突然在一旁插嘴，我一時心急，以高八度音憨傻地叫了一聲「咦！」岩渕不帶半點嬉鬧的意味，極為制式化地向彌生打小報告。

彌生聽了，惴惴不安地轉頭望向我。可能是因為既驚訝又緊張，感覺她臉紅了，臉上浮現類似畏怯的神情。接著，她那雙與她個性完全相反，看起來好像有很多話想說的水汪汪大眼，捕捉了我的身影。

我急忙為自己辯解。

「不……我不是盯著她瞧，我只是……該怎麼說好呢……」

「你喜歡彌生嗎？」岩渕打斷我的發言，仍是那一貫的表情，向我問道。始終都不帶任何情感。

岩渕腦中似乎完全沒預想到，自己的提問會帶來怎樣的後果。想必對自己這樣的討論有多跳 TONE，也沒半點自覺吧。

正當我為了該如何回答這個敏感問題而傷腦筋時，突然被捲入這場風暴中的彌生漸漸變得滿臉通紅。這時候反而是彌生一句話也說不出來。

彌生的臉紅得像紅燈籠一樣，筆直地注視著我的眼睛，窺探我的反應。見彌生這麼慌亂，我的心也不由自主地跳得又快又急，但這時候不能退縮。我得想辦法用平靜的方式打破眼前的沉默才行。

但腦中演算的各種回答範例，都無法順利通過腦中的審查，陸續遭到刪除。到底該怎麼回答才好？

「到底喜不喜歡？」

「有了，岩渕同學。我們這麼辦吧。現在這種情況下，喜不喜歡這個問題先擱一旁，妳原本想問的，是我到底有沒有望著彌生的背後才對吧。不能擅自更換討論主題。嗯，沒錯。……當話題談得正熱絡時，談話內容牽扯到其他方向，這樣會造成解決根本問題的時間延遲，而且……該怎麼說呢，感覺很欠缺生產性……因此，我們現在該做的，是回歸這個問題……好痛！」

我感到頭部傳來一陣痛楚。轉頭一看，只見老師單手拿著像是用來當凶器的點名簿注視著我。

「大須賀同學。你遲到，又發出怪聲，這樣還不夠，現在還一直講話，該處以極刑。」老師的眼神無比冰冷。我馬上低頭道歉。

「對、對不起……」

「算了。今天就暫時緩刑。請在進行結業式的時候別發出怪聲。」老師清咳一聲。「那麼，各位同學，導師時間到此結束。請大家迅速前往體育館。」

老師說完後，教室裡的學生們慵懶地站起身，開始往體育館移動。就像要順著教室裡流動的人潮移動般，岩渕也站起身，開始快步離開教室。她應該是原本就對提問的內容不感興趣吧。既然這樣，她不如別問。

我呼出原本充塞在體內的緊張和慌亂的濁氣，仰身靠向椅背。然後朝仍舊全身僵硬，還無法從椅子上站起身的彌生，簡短地說了幾句話致歉。

「呃，真的很抱歉。感覺……好像把妳扯進風波裡了。」

「不、不會，沒關係。我只是有點吃驚而已。」彌生如此說道，臉上泛起生硬的微笑，在胸前揮動雙手。她偏高的嗓音，與她的體型很相襯。

「那麼，我們也前往體育館吧。」

「啊，嗯，說得也是。」

彌生緩緩站起身，簡單地理好裙子下襬後，開始邁步往前走。她的雙馬尾散發甘甜的芳香，微微搖曳。

咬著嘴脣，一臉嬌羞地從我面前走過的彌生，她背後出現的數值「85」閃閃生輝，與她平時低調的氣質形成強烈對比，向人誇耀那極具壓倒性的存在感。

此刻我試著冷靜下來思考，仍舊覺得那是異次元等級的數值，令人忍不住發抖。今天的彌生到底會遭遇怎樣的幸運呢？再怎麼說，那可是高達「85」分呢。絕非一般的幸運。

例如來日本觀光的英國俊俏王子，對她一見鍾情，她突然就此成了王妃，或是某知名製片廠的星探看上了她，一夜之間成了一流的偶像明星，要不就是意外購買的彩券，中了一等獎和連號的一等前後獎[2]，而贏得三億日圓的龐大獎金……愈想愈覺得沒有一個有真實感，而且完全無法想像。到底會發生什麼事呢？

不，等等。或許也有這樣的可能性。幸運不是現在才要發生，而是早上已經發生了。例如今天早上，從她自家庭院挖掘出德川家埋藏的黃金。

我喚住正準備離開教室的彌生，向她詢問。

「不好意思，問妳個奇怪的問題。今天妳可有遭遇什麼好事？令妳很開心的事。非常驚人的那種。」我比手劃腳地說道，試著表現出那種與眾不同的程度。

彌生先是表情一愣，接著思索了片刻，以幾乎都快聽不見的聲音回答道「大、大概……沒有吧」。

不好意思，問了妳奇怪的問題——我向彌生道歉，就此和她一同前往體育館。

嗯，的確，經她這麼一說，我從國中開始，和彌生約有五年的時間同校，就我看來，今天的彌生再平常不過了，和平時一樣，感覺沒什麼不同。看來，彌生可能是待會兒才會有幸運造訪。畢竟現在也才上午。

結業式開始後，我還是很在意彌生的數字。體育館裡那成排的眾多數字，不管怎麼看，十位數是「8」的人，除了彌生之外再也沒別人了，就算不想看，也還是會映入眼中。彌生到底會發生什麼事呢？令人好奇。太好奇了。

從金錢方面的幸運，到戀愛方面的幸運，我試著展開各種事件的想像，但憑我貧乏的想像力，想不出什麼妙答。話說回來，會讓女孩子歡天喜地的情況會是什麼呢？我在體育館的角落裡抱頭苦思。

這時，我想到一個答案。這是極為簡單，而且很快就能導出答案的絕佳方法。

真的再簡單不過了。我只要今天一整天都和彌生一起行動就行了。

2.日本的彩券，一等獎的前一號和後一號，也會有高額的獎金，稱作一等前後獎。

這麼一來，幸運造訪彌生的那一刻，就能準確地烙印在我眼中。

她會遇上「85」這個高分的幸運，所以想必不會一整天都在家裡打混，今天彌生應該會有外出的計畫。因此，我要若無其事地跟她說一句「可以帶我一起去嗎？」，請她同意讓我同行。只要能做到這點，不光能得知她幸運背後的真面目是什麼，運氣好的話，或許也能跟著沾點好運。雖然這種想法很卑鄙，但說起來，這只算是附加價值。

總之，既然我都為此苦惱這麼久了，唯一的辦法，就只有親眼見證了。否則我恐怕會後悔一輩子。肯定還會因此做噩夢。只能豁出去了。

結業式結束，大家回教室領通知表。過了這段歡笑與嘆息夾雜的混亂時間後，回家前的導師時間很順利地進行，在說完面對暑假應有的心理準備後，就此解散。我虎視眈眈地等候向彌生出聲叫喚的適當時機。

找尋向彌生出聲叫喚的機會，其實很簡單。

因為彌生不知為何，一定都會比班上同學晚離開教室。她比任何人都早到校，然後比任何人都晚回家。這就像是她的習性。

今天中午前就放學了，有不少學生會和朋友一起出外遊玩。學生們就像在表示自己想有效利用時間般，很快便離開教室。而說這話的我，也有幾位朋友開口邀我，但我這次當然是很鄭重地婉拒了他們的邀約。

我穩穩地坐在椅子上，等候只剩我和彌生獨處的情況到來。其實也不用刻意等到只剩我們兩人，不過，比起在眾人面前叫她，這樣比較沒壓力，所以最後還是決定這麼做。或者應該說，要是我真那麼做的話，不管我說什麼，容易緊張和害羞的彌生可能都會方寸大亂。

正當各種念頭從我腦中閃過時，同學們一個接一個離開教室（岩渕很快便離校返家了，真是謝天謝地），最後真如我所料，出現只有我和彌生獨處的情況。

彌生看我遲遲不回家，可能是覺得很納悶，她坐在椅子上不時偷瞄我。每次她那柔順的雙馬尾總會一陣搖晃。就像一隻小心提防的土撥鼠。

我再次確認彌生背後「85」的數字後，拿定主意，出聲向她叫喚。

「彌生。」

彌生就像玩捉迷藏被發現般，整個人嚇了一大跳，動作生硬地轉過身來。

「……什、什麼事？」

她平時就已經是輕細的女高音了，此時因為畏怯，回答時轉為顫音。

大可不必這麼害怕吧。難道我在彌生眼中，是個很可怕的危險人物？腦中一出現這個念頭，心情就會開始變得陰沉，但我還是重新振作精神，說出我的用意。

「我說，妳待會兒有預定要去哪兒嗎？」

「……為、為什麼這樣問？」

「我只是在想，如果妳預定要去哪兒的話，我想跟妳一起去……可以嗎？」

連我都很佩服自己，竟然可以出奇順利地做出這樣的提議。說起話來不會覺得突兀，顯得極其自然。

彌生先是露出驚訝的表情，之後又像鎢絲燈一樣，漸漸臉泛潮紅，回答道「我、我沒預定要去哪兒……」。

真令人意外的回答。看來是我自己太妄下定論了。

如果彌生沒預定外出，那麼，幸運事件會在她家中發生嗎？如果是這樣，對我來說，彌生的幸運觀察計畫就泡湯了。再怎麼說，我也沒那個勇氣突然對彌生說「那麼，我可以去妳家嗎」，而且我要是真這麼說，那就違背母親平日對我的教誨——「身而為人，要時時誠實待人。尤其是對女性」（這個教誨擁有絕對的效用）。

如果是這樣，雖然很遺憾，但也沒別的辦法了。今天就看開吧，日後再向彌生詢問那「85」分的真相吧（不過，前提是彌生可以不害怕地回答我）。

「這樣啊，那沒關係。抱歉，對妳說了奇怪的話。」我緩緩站起身，將書包掛向肩上。

「那我先……」

「啊！可是……」

彌生打斷我的話，就像突然想到什麼似的，叫住了我。彌生這次聲音大多了，甚至感覺不像是她的聲音。然後她又恢復原本的音量，接著說道：

「呃……其實我一直想去一個地方……」

「真的嗎？」

面對這意想不到的發展，我熱血沸騰。

彌生也真是的，說到裝蒜，她也挺有一手的嘛。她可能是對自己剛才一開始說謊暗自反省，視線總是盯向地板上的某個點，雙手緊握裙子下襬。

不過，雖然她最後坦白招了，但剛才她刻意騙我，也就是說，她想去的是一處難以啟齒的地方嗎？要是她帶我去專門吸引女性上門的地方（像女性內衣店這種），那我可受不了。

我向她確認。

「我跟著妳去那種地方，沒問題嗎？」

彌生沒答話，點了點頭。點完頭後，她輕柔地咬住她漂亮的嘴脣，像下定決心似地，靜靜地不發一語。

我暗自在心中握拳，擺出帥氣的勝利姿勢。

這麼一來問題就解決了，彌生那高達「85」分，堪稱本世紀最高的幸運，我這下已擁有與這份幸運同行的權利了。我因抱持期待和希望而滿心雀躍，和彌生一同走出教室。

今天到底會發生什麼事呢？

看來，搶在接下來即將展開的暑假之前，有可能會發生一場驚人的大事件。我就像被彌生那小小的背影牽著走似地，離開了學校。

三枝乃音◆

鳴響的鈴聲，聽起來就像宣告自由與解放的開場小號一般。我跟著鼓笛隊的前導，背著書包，想比任何人都早一步離開教室。

「等一下啦，乃音。妳幹嘛這麼急著趕回家啊。」

朝我叫喚的，是班上同學美智子。說到美智子，她在回家時面露微笑向我做出的提議，向來都一樣。

我說明自己要提早離開的用意。

「美智子，這次就放我一馬吧……我『三枝乃音』會急著趕去的，就只有一個地方。」

「神保町[3]嗎？」

「猜錯了。」

「算了，是什麼都不重要。」

美智子根本不聽我解釋。

「難得因為結業式可以提早回家，我們一起去玩一下嘛。因為平常約妳，妳都不奉陪。」

美智子伸手搭在我肩上，更加強硬地提出邀約。這麼一來就沒辦法了，我將書包擱在課桌上，臨時改變方針，決定姑且先聽聽看美智子怎麼說。我開口問：

「美智子，妳打算和誰去哪兒？」

「呵呵，問得好。其實今天我也找了男生，要一起去遊樂園玩哦。不知您意下如何啊，乃音大人？」

美智子以奸商的口吻如此說道，我朝她拇指比的方向望去，看到班上幾位男女同學在教室角落裡圍成一個圓，有說有笑。應該就是待會兒要去遊樂園的成員吧。

「可是美智子，妳說的遊樂園，是離這裡不遠的那個地方對吧？」

美智子微微一笑，說道：「是啊。是固定必去的東京巨蛋城。不過，有什麼關係嘛。問題不是到目的地的距離，而是這段時間怎麼度過。而且到時候要是玩得很嗨，就大家一起去池袋或原宿吧。如何，去原宿耶。」

我嘿嘿笑了幾聲後，回答道：「抱歉，比起原宿，我今天更想去新宿。」

「這麼說來，是『新書地毯式搜索作戰』是嗎？」

「答對了。」

美智子嘆了口氣，似乎拿我沒轍。

「乃音，喜歡書是不錯，但要是不偶爾和男生一起玩，對年輕的肉體和青春都是很失禮的行為。今天我們找個地方一起玩吧。妳看起來是個身材修長又好動的活潑美少女，明明應該很有男人緣的。應該說……」美智子微微壓低音量。「有件事我只在這裡跟妳說。我們班上也有男生喜歡妳哦。而且不只一位。」

3.位於東京的神田神保町，是日本有名的書店街。

「不不不，美智子。我現在對男生不感興趣。我今天有非買書不可的理由。」我豎起食指，就像要對美智子的內心深處下暗示般說道。「要是我今天不買，面對接下來漫長暑假的守城之戰，我恐怕會軍糧耗盡。說起來，現在的我是重要的補給兵。DO YOU UNDERSTAND？」

「NOT UNDERSTAND.」

可怕的言論打壓。在我體內沉睡的民權運動的指導者們，陸續因不當審判而被處刑的畫面，浮現我眼中。儘管如此，我還是追求最後的自由，向美智子遞出建言書。

「美智子，對現在的我來說，比起運動和戀愛，讀書才是最大的生存意義。約瑟夫·艾迪生（JOSEPH ADDISON）說過『閱讀之於心靈，猶如運動之於身體』。今天就請妳多多包涵了。」

「別別別，別這麼說。」美智子攤開雙手。「不過就一天而已嘛。稍微打混一天，艾迪生也不會抱怨的。」

「不不不，美智子，『就算明天就是世界末日，我今天仍會撒下蘋果的種子』的這種精神很重要。平日的一再累積，以及未雨綢繆，是不可或缺的。」

「這是誰的名言？」

「C·V·蓋爾基（CONSTANTIN VIRGIL GHEORGHIU）。羅馬尼亞的作家。」

「……嗯。」美智子嘆了口氣後，攤開雙手，表示投降。「是是是。明白了。看妳是要去書店，還是麵包店，愛去就去吧。不過，下次要撥時間陪我哦。因為男生們也一再向我施壓呢。」

「感激不盡。」我如此說道，深深一鞠躬，重新背好書包，轉身背對美智子。

「對了，乃音。我也有一句很適合妳的話要送給妳。妳要牢記啊。」美智子如此說道，自信滿滿地挺起胸膛。

我轉頭望向她。「哦，哪句話？」

「『賢淑是熱情的怠惰』，不過我忘記是誰說的。」

我挑起單邊眉毛。「美智子，這句話妳是從哪兒學來的？」

「嘿嘿，是我爸教我的，酷吧。」

「該怎麼說呢，妳爸爸對自己女兒未免也太前衛了吧。」這句話我說不出口，改撂下另一句話，就此離開教室。

「美智子。講名言最重要的，就是得掌握它的背景。絕不能忘了是誰說的話。那是法國的思索者文學家——德．拉羅希福可（FRANÇOIS DE LA ROCHEFOUCAULD）公爵說過的話。」

我刻意擺架子清咳一聲後，附上一句反駁，讓剛才的談話告一段落。

「『就算是老鼠也會談戀愛。但老鼠不會看書』，美智子，這句妳覺得如何？」

「這又是誰說的？」

「我說的。」

美智子就像美式喜劇一樣，誇張地雙手一攤，搖了搖頭。彷彿可以聽見她無聲地說道「真是夠了」。

幾乎空空如也的學生書包裡，只放了一本文庫本，和兩個布製的大環保袋。戰鬥準備齊全。多餘的收納袋，或是筆盒、點心這些沒必要的東西，這天全都放在家中待命。為了應付接下來的決戰，一點都不能馬虎。

離開學校後，我前往徒步僅數分鐘就能抵達的水道橋站。四周可以零星看到幾位提早午休的上班族以及大學生。

考量到電車到站的時間，我微微展開小跑步。自從升上高中後，愈來愈疏於運動，但只要還保有小學和國中以田徑鍛鍊出的腿力和體力，跑這麼點距離根本就只是小菜一碟。我連大氣都不喘一下。

雖說我喜歡書，但如果將我聯想成一位戴著眼鏡，很像圖書委員的文學少女，那我可受不了。我可是文武雙全，才貌兼備。這種完美的形象，才是我追求的境界。

過沒多久，已經看得到車站了。

現在時間是上午十一點四十四分。

從水道橋站發車的下一班電車，是十一點四十六分開往中野。要是錯過這班車，下一班就得等十一點五十二分開往三鷹的電車。

電車時刻表我沒默背，而是整個收納在我腦中，所以我對電車的時刻很有自信。說「很有自信」，好像又不太對。因為我只是一邊看答案，一邊解答罷了。

我抵達車站後，穿過驗票口，衝上樓梯。在這個時間帶，車站裡的人潮也變得稀疏，不會有人潮擁擠的現象。我很順利地按照預定的時間，成功在十一點四十六分搭上通往中野的電車。

之後我隨便找個位子坐下，馬上從書包裡拿出文庫本，迅速融入故事的世界中。從水道橋到新宿，只需要十多分鐘的車程，但一有空閒時間就拿書來看，可說是我的習性。

才翻沒幾頁，故事就像混進了水溶性的太白粉般，漸漸出現黏性，朝我腦中緊纏不放。現實世界中的平衡就此變得不太牢靠，夢與現實的交界變得模糊。

我絕不是打從一出生，四周就被書本包圍，和書一起長大的那種人。坦白說，我和書本的邂逅，就發生在五年前。因此，在名為「我的人生」的歷史中，「讀書」絕不會以長期執政誇耀。

我與讀書的邂逅，和五年前我與小皐的邂逅，是處在完全相同的形態下。換句話說，我與小皐邂逅，同時也與讀書邂逅。

當時小皐說的話，至今在我心中仍不時會像活火山一樣噴發燃燒，驅策我的心。對我來說，就像「難波跑法[4]」一樣具有劃時代的影響，比馬里亞納海溝更深邃地撼動我心。

「『閱讀一切好書，就像是與古人展開對話』。笛卡兒說過這樣的話。因此，感到迷惘的時候，不妨打開書本。應該會有無比珍貴的人生訓示，或是諮詢對象。」

這句話的分量，以及小皐說話的口吻，都令我深感著迷。雖然只是個國中生，卻氣質高雅，流暢且仔細地留下這句話，不帶半點挖苦。

4. 一種同手同腳的跑法，據說江戶時代的「飛腳」就是採這種跑法，可一日跑數十公里。

我也想像她這樣。

對當時還只是個小五生的我來說，大我兩歲的國一生，看起來很有大人樣，而且舉止優雅。與每天都混在男生堆裡，沉迷玩鬼抓人，玩得滿身泥巴的我，簡直就天差地遠。我也想和她一樣。要成為這麼優雅又知性的人，只能靠讀書。

從那時候起，我開始埋首讀書。起初是刻意努力打開書本，但不知不覺間，讀書已成了習慣，在我心中確立了地位，就像藥物般控制了我。

「語言是人類使用的最強效藥品」，這是魯德亞德．吉卜林（JOSEPH RUDYARD KIPLING）的名言。我的身體已完全泡進這種藥水裡了。今後不靠藥物無法生存。

因此，儘管我在運動能力上得到很高的評價，但當初升上高中時，我便決定與田徑斷絕關係，要充分取得時間來讀書。

所謂的讀書，就某個層面來說，是一種對話。

嗯，這是很棒的比喻。

因此，就算我沒有那項異於常人的能力，應該還是會選擇讀書，我沒辦法不讀書。就算美智子說「賢淑是熱情的怠惰」，但對我而言，我認定最優先的事項，人生中覺得最幸福的時刻，就是讀書。

沉浸在故事世界裡的我，微微有寒風滲了進來。那雖然柔弱，卻很犀利的寒風，馬上吹出許多小裂痕，原本將我緊緊包覆的故事，輪廓開始扭曲變形。那廣闊又美麗的故事布景，馬上被強風吹往遙遠的彼方，待我回過神來，才發現自己人在電車中。電車已經停下。

我抬頭看車內的電子告示板。

「新宿」

到站了。

我急忙站起身，就在車門即將關上之際，我跳出電車外。不是衝著上車，而是衝著下車。

我心裡暗自擦著冷汗，吁了口氣。

接著，我用皮鞋在月臺上踩了兩下，真切感受此刻與現實。我仔細清除腦中殘留的故事殘骸，將思考重新格式化。

走出東門的驗票口後，我直直地往大型書店那個目的地而去。新宿站周邊就像在歡迎我的到來般，呈現出熱鬧的樣貌，一直線地將我引導至書店。ALTA大樓、電器行、服飾店，對現在的我來說，就像荒野的仙人掌一樣不實用，只能充當演出用的背景。

對我而言，新宿的街頭，是足以與神保町一同稱作「聖地」的街道。之所以這麼說，是因為這裡有許多中型和大型書店，大量收集了古書以外的書籍。不管是小出版社出的書，還是發行份數極少的書籍，只要來到這個街道，幾乎都能買得到。

因為這個緣故，我不時會展開「新宿新書地毯式搜索作戰」。不過話說回來，雖然取了「地毯式搜索」這麼誇張的名字，但坦白說，我一次逛許多家書店的例子，可說是一次也沒有。說來慚愧，住在心裡的那隻名為「衝動購買」的山羊，會不知不覺間將我錢包裡的鈔票啃食殆盡。

因此，實際情況是我走進的第一家店便是首戰，而且是決戰。

今天的軍購金剛好兩萬日圓。能購買的數量大約是三十本左右。

我接下來即將與眾多書本展開搏鬥，我雙唇緊抿。逛書店最大的樂趣，就是在意想不到的形式下，邂逅未知的書籍。如今這個時代，如果只是購買自己想買的東西，網購就能辦到，而實際前往當地挑書的最大優點就在這裡。

封面、裝幀、宣傳文案、作者、書名、促銷廣告，都會意外地吸引我的注意，讓我動手掏錢。當真是一面展開外交交涉，一面與書展開攻防戰。光想就覺得滿心雀躍。

我先做了個深呼吸，做好心理準備後，我穿過目的地的大門。

絕不能焦急地在店內東奔西跑（那是二流的做法）。要像一步一步以步行測量距離，或是像期末考的監考老師一樣，緩緩地走過通道。

新書、文庫、小開本的書、漫畫、商業書、實用書。

所有書我都沒厚此薄彼，一律都公平且沒遺漏地挑選。

花時間看完每個樓層後，再度花時間展開第二次視察。不光兩次，我甚至會三次、四次走樓梯反覆來往於各個樓層間。

而在這樣的過程中，入圍我購買候選清單的書本，在我腦中經過一番篩選後，真正有魅力的書會逐漸浮現。為了控制在今天的軍購金兩萬日圓內，候選的書本會反覆追加和刪除。

最後，我心中的書本篩選終於結束。

這是被光榮的「三枝 JAPAN」選中的書，是各領域集結的精銳。我從不同的地方將腦中篩選出的書本收集過來，一本一本堆疊，雙手捧著。

在樓層間走動時，我從運動相關的專區旁走過，突然想起學校出的習題。是保健體育課的習題。

記得內容好像是針對某項運動的歷史整理出一份報告。要報告的運動，不論是棒球、足球、馬球，還是法式滾球，什麼都行。

我試著在腦中展開搜尋，這才發現我不太收集運動相關的書籍。現在寫習題需要資料。我暫時將「三枝JAPAN」擺在疊放的書本旁，著手篩選要當題材報告的運動相關書籍。

那位長得像大金剛的保健體育課老師，應該是位重度棒球迷。他就像是大股東似的，常在上課時抱怨巨人隊的比賽戰況或是戰力補強。還常說某某某適合當二壘手，或是沒重用某某某真是腦袋進水。

有時他會在放學後直接去看巨人隊比賽，而且一年還不光只是去一兩次。總之，那位老師是典型的巨人隊球迷。

既然這樣，要報告的運動就應該選棒球吧。

就算學生報告的內容乏善可陳，但只要是以自己喜歡的運動項目當題材，寫進報告中，大部分老師在評分時，多少都會寬鬆一些。

我挑了兩本談棒球的書。

《昭和棒球史》

《動蕩！棒球與巨人～從澤村榮治到ＫＫ連線～》[5]

兩本書都出奇地厚。

選這兩本書，並沒有特別的理由。只覺得就是它們了。在這個時間點，我根本還不知

5. ＫＫ連線是取打者桑田真澄和清原和博的開頭字母K所取的名稱。

道ＫＫ連線到底是怎樣的連線，而從澤村榮治到ＫＫ連線，這中間到底又是多長的時間。只好閱讀看看了。

不過，雖然說要閱讀，但我一點都不想為了區區的報告資料，而另外撥出我寶貴的軍購金。因為我的「三枝 JAPAN」已經滿額了。外交預算的兩萬日圓已經決定好如何分配，我沒有大筆追加預算的餘地。

因此，我決定現在就在這裡將這本書的內容全部輸入腦中。我這可絕不是像速讀那種小家子氣的方法。說個題外話，我很嫌棄速讀。如果不在乎細節，只求快速閱讀，掌握大致內容，我實在很想說一句——那你一開始就看要旨不就得了。

所以我非但牢記書中的一字一句，甚至連當中穿插的參考照片也沒放過，為了避免遺忘，我全都存放在腦中。

寫進腦中，刻進腦袋。

為此，我刻意暫時將《昭和棒球史》和《動蕩！棒球與巨人～從澤村榮治到ＫＫ連線～》放回書架。

接著做了個深呼吸。

因為接下來我要做的這項作業，雖然看起來動作很簡單，但其實相當消耗體力。耗費的體力，不是一個字相當於跑三百公尺，而是一本書相當於跑三百公尺。

雖然還不至於到全力飛奔的程度，不過就像慢跑跑完三百公尺那樣累人。

我右手食指輕輕放在《昭和棒球史》的書背上。靠近書本正上方的「昭」字上頭。

接著閉上眼，像在緩緩輕撫書背般，也像在確認書的材質，手指緩緩滑落。

這時，因應我手指的動作，書本的內容就這樣流進我體內。

這個舉動沒有任何道理或原理可以介入的空間，就像在空無一物的高原上坐落著一間山中小屋般，只有真實感存在。

食指所到之處，資訊不斷流入。

就像潰堤的水壩，有大量的河水不斷湧出一般，資訊也順著手指流進我體內，逐漸被吸收。資訊在泛濫後，得到整合。

這次因為書本較厚，容量頗大。

我多花了一些時間，讓手指緩緩往下滑，就像要將身體承受的負擔減至最小。

最後終於滑到最底處。

「呼……」

我吁了口氣，調整零亂的呼吸，就此睜開眼。

嗯。

稻尾、田淵、衣笠、北別府[6]。空白的一天蒙上一層黑霧。得到的資訊還行。

光這本書似乎就夠我寫報告了，但為了謹慎起見，另一本我也採同樣的方式閱讀。大體而言，想要寫報告，就得從兩本以上的書籍中借用資訊，這點很重要。只要這麼做，報告的內容就會大幅增加。

我也將食指搭向《動蕩！棒球與巨人～從澤村榮治到ＫＫ連線～》上，順著書背滑落，

6.以上都是棒球選手的姓氏。

把整本書存放進腦中。

連記了兩本書的疲憊反映在我身上，資訊也同樣存放進腦中。

知名投手澤村榮治與路易士．蓋瑞格（HENRY LOUIS GEHRIG）的一擊陽春砲[7]。可悲的徵召入伍，以及戰死。桑田與清原組成的ＫＫ連線。選秀制度的功過。

嗯。似乎能寫出很有意思的報告。

我在確認過呼吸已經調整好後，再次拿起擺在角落的「三枝JAPAN」。

經過我心算後，花費似乎能壓在兩萬日圓以內。

暑假很漫長。或許還需要再來補給幾次，不過這樣應該夠撐上一陣子了。

我雙手捧著漫畫、小說、隨筆夾雜，風格多樣的「三枝JAPAN」，突然想起美智子。

一九九五年五月二十四日。就在東京巨蛋，桑田真澄撲向飛往三壘邊線的平飛球，選手生命就此出現裂痕，而此刻美智子就在那裡，開開心心地投入名為「年輕人的青春」，極為老套的活動中。

美智子。聽說東京巨蛋的人工草皮很硬，妳可千萬別亂來啊。開玩笑的。

我一邊這麼想，一邊提防那將近三十本的「三枝JAPAN」掉落，小心翼翼地走向結帳櫃臺。

江崎純一郎♠

今天很平靜地醒來。

醒來並非因外來因素而強制性帶來的結果，而是像融化的雪水流向大海一樣，是緩慢而漸進地醒來。

我從床上坐起身，確認鬧鐘上顯示的時間和日期。

時間已是下午一點多。日期是七月十五日星期五。

我似乎睡了很長的時間。我試著思考，今天明明是星期五，為什麼我沒設鬧鐘呢？

對了，因為今天是結業式。

對於結業式這種沒什麼實際益處的學校活動，我前一天自行決定要缺席。

我從床上坐起身，微微伸了個懶腰後，像平時一樣坐向書桌前的椅子。從床鋪移往書桌的這一連串流暢動作，是半自動化的無意識動作。首先，為了進行那項已成為我每天早上日課的作業，我起床後不能耽擱太久。就像熔解的玻璃很快就會變回固體一樣，只要時間耽擱，預言就會馬上改變，突然變得無從捉摸。

7.在一九三四年的大聯盟日本巡迴賽中，日本隊被美國隊打得體無完膚，只有一場表現出色。由日本隊的投手澤村榮治先發上場，前六局無失分，但最後在第七局被路易士・蓋瑞格敲出全壘打，這才失分吞敗。

我從書桌抽屜裡拿出我愛用的記事本，翻開今天的頁面，右手握住黑色原子筆。

接著我閉上眼，一如平時，搜尋心中的話語。

屏息靜心，聆聽心中的話語。

就像是收集埋在沙中的小鐵塊般，是一種摸索探尋的作業。讓手指的感覺發揮至極致，清楚辨識出虛假與真實，只挑選出真正的話語。

我很謹慎地挑出一個，接著兩個、三個，依序從腦中回收預言。回收的話語馬上經由右手記在記事本裡。原子筆在紙上摩擦的瞬間，抽象物會漸漸化為具體物，無形化為有形。

接著我和平時一樣，將五個預言寫進記事本裡。

每次固定就五個。不管花再多時間，也無法期望會得到更多預言。

我自己很明白，這項行為會讓我原本就已經很無趣的人生，變得更加枯燥乏味。不過，這已成為一種惡習，成了我的固定習慣，不是那麼輕易說斷就能斷。如果我表現出反骨精神，不將預言排出體外，想直接這樣展開新的一天，預言就會像某個怎麼也想不起來的熟人名字般，留下一種很不舒服的存在感，搞得我整天心情低落。

今天排出的預言有以下五個。

・哦，這不是江崎少年嗎？來，請上座。

・當然。這很有趣哦。而且很深奧呢。

・是A和Q。

・對。全都放在信箱裡。

・你要去也行啊。只要你別荒廢功課的話。

我平時能掌握的，大約是人們一口氣能說完的分量。但光憑這樣的文章，我已大約猜得出來是誰說的話，想來也實在滑稽。

我合上記下預言的記事本，脫下滿是溼汗的T恤，揉成一團，改從置物櫃裡取出POLO衫和牛仔褲換上。接著我走出房間，前往一樓的洗臉臺洗臉。

我望向鏡子，發現頭髮嚴重亂翹。我那稱得上剛毛的髮質，向來很容易亂翹。我動作粗魯地試著用梳子將它梳直，但始終不見有改善的跡象，我馬上宣告放棄。我原本就不是很在意外貌的人。

洗完臉後，我直接將記事本、錢包、家中鑰匙分別收進牛仔褲的口袋裡，前往玄關。我沒帶手機。我活了十七個年頭，並不覺得有這個需要。這或許可以單純地歸因於我沒有需要聯絡的朋友。

我雙腳套上涼鞋，打開大門。

停在我家停車場的黑色賓士 S63 AMG 和紅色的保時捷 911 CARRERA，毫不客氣地折射夏日的陽光。沒一絲刮痕，也沒半點塵埃的光滑車身，以那宛如新車的光輝與光澤傲人。而事實上，它們也如同新車一樣。

這兩輛車與其說是停放在這兒，不如說是在這裡展示還比較正確。因為對家父來說，車子只要價格昂貴就好，說得極端一點，就算都擺著沒跑也行。就像納粹的卐字徽章一樣，只要能散發強大的威嚴和訊息就夠了。

走出家門後，我前往平時固定去的地方。

雖然沒必要特地去，但比起學校或是空無一人的家中，至少我在那裡可以度過一段有用又有助益的時光。換句話說，那是個有點無趣，又不會太無趣的地方。

穿過兩旁住宅林立的狹窄巷弄，越過四五七號線，再次走進狹窄的巷弄。下午的西日暮里行人稀少。

我穿著涼鞋在地上拖著走，經過約莫五分鐘的路程，抵達了目的地。

那是矗立在住宅街裡的一棟水泥裸露的建築。整棟建築外纏繞著稀疏的常春藤，更令它增添了幾分詭異氣氛。

門口既沒招牌，也沒標示。搭配彩繪玻璃的木框大門旁，只設了一個落寞的傘架。或者可以說，只有那傘架是唯一的證據，用來表示這棟建築是一處款待客人的設施。

可能就算是住這附近的人們，也幾乎都不知道這裡是一家如假包換的咖啡店吧。任誰看了，也只會覺得這是和周遭的建築沒什麼不同的一般住處。或者應該說，就算知道這裡是一家咖啡店，它店面的模樣，也不會讓人想率先走進店裡光顧。

我自己是在怎樣的緣由下得知這家店，我已經記不得了。這就像變聲一樣，在毫無自覺下突然到來，不知不覺間已在我體內占有重要的地位。

我打開那扇沉重的店門，門鈴發出卡啦卡啦的冰冷聲響，店內那充滿異世界氣氛的空氣就此滿溢而出。

「歡迎光臨。」

「哦，這不是江崎少年嗎？來，請上座。」

很快的，我料想中的人，做出我料想中的反應。

從店門口的樣子，很難想像店內的擺設竟是這般講究。

過度刻意的懷舊裝飾，幾乎讓人以為是在開玩笑，從椅子，乃至於吧臺、留聲機、餐具，看起來都像是匠心獨具，價格不菲的古董。而店裡播放著音質渾濁的古典音樂，雖然聽了不太舒服，但對店裡的氣氛卻起了色調調整的作用。

如此徹底的呈現，已充分讓我聯想起「在門的內側與外側，時代或是具有文化性的事物，會有決定性的差異」這句話。

店內一如平時，總是站著兩名男子。

老闆和鮑伯。

老闆誠如他的稱號，是這家店的老闆。那不是什麼暱稱，純粹是他的職務名稱。不知道本名為何。一身黑色背心，留著白色的小鬍子，那模樣與咖啡店老闆的頭銜再符合不過了。身材清瘦，頭髮稀疏的腦袋，更加呈現出老闆的風格和合適性，就此化為這家店的古董之一。

這位老闆在確認是我之後，便不發一語地開始沖咖啡。雖然沒有足以吸引人目光的俐落身手，但他熟練的操作，沒半點多餘的動作。

另一名男子是鮑伯。這是暱稱。不管從哪個角度來看，他都是道地的日本人。他的樣貌看不出任何能聯想到「鮑伯」的要素。儘管如此，為什麼會被稱作鮑伯呢？原因無他，因為這是他的自稱。和老闆一樣，本名不詳。年約五十歲左右，一頭花白的後梳油頭。有一身好體格，配上氣色紅潤的古銅色肌膚。總是一身黑西裝配上領帶。從西裝的質料來判斷，那絕不是便宜貨，但鮑伯每天都穿這套西裝，所以已相當老舊。上面有多處明顯的皺摺，下襬和袖口的縫線處都有點綻開來了。

聽說這位鮑伯自稱是某家公司的前社長。不過，從他那奇人似的生活模式以及現在的模樣來看，不用說也知道，可信度不高。

鮑伯今天仍是穿著那套西裝，坐在老闆對面的吧臺座上。就像繪畫始終都固定在畫框裡一樣，他也始終都坐在那張椅子上。

老闆與鮑伯的共通點，就是一年三百六十五天都在店內，無一天例外，但他們兩人關鍵的差異，在於老闆是店員，而鮑伯是客人。

他們兩人向我打招呼，但我並不會特別和他們寒暄，我直接坐向鮑伯右邊的吧臺座位，那是我的固定位子。

老闆幾乎在我就座的同時，一如往常地向我遞出一杯雙份濃縮咖啡。杯子和杯盤發出卡嚓的聲響，從那黑得通透的液體揚起一陣濃醇的芳香。

「老闆，今天同樣請給我一份三明治。我從早上到現在，什麼都沒吃。」

聽完我點餐後，老闆微微點頭，應了聲「知道了」，打開吧臺後方的不鏽鋼冰箱。

「江崎少年，你今天這麼早就到店裡光顧啊。而且還穿便服。」

鮑伯向我這樣問道，仍和平時一樣，小口小口地喝著最便宜的美式咖啡。不知為何，鮑伯面前散亂地擺了幾張沒看過的撲克牌。

「今天是結業式。」我說。

「嗯。」鮑伯手抵向下巴，露出納悶的表情。「可是，這不構成你穿便服的理由吧。之前你都是放學回來的時候才到店裡。如果是這樣，今天一樣穿制服不就好了嗎？」

「我沒去學校。因為我覺得麻煩。」

鮑伯右邊臉頰上揚，莞爾一笑。

「世上就是有這種問題模範生。雖然成績好，但偏偏又會蹺課。」

「就算去也沒什麼意思。明明就很無趣，我祖護它也不會有什麼好處。」

「嗯，的確。」鮑伯閉上眼，點了點頭。「不過，雖然不用凡事都積極面對，但適時地參與也很重要。這能讓人生的土壤變得更肥沃。」

我不加糖奶，直接喝了一口濃縮咖啡後，開口回應。

「如果我的判斷沒錯，你每天都只待在這裡，看起來好像什麼活動也沒參與吧？」

鮑伯左手朝自己額頭一拍，面露苦笑。

「被你戳到痛點了，江崎少年。你說對了……哎呀，真的就像你說的。」

鮑伯哈哈大笑。完全沒半點反省，一樣那麼開朗。

「讓您久等了。」

老闆將剛作好的三明治遞向我面前。高雅的白色盤子上，擺著切成方形的三明治，以及用來增添色彩的巴西里葉。

我拿起一個夾了萵苣、番茄、起司的三明治，送入口中。接著又啜飲一口濃縮咖啡。

老闆仔細洗好手後，靜靜離開吧臺，走向擺在店內中央的留聲機。以熟練的動作更換播放完畢的唱片。

又傳來我沒聽過的其他古典音樂。

「噢，老闆。這不是《來自新世界》嗎？之前沒這張唱片吧？」

老闆面露沉穩的笑臉，點了點頭。「對。前些日子剛買到。」

「不錯哦，老闆。偶爾也需要這種主流的曲子。」

鮑伯如此說道，閉上眼睛，一副沉浸在回憶中的模樣，開始專注聆聽旋律。他哼著歌，輕柔地緊跟著主旋律。

基本上來說，店內總是播放古典音樂，不過，這還是鮑伯第一次對音樂表現出興趣。我開始到這家咖啡店光顧，已即將滿五年了，但這種情況相當難得。

「你喜歡這首曲子嗎？」我問。

鮑伯停止哼歌，睜開彷彿很沉重的眼皮，望向我。

「這不是喜不喜歡的問題，單純只是覺得懷念。因為我弟弟有一段時間瘋狂猛聽。每天都像拿它當鎮靜劑一般，一再地播放聆聽。沒想到我也像吸了二手菸一樣，被動地跟著聽起他的音樂。」鮑伯喝了一小口美式咖啡。「對了，江崎少年，你都聽什麼音樂？」

我很坦白回答道「我幾乎沒聽音樂」。

「啥～」鮑伯從喉中叫了一聲。「江崎少年沒聽音樂，竟然讀的還是那種升學學校？真是敗給你了。這是何等空虛的人生啊，簡直就像裡頭沒包肉的肉包啊。」

鮑伯誇張地這樣說道，目的有一半似乎是想挖苦我。不過，「沒包肉的肉包」這種說法，感覺實在很沒知性。

「我不認為音樂有多大的必要性。」

「瞧你說的……你說這話會後悔的，江崎少年。說這話的人，往往會因為突然邂逅的音樂，而完全被擄獲。最後高喊著『我的人生是搖滾』。看你那頭沒整理的頭髮，還有懶散的涼鞋，若換個角度來看，簡直就像不受控管的龐克搖滾歌手。」鮑伯如此說道，朝我全身上下打量了一番，接著補上一句「看起來很適合拿把電吉他」。

「隨你說吧。」我應道。「如果光是聽音樂，人生就會改變的話，我還真想聽聽看呢。但事實上，這種宛如魔法般的事是不會發生的。人生就像一成不變的透明玻璃一樣，完全可以看透。」

「哦。又是充滿悲傷的發言。是青春期特有的想法嗎，江崎少年？」

我搖了搖頭。

「我並非沉浸在自我陶醉中。我只是常會這麼想。人生真的很枯燥乏味，一點意思也沒有。」

「嗯。是因為你每天都聽到『預言』的緣故嗎？」

「或許是吧。」我先整理腦中的思緒後，才又接著說。「倒不如說，那確實是造成這種想法的契機。不過，預言並非原因，它始終都只是契機。問題不在於像一天這種完全看不遠的時間間隔，而是在更長的時間間隔。」

鮑伯雙肘撐在吧臺上，十指交握，採略微前傾的姿勢。

「嗯。這是什麼意思呢？」

「我不想對人謙遜，所以我向來實話實說。」我確認鮑伯點頭後，接著往下說。「客觀來看，我是被分類在頭腦好的那一方。」

鮑伯深深點頭。「沒錯。而且是相當聰明的那種。」

「對，相當聰明。但就是這樣不好。我根本不該用功讀書。」

「這結論可真有意思。」

鮑伯如此說道，就像聽到某個很有趣的笑話般，露出興趣濃厚，且帶有威儀的笑臉。

我接著說道：

「坦白說，我每天都覺得很無聊。我並非想說『我對這世界感到絕望』，或是『這世界太腐敗了』。單純只是覺得無趣。每天都過得很平凡，無聊至極。所以我才決定試著念書。我心想，也許世上的某處有我預想不到的有趣事物，也許某處有我想埋骨在那裡的學問或是世界，無限寬廣……但最後我得到的答案，卻完全相反。這世界遠比我想像得還要小。對這世界了解得愈多，看得愈多，更突顯出這世界的狹隘。人們常說『空腹是最棒的香料』，真是說得一點都沒錯。無知正是快樂地在這世界生活的最佳香料。我要是能保有像白紙般的狀態就好了，但偏偏又累積了許多常識和知識。結果這世界就此褪色，驚奇和感動也由濃轉淡。你不這麼認為嗎？」

鮑伯仍是那不置可否的含糊表情，微微點頭。就像有什麼東西很刺眼，無法直視般，皺起眉頭，瞇著眼睛。在鮑伯展現明確的行動前，我決定說出淤積在心裡的所有意見。

「而當中最嚴重的，就屬『預言』的存在了。這給了我致命的一擊。我每天都會聽預言，而它的變化少得可憐，令我感到吃驚。如果和我一樣有這種遭遇，應該每個人也都會有這種感覺。可能因為每天都是這種相同模式，沒半點變化吧，我懷疑人生不過就只是同一種模式的總體。因此我心想，我現在走的這條路，該不會是這世上最無趣的道路吧？就像是從等級99開始玩的ＲＰＧ一樣。進入好高中、好大學，到大企業任職。和某人結婚，有了孩子，擁有高薪，蓋自己的房子，在停車場裡停放自己的車。過沒多久開始老去，沒什麼虔誠信仰，採佛教葬禮下葬。一切都是早註定好的。正因為有點小聰明，所以生活過得無驚無險。就只是很平凡地虛耗『死』之前的這段時間。就像在工廠工作的高精準度的機械手臂，過著空虛且虛耗的人生。」——所以像你這種和我處在不同次元的「奇人」，才會這樣吸引我。不過這句話我沒說。

鮑伯聽完我的話之後，點了點頭，咧嘴一笑，豎起右手食指。就像想到獨門治療法的醫生似地，一副靈光一閃的表情。

「聽了你說的話，我想到一件事。」

鮑伯對默默擦拭著餐具的老闆說道「不好意思，可以從頭播放那張唱片嗎？從第四樂章的開頭開始」。

老闆停下擦拭餐具的動作，回了一聲「明白」，再度仔細地把手洗了一遍，才走向留聲機。

放下留聲機的唱針後，再度傳出曲子的樂音。

我不懂鮑伯的用意，對他擺出納悶不解的表情，但鮑伯沒理會，就此閉上眼睛，再度沉浸在旋律中。不得已，我只好也跟著聆聽。

《來自新世界》第四章長度約十分鐘。我對大眾音樂不太了解，對古典音樂更是幾乎從沒聽過。因此，主動聽音樂的行為，對我來說有點新鮮，又有點不太習慣。但如果要我對這首曲子發表感想的話，我覺得還不壞。試著用心聆聽後，覺得它頗具威嚴和氣勢。

「如何啊，江崎少年？」一曲奏罷後，鮑伯盤起雙臂向我詢問。「很帥氣的曲子對吧？」
「這曲子很莊嚴。」
「喜歡嗎？」
「還可以。」
對於我這樣的反應，鮑伯微微從鼻孔噴氣，嘴角輕揚。就像自己負責撮合的婚事進行得很順利似地，面露滿意的微笑。接著他靜靜收起笑臉，鬆開盤起的雙臂，再度開口道：
「對了，江崎少年。你可有從剛才的曲子中聽到鈸的聲響？」
「鈸？」
「對，鈸。會發出一聲『鏘』的鈸。」
我試著簡單地在腦中重複播放《來自新世界》，但無法順利播放。那是剛才第一次聽的曲子。這也難怪。
「我想不起來。」我回答道。
「嗯，這樣的話，你再聽一次這首曲子。希望這次你別漏掉鈸的聲響。要專注在鈸的聲響上。」
鮑伯說完後，再次向老闆下達指示，從頭播放那首曲子。《來自新世界》第四樂章，由沉重的弦樂器樂音當前導，再次在店內響起。我仍不懂他的用意，就這樣按照他的指示，專注地聽鈸的聲響，仔細聆聽曲子。
結果在曲子開始後約兩分鐘的地方，感覺微微傳來鈸的聲響。也許是我自己多心了。在各種聲音混雜在一起的情況下，響起一個柔弱又沒特色，很像是鈸的聲響，彷彿從草叢中微微探出頭來一般。

「聽到了嗎？」鮑伯瞄了我一眼。

「剛才那很細微的聲響就是嗎？」

「當然。那就是鈸的聲響。」鮑伯在椅子上轉動身軀，正面面向我。「鈸的聲響，在這首曲子中只響了一次。前面和後面都不會出現鈸的聲響。」

「就只有一次？」

「對，就只有一次。」鮑伯以右手梳理他的後梳油頭。「就只有一剎那，很有哲學味道吧？為什麼在這裡只響一聲鈸呢？有必要響嗎？既然要響，為什麼不更響亮一點？這個鈸只響一聲的故事，在古典音樂界可有名了，真的很耐人尋味。」

鮑伯說到這裡，突然像是要做出提議般，微微向我伸出右手。

「對了，江崎少年，你第二次聽《來自新世界》有何感想啊？」

「感想？」

「對，感想。剛才你不是說『莊嚴』嗎？第二次聽的感想如何？」

「沒什麼特別變化。應該說，這次我專注在鈸的聲響上，沒特別專心聽曲子。」

我如此回答後，鮑伯用右手指著我。雖然他表情很冷靜，但似乎從我說的話當中看出了什麼。彷彿從他的動作中傳來「沒錯，這就對了」這樣的心聲。總之，鮑伯心裡似乎已有了某個結論。

「江崎少年，這不就和你剛才說的人生相通嗎？」

「這是什麼意思？」他說的話，我聽得一頭霧水。

「也就是說『只要執著於某一件事情上，就看不清全體，相反的，如果只看整體，細節就會被忽略』。」鮑伯猶如啟動了某個開關，夾雜著肢體動作，開始滔滔不絕起來。「你說你因為看透了人生，而覺得無趣。也就是說，你對整體的『人生』太過執著，而忽視了細節，不是嗎？的確，如果以長期的眼光看，你的人生與你所描繪的構圖不會有多大的不同。但如果更加注意細節的話，就像注意力放在鈸的聲響上一樣，你整體人生的意義，也會自行產生變化。不論是在好的含意上，還是不好的含意上。你覺得呢？」

「你的意思是，要我從平日的學習和日常生活中，去學會感動和感激嗎？」

「不不不。」鮑伯就像要攪動空氣般，大動作揮動右手。「不是這樣的。你不是對那方面不感興趣嗎？既然這樣，那就不是你該傾聽的聲音。你該傾聽的聲音是在其他方面。」

「哪方面？」

「我不知道。你要自己去發現。從名為『你往後人生』的曲子中……不過，只要能找到你自己喜歡的聲響，就一再發出那樣的聲響，這樣就行了。不是只有一次，而是兩次、三次，不斷地敲響鈸。在這樣的過程中，曲子本身會逐漸產生改變。整體的曲子會轉變成你喜歡的音樂。我說這話的意思，你明白吧？」

「大致明白。」我撕下一小塊三明治送入口中。「也就是說，『凡事不見得要積極投入，但至少要參與』，對吧？」

鮑伯呵呵輕笑。「最後或許會歸結出這樣的結果。到底什麼最適合自己，必須多方比較。我自己也是，如果是以前，我一定沒想到自己都一大把年紀了，竟然還每天泡在咖啡店裡喝咖啡。不過，試著體驗之後，會覺得這樣也不壞。」鮑伯就像在乾杯似的，舉起咖啡杯。「應該要抱持寬闊的視野。」

擺在店內角落的擺鐘，指針指向下午兩點，沉重的鐘聲響了兩響。那是極具象徵性的鐘聲，宛如在明確表達今天這場談論的結論。

我在腦中細想鮑伯說的話。極力讓自己凝固的內心變得像海綿一樣柔軟，讓談話內容慢慢滲入心底。對父母或老師，我都不會想付出這樣的努力，但不知為何，鮑伯說的話，我就會想真心接納它。

我將盤裡的三明治吃個精光，只剩下巴西里葉。光吃這樣當午餐的話，略嫌不足，但我姑且感到滿足。從飢餓感中得到解放。

鮑伯瞄了我一眼，開始很仔細地將隨意散落在吧臺上的撲克牌一張一張收好。

「我從剛才就很好奇，那撲克牌是怎麼回事？」我問。

鮑伯將撲克牌收成一疊，笑著說道「好像是在整理店內時，突然從角落裡找到這個撲克牌。我就此起了童心，和老闆玩了好一會兒」。

突然找到撲克牌的這種情況，一時間也教人難以想像，不過，如果是這種零亂擺滿各種裝飾品的店內，或許也不無可能。只要好好找尋，似乎還能再找出些什麼。

我一面想著這件事，一面環視店內，這時鮑伯突然提議。

「對了，既然這樣，江崎少年，你要不要一起玩啊？」

我不禁蹙起眉頭。「玩撲克牌？」

「**當然**。**這很有趣哦**。**而且很深奧呢**。」

這句臺詞原來是在這個時候出現啊，我不禁伸手搔頭。

我也沒細想，就想駁回鮑伯的提議，視此為理所當然，但我突然想起剛才的對話，把來到嘴邊的話又嚥了回去。

「凡事不見得要積極投入，但至少要參與。」

就某個層面來說，或許就是指這種事。

「好吧。」我說。

「嗯。這樣才對嘛。」

鮑伯就像他說的，流露出充滿幹勁的笑意，開始洗牌。撲克牌在他手中輕快地洗過一遍。

「對了，要玩什麼？撲克？還是二十一點？」

「哎呀，差點忘了。得先說明才行……」

鮑伯說完後，停止洗牌，露出含意深遠的笑容。「來玩個有點罕見的遊戲吧。」

「罕見的遊戲？」

「對。罕見的遊戲。我和老闆玩這個遊戲，也玩得很起勁。是相當具有戰略性，而且需要展開心理戰的遊戲。」

「少賣關子了。這遊戲叫什麼？」

鮑伯臉上露出像惡魔般的老練笑容，如果換個情況，就算稱他是壞蛋，也一點都不為過，他緩緩地回答道：

「NOIR REVENANT（黑色歸來者）。」

葵靜葉♥

「那麼，請拿著這張會客證前往病房。」

我在文件上填完必要事項後，櫃臺的護理師面帶笑容地遞給我一張小小的塑膠製會客證。我接過後，向她行了一禮，朝「那個男人」入住的三樓病房走去。這兩年來，我幾乎每天都前來會客，但走在醫院的油氈走廊上，我再次深切感覺到，這地方不管造訪再多次，似乎都不會習慣。

只要來到這裡，我一定會想起許多事。從某一塊回憶拼圖，又會發現另一塊拼圖，喚醒回憶的連鎖陸續發生。就像即將全部解開的方格填字遊戲一樣，一個提示會引來下一個提示，當時的情感和情景陸續浮現。猶如被強烈地灌輸「絕不能忘記」的觀念般，兩年前的事瞬間在我腦中重現。如果可以，我很想永遠轉身不去面對，那是沉積在我心中，最黑暗的經驗。後悔、反省、憤怒的回憶。

我向身旁擦身而過的護理師、醫生、患者（很多都是認識的人）微微點頭致意，在醫院內行走。當中有人向我打招呼說道「哎呀，是靜葉啊。今天又來探望男朋友啊？」每次聽人這樣說，總會令我的心情變得複雜，但我還是決定面帶笑容地回一句「對啊」。雖說是不經意的對話，但說出違心之言，確實令我感到良心的譴責。然而，我又不可能說明一切。就維持這樣吧。之前我一再這樣告訴自己。

打開我的目的地三〇五號房的房門後，出現眼前的，是躺在白色病房裡白色病床上的「那個男人」，以及年輕的女護理師。

「哎呀，是葵啊。今天比平時還早來呢。」護理師似乎正在進行某種檢查，一邊動作一邊說道。

「對。因為今天是結業式。」

我輕輕將書包放在病床旁的椅子上。

「那個男人」的表情，今天當然同樣也沒變化。他一如平時，眼睛和嘴巴輕輕地閉著，微微發出呼吸聲，在病床上沉睡。如果仔細看的話，可以看出他嘴巴四周雜亂地長出青春期特有，介於汗毛與鬍鬚之間的東西，證明他沉睡許久。雖說是處於植物人的狀態，但他確實還活著。這對我帶來些許的救贖，同時也帶來些許絕望。存在於我心中的這兩種情感，就像水流湍急的河口，激烈地相互衝擊、對立、並存。

我向護理師知會一聲後，和平時一樣，開始為男子打理。幸好這名男子的父母是頗有身分地位的資產家，他不是在家中療養，而是採住院的形式，所以我該做的工作並不多。就只是幫花瓶換水、將男子在家中洗好的衣服帶來放在病房（醫院會負責更衣），最後則是用溼毛巾簡單地幫他擦拭身體（雖說是擦拭，但也只擦上半身）。脫去男子的睡衣，用擰乾的毛巾仔細幫他擦去汗水。擦到一定程度後，毛巾泡水搓揉擰乾，再幫男子擦拭身體。如此一再反覆。在長期打點滴所帶來的不良影響下，男子變得瘦弱，肋骨浮凸。雖然他原本就身材清瘦，但現在胸膛變得更薄，看得出他的肌肉正一點一滴地流失。

將男子的身體擦過一遍後，我就此告一段落，坐向椅子，從書包裡拿出礦泉水，湊向嘴邊。

我在喝水時，突然望了男子一眼，說來諷刺，他長得實在很俊俏，宛如在等候某人獻吻的王子。我這真的不是恭維話，在長相方面，他確實長得五官端正，無可挑剔。真的只有在長相方面。

我總是一再地在心裡想。

這個男人要是長得醜就好了，如果是這樣，就不會為任何人帶來不幸。我自己也很清楚，這個想法實在很蠢，是個無聊的妄想。但我就是忍不住會這麼想。

或者說，如果這個男人具有些許的理性或知性的話，如果我更堅持地說服千花的話，那天我要是能更加小心提防的話……腦中的假設沒完沒了，像熱水一樣不斷湧出。不管我怎麼想，都無法改變現實。不管我怎麼想，千花、這男人，還有我自己，也都不會有任何改變。

我還是忍不住嘆氣。

「不會有事的，葵。他一定會好起來的。」

護理師聽到我的嘆息，以活潑的笑容加上握拳的動作，替我打氣。

「因為有這麼可愛的女朋友每天來照顧他。怎麼可能不會恢復呢？」

我沒出言更正我嘆氣的原因，就只回了一句「謝謝」。盡可能不讓自己的笑臉變僵。

也只能這麼做了。因為我無法說出一切。

——我只是每天到這裡來負起我的責任罷了，才不是這個男人的女朋友呢。他不是我的男朋友，而是我的摯友「千花」的男朋友。應該說是前男友——。

我把這兩年來一直想跟人坦白說出的話嚥回肚裡，離開病房。離開前，我細看男子的臉，還是一樣俊美。雖說變瘦了些，但他鼻梁高挺，眼睛雖然閉著，但眼形很好看，唇形也顯得氣質出眾。人們常說，上天不會獨厚一人，或許就某個意義來說，這個男人親身印證了這一點。

虜獲千花芳心的這個男人。

害死千花的這個男人。

我根本不想照顧的這個男人。

連想都不願去想的這個男人。

然而……被我毀掉的這個男人。

我在心中暗自低語。

——我一遍又一遍地說。真的很抱歉。我做了無法挽回的事。我所做的事，不管怎樣都無法饒恕。就算要花上好幾年的時間，甚至是花上一輩子，我也得持續地償還。可是……儘管我心裡明白，但我還是無法原諒你。

男子當然還是一樣，既不笑，也不生氣。

離開醫院後，我從書包裡取出音樂播放器，將耳塞式耳機塞進耳中。按下降噪開關後，世界就此籠罩在寂靜中。宛如宇宙誕生前，什麼都沒有的世界那般寂靜。人聲、車輛的引擎聲、鳥鳴，全都被某個點吸收，消失得乾乾淨淨。

基本上，音樂播放器我都設定成隨機播放模式，所以不知道第一首播放的曲子會是什麼。按下無線遙控的播放鈕後，今天一開始播放的是恰萌奇的《智齒》。我莞爾一笑。也許今天不會太糟。

從醫院所在的戶塚站搭橫須賀線，只坐了一站，便在我家所在的東戶塚站下車。當時播放的曲子已改換成 REMIOROMEN 的《架向明天的橋》。不錯的選曲仍舊持續著。

從這裡徒步走到我家，約十五分鐘的路程，但我似乎走向會繞往某處的方向。就像鮭魚會仗著歸巢本能逆流而上一樣，我的雙腳也順從本能，策劃要繞往某處。

照理來說，應該別繞路過去會比較好，也許去了只會讓自己難受，但雙腳還是偏離回家的路線，一路前進。

穿過車站周邊的喧囂後，進一步穿過住宅街，音樂播放器播放的曲子換了四首，也就是過了二十分鐘左右，我終於抵達了目的地。

一間個人經營的小樂器行，真的很小。主要販售的是原音樂器，尤其是鋼琴這類的鍵盤樂器，一家很小巧的店，約七、八坪大。

我按下音樂播放器的停止鍵，收進書包裡，打開店門。

「歡迎光……哦，是靜葉啊。有三天沒見了呢。」

店主吉田大叔將原本正在看的報紙摺好，衝著我笑。他渾圓的身軀，配上一頂很像蔬菜蒂般的淡綠色針織帽。「我戴它不是想耍帥，而是因為頭髮日漸稀疏」，吉田大叔曾經很難為情地這樣說過，但大叔很適合戴那頂針織帽。

「你好。我又來了。」

「說什麼話嘛，靜葉不管什麼時候來，我都很歡迎哦。因為這裡每天都閒到連我自己都很吃驚呢。」

我從擺在門口附近，大叔引以為傲的史坦威平臺鋼琴（雖然擺在最顯眼處，卻是非賣品）旁通過，坐向大叔坐的櫃臺正對面的椅子上。

店內除了史坦威鋼琴外，還有一臺山葉的平臺鋼琴（被我弄壞了）。沿著牆壁，還各擺了一臺黑亮的山葉直立式鋼琴、積了一層灰的 WURLITZER 電鋼琴，以及 RHODES 鋼琴[8]。每個都是從我幼稚園時代就一直擺在這裡，完全沒有因買賣而搬動過的痕跡。擺在大叔身後的中提琴、小提琴、民謠吉他、古典吉他，全都在這裡擺放多年，可以想見，如果試著將它們從固定位置上搬開，想必會露出沒半點塵埃的乾淨地板或牆面。這家店到底是靠什麼謀生呢？我常對此感到不安。

我向大叔知會一聲後，和平時一樣彈奏起那臺山葉平臺鋼琴。不過，它已經損毀，發不出聲音。不管按哪個琴鍵，琴槌都不會令琴弦震動，就只會發出敲擊鍵盤的啪嗟啪嗟聲。但這樣就夠了。就得這樣才行。因為不能有更多的奢望。

從兩年前的那天起，演奏鋼琴的行為成了我心中最大的禁忌。

我從腦中的曲目裡，隨便挑出幾個喜歡的部分，隨手彈奏。當然沒發出聲響。但光是確認運指沒錯，就很心滿意足了。鍵盤與手指接觸的瞬間，我腦中的細胞瞬間分裂成小分子，身體陸續更新。就像洗去汙垢，穿上新的襯衫一樣，有了些改變。

「大姊姊，那臺鋼琴壞掉了。」

這突如其來的聲音，令我就此停下手指的動作。是個沒聽過的小男生聲音。

「大姊姊，那邊那臺鋼琴會發出正常的聲音哦。」

轉頭一看，一個看起來還是小學低年級生的小男孩，指著史坦威鋼琴，露出得意的表情。就像向人展現沒讓人知道的知識時，那自信滿滿的表情。

「哦，誠司。你什麼時候跑到那兒去了……」

吉田大叔從櫃臺探出身子，往這邊窺望。小男生對吉田大叔說「在外公你看報紙的時候」，再度露出得意的笑臉。看來他認識吉田大叔（也許是他孫子）。從他的口吻聽來，小男生是趁大叔不注意，從店內深處（住家的部分）跑來。

我對小男生莞爾一笑，對他說「你叫『誠司』啊？」

小男生重重地點頭，向我問道「對。大姊姊妳叫什麼名字？」那得意的表情真可愛。

「我叫『靜葉』。」

「嗯～名字好難記。」

「喂，誠司，這樣很沒禮貌吧。」

吉田大叔的口吻雖然溫柔，但眉頭微蹙，我對他說了一聲「我不介意」，擺了擺手。

吉田大叔隔著針織帽搔頭。「哎呀，真是抱歉啊，靜葉。因為是暑假，我女兒一家回娘家玩。妳可能已經猜到，誠司是我外孫。」

聽大叔這樣介紹，誠司雙手叉腰，抬頭挺胸。那極力想顯得高大的模樣，與他這年紀很相稱，令人莞爾。

「大姊姊喜歡鋼琴啊？」

我點頭。「嗯，很喜歡。」

8.由 HAROLD RHODES 發明的電子鋼琴，於二十世紀七〇年代開始流行。

「既然這樣，那妳彈那一臺鋼琴比較好哦。那臺可以彈出正常的聲音，不過聲音有點怪怪的。」

看來，史坦威鋼琴的音質，誠司不太喜歡。我面露笑容應道：

「謝謝你。不過，我彈這臺沒聲音的鋼琴就行了。而且當初弄壞這臺鋼琴的人是我。」

「咦，是姊姊妳弄壞這臺鋼琴啊？」

「對。」

我如此回答後，吉田大叔打斷我的話。

「靜葉，妳說這什麼話啊。只是剛好妳在彈琴的時候，它發不出聲音而已。不是妳弄壞的。」

我以微笑圓場，但暗自在心中更正他的說法。

——不，吉田大叔。這臺鋼琴確實是我親手弄壞的。毋庸置疑，確實是如此——

正當我心裡這麼想的時候，眼前的誠司突然像是想到什麼點子般，睜大眼睛。

「這樣的話，大姊姊，妳很會彈鋼琴嗎？」

「咦？」

「到底會不會嘛？」

我一時答不出話來。各種念頭在我腦中散亂開來，像黃沙般四散。我無法接話。嘴巴試著發出開頭的一兩個字，但接著就說不出來了。這時，吉田大叔代替我回答。

「大姊姊彈得很好呢。靜葉曾經在音樂大賽中拿下冠軍哦。」

「真的？」

「對，是真的。靜葉，沒錯吧？」

我雖然答不出話來，但還是回了一句「嗯……」。

誠司頓時眼睛為之一亮。

「這樣的話，妳能彈那首嗎？『哪肯巴你啦』。」

「哪肯巴你啦？」我反問。

「對，『哪肯巴你啦』。」

我偏著頭思考了一會兒後問道：「你說的該不會是《LA CAMPANELLA》[9]吧？」

「對對對。」

我試著在腦中播放李斯特的《LA CAMPANELLA》。這是不用說也知道的名曲。右手動作激昂的八度音，令人印象深刻。

「大姊姊，妳會彈嗎？」

「會彈一點點。不過我現在已經……」

「真的？」

誠司打斷我的話，如此說道，天真地握住我的手，把我拉向史坦威鋼琴。

「妳彈、妳彈。」

一度點燃的喜悅和好奇的火焰，不會就此變弱。誠司沒理會我那備感困惑的聲音，用力拉著我走，最後終於將我帶到史坦威鋼琴前。我就像扮家家酒玩的人偶，任由他拉著我

9.原文為法語，譯名為《鐘》，為李斯特的名曲。

坐向那臺會發出聲音的鋼琴座椅上。

我轉頭望向誠司，想告訴他我的情況，但誠司已朝我流露出無比期待的眼神，我頓時說不出口。他對接下來可能會聽到的《LA CAMPANELLA》音色，滿懷期待，雙目炯炯生輝。也許誠司腦中已經響起《LA CAMPANELLA》的琴聲。

要是這時候說「我不彈」，誠司會怎麼想？會生氣嗎？會哭泣嗎？一旦開始想到這種事，就會更難開口解釋。怎麼辦才好……我想彈給他聽，但我不能彈。

不管是以何種形式，哪怕只是一曲，甚至只是一個音，我要是彈奏出真正的鋼琴音色，我之前心中一再堆疊的某個東西將就此崩毀，轉瞬間一切都將歸零。

我腦中浮現千花以及「那個男人」的臉龐。

某個像咒縛，像宿命，又像脅迫的東西，重重壓在我肩上。

不行，我沒辦法彈。

「抱歉……是我說謊。那首《LA CAMPANELLA》，我還是沒辦法彈。」

誠司明顯浮現失望之色。

「咦，怎麼會這樣……可是剛才妳說會彈啊。」

「我真的很抱歉……」

誠司剛才期待的表情突然變臉，整張臉皺成一團，一副快要哭了的樣子。我急著想跟他說些什麼，在腦中思考該怎麼說，但感覺不管說什麼，都會像尖針一樣，刺破誠司心中那顆氣球，最後我一句話也說不出口。

「喂，誠司。別任性。」

這時，吉田大叔繞到誠司背後，伸手搭在他肩上，對他說道。

「靜葉也有她的苦衷。你不能強人所難。」

「可是……可是……」

儘管聽吉田大叔這麼說，誠司似乎還是無法接受，頹然垂首。他把不滿的矛頭指向大叔，怒氣沖沖。

「是她說要彈給我聽的。」

「她沒這麼說吧？是誠司你自己提出任性的要求。」

「……我不管了啦！」

誠司留下這句話後，跑進店內深處。

「抱歉，靜葉。誠司給妳帶來困擾了。」

誠司消失後，吉田大叔一臉歉疚地說道。

「不……我沒彈，是我不對。對不起。待會兒可以代我跟誠司道聲歉嗎？」

「不不不，歸咎起來，都是因為我說了那句『靜葉很會彈鋼琴』，才會變成這樣。我才要向妳道歉呢。」

吉田大叔摘下針織帽，緩緩鞠了個躬，接著再度緩緩抬頭。

「對了，我有個禮物要送妳，不過這可不是用來道歉的。」吉田大叔說。

「禮物？」

「對。是前不久，我無意間得到的……一直想說下次遇見妳的話，要送給妳。妳等我一下哦。」

大叔如此說道，返回櫃臺，打開抽屜。他所說的禮物，就擺在抽屜最上層，大叔馬上拿著那個禮物返回。

「就是它。」

大叔遞給我一張紙。

「這是什麼？」

「是門票。」

我偏著頭接過那張門票。是常見的長方形傳統門票。上頭有票根用的撕線，以及某個3D影像圖。這到底是什麼門票呢？

當我細看那張門票，想確認內容時，突然感覺胸口有股像靜電般的觸感。某個東西微微爆裂開來。

不是我自己神經過敏。我心頭一震，不由自主地抬起頭來。就像有個冰冷的鐵塊從背脊滑過，感到一股異樣的寒冷。

「妳怎麼了，靜葉？」

「不，我沒事。」

大叔一臉擔心地向我詢問，我朝他擺了擺手，表示我沒事。剛才的現象是怎麼回事，我完全無法理解。有個像焦躁感，或是罪惡感的東西，盈滿我內心深處。

我百思不解。

唯一可以確定的是，此刻確實有某個東西從我握在右手裡的這張門票流出。

我倒抽一口冷氣。

大須賀駿 ♣

彌生規規矩矩地坐在椅子上，頻頻將漢堡送入口中。她的小手牢牢地握住漢堡，張開她的小嘴，小口地咬下。漢堡就像防禦力高的怪物生命值，耗損的速度很慢，令人焦急。而我就只是默默地望著彌生用餐的模樣。

我和彌生一起離開學校後，最後達成共識，先去找個地方吃午餐。彌生今天夾帶著高達「85」分的幸運，她到底要前往何處，目前還不確定，但不管怎麼樣，還是得先填飽肚子再說。因此，我們充分展現了年輕人的作風，選了低消費、高卡路里的漢堡店，一直坐到現在。

彌生不時抬眼偷瞄我，同時耐性十足地與漢堡展開對峙，現在她終於全部吃完了。她就像憐憫與她交手的強敵，要親手埋葬對方似地，將漢堡的包裝紙仔細摺好，然後放在托盤上，以餐巾擦嘴。彌生只點了漢堡和冰紅茶，但她似乎已經很飽了，從肚子裡重重吁了口氣。

我看彌生吃完後，更加等不及了，開始切入談話的核心。

「彌生，妳今天接下來打算去哪裡啊？」

可能是我隔這麼久才又跟她搭話，彌生感到吃驚，微微瞪大眼睛。

「就、就……」

「就？」

「……就、就在那裡。」

彌生像難以啟齒般，垂眼望向下方，視線左右游移。接著如同固定模式一樣，又開始滿臉通紅。不過，此時她臉紅的情況，也許是今天最嚴重的一次。她視線游移，感覺得出她極度慌亂。看來，彌生接下來想去的，果然是個難以啟齒的地方。我心頭隱隱感到有股不安。

「……是哪裡啊？」

傳來彌生吞口水的聲音。彌生做了個深呼吸，讓聲音平靜下來後，終於說出我等候已久的答案。

「星、星……星象館。」

「咦？」

我忍不住發出一聲憨傻的驚呼。不光聲音，肯定連表情也顯得很憨傻。這實在太令人意外了。

「星象館？」

「嗯……」

「妳一直想去那裡？」

「……嗯。」

怎麼回事，這就是男女差異嗎？男高中生和女高中生，是生活在差異這麼大的兩個不同世界嗎？我忍不住搔起了頭。

現在的女高中生，在結業式結束後，會馬上自己一個人跑去星象館嗎？聽說女孩子是一種很浪漫的生物，但我萬萬沒想到會有這種事。是因為每天早上都會在新聞的角落進行星座占卜，所以平均一個月得去一次星象館複習星座嗎？……嗯，一定是這樣。我強迫自己接受。

「不過，星象館是在這一帶嗎？」

這時，彌生用力點著頭，就像是在對我打包票說道「這點我很確定」。

我配合彌生那一點都不快的步行速度，推著單車與她並肩走了幾分鐘。星象館確實就位在代表幕張新都心的大樓市街裡的一隅。而且是一棟造型一點都不馬虎的建築，它呈現出一股與眾不同的氣氛，就連那些對星座很有意見的女高中生，恐怕看了之後也會忍不住讚嘆吧。金黃色的球形天花板對陽光形成折射，金光燦然。

我和彌生在售票處買票，馬上走進館內。圓頂型的館內，擺滿了感覺坐起來很舒服的折疊式座椅，在壯闊氣氛的呈現上也扮演了一部分的角色。

「呃……大須賀同學。」

在我背後的彌生突然朝我叫喚。平時都盡可能避免和我目光交會的彌生，此時就像要對我訴說什麼似的，注視著我的雙眼。

今天也許是彌生第一次主動叫我。我甚至覺得，我好像現在才知道彌生是稱呼我「大須賀同學」。

「怎麼了?」我問。

「呃……我、我想坐那邊。」

說完後,彌生超越我,快步往中央的方向奔去。而當她抵達那處座位後,並未直接就座,而是以視線徵求我的同意。看起來像極了等候主人誇一句「好乖」的家犬(她的雙馬尾像狗尾巴一樣來回擺動……倒還不至於這麼誇張)。

我的心臟怦然一震。

我先將自己的怪異反應擱向一旁,走到彌生身旁。

「如、如果是這裡的話,應該……會看得很清楚。」

向來沉默寡言的彌生,就像壓抑不了從心中滿溢而出的興奮之情,加上些許肢體動作,如此說道。我環視天花板,果真如彌生所言,如果坐這裡,確實可以一覽無遺。

「嗯,這位置還不錯。」我如此說道,就此入座。

彌生看了我的反應後,馬上就座。接著露出開心的微笑。那不是難為情的笑,也不是苦笑,更不是向人討好的笑,而是真實無偽,從內心湧現的「喜悅」情感,直接顯現於外,充滿暖意的笑。

我的心臟再度怦然一震。

不行、不行,我好像不知不覺間,差點忘了一開始的目的。今天我是來見證發生在彌生身上,那高達「85」分,巨無霸等級的幸運。

接下來,就在這個星象館裡,那「85」分的幸運將會造訪彌生。當然了,不可能就只是「哇,投影星象儀好美哦……」這種程度。應該會發生驚人的事件。

我再次重振精神，仔細觀察彌生的側臉。的確，彌生面對接下來即將展開的投影星象儀，顯得有點雀躍，但似乎還沒發揮幸運的本領。現在還只算是序章、序幕而已。

也許我的目光顯得有點激動，彌生發現後，突然慌張起來，再度低下頭去。看起來既像難為情，又像歉疚。

我感覺自己像是對彌生的興奮潑了桶冷水，想說句話來圓場，但在我開口前，館內照明搶先一步熄滅。

投影星象儀開始運作。

——讓各位久等了。承蒙您今日蒞臨，衷心感謝——

女性廣播員專業的聲音響起，投影星象儀靜靜揭開序幕。在什麼都看不見的一片黑暗中，圓頂浮現星空，四周被微光包圍。

坦白說，我原本對投影星象儀沒什麼興趣，但它給我帶來的感動卻超乎想像。那搖晃的星星，感覺很不像人工的產物，甚至讓我產生錯覺，以為自己是真的在仰望夜空。好一處迷人的空間。

廣播員每次都會介紹星等、每個季節的主要星座，以及該星座相關的故事等。

每個都是平時難得一見的資訊，很耐人尋味。當中我印象特別深刻的，是希臘神話中獵戶座的故事。

就算是對星座沒有什麼了解的人（這也包含我在內），當中可能還是有很多人認得獵戶座。再怎麼說，它的形狀確實很容易辨識。冬天的夜空漂亮地高掛著三顆星，確實頗具特色。

根據神話，俄里翁[10]是海神波賽頓的兒子，似乎是位莽漢。而對這位莽漢傷透腦筋的大地女神蓋亞，決定殺了俄里翁。據說蓋亞放出蠍子（這就是天蠍座）。蠍子一擊便收拾了俄里翁的性命。一隻小小的蠍子竟然能刺殺這位鬧得天翻地覆的天神之子，教人難以接受，不過神話往往都是這樣。附帶一提，如果打倒俄里翁的蠍子得意忘形，開始大鬧時，位在牠後方的半人馬族奇戎（CHIRON）會手持弓箭等著牠（這是射手座）。雖然有許多不合理之處，但大致是這樣的故事。

高掛夜空的星辰原來背後也有這樣的故事，很有意思。這甚至讓我心想，以後我仰望天空時，就多留意一下星座吧。

我趁播報中間的空檔，窺望彌生的神情，發現彌生仰望著星空，眼中散發光輝。就像在凝望世上最珍貴、奇幻的景象般，看得無比專注，幾乎整個人都要被吸過去了。由於她實在太過專注，我甚至擔心彌生會不會被吸往天花板去。彌生的雙眸在星光下浮現，彷彿帶有感動的淚水。

這時，彌生可能是發現我在看她，猛然轉過臉來，以水汪汪的雙眸望向我。

「……很美對吧。」

彌生既沒閃躲，也沒結巴，很率直地如此說道。那清亮高亢的聲音，如同上好的海綿蛋糕，輕柔地包覆我的耳朵。

館內因為那緩緩轉動的天體，加上像在低語般響起的水晶音樂，營造出絕佳氣氛。

不知為何，我突然心臟噗通亂跳，竟然覺得兩頰發燙。

「嗯……真、真的很美。」

換我不由自主地結巴起來。

彌生對我露出猶如一等星般耀眼的笑容後，視線再度移向星空。她朝星空凝望三秒後，再次融入星座的世界。

我用雙手在臉上搓揉，接著做了個深呼吸。

我漸漸覺得，背後的數字已不再重要。

最後，在星象館裡並未發生多特別的事件。彌生始終都因投影星象儀而深受感動，我在一旁窺望這樣的彌生，也很樂在其中，一直都沒發生與「85」這樣的高分相符的事件。

播映結束，離開星象館後，彌生展開雙臂，伸了個懶腰。可能是星象館那迷人的芳香至今仍留在她體內，她始終難掩心中的笑意。顯得心花怒放。

但這到底是怎麼回事呢？

星象館內並未發生什麼特別的事件，這一切始終都是個謎。難道彌生接下來還打算去哪兒嗎？

這時，我的手機響起。我先跟彌生知會一聲，打開手機。是母親打來的電話，她應該正在公司裡上班吧。我按下通話鈕後，傳來母親略顯焦急的聲音。

「喂，你現在在家裡嗎？」

「不，我在外面，有什麼事嗎？」

10. 獵戶座的英文叫 ORION。

「是這樣的，我好像東西忘在家裡了。不好意思，你可以回家幫我拿過來嗎？」

我叫母親等我一下，以左手摀住麥克風的部位。看來，我攬下了一個麻煩的差事。

「……怎、怎麼了？」

見我一隻手拿著手機，面露難色，彌生一臉不安地向我問道。我盡可能以開朗的表情答覆她。

「不，不是什麼大問題。只是我媽東西忘在家裡，要我幫她送去。」

「這、這樣啊……」

不知為何，彌生突然露出沮喪的表情，還微微縮起肩膀。就像缺水的牽牛花一樣。

我腦中浮現一臺天平，把兩件事放在兩端權衡。

一是母親的委託。母親很少會在上班時打電話給我。也就是說，母親可能因為忘了那項東西，而相當著急。我想幫她這個忙。

二是繼續見證彌生的幸運。星象館什麼也沒發生，但我確定接下來會發生。如果我現在瞄向彌生的背後，「85」這個驚人的數字肯定會朝我比「YA」。彷彿在對我說「如何？很好奇對吧？」

我靜靜觀察自己內心的天平權衡的結果。指針會指向哪一邊？哪一邊比較重？很快就有了答案。

我左手從麥克風的部位移開，再次將手機靠向耳朵。

「抱歉，媽。我現在一時抽不開身。抱歉，我沒辦法幫忙。」

母親的聲音微微一沉。「……這樣啊，真遺憾。你可別玩太久哦。」

「我知道。再見。」

我說完後，掛斷電話，轉頭望向彌生。彌生一臉意外的神情。原本就大的眼睛睜得更大了，目瞪口呆。

我對她說道：

「我說……如果妳還打算去哪兒的話，我想接著陪妳去，可以嗎？打算去哪兒嗎？」

彌生似乎有話想說，嘴巴一張一合，最後擠出聲音回答道：

「……有、有。」

我咧嘴一笑，跟著彌生前往下一個目的地。

坦白說，現在就算彌生背後的數字是「50」，我也會做同樣的選擇。我現在純粹覺得和彌生在一起很快樂。

結果彌生說她想去電玩遊樂場，令我大感意外。我們趕往附近的電玩遊樂場，玩了當中的幾種遊戲。接著彌生說她想去星巴客，我們在那裡聊了幾個小時（雖然對話並不多），接著又去了彌生想去的購物中心，在裡頭四處逛。完全發揮只逛不買的精神，看了各種雜貨、家具，總之，各種五花八門的東西都逛了一遍。

不知不覺間，已來到晚上八點。就像有人拿剪刀剪去了三小時的時間般，體感時間真短。一轉眼時間就沒了。

遺憾的是，符合彌生那「85」分的事件至今仍未出現，但天色已經昏暗。

剛才母親才叮囑過我「別玩得太晚」，而且讓稚氣未脫的彌生在這種夜生活的市街上遊蕩，我會良心不安（同時也會擔心）。總之，再繼續纏著彌生，就太不識相了。

「已經八點了，我們也該回去了吧？」

彌生以複雜的表情仰望著我。就像將飲料吧裡的飲料全部混在一起似地，一種五味雜陳的表情。

「我、我覺得……可以再多玩……一會兒。」

這句話非比尋常，令我心志動搖，但我身為一名紳士，不能就此改變立場。

「要是太晚回去，妳父母會擔心吧？」

彌生用力搖頭。

「沒、沒關係的。真的沒關係。」彌生一度就像感到躊躇似地，隔了一會兒才又接著說。

「因、因為我爸媽都不在了。」

時間頓時停住。

明明是夏天，但感覺吹來的風透著寒意，照亮街道的大樓燈光，顯得很人工，不帶半點情感。

直到今天我才知道，彌生竟然有這樣的遭遇。

我大為傻眼，半晌說不出話來。一來是對自己粗神經的發言感到反省和後悔，二來是有別的含意。

我有一種共鳴感。

為了打破沉默，我開口向她道歉。

「……抱歉。」

「你、你大可不必放在心上。我沒見過我爸，至於我媽，則是在我小時候就過世了。」

「那麼，妳是自己一個人住嗎？」

「不，我住在我舅舅家。」

我真的什麼都不知道。這麼震撼的資訊，應該會從某個地方傳進耳中才對，但我卻完全沒聽過半點相關的傳聞。是彌生保密到家，沒讓周遭人知道自己的情形嗎？不過話說回來，我自己也是這樣。

我有點猶豫該不該說，但最後我還是看準時機，開口告訴了她。

「其實我也是，我雖然有媽媽，卻沒有爸爸。」

面對我突如其來的告白，彌生面露驚訝之色。我接著道。

「在我出生前，也就是我媽懷了我的時候，我爸突然失去下落。就這樣扔下我媽和她肚裡的我。從那之後音訊全無。」我刻意擠出笑臉，不讓這件事顯得太嚴肅。「而最近終於知道他的消息了。雖說知道了消息，但他已經不在人世。好像是被卡車撞死。不過，就是沒什麼真實感。」

我伸手搭在彌生瘦小的肩上。在我的碰觸下，彌生嚇了一跳，但她沒露出嫌棄的表情。

「剛才很抱歉。雖然妳叫我別在意，但我還是要向妳道歉。因為我也是，每當別人提到父親的話題時，我心裡還是會覺得不舒服。」我就此停頓了一會兒，結束這個話題。「我不是有意要講得一副好像很明白妳遭遇的樣子，不過，既然妳家中有舅舅和舅媽在等妳，今天就回去吧。坦白說，我也想再多玩一會兒，但要是太晚回去，會給他們帶來困擾。」

我如此說完後，彌生默默點了點頭。我不由自主地露出笑容，我總算達成紳士的使命了。

因為以前念同一所國中，所以我們的家離得近。因此，放學回家的路上，當然幾乎都和彌生走同一條路。

我騎單車。彌生徒步。

我抱持著輕鬆的心情，以事後可以說一句「開玩笑的啦，哈哈」來躲過尷尬的平淡口吻，向彌生做了個提議。那懦弱的模樣，連我自己都覺得很沒用。

「既然這樣，要坐我後面嗎？」

因為沉默了半晌，我就此準備說出心裡事先準備的那句「開玩笑的啦」，這時，彌生就像接受求婚一樣，恭順地點了點頭。

「到、到這一帶就行了。」

背後傳來彌生的聲音，我就此停下單車。這裡是幕張站前的商店街。

我說「到這裡就行嗎？既然都坐了，乾脆送到妳家門前吧」，但彌生回了一句「沒關係的」，扭動她嬌小的身軀，跳下單車，感覺都快跌倒了。

彌生一落地，便拍了拍裙子，把皺摺拉平。她先檢查自己的服儀有沒有哪裡零亂，接著朝我立正站好。

「今……今天謝謝你。我很開心。」

彌生雖然有點結巴，但還是很努力說出這句話，露出像水果般水嫩的笑容。那是真的會從心裡暖出的笑臉，不論再苦再累，也會因為她的笑臉而瞬間淨化。

「接、接下來就是暑假了……你、你還會找我玩嗎？」

我回了她一句「當然」，接著像在簽訂合約般，和她互留手機的電子郵件地址。在互留聯絡方式時，那段難以言喻的空白時間，真教人難為情，不過這時的彌生就像在等候餅乾烤好般，殷切期盼，臉上始終掛著微笑。

我們又小聊了一會兒後，就此互道再見。

彌生轉身朝自家的方向走去，背後一樣浮現「85」這個數字。到頭來，我還是沒能弄明白那關鍵的答案，就這麼結束了，不過，也只能就此死心了。彌生離去時，我叫住她，向她問話。

彌生以右腳為軸，轉過身來，她的雙馬尾迅速甩動。我為了讓聲音傳遠一點，刻意大聲說道：

「彌生，妳喜歡吃的東西是什麼？」

彌生為之一愣。「喜、喜歡吃的東西？」

「對。」

「呃……」彌生握拳抵向嘴邊，展開思考。「應、應該是蛋包飯吧？」

我向她打包票說道：「這樣的話，今天妳家晚餐會吃蛋包飯。一定是這樣沒錯。而且是超美味的蛋包飯。雞肉用的是國產雞，番茄醬是只用有機栽種的番茄作成的上等好貨，蛋用的是碘蛋[11]，而且煮成半熟的黏稠狀……總之，就像這感覺，是最美味的蛋包飯。」

「為、為什麼你會這麼想？」

11. 日本的一種品牌雞蛋。以海藻粉末餵食雞隻，產下富含碘的雞蛋，故稱之為碘蛋。

「因為如果不是這樣的話，就沒辦法解釋了。」

彌生聽得一頭霧水，但還是與我揮手道別。

我望著彌生那柔弱嬌小的背影逐漸變小，化為黑暗中的一個小點，就此消失後，才踏上返家的路。

我彷彿心中填滿了高質量的暖氣，帶著心滿意足的心情踏上歸途。

猛然回神，發現我正在思考一個問題。

這個暑假，我到底還能和彌生見上幾次面呢？

三枝乃音◆

我將行李擺向木板後，整個人像雪崩般癱倒在沙發上。掛在肩上的書包裡裝了十本，右手的環保袋裝了十本，而左手的環保袋同樣也裝了十本，合計多達三十本書的重量，加上從新宿到這裡的路途，就連我也累得筋疲力竭。平安返家，確定得到休息和平靜後，我才能打從心底說一句——真的重得要命。

不過，這樣也沒關係。我將自己的思考引往正向。因為痛苦愈大，得到的喜悅相對也愈大。這是有名的歌德說的名言。

「不曾和著眼淚吃下麵包的人，不懂人生真正的滋味」。

唯有克服痛苦和悲傷，才算是人生。

「姊，妳這種用錢方式大錯特錯。」坐在一旁看電視的弟弟，對我口吐狂言。「如果是我，一定可以更有效地活用那筆錢。」

你這個傻蛋胡說些什麼呢。我嗤之以鼻地回答道：「呃，我的傻弟弟啊，我記得你才國一吧？」

「那又怎樣？」

「那我問你。你最後看的一本書是什麼？」

「咦？」弟弟皺起眉頭，仔細地思考起來。「那本書叫什麼名字來著啊……《THE

TELEVISION》[12]吧？」

哦，這回答超乎我的想像。這小子心中對書本的概念定義很危險。我對他說道：

「我的傻弟弟啊，西塞羅（MARCUS TULLIUS CICERO）有句名言是這麼說的。『沒有書的房間，就像沒有靈魂的肉體』……如何？你的房間裡有書嗎？」

弟弟搖頭。「才沒有呢。是姊姊妳買太多了。還有，可以別聊著聊著就插一句名言嗎？感覺很恐怖耶。」

我嘆了口氣。和我的傻弟弟對話，令我深切明白，世上就是有這種無法相互理解的人存在。

就像小皐向我展示讀書的美好般，我也想對弟弟說明讀書的美好，但看來是無法如願了。原來如此，難怪戰爭無法從這世上消弭。

我結束與弟弟這場沒有結果的對談，決定從剛買回來的書本中好好挑選。為了提振士氣，我雙手朝臉頰用力拍打後，猛然站起身，在心中朗聲說出開會時的致辭語。「各位，現在武器齊備。好了，我們就開始看書吧。」

我等候心底湧起的鼓掌聲結束後，走向洗手間。如果是舊書姑且不談，但買回來的新書絕不能隨便用手摸髒了。必須仔細且周到地把手洗乾淨。我用水沾溼手，搓滿了肥皂泡，將指縫、手背、指甲縫都洗得乾乾淨淨。嗯，連我自己都覺得很完美。

我返回客廳，捧起剛才自己命名為「三枝 JAPAN」的三十本書，對弟弟說：

「弟弟喲，我接下來會在自己房間裡展開嚴肅聖潔的讀書時間。像你這種野蠻又愚劣的人，未經我許可，絕不許擅自進入我房間。當然了，也請別在我房間附近發出沒必要的噪音。DO YOU UNDERSTAND？」

「是是是。」

「知道就好。等媽媽採買回來，也請跟媽媽說一聲。」

我吩咐完畢後，就此與沉重的書本奮戰，緩緩走向自己的房間。

一走進房內，我便整個人深深陷入我喜愛的那個懶骨頭裡，將成堆的書籍戰利品攤開在矮桌上。一開始有點猶豫，不知該看哪本書好，但我得先從這疊書山裡抽出一本，選定我該看的書。在選定時，最重要的就屬印象和突如其來的感覺。如果是基於道理和必要性，或是在使命感或義務感的逼迫下看書，往往會對內容產生不好的偏見，對原本應該能得到的感慨和感動帶來很大的不良影響。不管是怎樣的好書，如果沒挑對看書的時間和環境，效果都會減半。

因此，就算只是有點想讀也沒關係，就得要有想看書的心情，我很重視這種感覺。基於這個緣故，現在我挑這本書。

我打開那本有點厚度的精裝本文藝書。是出自一位備受矚目的新人之手，有望取得本年度「這本推理小說真厲害大獎」的候選作品。手搭在表面凹凸的紋理細緻的封面上，我忍不住情緒激昂。接下來即將展開的文章世界，此刻就在我面前，正準備靜靜地掀開它沉重的舞臺布幕。有誰能阻止我的滿心雀躍呢。

我一口氣打開封面。

12. KADOKAWA發行的電視資訊雜誌。

飄。

這時，一張紙從書中掉落。這張紙像櫻花般飄然飛舞，輕柔地落向矮桌。

書本當中夾著推薦的書籍資訊小冊子，或是附贈的書籤，並不是什麼新鮮事。所以我一開始也沒特別放在心上。就只是覺得「裡頭夾了什麼呢」，不經意地望向那張紙。

但它給我的感覺，與平時常看的小冊子或書籤不一樣。這是什麼呢？我緩緩地想撿起那張紙。就在這時。

碰觸到那張紙的瞬間，突然感到一陣原因不明的暈眩。視覺和聽覺扭曲變形，有種腦部直接遭受搖晃的感覺。思考、思想、存在論等所有原理，都被趕往遠方，就只有身體的中樞感覺到奇怪的變化。我反射性地拋開那張紙。就像無意間碰到很噁心的昆蟲般，動作又快又猛。

從那張紙上鬆開手後，暈眩的症狀馬上不藥而癒，只留下不可思議的感覺。感覺既像激昂，又像疲憊、暈車，總之就是一種詭異的溫暖感覺，將我緊緊包覆。

我眨了眨眼後，環視四周。大致確認過一遍後，感覺室內和我自己的身體，並無任何肉眼看得出的變化。剛才的現象到底是怎麼回事？

雖然感到疑惑，但我的視線還是落向那張拋向一旁的紙片。儘管原因不明，但那是讓我感到一股神祕的不舒服感，詭異又令人不悅的紙片。我朝紙片投射的視線絕對稱不上友善。我像在瞪視般，朝那張紙片窺望，這才發現它似乎是某種票券。

上頭大大地印著「**幸運券！**」這行字，最先吸引了我的目光。感到極度的不舒服感後，就算現在才說「幸運」，也只是更加助長心頭的不舒服感，甚至有種被嘲弄的感覺。我皺起眉頭，閱讀上面的詳細說明。

「恭喜！本券是以每三千本只有一張的比例放進書中的特別招待券！」

嗯。每三千本只有一張的比例。

的確，如果這是真的，這或許是在很幸運的機率下出現的邂逅。

「憑本券一張，可供一人入場及住宿。」

我暗自吞了口唾沫。提供入場及住宿。

在看到這段文字的瞬間，剛才的不舒服感突然像嘴裡的棉花糖般，存在感變得好稀薄。非但如此，我的心跳開始加速，因為心臟噗通噗通直跳，感覺得到血流的速度加快。我該不會是抽到什麼大獎吧？原本對那不舒服的感覺產生的一連串不滿，就此被拋到九霄雲外，我開始專注地朝那張幸運券投注視線。

我忍不住顫抖的手，粗魯地撿起那張票券，緊盯著它瞧。這次就算碰觸了票券，也沒像剛才那樣暈眩。嗯。剛才那是我自己神經過敏。肯定是這樣沒錯。

不過，當我逐漸了解這張票券的內容後，差點又開始感到暈眩。

「參加的出版社約有三百家！預定前來演講的作家達三十多人！同時也展開絕版書、珍稀書的販售會！由雷遜電子股份有限公司提供！國內最頂極的書展招待券」

「這是什麼啊……」我忍不住叫出聲來。

「會場：東京國際展示場東大廳（受理櫃臺：東六廳）」

時間：七月二十三日～二十七日　晚上八點入場

持本券參加者，除了可參加所有日程的活動，還能於上述期間在臨近會場的有明波士

頓飯店住宿（附早晚餐）」

我做了個深呼吸，極力保持冷靜。我現在手中到底發生了何事，它到底說明了什麼，好難理解。不，其實很容易理解。只不過，如果直接接受我所理解的內容，那可是很了不得的事啊……

當我回過神來，不知為何，我已靜靜地將那張票收進書桌抽屜裡了。我的身體或是我的本能，直覺地做出判斷，不能損毀或遺失這張票。我悄悄拿出很少使用的抽屜鑰匙，將它鎖好。

緊接著下個瞬間。我獨自一人發出歡呼。高興得手舞足蹈。因為票券上所寫的內容，使我心中興奮、期待、好奇的情緒雜陳，逐漸增強，無法控制。太好了、太好了！我蹦蹦跳跳，不斷轉圈。已經停不下來了。腦中已自行想像起書展當天的情景，畫面開始播放。會場裡就像無窮盡般，一路排開的白色書架，宛如當裝飾的古董般，眾多的書山。各家出版社高掛的宣傳氣球，以及特設攤位。會場中央，許多知名作家舉辦演講、簽名會、握手會。太酷了、太棒了。

每三千本只有一張的比例……多幸運啊。我真走運。

過去我逛神田神保町，儘管走到腳痠，努力尋找，還是沒能找到的絕版書，或許能在書展中找到。想到這點，便忍不住嘴角輕揚。

我多年來努力存下零用錢和壓歲錢，長眠在銀行裡的埋藏金「二十萬日圓」，看來是拿出來用的時候了。我是否該趁這時候動用那筆緊急情況下才能使用的積蓄呢？我獨自沉聲低吟。

「姊，妳很吵耶。」

我因這聲叫喚而清醒過來，轉頭望向房門。弟弟不知什麼時候站在那裡。他擅自打開淑女的房間門，毫無顧忌，一臉慍容地站在那裡。

「明明是妳叫人要安靜的，卻又自己一個人大聲喧譁。」

我一時感到有點難為情，但馬上便重振精神，清咳一聲後，對弟弟說道：

「沒錯，真是抱歉。不過，有這句話是這麼說的。高興時，就該高聲喧譁歌唱……」

「我是不知道妳發生了什麼事，不過，如果想不出藉口，大可不必硬要講名言。」

我太大意了。於是我哈哈笑了幾聲，補上一句。

「真是抱歉。不過吾弟，有時是不需要名言的。『沒有名言的時代是不幸，但需要名言的時代更是不幸』。」

這是寺山修司仿照貝托爾特·布萊希特（BERTOLT BRECHT）的英雄論所說的話。「如何？」

弟弟一臉不悅，不發一語地注視著我。

江崎純一郎♠

「這個『NOIR REVENANT』，說起來算是一種『差距』的遊戲。」鮑伯說。他開始說明起『NOIR REVENANT』這種撲克牌遊戲的玩法。鮑伯在聲音中加入高低起伏，將焦點放在遊戲的要點上，實際拿起撲克牌說明規則。他極力省略多餘的內容，盡可能簡潔地說明整個玩法，所以我沒花太多時間便了解它的梗概。

老闆剛才說了一句「我先去店頭打掃一下」，便拿著掃把和畚斗走出店外。店主讓店裡唱空城計，只留客人在店裡，這個畫面讓人感覺有點靠不住，不過這也可以看作是他相信我們的證明。老闆不在的這段時間，就我和鮑伯兩人在店內，聽鮑伯解說撲克牌的規則。我從鮑伯那裡學到的「NOIR REVENANT」規則，可以簡單歸納出以下幾項要點。

1、一開始各發五張牌當手牌。
2、從這五張牌當中，蓋上一張覺得不需要的牌，就此捨棄（這稱作REVENANT牌）。
3、從剩下的四張手牌中選出兩張，同樣蓋著打出（這是勝負牌）。
4、打開勝負牌，和對戰對手比，視關係決定勝負。

「不過，這勝負牌的關係性比較複雜，解說起來有點困難。」鮑伯說。「基本上就像我剛才說的，兩張牌的『差距』較大者獲勝。如果出A和K，以單純的減法計算後，差距是『12』，而如果出6和7，則差距是『1』，就像這樣，算出差距，差距大的一方獲勝。也就是說，A和K算是最強的組合。」

「感覺很簡單呢。」

「不……不光這樣。這同時是這遊戲的妙趣所在，也是它複雜之處，當差距在『10』以上時，會有限制。」

「怎樣的限制？」

「當差距達『10』以上時，對方的勝負牌是同一個數字的組合，那我方就輸了。例如6和6，或是A和A，這種差距為『0』的組合……你知道我說的意思嗎？」

我很坦白地回答道「不好理解」。

鮑伯哈哈笑。「連理解力強的你都說不好理解，證明是我解說功力不好。我該反省。」

其實也不是完全不懂——我在心中低語。

「基本上也就是說，差距大的比較強，但如果過大，就有可能會輸給差距為『0』的組合，是這樣對吧？」

鮑伯像章魚一樣嘟起嘴巴，眼睛眨了兩、三下。「噢，一點都沒錯，江崎少年。雖然你說不懂，但果然很快就理解了。」

「我沒說不懂。我只是說不好理解。」

「嗯。算了……其實它們各自有『GRANDE（大）』『GEMELLI（雙子）』『CAVALLO（騎士）』的牌名，不過，目前先不管……只要一個一個慢慢記就行了。我們這就馬上來玩吧。」

鮑伯如此說道，以流暢的動作洗牌，很快便各替我們兩人發了五張牌。我拿起牌，在手中重新排列。

這時，我突然想起一件事。撲克牌是吧，原來如此。

一旦想到這件事，它就會成為我腦中無法拭除的重要資訊，在我耳畔悄聲告訴我必勝的方法。雖然卑鄙，卻是絕對的必勝法。

我向鮑伯提議。

「不好意思，今天這場勝負，可以只玩一次嗎？」

鮑伯聽我做出這項提議，瞪大眼睛，頭上滿是問號。「嗯……真奇怪的提議。你是不想玩這個遊戲嗎？」

我搖頭。「不。如果只玩一次的話，我一定會贏你。我保證。」

「哦～」鮑伯在椅子上重新坐正，握緊手上的牌。「可以啊。你這話充滿挑戰意味呢。我要先聲明一點，我可不好對付哦。」

我點了點頭，開始從手牌中選出不需要的「REVENANT牌」。我選了方塊4，在吧臺上蓋牌。

看來，剛才我那番話激起了鮑伯的鬥志，他以前所未見的認真表情來回望著手中的牌和我的臉。似乎努力想從我細微的視線動向和表情，來看出我深層的心理。那眼神或許很像想逼嫌犯招供的刑警。

鮑伯猶豫良久後，終於選出了REVENANT牌，在吧臺上蓋牌。選好牌後的鮑伯，露出滿意的微笑俯視我。就像默默做出勝利宣言。

我斜眼看了鮑伯的表情一眼，暗自在心裡向他道歉。抱歉，鮑伯。不管你再怎麼探我的底牌，我都知道你接下來會出怎樣的勝負牌。你接下來會出A和Q對吧？

我選了兩張勝負牌蓋上。

鮑伯也選出兩張蓋上。

「江崎少年……看來你準備好了。那麼，就由我先掀牌吧……」

鮑伯右手抓住勝負牌，將它翻正。

既沒意外，也沒驚奇，和我預期一樣的兩張牌出現在我面前。

「**是A和Q**」，鮑伯以充滿自信的表情注視著我。「也就是說，差距『11』……如何啊？江崎少年。好啦，你快點掀牌吧。」

我依言掀牌。就像盡可能拖延，留到最後才回答，吊人胃口一樣，我慢動作掀開。如同不入流的長篇推理小說一樣。

等到完全掀開後，我對鮑伯說：

「是紅心5和方塊5……也就是說，差距『0』。」

──當差距達「10」以上時，對方的勝負牌是同一個數字的組合，我方就輸了。

「如果依照剛才從你那裡聽來的規則，這場是我贏了對吧？」

鮑伯如同被人告知故鄉毀滅了一般，雙手掩面，頹然垂首。「我被徹底打敗了……」

接著他就像在替自己辯解般，開始不斷地說明自己的戰術。

「哎呀，是這樣的，在這個遊戲中決定打出同樣的數字，也就是差距『0』，需要很大的勇氣。一般不會甘冒風險，而打出差距『0』的牌來出奇制勝。但我萬萬沒想到，第一次挑戰的江崎少年，會打出同樣數字的組合……是我誤判了。」鮑伯從臉上移開雙手，擺出就此看開的表情。「雖說是一次決勝負，但我很久沒輸過了，江崎少年。」

我只是憑藉早上剛好聽到的預言才獲勝，但鮑伯毫不知情，很坦然地發表敗戰宣言。我隱瞞真相沒說，試著詢問這遊戲的細節。

「我有點好奇，這張牌什麼時候用？」我如此說道，以食指朝一開始捨棄的那張REVENANT牌敲了兩下。「還刻意取了『REVENANT牌』這麼煞有其事的名字。應該有它的使用時機吧？」

鮑伯苦著一張臉回答道：「那個是吧。這個嘛……那是很少會使用的牌。也算是這個遊戲複雜的規則之一，當想要放手賭一把時，可以用那張牌使出逆轉勝。一度捨棄的牌會重新復活，展開大逆轉。很有戲劇性吧？」

「所以才叫『REVENANT（歸來者）』？」

「沒錯，『復活的歸來者』……不過，這就像九蓮寶燈[13]或皇家同花順[14]一樣，不是很容易遇到的牌。像你這樣的新手想要遇上，還太早。」

鮑伯臉上掛著淺笑，強調我終究只是個初學者，不屑地說了這句話。對鮑伯來說，這似乎是落敗後所能做的消極抵抗。

鮑伯留著桌上散亂的撲克牌，朝那杯已徹底冷卻，但還沒喝完的美式咖啡又喝了一口。這個男人只點一杯咖啡，到底在店裡待了幾小時的時間啊？就連小貓也喝得比他快。

從一些小地方的舉止，乃至於他的生活模式、剛才那種神祕的撲克牌遊戲，都可以看出鮑伯這個人有多怪。真教人摸不透。

「你是從哪兒學會這個遊戲？以前沒聽說過呢。」我問。

鮑伯將咖啡杯放回杯盤後回答道：

「我還很小的時候，我弟弟教我的。他告訴我『有個很有趣的遊戲哦』。不過，我比我弟弟更會玩。我們只玩一次，他輸得一敗塗地，我到現在仍記得很清楚。哎呀，現在已成了一段美好的回憶。」鮑伯瞇起眼睛，微微露出門牙。「從那之後，我弟弟每天都吵著要我和他再比一場。還對我說『不准贏過就不玩了』。」

「所以你和他重新比過了嗎？」

鮑伯搖頭道：「哎呀……我贏過就不玩了。不過，我弟弟生性不服輸，而且特別執著。我當初完全沒想到會這樣。那一次的落敗，他似乎一直耿耿於懷……哎呀，不過就玩個撲克牌，沒必要那麼執著吧。對他來說，只要是輸，不管是什麼形式，他都不允許……哎呀呀。如今看來，其實是我輸了。」

鮑伯說完後，這就像是個信號般，他接著把剩餘的咖啡一飲而盡。那杯早過了剛沖好，熱度適中的時間，已完全冷卻的咖啡，順著他粗大的喉嚨流下。看起來像是硬要連同什麼藥錠一起吞下肚。

13. 麻將的一種特殊牌型。滿足的條件是十四張牌都得是同樣的數字牌（萬、索、筒），而數字則是11123456789999，再加一張1到9的任何一張牌，即可滿足條件。

14. 指10、J、Q、K、A的同花順。

鮑伯最後的那句話，我到現在還是不太理解。「如今看來，其實是我輸了」。這句話中存有像深邃湖沼般的幽暗，以及模糊不明的神祕感。我隱約感覺到，鮑伯明確地畫下一道區分公與私的界線，我不想更進一步打探。

下午三點。擺鐘敲了三響。

隔了一會兒，老闆從外面打掃回來。手上除了打掃用具外，還握著收集垃圾用的塑膠袋，以及可能是從信箱裡拿回來的幾張傳單。老闆俐落地將垃圾移往地方上規定使用的垃圾袋裡，並將打掃用具放回指定的位置。接著輕輕將傳單放在吧臺上。每個動作都很流暢，就算是在帝國大飯店，或許也能通過他們的員工審核標準。

鮑伯瞄著老闆的動作，以調皮的表情微微從椅子上起身，自行拿起擺在吧臺上的那疊傳單。接著開始一一挑選。打玩撲克牌後，想必鮑伯很無聊，才會連傳單都感興趣。

「嗯，要是有比較吸引人的傳單就好了……」鮑伯右手摩娑著下巴，如此低語。

他所說的「吸引人的傳單」，指的是什麼，這不是我所知道的範疇，不過，他為了找尋而一張一張翻閱傳單。我望向鮑伯手中的傳單，看到政治人物的會報、地區活動資訊、不動產的房屋資訊，都是一些不吸引人的傳單。感覺每個都是與鮑伯處在完全不同世界的資訊。

「咦……這是什麼？」鮑伯拿起一張小紙說道。「老闆。這些傳單原本全都是放在信箱裡對吧？」

在吧臺內忙著進行垃圾分類的老闆，停下手中的工作應道：「對。全都放在信箱裡。」

「嗯……」

鮑伯望著那張紙，沉默不語。那嚴峻的表情，就像在面對什麼難解的算式或化學式。

我半開玩笑地向他問道：「找到『吸引人的傳單』了嗎？」

鮑伯雙眉往上一挑，回答道：「說吸引人的話，或許還滿吸引人的。這寄送的東西，雖然挺耐人尋味，但也有點古怪。」

緊接著下個瞬間，鮑伯彈了個響指，隔著吧臺拿那張小紙片給老闆看。他已收起剛才那略顯嚴肅的表情，與年紀不太相襯的開朗笑容占滿他整張臉。他似乎有什麼好點子。

「老闆。這張可以給我嗎？」

老闆可能是老花眼的緣故，光是朝那張紙對焦，就花了不少時間。他那張臉前後移動後，似乎這才明白紙上所寫的內容。

「這種東西就夾在傳單裡頭嗎？」老闆露出納悶的表情。

鮑伯點了點頭，接著說道：「對啊，很不可思議吧。不過，你應該用不到這種東西吧？我想有效利用它，可以給我嗎？」

老闆點頭。「好，你拿去沒關係。我光留在這裡顧店就忙不過來了。」

鮑伯嘴角極度上揚，露出微笑。接著他維持同樣的表情，轉頭面向我。

「江崎少年，就是這麼回事。剛才我請老闆將這張紙轉讓給我了。也就是說，今後我想怎麼用這張紙，都是我的自由。」

「你想說什麼？」

鮑伯隔了幾秒後，猛然將那張紙遞到我面前。

「這個送你，江崎少年。你最能夠有效利用它。」

我沒有馬上接過，而是朝鮑伯拿在手中的那張紙窺望。我大致瞄過內容後，忍不住皺起眉頭。

「國內最具規模的學問慶典——學術博覽會免費招待券」

這什麼啊。我從那張招待券移開目光，抬頭望向鮑伯。鮑伯不發一語，以眼神向我催促道「來，接著往下看啊」。我很不情願地再次將視線移回招待券上。

「文科學問、理科學問，同時還有來自七十多所大學和研究機構的研究人員，齊聚一堂。最尖端的學問都在此齊聚！」

我明顯露出不悅之色，向他問道：

「你叫我去這種地方？」

「當然。去試看看不是挺好的嗎？我認為這正好很適合厭世的江崎少年。」鮑伯說。「反正你暑假也沒安排什麼計畫吧？根據紙上的內容，會場就在離這裡不遠的東京國際展示場。而且憑這張紙就能充當五天的飯店住宿券。物理學、哲學、數學、理工學、醫學，各種學問好像都會用這五天的時間仔細介紹。大學的選擇性廣，也很可能會就此有新發現。你不覺得很吸引人嗎？」

「不，我不覺得。」

鮑伯可能是沒聽到我否定的意見，他沒理我，繼續自顧自地往下說。

「日期是七月二十三日到二十七日。是接下來的一週後。反正你也很閒對吧，江崎少年？」

我懶得回答，就此嘆了口氣，伸手搔頭。我那至今仍保存原樣，頑強不屈的亂翹頭髮，從我手中傳來強力反彈的感覺。

的確就像鮑伯說的，我暑假沒有什麼特別的計畫。只打算大致看點書，寫寫習題，別跟不上新學期的課業就行。如果只是外出五天，不成問題。我原本就對高中課業感到有點厭倦。如果可以，我實在不想花時間念書。待在家裡，同樣一點意思也沒有，空閒時間都是跑來這裡喝濃縮咖啡。冷靜下來細想，就算去參加活動，我也不反對。不過……

「我有兩個原因，有點提不起勁。」我說。

「什麼原因？」

「一是活動內容。剛才我不是也說過嗎，我對求學問已經很厭倦了。原本就已經筆直地鋪設好從大學升研究所，或是就職，如此清楚明確的路線，現在又要在心中更明確地描繪出它的存在。這種活動我實在提不起勁參加。」

「嗯。你的理由我明白。不過，我剛才不是也說過嗎，別自己預先就過濾對象。高中的K書，和大學的研究，有不同的意義。也許你會被激起某個全新的興趣。難得有這張『免費招待券』，你就去試試看，不吃虧吧？」

「那是第二個原因。」

鮑伯納悶地偏著頭。「哦，什麼意思？」

「這種免費的招待券，怎麼看都覺得很奇怪吧？為什麼這張活動招待券還可以順便充當五天的飯店住宿券，而且投遞在這種偏僻的咖啡廳信箱裡？不覺得太不可思議，太奇怪，而且很可疑嗎？直接就相信上面所寫的內容，那簡直是瘋了。」

鮑伯豎起食指，露出老練的笑容。

「關於這點，根本不必在意吧，江崎少年。」

「啥？」

鮑伯就像事先早準備好要回答這個提問般，流暢無礙地說道：

「你剛才不就說了嗎？『人生一成不變，完全可以看透』。」鮑伯指著那張招待券。「假設這純屬謊言，根本沒舉辦這場活動，而是改為舉辦某個奇怪的活動好了。那會怎樣？這樣不是很好嗎？不論是新興宗教邀人入教，還是老鼠會的說明會，對你來說，都像是對你『一成不變』，而且『完全可以看透』的人生投下激起漣漪的石頭，是既特別，又具有革命性的活動，不是嗎？可以命名為『社會另一面的見習之旅』。」

我大為傻眼地說道：「你是說真的嗎？」

鮑伯露出泛黃的牙齒回道：「有一半是認真的。你就放心吧，江崎少年。如果我的判斷沒錯的話，這張招待券是真的。雖然不知道是怎樣的原因，會投遞到這個信箱來，不過……感覺這個 3D 影像圖不像是廉價品，紙張的材質也絕不像是那種小家子氣的生意人會選用的。這張招待券百分之九十九是真的。」

你的判斷才最不可信呢——這句話我終究還是說不出口。我試著重新冷靜思考。

這招待券的內容確實有點可疑，不過，反正暑假也無事可做。甚至可以說，如果是要打發時間的話，這再合適不過了。而且就像鮑伯說的，就算這張紙的內容全是虛構，那也無所謂。倒不如說，這樣更讓人感興趣。「社會另一面的見習之旅」，感覺一樣很有鮑伯的風格，欠缺知性的命名。

「雖然不用凡事都積極面對，但適時地參與也很重要。這能讓人生的土壤變得更肥沃。」

鮑伯說的話，姑且還算前後一致。

「知道了啦……我會去看看是怎麼回事。」

我如此回答後，鮑伯莞爾一笑。

「這樣才對，江崎少年。雖然你總是多方挑剔，但最後總會聽從我的建議，真的是既順從，又可愛。這樣很好。」

鮑伯這番話聽了有點不舒服，但我不想提出反駁。因為這句話也不見得有錯。

「對了，江崎少年。有件事我很擔心，你父母會准你外宿嗎？」

我告訴他，這一點問題也沒有。「我不知道你對我父母是抱持怎樣的想像，不過，只要我的成績別太差，他們對我都很寬容，採放任主義。只要無損我的狀態，就算我要自行去勢，他們也不會有意見。」

鮑伯發出今天最響亮的笑聲。

「說得妙。我都不知道你這麼幽默呢。不管怎樣，擅自外宿總是不好。你還是好好徵求他們的同意吧。」

不知為何，鮑伯對父母的事似乎特別固執，但這時我重新想到一件事。這根本就不成問題。

「你要去也行啊。只要你別荒廢功課的話。」

早上就已經知道結果了。就像我人生的象徵一樣，一切都是早註定好的。猶如在手錶裡轉動的齒輪一樣，精密又穩定的人生。預言絕對不會顛覆。因為這是人們事先說的話。不會發生與事實有出入的情形。

鮑伯重新向我遞出那張招待券。

那張招待券夾在鮑伯那有肉又黝黑的右手中，給我一種和現場環境很不搭調的可憐印象。就像一位在溫室裡長大的千金小姐，被強行帶往工地一樣。

過沒多久，我便從鮑伯手中接過這張招待券，但當時我還不知道。

拿到這張招待券時，竟然會有種奇怪又陰森的感覺。

葵靜葉♥

「演奏鋼琴詩人弗雷德里克．蕭邦名曲的鋼琴音樂會」

我走在返家的路上，一路上望著吉田大叔給我的那張票。那3D影像圖在陽光的照射下，呈現出奇幻的稜鏡折射，閃閃生輝。

「從蕭邦早期的《降A大調波蘭舞曲》、《迴旋曲》，到後期的名曲，都會在這五天的時間為您呈現」

我心想，多麼盛大的音樂會啊。當然了，蕭邦是世上很有名的作曲家之一，但他早期的作品幾乎沒人演奏。因為蕭邦早期的曲子，不過只是沿續先前古典派的傳承，算不上充分發揮他個人的特色。與其說這是流露出他內心層面的沉穩音樂，還不如說是充滿華麗、技巧性、社交性，採當時流行風格的音樂。

因此，我很少聽說有演奏蕭邦早期作品的音樂會。但這個音樂會竟撂下豪語，說他們會在這五天的時間演奏蕭邦早期到晚期的樂曲。就我所知，這是無與倫比的盛大活動。

我在樂器行接受大叔的贈票，面帶笑容地收下它，但實際上，我到現在還在猶豫該不該去。蕭邦是我最敬愛的作曲家，而且這音樂會的內容也非常吸引人。但我真的可以參加這種活動嗎（雖是以聽眾的身分）？

打從兩年前的那天開始，我就給自己訂下兩個懲罰。因為法律、上帝、死神、任何人都無法制裁我，所以我只能自己判罪。

其中一項是「絕不能彈鋼琴」。

從我懂事起，就一直花時間投入的鋼琴，就算說是已化為我的臟器之一也一點都不誇張，如今我主動與它切割。這是第一個懲罰。也是對我（我自己訂下）的第一個判決。

我停止彈奏鋼琴，也放棄聽眾湧現的如雷掌聲，毫不眷戀地走下擺放鋼琴的舞臺。蓋上琴蓋，深深上鎖。

吉田大叔知道我不再彈鋼琴，但他對造成此事的「那起事件」一無所悉。他想必是敏感地從氣氛中察覺出我不太想談那件事，因而自行揣測。大叔一概沒向我打探。

從我還是個剛開始學琴的幼稚園生起，就已經認識大叔了，我打從心底覺得他是位溫柔又善良的人。

走著走著，我的視線又落向那張票。

「會場：東京國際展示場東大廳（受理櫃臺：東六廳）

時間：七月二十三日～二十七日　晚上七點入場

持本券參加者，除了可參加所有日程的音樂會，還能於上述期間，在臨近會場的有明波士頓飯店住宿（附早晚餐）」

好慷慨的門票。吉田大叔是在哪兒取得這張門票呢？如果是這麼大規模的活動門票，一定要價不菲吧。「我已經這把年紀了，實在不太想出遠門。誠司大概也會說，沒演奏李斯特的曲子，我不想去。還是靜葉妳去最恰當。」我想起吉田大叔那柔和的笑臉。

「主要預定演奏曲：降A大調第六號波蘭舞曲——作品五十三『英雄』

練習曲——作品十——第十二號『革命』」

可能是版面空間的緣故吧。雖是長達五天的演奏會，但曲子的介紹卻只寫了兩首。兩首都是極為有名的名曲。分別是蕭邦後期和中期的傑作。

但拿掉名氣後，上面列出的這兩首曲子給我一種似曾見過的感覺。我覺得這兩首曲子在我心裡似乎有特別的意義。就像在玩撲克牌遊戲「神經衰弱」時，被選走了一對相同數字的牌一樣，有其特別的關係性。

這時我突然想起。

這就是我國二時，也就是四年前參加那場鋼琴大賽時，最後演奏的兩首曲子。那天，最後第二位演奏的我，彈奏的是《英雄》，而最後壓軸的那位和我同年的女生，彈奏的曲子是《革命》。

想起來了。

當時我在大賽中排名第一。就靠我反覆展開綿密練習的指定曲——徹爾尼練習曲，以及這首《英雄》。連彈奏的我也認為那是很滿意的一次演奏。手指的動作經過自動化，化為最適合用來傳達我想法的輸出裝置。感覺到那優雅又有力道的絢爛音色，盈滿大廳的每個角落，不留一處空隙。

演奏完畢後，博得如雷掌聲，我在照向我的聚光燈下低頭行禮。每個人都不吝惜向我獻上讚美和祝福。甚至讓我產生錯覺，以為此刻在地球上就屬我最光輝耀眼。

然而，最後登場的女孩奪走了一切。她奪走聽眾的目光、內心、靈魂，一切的一切。

我的演奏宛如已成為戰爭前發生的事，整個會場都被女孩那充滿革命性的《革命》給擄走了心靈。當然了，我也不例外。

我原本在會場上蔓延的華麗《英雄》氣氛，被她瞬間擊潰、凍結，將一切帶往急劇的絕望和憤怒的深淵中，就此產生改變。像雪崩般滑入的喧鬧低音，與激烈地反覆提出自我主張的右手高音，全都相互融合、和諧，引發化學反應。

我的《英雄》與她的《革命》。

宿命的並列。我小心不摺彎那張票，輕輕地放進書包裡。

我悄悄朝至今仍深深在我心裡扎根的往日榮耀蓋上蓋子，再以膠帶仔細黏牢。要是隨便就憶起過去鋼琴大賽的事，我可能就無法給自己設下限制了。因為還是盡可能別想起比較好。

「我已經不彈鋼琴了。」

我已做了這樣的決定。不能違背這樣的判決。

我遙想當時彈奏《革命》的那個女孩。她現在一樣在彈琴嗎？如果是就好了，我打從心底這麼想。要是她能代替我，現在也在某個地方引發「革命」就好了。

大須賀駿♣

我在上午十一點多醒來。

基本上，我不是早上會賴床的那種，就算是沒任何安排的假日，我也幾乎都會在八點左右起床（而且不用鬧鐘）。所以對我來說，早上十一點起床，算是很從容的起床。

就像隔壁的田中太太昨天說的「如果早起的話，一天的時間就會增長」，賴床不僅是一種損失，甚至會微微有點罪惡感。醒來後，我馬上望向枕邊的時鐘，不禁皺起眉頭。

我今天之所以會這麼晚才起床，有很明確的理由，要加以說明，其實很簡單。坦白說，昨天我一直輾轉難眠。

和彌生一起去星象館，逛了許多地方，載著她回家的我，胸中處在一種滿滿的飽和狀態。體內就像有個高速轉動的渦輪，發出巨大的鳴響，而且產生陣陣暖氣，我就此睜大眼睛，怎麼也睡不著。我試著刻意閉上眼，但始終沒半點睡意，就這樣無計可施，任憑時間虛耗。

因為這個緣故，我雖然很早就鑽進了被窩，但等我真正開始睡著，已經過了兩點多，早已萬籟俱寂，幾乎都快天明了。

「早安啊。」

星期六放假在家的母親，面露詭異的微笑，向我道早安。她坐在客廳的和室椅上，看著上午的情報節目。

「早安。」

我回道早安後，和平時一樣朝母親的背後瞄了一眼。從和室椅的縫隙處看見母親今天的數字是「53」。嗯。沒問題。不僅沒問題，甚至還算是很好的數值。確保過母親的幸福後，我姑且鬆了口氣。

我沒有父親。昨天我跟彌生說了這件事，總之，我這輩子都不會見到自己父親。因此，對我來說，父親這種角色是怎樣的情況，又是怎樣的存在方式，我實在沒半點概念。我想像不出在母親和孩子這樣的關係中，父親這個角色要如何插進來。

對於突然失蹤的父親，母親從未以很直接的表現方式說過他壞話，但她常說「我真的沒有看男人的眼光」。她這句話的意思，似乎是在說，你爸爸雖然是壞人，但我自己沒能看出這點，同樣也有錯。

母親當初與父親交往時，周遭人都百般反對。那個男人太輕佻了，感覺不太誠實，絕對會偷情，諸如此類，似乎引來周遭強烈的批評。「不過，周遭人愈是那樣說，不是就愈會想要唱反調嗎？然後心裡想，你們在胡說些什麼，我的判斷沒錯」，母親就像這樣，堅持不聽周遭人的意見。

就這樣，某天母親懷了我。

母親說，從那時候開始，男子行動之迅速，就連美國的特戰部隊看了也會為之瞠目。

「當我告訴他我懷孕了，隔天他便失聯。雖然他不是住什麼多好的地方，不過，他還是很快便將原本租的大樓房子退掉，那裡就此成了空殼。」

雖然人們常說孩子是夫妻的連結點，但就某個層面來說，我正好相反。我的誕生，更正，我的發生，徹底將他們兩人分開。「不過，冷靜下來想想，當初真應該早點和他分手。……真的就像大家說的一樣。」

像這種對孩子來說算是灰色地帶的領域，母親也毫不隱瞞地全告訴了我。也就是說，母親想向我表達的是——

「對女性，你始終都要真誠，而且得是個紳士。」

不能造就出其他不幸的女性，重蹈我的覆轍，這似乎是她想說的。再怎麼說，我都是有前科的父親所生的孩子。就基因來說，同時具有不老實的花花公子特質。

因為這個緣故，不管這種特質在我的日常生活中發揮了怎樣的功能，我自認過去姑且都算是恪遵母親的教誨，一直提醒自己對待女性要真誠，而且要有紳士風度。

昨天對彌生也是，我自認保有紳士的風範。雖然這始終都是我自己認為……

不過，我發現我今天犯了個嚴重疏失。

昨天晚上，我和彌生告別後沒多久，就在晚上九點二十六分的時候，她寄了封郵件給我，而我竟然隔了一夜，直到「現在」才發現。郵件一直未讀，就這樣擱著，已經過了半天之久。

多嚇人的失禮之舉啊。多麼沒有紳士風度，是我大須賀家萬萬不該有的舉止。罪惡感這種汙名的濁流不斷往我心中灌注。

昨天我回家後，完全沒料到才剛互留電子郵件信箱的彌生會寫信給我，也沒多想，就這樣把手機留在餐桌上了。

「今天真的很謝謝你。暑假改天再一起出去玩吧。」

那簡短卻溫暖的文字，令我心跳加速，而因為將它擱置了半天以上所產生的歉疚，馬上排山倒海朝我襲來。我急忙以電光石火的速度回信。

「抱歉，這麼晚才回覆！真的很不好意思！我才要說呢，如果妳不嫌棄的話，下次一定要再一起出去玩！」

我沒多想，就直接打了這串字，內容稍嫌粗糙，但現在講究的是速度。我不能再讓彌生久等了。遲遲等不到回信的那種不安感，我可以深切體會。郵件寄出後，我就此合上手機。同時暗自祈禱，希望彌生別因此內心受傷。

彌生很快便回信了。幾乎在我合上手機蓋的同時，外側的顯示螢幕便傳來有新郵件的訊息。速度也太快了吧。我急忙打開手機。

會是什麼內容的郵件呢？是對我這麼晚才回信生氣嗎，或是……我瞬間在腦中想像各種可能，同時打開那封郵件。

不過，彌生寄來的郵件所寫的內容，卻都與我原先的各種猜想完全不同。

「突然提出這樣的要求，真的很抱歉，可以現在就和你見面嗎？我有東西想交給你。」

之後我與彌生又來回寫了幾封信，最後約在昨天道別的幕張商店街碰面。彌生說有東西想交給我，會是什麼呢？這當然也是原因之一，不過，今天同樣也能和彌生見面的這項事實，對我來說，才是真正促成我前往的最主要原動力。

我急促地踩著單車，騎進我們約見面的商店街舊書店門前時，彌生人已在那兒。

彌生穿著一件脖子處附上緞帶的白色短袖女性襯衫，下面搭格子裙。雖然連我也認為這樣的穿搭很單純，不過，這少見的便服裝扮，看了還是讓人忍不住驚豔。

「抱歉，等很久了嗎？」

我大致調整好呼吸後，向她問道。彌生馬上搖了搖頭。

「……不、不會。我剛到。」

彌生如此回答時，臉上表情顯得有幾分歉疚。就像接下來要開記者會道歉般，一副帶有反省和緊張的神情。

「抱歉……突然找你出來。」

「不用跟我道歉啦。我才抱歉呢，那麼晚才回信。」

我跳下單車，立起腳架。

彌生仍是那悶悶不樂的表情。看起來像是有什麼煩惱，也像是努力要想起什麼。她緊咬著小小的嘴唇，眉間微皺。我對彌生找我出來的理由，開始覺得有點可疑，同時略感不安。

「看妳好像沒什麼精神呢，不要緊吧？」

彌生一聽我這麼說，就像自己的祕密穿幫，想加以掩飾般，急忙瞪大眼睛說「我、我沒事！」

「是嗎……沒事就好。」

我搔抓著鬢角。怎麼看都覺得彌生這句話是在強顏歡笑，但我也不想進一步追問，於是我馬上步入正題。

「對了，妳說『有東西想交給我』，是什麼啊？」

這時，彌生再度表情一沉，皺起眉頭。就像被雨打到的含羞草一樣，反射性地做出反應。

「我、我……我跟你說件事，請不要覺得奇怪哦。」

彌生垂成八字眉，抬眼偷瞄我。彌生以這種表情提出請求，我當然不可能說不。我毫不猶豫地對她說「我知道了」。

「是、是這樣的……」

彌生說到這裡，再度像是猶豫該不該說一樣，先停頓一會兒。她的視線先在地上游移，接著望向右邊，然後換左邊，最後視線才又回到我臉上。與我目光交會的彌生，似乎終於拿定主意，接著往下說。

「為、為什麼我找你出來……你、你還記得嗎？」

「咦？」

我不由自主地反問。雖然我答應過彌生，不可以覺得她「奇怪」，但她這句話真的很「奇怪」。這樣的「奇怪」發言，已遠遠超出我認定是「奇怪」的範圍。

彌生看到我納悶的表情，可能已經猜出，再度努力解釋。

「連、連我自己也覺得奇怪……寄那封郵件的人確實是我，覺得必須找大須賀同學出來才行……這也是事實，但為什麼要找你出來，為什麼非找你出來不可，我卻想不起來。」

從彌生的表情來看，不像是在說謊。而重要的是，對這項事實感到最困惑的人，是彌生本人，她似乎努力想藉由和我交談，來掌握整個情況。彌生接著說道：

「我、我還記得我寫信找你出來，所以我看了自己寄出的郵件，發現上面寫著『我有東西想交給你』，所以我想，我一定是想親手交給你某個東西……」
「可是現在想不起來嗎？」
彌生點頭。「雖、雖然想不起來，但……大概是這個吧。」
彌生向我遞出一張小紙片。
「這是？」
「我、我猜是某種門票。當、當我發現時，已經拿在手上了。」
我從彌生手中接過那張門票。
心頭一驚。
當我看到門票上寫的斗大標題時，我感到全身雞皮疙瘩直冒。上頭寫的文句，就像以精準定位瞄準我射擊一般。我向彌生詢問。
「妳是如何得到這張票的，想得起來嗎？」
「我、我不知道。不過，應該是某人給我的吧？」彌生的視線微微左右晃動，努力從憶海中搜尋答案。接著她找到了肯定的答案。「嗯。應該是別人給的。剛才某人給我這個。」
「是怎麼樣的人？男人還是女人？妳認不認識那個人？」我進一步向彌生的記憶展開詢問。
彌生偏著頭，想更進一步強迫自己擠出記憶來。「抱、抱歉……我想不起來。不過，也許是認識的人。」彌生像在自問自答般說道，接著更進一步潛入腦中深處回答。「嗯，我認為是曾經見過面的人。但我想不起來是誰。」
我的視線落向那張門票。

「雷遜電子股份有限公司主辦——思考人們幸福的聚會　真正的幸福是什麼——從人們背後看出幸運吧」

幸福。幸運。背後的幸運。背後的數字。

如果單就這樣的文字來看的話，會覺得這是著重思想的宗教性聚會，但我很明白。這張門票肯定是要給我的。

「會場：東京國際展示場東大廳（受理櫃臺：東六廳）

時間：七月二十三日～二十七日　晚上六點入場

持本券參加者，除了可參加所有日程的活動，還能於上述期間，在臨近會場的有明波士頓飯店住宿（附早晚餐）」

某個東西在呼喚我。

有人將這張奇怪的門票交給彌生，再吩咐她轉交給我。但彌生對這件事的記憶有一半已毀損。記憶在彌生腦中變成片段，彎折扭曲，將它的存在變得古怪離奇。彷彿一切都是夢中發生的事。

這是怎麼回事。這可一點都不單純。

「抱、抱歉，大須賀同學。我、我不知道該怎麼說明。」

彌生露出打從心底感到歉疚的神情。這令我產生錯覺，彷彿連她的雙馬尾也跟著萎縮。

「妳一點都不必在意。反倒是我要謝謝妳。這麼專程拿這個來給我。」我說。

我同樣也無法理解這個現象，以及這張門票是怎麼回事。但至少我比彌生看到更多真相的亮光。

我想起四年前。在我開始可以看到人們背後數字的前一天所聽到的那句話。一直令我耿耿於懷，就像沒用銼刀磨去的金屬毛邊般，一直卡在我心裡的那句話。

「大、大須賀同學……那張票，你是不是猜出了什麼？」

「只猜出一點點。」我說。「不過，反過來說，也只是自己瞎猜而已。」

彌生的八字眉更垂了，露出納悶的表情。

「這、這麼說來，你打算去嘍？」彌生指著我手中的票。

「我不知道。不過……大概會去吧。這一定是……」說到這裡，我停頓片刻，整理腦中的思緒。根據前後的關係性，看出事態的異常性，想著接下來該怎麼說。「一定是……那個時刻到來了。」

我推著單車走回家。夏蟬發出宛如警報般的刺耳叫聲，四周瀰漫著高溼度的夏日空氣。確實不太舒適，但一切看起來都一如往常，很正常地運作著，沒任何問題。夏天依舊是夏天。日常依舊是日常。但感覺不太一樣。有事要發生了。

那個時刻即將到來。

我不時確認右手拿著的那張票，持續推著單車走回家。

與彌生道別時，她問我待會兒有什麼安排嗎？如果沒什麼安排的話，要不要一起去哪裡？她和平時一樣語帶結巴，聲音發顫，而且滿臉通紅。

聽她這麼說，我很想告訴她我沒任何安排，但今天我下午得去打工（在速食店工作）。我向她說明情況後，雙手合十向她道歉，告訴她今天沒辦法一起玩。

告別後，帶著落寞神情離去的彌生背後，顯示出「52」的數字。看來她今天還不算太糟。得知這個事實後，我略感心安，一直推著單車走到現在。

我想著那張令人費解的門票，以及彌生，終於來到我住的公寓。將單車停向單車停放處後，將門票收進口袋，走上樓梯。

來到二樓一看，隔壁的田中先生雙手搭在欄干上，靠著它站立。向來特色就是爽朗的田中先生，今天很不像平時的他，表情凝重，肩上掛著像是他太太的女性包包，凝視著遠方。可能是在想什麼嚴肅的問題吧，他似乎完全沒發現我的存在。我向他打招呼。

「午安。」

田中先生這才回過神來，肩膀一震，轉頭望向我。

「哦，是阿駿啊。你剛才外出啊？」

「算是啦。」

田中先生衝我一笑。不過，那笑臉不帶有平時那無比爽朗的感覺。給人一種表面做做樣子的感覺，宛如以黏土作成，一張完成度很低的笑臉。

看來，我的觀察並非是我自己想多了。證據就是田中先生背後的數字，從昨天的「61」，一下變成「38」這個極低的數字。

「是不是發生了什麼不好的事？」

面對我的詢問，田中先生一時露出驚訝的表情，接著轉為難為情。

「為什麼你會這麼想？」

「因為你背後這麼寫。」

田中先生淺淺一笑，那表情就像在說「真是服了你」。「真是什麼都瞞不過阿駿的眼睛啊。」

我聳了聳肩。

田中先生更換姿勢，接著改為背對欄干。那不太牢固的生鏽欄干，承受著田中先生全身的體重，發出嘎吱聲響。田中先生就此以流暢的動作從口袋裡取出香菸，俐落地以ZIPPO打火機點燃。白煙隨風飄舞。

「阿駿，你認為人活在世上的目的是什麼？」

「咦？」

這提問也太唐突了吧。而且還是這麼大的題目。感覺一點都不像是在這破公寓的玄關前談論的議題，而且我也不像是能對這種牽涉層面廣泛的話題下結論的人。

「這我不太清楚。」我說。

「我猜也是。對，沒錯。」田中先生笑著道。「啊，你可別誤會哦，我絕對沒有瞧不起你的意思。我的意思是，包含我在內，一般人都回答不出這種人類最根本的議題。」

「沒關係，我並不介意。」

「太好了。」田中先生吐了口菸。「不過，我有位朋友曾對我說過。生物存在的理由，其實是『繁衍子孫』。不管何種生物，都是為了這個目的而活。就連貓、企鵝、單細胞生物，也全都一樣。所以，人活在世上的目的，也就是繁衍子孫。雖然這結論有點幼稚，但我認為很合乎邏輯。但我還是希望這不是唯一的目的……」

田中先生輕彈手中的香菸，將菸灰撣落地面。菸灰伴隨紅色火焰，被地面吸收，失去光芒，與其他灰塵同化。一切都顯得哀戚，飄蕩著一抹哀愁。

這帶有幾分學術性的話題，我搭不上話，雖然知道這樣子很不識趣，但我還是催他往下說。

「然後呢，到底發生了什麼事？」

田中先生閉上眼，略顯自嘲地笑著應道：

「我們吵架了。就只是很常有的夫妻吵架。」他如此說道，讓我看他掛在肩上的女用包包。「我們外出時，起了點口角，公主就此鬧起彆扭來。把這東西朝我扔過來，就這樣跑了。頭也不回地跑了。」

我大為吃驚。對我來說，田中夫婦向來給人恩愛的印象，無法想像他們也會吵架。更別說田中太太會拿包包砸向丈夫，表現出如此凶悍的一面。

最後，田中先生不是在對我說，而是自言自語地小聲埋怨道：

「『這樣是沒辦法幸福的』……到底是怎麼回事。」

這次不是田中先生刻意，而是菸灰敗給了重力，被吸向地面。就如同田中先生的思念灑落一地。

「這樣是沒辦法幸福的」

這是田中太太說的話嗎？

幸福。

幸運。

我取出收在口袋裡的那張票，注視著它。

「真正的幸福是什麼」

我心想。也就是說，就真正的含意來說，沒人知道答案吧。

當然，就連看得出背後數字的我，一樣不知道。

吉他袋與骨牌。

福澤諭吉和美好的家庭

三枝乃音◆

「那麼，我出門了！」

我在玄關做了個標準的敬禮動作，捨不得與父母道別。挺直腰桿以敬禮姿勢持續了一會兒後，我屈服於背上背包的重量，差點往後倒向地面。我急忙恢復姿勢，將背包重新背好。

「真的沒問題吧，乃音？」父親擔心地說。

「要是覺得寂寞，要馬上回來哦。」母親擔心地說。

我那愛瞎操心的父母，此刻臉上的表情活像是要送入伍從軍的兒子出門一樣。我為了消除那宛如守靈般的沉悶氣氛，握拳朝自己胸前捶了一下。

「沒問題的。我隨時都會做好萬全準備，排除萬難展開行動。一點都不用替我擔心。」

這時，弟弟從客廳探出頭來。

「咦？姊姊已經要去啦？妳昨天不是說，晚上六點再去就來得及嗎？現在才兩點多耶。」

唔……這小子真會戳人痛處。

我從昨天起，就因為太興奮而幾乎整晚沒睡，而且又被體內湧現的強烈衝動吞噬，根本無法靜靜待在家裡，這種事我無論如何也說不出口。

「因為預定計畫有點變動。所以我才決定稍微提早動身啊，吾弟。你就乖乖待家裡看電視吧。」

「是嗎？」

我看著弟弟離開後，再次跟父母告別，就此衝向玄關外。毫不客氣地照向大地的夏日陽光，如同象徵此刻我激昂的情緒般，充滿熱氣，更加突顯今天這個日子的特別性。我暗自在心中擺出帥氣的動作，大喊一聲「乃音來也」。

除了背後的大背包外，我肩上還掛著一個小的側背包。在步行前往水道橋站的路上，我再次確認側背包裡的東西。謹慎一點總是好的。

有錢包、卡片夾、手帕、小鏡子、棉花糖、文庫本、幸運券。還有信封。

我盯著那信封瞧時，突然感到一股不安，擔心會不會裡頭的東西已被人抽走，而忍不住再次確認裡頭的東西。打開信封一看，裡頭有當初幕末時坐上咸臨丸橫渡太平洋，之後執筆寫下《勸學》，並全力設立慶應義塾，而廣為人知的福澤諭吉先生，一共有二十位排成一排[15]。我放心地吁了口氣。

二十萬日圓。

光是帶著這個信封，我便感到內心有約莫五公斤重的負荷。感覺周遭人都在對我的包包投注犯罪的目光，個個看起來都像是伸舌舐脣的鬣狗。這裡已不是世界首屈一指的大都市東京。這裡是凶猛的肉食性動物在四周伺機蠢動的非洲大草原。我因緊張而忍不住吞了

15.日本的萬圓鈔票印有福澤諭吉的圖像。

口唾沫。

從這裡到東京國際展示場，如果沒誤點，轉乘順利的話，可能四十分左右就能抵達。門票上寫是晚上八點開始受理。雖然感覺時間有點晚，不過，在舉辦活動方面，總會遇上一些無可奈何的情況。雖然首日的受理時間很晚，但從第二天開始，肯定會從上午就開始舉辦。

我此刻再次在腦中想像書展的情況，忍不住面露微笑。就算周遭聚滿了蠢蠢欲動的鬣狗，我也不會就此屈服。接下來我將照著福澤諭吉的建議，非得將它們換成通往學問之路的書本不可。

等著我，書展。我的步履變得更加輕盈。

我坐上下午兩點二十分的總武線開往三鷹的電車。車內主要都是攜家帶眷的乘客，幾乎占滿了座位，有幾名乘客手握著吊環。平時會覺得冷氣過冷，冷得起雞皮疙瘩的車內，對此時處在全身散發熱氣的我來說，是舒服的徐徐涼風。我從門邊的空間找到自己的陣地，輕輕將沉重的背包擱向地板後，我拿出文庫本。

從這裡來到市谷站，轉乘下午兩點二十九分發車，開往新場的有樂町線，之後再從後豐洲轉乘下午兩點三十分發車的百合海鷗號，前往國際展示場正門站。我依靠存在腦中的電車時刻表，描繪出正確的路線圖。只要沒誤點，會在下午三點零一分抵達。

就像我那笨弟弟所說，我出發的時間確實是早了點，但只要先到會場前排隊不就行了嗎？從全國往那裡聚集的厲害愛書人士，應該各自身上都會散發像「文氣」般的特殊氣場，排好隊伍。我也一起融入那雖然有點零亂，卻充滿智慧的氣氛中吧。嗯。當真是令人垂涎的光景。

電車抵達市谷站。我再次背起沉重的背包，走下電車，前往地鐵。

不過話說回來，這背包可真重。裡頭裝有四天份換洗的衣服，以及數十本備用的書本，除此之外，還有許多小東西。我攜帶物品的篩選標準可能太寬鬆了點。雖然慣用的電動牙刷非帶不可，但檯燈應該是不需要。感覺飯店好歹也會有看書燈才對。

我那以四次元等級的容量傲人，沉甸甸的背包，逐漸削減我那曾經在體育社團裡叱吒一時的體力，我的重心漸漸被往後拉。每次我都會停下腳步，重新背好背包，將重心拉回前方。戶外與電車內的溫差，使得熱氣直透體內，更勝平時。

從ＪＲ轉乘地鐵，得先走出驗票口。真是麻煩透頂。我來到市谷的驗票口前，從側背包裡取出裝有西瓜卡的卡片夾。

這時悲劇突然來訪。

走在我前方的一名女性突然在驗票口前停下腳步。可能是找不到票，或是忘記拿出卡片夾吧。不過，這種探究原因的推論，這時候一點都不重要。問題在其他方面。

我因為她突然停下而急忙剎車。絕不能發生追撞意外。但我的善意和反射動作，卻為我自己帶來悲劇。

此刻我整個人的重心，就像表面張力一樣，藉由微妙的力道拿捏，而勉強往前撐住。但這樣的平衡，卻因為緊急剎車而完全瓦解，我被背後的背包用力拉扯。簡直就如同小學生和橄欖球的日本代表展開拔河賽一樣，根本就一面倒。

「啊剎！」

我發出連自己也聽不懂的慘叫，重重地仰身撞向地面。背包承受過重的負荷，就像嘔吐般，吐出了一些裡頭的東西。

巨大的衝擊聲以及我的糗態，引來周遭人的目光。那象徵著大都市東京，冷酷、漠不關心、帶有機械性和制式性的眼神，往我身上戳刺。唉，東京真是無情啊。

「真、真是抱歉。您不要緊吧？」

前方的女子發現我跌倒，急忙轉頭往後望。女子約二十多歲。面對眼前的慘狀，她不知該從何幫起，顯得手足無措。

我活像是被翻倒的海龜，如同龜殼般的背包太重，無法起身。我像鬧脾氣的孩子一樣躺在地上揮動著手腳，努力想要抵抗，但完全看不出有起身的可能。

這時，女子終於有了頭緒，知道自己該做什麼了，她朝我伸出右手，扶我站起來。

「抱歉，真的很抱歉！」

我只回了一句沒關係，便開始拍去沾在我熱褲上的塵埃，撿拾散落一地的物品。女子也像要呼應我的行動，開始幫忙撿拾。真是的，在驗票口前停下來，這女子也太沒常識了。

「抱歉，因為我一時不注意，害您……」

「我說過了，沒關係。」

「還是很抱歉。」

「別放在心上。」

我開始對她沒完沒了的道歉感到厭煩。驗票口前人潮多，而從剛才開始，對我們兩人投注好奇目光的人也不少。我可不希望引來眾人的關注。

「我該……怎麼向您賠罪呢？」

「我說過了，請不用放在心上。」

「有了！」女子如此說道，開始在自己的包包裡掏找。「我只有這個東西……請收下。」

女子遞出一塊糖。

嗯。嗯……

先煞有其事地說想道歉，但最後卻給了一塊糖，這是在整人嗎？與其要給這種沒誠意的賠罪禮，還不如什麼都別給，這樣感覺還比較舒服一些。我清咳幾聲後說道：

「不用了。」

「這、這怎麼行……」

「打從一開始我就沒生氣，所以妳不必放在心上。今後請以這次的經驗當作是一次教訓，以後在驗票口前別再停住不動了。話說回來，我向來不喜歡吃糖果。」糖果這種東西，非但不會給人吃東西的滿足感，一個不小心，還會傷了口腔。簡直就跟惡魔一樣，是高風險低報酬的食品。這種邪惡的食品，關西人竟然還親暱地在後面加上「醬」的暱稱，真不知道在想什麼。

我搖搖晃晃地背起背包，只說了一句「再見」，便走出驗票口。

浪費了一些時間。我對腦中的時刻表做了些修正，就此前往市谷的地鐵。太陽很毒辣，不斷燒灼著我的腦袋。

這一路上，我又開始擔心起側背包裡的東西。再次加以確認。福澤諭吉們完好地收在信封裡，排成一排，一個都沒少。我姑且放心了。

因跌倒的衝擊而不小心掉錢，這種搞笑劇中固定會出現的糗事，看來我是躲過了。

我將剛才跌倒的那件記憶逐出腦中，再次提高對書展的期盼。要享受快樂，多少會遭遇一些困難。

我不會因此感到沮喪的。

今天應該會是我人生中最興奮的一天。我跑下通往地鐵的樓梯，明確地感受到背後吹來和緩的順風。

江崎純一郎♠

我以原子筆敲擊著記事本，望著剛寫下的預言。

・要是能發現什麼有趣的事就好了。
・不是同志。
・如果是這樣，你有聽到聲音嗎？
・聽說條件得是男女朋友。
・不管怎樣，都請你不要有非分之想哦！

頗有多樣性。很多都猜不出是誰說的話，真是難得。我整個身體深陷在椅子裡，仰望天花板。

對了。今天是那個活動的舉辦日。

因為不是特別感興趣，所以也沒特別留意，差點就忘了出門參加。針對這有點不可思議的預言內容，我先想出有可能的答案，排除心中的納悶。

來到人多的地方後，沒關係的旁人之間的交談會很自然地傳入耳中。沒任何脈絡可循，片段的三言兩語。

今天恐怕也會在學術博覽會的人群中，被各種說話聲包圍吧。那就是今天預言的結果。就算猜測那些預言的含意，也沒意義。因為那都不是直接對我說的話。

是我耳朵自行捕捉到某人對某人說的話。不過，只有一開始那句預言……

「要是能發現什麼有趣的事就好了。」鮑伯今天還是一樣穿著那件舊西裝，喝著美式咖啡。「對了，是幾點開場啊，江崎少年？」

我取出收在口袋裡的門票，確認上面寫的時間。

「上午十點。」

「什麼？江崎少年，那你不就嚴重遲到了嗎？都已經過下午三點了。」

「用不著趕著去吧。如果這門票的內容屬實，活動可是為期長達五天呢。愈早去愈早膩。」

「嗯。」鮑伯緩緩摩娑著脖子，就像是要擦除上頭的汙垢一般，開口道。「很像你的作風。」

「讓您久等了。」

老闆將我點的三明治遞給了我。這是我今天最早的一餐。

不論是早餐、午餐，還是晚餐，我幾乎都不會在家中用餐。家裡別說食材了，就連調理用具也沒放。因為沒人會下廚。我母親對作菜、做家事，都不具備這方面的技術，而且個性也不合適。非但如此，她還堅信，盡可能將所有事全都外包，才是最好的一種形式。糕餅就得跟糕餅店買，這話聽起來好聽，但這當然不是出於她對工匠的崇拜。純粹只是因為她什麼事都不想自己動手。證據就是母親今天同樣和幾名跟她同類的朋友一起上美容院，將「美容」外包。

同樣的，我父親也不是居家型的人。他特別喜愛「財富」。他深信人生最大的目的，就是收集財富，除此之外別無其他。他這個人說來運氣也真好，他很懂得嗅聞社會的時勢以及時代走向，所以藉由巧妙的資產運用，錢財像滾雪球一樣愈滾愈大。而增加的資金又會喚來新的資金，多餘的資金就轉換成土地和車子，當作資產。雖然終究只能算是個小富翁，不過他「財富」的擴充愈來愈有成果。在東京輕鬆蓋了一棟上百坪的房子，大門外還擺了兩輛進口車。

父母與我的關係很冷淡，足以用疏遠來形容。家的存在，單純只是義務性地提供共通的床鋪，除此之外，就沒再發揮更進一步的功能了。彼此之間的對話，幾乎也都不會超過最低限度的基本需求，若冷靜加以分析的話，我們甚至沒有一起生活的必然性。

不過，對他們來說，我的存在絕不是累贅，也不會令他們感到不自在。他們甚至還很歡迎我。

因為我既不笨，也不是不良少年。至少他們指示的事，我都能輕鬆做到，也都照他們的吩咐上補習班，沒出現過像叛逆期的階段，偏差值也一路順利地提升，還進入每年都會送好幾名學生上東大的私立升學學校就讀。

如果光就表面來看，我應該是個表現出色的優秀孩子，無可挑剔。非但如此，可能周遭人還會誇我父母的教育方針很有一套。

固定上美容院，看起來比實際年齡年輕些許的母親。

野心過人，全副心思都放在資產運用上的父親。

乖巧順從，不會反抗，成績優秀的兒子。

人們口中「美好的家庭」。

當真是滑稽至極。

我將雙份濃縮咖啡一飲而盡，三明治也全部吃完。擺鐘的指針已過下午四點。今天同樣從留聲機裡傳來古典音樂，店內盈滿咖啡的芳香。在連店名都不知道的這家咖啡店裡，時間緩緩地流逝。

差不多該去了。

我站起身，把錢放在吧臺上。

「江崎少年，你終於要出發啦？」

「對。該走了。」

老闆向我行了一禮。「謝謝您。」

我將錢包收進口袋後，伸手搭向大門。

「江崎少年。」離去時，鮑伯對我說道。「路上要小心哦。外宿時，總會有意想不到的突發狀況。」

「你這是在替我擔心嗎？」我半調侃地問道。

鮑伯瞇起眼睛，給了我一個溫情的微笑。彷彿要以他的好體格包容一切般，一張無比開闊深厚的笑臉。鮑伯笑完後，睜大眼睛，筆直地注視著我的雙眼說道：

「當然是啊，江崎少年。因為接下來四天的時間，都見不到你，當然會擔心。畢竟對我來說，你……」鮑伯伸手指著我。「就像我兒子一樣。」

我只留下微微一笑，便走出店外，關上店門後，我對鮑伯說。
我也覺得你就像我父親一樣。

葵靜葉♥

下午五點，開往千葉的ＪＲ橫須賀線。

我最後還是動身前往那場鋼琴音樂會。在無聲搖晃的電車內，音樂播放器正播放「BASE BALL BEAR」的《DRAMATIC》。那輕快爽朗的音樂，舒服地刺激著我的耳朵。

其實前幾天我原本想歸還門票，一度還跑去跟吉田大叔說這件事。我跟他說，您送我這難得的禮物，一定很貴，而且我沒資格去。

但吉田大叔就只是溫柔地搖了搖頭，不接受我歸還門票。

「如果靜葉妳是顧慮到我，那妳根本不用操這個心。那張票是『鋼琴音樂振興協會』免費贈送的，絕不是什麼昂貴的東西。倒不如說，要是妳不去的話，我一時也想不到有誰可以去，最後這張票就派不上用場了。這樣才可惜呢。」

儘管如此，我還是很苦惱，於是吉田大叔又補上一句。

「我不知道妳到底背負了什麼苦惱，所以那些複雜深奧的事，我沒辦法說。但如果妳『想參加音樂會』，這絕不是什麼壞事。沒人會責怪妳。如果妳想去的話，最好還是去一趟。不過我不會勉強妳。」

這溫柔的話語悄悄在背後支撐著我，直到現在。

我不在的這五天的時間，醫院裡的護理師會負責照顧「那個男人」。當我向護理師詢問「我會有一段時間不能過來，我原本做的工作，可以請您代勞嗎」，護理師滿面笑容，很爽快地答應。雖然只是一些小事，但在日常生活中與他人的情誼，為我內心帶來暫時的安心和平靜。

我在新橋站下車，為了轉乘百合海鷗號，暫時先走出車站外。要前往各個目的地的人們全混雜在站前的圓環裡，匆忙地走在符合各自目的的道路上。雖然還稱不上擁擠，但也絕不冷清。

在這圓環的某個角落，我發現街頭演唱的年輕人。是兩位男性，兩人肩上都掛著木吉他，身上穿著白色T恤搭藍色牛仔褲。看來，這似乎是他們的制服。光看他們嘴巴的動作（因為我戴著耳機，聽不到聲音），便感覺得到力量雄渾的音量以及活躍的動感，但很遺憾，他們周遭沒人聚集，目前沒半個聽眾。但他們還是彼此眼神交流，不因周遭人的漠視而氣餒，仍繼續高歌。

我開始對他們感到好奇，按下音樂播放器的停止鈕，摘下耳機。緊接著，耳中傳來比原本預料的還要不協調的嗓音。雖然音量飽滿，但就像尺寸不合的螺絲對上螺絲起子一樣，兩人的聲音無法巧妙搭配，實屬可惜。

儘管如此，許久未見的街頭演唱還是令我感動，就此朝他們走去。當我站向他們面前時，他們的眼神交流中微露喜色，演奏起來更顯熱情。看來，他們真的很少有聽眾。

我確認離轉乘還有一點時間後，聽完他們整首曲子的表演。他們的曲子裡頭，光是「你」和「愛」這兩個字，就出現四十次以上，算是比較鬆散的音樂，不過主旋律和吉他演奏倒是很出色。他們演奏完畢後，朝我深深一鞠躬，向我說謝謝。我也微微點頭回禮，朝他們擺在前方整個敞開的吉他袋裡放入一張千圓鈔。

「這、這樣好嗎？」負責高音的那位男性，因為這意想不到的報酬而眼神游移，如此說道。

我點了點頭說道：「當然好。你們的演奏很棒。」

儘管如此，男子似乎還是無法接受，一臉歉疚地搔著頭。

「可是……我們沒拿過這麼多錢。」

我大吃一驚。

「你們一直都沒拿過這麼多錢嗎？」

「對。沒拿過紙鈔。」

我心想，街頭音樂家可真辛苦，這時，負責低音的男子像是想到什麼似地，突然在袋子裡掏找。

「喂！這個送給她吧。」

負責高音的男子露出「原來還有這招啊」的表情，說道「這樣啊，就這麼辦吧」。

負責低音的男子面露純真的笑容，遞給我一張ＣＤ。

「這是我們前一陣子製作的首張單曲專輯。一片賣五百日圓。雖然離一千日圓還有段差距，但如果妳不介意的話，聽聽看好嗎？」

我回了一句「謝謝」，就此收下。

我的視線落向ＣＤ封面，上頭畫了一個大大的愛心符號，就像在炫耀般，而在愛心中央寫有曲子的名稱。我看了曲名，一時說不出話來。

——我的命，你的命——

「命」

這個字準確地對我內心最不能碰觸的部分展開刺激和擠壓。

我的手指反射性地開始破壞那張ＣＤ。就像是要揮除那令人感到不舒服的回憶，也像是要將過去發生過的事歸於無。從體內深處湧現沉重的壓力，傳向手指，接著送往手中的物體。

傳來千花的聲音。接著浮現「那個男人」的臉龐。

我的命，你的命。

千花的命，那個男人的命。

「果然還是不想要是吧？」

我因這個聲音而清醒過來。

看來，我似乎表情相當嚴肅。我在無意識中，朝眉間以及握著ＣＤ的右手過度使勁。

我急忙打圓場，先以肉眼確認ＣＤ還沒損毀後，重新向他們道謝。

「我剛才好像發起呆來，真的很抱歉……這ＣＤ我收下了，謝謝你們。我會盡快聽的。」

「那就好。我們才要謝謝妳。」

「那麼，我搭電車的時間到了，該走了。你們的現場表演請繼續加油。」

我與他們兩人互相揮手道別。

我邁步朝車站走去，背後再度傳來他們兩人的演奏。還是一樣，感覺不太搭調的兩人合音，以及清亮的吉他聲，傳向我背後。

話說，我當時為什麼會將那張千圓鈔放進他們的吉他袋裡呢？為什麼能沒有任何猶豫和迷惘，就掏錢給他們呢？為什麼會對他們那麼感興趣？

答案很簡單。

因為羨慕。

因為他們是能自由演奏音樂的人，能自由將自己的世界轉化成聲音來呈現的人，我很羨慕，羨慕得不得了。

所以我才想靠近這樣的他們，或者該說是「自由」。忍不住想靠近。

我已不能彈奏鋼琴。不能彈奏的我所欠缺的自由世界，想靜靜地從中獲得些許一同存在的感覺。

我將「我的命，你的命」這張ＣＤ，連同複雜的思緒一同收進包包裡。

從今天開始連續五天，我全身將沉浸在蕭邦的音樂中，這樣是否還能繼續斷絕和鋼琴的關係呢？聽了那靈魂滿溢而出的濃厚音樂後，我還能靠理性來約束自己嗎？我還能抬頭挺胸地說「我已經不再彈鋼琴了」嗎？

我緩緩步上通往百合海鷗號的樓梯。

我覺得答案似乎已經很明白了。

大須賀駿♣

我抵達國際展示場正門站，是下午四點五十九分。門票上寫著晚上六點開始入場，而如果想早點展開行動，這樣的時間或許正剛好。我走下電車，同時再度確認那張門票。

夏天果然白天特別長，四周仍處在白亮的陽光照耀下。同樣的，熱氣也沒半點減弱的跡象。好頑強的太陽。我一面掀動T恤，一面朝門票上寫的受理櫃臺所在的東六廳走去。每踏出一步，還背不習慣的大背包便會嵌進肩膀的肉裡。

從今天起接連五天，我向打工地點請了長假。由於那裡原本就是輪班制，基本上要請假很容易，不過一次請五天假確實也會製造一些麻煩。不過，可能是我平時的工作態度備受肯定，我請幾名同事幫忙後，他們都願意幫我代班，我就此得到五天自由的時間。不過，我也不知道接下來這五天會發生什麼事。

接下來這裡到底會發生什麼事呢？

不過，這樣的疑問即將靜靜地從我心中消失。打我從「半」喪失記憶的彌生那裡得到這張神祕門票後，我一再想像這天的到來。所謂「**思考人們幸福的聚會**」，是怎樣的活動呢？到底會聚集多少人？這些人會舉辦某種大型會議嗎？如果是這樣，我該如何加以協助？總之，我試著思考各種可能性，連我都覺得自己該不會是瘋了吧。不過，現在的我只覺得這一切都是杞人憂天。

因為現在會場前的這一大片廣場，空無一人。別說人了，連想要找食物吃的鴿子也沒半隻，瀰漫著一股無比冷清的氣氛。很像假日的學校，也像閉園後的遊樂園，總之，強烈的空虛感和孤獨感支配著這裡。雖然只是從會場外窺望，但很難想像再過幾十分鐘後，這裡頭會舉辦什麼大型活動。

我嘆了口氣，靜靜仰望東京國際展示場。那巨大的倒三角，由感覺不太牢固的窄柱子支撐，彷彿那形狀本身就有重要含意般，莊嚴而且沉默地矗立在那裡。面對這樣的光景，我覺得自己宛如是僅存的最後人類，佇立在被遺忘的未來都市中，全身微微顫抖。

真的空無一人。

這樣我根本就白忙一場嘛。我心裡這麼想，再度環視四周。

這時，我發現設在建築邊的長椅上坐著一個人。似乎是位年輕女子。她挺直腰桿，一動也不動，我一時還以為她正在拍證件照。她雙手疊放在大腿上，兩腿併攏。多大年紀呢？沒靠近看的話，無法知道。我沒其他線索，不得已，只好試著走向女子。搞不好她知道些什麼。

隨著我一步步走近，逐漸看清楚女子的全貌。她烏黑亮麗的頭髮，長達肩膀下方，略顯冰冷的渾圓大眼望著遠方。身上穿的服裝，是在重要的部位設有小花邊，模樣高雅的白色吊帶背心，搭上偏長的黑色長裙，腳下穿的是褐色的穆勒鞋。

不過，雖是這身高雅又時尚的穿著，但女子臉上卻完全沒任何表情，與此形成強烈對比。她的臉部肌肉完全沒使力，不屬於喜怒哀樂的任何一種表情。完美的面無表情。如果有人要我對她的模樣做比喻，我雖然會有點猶豫，但應該會回答是「冰」吧。頑固地一動也不動，嚴肅而又冰冷。雖然就只看了一眼，但這就是我對她的印象。

關於年齡，就算我就近細看，也說不出個所以然來。她看起來像年紀還小，但又覺得像成人。就算說和我同年也能接受，而即使說是國中生，也同樣不覺得奇怪。如果說是二十五、六歲，確實是會有點懷疑，但也有可能大我三、四歲。包含這個層面來看，她真的是位神祕的女性。

我明明靠近她，她的視線卻沒轉向我。是沒發現我的存在，還是對我漠不關心呢？或者是我散發的氣場令她覺得不舒服？雖然不知道哪個才是正確答案，不過，她的視線現在仍舊望向遠方。

我與她拉近到兩公尺的距離後，大膽地向她叫喚。

「妳好。呃……我叫大須賀駿，可以問妳幾個問題嗎？」

向女性搭話時，得先報上自己的名字。因為不報上自己名字就靠近的男人，都不能信任。我遵照母親的教誨，報上自己的名字，向女子搭話。旁人聽了，或許會覺得有點不自然，但沒辦法，誰教這是母親的教誨呢。我等候她的反應。

然而，她卻遲遲沒回話。

非但如此，連看也不看我一眼。難道我看到的是一幅靜態畫，或是雕刻嗎？她徹底地靜止不動，幾乎讓我產生這樣的錯覺。我再次出聲向她叫喚。

「我不是什麼可疑人物。就只是想請教妳一些問題……妳知道今天會在這裡舉辦什麼活動嗎？」

「我知道。」

她突如其來的回答，一時令我嚇了一跳。和她一開始給我「冰」的印象沒什麼兩樣，連聲音也帶著寒氣，無比冰冷。

她筆直地望著前方，出聲回答後，這才緩緩轉頭望向我。在她那深邃的眼瞳注視下，一股難以言喻的奇妙感覺緊緊包覆了我。像是被深深吸入，很想逃離，卻又被緊緊束縛，無法動彈。

總之，我體內有個東西不斷在跳動。我暗自吞了口唾沫，接著說道。

「……我就是來參加那個活動的。」說完後，我向女子出示那張門票。「接下來真的會舉辦這項活動嗎？」

「那也會舉辦。」她沒仔細看我的門票便如此回答。一度與我目光交會後，她整個態度改變，始終緊盯著我的眼睛，不曾移開視線。

「妳說『也會』，意思是也有其他活動是嗎？」

「對，有各種活動。」她指向長椅的左半邊。「請坐。站著會累吧？」

對於她的提議，我先說了聲「謝謝」，接著依言坐向長椅，將背包放向地面。坐向長椅後，我從一旁重新細看她的臉，還是一樣覺得很不可思議。感覺好像以前在哪兒看過她，但又覺得完全不認識。

此刻這樣仔細端詳後，已經能針對她長相的特性陳述感想，例如長得很漂亮，或是眼睛很大，鼻子很挺之類的，但只要她的臉有個短暫的瞬間從我眼前消失，我就會馬上想不起她長什麼樣子。她絕不是長得很沒特色，但只要沒看到實體，就只會留下模糊的記憶，就像失焦的照片一樣。我試著在腦中擺出幾個畫面，但始終都想不出正確的解答。在這種混亂情緒的驅使下，我重新注視她的臉，記憶這才又重新浮現。沒錯，就是這張清秀的臉龐。

總之，在這短短的時間裡，這名女子令我深切感受到她的神祕感。

「妳也是受邀參加這個活動嗎？」我指著票向她問道。

她聽了之後緩緩搖了搖頭，就像因風搖曳的樹葉般。

「那麼，妳在這裡做什麼？」我問道。

「這個嘛……真要說的話，」她先是視線微微朝下，接著再度望向我。「是因為骨牌。」

「妳說的是那個骨牌嗎？」

「對，就是那個骨牌。」

我忍不住望向她腳下和長椅，加以確認，但都沒看到像是骨牌的東西。她可能是發現我視線的動向，開口說道：

「這只是個比喻。」

我略感難為情，伸手搔抓鬢角。

她的說話速度極為緩慢，很準確地發出每一個音，就像無比鍾愛一般。也許對她來說，只要有一個音發得不正確，就是無法忍受的奇恥大辱。比起速度，更注重準確性，小心地遣辭用句，這種說話方式，與每次都會結巴，講起話來戰戰兢兢的彌生形成強烈的對比。

我又向她問道：

「妳說骨牌，是什麼意思？」

「這個嘛……」她再度低下頭，接著又望向我。「你不認為骨牌是一種完全依賴他人的比賽嗎？」

「依賴他人？」

「沒錯。排骨牌的人，在這種現象的過程中，一概無法出手。就只是一味的排列，之後只能看物理法則高興。或是只能祈禱。嚴格來說，當事人無法參與這項比賽。不論花了多長的時間，付出多大的勞力。我也和玩骨牌的人一樣。……現在我已漂亮地排好所有骨牌。再來就是輕輕地推出第一個骨牌。這就是我該做的最後一項工作。再來就只有祈禱。祈禱一切順利進行。祈禱最後一個骨牌漂亮地發出聲響倒下。我只能祈禱。」

聽完她這樣說，我還是完全無法理解。儘管如此，刻意表現出自己沒聽懂，又覺得有點過意不去，所以我姑且先點了點頭，擺出心領神會的模樣。我馬上改變話題。

「除了我之外，有其他人通過這裡嗎？因為感覺人實在太少了，有點擔心呢。」

「只有一個人通過。」她說。

「就一個人？」

「對。目前只有一位。你是第二位。」

眼前複雜的事態，令我的腦袋漸感混亂。她說，我受邀參加的活動確實會進行。不光如此，另外還會舉辦各種活動。但現在才只有一個人來報到。我眉尾低垂。

「剛才通過這裡的人，看起來是什麼感覺？」

「是個女孩。」她說。「背著一個大背包的女孩。離活動開始明明還有一大段時間，她卻這麼早就來了……看她那麼高興，想必主辦者也很希望是這樣。」

嗯，女孩是吧。是怎樣的女孩呢？話說回來，現在猜想也沒用。因為打從剛才起，出乎意料之外的事接連發生。憑我的腦袋已跟不上預測。

我重重吁了口氣，以手機確認現在時間。下午五點三十分。因為六點開始進場，所以我心想，也差不多該去櫃臺報到了。她說的「思考人們幸福的聚會」似乎會正常舉辦。

我從長椅上站起身，向她說道：

「我也該去了。謝謝妳告訴我這麼多。提供我很好的參考。」

「太好了。大須賀駿先生。」

我一時嚇了一跳，心想，她怎麼會知道我的名字，但想起我一見面就先自我介紹，頓時感到羞愧起來。真不該養成這種奇怪的習慣，我對此暗自反省。

「對了，妳叫什麼名字？」我問。

「我？」

「對。」

「這個嘛……名字。」

她再度低頭望著地面，然後又抬起視線，從剛才就多次有這樣的舉動。她在思考時，似乎固定會有這樣的舉動。她說：

「我沒有名字。」

我為之一愣。「沒有名字？不可能有這種事吧？」

「不，有這種事。」她說。「名字往往會有過度限定事物，使其僵化的傾向。所以我沒有名字，也不想有。原本事物會取一個很貼近其本質的名字，但在很多情況下，大部分的事物反而是因為名字而使其本質產生變化。『太郎』是因為名叫『太郎』，所以想成為『太郎』，『喬治』也因此想成為『喬治』。當然了，『大須賀駿』也會想成為『大須賀駿』。

所以我現在要是說『我叫羅素』，我馬上就會想成為『羅素』，而看在你眼裡，也會對我貼上『羅素』的標籤。事物的本質會就此產生變化。或許也可說是就此縮小。你懂我說的意思嗎？」

聽得一頭霧水。「呃……先不談這種像觀念論的說法。不管妳再怎麼不想有名字，但名字這種東西，當妳發現的時候，就已經有了，就算妳不接受，應該也還是有妳的名字吧？」

「我不說出自己的名字，令你感到不滿嗎？」

「也不是感到不滿啦。不過我可能是心想，就算告訴我也不會少塊肉吧。」不知為何，我突然很想問出她的名字。

她就像是對我說的話沒輒般，閉上眼睛回答：

「我明白了。那麼，我就自稱『芽』吧。」

聽到這好不容易問出的答案，我為之蹙眉。「妳說『自稱』，這麼說來，這不是妳的本名嘍？」

「你不喜歡嗎？」

「如果是假名的話。」

「沒錯，我很遺憾。不過，很不巧，我沒其他比較像樣的名字了。其他名字，你應該更不喜歡。」

「也就是說，妳還有其他名字？」

「對。」她若無其事地回答道。

我嘆了口氣。真是的，不過就只是講個名字而已，卻得這麼拖拖拉拉。一開始明明說自己沒有名字，但掀開蓋子後，卻又說自己有好幾個名字。真是個教人猜不透的女孩。

我對她說道：「我知道了。妳再講一個名字，我就拿它當妳的名字吧。不管再怎麼不喜歡，我都不會有任何意見。說出妳的名字吧。」

「這樣的話……」

她先說了這麼一句，接著停頓了好一會兒。如果我是岩渕的話，等這麼久的時間，一定等到一半就受不了，轉頭走人。我甚至心想，她該不會是哪裡搞錯，忘了回答這個問題吧？真的停頓很久。

因為這樣，正當我心想是不是該再問一遍時，她終於開口了。她似乎特別留意，想讓我一次就聽懂，用比剛才更慢的速度說道：

「我決定自稱『NOIR REVENANT』。」

儘管這樣，我還是沒聽懂，向她反問道：「諾、諾挖魯？」

「『NOIR REVENANT』，這就是我的名字。是足以限定我存在的名字。」

那莫名其妙的單字，令我很想抱怨幾句，但我強忍了下來，閉上嘴。約定就要遵守。我不能當那種激動地出言反駁的男人。因為對女性就得要紳士才行。

「我知道了。謝謝妳告訴我這麼多。NOIR REVENANT小姐。」

「哪裡，我才是。大須賀駿先生。能和您見面，是我的榮幸。」

NOIR REVENANT這時第一次露出一抹淺笑。面露笑容的她，從原本「冰」的形象起了一百八十度的轉變，看在我眼中顯得很稚嫩。雖然那高雅又幹練的遣辭用句，以及呈現的沉穩氣質，顯得有幾分大人樣，但也許她年紀還比我小。

NOIR REVENANT 說：

「我也一直很想見你一面。我有點擔心，你會是個怎樣的人。」NOIR REVENANT 撥起耳邊的頭髮，接著道。「對了，你……你們今後會遭遇各種事，不過，請你們要好好加油。真的要好好加油。」

雖然覺得她這番話有點古怪，但我還是就此與 NOIR REVENANT 道別。離去時，我想看她背後，但說來也真不可思議，看不見她背後的數字。就經驗來說，我自認很清楚怎樣的角度可以看到數字，但不管我用何種視線望向她背後，都看不到她的數字。難道得徹底繞到她背後看才行？感覺如果是那樣的角度，向來都看得到啊。

不管怎樣，真是個不可思議的女孩。

她到底是何方神聖？她那異樣的存在感，在我心中留下很深的抓痕……雖然這麼想，但從她臉上移開目光，走了幾步路後，我果然又忘了她的長相。鼻子是長這樣嗎？眼睛是長這樣嗎？雖然試著回想，但不知不覺間記憶中出現許多斑點，最後完全想不出她的長相。真奇怪。仔細想想，現在連剛才與她的對話內容都想不起來了。她說了些什麼，我又是如何回應，這一切都像是遭受波浪沖刷的沙城般，形體逐漸變得模糊不明。屋頂變得殘破，牆面瓦解，整座城逐漸崩毀。想不起來。

又走了五步左右，最後終於連她的名字和存在都忘了。她說她叫什麼名字？她是什麼身分？

我怎麼也想不出來。剛才我一直和某人談話，但現在我想不起那個人是誰。好像是位女性，不，等等，也可能是男性。咦，到底是誰來著？

最後，我連自己想不起來這件事都忘了。內心有一段時間的空白，但那段空白，因為某個人而變成感覺不出是空白的某個東西。

我忘了自己有事遺忘。

因此，最後成了什麼也沒忘。

我終於走進東六廳所設置的東展示棟內。和廣場一樣，裡頭一樣沒人，只有一股陰森的寂靜支配著這處空間。亮澤的白色瓷磚、充滿未來感的玻璃通道、停止不動的行人輸送帶，全都顯得很詭異，像是用來讓我感到不安的特別安排。

館內就只有我的腳步聲鮮明地響起。每一步都有清楚的迴響，令人徒增孤獨感。就像在悄悄告訴我「這裡只有你一個人哦」。看來根本就沒舉辦什麼活動吧。怎麼看都覺得這空無一人的死寂很不自然。我胸中充塞著這種疑問和不安，遵照掛在天花板上的引導指示，朝東六廳走去。

走下樓梯後，那裡是一整排主會場。左手邊大大地寫著「東四廳」，而右側則是寫著「東一廳」。每個都拉下鐵捲門，無法確認裡頭是什麼情形，但可以想像，應該是相當大的展廳。再怎麼說，光鐵捲門本身就相當大，可以輕鬆容納十噸重的大卡車。

迴廊上如此巨大的展廳一字排開，我就像在仔細欣賞般，一步步往深處走去，原本左手邊「東四廳」的標示已改為「東五廳」。看來，東六廳在更深處。在確認過目的地已近在眼前後，我倒抽一口氣。

這時，突然傳來某人啜泣的聲音。像是小小聲吸著鼻涕，也像是微微傳出壓抑的嗚咽聲，總之，就是這麼詭異駭人的聲音。

館內開著空調，相當涼爽，但有好幾盞燈都關閉，瀰漫著一股昏暗陰鬱的氣氛。我不禁感到一陣寒意侵肌。真是的，那種駭人的幻聽就饒了我吧。我對鬼魂、妖怪這類的靈異事物，可沒什麼抵抗力。驚悚類的電視節目或電影，我也都盡可能不看。我有自信，如果遇上鬼，我一定會馬上昏厥。

我先做了個深呼吸，接著再度向前邁步。那哭聲純粹是我自己想多了。自古人們不是常說「根本就沒有鬼這種東西」嗎？我以此鼓舞自己。

然而，這次我真的聽到啜泣聲，沒聽錯。像是死於非命，充滿悔恨的悲傷幽魂所發出的啜泣聲。這是如假包換的啜泣聲，不容懷疑，無法含混過去。我全身皮膚雞皮疙瘩直冒。

從這裡放眼望去，東一廳到東五廳，每個鐵捲門都拉下。每個鐵捲門都牢固地緊鎖著，感覺光用「牢固」來形容還不夠。

從那緊閉的空間裡傳出聲音，應該也不可能。照這樣來看，聲音傳出的來源，就只剩一個可能了。那就是我的目的地「東六廳」。

雖然從這裡無法確認內部的情況，但東六廳的鐵捲門似乎沒拉下。證據就是內部的照明燈微微照向我此時所走的昏暗迴廊上。以現狀來看，還不知道有沒有辦活動，但至少可以確定東六廳是開放的。雖然其他展廳都拉下鐵捲門，但唯獨那裡確實是敞開的。

到底會有什麼在那裡等著呢？

因為覺得有點恐怖，我心裡傳來一個怯懦的聲音，告訴我還是掉頭比較好，但我的雙腳還是緩緩朝亮光射出的東六廳入口走去。

是因為想目睹可怕的事物，還是我已經中了鬼魂所下的暗示呢？總之，就像有什麼在拉著我似地，我一步步往前走。

一步、兩步、三步。

啜泣聲愈來愈大。

四步、五步、六步。

亮光從敞開的東六廳入口逸洩而出。答案就在那裡。「**思考人們幸福的聚會**」究竟是什麼？

有誰在這裡？

那個啜泣的人是誰？

我暗自吞了口唾沫後，大膽地往裡頭窺望。昏暗的迴廊與展廳內滿溢而出的耀眼燈光形成的反差，一時令我的眼睛失去功能。我急忙閉上眼，擺脫亮光後，像要展開探索般，慢慢睜開眼睛。

眼睛終於開始發揮對焦功能，逐漸調整視力辨識所需的光量。視野變得開闊，眼前的光景逐漸有了輪廓。

那是很異樣的光景。

我不由自主地向後倒退一步。

眼前那開闊寬敞的東六廳內，完全「空蕩蕩」。這不是比喻的表現手法，而是就像字面的意思一樣，真的是空蕩蕩。粗糙的水泥牆完全裸露，連對面的牆壁到柱子都看得一清二楚。視野完全不受任何阻擋。既沒長桌，也沒半張鐵管椅。

與其說接下來要舉辦什麼活動，不如說這是為了租借給某人使用而徹底清掃後的光景，感覺還比較能接受。總之，裡頭什麼也沒有。

不過，接下來才是問題。

不知為何，裡頭有一名女子跪在地上。她癱軟無力，在全身的重力下跪倒在地，膝蓋和雙手抵著地面，頹然垂首。

她不時會像想起似地，反覆啜泣，看起來彷彿因發生了某件很嚴重的事而深感絕望。由於她低著頭，無法確認她的表情，但從表情以外的姿態，也能充分看出她那無比沮喪的神情。最重要的是，她拱起背部浮現數字「41」。這可說是相當絕望的數字。

在空無一人的展廳頹然垂首，暗自啜泣的少女。

任誰看了也會說這畫面很怪異吧。

然而，面對這乍看之下純度百分之百的驚悚畫面，我之所以沒慌亂地大喊「鬼、鬼啊！」背後有個原因。其實很簡單明瞭。

因為這女孩如果要說是鬼的話，未免也太有生氣了。與鬼魂那幽暗、蒼白，甚至還會流血的寫實形象相比，簡直就是住在完全不同的兩個世界。有人（雖然現場沒這樣的人）或許會說，只看一眼哪能判斷她是不是鬼魂，不過，只要實際看過她所呈現的氣質，肯定就會認同我說的話，而認為這女孩不可能是鬼。

因此，我才沒在這種充滿靈異的氣氛下方寸大亂。但眼前的光景依舊怪異，很不正常。

我緩緩靠近女子，向她喚道。

「請問……」

在我說出這兩個字的瞬間，女孩就像按下了某個開關般，猛然轉頭望向我。她剛才可能號啕大哭了一場，眼睛微微紅腫，嘴角鬆弛無力。一頭短髮像剛睡醒般零亂，宛如鳥窩。也許有一部分是因為她在哭泣的緣故，臉部給人的印象相當稚氣。看起來肯定年紀比我小，但她到底是幾歲呢？不管怎樣，她似乎很疲憊，我連她哭泣的原因也不清楚，就忍不住寄予同情。一個沒弄好，可能連我也會跟著流淚。

這時，望著我的女孩，臉上表情突然蒙上暗影。就像小嬰兒要大哭的前兆般，在無聲的狀態下，她臉上的皺紋開始擠在一起，彷彿又有淚水要湧出。

「等……等一下，又怎麼了？」

我慌了起來。

難道我在無意識下惹她不高興嗎？怎麼辦？我該怎麼做才好？跟她玩「矇臉躲貓貓」想必不會管用，偏偏我又沒有能讓人破涕為笑的笑話。得想想辦法才行。眼看她即將淚水潰堤，我正在思考對策時，她已開始放聲大哭。我沒能趕上。

用「嗚哇～」來形容她的哭聲是最貼切不過了。那是無比豪邁，沒任何顧忌，氣勢驚人的哭泣模樣。

她的啜泣聲在整個展廳裡形成迴響，音量擴增了數倍，回音傳遍每個角落。

面對她的號啕，我不知所措，這時她終於開口對我說話。就像在搗麻糬時，每搗一下就要翻動一樣，她趁每個號啕間的空檔擠進她要說的話，大聲喊道：

「沒……沒有書！」

三枝乃音◆

「連一本……連一本書也沒有！」

淚水從我眼中源源不絕地滿出。不，不光眼淚。我原本激昂的情緒、無處宣洩的失望感、破滅的希望、內心的咆哮，全都滿了出來。

「哭泣也是一種快樂」，這是蒙田（MICHEL DE MONTAIGNE）的《隨筆集》中的名句。但這樣對我未免也太殘忍了吧，神、佛、稻尾大人[16]。為什麼沒舉辦書展？面對這種結果，我除了哭還能怎樣？

現在出現我眼前的這名男性，肯定也是熱愛讀書，在書本的陪伴下充實人生的愛書人士。外表看起來人很好，感覺連蟲子都不敢殺，簡直就是「人畜無害」這句話的現實寫照。肯定是在學校休息時間會待在教室，或是圖書室裡默默看書的那種人。我的同志。唯一能和我分享這難以言喻的絕望，一位真正的同志。想到這裡，淚水再度湧出。同志啊，我該如何和你分享這份絕望呢？

「只要想到別人也為同樣的悲傷而苦惱，即使內心的傷未能得到療癒，至少心情也會輕鬆些許」——威廉．莎士比亞。

他似乎也難掩困惑之色。這也難怪。再怎麼說，這裡都沒半本書。非但如此，也沒有所謂的活動。絕版書、珍稀書、各出版社的特設攤位、知名作家的演講。這種夢中才有的世界，不知跑哪兒去了，現場連一份免費雜誌也沒有。就連美容室的雜誌區也比這裡來得強。好慘。太慘了。

「呃……我叫大須賀駿。請問妳在這裡做什麼？」那位看起來人很好的青年，一臉困惑地向我詢問。

咦，同志。你問我「在這裡做什麼」，這就不對了。這問題還用說嗎？我拭去淚水，讓顫抖的聲音平靜下來後對他說道：

「我一直在這裡等候。」

「等候……等什麼？」這位姓大須賀的人物，一再跟我裝傻。

我的聲音變得有點粗魯。「當然是『書』啊！這可是本世紀最大規模的『BOOK FESTA』啊！可是、可是，結果卻是這副模樣。這幕淒慘的光景是怎麼回事啊。」我右手比向那空無一物的空間。「的確，現在才傍晚六點，離開幕還有一些時間。但接下來用不到兩小時的時間就能一切準備妥當，誰信啊！為什麼沒舉辦？到底是怎麼回事？」

這位叫大須賀的青年，表情為之一沉。「抱、抱歉。我也不知道。」

我猛然一驚。真糟糕。我好像拿這位善良的同志出氣。他並沒錯。非但如此，他顯然也是被害者。他不過只是裝傻一下，我就方寸大亂，真不像我。我馬上坦然向他道歉。

「抱歉……我情緒有點失控。」

16.日本職棒名投手，有「鐵腕」的稱號，尤其是在1958年的日本系列賽中，在球隊三連敗後，以四連投四連勝的佳績助球隊拿下冠軍，因而被譽為「神、佛、稻尾大人」。

「不，沒關係。因為看得出來，妳情緒很低落。」大須賀先生仍是一臉困惑的神情說道。
「坦白說，我對妳說的那個……叫什麼來著，BOOK FESTIVALS？」
「是BOOK FESTA」，我加以更正。
「對，BOOK FESTA，我並不是來參加這個活動的。」
「咦？」
我發出一聲怪叫。這個人到底在說些什麼啊？如果是這樣，他來這裡做什麼？就像到棒球場去看球賽、到超市購物、到公共澡堂洗澡一樣，七月二十三日到東京國際展示場，就只能參加書展吧？
正當我對這無法理解的情勢發展大傷腦筋時，這位叫大須賀的人從他的大旅行袋裡取出一張票，拿給我看。
「我是來參加這個的，不知道妳是否知道些什麼？」
我往那張票細看。
上面以大大的文字寫著「思考人們幸福的聚會」。這不僅是從沒聽過的活動，還帶有一點宗教性的色彩。出於本能，我不由自主地想和他保持距離。
然而，活動內容姑且不提，此刻最該注意的，是這活動的舉辦場所和時間。我仔細確認後，發現它確實和我要去的書展，時間和地點完全吻合。雖然書展是晚上八點開始入場，但這個「思考人們幸福的聚會」的可疑活動，則是在晚上六點開始入場。要在短短兩個小時的時間裡變換會場，是不可能的事，而且怎麼看都覺得很沒真實感。這是怎麼回事？
眼前的情況，感覺就跟夢野久作[17]一樣複雜，不過，在如此複雜的情況下，唯一有件事我可以很確定地說。

這位叫大須賀的人，「不是我的同志！」

「同志？」他那宛如用雕刻刀刻出來的深邃皺紋，朝眉間擠在一起，俯視著我。他那困惑的表情顯得既柔弱，又不可靠，感覺不出絲毫「文氣」，甚至還很憨呆。

我雙手抱頭，再次沉入地面，身體逐漸與水泥地同化。世道可真是難走啊。對我來說，理應是理想國的書展，現在卻成了一處遍尋不著的可悲場所，而我以為可以一起分享這份絕望的男性，也不是我的同志。怎麼會有這麼毫無慈悲的世界呢？一股完美的絕望籠罩在我心頭。幽暗、漆黑、宛如壓碎的黑炭般，無比淒苦的絕望。

「沒有完美的文章。就像沒有完美的絕望一樣。」——村上春樹《聽風的歌》開頭。

春樹老師，很遺憾，我要告訴你，真的有完美的絕望。因為我此刻的遭遇，如果不用這樣來形容它，就找不到其他修辭了。這正是完美的絕望。完全無色透明。面對這樣的事實，我再度嘆氣。

這時，就像是呼應我的二度嘆氣般，某處傳來一個沙沙沙的腳步聲。這聲音應該是拖鞋或涼鞋吧。總之，有人朝這裡走來。我的視線移往會場那巨大的入口。

一名年輕男子就站在那裡。

中等身材。一頭蓬鬆亂髮，搭上腳下那雙薄薄的海灘涼鞋。衣服穿的是沒圖案的灰色POLO衫和藏青色的牛仔褲。肩上背著一個小小的筒型背包。他只有眼睛與他的髮型和穿

17.日本的科幻、奇幻作家，代表作為《腦髓地獄》。

著呈現的邋遢樣形成強烈的對比，看起來很冷峻。他看待一切的眼神很冷靜，或者該說是冷酷，似乎不論面對任何事都不會顯出一絲慌亂，相當霸氣的視線。

大須賀一看到他，也露出納悶的表情。看來，他同樣也不認識這名男子。

男子緩緩朝我們走近，涼鞋一路拖地。不慌不忙，完全照自己的步調。我不由自主地從他身上感受到某個氣息。

「文氣」——這不就是「文氣」嗎？

經這麼一說才想到，那是太宰治或坂口安吾身上散發的無賴派「文氣」。

或許我終於在這片絕望中找到了同志。

「開朗一點吧，因為沒有什麼不幸的事是無法承受的」——詹姆斯．羅素．羅威爾（JAMES RUSSELL LOWELL）。

我以顫抖的聲音問道：

「請、請問……你是來找書的嗎？」

江崎純一郎♠

「不，不是。」

那個頭嬌小的女孩說了一句**「不是同志！」**

我在這對像學生的男女面前確認我收在口袋裡的票。七月二十三日上午十點開始入場，受理櫃臺在東六廳。先不管時間，日期和地點確實是這裡沒錯。今天是七月二十三日，這裡是東京國際展示場的東六廳。

儘管如此（雖然我大致早料到是這樣的事態），從現狀來看，這裡似乎沒有學術博覽會這種活動的存在。我想起鮑伯說的話。

「這張招待券百分之九十九是真的。」

很遺憾，看來你這次的判斷錯得離譜。說什麼學問相關的活動，根本就是胡扯。

但回想中的鮑伯並未因這樣的事實而氣餒，還接著道：

「假設這純屬謊言，根本沒舉辦這場活動，而是改為舉辦某個奇怪的活動好了。那會怎樣？這樣不是很好嗎？不論是新興宗教邀人入教，還是老鼠會的說明會，對你來說，都像是對你『一成不變』，而且『完全可以看透』的人生投下激起漣漪的石頭，是既特別，又具有革命性的活動，不是嗎？可以命名為『社會另一面的見習之旅』。」

腦中的鮑伯說完後，像平時一樣莞爾一笑。那是宛如擦拭晶亮的鍍錫鐵般，深處帶有暗沉的笑容。

我向眼前的兩人詢問。

「那麼，這是什麼聚會？老鼠會，還是宗教？」

這時，原本癱坐在地上鬧情緒的女孩，指著另一名男子說道：

「如果是宗教的話，應該是他吧。他提到和幸福有關的宗教。」

「咦？才、才不是呢。我跟宗教沒關係。」

那名不起眼的男子急忙揮起了手。從他們的對話內容來看，這兩人似乎也是第一次見面。我對開始爭論起來的兩人拿出我那張學術博覽會的門票。

「我是來參加這個的，你們是否知道些什麼？」

兩人緊盯著我的門票瞧。就像是在對第一次看到的生物展開仔細觀察般，看得仔細又專注。但過了一會兒，兩人幾乎同時停止觀察，各自拿出某個東西給我看。

是和我很類似的門票。

女孩拿的門票上寫的是「書展」。據她所言，她似乎就是為了這個目的而前來。所以她一看到我，才會問我「你是來找書的嗎」。

另外，男子拿的門票上寫著「思考人們幸福的聚會」。就像女孩說的，聽起來確實有很濃的宗教味。男子說這就是他來這裡的目的。我問男子是否對這種事感興趣，他說得含含糊糊，似乎答不出來。

「倒也不是。只是有其他的想法。」

總之，雖然每張票的入場時間都不一樣，但包含地點在內，其餘的詳細內容大致都是一樣的。

的確，我打從一開始就對這張「學術博覽會」的門票感到懷疑。一家偏僻的咖啡店信箱，不可能毫無預警，也沒任何關聯，就投遞了這麼煞有其事的門票。因此，就算活動的事純屬虛構，當然也沒什麼好驚訝的。倒不如說，這樣還比較能接受。但眼前的情況，很多都難以理解。被告知是不同活動的三個人在此齊聚一堂。而且每個活動都沒舉辦。令人費解。

「路上要小心哦。外宿時，總會有意想不到的突發狀況。」

我不禁面露苦笑。鮑伯提供的意見和箴言，一開始感覺有點失準，但最後卻又準確地掌握了重點。鮑伯果然是個奇人。

「請、請問……？」

背後突然傳來一個女性的聲音。

轉頭一看，眼前又站著另一位女性。是個年輕女孩。她也是學生嗎？

女孩穿著一件微帶青色的白色連身洋裝，拖著一個附腳輪的行李箱。以女性來說，她的身高偏高。似乎有一百六十公分以上。身材纖細，從手指到腳尖都顯得很修長。表情以及身上散發的氣息都很優雅，感覺得出不凡的氣質。直順的黑髮，全都順著重力垂落，沒有一根例外，形成一道光圈。

宛如只收集了世上乾淨的部分打造出的潔淨感，隱隱感覺得到她的知性。

「請問……這裡是東六廳對吧？」女孩問。

包含我在內，我們三人不約而同地點頭。

「鋼琴音樂會是取消了嗎？」

包含我在內，我們三人都嘆了口氣。

葵靜葉♥

「——因為這個緣故，我們也才剛來到這裡。」自稱姓大須賀的人如此說道。
大致聽完他們三人說的話之後，我還是沒搞懂目前的情況。
不管怎樣，沒能聽到鋼琴演奏，對我來說相當遺憾。
自從與鋼琴斷絕關係後，我連一次聽現場（而且是專業的）鋼琴演奏的機會也沒有。
正因為這樣，我對今天這場音樂會的期待，似乎遠超乎我自己的想像。證據就是我心中就像櫻花全都凋落般，瀰漫著一股難以言喻的失落感。
不過，或許這樣也好。我明明已決定不再彈鋼琴了，明明做出那樣的事，卻還想自己一個人悠哉地跑來聽音樂會，這是錯的。雖然不知道原因，但這次的音樂會取消，也許是老天給我的訊息。一定是這樣沒錯。我將自己打開一半的禁忌之門，再度牢牢關上並上鎖。
上鎖的聲響烙印在我耳裡，令我內心平靜下來。
「對了。飯店！飯店那邊又是怎樣！」那位自稱姓三枝的女孩說道。
三枝小姐身旁擺了一個好大的背包。想必是為了在外過夜，裡頭才會裝了這麼多行李。似乎看得出裡頭充滿了她「滿懷期待」的情緒。那整個鼓起的背包，徹底說明了她的心情。
「活動是騙人的。不過，如果說唯獨飯店的事是真的，這實在很難想像。」江崎先生說。
「不過，這一定要確認一下才行。」三枝小姐慷慨激昂地說。

不光我的門票，三枝小姐、江崎先生、大須賀先生，我們大家手中的票都可兼充「飯店招待券」。離會場只有幾分鐘路程的有明波士頓飯店五天四夜招待券（含早、晚餐）。但就像江崎先生說的，我覺得既然活動取消，這張飯店住宿券也會失效。重要的活動明明取消了，飯店卻還能繼續住，這實在難以想像。

我們手中的門票，除了各自的活動名稱、活動細節、進場時間外，其他都是用同樣的文章和格式製作。從3D影像圖的設計，乃至於門票本身的顏色、形狀、撕線的位置、文字的字型、活動相關的各種提醒文句，全都一樣。就像同樣的商品，只是顏色不同。

而每一個活動的主辦人都是「雷遜電子股份有限公司」（若真要舉出細微的差異，只有江崎先生手上的票，主辦者欄位非常小，小到難以辨識）。也就是說，我們的活動全是雷遜電子股份有限公司在同一天（時間各有不同）、同一處地點舉辦。為什麼雷遜電子要預訂這麼多不同的活動呢？大企業不太會犯下這樣的疏失。

「總之，我們去飯店看看吧！」

就像是三枝小姐堅定有力的說法在背後推著我們似的，我們開始離開那空無一物的東六廳。踩著緩慢的腳步。大家似乎都因為活動取消而感到洩氣。步伐一點都不輕盈。

「我說……可以問一個奇怪的問題嗎？」

走了幾步後，走在最後面的大須賀先生開口道。我們三人停下腳步，轉頭望向他。

我問他：「怎麼了嗎？」

「不……是這樣的。你們不覺得我們現在的遭遇很奇怪嗎？」

我們一副很理所當然的模樣，點了點頭。就像在說「現在說這個做什麼」。

大須賀先生沒理會，接著往下說。

「大家都是為了不同的活動而來到這裡，但根本就沒辦什麼活動。明明地點、日期、主辦者都一樣，但沒有一項活動真的存在。雖然入場時間每個人都不太一樣。」

這番話聽了同樣讓人覺得「已經知道的事何必再提」。我們再度點頭。

「但我們幾乎在同一個時間聚集在這裡。」

的確。冷靜細想後，覺得這確實有點巧合。我來的時間，與最早到的三枝小姐差不到一個小時，而我們就像算好似地，在同一個時刻在此集合。

大須賀先生就像要說服自己相信，慢慢加快說話速度。

「現在的我漸漸覺得，這並非單純只是活動取消。……或許只是我自己想多了，但之前我看到這張門票時，也就是看到『思考人們幸福的聚會』這個活動名稱時，我直覺這是在呼喚我。」

「啥……」三枝小姐就像在附和般，發出充滿疑問的一聲。「你的意思是『宗教在呼喚我』嗎？」

「不，不是這樣。」大須賀先生在思索該怎麼說。「不是這個意思。這就像有人直接拍我肩膀把我叫去一樣，有一種宿命的感覺。而且是指名要找我。感覺我非去不可。話說回來，從我取得門票的途徑來看，有很多不可思議的地方。給我這張票的，是我一位女性友人，但她完全不記得自己是如何得到這張票。我當然對她說的話感到納悶。但看了她的狀態以及這張票的內容後，我直覺這件事絕不能輕忽，有什麼東西呼喚著我……所以我覺得，此時在這裡的其他人，也會有並非單純只是偶然的某個東西存在。這並非是『偶然』

日期重疊的活動，也不是『偶然』取消。」

大須賀先生突然話多起來，令我們大為吃驚。他到底要說什麼？他這番話會在哪兒下結論？會以怎樣的結論結束這個話題？這個疑問靜靜地浮現我們頭頂。

乍看會覺得他像是說出了一件令人意想不到的話來，但我對此充滿了期待感。搞不好在眼前這種不知道答案的情況下，大須賀先生掌握了某個很接近答案的線索。大須賀先生夾雜著肢體動作，慢慢降低他談話的高度，轉為準備著陸的態勢。

「不過，坦白說，在我實際來這裡之前，我也是半信半疑。懷疑這是連續發生的『偶然』，其實沒有什麼特別的含意。但此刻看到在這空無一物的會場，聚集了分別抱持不同目的前來的四個人，我覺得現在終於可以確定了。這果然是在呼喚我。甚至應該說，是在呼喚各位。」

「你到底想說什麼？」江崎先生說道。

確實就像江崎先生說的（雖然他有點話中帶刺），大須賀先生這番話，就像是在向人說明時保留了某個關鍵的內容。宛如一輛避開危險區域，刻意繞遠路運送物資的卡車，說起話來很拐彎抹角。大須賀先生沒徹底解開自己的包袱。而且講得太抽象了。

因為江崎先生這句話，大須賀先生一時緊咬嘴脣，顯得有點躊躇。接著他就像是要拿出珍藏已久的紅酒，拔開瓶栓般，緩緩開口道：

「我……」他先停頓一會兒。「……有個『異於常人』之處。我指的不是個性或習慣，而是在更為根本的含意上，一種『異於常人』之處。」

江崎先生一時眉毛一震。「怎樣的『異於常人』？」

「我看得到別人看不見的東西。」大須賀先生說。

江崎先生雙手插在牛仔褲口袋裡，朝水泥地面望了半晌。就像在細數地板上黑色斑點的數目似的。接著他的右腳突然從涼鞋抽出，往內勾緊腳趾頭，做了兩、三下後，再放回涼鞋內。待做完後，江崎先生才開口道：

「那樣確實『異於常人』。」

大須賀先生規規矩矩地點著頭。「接下來要步入正題了……如果這是我自己想多了，那臉可就丟大了，不過，我認為我猜的應該沒錯。所以我想放膽地問各位。」大須賀先生微微做了個深呼吸。「各位是否也有什麼『異於常人』之處呢？」

異於常人之處。

也就是超乎一般的標準。

我認為這世上每個人都不會真的認為自己是個平凡又完全沒半點特色的人。雖說沒有特色，但一些細微的差異，還是會悄悄地產生明確的特色。雖然只是些無聊的小事，但我和別人的差異就在這裡。這就是我的獨特性。因此，就這層含意來說，每個人都「異於常人」。對於花的種類，我比任何人都知道得更多。如果是短跑，我能跑贏任何人。我都不賴床。我不挑食。我舌頭長。我討厭貓。或者是我會彈琴。每個人都持續走在沒人走的道路上，是開拓者。是異於常人的 ONLY ONE。

但大須賀先生問的不是這個。而是更為根本的特殊性質。更根本的「異於常人」。

如果是這樣，那我呢？我試著自問。

在大須賀先生所問的含意下，我算是「異於常人」嗎？

這時，江崎先生抬起臉。

「我可能……也算是『異於常人』。」江崎先生望著對面的屋柱說道。「我聽得到別人聽不到的聲音。」

大須賀先生聽了，以既像微笑，又像痛苦的模糊表情點了點頭，接著動作流暢地望向三枝小姐。催她回答。

三枝小姐看起來神情恍惚，茫然地望著空中的某一點，但當她發現大須賀先生的視線望向她時，急忙出聲說道：

「我、我……」三枝小姐清咳幾聲，調整她沙啞的聲音。「我能閱讀別人無法閱讀的內容。這可能也算『異於常人』吧。」

清楚傳來我的心跳聲。聲音大得可怕。

我喉嚨乾渴，呼吸急促。連身體的細部都在冒汗。溼黏的冷汗。

輪到我了。眾人的視線理所當然地往我身上匯聚，三個人六顆眼睛，視線將我射穿。但那絕非敵視的眼神。倒不如說，這雖是命運的安排，但他們的視線充滿溫情。只不過，這視線對我來說有點沉重。

我手按著顫抖的喉嚨，硬擠出聲音來。

「我……我一定也算是『異於常人』。」

不知為何，我發現自己快哭了。完全不懂為什麼會有這種反應。不過，某個結束與某個開始相互激蕩，刺激著我的淚腺。一直到前不久為止，我明明還因為鋼琴音樂會而滿心雀躍，但現在只覺得那樣的我彷彿存在於許久以前。我深吸一口氣，接著一口氣把話說出。

「我……我能破壞。什麼都能破壞。」

大須賀先生聽完每個人說的話後，提出最後一個問題。

「既然這樣，你們聽過那個聲音嗎？」

我在內心深處用力點頭。

有。我聽過。

對我來說，四年前的那件事，是我最大的救贖，同時也是最大噩夢的開始。我心中出現一個大拉桿的那天。我確實聽到那個聲音。現在我已想不起來，那是男人的聲音，還是女人的聲音。雖然那確實是聲音的資訊，但現在純粹只有文字資訊。

不過，現在我仍可清楚地想起，沒一字遺漏。

時候到來了。

放在記憶角落，塵封已久，原本已遺忘的那天晚上的聲音，此時又靜靜地憶起。

那東西交給你保管。

在時候到來前，你可以隨意使用。

不過，等時候到來，

請和我合作。

如果時候到來，

你不願意和我合作的話，

你將會——

大須賀駿♣

我們前往飯店。

有明波士頓飯店的所在位置，可說是緊鄰東京國際展示場。離會場僅數分鐘路程。是白色外牆的高樓層飯店。

抬頭仰望，飯店裡的每一扇窗幾乎都亮著燈。儘管是像今天這種隔壁會場沒辦活動的日子，似乎仍有不少房客入住。我們帶著深沉的沉默，走進飯店大門。

裡頭是雪白的地板、牆壁、天花板，十足飯店的氣派。暖色系的照明，處處散發出淡淡輪廓的亮光。我們筆直地朝櫃臺走去。

飯店服務人員訓練有素的鞠躬，迎接我們的到來，我打工的速食店完全無法跟這裡比。這位服務人員是以髮蠟打造出一頭後梳油頭，令人印象深刻的中年男性。

我們各自將自己的門票遞向櫃臺，詢問這張票能否當住宿券使用。

飯店服務人員迅速檢查過這四張票後，面露高雅的笑容說道「對，可以使用」。

聽了這句話，我們面面相覷。

我再次問道：「真的可以住四個晚上嗎？還附餐？」

服務人員閉上眼，點點頭。「對，當然可以。我們已聽聞這項吩咐。」

沒舉辦活動，但似乎能住進飯店。這當中果然有什麼玄機。服務人員沒理會我們的困惑和驚訝，緩緩轉身向後，從層架上取出一張房卡。

「那麼，我帶各位去房間。行李請交由工作人員保管。我們會送去房間。」

服務人員走出櫃臺，來到我們面前。接著又有另一位年輕的服務人員不知從哪兒現身，站在我們身旁。是一位身材高大，輪廓深邃的男人。

年輕的服務人員說他會代為保管行李，俐落地背起我們的行李。當中就屬三枝小姐的背包看起來最重，但男子背起它，完全臉不紅氣不喘。似乎相當熟練。

我們變得輕盈後，那位頂著後梳油頭的服務人員以右手指向前進方向。

「那麼，我們搭電梯前往各位住的二十二樓吧。」

「請、請等一下。」我說。「現在要去的是誰的房間？」

「誰的房間？」服務人員瞪大眼睛問道。

「對。……是我們四個人當中誰的房間？」

服務人員露出傷腦筋的表情。「很抱歉。各位訂的是四人房，所以是你們一起同住的房間……」

「咦？」我們全部一起反問。「四人房？」

「對。我聽說是四個人訂的房間，所以準備了四人房。有哪裡不合適嗎……」服務人員一臉擔心地望著我們。

「與其說不合適，不如說我們還沒完全搞清楚情況……這次訂房的，到底是個怎樣的人呢？」

服務人員對我的提問沒露出嫌棄的表情，他筆直地望著我，點著頭說道「請您等一下。

我現在馬上查」，動作迅速地返回櫃臺。

過了一會兒，他拿著一份夾著某個資料的文件夾返回。這段時間，那名年輕的服務人員一直背著行李。

頂著後梳油頭的服務人員看著剛拿來的資料說道。

「訂房的是『雷遜電子股份有限公司』。很抱歉，由於是網路訂房，所以我沒實際見過這位負責訂房的人。由於當初訂房時，還附上備註提到『當天要是有客人攜帶專用的招待券前來，請帶他們去房間』，所以我們都依照這個指示處理。費用是採匯款的方式，已經收到。」

「可以讓我看一下那份資料嗎？」

「好啊。」服務人員如此應道，從文件夾中抽出一張紙，遞給了我。雖然對這眾多謎團的情勢發展感到困惑，但我還是迅速將手中的資料看過一遍。其他三人也從我身旁窺望這份資料。

客人姓名……雷遜股份有限公司
客人電話……0120（909）2×710
客人地址……東京都大田區田園調布 1-2×
住房人數……四人（男性兩人，女性兩人）
使用方案……入住四人房：含一樓餐廳「GREGG TOWN」早晚餐
入住日……七月二十三日~七月二十七日

訂房方式……網路訂房

費用……預付：已收款

客人提出的要求……客人當天會攜帶本公司準備的特別招待券前來。如果有客人帶著印有本公司商標的招待券前來時，請盡速帶他們前往客房。

（雷遜電子負責人留）

看來，果然是活動的主辦者雷遜電子股份有限公司向這家飯店訂的房。我們從資料上抬起臉，互望著彼此。就像在確認彼此是否有人從中掌握到什麼線索，或是猜出些什麼。但我當然猜不出什麼，其他人似乎也是。

「如果您想的話，那張紙可以拿走沒關係……」服務人員如此說道。

可能是因為我久久握著那張紙不放，所以他才貼心地這樣說道。我向他說了聲謝謝，收下那張紙。

「那麼，差不多可以到房間去了吧？」服務人員如此催促，所以我們雖然不知如何是好，但還是走進電梯。

雖然都只有一點點，但每次收集到資訊時，我心中的確信便增加一分。這果然不是「偶然」。是那「聲音的主人」在呼喚我們。某個巨大之物被推向我們面前。一個黝黑，模糊不明，冷得令人直打哆嗦的東西，就此推向我們面前。我們接下來得思考自己被呼喚到這裡來的原因，並得和對方「合作」。否則的話，我們會……

「這是各位的房間。」

二十二樓是這家飯店的最高樓層。對生在單親家庭，不用說也知道是過著貧苦日子的我來說，飯店是遙不可及的存在，但就算是這樣的我，一提到飯店最高樓層的房間，還是隱約會有「好像很高檔」的印象。果不其然，服務人員帶我們來的這個房間，雖然不至於到令人看了嚇一大跳，但整個房間呈現出價格不菲的氣氛。空間肯定多達十五張榻榻米以上，鋪設雅緻地毯的客廳，以及兩間與它相通的寢室（各有兩張床）。各有一套浴室和廁所（廁所附免治馬桶），許多地方都設有衣櫥。客廳有臺大電視、個人電腦（似乎能使用網路）、大臺的立體聲音響。房內擺設的物品，每個都不會太普通，也不會太奢華，兼具實用性與風格之美。像奇形怪狀的陶壺，或是獅子地毯這種亂七八糟的裝飾品，這裡一概沒有。拜此之賜，像我這種沒跟上時代尖端，家中到現在仍是看映像管電視的我，不會因為太過奢華而喘不過氣來。

此外，從房內可以盡收眼底的台場夜景，堪稱是壓軸。高樓市街晶亮的燈光、晃蕩折射月光的東京灣，這都是令人微感心動的景色。我甚至暗自心想，要是能和彌生一起來這裡，不知有多好。

但我馬上草草結束這浮現腦中的妄想，我們現在得解決的問題，堆積如山。我們到底為什麼會在這裡，為什麼被召集來這裡，得做些什麼事？

我們不約而同地坐向圍繞桌子的客廳沙發。就像要開始打麻將般，每個人各占一邊。

我們重新簡單地自我介紹。詳細地說明自己的出身地、年齡、來這裡的經過，以及各自「異於常人」之處。

我率先自我介紹。

我叫大須賀駿。千葉縣千葉市出身，就讀當地高中二年級。沒有特別的嗜好，也沒什麼特別強項，真要說的話，我從進高中後，一直在速食店打工，這也許算是我的個人特色吧。不過，我打工的原因，純粹只是因為家裡窮。

來這裡的經過，就像我剛才說的，是因為從女性友人那裡拿到這張門票。那女孩說，她對門票的事完全不記得，但她覺得有人吩咐她，要將這張門票交給大須賀同學。

至於最重要的一點，我「異於常人」之處，在於我能看到人們背後的數字。這可能是「幸福指數」。那是一個人這天的幸福程度所轉化成的數值。只要我想看，現在就能看到各位背後的數字。

我大致這樣說道。

「那麼，我背後寫了什麼數字？」三枝小姐如此詢問，於是我坦白地回答她。

「是『41』。」

「哼」，三枝小姐略帶自虐地從鼻孔噴氣應道。「我猜也是。因為這麼沮喪的一天，我這輩子還沒遇過。這天簡直是噩夢。不僅在市谷的驗票口跌了一跤，還帶了二十萬日圓的軍購金在身上，結果卻一無所獲。」說完後，她像在嘔氣般，嘟起了嘴。

我告訴其他兩人背後的數字。江崎先生「56」，葵小姐「44」。

葵小姐說「也對，差不多是這樣。因為我原本很期待那場音樂會，覺得很遺憾」，以帶有透明感的笑臉以及如同潺潺水聲般的聲音回答道。至於江崎先生則沒什麼特別感想。「56」這個數字到底是合理，還是出乎他的意料之外，從他的表情看不出來。

接著自我介紹的人是三枝小姐。她是住在東京水道橋的高一生。似乎小我一歲（後來才知道，她是我們四人當中年紀最小的）。不過坦白說，她看起來年紀更小。頂著一頭梳理整齊的短髮，先前零亂的時候沒看出來，原來她前面的瀏海剪得很齊。雖然身材嬌小纖細，但給人的印象不是「瘦削」，而是「精實」。感覺相當結實，雖然個子不高（這句「個子不高」可能有點多餘），卻突顯出她身體柔韌的彈性以及力量，整體呈現出一股活潑的氣息。

「請叫我『乃音』。」她朗聲說出像英語會話例句般的話語，所以我也決定以後直接叫她「乃音」。

乃音還大放豪語，說她除了讀書外，沒別的嗜好，讀書是她存在的證明。還說她來這裡的理由也是為了書展，可以清楚看出她投入的程度。此外，門票是她在讀書的過程中，從意想不到的地方取得。聽說就夾在書店買來的全新文藝書裡。

她「異於常人」之處，似乎與她的嗜好一致，是「能以手指閱讀」。不論是怎樣的書本或小冊子，只要大致保有書本的形狀，以食指順著書背往下滑，就能閱讀書本。此外，以手指閱讀過的書本，內容永遠不會忘。別說一頁了，就連書中的一字一句，或是角落的插圖，也都不會忘。真是非常方便，令人羨慕。

坦白說，我就算能看出人們背後的數字，也沒得到什麼特別的好處（非但如此，還常常覺得很遺憾），所以我不由自主地有了幼稚的念頭，覺得她這種實用的能力還比較好。考試分數應該也會比較高，似乎有不少優點。

第三位是江崎純一郎。說他家住東京的西日暮里。和我一樣是高二生。他散發的氣場比我成熟，所以本以為他年紀比我大，沒想到竟然是同屆的學生。江崎似乎不管發生什麼事，也不會為之慌亂，感覺很不簡單。

當我在對話中叫他「江崎先生、江崎先生」時，他向我糾正道「每次都加『先生』太麻煩了，大可直接拿掉。我以後也會叫你『大須賀』，所以就不用再加尊稱了」，所以我也決定和對乃音一樣，以後都直接叫他江崎。雖然在他的強烈氣場下直呼他的姓氏，感覺有點失禮，但還是決定以後都直呼他江崎。

我對江崎的第一印象，是覺得這個人好像不容易親近。他慵懶的視線，彷彿總是有事困擾著他，而行走時，全身總是背負著「無趣」二字。不過，他給人的印象絕不是往負面的方向一面倒，他呈現的是一種酷帥的形象，就算自己一個人也能過得很好。坦白說，這種酷帥的氣質令我有點憧憬。這種獨立自主的感覺，真的很帥。

江崎說，他是在一家常去光顧的咖啡店裡拿到這張票。詳情說來話長，就此省略，不過，打從拿到票的時候起，他便覺得很可疑。江崎還說他對學術博覽會這種活動也不是特別感興趣。之所以會來這裡，純粹只是一時興起。

江崎「異於常人」之處，好像是每天早上起床時，都會聽到預言。每天早上固定五個預言。

這些預言一定都會當天在某個地方聽到。這也比我的能力有用。雖然一時間想不到它有什麼特別的運用方法，但如果能善加利用的話……似乎能派上用場（想像力太貧乏了，真想哭）。

「順便問一下，你今天聽到怎樣的預言？」我向江崎詢問，他從口袋裡取出記事本，翻開頁面查看。上面可能是寫有預言吧。江崎可能是找到了他要的那一頁，抬眼望向我。

「不好意思，今天的五個預言中，有三個已經聽過了。接下來只會再聽到兩個。而且也都是沒什麼意思的對話。」他以興趣缺缺的口吻說道。

「既然這樣，那就告訴我們剩下的兩個預言吧。」我如此說道，江崎一副拿我沒轍的模樣，從記事本上撕下一張空白頁面，以原子筆在上面寫下文字。寫完後，將它摺好遞給我。

「我在上面寫下接下來的兩個預言。第四個預言，我不知道是誰說的，但第五個預言可能是女性。不過，大致猜得出來……」江崎說完後，朝乃音瞄了一眼，接著視線移回我臉上。「在今天結束時，你再打開來確認就行了。」

我回了他一句「謝謝」，將那張紙收進口袋裡。

最後輪到葵靜葉小姐。她是神奈川縣出身，高三生。大我一歲。看起來頗有教養，全身散發出高雅的氣場（比江崎柔和且溫暖），給人的印象是「年長又有氣質的大姊姊」，所以得知她比我年長，我並不覺得驚訝。坦白說，她那秀麗、清純的氣質，看了令人心情舒暢。

葵小姐說她來這裡的目的，是來欣賞鋼琴音樂會。門票是一位認識的樂器行老闆賜贈的。以前她自己也會彈鋼琴，但最近因為一些原因而不再彈奏。我心想，葵小姐流暢地彈著鋼琴的姿態，想必美得像一幅畫。與她的氣質很相配。

而當我詢問她的「異於常人」之處是什麼時，葵小姐突然一臉悲戚地垂眼望向地面。就像不太想談似的。但過了一會兒，她似乎下定決心，筆直地望向我們，開口說道：

「剛才我也稍微提過，我能破壞任何事物。」

「……這是什麼意思？」我問。

葵小姐那白淨的漂亮額頭擠出細小的皺紋，一面思考，一面慢慢地說道：「這很難用口頭說明。我心裡有個像大拉桿的東西。就像在切換鐵路軌道時，會往前推倒的拉桿，又重又硬，上面還生鏽，不會輕易倒下。而當我眼前有個想要破壞的東西時，我會伸手碰觸它，將心中的拉桿往前推倒。接著，我碰觸的對象雖然外表看起來沒任何傷痕，但它的功能和本質，已被我從內部摧毀。」說到這裡，葵小姐就像改變想法般，停頓片刻。「實際做給你們看比較快。誰身上有不要的東西嗎？再也不會要使用，真的不需要的東西。」

這時，江崎從書包裡拿出四、五支原子筆，交給了葵小姐（我不懂他為何會帶這麼多支筆在身上）。

「這些已經不需要了。就算壞了也無所謂。」

「真的？」

「對。」江崎回答。「是我在某個地方拿來的便宜貨。只會在包包裡占空間，很礙事。」

「既然這樣……」葵小姐如此說道，小心翼翼地拿起當中的兩根，開始慢慢觀察起筆的細部。從握柄處的橡膠、筆頭按壓處，乃至於筆尖，全部看得很仔細。就像事先為原子筆舉行弔唁儀式般。

觀察結束後，葵小姐拿起一支筆，閉上眼。右手握住筆，緊緊握拳。

「接下來我會將拉桿推到中央的位置，加以破壞。」

咦，推到中央的位置，指的是什麼？不過我腦中浮現這個想法，也只有很短暫的時間。葵小姐吁了口氣之後，緩緩睜開眼睛。

「好了，還你。」

葵再次將原子筆還給江崎。

「已經破壞了嗎？」

「對。」

接過原子筆的江崎，再次取出剛才那本記事本，試著寫寫看。他打開空白的頁面，按壓原子筆。接著緩緩讓筆尖在紙上滑動。

但寫不出字。不論讓紙和筆尖如何摩擦，始終都寫不出字來。宛如沒裝墨水的鋼筆般，這支原子筆就只是一味地在紙上搔刮。

這支筆就像葵小姐說的，它的功能和本質都已經被破壞。

「接下來我要將拉桿推到底，來破壞它。」葵小姐如此說道，我們的驚訝都還沒平息，她便已拿起第二支筆。接著比剛才更加使勁地握住它。因為不知道會發生什麼事的這份緊張感，使我們盡皆籠罩在一片寂靜中。連眨眼的聲響都不許有，完美的寂靜。

但一聲細微的「啪嚓」聲，打破了這片寂靜。葵小姐和剛才一樣，慢慢睜開眼，右手手指逐一打開來。原子筆的碎片從她右手紛紛掉落。變得像柿種[18]般大小的原子筆碎片，掉落在桌面上。

江崎給的原子筆，這次遭受物理性的破壞。

「比剛才多使點勁，就能像這樣破壞。」葵小姐神情落寞地回答道。

「好……好厲害。」乃音發出這聲低語。「真的不論什麼東西都能破壞嗎？」

18.用精磨過的糯米，或者細切過的大米，在表面上塗上醬油包裹，燒製成的米菓。

「對。幾乎所有東西都能破壞。不過坦白說，就算能做到這點，也一點都不厲害。而我也很久沒實際破壞東西了。舉例來說，在日常生活中，就算有想當垃圾一樣處理的東西，也不會打從心裡想破壞它吧？所以這種能力一點意義也沒有。」

「但還是很厲害。」乃音略顯興奮。「那麼……葵小姐，妳過去破壞的東西當中，體積最大的是什麼？或者是當中最厲害的是什麼？」乃音很感興趣地提問。這聽起來是很天真無邪的提問，就像在問最大的恐龍是哪一種，或是最快的交通工具是什麼一樣。而事實上，對乃音來說，也確實是這類的提問。

但葵小姐卻很明顯地臉色一沉。

自從談話的焦點轉到葵小姐「異於常人」之處後，她的表情確實就顯得有點悲戚，但都沒像現在這麼鮮明。葵小姐的視線垂落，似看非看地望向桌子邊角。

葵小姐將桌子整個看過一遍後，以很容易會漏聽的輕細聲音說道：

「應該……是人吧。」

接下來，我們之間沉默了半晌。這沉默無比冰冷，就連沸騰的熱水恐怕也會瞬間結凍，它帶來的拘束感，感覺宛如全身被鎖鍊緊緊束縛。

過了好長一段時間後（雖然不知道實際過了多久，但我覺得至少過了五分鐘以上），葵小姐說了一句「開玩笑的」，意思是前面說的都是騙人的。明明過了這麼長的時間，一點都不覺得那是騙人的，但在場的眾人都有默契，決定當那是騙人的，或者是我們自己聽錯。

我們露出有些僵硬的笑容，緩緩化解那僵化的空氣。為了回到葵小姐做出那個告白前的時間。

我們都自我介紹完畢後，終於要對現狀展開探討了。到底是誰，基於什麼原因，為了什麼目的，將我們聚集在這裡？

目前我們之間幾乎沒有什麼共通點。出身地、年齡、性別、興趣、愛好，全都沒有一貫性。當中舉得出的唯一共通點，就是我們都有「異於常人」之處，而且都因為這樣而聽過某個聲音。

我們之後仍繼續針對我們的共通點以及某個則規性，展開相關的討論。從以前是否在哪見過、有無共通的朋友，一直談到血型、星座這類無關緊要的事。但始終都找不到共通點。非但如此，愈聊愈是清楚地發現，我們之間完全沒有共通點。

不得已，我們只好停止共通點的討論，改為討論這張門票以及飯店給我們的資料。當中最吸引人注意的，當然是「雷遜電子股份有限公司」這串文字。這是目前我們唯一的線索。

「我們當中有誰和雷遜電子有關係嗎？」我試著如此詢問，但眾人都露出立場不明的表情。這也難怪，因為沒人可以很篤定地說自己和雷遜電子「完全無關」。坦白說，就連我也覺得自己好像在哪兒受過這家公司的關照。

說到雷遜電子股份有限公司，不用說也知道，是日本數一數二的電子機器製造商。上從電視、音響、個人電腦，下至生活家電，全都經手，是國內頂極的知名企業。雖然我不清楚雷遜電子在電子機器製造業界有怎樣的特色，又是以多高的市占率傲人，但我知道他們是名氣響叮噹的知名企業。

我家的電視也許就是雷遜製造，也可能不是。

「就是『BEING ALIVE AS A HUMAN』對吧。」乃音突然說道。

乃音就像在念咒語似地，突然這樣說道，我向她問道「這什麼啊？」她一臉得意，露出瞧不起我的眼神。

「大須賀學長，你都沒看廣告啊？這是他們企業的廣告標語。」

「廣告標語？」

「對。就是『BEING ALIVE AS A HUMAN』。」

「哦……」

雖然不知道這純粹只是因為我無知，還是乃音的發音不好，教人聽不懂，總之，我完全不知道她在說些什麼。

「我的音樂播放器就是雷遜電子製造的……」葵小姐說。

葵小姐取出包包裡的音樂播放器給我們看。

那是個約手掌大小，整體黑得發亮，看起來性能很好的音樂播放器。她的耳機沒有線。看來似乎是無線的音樂播放器。

大家各自對自己身邊的事物展開搜尋，最後，我們當中目前只有葵小姐持有雷遜電子的產品。很遺憾，光這樣的話，根本無法做出任何結論。

「對了。打電話去問問看不就知道了嗎。」說這話的人是乃音。「這上面寫有電話號碼。」乃音指著桌上那份剛才從飯店服務人員那裡拿到的資料。上面確實寫著一個開頭是免付費電話，很像是企業電話的號碼。

客人電話……0120（909）2×710

「我這就撥撥看。然後要徹底問個清楚。」乃音就像在說「想到就該馬上做」似地，迅速拿出自己的手機，開始撥打電話。撥完後，她把手機貼向耳朵，靜靜等候回應。

但她馬上皺起眉頭。

「……撥不通。」她一臉不悅地按下結束通話鈕。

「也對，看起來好像多了幾碼。」江崎以冷漠的聲音說道。「上面填的是假電話和假地址。」

我偏著頭感到納悶。「這話怎麼說？我知道這電話是假的，但你為什麼認為這地址是假的？」

江崎以食指朝資料上的地址欄敲了兩下。

客人地址……東京都大田區田園調布 1-2×

「雷遜電子的公司不可能在田園調布吧？」

「是這樣嗎？」我窺望眾人的表情。

葵小姐以溫柔的聲音回答道：「因為那裡是高級住宅街。確實沒有什麼大樓。」

是這樣嗎？我不是東京的居民，所以不懂東京這地區的結構。

「因為大家都說『要在田園調布蓋房子』。」乃音又說了一句莫名其妙的話，對此，我以外的其他兩人似乎也聽不懂。

姑且先不管乃音剛才那句話，如果電話和地址都是假的，向這家飯店訂房的人，應該是另有其人，只是自稱是雷遜電子吧？或者是與雷遜電子有密切關係的人呢？好不容易感覺發現了一個小線索，但馬上又走進了死胡同。

我正為此苦思時，乃音又開始拿起手機打起某個電話。

「那麼，我直接打去『雷遜電子客服』。」

「妳知道電話號碼？」

「知道。因為我曾經讀過《TOWNPAGE[19]》。」

我原本不懂她在說些什麼，但後來恍然大悟。原來她曾經用「手指」讀過電話簿。這樣當然會記得電話號碼。似乎真的很方便。還真有點羨慕。

不過話說回來，感覺乃音的英文發音不是普通的糟糕。就像中了什麼魔法般，說起話來舌頭打結。如同溺水的人趁著短暫從水面上探頭的時候說話一樣，只勉強聽得出話語原本的音。為什麼會這樣呢？

「啊，喂？」乃音說道。看來是撥通了。「呃……我有個問題想請教……該怎麼問呢？」

「我來說吧。」這時葵小姐出手救援，乃音馬上接受她的援助。把手機遞給葵小姐。

葵小姐清楚明確地與雷遜電子的客服人員展開溝通。她逐一提出我方的疑問，仔細且謹慎地將對方的回答記在腦中，那高雅的應對態度，就像已經出社會第五年了一樣。通話持續約十分鐘後，葵小姐向對方道謝，掛斷電話，開始向我們說明。

「首先是東京國際展示場這件事，雷遜電子好像完全不知情。他們沒預訂會場場地，當然也沒印製門票。我也詢問了飯店的事，但他們說不知道有這麼回事。還很親切地對我說『沒有這樣的事實』。也就是說……」葵小姐神情落寞地笑著道。「他們完全不知情。」

這下又完全回到原點了。看到一顆有可能抓住的岩石，試著朝它跳了過去，沒想到卻無比脆弱，一下就崩塌了。最後我們還是看不出該往哪個方向前進。

後來同樣仰賴乃音的電話簿，由葵小姐打電話給東京國際展示場。但東京國際展示場也和這家飯店一樣，說「今天東展示棟已全部被雷遜電子股份有限公司包下」，並且已收取費用。也就是，我們眼前的事態看不出任何進展。才前進一步，就又退回原點。我忍不住發出一聲無力的嘆息。

「我用電腦上網調查一下雷遜電子吧。」乃音如此說道，打開客廳設置的電腦。看她以熟練的動作操控電腦的模樣，似乎很精通機械。她反覆點擊和打字，俐落地飛進網路的世界。我很少用電腦，所以不是很懂，不過，乃音似乎就像她說的，已開始調查起雷遜電子。

我對眼前那令人眼花繚亂的現狀感到疲憊，不經意地仰望天花板。天花板漂亮的枝形吊燈發出光芒。看起來既像寶石，也像生物。望著這樣的光景，我對自己現在的遭遇更加感到莫名其妙。

從彌生那裡拿到票，一路轉乘電車來到東京，遇見三個「異於常人」的人，然後被帶往飯店房間，不知什麼時候開始探討起雷遜電子。話說回來，為什麼我非得做這種事不可？就算我這時候說一句「感覺真是一件不可思議的事呢。後會有期」，就此打道回府，也不會有什麼問題。站在我本身利害得失的觀點來看，沒有什麼特別的理由得待在這裡。非但

19.日本的黃頁。

如此，我反而還強烈希望能早點脫離這個昏暗又詭異的世界，回到我那雖然窮酸，但無比溫暖的家。

不過，我們現在有必須解決這個問題的理由。

就是四年前那個「聲音」。我開始可以看到人們背後數字的前一天晚上。我在夢裡（也許那不是在夢裡）聽到的那個明確的聲音。

「那東西交給你保管。在時候到來前，你可以隨意使用。不過，等時候到來，請和我合作。如果時候到來，你不願意和我合作的話，

你將會——」

你將會——

之後的聲音就聽不到了。聲音就像是蓋到一半的鐵橋，就此中斷。不是因為聲音不清楚而聽不見，純粹是對方以沉默結尾。意思是之後自己去想嗎？總之，之後說了什麼，我不知道。

「如果我們對那天聽到的聲音說一句『我不願意合作』，會有什麼下場？」我向他們三人拋出這個問題。「對方已經準備了什麼懲罰嗎？」

「天曉得。」江崎說。「但至少知道對方是讓我們變得『異於常人』的『某個人物』。他如果有什麼歹念，想給予我們懲罰，感覺應該可以輕鬆辦到。例如——」江崎一臉無趣地說道。「就算要殺了我們，也不是不可能。」

我暗自吞了口唾沫，再度仰望枝形吊燈。枝形吊燈一樣晶亮燦然。我是個和母親住在房租五萬四千日圓的破公寓裡，沒什麼特別之處，微不足道的高中生。這樣的我，到底是

曾經在哪兒做了什麼事，此刻才會出現在這座矗立於東京正中央的大樓頂端？感覺自己就像跨越了兩個世界。

「總之，就只能盡可能加以抵抗了。」江崎說這句話時，真的是一臉無趣的神情。就像有人強迫他說出違心之言似的。

我在沙發上重新坐好，這時背後突然傳來一個聲音說道「噢，好可愛的包包！」聲音的主人，不用說也知道，當然是乃音。上網搜尋的工作，她似乎已經膩了。

「妳不是在調查雷遜電子嗎？」我轉頭對她說道，乃音讓我看螢幕畫面，加以說明。

「我是在調查啊，大須賀學長。我卯足了勁，對雷遜電子的資訊展開地毯式調查，結果查到了這個包包！」乃音指著電腦畫面。

「它上面說，雷遜電子現在竟然在舉辦一場試用體驗活動，而且還撂下豪語說，參加者都能免費獲贈這個包包呢。」

我注視著乃音所指的那個包包。那是皮革製的紅褐色女用包，上頭附上許多金色的金屬飾件，相當時髦。我對包包向來沒研究，所以不知道這叫什麼包，但可以想像打扮時尚的女性配上它會是什麼模樣。或者應該說，感覺好像曾經在哪兒看過這個包包。咦，到底是在哪兒呢？不管怎樣，免費贈送這種作工精細的包包，真是不惜成本。不過就只是要做試用體驗罷了，這樣划算嗎？

「我們去參加這個吧！」

「咦？」

「去參加試用體驗。」乃音擺出握拳姿勢說道。雙眼晶亮，亮得過火。「可以直接網路預約，免費參加。每個星期天舉辦，所以明天也有。而且，呃……這當中肯定暗藏了可以打破我們目前現狀的重要線索。對，絕對不會有錯。」

感覺這段話的後半段很假，沒什麼可信度。

「那是什麼的試用體驗？」我問。

「呃……就只是一些簡單的商品試用和回答問卷。聽說還會到公司內參觀。」

我腦中清楚響起剛才她那句「噢，好可愛的包包！」說什麼打破現狀的線索，根本沒關係，感覺乃音純粹只是想要那個包包。

「我不覺得這個試用體驗能為我們帶來什麼線索。」

「說這什麼話啊！屠格涅夫不是也曾經大發豪語嗎？『搭了一半的船，就別再猶豫，好好搭完它吧。』我們一定要去！」

「不是因為妳想要這個包包？」

「啊嚓！這一點關係也沒有。」

一開始的那個怪聲，令人在意。

「去試試看也沒關係吧。」江崎說。「反正現在幾乎也沒任何線索。只是去試試看的話，倒也無妨。」

「噢！謝謝你的贊同！」乃音因為這意想不到的援軍出現，聲音變得更有勁了。「就是說嘛。江崎學長說的對，這裡非去不可。嗯、嗯。」乃音盤起雙臂，像在評斷什麼似地，頻頻點頭。顯得喜上眉梢。

但點完頭後，乃音突然轉為正經的表情，豎起食指。

「告訴你哦。這當中有個問題，在參加試用體驗時有個條件。」
「怎樣的條件？」我問。
「聽說條件得是男女朋友。」
「啥？」
「所以要參加試用體驗，似乎得『情侶』一起報名。要男女一組才能參加。」
這什麼條件啊。
我對這整人的條件感到納悶不解，對乃音看的網頁進行確認。上面確實寫著「這次的試用體驗，是以現代的年輕情侶為對象，所以請兩人一組參加」。雖然不太能接受，但仔細想想，指定對象來當自己想要的資料樣本，或許也不是多奇怪的事。
「你們誰有男女朋友？」江崎問。「如果有交往的對象，就找對方一起去比較合適吧。沒必要刻意從我們當中臨時配對假扮情侶。」
誰有男女朋友？
一聽到這個提問，我腦中浮現彌生的身影。始終踩著不穩的步履，走路樣子看了教人不太放心的彌生，她每次轉頭，每次一陣風吹來，就會輕盈擺蕩的雙馬尾。水汪汪的大眼。整個散發出的可愛稚氣。我都能鮮明地憶起。彌生浮現在我眼中。
我很自然地感覺到自己臉紅，但還是極力讓自己的情緒穩定下來。並佯裝平靜。
「你也沒有嗎？」江崎向我詢問，於是我佯裝成一點都不慌亂，朝他點了點頭。
「嗯。很遺憾，我沒有。」我說出事實。
江崎對此沒什麼特別感想，向我說道：「那不好意思，你就和三枝一起去吧。我嫌麻煩，不過我想去這裡看看。」

江崎指著剛才那份資料上的地址欄。

客人地址……東京都大田區田園調布1-2×

「也許住這個地址的人知道些什麼。」江崎說完這句話後，重新深深坐向沙發。「不過，提不起什麼勁。」

原來如此。確實希望渺茫，但有前往一探究竟的價值。

因為這個緣故，只能順著這樣的決定走。我明天會和乃音一同參加雷遜電子的試用體驗。江崎會前往資料上所寫的田園調布一丁目（葵小姐也會和江崎一起同行）。雖然還沒搞清楚情況，但目前姑且先立下這樣的行動方針（雖然試用體驗感覺派不上什麼用場）。

我們這場會議就此告一段落，這時房內電話就像看準時機似地，響了起來。是飯店服務人員打來的。他通知我們，一樓的餐廳已準備好我們的晚餐。於是我們一同前往餐廳吃完晚餐（醃製鮭魚、法式洋蔥湯、煸炒雞肉等，多得數不清的食物陸續端上桌。在我貧窮的人生中，這肯定是最棒的一餐），之後又返回房間。從女生先開始，我們依序洗澡，各自換上睡衣，刷好牙（令人吃驚的是，乃音竟然還自備電動牙刷），在十二點前走進寢室。幸好裡頭備有兩間房，所以男女各分配一間，我們得以各自上床就寢。

我在睡前突然想起江崎給我的那張預言紙。我緩緩在背包裡翻找，從摺好的長褲口袋裡取出，將它攤開。就像江崎說的，寫了兩句話。

・聽說條件得是男女朋友。

・不管怎樣，都請你不要有非分之想哦！

我雖然早就知道，但還是很驚訝。第一句話，確實才剛聽過。江崎的預言準確地說中。但第二句話好像沒聽過。或許只是我自己漏聽了吧。

這時，我和江崎的寢室房門突然被人用力打開。站在門外的，是已換好睡衣的乃音。她的睡衣是粉紅底色，搭合白色的水珠圖案，頭上戴著一頂像是睡覺專用的帽子（很像小丑戴的那種以鬆軟的布料作成的三角帽）。模樣像在搞笑。

「不管怎樣，都請你不要有非分之想哦！」

我回了一句「是是是」，但她根本沒仔細聽，再次用力關上門。乃音似乎只是來說這句話。

「真厲害。一字一句完全無誤。」我對江崎說。

這時，已經躺在床上，拱著背背對我的江崎，就只是無來由地回了一句「這是很無趣的人生」。他這句話的意思，我不是很懂。

不過，背號「56」這個數字，已默默地告訴我，今天一天對江崎來說，算是個怎樣的日子。

我莞爾一笑，鑽進被窩，靜靜地進入夢鄉。

七月二十四日（第二天）

蚱蜢、火災、性交

三枝乃音◆

上午九點整，在JR品川站。

宛如太平洋般遼闊無垠的車站內，一字排開，無限延伸的自動驗票口。灑落亮光的天窗，以及如同吊環般垂吊的無數電子看板。

如果是平日，為了對國家的GDP做出貢獻，就算粉身碎骨也在所不惜，努力奔走的熱情上班族，他們形成的大浪會湧向品川這個地方，但今天是星期天，品川一片祥和。確實也看到幾名身穿西裝的人，但人數真的很普通。日本引以為傲的電腦都市品川，看來在假日時一樣會休假。

「妳認得路嗎？」大須賀學長問。

「當然。」我擺出這幾個月來最精明的表情。這只算是小菜一碟啦。你當我是誰啊。大須賀學長來自千葉這種鄉下地方，所以被這種電子化的市中心總站給嚇傻了。就像是從冥王星被帶來這裡的外星人，到處東張西望，覺得每件事都很新鮮。大須賀學長，這樣別人會知道你是鄉下人啊。

我們走出驗票口後，便前往號稱從這裡走十幾分鐘便可抵達的雷遜電子總公司。當然了，目的是要參加試用體驗。不是打著參加試用體驗的名義，只為了領包包。絕不是這樣。領包包不是最終目的，那只是附加的目的。沒錯。

「妳很想要包包對吧？」

「咦？」大須賀學長就像看透我的心思般，突然說了這麼一句話，直接貫穿我胸膛。

「你、你少胡說，大須賀學長！我怎麼可能這樣。」

「可是，妳看起來滿心雀躍呢。」

「是你想多了，想多了。」

「——妳背後顯示的數字是『58』呢。」

噢！多可怕的能力啊。擅自印證了我真正的想法和原本的目的。哎呀，真可怕。

我見情勢不利，馬上轉移話題。

「對了，大須賀學長。關於你會從人們背後看到數字這件事，我可以提出幾個疑問嗎？」

「疑問？」大須賀學長完全上當了。

我向他詢問：「那數字是誰決定的？」

「咦？」

「你每天看到浮現在人們背後的那個數字，到底是誰計算出的數值呢？這就是我的提問。」

「抱歉。這我不太清楚……」

我穿插了一個誇張的嘆息。「我並不是要什麼多完美的回答。就算是你個人的猜測也無妨。這數字到底是誰計算出的，你自己怎麼看？」

大須賀學長活像是一位捅了大漏子的業務員，一臉窩囊的表情。「該怎麼說呢……我從沒想過這種事，所以我不太清楚，不過，應該是像『神明』一樣的人物決定的吧？不過我找不到適合的詞彙來形容。」

我已清楚感受到談話的主軸已明確偏離剛才包包那件事，在心中暗笑。為了讓這份距離感更加穩固，我繼續探討這個話題。

「大須賀學長。對於幸福這件事，全世界的人們自古便不斷在討論。人們探究『幸福』這種存在的真相，在所有書本和名言中都留下其過程。例如那位有名的莎士比亞。他曾留下『世上沒有幸與不幸。不過，你的想法可以改變一切』這句名言。這是很出色的名言，也是一句箴言。因此，我想從這句話中看出『幸福』的基本原理。也就是說，『幸福』並非普遍的存在，它是根據某人的思考和判斷所規定的一種存在。您懂我的意思嗎？」

「嗯，大致懂。」大須賀學長以不太懂的神情說道。

我接著往下說。「因此，如果你能將『幸福』這種東西轉為數值，看出它的存在，那一定是有人擅自設定了那個數值。那不是像『神明』這種有能力又無所不能的存在，而是更為平庸的人物所設定。因為像『神明』這麼高尚的存在，不可能會那麼馬虎隨便地把人們的幸福一律轉化為數值。那種普遍都一樣，上萬人全都適用的『幸福』評量標準，根本就不存在。例如得到別人送的棉花糖，就加三點，踩到狗屎就扣十八點。沒有這種事吧？因為每個人的感覺都有差異。所以無視於這種基本的原理，說這種馬虎隨便的工作是『神明』所為，這種說法我無法接受。」

「那麼，我換個說法，妳看覺得怎樣？」大須賀學長說。「每個人心中覺得『我今天的幸福大概是這種程度』，這種感覺化為數值，如果是這樣呢？也就是說，決定這數值的，是當事人自己。」

「這不可能。」我劈頭就否定他的說法。「大須賀學長。如果是這樣的話，這數值就不能成為『偏差值』了。要是大家都擅自設定自己的標準，就算會浮現數值，但是以整體來看，這樣就無法成為有用的指標了。因為A的60，與B的60，在意義上會有根本的差異。如果是某人採統一的觀點所評定的數值，那還另當別論，但要是每個人可以自己決定，則數值的偏差幅度會相當大。」我清咳一聲。「如果要具體來說的話，我舉個例子。假設我帶了一隻貓來這裡，對A說『假設以50分當基準，你認為這隻貓多可愛？』結果A認為這隻貓『可愛得要命』，給了牠70分。這樣沒什麼問題。不過，當我以同樣的問題問B時，B就算和A做出同樣的判斷，認為這隻貓『可愛得要命』，卻不見得會給70分。儘管是同樣的判斷，但只要沒設下明確的標準，在轉化為數值時，各自的偏差幅度就會自由變更。所以，你這個說法同樣也不可能。」

我說完後，大須賀學長感慨良深地沉默不語。雖然是我為了岔開話題，才臨時說出這番話，但似乎對大須賀學長的內心造成超乎想像的影響。嗯，真是太好了。姑且算逃過一劫。這樣大家都很高興，不是嗎？接著我帥氣地投入大量的名言，為這個話題做結尾。

「法國作家儒勒．雷納爾（PIERRE-JULES RENARD）說過，『所謂的幸福，就是找尋幸福。』如果是這樣的話，大須賀學長，時時都能窺見人們『幸福』的你，不就是幸福的象徵嗎？另外，杜斯妥也夫斯基（FYÓDOR MIKHÁYLOVICH DOSTOYÉVSKIY）說過『幸福不存在於幸福中，它只存在於獲得它的過程中』，這句話也絕不能錯過。如何，大須賀學長？幸福的世界比你想的還要更深更廣吧？」

「……嗯。」大須賀學長微微點頭說道。似乎一再地細品我說的話，反覆思索。

坦白說，這種感覺也不壞。如果能影響別人的價值觀，這是無比光榮的事。就算原本是為了要蒙混才編了這番話，那也一樣。

「乃音，妳平時都會思考這麼複雜的事嗎？」大須賀學長問。

「這個嘛。」我略顯靦腆地說道。「也許是在讀書改造我的過程中，我常提醒自己，要當一根時常思考的蘆葦[20]，堅守這樣的人生。哇哈哈。」

「嗯，對了，我對妳用手指閱讀的能力，也有一些疑問，可以問妳嗎？」

我瞪大眼睛，眨了眨眼，對他說道：「你儘管問。什麼問題？」

「為什麼妳明明能用手指閱讀，但妳還會想刻意買書，採一般的方式用眼睛閱讀呢？」

原來如此。很像是不愛看書的人會有的疑問。

我豎起食指，拿它當指揮家的指揮棒，邊搖晃邊回答道。

「你聽好了，大須賀學長。我敬愛的寺山修司老師曾經說過，『我覺得遺忘也是一種愛』。就像背誦與理解是不同的兩回事一樣，記憶與讀書也是不同的行為。舉個例子吧。大須賀學長，你知道平家物語的開頭嗎？」

「嗯。大概知道……」大須賀學長仰望晴朗的天空，小心謹慎地回答道。「祇園精舍鐘聲響，響出諸行本無常，沙羅雙謝花之色，顯勝者必衰之理，這樣對嗎？」

「嗯。那麼，大須賀學長。這是什麼意思呢？」

「……對哦。這我可就不清楚了。」

「這就是了。就算會背，但要是不理解，就沒意義了。如果光是背誦，那就只是一般的咒文，無法成為豐富人生的『話語』。因此，慢慢地將話語放入自己心中，以記憶來過篩，這樣最後還能在心中遺留的話語，才真正能稱之為讀後感，或者是感慨、感動。而從自己的過篩中漏掉的話語，絕不是被捨棄，它們受我所愛，從我身體通過。以這種方式讓自己成長，這正是讀書的好處。不過，以手指閱讀，就會糟蹋了這種樂趣。那純粹只是記憶，不是讀書。這樣你懂嗎？」

「原來如此……」

「還有！」談到我領域內的議題，我忍不住投入起來。「重要的是『速度感』。讀書跟看電視、看電影不一樣，接受的一方可以自由選擇理解的速度。想慢慢閱讀的人，就看慢一點，想快速閱讀的人，就看快一點。就像這樣，同時擁有書和時間流逝的讀書『過程』，這當中的樂趣也是我所重視的。『讀書是與前人的對話，所以適合一邊想像對方的個性和說話方式，一邊以最適合的步調來閱讀』，這是小皐說過的話。」

「小、小皐？」大須賀學長插話道。

「對，小皐。」我挺起胸膛應道。

「這是誰啊，是名人嗎？就像將『柴契爾夫人』叫成小柴那樣？」

「誰會叫『瑪格麗特．柴契爾』小柴啊？」我大感傻眼。「小皐是我永遠的老師，也是我的朋友。她是如假包換的日本人。」

20. 十七世紀的哲學家、數學家布萊茲．帕斯卡所寫的《思想錄》中，有一段話提到「人類不過是大自然中最脆弱的一根蘆葦。卻是會思考的蘆葦」。

「嗯。」大須賀學長很感興趣地發出一聲低吟。「她是怎樣的人？」

哦～對小皐感興趣，算你有眼光。我馬上從內心的抽屜裡拿出和小皐有關的東西，加以整理，為了讓它有一套清楚的系統，我加以重新建構。

這時剛好站在大路旁等紅燈。蟬聲有點刺耳。

「坦白告訴你，就是小皐讓我知道讀書有多美好。所以要是沒有小皐，就沒有今日的我，這麼說一點都不為過。應該說『NO小皐，NO乃音』。」

「她是個怎樣的人？」大須賀學長說了一句和剛才一樣的臺詞。看來，他似乎想早點得到結論。

「小皐是個大我兩歲的女孩。我們的邂逅，要回溯到五年前。」說到這裡，我發現接下來要講的故事相當長，所以我先向大須賀學長確認這點。「這事說來話長，你可以嗎？」

大須賀學長先以手機確認過時間後，回答道「可以啊。還有一點時間，而且到雷遜電子的總公司還有一段距離」。

我點了點頭，開始說起這個故事。關於小皐，可不是簡單兩三句話就說得完。這就像基督教徒在談到耶穌，或是電車迷在談到夜行列車時一樣。我認為重要的事物，絕不能沒經過充分構思，便以隨隨便便的表現方式和用語將它排出體外。

我盡可能仔細地加以描述。挑選最貼近我自己的感覺和感想的用語。

「我當時才小五生。當時我每天都到處玩樂，玩到太陽下山還嫌不過癮。當然了，我不是一個人。而是和同一所小學的幾個男生一起。有時去商店街買東西吃，有時到附近的河堤抓蚱蜢和草蜥，有時玩躲避球。我自己這樣說有點奇怪，當時我一點都不像現代的小孩，是個人格健全、健康又有活力的孩子，我很以此為傲。就某個層面來說，那是小學生應有的姿態。先不談這個，總之，我們總是固定四、五個人聚在一起，四處遊蕩玩樂。

我們的『ROUTINE（例行功課）』之一，就是去附近的一座公園。那是大小跟一座網球場差不多大，非常小的公園，對當時的我們來說，是很合適的聚集場所。因為那裡能抓到許多蚱蜢。而且還是飛蝗和尖頭蝗。沒有那種凶猛又少見的吸血蚱蜢[21]。因為這個緣故，我們很常在那個公園露面。至少一週會去三次。

而有個人常出現在那座公園，她就是小阜。她除了假日和下雨天外，總是坐在公園角落的一張長椅上，默默看著書。她穿的是公園附近一家知名私立女子國中的制服，通常打開來閱讀的，都是精裝本的文藝書。有時也會看小開本的書或是文庫本，但基本上還是看文藝書。與當時的我相比，也許可說是正好形成強烈對比的女孩。一邊是渾身泥巴，充滿活力的少女，一邊是身穿制服的文學少女。儘管當時我還只是個稚氣未脫的小學生，不過當時的小阜雖然還是國中生，卻已經顯得很成熟。這絕不是因為她化妝的緣故。純粹只是她感覺很沉穩，頗有大人樣。她翻頁的手指、撥起頭髮時露出的耳朵、不經意移動視線時的表情。全都很有大人樣。當然了，我們雖然知道有這麼一位每天都會在公園出現的神祕國中生，但都沒人與她有任何接觸。我們雖然還只是孩子，但也清楚感覺得出我們彼此是住在不同的世界。即使在同樣的時間出現在同樣的公園裡，但我們之間時間流逝的感覺截然不同。因為這個緣故，有很長一段時間，我們保有奇妙的距離感，雙方都認得彼此，說

21.中文為草螽。

來也很不可思議。雖然認得彼此，彼此卻又不是熟識。

但某天，我決定大膽向她搭話。因為發生了一起小事件。不過，關於事件的內容，就要請大須賀學長你見諒了。我當時是個混在男生堆裡，每天快樂遊玩的小五女生。如果進一步追問可就太不識趣了，請別這麼做。也就是說，發生了一起事件。而遭遇的這起事件，要找人商量，我感覺小皐──那時候當然還不知道她的名字──是最適合的人選。

所以我決定鼓起勇氣叫她。當然了，那時候我是自己一個人去公園。我來到公園後，馬上前往那位國中生身邊，向她問道『可以請教妳一些問題嗎』。面對這意外的情況，小皐露出驚訝的表情。她一定沒料到我竟然會主動跟她搭話。但過了一會兒，她收起書本，接受我的諮詢。小皐問我『妳為什麼要跟我搭話？』我回答她『我找不到其他可以商量的人』。我是說真的，一點都沒騙人。我和我父母都會展開豐富的『COMMUNICATION』，我們絕非親子關係不好，但這次發生的事件，反而要避免找他們商量。因為太過親近，反而覺得有點可怕。於是我才找小皐商量，但小皐給的建議令我有點意外。當時的小皐對我說『笛卡兒說過，「閱讀所有好書，就像與過去的人展開對話」。所以妳要是有什麼事感到迷惘，不妨試著打開書本。因為書中應該有無可取代的人生訓示，或是諮詢對象』，她說的這番話，我沒有一字遺漏。因為它已保存在我體內最重要的記憶中。從小皐那纖細的手指，到她嘴唇溫柔的動作，我全都完美地記在腦中。坦白說，對當時的我來說，她那番話本身帶來的效力並不大。但我的內心卻就此大受震撼。如今回想，真正重要的應該是小皐的氣質與她說話的時機吧。這樣你明白嗎？所有的『SITUATION』都巧妙地處在最好的配置上。我全身顫抖，就此覺醒。心想，『我想變成這樣的人！』想變得和她一樣。想成為一位不會因為這些芝麻小事就心生慌亂，沉穩又成熟的女性。

後來我離開原本所屬的小圈子，幾乎每天都去找小皐玩。這次我該看哪本書好？那本書有趣嗎？要怎麼做，頭腦才會變好？要怎麼做，每天才會過得更快樂？我總是有問不完的問題。但面對我猶如機關槍般連發的提問，小皐每次總會引用偉人或某部作品中的名言，給我切中核心的建議。我每次都很感動，深感著迷，而我也漸漸被這位神祕國中生小皐所感染。真慶幸能遇見她這麼棒的人。每天都是出色的個人指導。每天都過得充實又有助益。一天的日子裡，我最喜歡的就是和小皐聊天的時間。

但就像大部分美好的邂逅最後的結局一樣，離別的日子突然到來。離我第一次遇見小皐，剛好間隔一年，就在我小六那年暑假前。我發現小皐的神情和平時不一樣，於是我問她是不是怎麼了。小皐一反常態，略顯慌亂，斷斷續續地告訴我這件事。真的很不像平時的她，說起話來一再前後顛倒，語帶含糊，但她要說的內容其實很單純，那就是她要轉學了。聽說是因為父母工作的關係。對於這突如其來的別離，我難過不已，不停地落淚。這也是理所當然。再怎麼說，當時的我只是個小學生，失去我認為最重要的人物，當然會不習慣。我顧不得面子，在小皐面前放聲大哭。寺山修司老師說過，『眼淚是人類創造出最小的海洋』，而當時我就在那座公園創造出一座海。但過了一會兒，淚水止住後，我慢慢努力接受與小皐的別離。雖然我還只是個孩子，但我做出判斷，不能再一直哭下去。因此我轉換心情，馬上返回家中，送她『三羽鶴』，以此作為我和小皐的友情，或者該說是師徒情誼的證明。」

「三羽鶴？」大須賀學長隔了好久才問道。

我點頭。「對，我自己一個人，在那麼短的時間裡不可能摺出千羽鶴[22]，所以決定摺三隻就好。的確，只有三隻看起來既不華麗，也不夠大器，但我覺得小皐很高興。她小心翼翼不折傷那三羽鶴，將它們帶回家。之後我再也沒見過小皐了。我一時疏忽，忘了問小皐轉去哪間學校。在我往後的人生中，一直很後悔當時沒問小皐搬家的地址。但一切都太遲。我只能坦然接受這樣的命運。這也可說是『守破離[23]』的精神，我遲早都得脫離小皐這個殼，自己展翅飛翔才行。」

我說到這裡後，詢問自己對小皐的說明是否有哪裡遺漏。嗯，大致上沒有問題。我覺得自己已準確地陳述了與小皐有關的事項。我點了點頭說道：

「我說完了。謝謝你的傾聽。」

猛然回神，發現眼前矗立著一座宛如巨大要塞般的大樓。整面鋪的都是玻璃，充滿未來感的外觀，搭配晶亮的銀色看板。上頭寫著「雷遜股份有限公司」這排字。這棟建築處在這條大樓林立的街道，雖然一點都不突兀，但還是呈現出些許異樣的存在感。大樓的玻璃牆面亮晃晃地折射夏日豔陽的強光。

「就是這裡嗎？」面對大須賀學長的詢問，我用力點頭。

「對。包包就在這兒。是這裡沒錯。」

見大須賀學長露出苦笑，我這才發現自己失態，暗自咂嘴。接著我嘟起嘴。嗯～看來我還是太嫩了。

跟小皐還差遠了。

穿過大門走進後，兩位美得不像話的櫃臺小姐向我們深深一鞠躬。黑色的大理石地板漂亮地一路向前綿延，設置在櫃臺後方的液晶面板，顏色鮮豔地播放著宣傳用的影片（是最新型電視的宣傳影片）。館內充分融合了科學的技術能力與文化的莊嚴。在這處寬廣又沒放置任何多餘物品的空間裡，沉穩的屋柱和挑空的天花板特別吸睛。如果在這處寬敞的入門大廳大聲叫的話，可能回音會持續三分鐘以上。裡頭什麼也沒擺放，空間使用這麼浪費，從中隱約可以看出雷遜電子的口袋有多深。不愧是稱霸天下的大企業雷遜電子。他們贈送包包，肯定就像我買玉米棒一樣，根本沒當一回事。

我來到櫃臺小姐面前。

「我們來參加試用體驗。」

櫃臺小姐再度像標準示範一樣，鞠了一個四十五度的躬。「謝謝您。可以請教尊姓大名嗎？」

「我姓三枝。名叫三枝乃音。」

櫃臺小姐說了一聲「請稍候」，操作底下的觸控面板。似乎是在看預約名單。過了一會兒，櫃臺小姐抬起臉來。

「『三枝乃音』小姐對吧。我們已恭候多時。那麼，請前往左前方的第一媒體廳。」

22. 日本的「羽」代表鳥的量詞「隻」，千羽鶴也就是一千隻鶴的意思。
23. 日本茶道或武術方面的一種師徒關係，第一型態是「守」，徹底遵守師傅教的樣式，第二型態是「破」，亦即打破既有的樣式。第三型態是「離」，精通既有與自創的樣式後，脫離既有的樣式，不受局限。

「我知道了。呃……我想問個問題，或者該說是想向您確認一下，真的會送包包對吧？」

櫃臺小姐嫣然一笑。「對，當然。義大利知名設計師『BUGIARDO[24]』為我們公司特別操刀設計的真皮手提包，一定會贈送給您。」

「呵呵呵，謝謝。」

哈哈哈。我忍不住心中暗自竊笑。就網路上的畫面看來，那個包包不光設計得很可愛，似乎也頗有實用性。我心裡早已想好，要在包包的哪個口袋裡放進哪個小飾品。包包啊，快點投入我麾下吧。

「我還是不覺得參加這個試用體驗能得到什麼線索。」大須賀學長仍不死心地說道。

「說這什麼話啊，大須賀學長！重大的線索一定會陸續浮現的！沒錯。會一個一個蹦出來的。」

哼。大須賀學長很想說出心中不滿的情緒，其實我也稍微能懂，大概就懂一小茶匙的量，不過，沒必要一直念著這件事吧。這個人也太不乾脆了吧。

我率先大步向前邁進，前往指定的第一媒體廳。第一媒體廳裡，同樣是一處不辱雷遜電子威名的廣大空間。正面設置了一個大投影機，深褐色的桌子就像包圍它畫出圓弧般排列。而每張桌子上設置了像麥克風，又像耳機的奇怪裝置。也許是可以進行同步口譯這類的高科技吧。椅子可以摺疊，相當鬆軟。媒體廳內昏暗的光線，讓人聯想到某種祕密組織的會議室。

裡頭已聚集了十對左右的情侶。他們誇張地緊挨著彼此，在耳畔竊竊私語，有說有笑。

看來，我形容成像祕密組織會議室的這種昏暗光線，對他們來說，就只是呈現出充滿情色的氣氛。我忍不住朝他們投射敵視的目光。桀桀桀。

我們隨便找了個空位坐下。那鬆軟的椅子舒服地將我包覆住。

「謝謝各位今日參加我們的試用體驗。活動馬上即將開始，請坐在椅子上稍候。」

又一位美得不像話的女性站在投影機旁。看來，雷遜電子裡的美女如雲，多得過剩。截至目前來看，美女的比率毫無疑問，堪稱是百分之百。雷遜電子，多可疑的企業啊。

當我如此思索的同時，昏暗的照明更暗了，媒體廳完全被黑暗籠罩。在此同時，投影機發出強光，播映某個畫面。

「雷遜電子股份有限公司　新商品試用體驗　兼　公司參觀」

嗯。看來是要開始了。不過，在拿到包包前，或許就只有無趣會支配我吧。

又出現一名美女員工，先客氣地問候之後，便開始做簡報。在我眼前展開的，是陸續出現的美女軍團，以及聚集在這裡，年約二十歲左右的情侶們。

我靠向那軟綿綿的椅子，重重呼出鼻息。

小杲。我現在來到了一個很不適合我來的地方。

24. 義大利語是騙子的意思。

葵靜葉♥

搭百合海鷗號往新橋，然後搭京濱東北線來到蒲田，現在我坐在東急多摩川線的車內。我們的目的地是資料上記載的田園調布一丁目。

車內與我上下學搭乘的ＪＲ電車相比，感覺略小一些，空間比較小巧。車窗外流逝的風景，雖說是在東京，但感覺寧靜許多，大部分都是幽靜的住宅街。離市區不遠，而且一點都不喧鬧的這一帶，感覺住起來很舒服（雖然只是從電車上看到的感想）。

江崎倚在車門上，盤起雙臂。視線落向自己腳下，一臉無趣。看起來像是思考些什麼，相反地，也像是放棄做任何思考。

我們走出飯店後，兩度轉乘電車，中間穿插幾分鐘的徒步，一起花了四十多分鐘的時間。但我們之間幾乎沒有像樣的對話。江崎散發出一股不容易攀談的氣場，而我也不具有活躍的社交性，足以克服他這樣的氣場，主動跟他攀談。而更重要的是，我至今仍不習慣與男性獨處。江崎沒有哪裡不好，但在我心中，男性始終都被分類在「男性」的領域裡，我內心還是靜靜地把他看得和「那個男人」一樣。男人可能全都和「那個男人」同一副德行，就算不是，本質上還是和「那個男人」一樣心裡打著主意，只是一直沒表現在外罷了。雖然我自己知道，這樣的自我認定對江崎很失禮，但每當面對男性，我心裡就會做好防備。

當電車抵達下丸子站時，江崎突然開口說話。漫長的沉默終於宣告結束。

「妳是高三生吧？」
面對這間隔許久的詢問，我一時無言，但接著腦袋馬上切換，展開回答。
「對，我已經高三了。」
「妳不考大學嗎？」江崎即使在提問時，一樣不看我。仍舊看著他腳下的涼鞋。
「我已經推甄通過了。不過是一家沒什麼名氣的私立大學。」
「專攻哪個領域？」
「經濟學。雖然不是特別感興趣，不過它和生活有直接的關聯。我心想，它應該算是最實用的一門學問吧。」
我很佩服自己，竟然說得這麼好聽，連我自己都很驚訝。因為那只是我這幾個月來逼不得已準備的一套聽起來煞有其事的場面話。
其實我根本不想走這條路，對經濟學也不抱持什麼展望。但我藉由說出這樣的回答，而習慣性地把它說成像是我的真心話一般。我自己都這麼說了，所以肯定是這樣沒錯。我相信，有一天這會成為我心裡真正的想法。
但江崎對我的回答卻沒什麼特別的反應。他已看出我的回答只是很表面的場面話，還是他相信我的說法呢？我不知道江崎究竟是怎樣的感覺。
「妳喜歡鋼琴嗎？」江崎接著問。就像某個硬殼破裂般，一度瓦解的沉默，漸漸消失無蹤。
我從他提問的順序（雖然我知道是自己多疑），感覺出他有某個意圖，因而忍不住窺望江崎的表情。這給我一種錯覺，彷彿他在問我「除了經濟學之外，妳應該另外有想做的事吧？那不就是鋼琴嗎？」但江崎始終面無表情地低頭望著地面。這是當然。昨天才第一次見面的江崎，不可能知道我的過去，所以他的提問不會有什麼意圖，也不含惡意。這種事只要動腦筋想一下就會知道，我為這些事而慌亂，實在太奇怪了。

因為最近遭遇了一些不可思議的事，使得我腦中思考的齒輪出了狀況。為了讓自己冷靜下來，我右手撥起頭髮後，向他回答道：

「嗯，還滿喜歡的。」

之後江崎又陷入沉默。我們再次被吸入那一度以為已經消失的沉默中。陷入比用耳機消除噪音的世界還要稍微喧鬧一些的沉默中。

電車抵達目的地多摩川站後，我們靜靜地走下電車。接著在車站的便利商店裡買了地圖，一邊確認地址，一邊朝目的地而去。這裡不愧是知名高級住宅街的田園調布所在處，站前瀰漫著一股寧靜的氛圍。每條街道都沒什麼行人，偶爾與我們擦身而過的人們，個個都散發高雅的氣息。身上穿的衣服連一道皺摺也沒有，從中可以看出他們講究的生活。

江崎一再低頭看地圖，很俐落地選擇該走的路，不顯一絲遲疑。轉彎時，他毫不猶豫地轉彎，直行時，也不會東張西望。那看起來很慵懶的背影，這時候顯得很可靠。

昨天討論的結果，由我和江崎兩人來這裡查看，但那時候要是決定由我自己一個人來這裡的話，應該會覺得很不安吧。這時候走在前面打頭陣的江崎，顯得特別重要。

我若即若離地走在江崎後面三步遠的距離。

隨著離車站愈來愈遠，周圍的住家規模感覺也愈來愈大。不光是矗立著一棟棟猜不出行情價的豪宅，有的還在周邊圍起塗上黑漆的堅固柵欄，或是拉下巨大的鐵捲門，可以想像裡頭一定是停放著昂貴的高級車。總之，這一帶是富裕階層的專屬領域。雖然我家也是二層樓的獨棟房，但看在這一帶的人們眼中，那恐怕連「家」都稱不上。簡直就像兔子窩一樣。

離開車站，走了約十分鐘左右，我問江崎「應該快到了吧」。因為感覺江崎看地圖的次數增加了。

江崎望著地圖回答道「嗯。繞過那個轉角的前方應該就是了」。

我因為目的地已近在眼前，腳步變得輕盈些許，和江崎一同朝「繞過那個轉角的前方」走去。

到底會是誰住在那裡呢？來到這裡後，我這才開始思考這個問題。看了這裡的街道後，我猜那一定是一棟大豪宅，有寬廣的庭院，裡頭停著賓士。住在裡頭的會是誰呢？應該是知道我們「一些事」的人吧。或者是什麼都不知道，毫無瓜葛的人呢（這樣可就教人有點洩氣了）？我心中抱持了幾個猜想，就此繞過轉角。

但我的猜想全部落空。完全沒有可以反駁的餘地。

「真的是這裡嗎？」我忍不住問道。

江崎回了一句「沒錯」，將地圖遞給我。

我一再重看那張地圖，但就像江崎說的，這裡似乎確實是飯店資料上所寫的地址。

東京都大田區田園調布1-2×。

我重新望向這處目的地。

這裡是一處荒地。

除了這裡以外，找不到其他類似的空地，但唯獨我們的目的地所在的地址，就像被蟲蛀了一樣，硬生生空出這處空間。這塊土地如果是個人持有的話，略嫌大了點（可能有兩百坪左右），值得一提的，就只有那雜草叢生的荒蕪地面，以及為了防止入侵者而圍在四周的虎紋繩索。除此之外，既沒任何看板，也沒任何標示。一處甚至會讓人感到空虛的空地。

我們找尋的目的物不存在，這點與先前造訪東京國際展示場時的感覺很類似。但發現這處空地，就某個層面來說，或許也可算是一種前進。我心裡這麼認為。

要是像我先前猜想的那樣，有人住在這裡，而那個人和這件事一點關係也沒有，那我們來這一趟可就完全沒半點收穫了。因為資料上所寫的地址，果然是胡亂捏造的。不過，這裡有個什麼都沒有的「怪異現象」真實存在。正因為什麼都沒有，所以才可疑。因此對我們來說，要是能查明「這裡以前曾經有怎樣的建築」，感覺似乎就能成為重要線索。雖然一切都還模糊不明，但這就如同岩壁上冒出的一個小突起，感覺在我們面前出現了些微的線索。江崎可能和我一樣得到這樣的結論，他緩緩開口道：

「向周遭的人問問看吧。」

「也對。這或許是個好方法。」

我們從近處依序繞了幾戶人家，試著按下對講機的按鈴。每一戶人家都是高性能的對講機，附設的監視器感覺就像是默默對我們展開仔細的觀察。從性別、年齡、服裝，乃至於個性。但很遺憾，都沒人搭理我們。只有叮咚聲令某個遙遠的空間為之震動，我們卻得不到任何搭理。不知道監視器的另一頭是假裝不在家，或是真的不在家。還是說，成了有錢人之後，親自回應對講機是一種禁忌。就像這樣，始終都得不到回應。不管怎樣，我們按了七八戶人家的對講機，但都一無所獲。

我們再次回到原本的地方，兩人就這樣望著空無一物的空地。

之後過了大約五分鐘左右，這處人少的街道突然出現一名女性。年約四十左右（也可能是五十多歲，只是看起來比較年輕）。跑步穿的緊身黑色長袖上衣，外面套上一件淡粉紅色的T恤，正展開步調偏快的健走。可能是為了防曬吧。十足的貴婦模樣，看來是為了美容和健康而努力。

「請問一下。」我馬上向她叫喚。好不容易才遇上當地的住戶，絕不能輕易放她走。

婦人賣力的步伐就此停下，轉頭望向我們。

「什麼事？」

婦人的視線和動作不顯一絲不悅。她睜大眼睛，沒什麼皺紋的臉龐，浮現世故的笑意。找到一位肯以善意回應的人物，我略感安心。

「不好意思，打擾您健走。可以占用您一點時間嗎？」

「好，沒關係。只要不是可疑的推銷就行了。之前有人向我推銷來路不明的洗潔劑，占用了我三個小時的時間，所以請別跟我推銷哦。而且身體也會因流汗而變冷。」婦人半開玩笑地說道。

我莞爾一笑。「您放心。我不是要推銷。就只是想請教您幾個問題。」

「好，妳問吧。」

「這塊土地……」我如此說道，指向那塊空地。「以前發生過什麼事，您知道嗎？」

「哦，這裡啊。」婦人臉上的表情就像在說「常有人問這個問題」。「這裡發生過火災。」

「火災？」

「對。妳曾經近距離看過火災嗎？就算站在遠處看，還是能感覺到高溫。火焰真的很可怕。我當時嚇壞了。我這樣說或許不太恰當，不過，為了將來好，妳最好也能親眼見識一下火災的情形。保證人生觀就此改變。」

「哦～」我隨口附和。「原本的住戶是怎樣的人呢？」

「這個嘛……」婦人握拳抵住額頭，展開思索。「妳等我一下哦。我很快就會想起來。」

婦人接著小小聲試著說出幾個姓氏，從語感中去找尋答案。神情既認真，又謹慎。

我心想，這位婦人問一句答十句，很慶幸她是這種個性直爽的人。如果好不容易攔到人，對方卻擺出冷漠的態度，那可就沒轍了。

「呃……再等我一會兒，一會兒就好。」婦人的回想漸入佳境。「是叫三船……不，不太對。還差一點。到底姓什麼來著。人一過了五十歲，果然就特別健忘。連我自己都覺得很沒面子……不是姓三船……對了。」

婦人臉上浮現燦爛的笑容，宛如在樹海中奇蹟似地遇見了青鳥，用力彈了個響指。

「我成功想起來了！是姓黑澤。不會有錯。因為我常看到門牌。確定是黑澤沒錯。」

黑澤。

我試著在自己的記憶中找尋姓黑澤的人物。

黑澤。

我像在唸咒語般，在腦中反覆複誦。

黑澤、黑澤、黑澤。

但心裡完全沒底。

不過，我腦中卻無來由地開始輕輕響起鋼琴聲。躍動而流暢，琴聲無比清亮的低音琶音。

大須賀駿♣

「這裡是五樓，是我們的資料庫。」

身穿套裝的雷遜電子女員工就像巴士導遊般，伸出右手。眼前一座宛如金庫般厚實的大門上，設有看起來很複雜的觸控面板式機械。可能設有特殊的機制，要輸入密碼，門才會打開吧。搞不好是採用靜脈辨識，或是虹膜辨識這一類的高度安全防護。不愧是日本首屈一指的電子機器製造商的資料庫。

我們這些試用體驗的參加者，在一開始進入的第一媒體廳裡接受了簡單的企業歷史和主力商品的介紹。那些女性員工就像事先錄好音似地，流暢無礙地進行簡報。雖然不太感興趣，但聽著聽著也覺得滿有意思的（當中還提到收購製藥公司，近年來投入製藥事業，令人感到意外）。之後我們回答了簡單的紙面問卷（平時有多常使用本公司的產品？類似這類的簡單問題），進行最新款數位相機的試用體驗。對機械不太熟悉的我，不是很懂，不過，那好像是在進行數位相機的表情辨識功能測試，我被迫做出各種表情，每次都會拍照，有點難為情。原本滿不在乎的表情，也就此變得僵硬。也許是因為與周遭的情侶有一段溫差，總之，對我來說（可能對乃音也是），這是不太舒服的一段時間。接著開始在公司內參觀，我們穿過一處很像自動驗票口的安全防護機關，搭上電梯，到三樓的會議室空間參觀。那裡備有好幾間玻璃牆面的會議室，明明是星期天，裡頭卻有幾間實際在進行會議。隔著玻璃可以看到上從有點年紀的資深男性員工，下至年輕的女性員工，在進行會議時都談笑風生。「我們這種宛如居家般輕鬆，上下沒有隔閡的公司風氣，在本公司尖端商品的開發上扮演了很重要的角色」，一旁的女性員工也沒遺漏，馬上展開介紹，她這番話講得很完美，讓人感覺有點完美過頭。

好了，就先放下我這種批判的看法吧，後來我們結束會議室的參觀，就這樣來到五樓的資料庫參觀。

「五樓大部分的空間都用來充當資料庫，可說是我們公司的核心設施。目前包含本公司的顧客資料在內，幾乎所有機密資料都在資料庫內以紙張的方式保存。」

女性員工說話還是一樣流暢。行雲流水指的應該就是像她這種說話方式吧。我這樣比較可能不太恰當，不過，與說話常結巴的彌生實在差太遠了。

「可以請教個問題嗎？」一名聆聽說明的男子，舉手向這位女性員工提問。「如果全部改成數位，比較不占空間，也會比較方便，為什麼還要建這處資料庫呢？」

男性說完後，露出得意的表情。他身旁的女朋友對他投以尊敬的眼神。與他互換了一個帶有親熱成分的眼神，就像在說「○○你好棒」。看他們兩人濃情蜜意，真好。也許是我想多了，總覺得乃音好像微微在一旁發出「啐」的一聲。

那位女性員工接受提問後，閉上眼，緩緩點頭。

「的確，資訊數位化現在已成為全球的常識。就算說這是每個企業最重要的課題，也一點都不為過。不過，將資訊數位化，當中暗藏了很多危險。我從一些簡單的事開始舉例吧，例如像資訊損毀。不管再優秀的一流系統工程師，也無法將損毀的資料復原。說起來，這就如同是要讓已死的生物復活般的作業。但另一方面，如果是紙張的媒體，只要建立好萬全的資訊管理體制，就不必擔心資料會損毀。資訊會始終維持在一定的品質下保存下來。第二，將資訊以數位的形態保存時，我們常會被迫與軟體破解展開對抗。簡單來說，就是有資訊外流的可能。而資訊數位化，存放在線上，就某個含意來說，就是將重要機密存放在共用的文件櫃裡。儘管自認已做好萬全的防備，但數位的軟體破解技術日新月異。我們要保護自己不受其猛烈攻勢的侵害，最好的方法就是選擇傳統的資訊保管方式。」

女子說完後，再度恭敬地行了一禮。提問的男子就像想要為自己的狂妄找臺階下似地，露出尷尬的表情（仔細一看，他背後的數字顯示「42」。他女友是「41」。不知為何，此刻在這裡的情侶們，背後的數字都偏低）。我希望這又是我自己想多了，但我好像聽到身旁的乃音以冰冷的笑臉損了對方一句「無知的傢伙，閉嘴啦」。真希望是我自己神經過敏。

接下來我們改到七樓的辦公室參觀。辦公室內非常潔淨，看起來是一處很舒適的工作環境。每位員工各自有乾淨的個人桌面與電腦，並很用心地以隔板區隔。

等我成人後，也會成為在這種地方工作的上班族嗎？不，能在這種地方上班的，應該是像江崎那種高學歷的人吧。這麼說來，我會在比較小的公司工作嗎？不管怎樣，現在的我還無法想像。

在感覺無比祥和的辦公室裡參觀時，突然某處傳來一聲「好痛！」我心想「咦，發生什麼事了」，緩緩望向一旁，發現雷遜的那名女性員工和乃音竟然俯臥在地上。就像連續劇裡常有的畫面一樣，那位女性員工手中的文件散落一地，慘狀呈現我們眼前。是發生衝撞嗎？怎麼會在公司內參觀時發生這種意外呢？

「您、您不要緊吧？」女性員工右手按著剛才撞到的頭部，向乃音問道。

「嗯，我沒事。」乃音回答，揮了揮手，表示她沒事。

我朝乃音伸手，扶她起來。乃音無力地握住我右手，緩緩挺起身。她看起來像在緩緩地喘息。如同賽跑結束後，用嘴巴呼吸，氣喘吁吁似的。真是的。我才一不注意，她就被某個東西吸引，一時太興奮，在公司內四處亂跑嗎？真是個令人頭疼的女孩。看來，比起讀書，採集昆蟲還比較像樣一點。

「為什麼會撞到人？」我向乃音詢問。

「我認為是好機會。」乃音說著莫名其妙的話。

我們和那位跌倒的女性員工一起撿拾散亂一地的文件，再度向她道歉。我跟著道歉，總覺得這是很奇怪的畫面，但我就像是乃音的「男友」一樣，而這可能也算是一種禮貌。

乃音渴望得到包包，對男性口出惡言，沒意義地在公司內到處亂跑，簡直就是個荒唐的麻煩製造機。我被迫假扮她男友，背後浮現的數字肯定只有40左右。

待所有活動都結束後，我們再次被聚集在第一媒體廳。接著我們被告知，在活動的最後，要再做一份簡單的書面問卷。時間是上午十一點半。來到這裡已經過了兩個多小時。安排得相當紮實的兩個小時。雖然已略感疲憊，但可以看到充滿未來感的建築和商品，而且參觀和說明會也很耐人尋味。說起來，或許也算樂在其中。雖然最後什麼線索也沒得到，可說是本末倒置。

過了一會兒，最後的問卷送到我們手上。

「這份問卷，『每一組』回答一份即可，所以請由今天蒞臨本公司的兩位當中的一人來回答。」

我掀起封面回答問卷。而等著我回答的，是和今天一開始回答的問卷不太一樣的提問。

・您現在的情侶與您交往多久了？

我伸手搔頭。好難回答的問題。不得已，我只好在上面掰了一句「一年半」。雖然不是很清楚，但這樣的回答應該很安全吧。不過，越過一座山後，又有一座座更高的山等在前面。

・性交的頻率有多高？

A：幾乎每天

B：兩天一次

C：一週一、兩次

D：一個月一、兩次

E：更少

我清咳幾聲。

・一次的性交，平均的射精次數是多少？

A：一次
B：兩次
C：三～四次
D：五次以上

我以鉛筆敲擊著紙面，盡可能讓自己心無雜念。我覺得自己只要一多想，就會有大量的疑問和羞恥滿出，我恐怕無法保持鎮靜。這什麼鬼問題啊。為什麼要問這種事？一般人的情況是怎樣？要是因為我的無知，而寫下奇怪的答案，那該怎麼辦？

上面的問題我幾乎都沒回答，便靜靜蓋上問卷的用紙，輕輕把鉛筆放在上面。我環視四周，發現大部分的情侶都眉開眼笑，很開心地回答問卷。嗯，這就是大人的世界是吧。

「大須賀學長，你回答完啦？」乃音問。

我不由自主地慌亂起來。「咦？不……還沒。我只是休息一下……」

「你還是老樣子，這麼不乾脆。既然這樣，換我來回答好了。」

乃音如此說道，迅速地一把將問卷和鉛筆搶去，馬上展開回答。當然了，過沒多久，乃音也遇上我卡關的問題。很難回答的提問。我一邊留意自己有沒有臉紅，一邊輕聲說道：

「那個……隨便回答就好了。不用太在意。」

「我知道。」

乃音動作迅速地默默開始回答問卷。鉛筆發出乾燥的沙沙聲，她逐一朝選項畫圈。不管怎樣，這都幫了我一個大忙。這麼下流的提問，竟然完全交給女性去回答，我這種行為實在很不紳士，但這也是沒辦法的事。乃音肯幫這個忙，真的很感謝她。那我就不客氣了，交給她去做吧。我望著乃音迅速作答的問卷。

・性交的頻率有多高？

Ⓐ：幾乎每天

B：兩天一次

C：一週一、兩次

D：一個月一、兩次

E：更少

・一次的性交，平均的射精次數是多少？

A：一次

B：兩次

C：三～四次

Ⓓ：五次以上

噢——。

「等……等等，乃音。」

「怎樣嗎？」乃音手中的動作仍未停止。

「不好意思，我插個話，我確實是跟妳說『隨便回答就好』，但妳在回答時……還是要想一下，好嗎？」

「嗯？什麼意思？」

「是這樣的……這感覺，我好像太……該怎麼說好呢，精力太旺盛了。」

「啥？」

「意思是妳得再多用點常識去思考。」

「啊～煩死了！」乃音啪的一聲，用力擱下鉛筆。「你這是怎樣？真的很不乾不脆耶。那位有名的歌德說過。『如果是真心話，又何需修飾話語呢』。大須賀學長，你如果有話想說，請具體地說清楚。你應該省去多餘的修飾語和接續助辭，用真實的話語去傳達你心裡想說的話。DO YOU UNDERSTAND？」

「ＯＫ。」

面對乃音的辯駁，我無力地點頭。「好……好吧。我沒意見。」

乃音再次著手寫起問卷。

「今天承蒙各位利用寶貴的時間參加本公司的試用體驗，真的很感謝。今天的節目到此結束。」

公司員工在媒體廳內繞了一圈，回收所有人的問卷，漫長的上午終於即將結束。我鬆了口氣。坦白說，真的有點累了。

「那麼，在此送上義大利製的手提包以及其他幾樣小贈品，作為今日各位參加的謝禮。」

「終於等到了！」乃音眼中閃著光輝。

撥出這麼長的時間和勞力，最後只贏得這個包包，感覺實在不太划算，但現在才為這種事不開心，一點意義也沒有。光是得知沒得到半項和我們有關的線索，這也算是一種收穫，就採取這種正向的看法吧。

過了一會兒，那位女性員工走到每個人的座位前，將褐色手提包遞交給每一組參加者。當那包包送到我們面前時，乃音馬上撫摸那真皮材質，露出滿意的微笑。她高興就好。

然而，當我看到那個包包時，就像之前在電腦螢幕上確認的時候一樣，有種似曾見過的感覺。而現在親眼目睹實物後，更加覺得我曾在哪兒見過這個包包。接著我終於想起來了。

沒錯，是隔壁的田中太太拿的包包。這一定是彌生給我門票的那天，呆立在我家公寓走廊上的田中先生掛在肩上（聽說是他太太和他吵架後，扔給了他）的那個包包。沒錯、沒錯。

我消除了一個心中的謎團，心情愉快多了。難怪我會覺得似曾見過。

乃音將包包的金屬飾件和接縫處都摸過一遍後，開始檢查起包包內部。她臉上泛起亮度如同有兩顆太陽般的耀眼笑容，一副樂不可支的模樣。

包包裡放了一本A4尺寸冊子，以及外面是紙包裝，模樣很漂亮的兩顆圓形紅色糖果。

「包包裡放了本公司的宣傳手冊，以及目前在歐洲成為人們私下討論話題的糖果『CONGRATULAZIONI[25]』。你們拿到的糖果，是兩顆一組，據說男女各吃一顆，就能得到幸福。它非常珍貴，如果可以，請務必要趁這個機會好好嚐嚐。」

原來如此。這糖果採用了很常見的宣傳用語。我們兩人姑且不談，如果是今天到會場來的情侶，可能多少會被這種廣告辭所吸引。證據就是放眼望去，幾乎每對情侶都將糖果放入口中，互望著彼此，展露歡顏。

「大須賀學長，這糖果我不需要，你可以自己吃沒關係。」乃音一樣著迷地望著包包，如此說道。

「妳要不要吃吃看？搞不好很好吃哦。」我說。

「不，我就免了。我最討厭糖果了。非但不好吃，整個嘴巴還會像滿是血一樣，有股刺激感。而且想到要和你分享永遠的幸福，就渾身起雞皮疙瘩。」

「……是哦。」

感覺最後被她損了一句，不過算了。

我也沒那個興致吃糖，基本上我也不愛吃糖，所以一時不知該如何處理才好。於是也沒多想，就將糖果收進口袋裡。搞不好哪天我會和誰一起吃這個糖果，一起展露歡顏。輕聲地對彼此說，也許能得到幸福哦（但坦白說，我也不是這種個性）。

和糖果一起放在包包裡的小冊子，上頭所寫的內容幾乎與剛才的說明一樣。提到他們的事業內容、歷史、資本額、產品、員工人數、公司所在地等等。擁有這本小冊子，當作是參加過雷遜電子試用體驗的證明，或許也不壞。我拿起來翻閱後，視線再度落向封面。上頭以正經穩重的字體寫著「RAISON」這個公司名稱LOGO，下方寫著「BEING ALIVE AS A HUMAN.」。

25. 義大利語，「恭喜」的意思。

「就是『BEING ALIVE AS A HUMAN』對吧。——大須賀學長，你都沒看廣告啊？這是他們企業的廣告標語。」

乃音昨晚說的話，就是指這個吧？

「BEING ALIVE AS A HUMAN.」

這是什麼意思呢？英語不好的我（話雖如此，我也沒有擅長的科目），就算看了也不懂。肯定是有什麼帥氣的含意。

來到會場外，接近正中午，散發最大熱能的太陽讓我們想起夏天。儘管如此，久違的戶外空氣，還是讓人感到清爽。我做了個深呼吸，伸伸懶腰。

乃音心愛地抱著包包，難掩臉上的笑容。她滿心期盼的包包，表面的觸感似乎令她相當滿意。

「哎呀，真是一次寶貴的經驗呢，大須賀學長。」乃音說出與事實大相逕庭的話來。

「是啊，只是沒收穫而已。」我說。

「大須賀學長，你說這什麼話啊。明明就有收穫啊。」

我長嘆一聲。乃音得到了包包，或許覺得滿心歡喜，但就結果來看，我們根本就是在原地踏步。如果是和我們目前現狀有關的線索，可以說「一無所獲」。

「要是江崎和葵小姐能掌握到什麼線索就好了。」我自言自語說道。早上出發前，我看了他們兩人背後的數字，江崎是「54」，葵小姐是「56」，所以他們兩人今天應該會是不錯的一天。

「我打電話問問看吧。」乃音如此說道，迅速掏出手機，開始撥打。「我昨天才和葵互留電話……啊，喂？」

看來，葵小姐接起手機了。

在夏日的酷熱下，我擔心口袋裡的糖果會不會就此融化。我心裡想，既然這樣，等這一連串的怪事解決後，希望能和彌生一起吃這兩顆糖果。

江崎純一郎♠

「那是很嚴重的大火。我當時心想，怎麼周遭那麼吵，出來一看，已是熊熊大火。轉眼間全燒成了焦炭。」那位健走的中年婦人得意地說著。

話說回來，這個人話可真多。問一個問題，她便能主動提供三、四個沒問到的消息。活像是個有瑕疵的福袋。

「您說的『黑澤』，是個怎樣的人？您見過他嗎？」葵靜葉問道。

我心裡想，還好有葵靜葉在場。坦白說，我實在沒把握與初次見面的人（而且又是話這麼多的人）展開和善友好的交談。現在葵靜葉獨自攬下和對方交談的工作，真的很感謝。我一直都站在一旁聽她們兩人說話。

婦人說：

「很遺憾，我沒見過。不過，聽說他們家有一位四十多歲的男性，以及一位讀國中的女孩。沒人見過女主人……不好意思，這些都只是我依稀的記憶，沒什麼把握。這戶人家一直都很安靜，靜得不太自然。就算有人說這是一間空屋，我也不會覺得訝異。總是靜悄悄，完全沒有人車進出。」

「有人因火災而受傷嗎？」

「不清楚呢。附近也傳出一些傳聞。例如說，這戶人家做了有點『危險』的事，所以遭人縱火，一家人全部被燒死，也有人說，那單純只是一場意外，沒人受傷，總之，謠言滿天飛。所以我也分不清何者是真，何者是假。不過，至少可以確定，這地方一直維持空地的樣貌，表示黑澤家已經搬走了，或者是……」

我對黑澤這個姓氏沒半點印象。也不覺得自己曾經聽過「黑澤」這個稱呼。原本我的交友圈就小，稱得上是朋友的人，十根指頭數得出來，但至少可以確定這當中沒人姓黑澤。

「您說火災，是什麼時候的事呢？」

「是夏天發生的事。因為還記得當時我心裡想『明明是夏天，卻還能燒出這樣的大火』，覺得很訝異。人們不是常說嗎，冬天天氣乾燥，所以常會起火。所以我才覺得，夏天失火算是很罕見的事。」

「那是幾年前的夏天呢？」

「這個嘛……應該是三、四年前吧。抱歉，我不太確定。不過，當時我兒子還住家裡，所以大概是那時候吧。應該是三、四年前的七、八月。大概就那個時間。」婦人這時像是突然想到什麼，露出開朗的神情。「對了，火災的善後處理都是誰負責的，妳知道嗎？我那時候很吃驚呢。雖然那是我自己的猜想，但妳不覺得這種處理工作，印象中都是警察或消防員負責的嗎？但其實不是哦。像瓦礫之類的處理，有專門的清潔業者會負責。專門處理火災或自殺者屍體的清潔業者。跟妳說哦，火災的隔天，來了一大批人，把現場清理得乾乾淨淨。實在很厲害。不需要的東西都當垃圾現場處理掉。有需要的東西則是很仔細地包好，加以保管。我都不知道竟然有這麼一批人呢。」

葵靜葉笑咪咪地聽婦人說，頻頻點頭。這名健走的婦人看了，也很滿意地笑了，臉上擠出深邃的皺紋。那表情就像在說「如何，聽了之後嚇一跳吧」。

我們與婦人道別後（婦人之後還提供了葵靜葉各種小道消息，沒完沒了），不約而同地掉頭走回多摩川站。

「江崎，你認識的人當中，有人姓『黑澤』嗎？」

「沒有。」我回答。

照葵靜葉的口吻聽來，她對「黑澤」也一無所知。照目前情況看來，似乎沒能掌握什麼能作為即時戰力的消息。不過，對於「黑澤」的存在，有必要深入探究。這是從資料所寫的地址好不容易擠出的唯一線索。到底是誰，將異於常人的能力託付給我們，並告訴我們，等時候到來要和他合作。為什麼是託付給我們這四個毫無關係的人？我們眼前那極度模糊的課題，這時出現了「黑澤」這個小小的身影。

葵靜葉可能因為現在是回程，她已知道怎麼走，所以比剛才前往的時候走得離我更近一些。雖然不是與我並肩而行，但她踩著比我還小的步伐，走在我後方約半步遠的距離。一身POLO衫、牛仔褲、涼鞋的我姑且不談，穿著一襲淡色連身洋裝的葵靜葉，則是完全融入田園調布這個市街，一點都不顯得突兀。說起來，葵靜葉看起來還比剛才那位話多的健走婦人更像這裡的住戶。筆直地朝行進方向走去的葵靜葉，她的側臉宛如積了一層新雪般，顯得嶄新又潔白，讓人聯想到純真無邪這個形容。

昨天三枝乃音問了個問題。「葵小姐，妳過去破壞的東西當中，體積最大的是什麼？或者是當中最厲害的是什麼？」

葵靜葉雖然略顯躊躇，但最後回答「是人」。

從那微妙的對話間空檔以及表情來看，實在不覺得葵靜葉那番話是騙人的，但同時又不覺得葵靜葉會去破壞某人。也不覺得她是那種會突然無來由殺人，活在一種危險平衡下的人。

我決定大膽一問。雖然我知道，這問題會一直線貫穿她內心最大的痛處。

「可以問妳個問題嗎？」

「什麼問題？」葵靜葉仍是那無邪的面容。

「妳為什麼會破壞人？」

如我所料，葵靜葉的臉瞬間凍結。原本刻意擺出的柔和笑臉頓時下不了臺，原地徘徊。既像困惑，又像笑，像在哭，也像沮喪，這模糊難分的表情還沒能完整呈現，就已經完成了。我接著說道：

「雖然我們才認識沒多久，但依我看，妳不像是個會因為一時衝動而殺人，歇斯底里的女人。如果妳不想說，那也沒關係。我只是隨口問問而已。」

雖然我說「如果妳不想說，那也沒關係」，但我猜葵靜葉百分之九十九會開口說。因為我早已知道葵靜葉會開口。這是今天已確定的事項。

葵靜葉有意識地動起她的表情肌，緩緩放鬆她的臉部表情。接著終於開口說話。

「江崎……我說自己曾經『破壞過人』，你認為那是真的？」

「我不知道。所以才問妳。」

葵靜葉臉上泛起臨時擠出的生硬微笑，微微嘆了口氣。

「這件事從頭到尾，我都不曾坦白且明確地向任何人說過。因為要談這件事，就一定得說出我心中的那根『拉桿』。所以我總是避開重點。為了可以避免談到我異於常人的能力，我改換了部分內容，再加上一些安排，讓整件事聽起來顯得合理」，葵靜葉先是仰望天空，接著才望向我。「這件事說來話長，我們先找個地方坐吧？」

我默默地頷首。

我們很幸運，在路上找到一座小公園。我們決定坐向公園裡的長椅。公園裡只有幾個孩童和他們的母親，基本上還算幽靜。在沙坑裡嬉戲的三名孩童，以及在一旁站著聊天的三位母親。感覺是隨處可見，無比祥和的上午光景。寧靜公園裡的寧靜時間。

在這種會因為強烈的夏日豔陽而冒汗的氣溫下，實在很不想在戶外聊天，但我們一時找不到合適的建築，所以這也是沒辦法的事。幸好我們坐的長椅，剛好有垂落的樹枝形成陰影，帶來幾分涼意。

葵靜葉確認自己的身體已完全習慣這張長椅後，開始娓娓道出。

「這起事件，是兩年前發生的事，不過，要仔細談這件事，得稍微從前面開始談起。」葵靜葉左手撥動頭髮，微微露出她形狀好看的耳朵。「兩年前的春天，我剛升上目前就讀的神奈川縣立高中，起初一直都沒能結交朋友。倒也不是遭人霸凌，或是動不動就被人漠視，而是我不擅長向人敞開心房。我很不會找機會或是話題和人聊天。而且我每天都有鋼琴課，得盡可能早點回家，所以更加無法和同學混熟。畢竟大家都是女高中生，都會『放學後到哪兒去玩』對吧？例如一起吃蛋糕、逛服飾店和生活雜貨店、唱卡拉ＯＫ。大家都在這種地方度過比平時更加親暱的時光。但就算有人好心向我邀約，我也都得婉拒才行，**所以總會錯過和人結交的機會**。儘管如此，也沒人會對我說『妳很不配合呢』，對我施壓，基本上大家都很和善地待我，但我還是無法跨越那條線，與人培養出友情。不知不覺間，我在班上已有了定位，一個既無害，也無益處的文靜女生。『好像在學鋼琴』，是我最基本的特徵，一個可有可無的存在。」

我默默聆聽。

「但我入學後一個月的某一天，終於有一位可以讓我充滿自信地稱作是『朋友』的人出現。她是位名叫『千花』的女生。她真的和我截然不同，是個個性開朗，社交能力強，一點都不怕生的活潑女生。她完全不理會校規，染成一頭褐色頭髮，臉上也都畫濃妝。長長的假睫毛配上眼影，有亮澤效果的脣彩，搭配亮眼的腮紅。而且手機總是掛著一串雜亂的吊飾。總之，她渾身散發出青春無敵的女高中生氣息。看過班上的同學後，會覺得她和我是住在不同世界的人。但原本認為和我分屬不同世界的千花，某天突然主動向我搭話。『靜葉，妳很會彈鋼琴嗎？』放學時，她突然像在跟好朋友說話似地，很自然地向我攀談。我大吃一驚，一開始還搞不清楚她在說什麼，為什麼要跟我搭話。我想，當時我一定是一臉憨樣吧。接著千花便以充滿朝氣的神情對我說『我想彈鋼琴，妳教我好嗎？』這就是我們認識的契機。

從那之後，我都會找時間教千花彈琴。說來也奇怪，幾小時前，我明明還在跟老師學琴，但幾小時後，我卻自己成了老師，教千花彈琴……總之，我發揮自己唯一的特色——鋼琴，結交了千花這位朋友。就很多層面來說，是很高興的一件事。感覺自己得到了認同。

雖然周遭人都笑千花『反正妳學鋼琴只有三分鐘熱度』，但千花真的很認真聽我上課。不管她有什麼事，總是最優先來上我的課，且上課時的表情無比認真。最後，千花終於練成她想彈的《給愛麗絲》。練成這首曲子時，千花高興得流下淚來。我也不由自主地跟著流淚。就這樣，我們一起共度的時間逐漸增加，而在這樣的過程中，我發現我們的個性很合得來。或許應該說『波長』一致吧。從開口說話的時機，到情緒起伏的波浪、對時間的感覺，總之，在許多方面我們都很完美地契合。真的很令人意外。因為我們從外表給人的感覺，到個性，都顯得截然不同，我們彼此也都沒想到，竟然會與如此強烈對比的人意氣相投。但就像在某個遙遠的地方製造的螺絲，碰巧剛好完全吻合一樣，我們真的是完全契合。千花擁有我所沒有的一切，而對千花來說，我的存在就像是彌補她的不足。我們不時會趁上鋼琴課中間的空檔，一起去各種地方玩。例如去千花推薦的蛋糕店，一起去聽鋼琴音樂會，到東京市區逛服飾店。總之，我們在很短的時間裡以飛快的速度相互了解，度過親暱的時光，很珍惜彼此。旁人看了，似乎覺得我和千花的組合有點不搭調，街上不認識的人看了，甚至會朝我們多看一眼。但我們真的是相知相惜。可以用『摯友』相稱。

不過，在了解千花的過程中，我也逐漸看出千花的缺點。這件事我不太想說，不過，光聽千花說她過去的戀愛事蹟，就知道她真的很沒看男人的眼光。千花如果得對自己的人生訂下優先順序，她肯定毫不猶豫將戀愛擺在一、二位，可見她有多重視『愛情』，但她總是因自己喜歡的男人而傷心流淚。如果用一般的說法來形容，千花是那種『重顏值』的女人。不過，如果為了守護千花的名譽，要替她說句話，她感覺不是『只要長得帥，不管是誰都好』，而是擁有『只要人長得帥，看起來就連個性也會變好』的這種魔法。如果你問我，這兩者有什麼不同，我也無話可說，總之，千花的體質，談戀愛始終都是以男性的長相當起點。偏偏喜歡千花的男人，都是渣男。她說自己以前曾經慘遭劈腿，對方完全不當一回事，而更之前則是對方幾乎每天向她要錢。一個國、高中生竟然有這樣的遭遇，我實在無法想像，但這是不爭的事實，千花就像節拍器一樣，被這些男人們耍得團團轉。

當時千花正與『那個男人』陷入熱戀，而他對千花和我來說，都是噩夢的開始。『那個男人』似乎是千花打工的卡拉ＯＫ店的常客。當時十七歲。千花一直強調他個子高，鼻子又挺，五官輪廓很深，總之，外型相當亮眼。聽說千花在卡拉ＯＫ店從那名男子的包廂前經過時，聽到他以性感的好歌喉高歌 EXILE 的《TI AMO》。總之，千花馬上愛上那個男人的一切。從隔著房門聽到的歌曲、完全不了解的個性，乃至於穿衣服的品味、剛好一起來唱歌玩樂的周遭人，千花全都喜歡。接著，千花用盡辦法，終於成功和他約會。我不知道千花是怎樣成功和他約會，中間歷經怎樣的過程，總之，千花說她『終於成功約到了』，開心不已。她一再地說，當天該穿怎樣去才好，該怎麼招待他好呢，要叫他帶我去哪兒好呢？隨著約會的日子漸漸接近，千花總是笑容滿面地告訴我這些事。就像少女漫畫裡的女主角般，當真是天真無邪。世人對於這種注重打扮，看起來模樣輕浮的女孩，可能都不會有什麼正面的好印象，但我認為這樣的女孩其實都很單純、率直。

後來千花多次和那個男人約會，成功爭取到女朋友的地位。因為忙著和男人約會，千花上我鋼琴課的時間當然也隨之減少，我們能在一起的時間也減少許多。但基本上我還是想為千花的戀情加油。希望她這次遇上的是個好男人。我只有一次見過『那個男人』。在某個機會下，千花對我說『我介紹我男朋友給妳認識』，於是我們三人在附近的咖啡廳裡碰面。確實就像千花說的，男子的外貌俊俏。如果他說『我的職業是演員』，我搞不好真的就相信了。不過，他其實只是個打工族。記得他說過，他因為諸多原因而高中輟學，現在在加油站打工，一週工作三天左右。收入真的很微薄，幾乎都是靠父母給零用錢才夠用。如果光靠這樣來判斷一個人，有點失禮，我也知道這樣想太過自以為是，但我就是有種不祥的預感。擔心千花會不會是惹上了壞男人。不過，基本上千花還是每天都過得很開心，也都是笑咪咪地跟我說她約會的事，所以我馬上改變想法，覺得是我自己瞎操心。一切應該都還算順利。

但某天，突然在毫無預警，也沒任何預感的情況下，千花自殺了。在自己房間上吊自盡。我完全不明白是怎麼回事。因為她完全沒表現出半點像是會自殺的樣子。每天都顯得朝氣蓬勃，也沒發生任何像前兆的怪事，也沒跟我說再見。我完全沒看出有任何不協調的氣息。到底千花為什麼非自殺不可？我、千花的家人、學校裡的人，都沒人知道是什麼原因逼千花走上絕路。」

葵靜葉就像在等什麼平靜下來般，停頓了半晌。

「不過……過了一陣子後，漸漸得知了原因。警方多方展開調查後，查出千花在自殺的幾個小時前，曾到醫院去。而且是婦產科。查出這點後，接下來便陸續查明了一切。聽說千花是去那裡檢查自己是否懷孕。檢查結果為陽性。千花無疑是懷了『那個男人』的孩子。她一定是月經都沒來，心裡覺得懷疑，也沒找人商量，便自己一個人到醫院檢查。證據就是周遭都沒人知道千花去醫院的事，以及她房間的垃圾桶裡有她丟棄的驗孕劑。

千花的父母是很嚴肅的人。就連千花染髮的事，他們也很不贊同，就像不管在哪方面都要求孩子要努力學習、好好精進的父母般，家風相當保守、老派。如果光看千花的話，絕對想不到她會有這樣的父母，總之，千花的父母相當嚴肅，絕不容許孩子有偏差的行為。如今回想，千花的染髮和華麗的服裝，就某個層面來說，或許是對父母的一種反抗。表現出她衷心的期盼，想從這種死板的生活中獲得解放。只不過現在已沒辦法向她問清楚了。

總之，就是因為這樣，當千花面對懷孕的事實，她根本沒有選擇。她不可能生下孩子，但又不能不生。她父母絕對不會允許她做出墮胎這麼不道德的事，但高一的女生非婚生子，更不可原諒。她沒有選擇。我想，千花比任何人都明白這點。所以她離開醫院後，馬上前往建材超市，買了粗大的繩索，馬上便上吊自殺。短短三個小時不到的時間。

我深感絕望，光用絕望這樣的語彙還不足以形容我的心情。因為千花真的是我獨一無二的摯友，無人可取代，而且我完全沒做好心理準備。為什麼千花不能找人商量，為什麼千花的父母不能用更寬容的態度去接受她，為什麼那個男人要對千花做出那樣的事來，千花為什麼會愛上那個男人，為什麼千花不跟我說。坦白說，我完全不知道這滿腔怒火該向誰宣洩。一切都慢慢將千花帶往不好的方向，千花在那微妙的力量下，被推落懸崖。我覺得很不甘心。接連好幾天都足不出戶，完全沒食欲。但唯獨能彈鋼琴。不，不對。或許應該說非彈不可才對。就像圖畫和詩句一樣，鋼琴同樣也是在演奏後，才能最舒暢地釋放出情感。如果憤怒，就盡情憤怒，如果憎恨，就盡情憎恨，如果愛，就盡情去愛。一切會化為美麗的音色，從自己心中洗滌乾淨。所以我要是不彈琴的話，我恐怕會瘋掉。有時彈得太激動，差點毀了鋼琴。因為內心的紛亂和激昂，會想要擅自將拉桿往前推倒。但我為了控制這樣的紛亂，謹慎且大膽地持續每天彈鋼琴。為了讓自己可以什麼都不去想。

幾天後，千花喪禮的日子到來。一來是因為她高中就早逝，但更主要是因為千花有很多朋友，所以殯儀館裡人山人海。有她小學、國中、高中的同學、老師、親戚、打工處的同事。大家都為千花流淚，哀悼她的死。我見這麼多人為千花的死悲嘆，再度熱淚盈眶。千花明明這麼受人喜歡，明明這麼受人需要，卻結束了自己的生命。我真的無法承受。在喪禮中，也看到『那個男人』現身。他穿著一身不像是打工族的帥氣西裝。為了配合現場肅穆的氣氛，他也擺出一本正經的表情，但他那事不關己的神情，感覺一點都不像當事人。就像在電視上看非洲國家的紛爭一樣，一副站得遠遠地，就只是微感心痛的模樣。除了我以外，幾乎大部分人都不知道千花男朋友的長相，所以大部分人都沒發現他就是千花的男友。我很想對那個男人說句話，但我卻說不出話來。找不出該說什麼才好。是該生氣，還是該罵人？如果要罵他，該用什麼話罵他？我什麼都不知道。看著這個男人，我就只是覺得很不甘心，久久無法言語……結果令我驚訝的是，他竟然自己主動朝我走近。我完全不知道接下來會發生什麼事。男子來到我面前後，對我說『妳是千花的朋友對吧？之前我們見過面。妳是教她鋼琴的那個女孩』。我不懂這男人是抱持怎樣的心境跟我說這些話，我微微點了點頭。接著男子臉上浮現低調的微笑，說他想知道我的手機和電子信箱。『希望下次和妳聊聊千花的事。』我無法原諒這個男人，我當時的情緒是憎恨。要是沒有這個男人，要是千花沒和他在一起的話……我滿腦子都是這個念頭，很想賞他耳光。但當時我更感興趣的，是他特地來找我，是想告訴我什麼。現在回想，我自己實在也太輕率了，不過，當時不得已，我和他互留了電子信箱。男子說『我近日會跟妳聯絡』，再度消失在人群中。

幾天後，男子跟我聯絡。他說『今天晚上八點，希望妳能來藤澤站一趟』，那天正好和今天一樣，是個悶熱的夏天。我跟家人說『我出門一趟』，就此溜出家門。我家雖然不像千花家那麼保守，但對於門禁時間還是很要求的，所以晚上八點外出，還是被小念了幾句，但我說馬上就會回來，就此溜出家門。我按照約定的時間來到藤澤站，男子身穿灰色背心，搭配休閒的五分褲，滿面笑容地前來迎接我。喪禮的時候他沒配戴的銀色耳環，這時就掛在耳上。看了感覺很不舒服。我隨便和他打聲招呼後，馬上便和他談起正事，但男子一直嬉皮笑臉，沒認真搭理我。他說了一句『我們換個地方吧』，就此大步離去。我雖然覺得可疑，但還是先跟著他走。男子來到人少的道路後，這才又開口。他說出令人意想不到的話來，我一時懷疑是自己聽錯了。他那番話的大致內容是『千花死了。所以留下來的我們應該要好好活下去。妳要不要和我交往』。我全身的力量紛紛往空氣中逸洩而出，產生一種整個人就此洩氣萎縮的錯覺。我不懂他在說什麼，想要表達什麼。所以我問他『這是什麼意思？』男子以同樣的口吻說道『千花應該最希望我和妳可以手牽手好好過日子』。講得好像是這世上最正確無誤的意見般。這時，我感覺得出原本累積在心裡的憤怒和憎恨開始變得沉重，淤積不散。但確實有個東西快要爆開來。儘管如此，我心裡還是想，男子說的這些話該不會是在開玩笑，最後會來個大翻轉吧，於是我提出最後一個問題。『你是真的這麼想嗎？』結果男子哈哈大笑。他手抵著頭說道『抱歉、抱歉。開玩笑的。其實我只是對妳感興趣。而且我一直想和會彈鋼琴的女生交往看看』……

仔細聽他說之後才得知，千花在醫院得知驗孕結果是陽性後，男子曾和她通過電話。千花找男子商量『我好像懷孕了，怎麼辦？』千花一定是抱持著求助的心情。她沒辦法跟父母商量，偏偏自己又想不出好方法。不過，男子或許會提供什麼意想不到的好建議。墮入絕望深淵的千花，就這樣抱持著一絲希望，打電話給他。但男子卻像是丟棄一把用過的牙刷一樣，直接就甩了千花。『既然這樣，我們分手吧。我還年輕，而且不想要有孩子。』這句話對千花的傷害有多深，我無從估算。但不管怎樣，千花就是聽了這句話之後，自己默默上吊自殺。因為『這個男人』致命的一擊。光是這樣，我便已經被充分的憤怒和不悅緊緊包覆，但接著我又得知一項事實。『我一直想和會彈鋼琴的女生交往看看』……也就是說，千花是因為這個男人說『我喜歡會彈鋼琴的女生』，才決定跟我學鋼琴。為了讓這種爛透了的渣男注意到自己，儘管周遭人都跟千花說她不可能辦到，但她還是每天都很賣力地練習鋼琴。連樂譜也看不懂的千花，花了好幾個禮拜的時間一再練習，練到手指痠疼，最後終於能彈奏出一首曲子，這也全都是為了吸引這個男人的注意。千花是真的很快樂地在彈鋼琴。每次學會一小節，就會高興地喊著『我成功了、我成功了』，和我擊掌。能彈出八小節時，她和我一起吃蛋糕慶祝。當她背下整個樂譜，成功彈出曲子時，我們高興得緊緊相擁，哭了將近一個小時。千花是如此賣力，一往直前。為了讓自己的心上人可以喜歡自己。抱持著如此直率、純真的想法，不斷努力。但這個男人卻……

而且，你知道這個男人為什麼會說『我一直想和會彈鋼琴的女生交往看看』這句話嗎？坦白說，這理由很差勁，我連說都不想說。『手指靈活的女生，那方面一定很厲害』。這個男人真的是從裡到外都爛透了。世上竟然會有這麼無可救藥的人存在，我甚至對此感覺到一股難以言喻的哀傷。但當時的我，比起哀傷，有更強烈的黑暗怒火和憎恨緊緊包覆著我。

男子就像要給我最後的關鍵一擊般，對我說『我們去賓館吧』。他一定是打從一開始就有這個打算。否則他不會晚上八點找我出來。見我默默佇立原地，男子已失去耐性，開始用力拉我手臂。在男人壓倒性的握力下，我的左臂被用力地抬起。抓得又牢又緊。動作極其粗暴，就像老虎鉗一樣有力。千花就是被這個男人的『這隻手』玷汙、殺害。那麼溫柔、開朗、率真的女孩，就這樣被這個傲慢、無能的男人，用這隻手玷汙。

在那一瞬間，我體內的一切全都彈飛。之前像是已經被拉至極限的粗大橡皮筋，發出一聲巨響，就此斷裂。啪嚓。

我將拉桿往前推倒。雖然變得意氣用事，但最後我還是將拉桿推到中間的位置便急忙停住，算是不幸中的大幸。男子就像被拔掉插頭的電腦般，突然失去所有動力，當場倒地。男子倒下後，已不再是『渣男』、『千花的男友』、『啃老族』，而是成了一團肉塊。又重又大，只能躺在地上不動，毫無意義的肉塊。我就這樣破壞了一個人。親手讓一個男人變成植物人狀態。講了很長，這就是整個事件的全貌。」

葵靜葉說出一切後，像是全豁出去似地，露出毫不在乎的表情。

我反覆在腦中細想葵靜葉說的這件事。盡可能完全照她所描述的，去回想事件中出現過的那幾個人物的情感。但這項工作並不簡單。我無法理解，那女生為了得到男生的愛，每天都那麼賣力，那是怎樣的心情，也不懂那個男人將女生玩弄於股掌，樂在其中，這又是怎樣的心情。我忍不住仰望夏日晴空，想從那裡尋求答案。但天空當然什麼也沒有。只有飄浮在遠處上空的積雨雲，以比徒步還慢的步調在空中遊蕩。

不過，在這個故事中，我可能只對葵靜葉的心境產生共鳴。很不巧，我沒有足以稱作「摯友」的人物存在。什麼是摯友，能掏心挖肺到什麼程度？這不是我能懂的。但照著順序一一去理解周邊的情況後，便能大致明白造成葵靜葉動手破壞一個人的整個經過。這當中有充滿人性的動機以及鮮活感。

不知不覺間，公園裡已空無一人。夏蟬也停止鳴唱，坐在長椅上的人影，顏色變深許多。可能因為從某處飄來的雲，暫時遮蔽了陽光。

「然後呢，後來怎樣？」我問。

葵靜葉閉上眼睛回答。「之後我大感慌亂。本以為只要破壞這個男人，我的心情也會變得比較暢快。但我一點都沒這種感覺。非但如此，男子倒下後，我馬上發現自己犯下重罪。發現我殺人的事實。這個男人確實是個無藥可救的人渣。不管什麼時候遭人報復，他也不能有怨言，一個糟透了的男人。但不管有什麼理由，我都不該傷害他人。一個才十七歲的人，往後還有長達六、七十年的龐大未來在等著他，我竟然就這樣奪走他的未來。不管怎麼做都無法重拾的重要未來，我讓它全部化為烏有。這樣的我當然應該受懲罰。應該被關進監獄，強迫過著反省、懊悔、懺悔的日子。我甚至希望有人可以這樣懲罰我。這個男人殺了千花，並接受了我的懲罰。既然這樣，破壞這個男人的我，也必須接受司法的制裁。這麼做的話，雖然始終還是在人們設定的法律規範下，但我姑且可以為此贖罪。破壞人的罪，依據法律的規則而得到淨化。然而，沒人制裁我。我破壞那個男人後，馬上叫警察和救護車。並坦白地告訴他們『是我殺了這個男人』，以此說明情況。但我說的話沒人相信。這也是理所當然。因為他們都認為我是個腦袋不正常的人。一個太愛幻想，自我意識過剩的女孩。我當然是被無罪釋放。我被問了幾個問題，我的回答被刻意扭曲，我沒受任何譴責，就這樣自己走回家。

事件發生後，學校裡開始瀰漫起一股詭異的氣氛和謠言，我就此過起不太自在的生活，但這種感覺很快就消失了。因為當時失去千花的我，又恢復成原本那個『好像在學鋼琴，文靜又無害的女生』，所以這樣的角色無法一直處在謠言的漩渦中。一個不好也不壞的人。

不過，雖然周遭人像往常一樣待我，但我卻沒理由回歸往日的生活。因為我雖沒『殺人』，卻『破壞了人』。我得受應有的懲罰。所以我給自己訂了兩個懲罰。一是『往後的人生，一概不彈鋼琴』。看在別人眼裡，或許會覺得這和我所犯下的罪行相比，實在差遠了，這樣的刑罰過輕，但對我來說，這真的是最痛苦的事。我自從三歲開始學鋼琴後，每天都持續彈琴，沒有一天例外。就算說鋼琴已成為我的血肉，成了構成我的最重要零件，那也一點都不為過。所以從我這裡奪走鋼琴，就像拿走電風扇的風扇，拆下飛機的機翼，扯下花朵的花瓣一樣，會帶來嚴重的缺損，毀了它原本的功能。所以我決定放棄鋼琴。作為對自己最大的懲罰。」

「第二個懲罰是什麼？」我問。

「那是……」葵靜葉望著長椅的邊角，接著再度轉頭面向我。「和第一個相比，一點都沒什麼，而且目前我並不會因為這項懲罰而覺得辛苦，所以請容我保密。」

我微微點頭。

聽葵靜葉說到這裡，我突然想起鮑伯說的話。聽《來自新世界》時，談到關於鈸的事。在那首曲子中，只響過一次的鈸。我想，對葵靜葉來說，「鋼琴」的存在或許就像那想要一再敲響的鈸一樣。想必她就是這麼熱愛鋼琴。

我緩緩從口袋裡拿出記事本，翻開今天的頁面，在已經出現過的句子上畫線。

——應該快到了吧？

——好，沒關係。只要不是可疑的推銷就行了。

——總會錯過和人結交的機會。

——我也不由自主地跟著流淚。

・我知道這女孩。

今天的預言很難猜，幾乎完全派不上用場。不過，就算猜得到，也只是讓我的日常生活變得更枯燥乏味罷了。

其實，從昨天開始，這樣的發展並不會讓人覺得無聊。非但如此，比起過去那彷彿一切都早已註定，無風無浪，讓人覺得無聊透頂的生活，現在多了許多活力，感覺很有意思。正因為不明白是怎麼回事，這樣正好。此時所處的環境，遠遠超乎我的常識範圍（也勝過不按牌理出牌的鮑伯），這樣也不壞。剛才葵靜葉說的個人經歷也是。那裡隱約有個我不了解，或是無法想像的另一個次元的遼闊世界。目前我對葵靜葉說的事，還無法給出明確的回答。葵靜葉始終強調自己是加害者，但這樣究竟是對是錯，現在的我還不明白。我決定先將葵靜葉說的事放進我腦中的保留空間，日後再慢慢花時間來找出答案。

・我知道這女孩。

這句話是葵靜葉說的嗎？如果是，葵靜葉又是知道哪個女孩呢？

夏蟬就像突然想起似地，再度開始鳴唱，這時，就像與蟬聲呼應般，電話鈴聲響起。

當然不是我的電話。我連手機都沒有。

葵靜葉從包包裡取出手機應道：

「是乃音打來的。」

三枝乃音◆

「妳那邊情況怎樣？」

我很想早點展現我的漂亮成果，這股衝動令我心癢難搔，但我還是試著先詢問他們那邊的戰況。不能老是炫耀自己的功績。先聽，然後再自己說。這點很重要。

電話那頭的葵，很仔細地報告飯店資料上所寫的那個地址上有什麼。

上頭寫的田園調布一丁目，只是一處空地，那裡什麼也沒有。朝剛好路過那裡的人詢問後得知，那裡以前好像住了一戶姓「黑澤」的人家。聽說家中有一名中年男性，以及一名就讀國中的女兒。不確定有沒有女主人。不過，那間屋子在三、四年前燒毀了。

「乃音，妳認識的人裡頭，可有人姓黑澤？」葵問。

「很遺憾，沒有。」我如此回答後，對她說道。「我問一下大須賀學長。」我先將手機設成保留，向大須賀學長說明情況後，問他是否知道姓「黑澤」的人物。

大須賀學長偏著頭應道：「不知道呢。也沒聽過。」

我解除保留，告訴葵這件事。

「這樣啊……對了，你們有什麼收穫嗎？」

我就像回她一句「問得好」一樣，先咳一聲後才回答：「我拿到雷遜電子的員工名簿了。」

「咦？」發出這聲大叫的人，不是電話那頭的葵，而是我身旁的大須賀學長。看來，大須賀學長果然沒看出我那出神入化的絕技。如果他以為我一直悠哉地在那裡等著領包包，很安分地投入試用體驗中，那他可就大錯特錯了。

「為什麼妳要撒這種謊？」大須賀學長一臉慌張地問道。

「說我撒謊，真是太失禮了！我是真的將員工名簿偷到手了。」我將手機移向一旁，回答大須賀學長的問題。

「不對啊……我們明明就什麼也沒拿到。」

「哈哈，大須賀學長。不見得只有物質的收穫才有幫助哦。我已將雷遜電子相關員工十六萬三千四百四十六人的附加資訊全都收藏進我的腦袋裡了。」

「這是什麼意思？」

「大須賀學長，我當時看到了。在參觀公司時，那位腦袋不大靈光的女員工，很小心地將厚厚一本員工名簿夾在腋下走過。我馬上使出一招連大鵬[26]也會大吃一驚的『乃音擒抱』。後來果然如我所料，那位腦袋不靈光的女員工，腋下的社員名簿就這麼掉在地上。所以我用手指迅速將它讀過一遍。粗心的大須賀學長可能沒發現吧。」

「我完全沒發現。不過，妳這種做法不太厚道……」

我怎麼可能會讓大須賀學長這種水準的人發現呢？在那個瞬間，我完全化身成技術一流的狙擊手，就連迪克東鄉[27]看了也會臉色發白。

26. 相撲選手大鵬幸喜，第48代横綱。
27. 齊藤隆夫的漫畫《骷髏13》中的主角，是位狙擊能力一流的殺手。

「大須賀學長，所以我不是說了嗎？參加這場試用體驗，對我們來說會是最大的線索。」

「我看這只是碰巧吧。」大須賀學長仍舊覺得很無趣地說道。

我再度清咳一聲，朝他豎起食指。「路易・巴斯德（LOUIS PASTEUR）有句名言，『機會是留給準備好的人』。」

我將擱置了好一會兒的手機貼向耳邊。

「啊，抱歉。剛才有點忙。已經解決了。」

「妳真的偷到了雷遜電子的員工名簿？」手機喇叭傳來男性的聲音。不知什麼時候，手機已改由江崎學長接聽了。

我得意洋洋地說道。「那當然。」可惜我抬頭挺胸的模樣沒能讓江崎學長和葵看見。

「這樣的話，雷遜電子的員工當中有姓『黑澤』的人嗎？」

哦，原來有這招啊。我急忙試著從雷遜電子的員工名簿中搜尋黑澤這個人。

「呃……全國一共有三十五人呢。」

「這樣的話，如果是東京的員工呢？」

「這樣的話有十四人。」

「如果限定是男性呢？」

「九個人。」

「要是範圍縮小成四十歲到五十歲之間呢？」

「……這樣的話，包含這幾年離開公司的人在內，只有三人。」

「妳知道他們的住址或電話號碼嗎？」江崎學長的詢問速度出奇的快，我差點舌頭打結。但我還是極力穩住，聲音中帶著自信來回答。

「當然知道。因為那是員工名簿。住址、姓名、年齡、電話號碼、職位、員工編號，全都一目瞭然。」

「既然這樣，妳可以去那裡查看一下嗎？」

「哦。」我不由自主地朝鼻子捏了一把。「意思是要我去拜訪那些人？」

「也只能這麼做了吧？」

說得也是。我請他將電話轉給葵，和她道別後，就此掛斷電話。

我將手機收進新包包裡，轉身面向大須賀學長。

「大須賀學長，我們即將展開雷遜電子三位黑澤先生的拜訪之旅。」

「咦？」

「住在東京，姓黑澤的雷遜電子員工，我們要一間一間去他們家拜訪。」

「原來如此……」大須賀學長說。「不過，大可不必刻意去住家拜訪吧？妳不是知道電話號碼嗎？」

「確實就像你說的，只要打個電話就行了，不過，當中有兩個人感覺不會輕易接電話呢。所以就當作是『米助假日突襲民眾家[28]』一樣，前去拜訪吧。」

「黑澤先生是怎樣的人？」

28.日本落語家桂米助主持的電視節目，到民眾家突襲採訪。

「大須賀學長，請你冷靜一點。像這樣隨口向人問結論，很土耶。這謎團還是一樣沒解開，我們先從這三人當中，找一個感覺比較容易見到面的人，試著和對方聯絡吧。看好的人選要留到最後，這是故事不變的鐵則。」

大須賀學長見自己被岔開提問，露出略感不滿的表情，沉默不語。但我沒加以理會，試著打電話給第一位可能人選「黑澤龍之介」先生（五十五歲）。這個人對於圍繞在我們四周的這一連串事件，可能不會有任何消息和線索。我的猜測應該沒錯。因為與其他兩人相比，他略顯「小號」。因此，如果擁有某個線索的「黑澤先生」就在雷遜電子的公司裡，應該是其他兩人的其中之一（或者兩者都是）。不過，（就算覺得可能不會有任何收穫）還是得試著和這位黑澤龍之介先生聯絡看看。對任何事都不傲慢，小心謹慎地面對，這對我們今後多少會有幫助。

電話響了四聲後，傳來對方拿起話筒的聲響，聲音聽起來像是黑澤龍之介先生的太太。

我們從品川轉乘電車，在黑澤龍之介先生的住宅和工作地點所在處的飯田橋站下車。這裡離我家很近。打電話與黑澤龍之介先生的太太聊過後，她說她丈夫龍之介目前在家附近的一家地方工廠工作。

在大太陽底下走在都市叢林中，實在有點折磨人，但有些事還是得實際見過當事人之後才會知道。例如說話方式、眼神的游移、一些細膩的小動作。人們擁有許多重要資訊，會從這些地方洩露出來。而愈是辛苦，得到的回報也就愈大。鈴木三郎助也說過「是否願意多吃點苦，會決定一個人是走向成功還是失敗」。所以我們決定，雖然黑澤龍之介不是我看好的人選，但我們還是要見他一面。

這位黑澤龍之介，根據我用手指閱讀的員工名簿上記載，他似乎大學畢業不久，便進入雷遜電子，以技師的身分從事焊接的工作。之後經歷過幾次工廠和研究所的人事異動後，在雷遜電子多年的員工生活劃下句點，於七年前離開公司。聽他太太說，在那段經歷後，黑澤先生目前在飯田橋一家小型的地方工廠工作，勉強可以度日。黑澤先生連星期天也到公司上班，實在令人佩服。

我在電話中向他太太謊稱「我以前因為工作的關係，受過龍之介先生不少關照」，就此得知龍之介先生的公司地址。還對她說「我想當面向龍之介先生道謝」，附上連好萊塢演員都自嘆不如的高超演技。說謊絕不是值得誇獎的事，不過，要向他太太解釋緣由是很麻煩的事，而且這件事要說服別人相信，少了些可信度。說謊也是一種權宜之計。

我們遵照這位太太告知的地址找尋，多次差點迷路，最後終於找到黑澤龍之介先生工作的這間地方工廠。略嫌髒汙的白色外牆，造型像一座大型車庫的工廠。幾臺像是焊接用的機器，在工廠內整齊地排列，當中有五名男性正忙著進行作業。從工廠的外部裝潢，到作業員又黑又髒的工作服，每樣東西都強烈散發出地方工廠的氣息。

有幾個人臉上戴著像是護眼用的面罩，看不出長相。我用工廠裡的每個人都能聽見的響亮聲音，大膽地叫喚。

「黑澤龍之介先生有在裡頭嗎～？」

我無預警地大聲吆喝，最吃驚的人果然是大須賀學長。不過話說回來，有人在一旁突然放聲大叫，會大吃一驚也是情有可原。

工廠裡的人全都因為我的大聲叫喊而轉頭，無一例外，接著視線流轉，全都往工廠內一名男子身上匯聚。男子先將焊接用的器具放回固定的位置上後，轉頭望向我們。

「我就是黑澤龍之介，有什麼事嗎？」

黑澤龍之介先生是位皮膚黝黑的大叔。雖然髮量還不少，但已全都由黑轉白，與他黝黑的膚色形成強烈對比。不愧是多年來都以技師的身分從事肉體勞動，體格看起來就像運動選手。

我雖然見到了自己想見的人物，卻不知道該問什麼才好，久久無法開口。呃，這時候該說什麼才好呢。

這時，大須賀學長開口了。「突然來訪，不好意思。想請教一下，您以前是否曾住在田園調布一丁目呢？」

黑澤龍之介先生先是睜大眼睛，緊接著下個瞬間突然朗聲大笑。就像森林裡的天狗得到上好日本酒一樣。

「哈哈哈。田園調布那種地方，如果我住得起的話，我也想住啊。」

嗯、嗯。看來，果然和這個人無關。光是知道這點就很夠了。接下來就算直接跟他說掰掰也沒關係，不過，感覺只問這麼一句話就閃人，又有點過意不去（而且這樣直接跑來見他也就沒意義了），於是我又順便問了個問題。

「您以前在雷遜電子工作對吧？」

黑澤先生一臉意外的表情。「沒錯。那確實是我。為什麼你們知道這件事？」

「呃……是這樣的，我們自行對雷遜電子做了一點調查……」

「哦。雖然不知道是怎麼回事，不過，看你們年紀輕輕，真是辛苦了。」黑澤先生咧嘴一笑，露出泛黃的牙齒。

「您當初為什麼辭去雷遜電子的工作呢？」我問。

「這個嘛，該怎麼說呢。那和裁員不太一樣，不過，大概就是那樣吧。」

「到底是怎麼回事呢？」

黑澤先生以發牢騷的口吻說道：「是這樣的。某天我的直屬上司突然問我奇怪的問題。他說『這是和你今後人生有關的問題，希望你能認真回答』。接著就問了我幾個莫名其妙的問題。內容我不記得了。但好像是『對未來的看法』、『對孩子的看法』這類無聊的問題。不過，雖然是這麼無聊的問題，我還是很認真地回答。姑且也算是誠實答覆，說出自己的真心話。結果你們猜怎樣？隔天我就被開除了。動作之迅速，令人傻眼。教人無法接受。」

「真的……就只是因為這樣而被開除？」

「是啊。不過，也無法斷言這就是直接的原因，不過，如果認為完全無關，那也太傻了。因為除此之外，想不到其他原因。不過，我離職後，雷遜電子還是多方關照我，這家工廠也是他們介紹我來的。如何？這家工廠感覺很不錯吧？我很喜歡。所以我對他們開除我一事，並不會懷恨在心。反而還很感謝他們。因為最後我能來到這裡。」

黑澤先生這番話似乎不是違心之言。他是真的覺得很引以為傲，朝自己的工廠投射的視線，彷彿它無比光芒耀眼一般。不過，姑且先不談黑澤先生的遭遇，剛才他提到「奇怪的問題」一事，令人在意。當時的雷遜電子到底發生了什麼事？

「關於您以前被問到的『奇怪的問題』，我可以請教幾個問題嗎？」

黑澤先生露出傷腦筋的表情。「不好意思，就算妳問我，我也不記得了。因為那一下子就問完了。不過，當時公司裡瀰漫著一股詭異的氣氛。或許該說是可疑的氣氛吧……而且還有不好的傳聞四處流傳。例如高層想經手危險的事業、在新宿某棟破舊大樓的角落與暴力集團勾結，開設賭場，都是一些想也知道不可能的傳聞，就這樣四處流傳。真的待得很不舒服。後來就遇上神祕的提問和革職。我當時也對公司充滿不信任感。」

黑澤先生蹙起眉頭。

「坦白說，那家公司外表體面，但實際上公司內部的運作真的很隨便。老臣連發言權也沒有，只會鞠躬哈腰，看別人臉色，年輕人則只會聽從上面的意見辦事，全都是沒能力的應聲蟲。內部統御需要的是『行動迅速的員工』，而不是『會思考的員工』。不知道從什麼時候起，公司錄用的都是高中剛畢業的小鬼。不好意思，我實在無法理解最近雷遜電子的經營方針。」

我們繼續與他聊了幾句後，便就此告別。

真是意想不到，本以為黑澤龍之介只是個用來練拳的角色，沒想到掀開蓋子後，得到許多意外的資訊。神祕的提問和裁員。以及不好的傳聞。

若是照一般我們消費者的立場來看，對雷遜電子這家企業的印象並不差。就像先前他們品川的總公司大樓入口處所展現的形象——潔淨、具有未來感、充滿發展性，若用更通俗的說法，就是一家「酷炫」的企業。這是怎麼回事？公司內部有些小紛爭。我以特別用力的筆觸，朝心裡的記事本記下這次的證詞。

而重新根據黑澤先生的證詞來解讀員工名簿，我突然發現一件事。

這本員工名簿，對於儘管現在沒在雷遜電子上班（就像剛才的黑澤龍之介先生一樣），但離職時間還在十年內的人事資料，仍有詳細記載。也許是基於法律的關係，離職者的個人資料得繼續保管幾年的時間（我以前曾用手指讀過六法全書，但很可惜，內容太過複雜怪異，我現在還是無法理解）。總之，離職十年內的人事資料，與現職員工一樣，詳細資料都還完整保留著。不過，我大致在腦中數過離職的人數後發現，和黑澤龍之介先生一樣，「七年前」離職的人數出奇地多。遠非其他年度所能比。是前一年度的十二倍。隔年的十五倍。就算說那年特別突出，也不為過。每個人是基於什麼原因離職，雖然沒寫，但從剛才黑澤先生的話來看，我認為是展開了類似「裁員」的做法。公司內開始瀰漫一股詭譎的氣氛，可疑的傳聞四起，接著突然被問到神祕的問題，猛一回神，自己已經被開除。我很遺憾，像我這種年輕小輩，完全無法想像社會這種大浪的可怕和威力。這社會真的就建立在這麼危險的基礎上嗎？就像在摘庭院的薺菜般，可以這麼簡單說把人開除就開除嗎？我將「七年前」有許多人離職，人數多得有點難以置信的這件事，也告訴了大須賀學長。

我們朝飯田橋站邊的購物商場長椅坐下。

「這是怎麼回事。雖然我也不是很清楚，不過，剛才那位黑澤先生似乎不是『住過田園調布的黑澤先生』，我們就優先找出這個人吧？」

說得也是。搞錯故事的主軸，那可萬萬不行。雖然江崎學長和葵查出的「神祕空地」原本的住戶，不見得就是雷遜電子的員工，但感覺也不像是查到錯誤的線索。就像在找出誰是偷吃泡芙的小鬼時，會先懷疑嘴角沾有奶油的傢伙一樣，這肯定是正確的追查手法。

應該暫時先往這個方向展開調查。

我重新向大須賀學長說出我的決定。

「那麼，我們這就馬上跟下一位黑澤先生『約時間』吧！」

「可是，之前聽妳說，剩下的這兩個人不是感覺不太好對付嗎？」

「對，說不好對付，確實是有那麼一點。大須賀學長，其實是這樣的，剩下的這兩個人是公司內的董事。而且職位很高。但我們不能怯縮。就將他們個個擊破吧。」

我說完後，馬上開始朝手機撥打黑澤先生的電話。坦白說，我覺得對方不太可能接電話。因為我現在撥打的，是雷遜電子的子公司——「MENTHOL製藥」這家企業的前社長。不過，他已經從社長的位子退下，現在似乎不是雷遜電子的相關人員。他名叫「黑澤裕史」。五十三歲。雖然才五十多歲，在上班族的世界仍稱得上是表現正好的年紀，但他卻辭去社長的職務，很難想像這當中究竟有怎樣的緣由。不過，該留意的不是這件事，而是這位黑澤裕史先生離職的那年，是否剛好是「七年前」。這事令人在意。不過，目前面臨最大的問題，是他會不會接起電話。既然他是前任社長，現在一定也過著很忙碌的生活。假日無休。

電話響了幾聲後，傳來熟悉的電信公司小姐的聲音。

〔為您轉接電話〕

咦，轉接是怎麼回事？正當我對此神祕的訊息展開思索時，另一頭傳來拿起話筒的聲音。

「謝謝您的來電。我是布蘭奇（BLANCHE）。」

「咦？」搞、搞什麼啊。電話另一頭突然出現一位叫布蘭奇的人。我大感困惑，但還是接話道：

「呃……我是要打到黑澤裕史先生家中……」

「這樣啊，真抱歉。請稍候。」就像飯店櫃臺人員一樣，一個很有禮貌，語調平穩的男性聲音。他的日語發音很漂亮，感覺不像外國人（這麼說來，「布蘭奇」會是代號嗎？）。

過沒多久，電話另一頭傳來另一個聲音。

「喂。您好。」

我慌亂地問道：「突然打電話給您，真的很不好意思，請問您是黑澤裕史先生嗎？」

男子聽了之後，以驚訝的聲音回應。「對。我就是『黑澤裕史』。」男子的聲音低沉又沙啞。「妳是誰啊？我不記得自己認識的人當中，有像妳這樣的年輕女孩。」

「不，我不是什麼可疑人物……敝姓『三枝』，正在對雷遜電子展開調查……」

「雷遜。好懷念的名字啊。」男子就像要將我的聲音蓋過似地，如此說道。那是帶有威儀，從容不迫的說話方式。「妳找我有什麼事？」

「我想向您打聽一些事，不知方不方便和您見個面？」

「嗯……」黑澤裕史先生應了一聲後，沉默了片刻。可能是在想接下來的預定行程吧。

「不好意思，我沒辦法接受妳這項請託。我已經和雷遜沒任何關係了。而且很遺憾，那方面的話題對我來說，有很多不好的回憶。」

拒絕得真直接。但我不能輕易打退堂鼓。「那我可以現在請教您兩、三個問題嗎？」

「如果是在我能回答的範圍內，我就回答妳。」

我先清咳一聲。「以前您住過田園調布一丁目嗎？」

「不，沒有。」他馬上回答，毫不遲疑。感覺不像在說謊。

「這樣啊……這樣的話，您是否知道和雷遜電子有關的可疑傳聞呢？」

「有啊。相當多。」這次同樣是馬上回答。

我感覺仿如在黑暗中看到一道曙光，以著急的聲音問道：「這樣的話……這樣的話，可以請您透露一點嗎？」

黑澤裕史笑了。「這可不行哦。我是無從為自己辯解的失敗者。我不能做出這種告密的行徑。」

失敗者？黑澤先生不聽我的詢問，直接說一句「不好意思，就說到這兒好嗎？我也有其他事要忙」，掛斷了電話。

話筒傳來令人難堪的嘟嘟聲，作為通話的餘音，靜靜地逸洩而出。

「如何？」大須賀學長一臉納悶地問道。

「嗯。這很難解釋。簡單來說，我打電話給黑澤裕史先生後，電話轉到了布蘭奇先生那兒，而布蘭奇先生又轉給了黑澤裕史先生，最後對方拒絕我求見的請求。」

「哦……」

「也就是說，黑澤裕史先生好像不是那位『田園調布的黑澤先生』。」

「真是遺憾。」大須賀學長雖然這麼說，但還是露出看開的神情。「也就只是，只能將希望寄託在最後一個人身上了。既然這樣，我們就跟對方約時間吧。最後一位擔任董事的黑澤先生。」

我嘆了口氣。「大須賀學長，我很遺憾，到此為止了。這件事結束了。我也冷靜思考過這件事，這最後一個人，同樣無法打電話聯絡，或是到他家拜訪。」

「為什麼？」

「最後這位黑澤先生的地址是『東京都港區六本木六丁目十番地○號』。大須賀學長，住那裡的是富豪中的富豪，可說是富豪中的王者聚集的高塔。打電話就別說了，就連要突襲拜訪也不可能。所以今天就到此打住，返回我們的祕密基地吧。也許葵和江崎學長已掌握到更好的消息。」

最後一位黑澤先生是「黑澤孝介」先生。四十九歲。大學畢業後，馬上便進入雷遜電子任職。從業務員一路升官、升遷，現在已是雷遜電子的社長。

是住在高樓頂端的大人物。

我抱持姑且一試的心態打了電話，果然不出所料，打不通。電信公司的小姐講了一大串複雜難懂的話，從沒聽過。說什麼因為某某原因，您的電話如何如何，簡單來說，就是無法撥通。

黑澤龍之介先生接受的神祕提問、七年前展開的大量裁員、布蘭奇這個神祕代號、讓人嗅聞出背後水很深的子公司前社長，再加上這位電話撥不通，住高級大樓的大人物。這家公司到底是怎麼回事。

四名高中生被聚集在東京國際展示場裡，憑藉著雷遜電子這個企業名稱，以及資料上所寫的地址，要解開某天聽到的那個「聲音」要求我們和她「合作」的這個莫名其妙的難題。如果想追查這個謎，它就會像海市蜃樓一樣遠去，像乾海帶芽泡水一樣逐漸膨脹。到底該怎麼做才好。我望著這個戰利品包包，一股不知如何是好的心情深深折磨著我。

好想在家裡悠哉地看書。

葵靜葉♥

這裡是離那處黑澤家遺址不遠的街上圖書館。館內只有一名模樣像學生的男子，以及一名老先生，裡頭很冷清。被包圍在建築外的綠意適度抑制的夏日陽光，從敞開的窗戶射進館內。

我和江崎兩人占用了整張大桌子，默默翻閱舊報紙。在悄靜無聲的館內，翻動報紙的聲響很吵，讓人覺得有點不好意思。

和乃音講完電話後，我們在平價餐廳簡單地吃完午餐。雖然我們之間還是沒有熱絡的對話，但感覺我們之間的距離縮短了。當然了，這可能只是我自己以為。不管怎樣，我將自己長久以來淤積在心裡的痛苦過去，全告訴了江崎，因而獲得些許的解脫感。這兩年來，我無法向任何人說的記憶，現在得以和跟我一樣（雖然嚴格來說，也不算「一樣」）能力異於常人的人一起共享。心情當然變得輕鬆許多。

離開平價餐廳後，我們按照地圖前往附近的圖書館。因為我們心想，也許報紙上會有哪篇報導提到「黑澤先生」家的火災。當然，我不認為會以整面報紙的篇幅去報導，但如果是當地的地方報，應該會有一些資訊。

剛才那位健走的婦人說，火災是發生在三、四年前的夏天。因此，我們決定分工查閱報紙，我負責三年前六月以後的報導，江崎負責四年前六月以後的報導。仔細翻閱每天的報紙，沒有遺漏，這項作業比想像中還要累人。掀了好幾張報紙後，不知不覺間，右手手指都被油墨染黑了，也因為摩擦而感覺手指有刺痛感。儘管如此，我們還是默默翻著各自負責年度的報紙。

「找到了。」

開始看報紙後，過了約三個小時，江崎緊盯著報紙，如此說道。

「真的？」

「對。就是這篇報導沒錯。」

我急忙站起身，繞到江崎背後，望向他指出的那篇報導。

果然如我們所預料，是一篇小小的報導。

「因住處失火，一名十四歲的女國中生喪命　大田區／東京都」這個標題吸引我的目光。我照著內文往下看。

三十一日晚上十點左右，位於大田區田園調布一丁目的黑澤孝介（四十五歲）家中失火，鋼筋建築的兩層樓住宅，占地六百三十平方公尺，全部燒毀，從火災廢墟中發現長女黑澤皐月（十四歲）的遺體。黑澤孝介的左肩到腹部一帶也被火燒傷，傷勢嚴重。目前在田園調布中央醫院接受治療。失火後不久，消防隊便接獲居民通報，出動救火，火勢於失火後約四個小時撲滅。消防隊研判起火點是一樓客廳，起火原因目前尚未確定。警方預定在黑澤孝介的傷勢恢復後，再向他詢問詳情。

這就是火災相關的全部描述，報導左側還附上一張小照片。

「這天之後的報紙，我查看了三天，但都沒再提到火災的事。」江崎說。「照那位婦人的說法來看，這應該就是那場火災沒錯。」

我朝照片看了一眼。放的是在火災中喪命的黑澤皐月小姐的照片。可能是直接引用學校的證件照，黑澤皐月小姐穿的是學校制服。臉上沒有半點笑意，徹底的面無表情。

黑澤皐月。突然覺得有什麼事令我感到在意。

一開始提到黑澤這個姓氏時，我沒什麼感覺，但是當底下出現皐月這個名字時，對我來說，它突然就有了含意。就像是在平凡的旋律上面，加上戲劇性的和弦進行[29]，對我帶來壓倒性的改變。

黑澤皐月。黑澤皐月……我想起來了。

「我知道這女孩。」

江崎眉毛一震。「真的？」

我點頭。沒錯。重新細看這張照片後才發現，這是一直在我回憶中占有重要位置的那張臉，我甚至心想，為什麼剛才都沒察覺呢？

「黑澤皐月」

她就是在四年前的鋼琴大賽中，彈奏蕭邦《革命》的那個女孩。就像被什麼附身似地，全身盈滿驚人的熱能，持續很纖細地以手指彈奏，表現得一點都不粗暴。就此呈現了一場前所未見的精采演奏。那就是當時的她。

我們急忙影印那份報導，離開圖書館。在圖書館裡不能大聲說話。

「這麼說來，妳曾經在哪兒認識這位黑澤皐月嘍？」江崎走出圖書館後，一開口便向我問這件事。我們先坐向圖書館外的長椅。

「她是在我國二那年參加的鋼琴大賽中登場的女孩。我是最後第二個上場演奏蕭邦的《英雄》，而這位黑澤皐月是最後上場，演奏蕭邦的《革命》。」

「就只有這樣的關聯？」

「嗯……」

經他這麼一說，的確就只有這樣的關聯。看在別人眼中，可能只會覺得印象很平淡，甚至可以說雙方毫無關係。但我不論是過去還是以後，對於和我同年齡層的人所演奏的鋼琴，都沒人能像她這般令我感到震撼。就某個層面來說，她很與眾不同，是一位很特殊的鋼琴手。雖然之前我忘了她的名字，但我從未忘記她演奏的《革命》。比起名字，她的演奏更深刻地烙印在我腦中，不曾有片刻稍忘，一位如此純粹的鋼琴手。

當時我參加的音樂大賽，分成小學組、國中組、高中組、大學組、研究所組。我當時是國中生，這位黑澤皐月和我同年，是國二生。我們當然是同場競技。不過，在開始比賽前，我對她的才能、擅長的音樂，甚至是她的名字都不知道。

在鋼琴的世界裡，到了國中這個階段，就會出現一些有相當知名度的孩子。例如家住

29.和弦進行泛指一連串的和弦轉換，從而產生不同的情緒效果。

╳╳的〇〇同學，總是能打進前幾名，或是今年拜入那位老師門下的〇〇，好像表現不錯。國內的大型音樂會屈指可數，有實力的人就算沒特別宣傳自己，名氣還是自動傳開。我自己這樣說有點難為情，不過，我可能也算是其中之一。我多次在大賽中贏得冠軍，名列前茅也是常有的事。

一來也是因為我的老師頗有名氣，每次我到會場，幾乎都會有人主動跟我打招呼。一些不認識的大人或孩子，會對我說「妳是葵靜葉對吧」。而我也會被叫去向同年齡層當中較有名氣的孩子問候。老師之間也有很微妙的身分高低之分。總之，就像這樣，雖然只是國中生，但在鋼琴的世界裡，就已形成一個封閉的社群。

然而，這位「黑澤皐月」卻是沒沒無聞，在那之前，沒人知道她的存在。黑澤皐月的老師擅長古典派，是國內數一數二的講師，不過這位老師指導黑澤皐月這件事，在這天之前都沒人知道（至少這個社群裡的人都不知道）。

比賽的前半是指定曲，後半是自選曲。指定曲是從徹爾尼練習曲的五十首當中，任意選三首來演奏，我當時選了三首最有自信的曲子演奏。結果還算不錯，掌聲也很熱烈，老師也給予很高的評價。

但另一方面，黑澤皐月演奏的徹爾尼，卻是慘不忍睹。從顫音到琶音，都很不成熟。在彈奏下一個音之前，她的運指會在空中遲疑，指法游移不定。誤觸隔壁鍵的機率相當高，平均每四小節就會不由自主地彈出不和諧音。這已經無法稱作是徹爾尼的五十首練習曲，單純就只是手指運動。雖然這樣很失禮，但真要我說的話，感覺她還沒達到能在音樂大賽中登場的水準。會場裡的所有人似乎也是同樣的看法。「一個連不彈錯都做不到的人，為什麼會讓她在音樂大賽中登場」，會場裡的眾人都向她投以冰冷的視線。

指定曲彈完後，接下來的安排改為自選曲。我選的是蕭邦成熟期的傑作《英雄》波蘭舞曲。莊嚴、崇高，就像勇猛地一路衝鋒般，人稱充分展現蕭邦愛國心的一首名曲。說不緊張是騙人的。不過，聽了別人的演奏後，我很有自信，覺得自己不會輸，而且我有充分的練習量可以做保證。我調整呼吸，一氣呵成地彈完《英雄》。會場裡傳來熱烈的拍手叫好。我接受眾人起立鼓掌，滿面笑容地行了一禮。感覺演奏得很完美，在我所有的演奏中也算是數一數二了。手指自行選出下一個音，我只要讓情感順著手指走就行了。內心的情感自然會表現在琴音上，增加深度。總之，我對自己絕佳的演奏感到心滿意足。

在這種情況下，黑澤皐月再度登場。

全場都在看她會彈哪一首自選曲。這樣的關注當然不是出於善意。「憑她這種程度的琴藝，不會有什麼像樣的演奏」，是這種帶有輕視、滿是責備的好奇眼神。但沒理會場裡的氣氛，大會宣布她演奏的是蕭邦的《革命》。會場裡的人忍不住向這樣的選曲投以懷疑的眼神。甚至有人發出嘲笑聲。

說到《革命》，在蕭邦眾多練習曲中，是一首以超高知名度和難度傲人的名曲。像雪崩般的左手低音，嘰嘰喳喳地動個不停，而右手就像是與它相抗般，激烈的重擊，反覆展現自我主張。只要稍微彈錯音，樂音馬上就會變得渾濁，就像沒疊好的撲克牌高塔，將會瞬間崩垮。就是這麼難的曲子。

我也對她的選曲感到納悶。為什麼她明明連徹爾尼的練習曲都彈不好，卻想彈蕭邦的練習曲？剛才的演奏，她的演奏技術不成熟是很致命的缺點，這是不爭的事實。怎麼樣都不覺得她能彈好蕭邦。

然而，當她一碰觸鍵盤，會場便瞬間凍結。剛才的慌亂，以及技巧的不成熟，全都不見了。黑澤皐月就像在瀑布急流中一面跳舞一面漂流般，一路奔過《革命》的世界。

「坐在臺上的，不是一個練習不夠的女孩。她甚至不是『黑澤皐月』。坐在臺上的，無疑就是『弗雷德里克．蕭邦』。是如假包換的作曲者本人。大家都從她背後看到背負著憤怒與悲傷的弗雷德里克．蕭邦的身影」，我將自己對黑澤皐月的大致記憶告訴了江崎。

「這是什麼意思？」江崎問。

「有一種說法指稱，《革命》這首曲子是蕭邦因華沙淪陷而在心中捲起憤怒的漩渦，作出這首曲子。在蕭邦情感濃厚、精神高雅的作品中，這算是散發出強烈訊息的一首特殊曲子。那女孩的背影看起來就像激昂地訴說著這一切，一首由故鄉友人的死，以及對祖國的悲傷所集結而成的曲子。」

「不過，最後還是妳獲勝吧？」

「算是吧。由於黑澤小姐的指定曲彈得七零八落，所以才無法頒獎給她。不過，整個會場的氣氛完全由她主導。有一次舒曼曾對蕭邦評價道『各位，摘下帽子致敬吧，他是天才』，我當時也是同樣的心境。不過，我自比成舒曼，有點厚臉皮。但她的演奏真的充滿震撼力。我甚至覺得，就算建議裁判『請將大獎頒給她』也沒關係。」

江崎默默地點了點頭，似乎明白我的想法。

從火災廢墟中發現長女黑澤皐月（十四歲）的遺體。

她就這麼死了。與千花的死相比，這對我造成的衝擊小多了，但心裡還是覺得很遺憾。

日後她要是也能持續練習的話，一定能成為一位出色的鋼琴家，或許能成為這個時代的「革命者」。這樣的她最後卻葬身火窟，真教人難過。如今我已不再彈奏鋼琴（無法彈奏），希望能有更多的人為這世上留下美好的演奏，這是我心中誠摯的心願。

「妳和黑澤皐月說過話嗎？」

我搖頭。「沒有，沒說過話。雖然當時想和她說點什麼，但她一下子就消失不見了。她的演奏，以及她散發的氣質，都很不可思議。」

江崎望著剛才影印的報紙。

「江崎，你真的不認識黑澤皐月小姐嗎？或是她的父親黑澤孝介先生？」

「嗯，我確定不認識。也不太可能是忘了。我可以很肯定地說，我確實不認識他們。」

江崎仍望著這份影印的報紙。

「妳記得自己是從什麼時候開始有破壞的能力嗎？」

我對這略微偏離剛才話題的提問點了點頭。「記得。那是暑假發生的事，所以我印象深刻。記得那時候我心裡想，差不多該寫暑假作業了。那時候才八月初。是『四年前的八月一日』。當我一覺醒來，心裡便多了一根沉重的拉桿。」

那天我一醒來，便發現自己變得不一樣。就像一早醒來，發現床邊躺著一隻獅子一樣，相當震撼，而且很肯定，知道自己變得不一樣了。四年前的八月一日。我在前一天晚上聽到那個「聲音」，就此變得異於常人。

江崎從影印紙上移開視線，緩緩望向我。

「我也是。我第一次聽到預言，也是『四年前的八月一日』。和妳一樣，是暑假發生的事，所以記憶鮮明。不會有錯。」

接著江崎將剛才那張影印的報紙遞給我。以食指敲擊日期的地方。我接過那張影印紙，朝報導又重新看過一遍。我馬上明白江崎的意思。它證明了這段宛如早已註定，清楚明白的因果，令人為之顫抖。

「這場火災發生在『四年前的七月三十一日』……也就是我們變得『異於常人』的前一天發生的事。」

我全身感到一陣寒意。感覺存在於遠處的兩個無意義的點，突然發出聲響，就此連結在一起。發出卡嚓一聲，緊緊扣上。

「這是……」

江崎搖了搖頭。「我不知道是怎麼回事。不過，怎麼看都不像是湊巧一致。」

我再次憶起她的演奏。確實是完美得近乎異常的一場演奏。之前一直都不聽使喚的左手琶音，也以熟練的動作華麗地奏出旋律。不論是那場演奏，還是她本身，都存在著難以捉摸的祕密。

我在音樂大賽中的演奏，製作成紀念CD，在會後贈送給我。事實上，我到現在仍不時會將當時自己的演奏放進音樂播放器裡放來聽。不過，現在的我比起聽自己演奏的《英雄》，我更想聽黑澤皐月的《革命》。我很希望他們能以黑澤皐月的《革命》取代我的曲子，製作成CD送給我。感覺這次發生的事，應該在那首曲子中暗藏著某個答案。總覺得要是能像蕭邦一樣用音樂來表達情感，便能從當時的《革命》中看出答案。但這已是無法實現的願望。她已不在人世，她的《革命》也就此消失。

我微微嘆息。

「蕭邦是位怎樣的作曲家？」

「咦？」

「妳不是說，黑澤皐月就像蕭邦一樣嗎？既然這樣，蕭邦是個怎樣的人物，我有點好奇。」

「原來是這樣。」我說。「江崎，你對古典音樂感興趣嗎？」

「不，還好。」江崎仰望開始浮雲密布的天空。「真要說的話，我只知道《來自新世界》。」

「德弗札克對吧。第九號交響曲。」

我在腦中整理自己對蕭邦的了解。

「我也不是很清楚，所以不敢說什麼大話。不過……如果要舉幾個和蕭邦有關的特徵，那就是蕭邦不喜歡給自己的曲子下標題。像剛才說的《革命》這個標題，也不是蕭邦取的，而是李斯特，就連《英雄》也是別人命名的標題。」

「他為什麼不下標題？」

「這個嘛……」我說。「得問他本人才會知道了。不過，要我猜的話，可能是因為蕭邦追求的是『憑藉樂音的思想展現』吧。」

「這是什麼意思？」

「蕭邦可能認為，『藝術』就某個層面來說，需要『憑藉單一方法的想法展現』。舉例來說，如果要以『繪畫』來展現自己的主題，那從頭到尾都只能以『繪畫』來展現自己的想法才行，如果是『文章』，則從頭到尾都必須以『文章』來傳達。這就是追求本質的藝術。這真的很困難，但能成功做到這點，才是真藝術，真正的『思想展現』。說得更簡單一點……」我停頓了一會兒。「例如畢卡索，不是有幅名畫叫《格爾尼卡（GUERNICA）》嗎？據說那好像是描寫西班牙內亂的作品，但如果不了解那幅作品的創作背景和主題，我們能正確地評價那幅作品嗎？『嗯，這怎麼看都像是在描寫西班牙的內亂』，這種話恐怕就說不出來了。我們是因為有名的『畢卡索』以『格爾尼卡』這個主題發表了那幅畫，這才能明白畫的含意。但這樣算是真正的藝術嗎？當心裡有這樣的疑問時，蕭邦做出的判斷是『這樣不對』。當然了，蕭邦是比畢卡索更早以前的人。」

江崎雖然表情凝重，但似乎還是很努力要理解我說的話。我接著道：

「也就是說，一旦對曲子下標題，就會給聽眾不必要的資訊。像練習曲作品十第十二號這種沒特色的作品，因為有了《革命》這樣的名稱，聽眾就會擅自判斷『這是以革命為主題的曲子』。說得更極端一點，一首明明意象是『地獄』的曲子，要是下了『花田』這樣的標題，聽眾一定會擅自在腦中想像出各種花田。所以蕭邦才會不想下標題吧。如果音樂，就應該光憑『樂音』來『呈現思想』。光憑樂音就能向聽眾傳達思想，這才是藝術。這正是蕭邦的想法，雖然這始終都只是我的猜測，但蕭邦就是這樣才不為曲子下標題，也不想這麼做。」

「也就是說，黑澤皐月做到了『憑樂音來呈現思想』嘍？」

「沒錯……至少我是這麼覺得。她背負著什麼，想傳達什麼……正因為沒有標題，我也不是真的很明白，但她充分傳達出氣勢逼人的某種意境。她確實將自己的想法融入樂音中，令整個會場大受震撼。那就是蕭邦，就是藝術。」

黑澤皐月。

她的存在實在過於神祕，且充滿藝術性、抽象性。儘管已過了四年之久，她仍在我記憶的空間裡確實地保有她的領土。她葬身火窟，而我（我們）則是變得異於常人。這當中應該牽涉了什麼因果吧。她的死，為什麼非得對我們造成影響不可？我朝這件事思索了片刻。但還是想不出答案，感覺就算想破頭一樣不會知道。

無法彈好徹爾尼的黑澤皐月。我突然想起蕭邦對徹爾尼的評論。

「（徹爾尼）他是個好人，但也就只有這樣。」

對黑澤皐月來說，徹爾尼也許就只是練習曲。

大須賀駿♣

傍晚六點，我們四人再度聚集在飯店。

我們各自帶回今天蒐集到的資訊，展開一場小型會議。我和乃音談到與目前在飯田橋的地方工廠上班的黑澤龍之介先生、以電話聯絡上的雷遜電子子公司前社長黑澤裕史先生，以及始終聯絡不上的現今社長黑澤孝介先生。

「黑澤孝介？」江崎皺起眉頭說道。「『黑澤孝介』是現在雷遜電子的社長嗎？」

我點頭。「嗯，雖然聯絡不上他，但黑澤孝介這個人確實是社長沒錯。連宣傳手冊上也這麼寫。」

接著江崎與葵小姐互望一眼，以眼神接觸展開某種意見交流。看來，他們兩人似乎心裡有底了。緊接著下個瞬間，葵小姐從自己的包包裡拿出一張摺好的紙。和江崎互相確認。

「事情是這樣的，和乃音通過電話後，我們去了一趟圖書館翻閱舊報紙，為了找尋和那場火災有關的報導。結果找到了那篇報導，而住在田園調布那戶人家的，就是『黑澤孝介』先生。」

我瞪大眼睛說道：「真的假的？」

「是真的。不過，雷遜電子的黑澤孝介先生，與住在田園調布的黑澤孝介先生，也有可能是不同的人。」

「新聞報導裡的黑澤孝介幾歲？」乃音插話道。
葵小姐再度望向那張紙。「呃……四年前報導這起事件時，應該是四十五歲。」
乃音瞇起眼睛，點了點頭。「根據我手中的員工名簿，雷遜電子的黑澤孝介現在四十九歲。至少年齡符合。」
這樣的話，將兩人視為同一個人，是很自然的想法。話說回來，打從我們來到國際展示場的那一刻開始，「雷遜電子」這個企業名稱便一直出現在我們面前，所以會認為這位社長也參與了這次的事件，也是很理所當然。而飯店提供的資料上記載的地址，既然黑澤孝介以前住過那裡，這已經可以說是很肯定的答案了。身為雷遜電子的社長，同時又是在四年前的火災中住家燒毀的「黑澤孝介」，很有可能知道一些和我們有關的事。
我們周遭終於開始浮現模糊的輪廓。雖然目前連整體的一半都還看不出來，但已經開始有一鱗半爪在我們面前出現小小的影子。
「大須賀、乃音，你們對『黑澤皐月』這個人是否有印象？」
「黑澤皐月？」我向她反問。
葵小姐望著我點了點頭。「她是黑澤孝介的女兒，在四年前的那場火災中喪命，你們兩位見過她嗎？」
我偏著頭尋思。沒聽過這個名字。黑澤皐月。我試著在腦中翻動這個名字。一會兒將它倒過來，一會兒橫向甩動，一會兒試著從後面看。但還是完全沒半點印象。話說回來，我連對黑澤這個姓氏也沒印象。
乃音同樣搖了搖頭。「我也不知道。」

葵小姐聽了之後，露出遺憾的表情，接著說出她認識黑澤皐月的事，並說明她們兩人的關係。葵小姐是在四年前（仔細想想，是在火災發生的兩週前）一場鋼琴音樂大賽中遇見她。當時黑澤皐月那奇妙的氣質，至今在葵小姐心中仍印象鮮明。

葵小姐取出將我們四人湊在這裡的那張票。

「根據那件往事，也就能明白這張門票上為何會寫著蕭邦的《英雄》和《革命》了。因為黑澤皐月與這次的事件有關，所以這張門票上才會有這樣的描述。」

我從葵小姐手中接過那張門票，望向上面的文字。

主要預定演奏曲：降A大調第六號波蘭舞曲——作品五十三「英雄」

練習曲——作品十——第十二號「革命」

的確就像她說的，上面寫有四年前她與黑澤皐月演奏的兩首曲子。我和古典音樂的關係，就像京都和聖保羅一樣疏離，所以這兩首曲子是怎樣的音樂，我完全沒概念。就連蕭邦是怎樣的音樂家，又是何許人也，我也一概不知。

但這是怎麼回事？為什麼只有葵小姐和黑澤皐月有關係？雖然我們四個人都被召喚來這裡，但真正看得出有關聯的，就只有葵小姐。我、江崎、乃音，都不認識黑澤皐月，也不認識她父親——雷遜電子的社長黑澤孝介。還是說，只是我們沒發現背後的關係罷了，其實我們與黑澤父女都有緊密的關聯？不管怎樣，現在的我心裡完全沒底。

我一邊思考這件事，一邊望著葵小姐那張門票，這時，我突然發現有一段文字。可能我、江崎、乃音手上的票，也都有這段文字，但我之前一直都沒注意到。我抬起臉，向眾人問道：

「有件事令我感到在意。我們有沒有『時間限制』？」

其他三人都一臉納悶。

「你這話是什麼意思？」葵小姐代表他們三人向我詢問。

「總覺得這件事令人在意。」我回答道。「因為對方要求我們和她『合作』，卻沒提到在什麼時間前得完成。我突然對門票上的這段文字感到在意。」

我如此說道，一邊指出那段文字，讓他們看我手中的門票。真的是很小的一行字。

・本券能提供五天的住宿，但超過之後便無法繼續住宿。

就算客人要自行付費，一旦超過五天，也絕對無法繼續住宿。

「我突然想到，對方刻意提到這點，該不會表示這是時間限制吧？」

大家很感興趣地朝門票上的文字端詳了半晌後，緩緩抬起頭來。

「也就是說，這五天就是期限？」江崎說。

「我不知道……但也許可以這麼想。」

江崎就像對此展開思考般，重新深深坐向沙發。接著仰望天花板。江崎看起來像是腦力全開展開思考，幾乎都可以聽見他腦細胞全力運作所發出的聲響。

這時，葵小姐像是想到什麼似地，問我和乃音是哪一天開始變得「異於常人」。我和乃音都準確無誤地回答是「四年前的八月一日」。我們四個人都是在四年前的八月一日那天。接著葵小姐告訴我們，火災發生的日子是在「四年前的七月三十一日」，也就是我們變得異於常人的前一天。

我暗自吞了口唾沫。

田園調布一丁目。雷遜電子股份有限公司。

黑澤皐月。黑澤孝介。七月三十一日的火災。八月一日的變化。

我真切地感受到，蒙在真相上的馬賽克變得愈來愈淡。就像滴漏式咖啡一滴一滴落向咖啡壺裡一樣，真的是很緩慢的變化，但看得出它確實在前進。雖然緩慢，但穩穩地向前。

我們得在期限（或許是）「五天內」，找出「那聲音」要求的課題，而與她合作。否則的話……

你不願意和我合作的話，你將會——

（也許）將會發生不好的事。雖然一直提到（也許），看了就煩。

「對了，你們要看黑澤皐月的大頭照嗎？」葵小姐說。「大須賀、乃音，雖然你們沒聽過她的名字，但看了長相後，也許就會想起來呢。」

葵小姐遞出那張摺疊的報紙影印。確實就像她說的，雖然不記得名字，但記得長相，這是常有的事。這照片應該很值得一看。

我仔細地將那張紙攤開，望向上面的照片。

隔著照片也看得出來，髮質維護得很好，長度過肩，為她增添一股文靜的氣息。她的視線筆直地望向鏡頭，給人的印象就像視線會把看照片的人射穿一般。但從她的視線看不出她的心境。那是趨近完美的中立表情，不屬於任何一種情感。

看了她的照片，有短暫的一瞬間，我有種似曾見過的感覺，但接著我很快便發現，是我自己想多了。我從沒見過她。話說回來，她和葵小姐同年，表示大我一歲。年紀比我大的姊姊，除了住我家隔壁的田中太太、昨天才認識的葵小姐、打工處的幾位前輩外，我想不出還認識誰。從小到現在都一樣。因此，我完全不認識黑澤皐月。

「也讓我看一下吧。」乃音催我給他看。

她似乎很守規矩地等著輪到她。我對她說了聲「抱歉」，將影印的報紙遞給她。乃音接過那張紙，就像期待已久的最新一期漫畫終於到手般，笑容滿面。

但緊接著下個瞬間。就像顯微鏡的蓋玻片突然破裂般，笑容頓時從乃音的臉上消失。她雙眼緊盯著照片，握著那張紙的雙手開始靜靜地顫抖。她眼睛眨了三下後，低聲說道。宛如試著發出聲音，要確認這件事。

「她是……小皐。」

七月二十五日（第三天）

傳說與「MISSION」

葵靜葉♥

「葵，妳聽好了。我要一再提醒，這事絕不能失敗。說起來，這算是我們被賦予的『MOST IMPORTANT MISSION』。」

乃音以充滿幹勁的表情說道，略微加快走路的步調。就像被某個看不見的東西拖著走一樣，不斷往前走。她那奮力向前的姿態，從她昨天沮喪的模樣實在很難想像。她肯定很勉強自己。才睡一晚，就可以將朋友的死拋諸腦後，人的腦部構造可沒那麼方便好用。

乃音要接續昨天的工作，連續第二天去品川。我們兩人一同前往雷遜電子的總公司。

昨天看了那篇火災報導的乃音，顯得方寸大亂。起初她就像不敢置信般，一再重看那份報導，努力將這個事實往自己體內塞。從她朝我投射而來的視線，看得出她很希望是自己誤會的懇求之色，以及不想錯過報導上任何字句的專注之色。那渾圓的眼瞳，就像《小狗圓舞曲》般急促地轉動，充滿律動感。乃音大約看了四遍報導後，終於理解上面的內容，接著她像斷了線的操控人偶，整個人癱坐在沙發上。

我們試著詢問她和「黑澤皐月」是什麼關係。但當時乃音已完全處在恍惚狀態，任何人的聲音都傳不進她耳中。

「抱歉……恕我失陪。」

乃音沙啞地留下這句話後，便走向自己寢室。給人的印象向來是開朗、笑容滿面的乃音，很難想像此時她的表情冰冷地凍結。就像心臟被人刨出般。

少了乃音後，改為由大須賀向我和江崎說明「小皐（黑澤皐月）」的事。黑澤皐月對乃音來說，可說是亦師亦友。大須賀很仔細地逐一說明。

過了約一個小時左右，乃音回到我們集合的客廳。

「哎呀，真是抱歉。我剛才有點慌亂，現在沒事了。」

乃音眼睛周圍泛紅，但沒人點出。這是乃音與自己內心對抗的證明，同時也是她極力壓抑自我的情感栓塞。面對她那生硬的笑容，眾人盡皆無言。

乃音向我們提到「小皐」的事。當然了，與剛才大須賀說的內容有許多地方重複，但我們還是默默聆聽。乃音夾帶肢體動作，很詳細地描述小皐，要促使我們對「小皐」這個人抱持同樣的情感。我們頻頻點頭，朝自己心中「黑澤皐月」的形象，加上「小皐」的要素。在音樂大賽中彈奏《革命》的黑澤皐月，同時也是教導乃音讀書的佈道師「小皐」。

接著我們四人開始擬定隔天（也就是今天）的作戰計畫。雖然有許多事已逐漸明朗，但我們仍處在迷宮深處。儘管正一步步接近答案，但還是得不到答案。於是在江崎的提議下，我們大致將焦點集中在兩個該探究的要點上。

1、針對黑澤皐月

2、針對雷遜電子這家企業

不用說也知道，關於這次的事件，「黑澤皐月」握有重大關鍵，此事毋庸置疑。她葬身火窟，與我們出現「變化」，是同一時期發生的事，所以這是很確定的事。此外，雖然證明了我和乃音都與「黑澤皐月」有明確的關聯，但江崎與大須賀目前還看不出有什麼關聯。如果是這樣，我們應該更深入調查「黑澤皐月」，對她有進一步了解。這是第一點。

而第二點，江崎說，也必須對雷遜電子展開調查。大須賀和乃音在昨天的拜訪中，聽聞了幾個和雷遜電子有關的奇怪傳聞，而最重要的是，社長是黑澤皐月的父親「黑澤孝介」，這點絕不容忽視。

因此，我們決定對黑澤皐月和雷遜電子展開調查，我和乃音就此被任命為「雷遜電子調查部隊」。我昨天一再與乃音展開綿密的討論，擬定從雷遜電子那裡引出情報的作戰方式。坦白說，是很粗糙的作戰手法，我一時間難以認同。很懷疑這種幼稚的手法是否真能成功。

「不會有問題的。我直接去總公司參觀過了，這套作戰方法肯定能成功。昨天我們會見的那位前員工也向我們掛保證，說別看這家公司規模這麼大，其實做事很馬虎的」，乃音信心十足地說道，但我還是感到不安。這項作戰有太多疑點，需要高超的演技和過人的膽量。對我來說，這項作戰根本就有勇無謀，好比一路踩著腳踏船想要橫越太平洋一樣。

「葵，我們是女高中生。有誰看了會覺得這麼年輕的少女有可能做壞事？這份鬆懈的心態，將會引領我們走向成功」，儘管她這麼說，我還是很沒自信，一臉為難，於是乃音以很誠摯的眼神望著我，對我說道「這是為了小皐。請助我一臂之力」。若說我有自信會成功，那是騙人的。我也不覺得這項作戰計畫設想周全。但乃音不許我說喪氣話。我敗給了乃音對「小皐」的哀悼之情以及友情。我對乃音擬定的計畫大綱做了些修正，現在我們已來到雷遜雷子總公司所在的品川。

乃音說「要做一番事業，重要的不是做事的能力，而是想完成它的決定」。這是因九一八事變聞名的李頓[30]說過的話。

「我再確認一次，葵。等成功潛入後，我會寄一封空白的電子郵件給妳。妳的手機在收到郵件時，『VIBRATION（震動）』會響幾次？」

「三次吧。」我回答。

乃音點頭。「這樣的話，響三次『VIBRATION』就是成功的暗號。妳一收到暗號，就請馬上撤退。……不過，要是『情況不妙』，我會打手機給妳。我想妳應該知道，妳可以不用接電話。不過，要是手機持續震動四次以上，那就是『我遇上麻煩了』的暗號。如果可以，請趕來救我。」

我再度點頭，動作比剛才還慢。同時再次在腦中想像這次的作戰。一開始該怎麼做，接著該怎麼做，最後又該怎麼做。確認好該做的任務後，我做了個深呼吸。極度的緊張感向我襲來。

過去面對兩千人的聽眾，都沒這麼緊張。這和彈琴完全不同。宛如另一個戰場，另一種競賽。我從口袋裡取出昨天寫的便條紙，進行最後的確認。不能搞錯名字。這是第一道關卡。

「我們上吧，葵。」

30. 英國伯爵，在1931年領導國際聯盟所派遣的李頓調查團調查九一八事變始末。李頓提出的報告主張日本為侵略者，但也承認日本在滿洲的特殊權利。

眼前聳立著一座滿是玻璃的摩天大樓。真的能順利潛入嗎？我訓斥怯懦的自己，挺直腰桿，轉換心情。就像很突然地來了一個轉調[31]。

透明晶亮的玻璃自動門開啟。宛如從冰河期引進的涼風，從室內湧出。就像乃音說的，漂亮的櫃臺小姐像標準示範一樣行了一禮。

面對我們這種外表看起來和企業八竿子打不著關係的女高中生來訪，櫃臺小姐並未因此而擺臉色。像上過漿一樣，以充滿朝氣的笑臉，做出最棒的招待。

面對雷遜的員工，我開始心跳加速。已經無法回頭了。這個念頭一把揪住我的內臟。儘管如此，我還是使出我最好的演技，說出事先討論好的臺詞。

「不好意思，家父文件忘在家中，我幫他送來。」

檯臺小姐仍是那平靜的笑容，點了點頭。

「我明白了。可以請教令尊大名嗎？」

「他叫井上光平。是企劃部的人。」

櫃臺小姐朝我打量了一眼後說道「我明白了，請您稍候」。

那短暫瞬間的視線變化，一時讓我產生錯覺，以為對方識破了我的謊言，但最後似乎是我自己杞人憂天。櫃臺小姐以流暢無礙的動作操控下方的觸控面板，打開員工名簿。始終面帶微笑，動作輕快。我則是因極度緊張而喉嚨乾渴。

過沒多久，櫃臺小姐已在面板上輸入完成。

「是企劃部的井上光平對吧。」

我點頭。「啊，是的。」

光平先生」。

我們和「井上光平先生」沒任何關係，不過，乃音從昨天看過的員工名簿中，挑選了在總公司工作，很適合這次作戰計畫的人選。看來，櫃臺人員順利從面板中找到了「井上光平先生」。

櫃臺小姐幾乎沒眨眼，對我說道：「那麼，我會幫您送過去，文件可以交給我嗎？」

我硬擠出少許的唾液，嚥入喉中。「……我知道了。謝謝您。」

我緩緩把手搭向昨天事先在包包裡準備好的一個A4大小的褐色信封。櫃臺小姐會採取這樣的應對方式，姑且都在我們的預料範圍內。連我也沒想到事情會進行得這麼順利。

為了爭取時間，我就像是遲遲找不到文件般，在包包裡翻找了一會兒。我試著一會兒摸手帕，一會兒摸化妝包，耗了好一會兒，這時乃音登場了。

「什麼！我不要、我不要，我想親手交給爸爸！」

好逼真的演技。乃音發出驚人的大叫，雙手亂甩，在一旁使性子。櫃臺小姐面對這突然其來的大聲嚷嚷，她那如同銅牆鐵壁般的表情就此瓦解，第一次出現慌亂之色。我按照乃音的劇本說出接下來的臺詞。

「妳別任性。這樣會給人添麻煩。」

「我不要、我不要、我不要！我要親手交給爸爸！」

看起來不像是在演戲，而是像真的在鬧脾氣。她略顯稚氣的外表這時也幫了大忙，某些角度看起來甚至像國中生或小學生。乃音愈演愈帶勁，甚至躺在地上打起滾來。

31. 在音樂進行中，從一種穩定的調轉入另一種新調的情況。

「我不要、我不要！」

「我……我明白了。」櫃臺小姐不堪其擾地說道。「我、我來為兩位帶路，請往這邊走。」

乃音馬上站起身，以若無其事的表情微微一笑。「謝謝妳，大姊姊。」

櫃臺小姐對乃音的迅速變臉皺起眉頭，但還是帶我們前往位於這樓層深處的電梯。姑且算是突破第一道關卡。情況就像乃音的劇本一樣，往前前進一格。不過，乃音那完美的演技令我有點感動。這種角色我實在演不來（原本乃音一開始提出的腳本，負責鬧脾氣的人是我）。

櫃臺小姐的高跟鞋在大理石地板上叩叩作響，以漂亮的儀態為我們帶路。來到電梯前，聳立著一道像車站自動驗票口般的安全防護門，櫃臺小姐拿起像是會員證的東西，門瞬間開啟，讓我們進入。

我一穿過門，便想起乃音說的話。

「就我昨天在公司參觀時聽到的，大樓五樓的『資料庫』，裡頭管理了公司內的資訊。所以那裡肯定藏有什麼重要的祕密。」

這種堪稱是企業核心的地方，我們真能順利潛入嗎？

我們三人坐進電梯。櫃臺小姐輕柔地按下企劃部所在的十八樓按鈕。電梯就此無聲且順暢地上升。按鈕最底下有一排字寫著「雷遜電子大樓系統」。從這電梯的運作情況也能窺見雷遜電子高超的技術能力。

資料庫位於五樓。如果電梯一路順暢地上升，轉眼就會通過五樓。因為現在前往的目的地是十八樓。
不過，這又是乃音的工作了。亮光顯示的數字，緩緩往上升。
2F……3F……4F……「等一下！」
乃音從原本正經的表情轉為慌張。以松鼠般的敏捷動作用力按下五樓的按鈕。電梯對於這突如其來的停止指令雖然感到驚訝（雖然它一定不會覺得驚訝），但還是緊急在五樓停下。櫃臺小姐對於這樣的突發狀況感到不知所措，不斷眨眼。
「怎、怎麼了？」
乃音沒回答，而是在打開門的同時便衝向五樓。猶如一名充滿幹勁的逃獄犯，踩著輕快的步履向前奔去。櫃臺小姐雖然不知道這是什麼情況，但還是急忙朝乃音追去。我當然也緊跟在後。同時也裝出一副對乃音的奇怪行徑大感驚訝的模樣。
「乃音，妳是怎麼了？不能自己走出電梯啊！」
乃音當然不會停步，她滿面笑容地在走道上飛奔，就像在玩你追我跑。
「我一走出電梯，就會一路衝刺跑向廁所。那層樓沒有員工會常駐在那兒的設施，但唯獨廁所作得相當完備。所以我到時候會假裝成是個『突然很想玩捉迷藏的天真女孩』，頭也不回地往廁所『ESCAPE』。而且盡可能一切保持自然。」
這行動本身就很不自然。將理應上升前往十八樓的電梯停下，突然衝出去，一路飛奔。照常理來看，不該會有這種行動。但乃音的跑步姿勢看起來無比自然。那喜溢眉宇，天真爛漫的笑容，像極了會突然大聲喧鬧的年輕女孩會有的模樣，還有從她那迅速擺動的手臂，到她轉頭望向我，就像在說「來啊，來追我啊」的眼神，全都是精湛的演技。連我都產生錯覺，懷疑真的是乃音自己突然想要拔腿衝刺。看起來是那麼稚氣、歡樂，宛如一個還不會分辨善惡的孩童天真無邪的舉動。愈看愈覺得乃音像是個小學生。

順利地持續逃跑的乃音。隔了好幾步追在後頭的櫃臺小姐。我跟在最後面。但我其實只是假裝追著跑，我並未完全跟在她們兩人身後。我有我該做的事。確認她們兩人朝廁所跑去後，我的視線移向資料庫。就像我從乃音那裡聽來的一樣，每個都有無比堅固的鐵門把守。門邊有安全防護機關。觸控式面板的輸入裝置上微微亮著燈。想必是需要輸入密碼，或是出示員工證。我趁那位消失在廁所方向的櫃臺小姐不注意，悄悄朝資料庫入口處走近。

真的沒人會看到嗎？我試著往左右確認四周。沒問題。就肉眼所見，似乎沒人看見。我戰戰兢兢地來到安全防護的面板前。上面以漂亮的細明體浮現文字訊息。

「請輸入員工編號」

訊息底下浮現數字0～9的數字鍵。輸入員工編號……這樣正好。我的便條紙裡只寫有剛才提到的那位「井上光平先生」的編號。只輸入員工編號的話，應該是不會開門吧。應該另外會再需要一兩個密碼。如果是這麼輕易就能開啟的安全防護措施，不會特別設置這麼誇張的機械。儘管如此，正確掌握了一開始該輸入的數字，這給了我不少勇氣。

我很在意已過了多少時間。乃音應該是衝進廁所裡，現在仍吸引住那位櫃臺小姐的注意。既然這樣，我得把握時間辦妥這件事。因為櫃臺小姐不管什麼時候走回來都不意外。

「請輸入員工編號」

我再度確認四周，從包包裡取出便條紙。寫有井上光平先生員工編號的便條紙。

「058-9654-8891」

這是井上光平先生的員工編號。

我以顫抖的手指碰觸第一個數字「0」。觸控面板上的數字就此反黑，發出輸入確認音「嗶」的一聲。這輕細的反應聲，令我略感慌張，但我還是趕緊接著輸入數字。589654……

「輸入已認可」

我忍不住小小聲低語一聲「好耶」。

「請輸入個人密碼」

但這時眼前猛然出現一道障壁。

「個人密碼」

密碼果然不只一個。我不可能連這個都知道，而且乃音的員工名簿中也沒記錄。我就像是個溺水的人，連浮在水面上的稻草都不放過，我緊盯著那張寫有井上光平先生個人資料的便條紙。心中抱持淡淡的希望，想說或許會得到什麼線索。

個人密碼需要的數字，就畫面來看，似乎是四位數字。證據就是有四個空格在我面前閃爍。我思考著從井上光平先生的個人資料能聯想到的四位數字。電話號碼的末四碼。住址號碼。出生年月日。但不用冷靜去想也知道，這樣的猜測太輕率了。有可能的數字實在太多，可能性近乎無限。首先，作為資料庫鑰匙的重要密碼，會設成從個人資料中就能聯想到的數字嗎？我感覺各種思緒開始在我腦中交纏在一起。怎麼辦？我該怎麼做才好？

儘管如此，我還是抱持著死馬當活馬醫的心態，輸入井上光平先生的電話號碼末四碼。就算密碼輸入錯誤一次，應該也不會有什麼嚴重的懲罰。我試著按向數字「3」。顫抖的手指靜靜地碰觸觸控面板。

「井上小姐！」

這聲音令我心頭涼了一下。瞬間感覺全身僵硬，急忙轉過頭去。看到櫃臺小姐氣喘吁吁地站在那裡。

「妳妹妹不肯從廁所出來……」她一臉傷透腦筋的表情說道。

我隨口回應，朝觸控面板瞄了一眼。

我按下去了。不知道會不會被櫃臺小姐發現？我極力佯裝平靜，但視線還是不由自主地被吸往背後的觸控面板。

但說來也真幸運，櫃臺小姐因為和乃音你追我跑而一臉疲憊，似乎沒發現觸控面板上的變化。我小心翼翼地擋在櫃臺小姐和觸控面板中間，讓它形成死角。

「這、這樣啊。真抱歉，我那妹妹就是這麼教人傷腦筋……」

我臉上泛起難為情的變形笑容，就此走向廁所。始終都小心不讓櫃臺小姐看到觸控面板。

廁所裡一如預期，乃音在裡面展開守城之戰。在大理石風格的乾淨廁所裡，乃音獨自霸占著一間，不肯出來。我朝她喚道：「妳怎麼了？」

乃音以渙散的聲音呻吟道：「我……我肚子痛。」

我嘆了口氣（當然是演的）。「不可能吧？剛才妳不是活力充沛地到處亂跑嗎？」

「可是，突然痛起來了嘛。」

「不可能吧？好了，妳快出來吧。這位大姊姊也很傷腦筋呢。」

我與她展開事先套好招的對話，同時偷瞄櫃臺小姐的臉色。我心想，她應該會覺得懷疑，而對我們投以狐疑的目光吧。

但很幸運，這位櫃臺小姐就只是打從心底對乃音的古怪行徑感到驚訝，疲憊不已，完全看不出有任何想看出我背後想法的猜疑表情。可見乃音的演技有多精湛。我甚至心想，平時的乃音該不會也像今天這樣，都在演戲吧？連我也差點被她騙了。

說想直接和父親見面，卻在五樓衝出樓梯，神祕大暴走，接著跑到廁所裡喊肚子痛，守城不出。全都是沒有一貫性，也沒邏輯性，莫名其妙的行動，但乃音做起來卻煞有其事。非但如此，甚至讓人覺得彷彿這才是最自然的行動。我身處在這樣的事態中，對她這些不可思議的魅力大為欽佩。

「那麼，姊姊將文件送去給爸爸，妳可以乖乖在這裡等嗎？」

「……嗯。」乃音以孩童的沮喪聲音說道。

我轉身面向櫃臺小姐。

「抱歉，給您添麻煩了……可以先將文件交給家父嗎？」

櫃臺小姐雖然感到為難，但還是點了點頭。

「我、我知道了。這個嘛……那就我們兩個人去企劃部吧。」

很順利地突破了第二道關卡。雖然是很粗糙的作戰計畫，但目前全都照預定進行。這一切可說都是拜乃音過人的演技之賜。

我和櫃臺小姐留乃音自己一個人在廁所裡，再次前往電梯。這時，觸控面板的畫面從我腦中掠過。鮮豔呈現的藍色文字與數字鍵。以及資料庫厚實的門。

這樣做真的好嗎？我在櫃臺小姐的帶領下，朝電梯走去。

「五樓的資料庫以外的所有『FLOOR』，走出電梯後，前面就有自動檢驗門。感覺各樓層的『SECURITY』做得很徹底。所以葵，請妳在那裡要好好善用時間。我會趁這段時間把事情處理好。」

電梯優雅無聲地抵達十八樓。從靜靜敞開的電梯門，可以看見工作中的辦公室。高雅地穿著西裝，精神抖擻地投入工作中的雷遜電子員工。排列整齊的辦公桌和電腦。

我一走出電梯，便刻意（但還是盡可能保持自然）快步超越櫃臺小姐，手搭向自動檢驗門。我得爭取時間。

我手碰觸自動檢驗門，同時將心中的拉桿推到正中央的位置。瞬間讓員工證感應式的自動檢驗門喪失功能。感應部分的亮光，以及一旁的液晶螢幕，全都失效，自動檢驗門馬上化為阻擋礙事者前來的衛兵。

當然了，櫃臺小姐馬上發現不對勁。

「咦？」

她發出一聲驚呼，一再試著用員工證去感應。感應後移開，移開後又感應。但閘門當然不會打開。

「怎麼了嗎？」我裝傻向她問道。破壞別人的資產和持有物，這份罪惡感確實存在我心中。這自動檢驗的設備可能不便宜，而且在技術上和功能上應該也很重要。但此刻我也得做好我自己分內的工作才行。

「抱歉。好像是機械故障，可以請您稍候一下嗎？」

「我知道了。您不用在意我，請慢慢檢查。」

我如此說道，一直站在櫃臺小姐背後。

時間並未就此輕鬆地流逝。需要時間時，明明就不夠用，但不需要的時候，它卻像在開玩笑般，不斷膨脹變大。這時候感覺就像經過三秒才能換算成一秒般，時間的流逝很怪異。我處在焦急和緊張的夾縫中，再次感到呼吸困難。

櫃臺小姐蹲下身檢查機器的情況。動作俐落，處理得當。也許她懂得檢查機器時該遵循的步驟。但這是修不好的。絕對不可能修得好。就像「那個男人」一樣。

我破壞閘門後不久，從辦公室那邊走來一名男性員工。

「這怎麼了？」他望向檢驗門，露出納悶的表情。

他可能是有事要外出吧。腋下夾著行李，想通過閘門。櫃臺小姐急忙站起身，儀態優美地行了一禮。

「很抱歉，機器好像故障了。」

男性員工右手搔頭。「哎呀，這可傷腦筋……」

我沒理會他們兩人，繼續在這裡耗時間。

這時，我的包包微微晃動。肯定是手機在震動。乃音和我聯絡了。我很專注地感應包包的晃動，想準確地數出震動的次數。手機靜靜地震動著。

一次、兩次、三次——停了。

我不發一語地點頭。傳來一封郵件，空白的郵件。

「那是成功的暗號。妳一收到暗號，就請馬上撤退。」

於是我對櫃臺小姐說：

「不好意思，我有點擔心我妹，所以我先告辭了。提出無理的要求，要您專程帶我們來，真的很抱歉……啊，這個再麻煩您幫我轉交家父。」

「我明白了。造成您的困擾，真的很抱歉。」

「不，是我造成您的困擾。那我告辭了。」

將空無一物的A4褐色信封交給她後，我緩緩往回走向電梯。沒事的。一切都很順利。完全照乃音設想的那樣在進行，我們成功完成任務了。我按下電梯下樓的按鈕，等候電梯到來。

電梯遲遲不來。電梯一共有四座，但每一座都正從十八樓以下的樓層往下，就像白天時的鼴鼠，始終不現身。樓層的亮光顯示悠哉地緩緩移動，讓我忍不住心想，這些電梯難道是為了讓我感到焦急，才故意這麼慢嗎？我一再地在心裡默念「快來啊」。

此刻這裡瀰漫著沉重的空氣。裡頭有我的罪惡感、企業高尚優雅的氣氛，以及擔心事跡敗露的緊張感。它們各自以絕妙的平衡混雜在一起，就此呈現出詭譎的氣氛。這地方我一刻都不想待。

這時，我竟然感到包包又晃動起來。手機又震動了。我和剛才一樣，專注在手臂的感覺上。

手機持續震動。一次、兩次、三次——四次。之後也一直震動不停。

是有人來電。

「那就是『我遇上麻煩了』的暗號。」

我緊咬嘴脣。乃音遇到什麼麻煩呢？我得盡快趕到乃音身邊才行。因為這計畫原本就像是建在沙地上的樓閣般，很不安全，破綻百出。終究只是孩子淺薄的智慧想出的計畫。不管什麼時候露出破綻都不奇怪。

但電梯遲遲不來。好不容易這才從一樓折返，開始往十八樓上升。快點，快來。我更加用力默念。

「咦？是我沒錯。」

背後的檢驗門傳來一個聲音。一個因為某件事而感到吃驚的聲音。我雖然滿腦子想的都是乃音的事，但我還是轉頭往後望。櫃臺小姐以不可思議的表情望著我。

「您女兒在那裡。」

一名困在檢驗門前的男員工正注視著我。

「妳是誰？」

我感到一股寒意從腳底往上竄。就像神經從身體下方開始依序壞死般，感到絕望、失落、慌亂。

我定睛望向男子掛在脖子上的員工證。雖然是隔著檢驗門站在另一頭，但我還是能清楚辨識出上面的文字。

「井上光平」

我說不出話來，呆立原地。我在無意識中眨眼次數增加，嘴巴無法使力。

「喂，妳是誰？」

這次他的聲音使足了勁。他（井上光平）對眼前這名謊稱是他女兒的可疑人物，充滿不信任感和憤怒。眼神就像要貫穿壞人般，既犀利，又充滿敵意。此刻我在他心中，已被明確認定是「惡」。

儘管如此，我還是只能束手無策。就只能在慌亂中顫抖。

男子翻越故障的檢驗門，朝我走來。不過才縮短了幾公分的距離，但男子的身體看起來卻顯得無比巨大。

「喂！」

我想起之前被「那個男人」抓住手臂的那一幕。他的握力真的很強，遠非我力氣所能應付。要不是我有拉桿的話，那天等著我的，一定是悲慘的結局。

而現在也和當時一樣，這名男子朝我步步進逼。而和當時不同，這次我確實有錯，我是「惡」。我無從推諉。

而正當我開始對自己的絕望、落敗、失敗有所覺悟時，突然覺得背後變得開闊。

——電梯門開了。

我就此猛力往後退，衝進電梯中。接著急忙按下「關」的按鈕。門開始以慢得令人生氣的速度關上。不管在什麼情況下，電梯門都持續那緩慢無聲而且流暢的動作。

「等等！」

男子的手指差點就被關上的門夾住。那是僅隔數公分，或是數公釐遠的世界所發生的事。男子在千鈞一髮之際，被趕出電梯門外，電梯就此化為完全的密室。

我沒時間放心地鬆口氣，急忙按向五樓的按鈕。現在不是為自己的安全高興的時候。察覺事態有異的那名男子，或是櫃臺小姐，或許會隨後追來。

而更重要的是乃音現在正身陷危機。電梯開始緩緩下降。

大須賀駿♣

我在接待室等候。那是一間約六張榻榻米大的個別房，深紅色的兩人座沙發面對面擺放。我輕輕坐向沙發。在這裡等了也約有五分鐘了吧。無事可做的我，為了打發時間，開始觀察起房內的擺設。

牆上掛著三張裱框的獎狀。層架上擺了兩座金光閃閃的獎盃，以及應該是一同贏得這個獎的國中生大合照。從制服的感覺來看，應該是排球社吧。雖然頭髮因汗水溼透而纏成細線，緊黏在臉上，但社員們還是露出一口白牙，比出勝利姿勢。就連對她們的社團活動一無所悉的我，看了也忍不住想祝福她們，這張照片就是這麼巧妙地捕捉了那重要的幸福瞬間（她們背後一定浮現漂亮的數字）。看來，當時的光榮，雖然經過歲月的流逝，仍持續靜靜地在這間接待室裡長眠。

擺在室內的東西，每樣都很有年代感，但都維護得很周到，保存狀態良好。室內地面沒有塵埃和掉髮。這種設施的清潔程度，往往會與學校的升學率成正比嗎？在來到這個房間前，我與幾名女學生（這裡原本就是女校）擦身而過，每個看起來都散發出很有教養的氣質。走路時抬頭挺胸，書包就像裡面放了易碎物品般，小心翼翼地掛在肩上，笑的時候也一定會抬手遮住嘴巴……這樣說或許太誇張了點，總之，她們給人的印象，就像是品行端正的實際展現。她們看到了我，個個都像是看到河童似地，露出覺得稀罕的表情，一直盯著我瞧。我的臉長得這麼有特色嗎？不管怎樣，那都不像是覺得「好帥氣啊」的表情。雖然我自己最清楚，我沒有那種讓人一見鍾情的特質，但面對這樣的視線，還是會覺得不自在。

叩叩，傳來敲門聲。終於來了。我微微起身，視線望向房門。

房門開啟。一位女性從門縫裡探頭。

「讓您久等了。我是望月。」

看起來約五十歲左右。嘴角留下深邃的皺紋，眼尾也清楚地浮現烏鴉的腳印。燙成大波浪的中長髮。儘管如此，可能是表情充滿朝氣的緣故，給人年輕又有活力的印象。眼神也顯得明亮有勁。

望月小姐咧嘴露出健康的笑容。

「坐著聊很無趣，我們就在校園內邊走邊聊吧。這樣也比較能想像黑澤同學在這裡的過往。」

我點點頭，站起身。「謝謝您願意撥時間給我，真的很不好意思。」

望月小姐閉上眼，緩緩搖了搖頭。

「『有朋自遠方來，不亦樂乎』，您專程前來，我深感光榮。因為我正好也想找人談談呢。」望月小姐再度莞爾一笑。

很遺憾，我不太懂她這句話的含意，但聽了她高雅的聲音，我點了點頭。

望月小姐是黑澤皐月國中時代的導師。是最了解她國中時代的人物之一。

望月小姐在前面帶路，我跟著她離開接待室。望月小姐的背後浮現數字「56」，可以算是有點幸福。

乃音從黑澤皐月（小皐）常穿的制服，得知她以前就讀的國中。

「那是學生頭腦都很好的一所國中。就在我家附近，簡直就是一所天才學校。光是穿上那間學校的制服，大家就會強烈投以羨慕的目光。」

於是我打電話到那所國中，藉由電話中的交談，而得知黑澤皐月當時的導師。

「望月桐子」

現在仍在同一所學校裡擔任老師。可能因為是私立國中，所以不會人事更動。總之，真的很幸運。我向她請求道「很希望您能告訴我關於黑澤皐月小姐的事」，電話那頭的望月小姐猶豫了一會兒後，以堅定的口吻應道：

「我明白了。十一點之後，我有一點時間，到時候應該可以和您小聊一會兒。」

我很高興地和她約好時間，就此前往黑澤皐月的母校——水道橋的女子國中。

「其實我不應該給您這樣的機會。」望月小姐走在走廊上說道。

我以臉上的表情催她往下說。

「與校外人士，而且是男高中生，有個人的接觸行為，站在教師的立場，是不值得鼓勵的事。如果造成您的誤會，請見諒。我就算和您走在一塊，也沒人會認為我們是情侶關係。但從各種不同的角度來看，還是應該盡量避免。尤其是在保護學生個人資料的這層含意上。」望月小姐轉頭望向我。「不過，這次情況特殊。既然有人提到黑澤皐月同學的名字，我就非說不可。那是我教師生活中最大的唯一遺憾，以及掛念……大須賀先生，您說您是黑澤皐月同學的小學同學？」

我點頭。「對。」

我說我是黑澤皐月小學的同學，最近才聽說黑澤小姐的死訊，感到坐立難安。雖然是說謊，但姑且還算說得通。

望月小姐說：

「就您來看，您覺得小學時候的黑澤同學是個怎樣的女孩呢？」

面對這個提問，我有點不知所措。因為我跟乃音、葵小姐不一樣，我沒見過黑澤皐月。連要想像都有困難。不得已，我只好仰賴那少許的資訊，勉強擠出答案來。

「這個嘛……感覺她一直都在看書。」

望月小姐用力點頭。就像這是唯一的標準答案似的。

「這可說是她最大的特徵。黑澤同學總是在教室裡看書，等教室的開放時間結束後，她便移往附近的公園，繼續看書。用『書蟲』來稱呼她，最適合不過了。對教師來說，一方面替她開心，一方面也替她難過。」

「也會感到難過？」

「對。」望月小姐點頭。「這是當然。看書對於人格的形成，甚至是感受性的養成，都是很重要的一件事。就某個含意來說，甚至可以說看書是最好的選擇。但『閱讀』往往也是獨自一人投入的工作。因此，站在老師的立場，我們培育的是能在團體中生活的『社會人』，看學生過度埋首於閱讀，會有點擔心她們在協調性方面有所不足。」

「原來如此。」我說。「也就是說，黑澤同學的『協調性』不太好嘍？」

望月小姐露出默認的笑意。看起來也像是靦腆的笑容。

「進行班上活動或分組學習時，總是得多費一番工夫。她真的很沉默寡言，甚至看起來像是喜歡孤獨。所以就算只有她找不到人和她同組，她也不會覺得有危機感。有好處，也有壞處。她年紀輕輕，就已經一副好像曉悟一切的模樣。她的眼神告訴我『只要自己一個人也能自力更生，這樣就行了吧？』」望月小姐持續走在走廊上。「重要的是，她很優秀。所以不管怎樣的課題，她都能獨自順利完成。就算是在通過很困難的入學考才擠進本校的學生當中，她還是一樣出色，令人為之瞠目。」

望月來到一間教室前，停下腳步。

「這裡就是黑澤同學國二時上課的教室。不過，這已經是四年前的事了……」

暑假期間，教室裡空無一人。裡頭也沒擺放什麼物品。但總覺得瀰漫著一股輕柔的空氣，彷彿可以窺見只有女性的團體生活。望月小姐猶如要避免破壞某個氣氛般，緩緩地步入教室。我也緊跟在她後方三步之遙。

「有件事說起來很失禮，也很歉疚，身為老師，既然每年都會看到各種學生，那就一定會忘掉某些學生。非但如此，甚至可以說，忘掉的學生比記得的還多。因為每年得帶四十個人，一帶就是三十年……採單純計算，那就有一千兩百人。如果連其他班的學生也一併計算，數量更是會膨脹數倍之多。因此，能這麼滔滔不絕地說起某個學生的事，這種情況非常罕見。而黑澤同學就是這麼令人印象深刻的女孩。」

「就您所見，黑澤同學是個怎樣的女孩？」

望月小姐毫不遲疑地接著道：「要用簡短幾個字來形容一個人，相當困難。不過，真要用一句話來形容她的話，或許可說是個『不可思議的女孩』吧。雖然我這樣的回答很拙劣、平庸、抽象，而且又無聊。」

不可思議的女孩是吧。

對從未見過她的我來說，也是同樣的印象。她真的很不可思議。確實沒錯。如果舉辦一場大賽，要選出全世界最不可思議的女國中生，她至少能獲得種子選手的資格。從八強賽開始登場。

望月小姐接著說道：

「黑澤同學比任何人都早到校。在一早空無一人的教室裡，我曾多次目睹她獨自坐在位子上看書的景象。而她也一定都是最後離校。原因不詳。如果她真這麼喜歡學校這個地方，對我來說，那是再好不過的事了，但偏偏看起來又不像這麼回事。總之，她似乎遵守著最早到校，最晚離校的規則。」

我想到這跟某人很像。好像任何地方都有人會遵守這種不可思議的規則。

望月小姐望著從教室窗戶可以看見的水道橋成群高樓。也許從那裡可以想起四年前黑澤皐月的身影。她的視線平淡而又虛幻。

「您知道黑澤同學的父母嗎？」我問。

「這個嘛……」望月小姐的視線投向窗外，如此回答。「我很遺憾，幾乎沒見過面。由於她家庭的情況很複雜，所以只有當初辦入學手續時，曾見過她父親一面。」

「她母親是怎樣的人呢？」

望月小姐搖頭，帶有否定的意味。「黑澤同學家是只有父親的單親家庭。她母親聽說在她還小的時候就因病過世了。很遺憾，更進一步的事我就不清楚了。」

只有父親的單親家庭。正好和我相反。

對家中只有母親的我來說，有父親的家庭，而且是由父親一人養大的感覺，實在無法想像。

先不談我的事，黑澤皐月是單親家庭這件事，從那篇火災的報導中看不到任何和她母親有關的描述就可以窺知一二。葵小姐說，黑澤家的占地面積相當廣，但家中卻只住著父女兩人，算是人口密度極低的宅邸。只有親子兩人（而且還是父女）住在豪宅裡的生活，是怎樣的情形呢？會有濃濃的親子之愛嗎？日子過得和樂嗎？有難以向人啟齒的摩擦嗎？有嚴重隔閡嗎？這對住在貧窮的公寓，由母親一手養大的我來說，完全無法想像。

教室的角落裡擺了一臺鋼琴。我國中時，教室裡也擺了一臺小小的電風琴，但這裡放的卻是真正的鋼琴。真氣派。看來，私立學校的花錢方式就是不一樣。

「黑澤同學也曾彈過這架鋼琴嗎？」我問。

但意外的是，望月小姐竟然偏著頭回道：「鋼琴？」

我點頭。「對。聽說黑澤同學彈得一手好琴，所以我才想，她可能也會在這裡彈吧。」

望月小姐視線微微望向地面，回溯記憶。「抱歉。她會彈琴的事，我還是第一次聽說。她這個人，只要沒必要，就會盡可能隱匿自己的個人資料。這也可說是真人不露相，可能就類似這樣吧。不過話說回來……鋼琴是吧。如果她會彈的話，當初就能請她在合唱演出時幫忙伴奏了。」

這無法實現的願望，顯現在望月小姐淡淡的笑臉上。

「黑澤同學都彈怎樣的曲子？」

「呃……這個嘛。」我努力想憶起昨天葵小姐才告訴過我的曲名。我想了許久，但還是想不起來。不得已，我決定姑且先說出作曲者。「我記得是……蕭邦。」

望月小姐一臉感佩地點著頭。

「真厲害。我也很愛聽鋼琴音樂，尤其是蕭邦。像《降E大調華麗大圓舞曲》《幻想即興曲》《降A大調波蘭舞曲「英雄」》，如果是練習曲的話，像《離別曲》《升C小調夜曲》，首首都是名曲。如果她能彈蕭邦的話，那就更讓人覺得遺憾了，竟然沒能知道她有這樣的才能。」

遺憾。沒錯，因為她已經死了。死在一場突然襲向清幽住宅街的大火，短短十四年的人生就此落幕。

我詢問道：「關於火災，您是否知道些什麼？」

望月小姐就像很不願憶起似地，靜靜地瞇起眼睛。

「那是很令人難過的一件事。人的『死法』有很多種，當中溺死和燒死，應該是最痛苦的死法吧。她當時還只是個國二生。是個聰明、前途光明的年輕人。發生那種事，真是可悲又可嘆。」望月小姐悲痛地緩緩搖著頭。「很遺憾，我對火災的『原因』一無所知。當時我身為她的導師，與警局和消防局交涉，但他們都三緘其口，不肯回答。我也不知道他們為什麼不回答我。我明明沒有過問此事的權利和義務，但最後她被燒死一事，就這樣成了謎團，被封閉在迷霧中。我只覺這是被人下了『封口令』。當中有什麼不能輕易說明的原因。就像潘朵拉之盒一樣。」

望月小姐以手指輕撫當中的一張課桌。就像要拭除什麼不乾淨的塵埃般。

「不過我發現有件事，打從火災發生的一個月前起，黑澤同學的模樣顯得不太自然。」

「這話怎麼說？」

「該怎麼形容好呢。」望月小姐望著手邊說道。「平時的她，感覺體內總保有一根緊實的骨幹。就像風箏的骨架。她一直都是自己的支配者，以堅韌的骨架支撐著自己。但從某天開始——現在回想，就是從火災發生的前一個月開始，她失去了那關鍵的支撐。骨架斷折的風箏，不可能飛得上天。不論是上課時，還是休息時間，她都顯得靜不下心，時而望向窗外，時而將課本打開又合上，舉止不太穩定。連書也不看了。雖然手裡拿著書，就像是當護身符一樣，卻完全不打開來閱讀。只是一味地望著四周。有幾天還難得地早退。甚至缺席沒來。就像對什麼事感到恐懼、絕望似的。總之，那一個月的時間裡，她心中肯定發生了什麼『奇特變化』，這是再清楚不過的事。毋庸置疑。所以我當時也在想，是該找個時間和她私下談談了。得將她積在心裡的某個『膿包』擠出來才行。可是……」望月小姐閉上眼。「火災搶先一步發生。」

望月小姐微微加重語調。

「我甚至可以斷言。那不是一場『普通的火災』。當中有某個隱瞞的祕密。」

我因她這句話而微微顫抖。有某個祕密。會是什麼呢？我向她詢問：

「黑澤同學的父親，也在那場火災中受傷對吧？」

「對。好像是那樣沒錯。當我聽說他是雷遜電子的社長時，大吃一驚。說來可悲，人年紀愈大，敵人愈多。我時常在想，會不會有這個可能，或許是我個人想多了。」

樹敵眾多的社長。也就是說，望月小姐認為火災的原因可能是有人縱火。我認為這很有可能。倒不如說，在如此錯綜複雜的情勢下，這種推測比說什麼是因為炸物的熱油引發火災更合理。既然這樣，又是誰縱的火呢？

我感覺這件事愈來愈像背後有個很大的陰謀，一時略感暈眩。我既不聰明，也還不是成人，沒這個能耐揭發世上的黑暗陰謀。

這時鈴聲響起。教室裡的掛鐘指向十二點半。

「已經這麼晚啦……真抱歉，我下午還有事……」

「不不不，別這麼說。能聽您告訴我這麼寶貴的資訊，我已經很高興了。謝謝您百忙之中抽空見我。」

望月小姐莞爾一笑。「讓我送你到校門口吧。」

校內真的很整潔。從屋柱到牆壁、地板，雖然都有些許損傷，但別有一番特別的風情。或許能用「優雅的老去」這樣來形容。每樣物品都顯得頗有年代感，但絕不會顯得老舊。甚至看起來像是有點時尚感的古董。

我在望月小姐的帶領下走出建築。可能是正好在進行社團活動，走在戶外的兩名女學生向望月小姐問候，同樣以納悶的神情望著我。

「我臉上有什麼特別的地方嗎？」我感到不安，向望月小姐詢問。「怎麼大家都望著我，好像覺得很不可思議似的。」

望月小姐瞇起眼睛笑道：「因為年輕男生在這裡很稀罕啊。這裡是女校，所以校內看得到的男性，就只有已經不年輕的男老師。就連三十多歲的男老師，對學生們來說也很稀罕。」

「……原來如此。」

的確，經這麼一想，光是我大步走在校園內的畫面，也許看在她們眼裡就已經夠怪異了。女校。一個沒有男性的社會。我此刻大搖大擺地踏進這個禁止男人進入的世界。不過，被人一直盯著瞧，還是會不自在。簡直就像動物園裡的熊貓。

「大家在一般的生活，或是環境中，往往不會輕易發現真正重要，或是寶貴的事物。就像富豪忘了金錢的可貴，日本人忘了水的可貴一樣，就某個含意來說，這是一種必然的感覺麻痺。所以要試著刻意將自己放在與平時不同的反日常環境中。這或許可以反過來說是日常的探索。」

我微微一笑。

現在的我所面對的，不就是反日常嗎？現在的我看得到什麼？平時總是不經意地受惠於某些事物，我是否察覺它的存在呢？感覺這是一種很重要的心態，絕不能馬虎看待。在反日常中，得看出日常。我在心裡深深體會這句話的含意。

望月小姐在大門前停步。

「今天辛苦您大老遠跑這一趟。」

「哪裡，請別這麼說。」我深深一鞠躬。「我突然跑來，才要跟您說抱歉呢。真的很謝謝您。」

夏天沉重的風，竭盡所能地從我們面前輕快地飛奔而過。望月小姐的頭髮隨風擺蕩。

「大須賀先生，可以問您一個問題嗎？」

「當然可以。」我回答。

望月小姐先是猶豫不決地閉口不語，接著才拿定主意，開口問道：「黑澤皐月同學她……過得幸福嗎？」

「咦？」我忍不住反問。

望月小姐露出複雜的表情。

「她感覺就像是斷絕了自己的一切依靠。明明還只是個國中生，卻那麼自立，而且孤立。平時的她似乎對此沒有任何不滿，但是就一般人的標準來看，很難定義她這樣算是『幸福』。就本質來說，沒人是自己主動喜歡孤獨。她的人生在烈焰中落幕。該怎麼說呢……她是否真的度過幸福的人生呢？」

我為之沉默。

「坦白說，對於有人會為了黑澤同學的事而來拜訪我，我感到既驚又喜。因為這就像在告訴我，她並非完全的『孤獨』和『孤立』。至少您以小學時代友人的身分來關心她。對我來說，這是個小小的救贖。……您覺得呢？既然您會關心她，那麼，就您來看，黑澤皐月她幸福嗎？請讓我聽聽您的看法。」

望月小姐雖然沒流淚，但聲音微微發顫。就像話語中摻雜了用力擠出的情感殘渣。

我當然不是黑澤皐月的小學同學。非但如此，還根本沒見過面。所以望月小姐全是根據我說的謊言才說出這番話。我當然無法判斷黑澤皐月是否過得幸福。

但我對說謊一事，並沒有任何躊躇。因為事實上，黑澤皐月真的有朋友。這是無法撼動的事實。只是她的朋友不是我而已，黑澤皐月有她重要的朋友。今天其實原本是乃音要來的。這樣就能在自然的發展下，展開自然的交流。但因為其他諸多因素，才沒辦法派她來。

既然這樣，我現在只能化身成乃音了。我必須以黑澤皐月友人的身分，說出三枝乃音的觀察。我先煞有其事地清咳一聲後，回答望月小姐的提問。

「莎士比亞說過，『世上沒有幸與不幸。不過，你的想法可以改變一切』。幸不幸福，只有當事人自己知道。不過……」我望著望月小姐的雙眼。「我願意相信，她是幸福的。」

望月小姐的嘴角深深地擠出分不清是皺紋還是酒窩的線條，微微一笑。「謝謝。」

「要是能看到她的背後就好了。」

望月小姐頭上問號直冒，但我就只是笑而不答，就此離開。

從望月小姐的談話中得知了許多事。

黑澤皐月在學校都是一個人過。自幼失去母親，在只有父親的單親家庭中長大。最重要的是，火災原因至今不明。而從火災發生的一個月前起，黑澤皐月的舉止顯得不太自然。

將我們得到的資訊依照時間先後順序排列的話，情況如下。

・乃音和黑澤皐月成為朋友——這是在火災發生的一年前。

・黑澤皐月的舉止有異——這是在火災發生的一個月前。

・黑澤皐月告訴乃音「我要轉學了」——這是火災發生的兩個星期前。

・在鋼琴大賽中邂逅葵小姐——這也是火災發生的兩個星期前。

最後發生火災。

黑澤皐月的怪異改變，與那場火災有什麼因果關係呢？我思索許久。但這問題實在太難了。還是先回飯店，等大家回來再說吧。江崎另外單獨行動，葵小姐和乃音則是展開特別任務。

就她們兩個女生潛入總公司，實在太危險了，我和江崎都阻止過她們，但她們兩人不肯聽勸。

「大須賀學長，恕我直言。就算有你在，也派不上什麼用場。很遺憾，以這次的情況來說，就算看到背後出現漂亮的背號，也沒什麼實質的幫助。相較之下，我和葵「TAG（搭檔）」的話，可以形成一支厲害的少數精銳「ELITE」部隊。而且，只有女生的話，反而比較安全。對方大概做夢也沒想到，這麼可愛的女生竟然會攻破他們的資料庫。」

如果一切按照預定計畫進行，她們也差不多該結束任務回來了。不管怎樣，乃音的批評真是毫不留情。就算我在也派不上用場，這話確實沒錯，但應該可以用更委婉的說法吧。

我懷著略感不滿的心情，想著乃音的事。

乃音現在不知道情況怎樣。

我離開那間女校，無精打采地走在乃音的住家附近。

三枝乃音◆

小皐。

維護得柔順猶如絲綢的黑髮，隨風搖曳，視線以流暢的動作在書本上游移的小皐。和我說話時，都會很細心地在每個句子中間稍做停頓，就像在念繪本給我聽一樣，每一句都說得很仔細的小皐。知道的名言比誰都多的小皐。深愛文字之美的小皐。文靜、優雅、漂亮的小皐。

我不知道小皐的本名。

不過，第一次和她說話時，小皐一定跟我說過她的全名。但我在聽到黑澤皐月這名字的瞬間，便決定叫她「小皐」，就此把她的本名拋諸腦後。因為「皐月」叫起來有點拗口。

從火災廢墟中發現長女黑澤皐月（十四歲）的遺體。

小皐遇上火災，命喪火窟。那已是四年前的事。

就發生在她告訴我「我要轉學了」的幾週後。難道小皐知道不幸將會降臨在她身上？或者是說，轉學的事也是事實，但就在即將轉學前，她不幸遭遇火災？不管怎樣，小皐都已不在人世。這是無法改變的事實。

最後一次與小皐見面後，轉眼已經四年過去。從那之後，我長高了二．一公分，體重也增加了些許。仍是一頭短髮。曾有一段時期，想學小皐留中長髮，但在挑戰之前，我很快便判斷自己不適合，就此死心。我看了很多書。不論是用眼，還是用手指。每讀完一本書，便感覺到我在前進。每次看書，都會微微變成另一個人。時而溫柔，時而冷漠，時而聰明，時而豔麗。雖然往完全不同的方向變化，但我可以豪氣地說，這確實都是在前進。

我在改變，在前進。

我強烈希望日後有天能向小皐展現這個向前邁進的我。我看了這麼多書。我有這麼大的改變。想展現升級後的我。當然了，前進的不光只有我。小皐一定也有所前進。只要度過同樣的歲月，人們都會朝自己追求的方向前進。我展現我的改變，同時也想看看小皐的改變。

但小皐的時間一直都停止。從那次的離別後，僅過了短短數週。就像卡式錄音帶轉到底一樣，戛然而止。

——那東西交給妳保管。在時候到來前，妳可以隨意使用。

不過，等時候到來，請和我合作。

如果時候到來，妳不願意和我合作的話，妳將會——

那是小皐的聲音嗎？以可能性來說，確實很有可能。在我聽到這個聲音的當天，小皐便在大火中喪命。就算從中看出什麼因果關係，也不足為奇。甚至這樣反而自然。

我重重吁了口氣。就像要將體內淤積的有害氣體呼出般。

不行、不行。這麼憂鬱，一點都不像我。

我用力拍打臉頰。

我雙手抱膝坐在馬桶上。我連馬桶蓋都蓋上，毫不客氣地坐在上頭。這處廁所隔間就像祕密基地般，這種塞得滿滿的封閉感，帶給我一種安心感。也許是因為覺得這四面牆保護著我，令我產生一股從容。

我沒暖身，直接就展開衝刺，所以跑得有點上氣不接下氣。那位櫃臺小姐就像打從出生到現在從來沒全力奔跑過似的，無比嬌弱，所以面對曾經是田徑社一員的我，想當我的對手還差得遠呢。實在太好對付了。這種大企業的員工，體能竟然只有這麼點能耐，真不像話。當初公司招考難道沒考短跑嗎？

「妳怎麼了？」傳來葵的聲音。

似乎是櫃臺小姐帶葵回來了。一切都照計畫進行。我馬上發出渙散的聲音。

「我……我肚子痛。」

葵在門外嘆了口氣。

「不可能吧？剛才妳不是活力充沛地到處亂跑嗎？」

「可是，突然痛起來了嘛。」

「不可能吧？好了，妳快出來吧。這位大姊姊也很傷腦筋呢。」

我沉默不語，接著葵以略顯焦急的聲音說道：

「那麼，姊姊將文件送去給爸爸，妳可以乖乖在這裡等嗎？」

我重新假裝成孩童，出聲應道：

「……嗯。」

接著，她們兩人的氣息從廁所裡消失。想必是留我在這裡，前往十八樓的企劃部去了。很好，一切都按照作戰計畫在進行。

儘管已確認她們兩人不在現場，但我還是在腦中默數三十秒。要是我就這樣衝出，那名櫃臺小姐在場的話，那可就糟了。趕時間的時候，更應該謹慎行事。

「要像星星一樣從容不迫，而且不眠不休」——約翰．沃夫岡．馮．歌德。

嗯。現在應該沒人。我還是極力不發出聲響，悄悄地離開廁間。在走出廁間的同時，包覆我的那份安心感也隨之消失。我現在已是赤手空拳。手中沒任何武器，被迫走向敵陣。我的肌膚有這種強烈的感覺。我和葵採用一般的思考方式，展開這項稱不上明智的行動。但管不了那麼多了。對我來說（包含小阜在內），這是「MOST IMPORTANT MISSION」。

我離開廁所，前往資料庫。

昨天在公司內參觀時已經確認過，這個樓層空無一人。想必是仗著有那些奇怪的安全防護裝置在，就放鬆戒備吧。既沒有警衛，也沒設置像是會有員工常駐的辦公室。想必他們做夢也想不到，竟然有人能通過他們的安全防護裝置。昨天見過面的黑澤龍之介先生說「雷遜這家企業做事其實很馬虎」，看來，他說的未必是假。

資料庫沉重的銀色門緊閉。就模仿某個筆盒的廣告「就算是大象也撞不壞」，來加以形容吧。它給人的印象就像這樣，又硬又重，而且堅固。

一旁是安全防護的機器。它與門形成強烈對比，給人的印象充滿智慧和邏輯，而且冷酷。就用以蠻力傲人的弟弟（門）和以知識自豪的哥哥（機器）組成的搭檔來加以形容吧。

兩者相互取得絕佳的平衡。相互扶持。共存共榮。互相依靠。單只有其中一方，便成了沒用的長物。我為了確認安全防護的現狀，而來到觸控面板前。如果一切都按照計畫進行，這對兄弟相互扶持的關係應該已經瓦解。在我拔腿狂奔的那段時間，葵會趁機採取行動。

我望向觸控面板。果然已經失去功能。畫面就像滴了墨汁般，一片漆黑，我試著碰觸面板，一樣沒有任何反應。是葵用她心中的拉桿加以破壞。

嗯、嗯。到目前為止都照預定計畫進行。不過，我不知道破壞這個觸控面板，是否等同「解鎖」。這當中帶有一點賭運氣的成分。根據我們的假設，「鎖（安全防護裝置）」的瓦解，或許就算是「解鎖」，但不知結果究竟會是怎樣。希望一切順利。

我試著伸手搭向那扇厚重的門。失去有智慧的哥哥後，如同橄欖球選手般渾身肌肉的弟弟。我溫柔地碰觸它。

我手握握把，將它往下壓。結果毫無抵抗地發出卡啦一聲，就此轉動，出奇地順利。我忍不住嘴角上揚。就連諸葛孔明見了，也要敬畏三分，在我完美的策略下，所有道路就此在我眼前展開。哇哈哈哈。

為了謹慎起見，我再次環視四周，確認是否有雷遜電子的員工在一旁監視。放心，ALL GREEN。既然這樣，我就馬上進去吧。我將那扇門用力往前推。

門好重。起初我甚至產生錯覺，懷疑是否沒解鎖。但我將自己的體重加諸在上頭，用力往前推之後，這位弟弟也結束它最後的掙扎，緩緩將這扇門交給了我。室內景象漸漸呈現在我面前。

資料庫內一片昏暗。像紅酒酒窖，也像卡拉ＯＫ包廂，就是那麼暗。也許是為了避免紙張被亮光照成褐色，才這麼小心。不管怎樣，這樣什麼都看不見。真希望他們在設計上，能對入侵者更加友善一點。

不知道裡頭究竟有多大。光是站在入口，無法推測它的全貌。因為光線昏暗，視線不佳。裡頭緊密地擺設高大的書架，就像要遮蔽視線般，上面井然有序地擺放了文件夾，無一處空間閒置。宛如一座大圖書館的閉架式書庫。

我先試著在裡頭隨便走。就像在逛大型書店一樣，盡可能走得又慢又仔細，避免有漏看的情況發生。每個文件夾都很厚，大概有十公分那麼寬，而且看起來既堅固又重要。文件夾的書背寫有簡單的標題。

「數位影音部門品牌行銷報告」

「〇〇年度決算報告資料——精華摘要」

「產品推移資訊（MENTHOL 製藥）」

而這些乍看之下一頭霧水的資料，幾千本、幾萬本，全都擁擠地擺在這裡。姑且像是有一套排列順序，標題類似的文件夾，在同樣的地方排成一列。

可是，我該讀哪個好呢？

葵想必以為我可以盡情地在這個資料庫裡到處跑，以驚人的速度將所有資料都閱讀完畢，但這是不可能的事。我沒對葵說，我光是讀一本書就得耗費不少體力。而這麼厚的文件夾，當然更是耗體力。肯定會累得筋疲力竭。大概只能閱讀三本。拚一點的話五本。

為了向葵報告我已成功潛入的事，我先按照原先的預定，寄了一個空白郵件給她。我取出手機，迅速按了幾個鍵。

雖然很想花上好幾個小時的時間來仔細挑選資料，但很遺憾，我沒那麼多時間。當那位櫃臺小姐將資料交給井上光平先生時，我們的這個謊言就會像元旦的日出般，曝露在眾人面前。時限相當短。

這時，有個文件夾突然吸引了我的目光。

「雷遜電子企業資訊——詳細」

哦，這個標題的資料感覺派得上用場。這裡貯存的資料過於龐大，我正不知該從何下手時，這個標題實在太吸引人了。有這個文件夾，就能了解企業的基本架構。

在昨天的說明會中，他們的員工說過。「將資訊數位化，當中暗藏了很多危險。～～最好的方法就是選擇傳統的資訊保管方式。」我露出詭異的微笑，面向那個文件夾。真是遺憾啊，雷遜電子。我是這世上唯一的傳統資料駭客。你們用紙張來保存資訊，是嚴重失算。

我一如平時，以右手食指抵向文件夾的書背頂端。接著閉上眼，為了集中精神。

我調勻呼吸，讓手指緩緩往下滑。為了盡可能在不疲憊的狀態下完成，我動作非常緩慢。

這資訊量果然很龐大。當手指來到書背的中間一帶時，我已經開始喘息，感覺熱得滿頭大汗。資訊像驟雨般大量傾注，逐漸被我的身體吸收。儘管一再地吸收，但資訊的暴雨卻不見停歇。

好沉重。

這份沉重的感覺，我連移動手指都覺得痛苦。也許足以和以前閱讀百科全書的時候匹敵。不，甚至有過之而無不及。我努力調整零亂的呼吸，最後手指終於來到書背的底端。

我不由自主地蹲下身。直接一屁股坐向地上，雙手撐住身體，不讓自己往後倒。

這個文件夾確實含有許多有用的好資訊。

企業的起源、成立經過、股東比率、按年度別、商品別的銷售額、各工廠概要、進出口金額、產品年表、各產品詳細、主要員工一覽……諸如此類。

不過，這裡頭並沒有稱得上是「公司內部祕密」的雷遜電子黑暗面。全都是既乾淨又普通的資訊。如果我是同業界的其他企業派來的間諜，或許會比出勝利姿勢，但很遺憾，我要的不是這種資訊。如果可以，我想得到公司見不得光的資訊。想徹底隱瞞的黑暗資訊。

我大致調勻呼吸後，站起身，朝資料庫內部走去。找尋新的資料。

走進深處後，終於遇上了牆壁。這資料庫真的很寬敞。從入口一路走到另一側的牆壁，約有三十公尺長（不過這始終都只是目測）。這麼多資料，可以井井有條地在此保存，真不簡單。佩服佩服。遇上牆壁後，我往左轉，進一步朝資料庫的末端走去。這是很單純的想法，我猜想，愈是想隱藏的東西，應該愈會擺在深處吧。不管是怎樣的 RPG 遊戲，最珍貴的寶箱往往都是在洞穴最深處長眠，從以前到現在一直都是這樣。既然這樣，就該往深處走。

然而，我來到的卻不是洞穴的最深處。當我抵達資料庫的末端時，一扇讓人覺得似曾見過的堅固大門擋在我面前。銀色的外形，看起來又重又硬的門。門上寫著大字。

「第二資料庫」

哎呀呀。我皺起眉頭，盤起雙臂。

這什麼鬼啊。門中之門。資料庫裡的資料庫。愈是重要的東西，藏在愈深處，果然被我料中，但我萬萬沒想到，他們設想這麼周到。嗯，在寶箱前，確實都會和難纏的頭目有一場戰鬥。但很遺憾，現在的我不論是魔力、攻擊力，還是夥伴，都嚴重不足，無法打贏這場頭目戰。

門邊果然和剛才那扇門一樣，設有安全防護的觸控面板。我望向這個在昏暗室內發出銀光的觸控面板。上頭寫著大字。

〔BEING ALIVE AS A HUMAN.〕

嗯，在這種地方顯示廣告標語是很時尚沒錯，但讓人看了一頭霧水。我的意思並不是說看不懂這串英文的含意，而是不知道該對這觸控面板做什麼才好。我嘆了口氣。只能呼叫葵了。請她連同這扇門一起破壞。

我取出手機，叫出撥打電話的畫面。葵接到電話後，一定會誤以為我陷入九死一生的困境中，而急忙趕到。但這也是沒辦法的事。現在要以打開第二資料庫的門為第一優先事項。因為它就是這麼防護嚴實的門，裡頭應該會藏有他們真正想隱藏的重要機密。這扇門後正是我們最想要的資訊大本營。一定是這樣沒錯。

我手伸向手機通話鍵。

「咦？這個故障了？」

入口處突然傳來一名男性的聲音。我的體溫驟降，從慌亂轉為臉色發白。

有人來了。有人來了。

對方發現安全防護裝置故障了。我屏氣斂息，蹲下身，馬上按下通話鍵。

糟了糟了糟了。救命啊，葵。

幸好這間資料庫以書架很平均地隔出空間，而且視野不佳。如果順利繞開，或許能逃離這裡而不被發現。我緊咬嘴脣，弓著身子，爬也似地往入口的方向移動。

傳來闖入資料庫內的那名員工的腳步聲。沒問題，離我還很遠。

「有人在裡面嗎？」

男子的聲音偏高。聲音聽起來有點漫不經心，從中可以微微看出，這名男性員工腦袋不太靈光。如果他粗心大意的話，那我就太走運了。我盡可能不發出聲音，悄悄站起身，開始準備逃脫。我想一口氣往外衝。在他發現我，看到我的身影之前。

男子的腳步聲緩緩移動。慶幸的是，男子似乎逐漸離我遠去。不錯。我暗自吞了口唾沫，弓著身子。就像中距離賽跑時的站立式起跑姿勢。

但這時我突然心念一轉。

這麼做真的好嗎？

這時候逃離真的好嗎？

目前我闖入這個資料庫得到的資訊，就只有一本文件夾的公司概要。而實際上，那份資料似乎派不上什麼用場。而我現在夾著尾巴逃離這裡，是明智的抉擇嗎？

不，絕對不是。

如果只有這麼點成果，我實在沒臉面對不顧危險和我合作的葵、總是優柔寡斷的大須賀學長、態度冷淡的江崎學長，以及命喪火窟的小阜。

我瞪視著背後第二資料庫那扇門。雖然很不甘心，但現在葵不在身邊，我一個人沒辦法打開那扇門。既然這樣，眼下也只能放棄了。可是，這些龐大的資料就在我眼前。我應該將它們全部讀完，直到我精力耗盡為止吧。月性有首漢詩是這麼說的，「人間到處是青山[32]」。

我躲著不讓男子發現，也不看標題，便迅速以食指讀完眼前的一個文件夾。就像刷卡一樣，手指飛快地從書背上滑過。

手指用這麼快的速度滑過，我過去從沒試過。因為我害怕，不敢嘗試。光是手指緩緩滑過，就已經覺得很疲憊了。如果手指以很快的速度滑下，不知道會帶來多大的衝擊，我無法預測，對此感到恐懼。

果不其然，迅速閱讀的反作用力相當強勁。就像有人用雙手抓住我的腦袋使勁搖晃般，我感到頭暈目眩，外加喘不過氣來的疲憊感。連站都站不起來。儘管如此，我還是小心不發出聲響，跪在地板上。沒事的，和平時一樣，資訊全流入我腦中了。清清楚楚，沒半點模糊的資訊，就存於我腦中。

這個文件夾的內容是「待客手冊」。這是完全沒需要的資料，看了就想笑。雖然我擔心自己會不會因為零亂的呼吸聲而洩露藏身處，但手指還是搭向下一個資料。

一個就在我蹲著的位置前方的文件夾。我像剛才一樣，手指迅速地滑落。就像要將書背上的塵埃拂去般。飛快地滑過。

內容是「公司內部安全防護細則」。不錯哦。雖然不是很直接的資訊，但今後可能派得上用場。

32. 月性是江戶時代末期尊王攘夷派的僧人。這句話的意思是，到處都是人們可以埋葬的地方，並非只有故鄉是葬身之所，所以應該胸懷大志，離開故鄉，有一番活躍表現。

而且和剛才相比，這次的反作用力比較挺得住。可能是習慣了吧。呼吸再度變得急促。甚至短暫覺得意識遠去，但還不至於承受不住。我咬緊牙關，手指搭向下一個資料。感覺到汗水順著臉頰滑落。

「有人在裡面嗎？門故障了哦。」——聲音似乎比剛才更加接近些許。但我沒空理他。我走了幾步遠後，隨手選了一個文件夾，再度以手指撫摸。

強大的負擔朝我身體襲來。像被隕石衝撞、被砂石車壓扁、被壓力機壓垮喉嚨般，一股超乎想像的反作用力。我連自己是怎麼呼吸都搞不清楚。甚至不知道自己現在是採取什麼姿勢。但我猜自己在目前的狀況下想必無法站立。一定是趴在地板上。就只有「難受」的感覺支配著我。此刻的我就像化為一種概念，飄浮在空中。脫離身體這個容器，帶著痛苦，飄來蕩去。就像這種感覺。

令人吃驚的是，剛才我用手指閱讀的資料，竟然是撲克牌的玩法指南。這什麼鬼啊？為什麼是撲克牌？為什麼會在這種地方擺這種資料？不對，怎麼想都不可能。我甚至覺得想睏。看來，我的腦袋現在已無法正常運作。就連思考這種行為，都變得像攀岩一樣痛苦。搞不好現在的我，連正確回答自己的名字都做不到。一切全都輕飄飄地浮向空中。

我心想，已經有好幾年沒玩撲克牌了。隔這麼多年重玩大富豪[33]，應該會很有趣。不對，我還是更想看書。最近被捲入莫名其妙的事件中，與讀書多了幾分疏遠。讀到一半的書還留在飯店裡，想早點買的書也累積得跟山一樣多。啊～好想看書。嗯，書？咦，我好像有什麼非讀不可的東西。

我在逐漸變得模糊的意識下，手指搭向一個跑到我面前的文件夾。對了，是資料。我得讀這個才行。我迅速地撫向書背。

這時，傳來咚的一聲巨響。

那是什麼聲音？我感覺到疼痛。咦，這是怎麼回事？

是花瓶。花瓶掉地上了。擺在廚房碗櫃裡的水滴圖案花瓶，突然掉落。是剛才的大地震造成的。不妙。從掉地的花瓶裡跑出一隻貓。貓繞著花瓶四周打轉，甩動著尾巴。真可愛。可是，猛然回神才發現，貓怎麼變成了烏龜。我可不怎麼喜歡烏龜。是不討厭，但也沒理由喜歡。烏龜一會縮頭，一會伸頭，以此為樂。感覺像是某個具有象徵性的下流動作。這難道有什麼重要的意義嗎？「妳不要緊吧？」烏龜先生問。你是指什麼呢，烏龜先生？「妳不要緊吧？」烏龜先生，你到底在說什麼啊？「妳不要緊吧？」唉，真煩人。你如果有話想說，請說清楚。

「妳不要緊吧？」

我因這個聲音而不由自主地醒來。身體像鉛塊一樣重，額頭有股悶痛感。我蹲在地上，抬頭望向聲音的方向，看到一名穿西裝的男子站在我面前。

「妳可終於醒了。妳不要緊吧？」

我急忙努力掌握現狀。昏暗的室內。四周滿是書架。擺放了無數個文件夾。站在我面前的員工。員工……雷遜電子的員工。

33.一種玩法類似大老二的撲克牌遊戲，依輸贏而分成大富豪、富豪、平民、貧民、大貧民的階級。

「哎呀，因為妳就倒在這種地方。我嚇了一大跳。妳怎麼了？入口處的門沒鎖。」

我這才明白是怎麼回事。我剛才似乎昏厥了。幸好只昏厥了一下子，但是在這位員工面前穿幫，一切辛苦都白費了。我急忙想要出聲說話，但發不出聲音。我到底該怎麼辦才好。我自認已經很小心謹慎，但還是被發現了。我只能張口結舌，說不出話來。雖然已經不再氣喘吁吁，但殘留的疲憊感實在非比尋常。

「妳是哪個部門的？」男子問。

我用現在還不是很清醒的腦袋，謹慎地解讀他這句話。

「妳是哪個部門的？」

這傢伙以為我是雷遜電子的員工？我望向男子掛在脖子下的員工證。

「財務部：武田守」

既然這樣，就只有利用這個好機會了。只能利用它來克服難關了。我要感謝男子的憨傻。對雷遜電子的行事馬虎致敬。

「我、我是……總務部的。」

「哦，原來如此。可是，為什麼妳會昏倒在這兒呢？」

「因為不小心絆倒……嘿嘿。」

男子朝我伸手。我向他點頭致意，握住男子的右手站起身。

「謝、謝謝您。」

「不，不用客氣。」

這名男子當真是毫無戒心。甚至沒想過我可能是公司外的人。雖然我自己這樣說很不是滋味，但我怎麼看也不像成年人，而且他明明也看到了我的娃娃臉。何況我根本沒穿套裝。怎麼會有這麼傻的人。面對這樣的男人，微微激起了我的欲望。有這樣的傻蛋，不好好利用怎麼行呢。我強行讓自己尚未完全正常運作的腦袋重新啟動，馬上擬訂作戰計畫。

「對青年來說，逆境是充滿光明的機會」——愛默生。

我指著第二資料庫的門說道：

「請問……那扇門……」

「那扇門怎樣？」

「那扇門沒故障嗎？」

男子雙目圓睜。「我想應該沒故障。為什麼妳會這麼想？」

「也不是啦。因為這個資料庫入口的門故障，所以我才想，這扇門該不會也故障吧……我身為總務的一員，還是得來檢查一下，你可以試著打開這扇門嗎？」

男子爽快地點頭答應：「原來如此。好啊。」

我極力將暗自叫好的表情抹除，始終擺出制式化的神情。就像在對他說「沒錯，我沒別的意思。我始終都只是來檢查的」。不過，這個男人未免也太好騙了吧。雷遜電子會雇用這麼毫無戒心的人，可見他們的人事制度亟需改善。龍之介先生說的「馬虎」，從這裡可見一斑。

我跟在男子背後，走向第二資料庫的門前。

男子以熟練的動作操作觸控面板，陸續輸入密碼。正一步步通往解鎖之路。我在男子背後竊笑。很好很好，就這樣幫我打開吧。在開門的瞬間，我會迅速潛入裡面，奪走裡頭的機密情報。坦白說，我的體力可能已達極限，但我不能說這種喪氣話。這次一定要立下漂亮的戰功，凱旋而歸。

傳來卡噹一聲清脆的聲響。男子轉頭面向我說道：

「喏，可以正常開啟啊。」

我用力點頭。「太好了。那麼，我確認一下裡頭的情況。」

真完美。一切都太完美了。

我盡可能保持冷靜的態度，緩緩伸手搭在門上。我終於辦到了。和臨時組成的隊伍一同打敗擋在寶物前的凶狠頭目。哇哈哈。再來就剩收下寶物了。我將把手往下壓。

就在這時。

遠處（應該是走廊方向吧）傳來一陣急促的腳步聲。腳步聲不斷靠近。似乎一路用跑的。叩叩叩叩。

最後傳來資料庫的門被打開的聲音。發出腳步聲的人，以飛快的速度奔來。

「乃音！」

是葵。對了，我剛才向她傳送SOS的訊息。是我疏忽了。葵，我已經沒事了。所有門都已經打開了。所以妳別慌，沒必要跑得滿身大汗，頭髮都因為汗水黏在臉頰上了。妳那好不容易維持的清秀佳人形象，這下全泡湯了。

葵的登場，反而令我擔心男子會不會就此產生懷疑。我不容易才騙他走到這一步啊。不能讓一切就這麼毀了。為了讓葵看出現場的氣氛，我向她喚道：

「我說……總務課的葵小姐，是這樣的……」

但葵根本沒在聽我說，她打斷我的話，一把抓住我的手臂。才一抓住我，便猛然將我往入口的方向拉。怎麼回事？葵根本沒理會一頭霧水的我，更令人吃驚的是，她竟然直接就跑了起來。

疲憊不堪的我無法抵抗，只能任由葵拖著我跑。就只有那名被留在原地的男子，一臉目瞪口呆。

「啊，葵，請等一下。還差一點我就……」

「抱歉，乃音。現在得趕緊離開！」

「咦？」

葵拖著我離開資料庫，持續奔向電梯間。

這時其中一臺電梯剛好開著……我心裡是這麼想，但似乎不是這麼回事，是葵用自己的包包夾在電梯門中，讓它無法移動到別層。電梯在葵走出後，就像等候客人回來的計程車一樣，在那裡靜靜等候。葵的包包成了卡住電梯的道具。

我們馬上走進電梯。葵急忙按下「關」的按鈕，接著按向一樓的數字鈕。

事情發生的太突然，當真是轉眼間的事。我無法抵抗，也無法抗議，就這樣被塞進電梯裡。完全搞不清楚是怎麼回事。這是什麼情況？

葵的側臉看起來無比嚴峻，可用「鬼氣逼人」來形容，我完全沒有置喙的餘地。我因為接連閱讀資料而感到疲憊，因為這突如其來的逃脫戲碼而感到困惑，同時對明明已即將達陣，最後門卻就此關上的資料庫感到無比遺憾，腦中一片混亂。

最後，電梯往下來到一樓，葵再次執起我的手，把安全防護的檢驗門當跨欄一躍而過，就此一路往公司外衝去。我一直搞不清楚發生何事，就這樣任由她拖著我跑。

來到外面後，我感覺剛才發生的事宛如一場夢。包括我逃進廁所、潛入資料庫、被男性員工發現，以及第二資料庫的存在。

不過，我偷來的那五本資料，很完好地靜靜存在我腦中。就像在證明剛才那一連串的事確實都是現實發生的事。

江崎純一郎♠

我打從一開始就打算要向對方套話。搓著雙手向人哈腰，擺低姿態和人交涉，這原本就不是我擅長的領域。不管對方是誰，我都會以適合自己的接待方式去對應。如果對方嫌我態度不好，不肯理我，那也沒辦法，只能到此結束。那就是我的極限。

不過，我有自信，對方不會不理我。

・從那之後，已經過了七年吧。
・因為我畢竟也收了一筆不小的封口費。
・可能是兄弟之間骨肉相爭吧。
・純粹只是因為我上了年紀。
・那叫什麼遊戲來著？

至少我能讓對方搭理我。從這些片段的話語中，已大致浮現對話的梗概。

我來到位於白金台[34]的一座宅邸前。雖然不像我家那樣，擺著裝飾用的高級車，但宅邸

34. 東京都港區的一處地名，為高級住宅區。

的大門和氣氛顯得很氣派。是一棟以高雅的白當主調的建築，庭院裡維護講究的植物增添了色彩。屋主應該有園藝的嗜好吧。紋黃蝶、紋白蝶在這附近翩然飛舞，隱隱呈現出一股友好、祥和的氣氛。展現出對方退休後的生活仍過得相當充實。

我重新確認地址後，按下對講機通話鈕。從屋裡微微傳來聲音。

「來了。請問是哪位？」

是個有點上了年紀的女性聲音。很溫暖的聲音，不帶敵意，也沒猜疑。為了不讓對方產生戒心，我刻意以平靜的聲音回答。

「我是您先生的朋友。請問您先生在家嗎？」

「在、在。您請稍候。」

老伴，有你的客人哦。留下這個聲音後，對講機的通話就此中斷。看來，她對我的聲音完全信任，直接替我開門。事情進行得這麼順利，那再好不過了，我心裡很高興。自己打開門，穿過這處鮮花和家庭菜園混雜在一起的園藝空間，一路往屋內走去。接著來到玄關前。我靜靜地在那裡等候開門。像佇立在田間道路旁，長滿青苔的地藏王石像般，屏氣斂息。

過沒多久，伴隨著卡嚓一聲，玄關門就此開啟。一名像是這屋子主人的男性從門內探頭。長著一張像是連蟲子都捨不得殺的和善圓臉，外加髮量豐沛的一頭白髮。

男子看到站在玄關前的我，感到意外，一時略顯怯縮。眼睛不規則地眨了兩、三下，努力想看出我的真實身分。但他不可能知道。因為我們真的是第一次見面。

見男子慌亂，我沒放過這個機會，我馬上伸出右腳，抵進打開的門縫裡。為了避免激起他不必要的戒心，我顯得若無其事，但右腳仍很確實地發揮門擋的功能。

男子反射性地想將門把往回拉，但已經被我的腳擋住。男子視線先落向我的腳，接著又注視著我。他又眨了五下眼睛，仍舊不知道我是誰，這才出聲問道：

「……你是哪位？為什麼要這麼做？」

「我的引見方式有點粗魯，在此向你致歉。請你原諒。不過我覺得，如果不這麼做，可能就無法和你見面了。你是『森重昭』先生對吧？」

男子一臉困惑地緩緩點了點頭。似乎在這短暫的瞬間，已思索過眼前周邊的情況，看出是怎麼一回事。從他細部的表情動作，可以看出男子相當有智慧，而且腦袋靈活。雖然已經退休，但至今仍保有身為董事的智慧。

「想請教你幾個問題，如此而已。前雷遜電子副社長。」

男子的眉間微微使勁。「問什麼問題？」

我別有含意地說出我的來意。就像裡頭存在著某個廣大的水脈一般。

「我想和你聊聊真正的黑澤孝介。」

我心中其實也沒多大的勝算和證據。我這番話就只是極力撐起外表，其實裡頭很空洞，根本沒半點「內容」。只是在虛張聲勢。但以現狀來看，我直覺「黑澤孝介」就是關鍵人物。如果他是個平凡人，過著平凡的人生，應該不會以這種方式來影響我們。既然這樣，其背後一定有什麼祕密。我們所不知道（但應該要知道）的黑澤孝介真正的形象。

森重原本滿是戒心的表情，緩緩洩去緊繃的力氣，最後露出近乎嘲諷的笑臉。

「有趣的少年。」

男子從原本緊握的門把鬆開手，把門打開，背對我朝裡頭走了三步。接著脫去涼鞋，走進屋裡，轉頭對我說：

「進來吧。」

面對這令人意外的展開，我覺得有點心裡發毛，但森重看出我的態度，補上一句。

「沒事的，用不著那麼提防。我又不會吃了你。面對你這樣的稀客，我的好奇心也被你激起了。就照你所希望的，陪你小聊一會兒吧。」

我不發一語地點點頭，走進森重家。

屋裡比外觀更潔淨，到處都看得出建造者的堅持。可能是在房屋結構上投注了巧思，夏天的日照從許多地方照進屋內，不用點燈一樣很明亮（但仍保有涼爽）。走廊和房間的角落擺放了觀葉植物，為這處空間起了整合的作用。與自然的和諧，或許就是這棟房子的概念。

我被帶往森重的書房。雖是書房，卻相當寬敞，一處約十張榻榻米大的空間，四面牆都被書架包圍。架上的書，從經營理念的商業書，到歷史、道德之類的書籍都有，相當多樣。他要我坐向擺設在書房中央的沙發。

「喜歡喝咖啡嗎？」森重問。

我只回了一句「不用太多」。森重微微一笑，命妻子沖兩杯咖啡來。森重的妻子朝我露出燦爛的笑容，接著離開書房煮咖啡去了。

森重以讓人感覺他已有相當年紀的步伐走向前，把書房的門關上，坐向我正面的沙發。一切的動作都在在顯現他已過盛年。

「你幾歲？」森重問。

「十七。」我沒什麼情感地回答道。

但森重似乎對這個數字很感興趣，咧嘴一笑。接著反覆誦念著「十七」。他似乎對這個數字的語感頗感玩味。

「年齡有什麼問題嗎？」

「不，因為你看起來很年輕，所以我才有點好奇你今年多大。沒別的意思。」森重整個身子靠向椅背。「那麼，十七歲的你為什麼會到這裡來呢？而且開口就是詢問黑澤孝介的事。」

「這事說來話長。而且我沒把握可以簡單扼要地說明清楚。所以不好意思，我就不多做說明了。」

森重冷笑一聲後應道：「好吧。那我就開始接受你的提問。你想問什麼？」

・從那之後，已經過了七年吧。

「首先，我想知道七年前雷遜電子發生了什麼事。」

七年前。據三枝乃音說，那年雷遜電子有許多人離職。是公司內開始傳出危險傳聞的一年。而更重要的是，當時的副社長森重昭也在七年前離職。若按照那耐人尋味的預言內容來看，這個問題更是不容忽視。

森重抬起右手，屈指細數。「一……二……三」，他逐年往回推算。森重每屈起一根手指，就會細細思索時間，緩緩讓時光倒流。接著他終於做完七次的手指伸屈運動。

「嗯……」森重抬起視線。「從那之後，已經過了七年吧。」

「我想請教你七年前的事。」

森重從鼻孔重重呼出氣息，臉色凝重地盤起雙臂。

「簡單一句『七年前的事』，說來輕鬆，但它背後其實暗藏著龐大又複雜的內幕。不是輕鬆一句A變成了B，就能交代清楚。不過，如果要簡短地以一句話來加以歸納的話，那就是『我離職那一年』。」

我望著森重的雙眼說道：「不光是你。有許多人都離職了。」

森重以幾乎看不出來的細微幅度點著頭。「沒錯。許多人都離開了公司。你連這個都知道。」

「對。」

「不過，再進一步就不知道了。」

我點頭。他說的沒錯，再進一步我就不知道了。

「時間過得真快。一轉眼已經七年啦。」森重自言自語道，仰望天花板。

我不經意的望向書架，一本名為《家庭菜園的建議》的實用書映入我眼中。這個男人的嗜好似乎真的是園藝。

森重改回前傾的姿勢望向我。

「對了，你想知道多少？」

我眯起眼睛。「想知道多少？」

「沒錯，想知道多少？」

「我不太確定你這句話的意思，如果可以，我希望你將『一切』都告訴我。」

森重搖了搖頭。「這可不行哦。不論是就時間上的意義，還是我該背負的義務來說，我都不能告訴你一切。因為我畢竟也收了一筆不小的封口費。」

「那麼，就在極限範圍內吧。在你能說的極限範圍內，盡量告訴我。七年前眾人集體離職的祕密。那危險傳聞的真相。還有黑澤孝介真正的另一面。」

森重發出一聲沉吟，接著又重複說了一遍「極限範圍內」。感覺得出他體內的電腦，無聲地彈出「極限範圍內」的視窗。他的視線落向矮桌上，靜靜展開演算。

書房門傳來叩叩兩聲，森重的妻子以托盤裝著咖啡現身。她簡短說了幾句話，將咖啡擺向我和森重面前。雖然比不上老闆煮的咖啡，但還微微帶有剛磨好的咖啡豆散發的芳香。接著她將奶油球和糖包擺在桌子中央後，依舊臉上掛著微笑，就此離開書房。

書房的房門關上後，沉默與咖啡香交混，就此意外形成一種詭異的空氣。沉重、苦澀的沉默。

「應該沒下毒。請喝吧。」森重說，加了一顆奶油球。白色的液體呈螺旋狀混入黑咖啡中。

在他的勸進下，我直接喝起黑咖啡。味道果然比我平常喝的咖啡還淡。略嫌粗野的苦味在舌尖上緩緩擴散開來。我只含了一口，便輕輕將咖啡杯放回杯盤上。

森重以湯匙攪拌好咖啡後，視線望向地面，開口道：

「那就先談談黑澤孝介的為人吧。」

森重望著仍持續轉動的咖啡表面。就像他給自己訂下規則，視線絕不能從咖啡上移開似的。

「簡單用一句話來形容，他是個『很有領袖魅力』的人。工作能幹、長相驃悍、說起話來也很善於引用和比喻，一切都很完美。他負責的工作或作業，都做得很確實，幾乎無從挑剔，而且品味獨具，總是很吸引周遭人。尤其是年輕人，全都為他著迷。他堪稱是新時代的領袖。光憑努力仍無法補足的知識不足、經驗不足、其他派系背後施加的壓力，他全都一一克服。四十出頭就坐上公司最高的位子，這很不容易。這全是他個人的實力和魅力所獲得的功勳，不容否定。他乍看之下，是個很有魅力的人。」

「不過，他也有他的缺點。」

森重從咖啡抬起視線，望向我。接著閉上眼，點了點頭。

「真要我說的話，他就像個孩子。非常孩子氣。雖然他感覺是個做事穩健踏實，比任何人都重現實面的人，但有時也會吹噓，說一些連小學生也不會講的空話。老說一些蠢得令人扁桃腺發癢，一點都不腳踏實地的理想論。」

「例如呢？」

「很抱歉，我光說都覺得蠢。如果他說『想征服世界』，這樣或許還比較有建設性。總之，他不時會像變了個人似地，說一些莫名其妙的蠢話。這就是他的缺點，同時也是七年前『那件事』的開端。」

我默默聆聽。

「舉例來說，如果是個普通的無業遊民，不管說什麼謊言、理想、大話，都不會有什麼問題。因為沒人會認真傾聽，也不相信他說的話。但不幸的是，『黑澤孝介』有個明確的頭銜。有他身為企業人士的風格、經營者的實績，以及吸引別人的魅力。樣樣都是一流。而不可思議的是，從他口中吐出的空談，全都在不知不覺間搖身一變，成了一流經營者的最佳提案。大家都說『黑澤說的準沒錯』。他成了權威主義的象徵。現在回想，還是覺得很蠢。」

森重仰頭將杯裡的咖啡一飲而盡。如同在喝什麼難以下嚥的中藥般，一副很不甘心的表情。

「我們是『雷遜』。在國內排名第一。以世界排名第三的市占率自豪的電子機器製造商。是一家電子機器製造商耶。但他卻開始提出一些莫名其妙的提案。就在七年前。」

「怎樣的提案？」

「你對這件事一無所知對吧？」

我點頭。

「完全都不知道？」森重很謹慎地向我確認。

我再次明確且緩慢地點頭。「嗯。我完全都不知道。」

森重就像突然一陣睏意來襲般，慢慢閉上眼，擺出微微低頭的姿勢。

「我一直以為你是追查那件事，才會找上我，原來不是啊……」

「請不要賣關子。黑澤孝介做了什麼提案？」

「抱歉，這我不能說。」森重抬起臉，睜開眼睛。「如果你知道那件事，那就沒問題，但既然你不知道那件事，我就不能親口告訴你。這是……」

「極限範圍是嗎？」

「沒錯。」

「這樣的話，你要擱向一旁也沒關係。就說你能說的部分吧。」

「嗯。」森重盤起雙臂，嘴角垂落。「七年前的某天，我被叫去位於總公司大樓最頂樓的會議室。不光是我，連同關係企業的社長、幹部在內，共有十二位董事，都被雷遜電子的社長黑澤孝介找去。有種不祥的預感。因為特地將董事召集在一起，應該不是要進行什麼新產品的企劃會議。每個人都擦拭額頭的冷汗，心想，可能是有什麼重要的決定，或是要發表什麼事項。」

森重莞爾一笑。

「但謎底揭曉後，從黑澤孝介口中說出無比幼稚的提案。根本就是蠢話。我聽了實在受不了。心裡想，這傢伙平時工作的時候，明明就是個無從挑剔的領導人、企業人士，但為什麼不時會露出這樣的一面呢？黑澤當時都已經年過四十。我很想大聲對他說，你也該適可而止，要成熟一點，當個真正的大人。但當時的黑澤似乎不想和之前一樣只提出虎頭蛇尾的理想論和夢話，他不想讓『那項計畫』終結。他推出很縝密的計畫，以他與生俱來的三寸不爛之舌向眾人做簡報。最後他以一句『BEING ALIVE AS A HUMAN.』，為他的高談闊論做結尾。」

「那是廣告標語。」

「不，當時那還不是廣告標語。是後來黑澤用它當廣告標語。他是一位獨斷獨行的社長。我覺得『BEING ALIVE AS A HUMAN.』真是莫名其妙。總之，那天黑澤向十二位董事做出這項提案。他開門見山地問我們究竟是『贊成』還是『反對』。」

「所以你提出反對意見。」

森重顯得有點難為情。「我並未明確表明反對立場。但我面有難色。不論什麼時候，身為日本企業的董事，這都是很重要的工作。不是不能說不，而是不說。有鑑於其他各種因素。」森重原本已緩和下來的表情，再度緋緊。「但令人驚訝的是黑澤之後補上的說明。他說『有誰反對的話，我希望他能盡快離職』。我們聽了全都打了個寒顫。這麼狠心的做法，有誰受得了？但黑澤又補上一句。『離職時，我會全力對你們日後的商業人生提供後援。也會為你們準備好新的工作，打造另一套體制，讓你們能維持和現在同樣的生活水平』。最後，當面反對他提案的，共有五人。主要是和黑澤沒什麼接觸的人。他們訓斥黑澤，說他剛才那番話粗魯至極，就此離開公司。但黑澤還是依照約定，很用心地幫他們安排新的工作。抱歉，修正一下，『只有一人例外』。除了當中的一人之外，黑澤都照料他們往後的生計。不過，這些員工原本也都是董事。就算放著不去管，他們應該也不會為求職的事發愁才對。」

「你說只有一個人例外，這是怎麼回事？」

「嗯？哦。有個人當時擔任子公司的社長，他遭受殘酷的對待。黑澤就只針對他，別說讓他找新工作了，甚至暗中動用關係去影響同業的其他公司，讓對方無法繼續在這個業界待下去。連我們這些旁觀者看了都覺得很殘酷。不過，為什麼黑澤會針對那個人，這件事很明確，因為那位子公司的社長正是黑澤的哥哥。可能是兄弟之間骨肉相爭吧。詳情我不清楚。總之，因為那樣的原因而投下反對票的董事當中，只有黑澤的哥哥一人遭受嚴厲的制裁，就此離開公司。好了，先不談這件事。這不太重要。最後，黑澤不光針對董事，也要公司裡的所有員工對他的提案表示贊成或反對。不過，黑澤推出的計畫是高度機密。如果向所有員工說明，將會秩序大亂。因此黑澤才會若無其事地準備了提問，來推測眾人是贊成是反對。並讓所有員工回答他的提問，對視同投下反對票的人，會命令他們離職。不過也和前面提到的一樣，保證會對離職者往後的商業人生提供後援。當然了，員工與企業之間多少出現了一些衝突場面，但大部分員工都順利圓滿地離職。這就是七年前的概要。」

森重展開雙臂，就像在表示他的話已經說完。

我就像刻意製造空檔般，又喝了一口咖啡，盡可能放慢速度將杯子放回杯盤上。森重這番話雖然隱藏了核心部分，但還是成了很有助益的情報。這樣我就掌握了三枝乃音說的集體離職的原因，對黑澤孝介的人格特質也得到了隱約的輪廓。不過，要是沒能得知重要的核心部分，還是不夠。於是我開口說道：

「關於當時黑澤提出的『某個提案』，無論如何都不能告訴我嗎？」

「無論如何都不能說。」

「既然這樣，那項提案後來實際付諸執行了嗎？這總可以告訴我吧？」

「很抱歉，不是我不能告訴你，而是我也不知道。那場會議後過了幾個月，我也離開了公司。當時我離職，並不是因為我反對他的提案。純粹只是因為我上了年紀。沒用的老人就該早點離開。好的企業，就是擁有強大的年輕力量。難得有這麼年輕的社長，但要是沒用的老人一直在公司裡蠻橫跋扈，那可不行。因此，關於後來公司的情況，我完全沒任何消息。不過，他的提案並不是短短兩、三天就能執行。我記得他的計畫是以『五年』作為一個目標。想用五年的時間完成。」

「之後已經過了七年。」

「是啊。也不知道是已經完成，還是仍在為這件事焦急，或者是剛好完成。也只能用猜測的了。對了——」森重以糖包指向我。「你的目的是什麼？」

我展開思索。我的目的是什麼呢？我為什麼來這裡？我最後到底該怎麼做？

「我不知道。」

「不知道？」森重反問。

「對，我不知道。坦白說，我們感到腦中一片混亂。因為被捲入莫名其妙的事件中。不過，我希望你能安排我和『黑澤孝介』見面。想當面和他聊聊，之後再來思考。原本和黑澤的女兒見面也行，但她已經過世……」

「女兒？」森重似乎對這句話大感吃驚，微微撐起上半身。「黑澤有女兒？」

我對他的態度抱持疑問，但還是回答道：「有，死於四年前的一場火災。當時她十四歲。怎麼了嗎？」

「不……」森重就像是要讓自己平靜下來般，再度坐向沙發。「原來他有女兒。多麼殘酷的一件事啊……不過，這麼一來，也許黑澤他……」

他後半段的話像在自言自語，很難聽懂。森重思索完畢後，像要摒除雜念般，搖了搖頭，轉頭面向我。

「抱歉。你說你想見黑澤孝介一面？」

我點頭。

「不過，你應該也不難想像，一家企業，而且還是雷遜電子這種大企業的社長，平時相當繁忙。你一個普通高中生，想要和他見面閒聊，這是不可能的事。」

「你可以代為引介嗎？」

「這倒也不是不可能。如果你非這麼做不可的話，近日我倒是可以替你安排機會和他見面。等夏天一過，他應該也會比較有空閒。」

「這不行。」我說。「如果可以，我明後兩天就想見他。」

我想起大須賀駿說過的話。他說我們可能有時間限制。而且恐怕就是那張門票上寫的五天時間。我並非完全相信時間限制的事。但我也不能完全置之不理。

「有沒有什麼好方法？」

森重閉上眼，一臉為難。「這我沒辦法。就連一般員工也很難見他一面。你應該也是吧？要是有人突然問你什麼時候方便，你應該也不會完全配合，特地騰出時間。」

我因為他這句理所當然的回答，而將視線往下移，注視著眼前殘存的咖啡。完全不加糖奶，通透的黑，畫出一道小小的圓，微微搖曳。宛如象徵著不斷流逝，不可逆的時間。

「有了……倒也不是完全不可能。」

我因為他這句話而抬起臉，望向森重。

「真的？」

「嗯，不過希望很渺茫。如果這樣你還是願意一試，我可以告訴你一件有趣的事。」

「怎樣的事？」我無意識地改採前傾的姿勢。微微被吸往森重的方向。

森重別有含意地微微一笑，緩緩站起身，走向擺在書房中央的書桌。那令人很想叫他拄拐杖的虛浮步履，走向書桌正面，從抽屜裡取出一個小小的金色徽章，再度走了回來。森重靜靜地將徽章擺在我面前。想必不是純金打造，但有相當的高級感和穩重感。是個風格獨具的徽章，採簡樸的圓形設計。中心深邃地刻了「R」字。我視線望向森重，以此詢問徽章的含意。

森重就像在處理易碎物品般，小心翼翼地坐向沙發，開口道：

「仔細想想，這也是七年前的事了。就像我剛才說的，因為黑澤的提案，造成許多人離職，之後我仍留在公司裡，待了幾個月。單純只是覺得，這麼多人離開公司，後續會相當忙碌，如果我也特地選在這時候離職，實在過意不去。因此，之後我又在公司待了一陣子。這就是在那時候發生的事。黑澤自從做出那項提案後，不知為何，總是頻頻握著手機，與某人聯繫，接下來的日子似乎一直都很擔心什麼。有時打電話，有時發郵件。不過，企業人士整天使用手機，並不是什麼多稀罕的事。非但如此，如果是業務員，甚至整天都離不開手機。因此，這不是什麼大問題，但以他的情況來說，他的聯絡方式有點怪異。我起初以為黑澤是在意股票或匯率的價格波動，因而也沒放在心上，但好像不是這麼回事。他在電話中總會頻頻大喊『沒有類似的人出現嗎？』或是『今天沒出現嗎？』像是在等什麼人前來。我對此感到在意，更何況，他身為公司的社長，心思都放在公司外的某個事情上，這會影響士氣，所以我拿定主意，向他詢問『你在和誰聯絡？』但他始終都微笑帶過，就只對我說一句『森重先生，日後我會告訴你的』。感覺別有含意，相當詭異。我一直感到納悶不解。接下來的某天，就在我即將離職的某天。他給了我這個東西。」

森重指著擺在我面前的徽章。

「我當然也問過『這是什麼？』結果黑澤說『是入場券』。」

「入場券？」

「對。完全不懂是什麼意思。我問他是什麼入場券，但黑澤始終不肯說。他只告訴我某個地址，然後對我說『去了那裡你就知道』。」

「你去了嗎？」

「當然。」森重朝雙眼使勁。「你聽好了。從新宿站東南口走出電扶梯後，直接出站。一路直直往前走，前方會有個短短的斑馬線。一處路上常有人做街頭表演的地方。走過斑馬線之後左轉。那裡有一整排成人電影院，通過那裡後，最裡頭有棟建築。是外觀看起來很老舊的灰色住商混合大樓。沿著入口附近的樓梯走向地下。那裡就是黑澤說的地方。」

「然後呢，那裡有什麼？」

森重聳了聳肩，微微搖了搖頭。「連我看了也很驚訝。」

我就像在催促他回答般，緊緊瞪視著他。這場前戲拖得太久，教人心煩。森重敏銳地感覺出我的視線暗藏的含意，他簡潔明瞭地回答。略顯得意地露出一口白牙。

「那裡是賭場。」

「啥？」

「就像我說的，是賭場。有輪盤、百家樂、二十一點、吃角子老虎，人們沉浸於各種賭博遊戲中。後來我聽說，似乎是黑澤從某個可疑的暴力集團那裡買下，自己偷偷經營。我當真是既驚訝，又傻眼。完全不考慮風險，想做什麼就做什麼。他果然很孩子氣。我若無其事地在店內閒逛，發現每樣遊戲賭率都很高。如果沒做好心理準備，對輸贏不是特別執著的話，絕對出不起這麼龐大的金額。當中最主要的場子，正在進行一種從沒聽過的撲克牌遊戲，感覺氣氛很不尋常。」

森重的眼神看起來不像在說謊。話說回來，以他的立場，就算說謊也得不到任何好處。不過，我一時覺得難以置信，隔了好一會兒才又開口詢問。

「那麼，你要我怎麼做？」

森重莞爾，趨身向前。

「黑澤在等人來。一直在等某個人到那座賭場來。我不知道那個人是誰，但此事倒也不難猜。黑澤應該是在找尋能在那裡大贏一場的厲害人物。肯定是這樣沒錯。以個性來說，他往往都會給運勢過人的傢伙很高的評價。因為黑澤自己就是個運勢比人強的傢伙。那麼年輕就一路高昇，這當中固然有實力的成分，但運氣更是不可或缺。他在找尋同志，或是同類。於是他開設賭場，虎視眈眈。」

「真的是為了這個原因而開設賭場嗎？我覺得這樣不太正常。這個理由太含糊了。」

「你會這麼想也是理所當然。」森重說。「相不相信是你的自由。我只告訴你幾件事。一，他暗地裡經營賭場，每天都頻頻與賭場聯絡。二，他一直在等候某人現身。三，他遠比你想像的還要孩子氣。這三點句句屬實。我只能明確告訴你這些。」

我盤起雙臂，閉上眼，暗自沉思。這番話值得信任嗎？內容合理嗎？有沒有哪裡無法理解？我試著加以整合，展開綜合性的思考。但這時我突然發現，我根本沒餘力可以對這些消息進行篩選和取捨。（如果以大須賀駿的說法來思考的話）時間限制只剩兩天了。此刻的我既沒有權限，也沒有時間，去篩選目前得到的消息。我睜開眼。

「這個徽章我可以帶走嗎？」

「好啊，當然可以。我的餘生只要在家中種種含羞草，就覺得心滿意足了。賭博這種事，對已經有點硬化的血管實在不太合適。將它轉讓給你，也是個不錯的決定。對了，你相信我說的話嗎？」

「也只能相信了。」我說。

「也只能相信了。」森重跟著複誦了一遍。「很有趣的表現方式。總之，你就當是參觀社會實態，去開開眼界吧。那是一處很耐人尋味的設施。不過，如果你要加入賭局，得準備一筆『資金』。那裡的賭率高得嚇人，如果不小心留神，短短三十分鐘就會損失上百萬圓。如果賭贏，也許就能見到黑澤，不過，這我也無法向你保證。這和打柏青哥打發時間，是兩碼子事。」

「如果是錢的事，我有管道。」

「哦，向你父母要是嗎？」

「……不」，我皺起眉頭。「我家並不窮，但我父母也沒那麼好心，不會不問原因，就隨手拿一疊鈔票給自己兒子。我會向一名認識的女人要這筆錢。我認識一位悠哉地帶著二十萬現金在身上的女人。」

森重朗聲大笑道：「哈哈，好個年僅十七歲的壞男人。」

我沒回話，將剩餘的咖啡一飲而盡。桌上已沒咖啡，室內的空氣變得輕盈許多。就像以銼刀削過的雕刻一般。

界。」

「不管怎樣，你都要小心。照一般常識來看，一般的十七歲小夥子無法融入那個世界。」

我點頭。「我有同感。普通的高中生是很難融入其中。對了，可以問你個問題嗎？」

「請。」

叩叩，突然傳來敲門聲。森重先是表情一沉，接著略顯粗魯地應聲。房門打開，森重的妻子一手拿著電話子機，站在門外。

「抱歉，老伴。因為對方說有急事找你。」

「誰打來的？」

森重的妻子一臉歉疚的神情，那模樣就像在說「不方便回答」。森重因妻子的表情而皺起眉頭，接過那處在保留狀態的子機。接著轉身面向我。

「你剛才要問什麼問題？」

我搖頭。「你先接電話沒關係。待會兒再問也行。」

「不，這可不行。因為你是在這通電話前先提問的。」

我露出森重幾乎看不出來的微笑。「那我就不客氣了。我和你素昧平生，你為什麼要告訴我這麼多事？你這麼做，得不到任何好處吧？」

森重咧開大嘴，臉上泛起別有含意的笑意。「也沒什麼特別的原因。就只是因為你說了『真正的黑澤孝介』這句話，我就不由自主地讓你進屋了。我從以前……」森重略微壓低聲音。「就看黑澤不順眼。一直很想親眼瞧瞧，他那一帆風順的人生，從意想不到的地方開始出現破綻的模樣。」

森重露出和他年紀不相稱的調皮微笑，接著解除子機的保留功能，接起電話。他已切換成很正式的聲音。

「請問您是哪位？」

我無法得知電話那頭說了些什麼。不過，當電話那頭的某人開始說明情況時，森重的表情馬上為之一沉。再明顯不過了。不知從什麼時候起，森重的視線緊盯著我。不悅、嚴峻的視線往我臉上傾注。

「……不。我這邊沒任何異狀。」森重視線仍未從我臉上移開，接著說道。「喂喂喂，我一個老頭子現在才引發這種風波，不會有半點好處吧？而且我對你說的名字沒印象。這事和我無關。」

森重之後又講了幾句話，便靜靜地掛上電話。

「哎呀呀，真教人吃驚。而且還是在這個時間點……」

「怎麼了嗎？」

「你……」森重一臉疲憊，慢慢將子機放向桌面，從書房的窗戶望向外頭。常春藤茂盛地纏向格子窗。雖然長得很茂密，感覺全擠在一起，但葉子整體都沐浴在場光下。森重自言自語般說道：「你們是展開團體行動對吧？」

我暗自感到心慌。「怎麼回事？」

「雷遜電子好像有人闖入金庫。而且還是年紀很輕的兩名女性。」

「這樣啊。」我如此回答，不置可否，始終都佯裝是不相干的第三者。

但森重接下來說的話，令我雙手抱頭。而且還重重嘆了口氣，外加一聲咂嘴。

森重說：「聽說她們被捉住了。」

憤怒、後悔、反省、焦躁，在我心中激烈地交混在一起，化為一團凝塊。就像加了奶，不再是原味的義式濃縮咖啡。

葵靜葉♥

我們回到飯店房間後，不約而同地倒向客廳沙發。我搖搖晃晃地以背部躺下，乃音則是正面直接撲倒。我們兩人的肉體和精神都已極度疲憊。

我謊稱是井上光平的女兒，在事跡敗露後，急忙搭總公司的電梯下樓，帶著乃音衝出雷遜電子總公司。周遭的員工都一臉詫異地望著死命逃離的我和乃音，但大部分員工都不知道發生了什麼事，沒朝我們追來。拜此之賜，我們兩人才得以順利逃出公司，直接前往品川站。我們急急忙忙地轉乘電車，最後終於平安返抵飯店。搭電車時，我和乃音在不敢大意的氣氛下，一直繃緊神經，疲憊不堪，彼此幾乎沒有交談。

「……可有得到什麼好的情報？」

回到房裡，隔了約五分鐘後，我這才向乃音詢問。乃音臉埋在沙發裡，以含糊的聲音回答：

「就差那麼一點點。」

對於她模糊不清的回答，我連回話都沒力氣，只能靜靜等她再度開口。接著，乃音突然以俐落的動作抬起臉，轉頭面向我。

「託妳的福，資料庫的門鎖徹底破壞了。做得很完美。可是資料庫在更裡頭。有個第二資料庫。呃……」乃音似乎也很疲憊。眼睛定住不動，不知望向什麼地方。「總之，就差那麼一點點。要是妳再晚點來的話……」

「抱、抱歉。」

我決定不再多問，保持沉默。我們彼此都需要一點休息時間。江崎和大須賀還沒回到房裡。在他們兩人回來前，就先小睡片刻吧。我在心中如此低語，悄悄閉上眼。

「對了，葵。」

我馬上又睜開眼，望向乃音。

「怎麼了？」

「該怎麼說好呢。無法好好表達的我，語彙太過貧瘠，實在很慚愧，但請冷靜下來想想。我們是不是闖下大禍啦？」

我一時間沒能理解她這句話的含意，後來逐漸能掌握她說這話的用意。

再怎麼說，我也算是潛入一家企業的內部，破壞了資料庫的安全防護裝置以及十八樓的安全檢驗門。而且還對許多人撒謊，做了許多壞事，卻還若無其事地亮出自己真正的樣貌。雖然我不太懂法律，但我們這肯定是違法行為。明明就是個很魯莽的計畫，現在光想就覺得雞皮疙瘩直冒，但在執行計畫時，或是在擬定計畫的階段，卻沒有什麼恐懼感。也許我們在不知不覺間處在麻痺狀態下。因為得到不可思議的門票，就此有了不可思議的發展。過程中，說好聽一點，我們成了行事果敢的人，而說難聽一點，我們成了行事不懂得瞻前顧後的人。此刻就像退潮般，麻醉感消退，我重新對自己採取的行動之大膽和魯莽，感到既驚訝又可怕。

——我們是不是闖下大禍啦？

我苦笑應道：

「我、我可不願這麼想。」

我和乃音極力擠出笑臉，對此一笑置之，相互勉勵。我們不自然的笑聲，在室內乾巴巴地響起。

這時，如同是要制止我們的笑聲般，叮咚一聲，房內的門鈴響起。我們互望一眼。會是誰呢？江崎和大須賀各自都帶著房卡，沒必要刻意按門鈴。這麼說來，按響門鈴的另有其人。

因為有剛才那段對話，我們之間頓時興起緊張的氣氛。我們回到飯店房間，還不到十分鐘。如果是我們逃出雷遜電子後，有人一路尾隨的話，經過這樣的時間差而找到我們，也不足為奇。我們兩人互望一眼，暗自吞了口唾沫。

「不好意思。我是櫃臺的服務人員，可以占用兩位一點時間嗎？」

聽到隔著房門傳來的聲音，我們這才轉憂為喜，鬆了口氣。原來是飯店的工作人員。也許是要房間打掃，或是通知我們晚餐的事。我大聲地應道「來了」，朝門口跑去。解除門鎖，打開門。

只開啟一半的門外，站著一名身穿制服的年輕服務生。服務生笑容可掬地微微行了一禮。

「突然打擾您，真的很抱歉。」

我揮著手，表示沒關係。

「不會。有什麼事嗎？」

「是這樣的，剛才有位先生說是您認識的人，想跟您問候一聲，所以我帶他一起上來。」

「……認識的人？」

「對，就是這位先生……」

這時，從我們視線死角的門後走出一名穿西裝的男子。身高一百八十多公分。雙肩寬闊，體格結實。年約四十歲左右，理著一頭短髮，散發出運動社團成員的氣場。

從門外滲進的風，微帶不舒服的涼意。我有不祥的預感。我沒遇過這名男性，也不記得在哪兒見過他。

服務生可能是發現我不知所措的視線，以傷腦筋的表情詢問：

「這位……不是您認識的人嗎？」

「不不不，我們確實認識。而且還是好朋友呢，對吧？」

我還沒回答，這名穿西裝的男子已搶先用充滿活力的聲音回答，伸手搭在服務生肩上。接著斜眼俯視著我。

「這女孩是我同事的女兒。」

強烈的戰慄在我的五臟六腑遊走。我發不出聲音，也無法後退，連呼吸都有困難。我極力抑制全身的顫抖，不讓他採取進一步的行動。

穿西裝的男子以爽朗的笑容制止了服務生，若無其事地闖入我們的房間。接著靜靜地把門關上。自動門鎖奏出輕細的聲響，表明了我們的絕望。

我終於能後退了。就像屈服在男子的壓迫感下，先是退了一步，接著又退了一步，再來便如同失去平衡般，一路向後退。

房裡的乃音也站起身，表情凍結。視線緊盯著男子，不曾移動半步，眼睛也連眨都不眨一下。

「兩位好。我是雷遜電子的人，敝姓藪木。因為一些原因，我跟著妳們來到這裡。請多指教。」

男子臉上泛起詭異的微笑，展開自我介紹。我和乃音再也承受不住，就此跌向地面。一屁股坐向地毯上，以顫抖的眼神仰望這名高大的男子。男子來到我們面前，像是要與我們目光交會般，蹲下身。

「兩位小姐，為什麼妳們要那麼做？」

我們沒回答，對他的提問保持緘默。我們沒辦法如實告訴他。話說回來，就算想坦白告訴他一切，我和乃音在現在這種狀態下，也無法好好說話。這名姓藪木的男子，看出我們不願回答後，略微露出冰冷的眼神，接著又再度露出很虛假的微笑。

「ＯＫ。那我換個問題吧。妳們為什麼會住在這種地方，可以告訴我妳們的目的嗎？」

我極力忍住喉嚨的顫抖，低著頭回答：

「……來、來這裡觀光。」

「嗯。」男子沉吟一聲，窺望我的臉。「真的嗎？」

我像在顫抖般點了點頭。男子莞爾一笑。

「那麼，下個問題。為什麼會潛入我們公司呢？」

乃音雖然因為緊張而多了許多肢體動作，但她還是抬起頭來回答。

「我、我們是鄉、鄉下來的。因為朋友說『去東京要是沒去雷遜電子的大樓參觀，那就虧大了！』所以我們才想，一定要去參觀一下……因而忍不住……」

「忍不住——」男子的眼神不帶笑意。「潛入公司？」

乃音承受不了他那像在燻人般的視線，不由自主地低下頭。男子放棄質問乃音，定睛注視著我。

「接著問下個問題吧。為什麼妳們知道我們員工的個人資料？」

「這是因為……」我眼神飄忽不定，結結巴巴地解釋。「有、有個像網路留言版的地方，上面剛好寫了名字。……所、所以我們就擅自使用……很抱歉。」

「真的？」

我緊咬嘴唇，點了點頭。視線移往右下方。

男子深吸一口氣。鼻孔擴張了約一公分那麼大，就像要將房內的氧氣全部吸過去似地，朝身體裡蓄滿空氣。接著以慢得可怕的速度問道：

「ＯＫ。那麼，最後一個問題。為什麼進去資料庫？」

室內空調應該是充分發揮了它的功能，但室內卻備感悶熱。汗水不斷從額頭、腋下、脖子、手掌等各個地方滲出。我無法回答，只能低著頭。這時，乃音刻意不看男子的臉，猛然低頭行了一禮。模樣就像是跪地磕頭認錯般。

「……對、對不起。我們真的只是出於好奇。因、因為剛好入口的門開著，很想進去看看，所以就……我們什麼也沒偷拿，也沒亂看。我發誓。我向神明發誓。我、我沒做壞事。請您相信！」

乃音說完後，仍舊沒抬頭，始終望著地面。她的視線緊緊盯著地面，幾乎都快將地毯燒了。男子這次較為節制地吁了口氣。

「妳說資料庫的門打從一開始就開著的？」

「沒、沒錯。」

乃音這時猛然抬起頭。以顫抖的眼神朝男子的雙眼聚焦。就像在主張自己的正當性般，極力不移開視線。她的模樣好似與強敵對峙的草食動物，雖然柔弱，但感覺又帶有一絲威猛。

「嗯」，男子點頭。「的確，資料庫裡沒有資料遺失的跡象。而且我們公司粗心的員工還自己打開了第二資料庫的門，但我接獲報告，他沒讓妳進去。關於妳沒從資料庫裡『偷竊』一事，姑且就相信妳吧。」

男子這時雙手用力一拍。就像在宣告什麼結束了一樣，聲音響遍房內。男子微微一笑，開口道：

「我們也不想把事情鬧大。雖然我們企業這邊是徹底的受害者，但有事件發生，都有可能會造成企業的評價下滑。我們自己也有疏失。再怎麼說，妳們一來，兩個安全防護相關的裝置就碰巧發生不明原因的故障，這也有我們不周全之處。如果可以，希望這件事能和平落幕。面對兩位小姐，我不想展開訊問或拷問，也不希望有人受傷，或是鬧出人命。兩位也同意吧？」

我和乃音就像脖子上裝了彈簧的玩具，急促地點頭。男子再度露出那宛如範本般的笑容。

「ＯＫ。這房間很氣派，就只有妳們兩個人住嗎？有其他人同住吧？」

「怎、怎麼可能！就只有我們兩人。沒、沒其他人了。」乃音以笑臉打圓場。

男子一副納悶的表情，但也只能點頭，從他手中的公事包裡取出一張Ａ４紙，遞向我們面前。

「那麼，請在此寫下兩位的住址、姓名、年齡、電話，可以嗎？我們雙方都想讓這件事圓滿落幕對吧？」

男子將那張紙夾在硬板資料夾上，附上原子筆，擺在我面前。就像他說的，紙上以明確的格式列出住址、姓名、年齡、電話等欄位。我仔細望著那張紙，感覺自己被迫做出重大決定。

我到底應該在這張紙上寫什麼好呢，我一時想不出聰明的答案。詳細寫下真實的資訊，會有危險，但要胡謅亂寫也不容易。不過，剛才乃音已經說過「我們是鄉下來的」，所以我們勢必得寫一個感覺像「鄉下」的地名才行。我就只是一味地望著紙發愁、發抖。

這時，乃音從我面前拿起那張表格，右手握著原子筆。

「我、我來寫吧。」她如此說道，開始以發抖的手填寫姓名欄。我則是惴惴不安地斜眼望著乃音所寫的內容。接著乃音寫下兩人的姓名。

姓名……國栖　涼子　十八歲

國栖　響子　十六歲

掰得跟真的一樣。而且兩人同姓，所以接下來我們兩人的設定會是姊妹。雖然是胡謅的，但這個姓氏實在很少見，令人在意。感覺以鈴木或佐藤這種比較傳統的姓氏來欺敵，應該會比較有效。但現在沒空想這麼多了。我靜靜地調整呼吸。既然乃音都編出了這樣的假資料，我現在要是顯得慌亂而害謊言穿幫，一切努力就全泡湯了。我盡可能擺出自然的神情。

過了一會兒，乃音填完所有欄位。和我預料的一樣，上面所寫的，全都是純度百分之百的謊言。

住址……山形縣酒田市下安町 9-××

電話號碼……0234（29）××56

「這姓氏可真罕見。」男子瞇起眼睛向乃音詢問。那眼神明顯透著猜疑。

「對，常、常有人這麼說。」乃音笑著應道。

男性從乃音手中拿起那個硬板資料夾，仔細檢查上面寫的資訊。他的視線由左至右，由上而下，忙碌地移動著。我期待他的視線找不出任何謊言，就這樣看完就結束。祈禱什麼事也沒有，男子就此出走房間。

「嗯」，男子臉上露出滿意的笑容。

看他這樣的反應，我差點就做出撫胸慶幸的動作。差點就重重吁了口氣，將全身的緊繃感解放開來。但我仍極力保持嚴肅的表情，等候男子答覆。但接下來男子採取的行動，完全出乎我意料之外。

緊接著下個瞬間，男子將那張紙連同硬板資料夾，重重砸向地板。雖說是隔著地毯，但撞向地面的硬板資料夾仍發出驚人的撞擊聲，令房內為之震動。我們皆因為這突如其來的改變而背脊為之凍結。不同於如此粗暴的舉止，男子仍舊朝我們露出和剛才一樣的笑容。

「如果這上面寫的資訊是假的……應該知道會有什麼後果吧？」

他在恫嚇。男子背地裡的意思是「如果妳們敢說謊，我們就會變得殘忍又暴力」。男子接著道：

「我這就打上面的電話，可以吧？」

「這……！」我不由自主地破音應道。我得想辦法繼續圓謊下去。我急著想辦法接話。

「我……我父母這個時間通常都不在家，現在打電話去，可能也沒人接……」

男子什麼話也沒說，就只是朝我投射犀利的視線。我的心臟被他的視線刺穿，一種被奪走一切的感覺折磨著我。我再也無法提出反駁。

男子從容地從公事包裡取出手機，輸入號碼。輸入完畢後，將手機貼向耳邊，以冰冷的眼神緊盯著我們，等待電話另一頭接聽。

微微傳來撥通的聲響。那聽慣的嘟嘟聲，對我們的耳朵提供了絕望的倒數時限。一旦對方接起電話，一切就全完了。就算這亂掰的電話號碼有人接聽，對方剛好姓「國栖」的可能性也非常低。如果剛才在紙上寫下佐藤或鈴木的姓氏（雖然可能性還是一樣低），也許接起電話的人就會剛好姓佐藤或鈴木。我閉上眼，和乃音一起用全身去感受這段等候絕望到來的時間。

「……啊，喂。」

電話似乎有人接聽。男子以輕鬆的業務員口吻向對方問候。

「抱歉，突然打電話給您。這裡是酒田市公所，請問是國栖小姐家嗎？」

我低著頭，緊咬嘴唇。用力咬到嘴巴都快出血了，彷彿要消除一切五感。

——也不希望有人受傷，或是鬧出人命——

想到後續的發展，我心中湧現更強烈的恐懼。雷遜電子果然不是一般的企業。掀開蓋子一看，露出了他們極度暴力和殘忍的本來面目。那個資料庫裡就潛藏了這麼多不想讓人知道的資訊。不過，一切都太遲了。我們的謊言已經清楚明白地攤在對方面前。

「……這樣啊。請容我順帶一問，令千金在家嗎？涼子小姐和響子小姐。」

我從他們的對話中，得到一種奇怪的感覺。這是怎麼回事？難道電話的另一頭接聽的人姓國栖？男子的表情模糊不明，看起來像是接受這項事實，也像是有點不滿，向電話另一頭的人問候完畢後，靜靜按下結束通話鈕。

「似乎沒騙人。妳們很老實，幫了我一個大忙。」

我差點露出驚訝的表情，但我極力忍住。而當我想佯裝平靜時，臉部肌肉便開始不自然地顫動。因為我極力在壓抑自己。

幸運的是，男子似乎沒發現我內心的慌亂，他馬上又開始打起了電話。從通訊錄中找到他要的電話號碼後，他馬上按下通話鈕，一臉嚴肅地將電話貼向耳畔。

「剛才已掌握她們的身分。大致沒什麼問題，不過，為了謹慎起見，還是麻煩確認一下。因為是這個敏感時刻，此事不容忽視。要一一和那些有嫌疑的人聯絡。」

男子掛斷電話後站起身，以笑臉俯視我們。

「那麼，請容我就此告辭。不好意思啊。潛入別人公司的這種壞主意，今後可別再做了。做這種事，早晚會遭報應的。我現在已取得妳們的個人資料，料想妳們也不會再做這種事了，不過，今後妳們要是還想打什麼壞主意，應該知道會有什麼下場吧？」

我和乃音再度和玩具一樣猛點頭。男子再度誇張地面露微笑。

「ＯＫ。那兩位就拿捏好分寸，好好享受這趟東京觀光吧。」

男子最後留下更駭人的一抹微笑，就此走出房間。打開的房門再度緩緩關上，自動鎖發出卡嚓一聲時，將我們兩人緊緊束縛的緊張絲線也應聲斷裂，我們同時伸手撐向地面。明明沒閉住呼吸，但兩人都累得氣喘吁吁。

「他、他終於走了。」乃音眼眶溼潤地說道。

「好不容易瞞過他了。對了乃音，姓名、地址、電話，妳是怎麼騙過他的？」

「那個嗎？是這樣的。」乃音就像要讓喉嚨休息般，停頓了一會兒。「我曾用手指讀過《TOWNPAGE》，所以要捏造資料易如反掌。算是靠我的記憶取勝。」

「這麼說來，那兩個女孩是剛好不在家嘍？」

「不不不」，乃音虛弱地微微一笑。「『酒田之星。摔角國栖姊妹，涼子和響子。以奧運為目標的姊妹花』。」

我聽得目瞪口呆，乃音雖然很疲憊，但還是擺出很得意的表情。

「我曾經剛好讀到某個東北的小型會報誌。雖然不記得是在什麼情況下讀到，不過真的很『LUCKY』。據《TOWNPAGE》上面所寫，『國栖』是很罕見的姓氏，在酒田市只有一戶人家。……如何，葵？以進軍奧運為目標，渾身肌肉的運動型姊妹花，這個時間妳覺得會在家裡打混嗎？」

乃音使出最後僅剩的力氣，抬起拳頭抵向我，就此躺向地毯。她真的是累壞了。

「真的很謝謝妳。如果只有我一個人的話，一定沒辦法。」

「妳的感謝，我收下了。我們就相互提攜吧。萬一那個叫藪木的人又『RETURN』的話，這次請由妳去對付他吧。」

我哈哈笑了幾聲。「這可能有點為難。不過，我會努力看看。」

就在這時。

突然傳來房門的門鎖被打開的聲響。那「嗶嗶」的解鎖聲，使我和乃音反射性地望向房門。我們兩人腦中都出現最糟糕的劇本。假話成真。我暗自吞了口唾沫，緊盯著房門。他為什麼折返回來？因心跳一會兒快一會兒慢而疲憊不堪的心臟，感覺幾欲癱軟地停止跳動。

大須賀駿♣

我終於回到飯店入口。對向來都是騎單車上下學的我來說，東京錯綜複雜的電車路線實在有點難懂。區分ＪＲ和地鐵、從那條路線轉乘這條路線，費了我好大一番工夫，因而延誤返回飯店的時間，實在有點丟人。這種事或許需要多多熟悉。不過，就結果來看，能平安回來就好。光是看到我們目前當作根據地的這家飯店，我心裡便微微興起一股成就感。

走過飯店內入口，飯店工作人員全都恭敬地行禮歡迎我。雖然很單純，但感覺還不壞。我家是一座只要吹起風速每秒十五公尺的強風，就可能會被吹跑的破公寓，對這樣的我來說，這樣的款待簡直就是完全不同的世界。我就此走進通往最頂樓的電梯。

按下按鈕沒多久，一臺電梯降下。裡頭只有一名穿西裝的男子。我在電梯外按下「上」的按鈕，在男子走出電梯前，我一直都讓電梯門處在開的狀態。雖然不是刻意採取的行動，但男子見我一直按著按鈕，笑著向我點個頭，說了聲「謝謝」。這也感覺不壞。即使只是一件小事，但與別人心靈交流，會讓人心中感到一股暖意。不過，有點遺憾的是，離去的那名男子背後浮現的，是「41」這個落寞的數字。難得遇上一位看起來待人和善的人（像是我所追求的「紳士」），但他今天似乎不太走運。我的表情微微一沉，走進電梯，通往頂樓。

電梯抵達頂樓後，我取出房卡，走向房門前。可能已經有人先回來了。江崎應該不會遇上什麼危險，不過乃音和葵小姐可就教人有點擔心了。希望她們可以平安無事地歸來。

我一面想著這件事，一面把房卡插進卡口，解開門鎖走進房內。

我才一打開門，便忍不住發出「噢！」的一聲驚呼。不知道為什麼，乃音和葵小姐跪在地毯上，定睛注視著我，就像在說「你有完沒完啊」。她們全身僵硬，一動也不動。兩人好像都很疲憊，可能是我想多了，感覺她們眼眶溼潤。

「怎、怎麼啦？」

在我的詢問下，她們這才解除石化，緩緩被地毯吸過去。

「你、你怎麼會挑在這個『TIMING』回來呢！嚇得我心臟都快停了！」

不知為何，乃音凶巴巴地朝我就是一頓罵。

「不過，真是太好了……」葵小姐如此低語，汗水順著臉頰滑落。她一副鬆了口氣的表情。

我搞不清楚狀況，呆立原地。我在這個時機回來，有什麼不對嗎？我將這份焦急收進心裡，等候她們兩人情緒平靜下來。

「——雖然目前暫時不會有問題，但這處飯店的位置已經暴露，對方也已經記住我們的長相。不過，我們具體所做的事，我猜他們還不知道。」

我從葵小姐口中聽聞她們兩人的冒險劇，忍不住掌心冒汗。她們兩位女性潛入總公司的這種行為，當初真應該和江崎一起阻止才對。不過，事後後悔也沒用，現在說再多也無濟於事。

「所以說，我回到飯店房間的時候，妳們誤以為是那名雷遜電子的員工又折返是嗎？」

葵小姐露出無力的微笑。「那個男人應該沒有房間的房卡，而且只要冷靜下來就會馬上發現，能打開這房間門鎖的，只有你或是江崎。我和乃音都太驚慌了。」

「抱歉。我沒想到妳們兩位會遭遇這麼危險的事……早上我看妳們兩人的背部，得知葵小姐是『48』，乃音是『46』，所以我心想應該沒什麼問題才對。雖然確實是低於『50』，但只要能維持在趨近50，通常都不會發生什麼怪事……」

葵小姐回了一個溫柔的微笑。

「大須賀，你不必將責任往身上扛。這是我們自己決定的事。」

乃音也用力點頭。

「說得一點都沒錯。如果同情我的話，就給我錢吧[35]。就算沒有大須賀學長你的同情，我們還是如你所見，平安無事地『COME BACK』，所以一點問題都沒有。」

我見她們兩人充滿活力的表情，一臉自信（雖然我認為這當然是在逞強），就此感到放心，微微吁了口氣。就像乃音說的，平安無事，這比什麼都好。

「對了，妳們潛入總公司，可有獲得什麼成果？」我問。差點忘了，這才是最重要的問題。

乃音皺起眉頭，繃著張臉。

「結果不好也不壞。從資料庫裡盜出的檔案，共有五本。當中派得上用場的，可能只

35.日劇《無家可歸的小孩》中很經典的一句臺辭。

有兩本吧。一本是《雷遜電子企業情報》。上頭詳細記載了公司的基本資訊。至少裡頭的資訊遠比昨天在試用體驗中得到的小冊子來得精細有用。第二本是《公司內部安全防護細則》的資料。每個工廠、營業處設有怎樣的安全防護，委託怎樣的業者進行安全防護，上面都有詳細的記載。至於其他的，坦白說，感覺派不上用場。」乃音瞪大眼睛。「對了，大須賀學長，你可有聽到什麼有用的消息？」

「我覺得還滿有意義的。黑澤皐月是個怎樣的女孩，我感覺已有大致的了解。」

乃音流露出落寞的神情，但還是掛著一抹笑意。「那太好了。大須賀學長要是也能明白小皐有多好，那也很令人慶幸。先不談這個，你有什麼大發現嗎？有會讓人忍不住瞪大眼睛的新發現嗎？」

「當中最耐人尋味的，是黑澤小姐在發生火災的一個月前，舉止與平時不太一樣。這是她的導師說的。關於這點，乃音妳怎麼看？」

乃音一本正經地說道：「這個嘛……當時我還只是個小學生，所以坦白說，不是每件事都記得很清楚。不過，總覺得小皐在說出『我要轉學』的時候，神情不太一樣。雖然小皐平時就很文靜，但感覺那時候顯得更加意志消沉、無精打采……當時我心裡想『應該是轉學的事對她帶來很大的衝擊，她才會給人這種感覺吧』，但如果根本沒有轉學這回事，背後原因可就不清楚了。就結論來說，小皐當時的神情確實顯得不太自然。」

我對此點頭表示同意，向她們說出我從望月小姐那裡聽來的事情梗概。黑澤皐月是在單親家庭長大，只有父親。她在學校裡總是獨來獨往。在學校沒彈過鋼琴。關於火災的原因，消防局和警察局都不願多談。望月小姐猜測，火災的原因也許是有什麼陰謀。

說著說著，見乃音的表情不時變得陰沉、悲傷，我多次差點想要中斷。不過，將一切說明清楚，也是為乃音好，所以我很仔細地一路說到最後。

「……照這樣來看，當時小皐周遭應該是牽扯了什麼『可疑』的內幕，這樣想應該很自然吧。不論是火災的事，還是小皐無精打采的事。」

乃音想盡可能不夾帶私情，客觀地展開分析，只見她盤起雙臂，臉色凝重。看她這副模樣，讓人感到說不出的難受。坦白說，比起乃音和葵小姐，這起事件和我的距離較為遙遠。鋼琴手黑澤皐月的模樣、愛書人士小皐的身影，我都是從別人說的傳聞中得知。她的舉止、聲音、氣質，我都一無所知。所以見乃音因黑澤皐月（小皐）的事而情緒低落，我對自己無法產生共鳴感到難受，覺得可悲。雖然我也認為這是自己一廂情願的想法。

「當時的黑澤小姐沒人可以訴說心中的煩惱嗎？」葵小姐向乃音問。

乃音搖頭。「雖然我自己這樣說有點怪，不過，我認為我的『POSITION』已算是和小皐很親近了。但既然她沒找我商量這件事，就不太可能跟任何人說。不過，當時的我只是個小學生，要當商量的對象還不太夠格，如果說有其他候補的人選，倒也不是完全不可能。只不過，從大須賀學長說的話來判斷，小皐在學校裡似乎也沒朋友，這麼一來……」

乃音嘴角垂落，似乎覺得很傷腦筋。「就只能找她父親了。」

父親。……也就是黑澤孝介是吧？繞了一大圈，最後又回到了原點。到頭來，我們要是沒見到黑澤孝介，就無法繼續前進。這令人備感焦急。到底該怎麼做才好。

「有了，小皐向來都會寫日記！」乃音頭上冒出一顆燈泡，雙手用力一拍。那模樣就像在說「真是個好主意」。「就是它！只要找出日記，一切應該都會寫在上頭。這樣問題就都解決了！」

我斜眼瞄著自嗨的乃音，伸指搔抓眉間，向她問道：

「那麼，那本日記在哪裡？」

「大須賀學長，你在說什麼傻話啊。這不是再清楚不過的事嗎？當然就在小皐家啊。我們這就去找。啊，對哦。在火災中燒毀了。剛才的事當我沒說。」

我和葵小姐面露苦笑，就這樣看著乃音一個人演獨角戲。她雖然看起來有點滑稽，又自我感覺良好，但其實乃音給我一種知性的印象。從她的各種言行間，可以清楚看出她的知識水準和思考能力。因此，乃音此刻做出如此輕率的錯誤判斷，我覺得有點新鮮，也覺得意外。也許乃音在精神方面真的累了。

「……有了。」這時葵小姐像是突然想到什麼似的說道。「也許找得到日記哦。」

「咦？」我和乃音一同憨傻地叫了一聲。葵小姐臉上泛起清亮的笑容，像聖母般溫暖地注視著我們。我和乃音大為興奮，仔細聆聽她說明。

搞不好真的可以找到日記。

我離開森重家。森重向我洩漏情報，說潛入公司的兩名女高中生正在飯店裡接受訊問，不過他還補上一句，說這已不用擔心。現在已經放了她們兩人，而且公司方面似乎也判斷她們沒有「嫌疑」。我詢問後得知，她們兩人是用「國栖」的姓氏蒙混過去。想必是靠自己的力量度過了危機。這意想不到的事態，最後也化險為夷，我微微鬆了口氣。

在返回飯店的電車上，我一再回想森重說的話。新的事實、事件的真相、還是沒能搞懂的謎團核心。我緩緩取出那個金色徽章，放在手中把玩。每次翻動它，光線的反射角就會微微改變，呈現出美麗的稜鏡光線。

森重提供的眾多資訊，大部分我都已記在腦中。黑澤孝介的為人。七年前那起事件的梗概。黑澤個人經營的賭場。雖然全都有點不合現實，但又覺得兜得攏。說起來，目前我的遭遇才最不「尋常」。這幾天來，這些不符合現實的情況，我已逐漸習慣。但另一方面，確實也有至今仍不明白的部分。

「黑澤孝介在賭場裡找尋運氣過人的傢伙」

這個推測感覺既老套，又失準。就像是個假學者盤起雙臂這樣說似的，有種雙腳沒踩在地面，輕飄飄的不實感。黑澤真的是為了達成這麼含糊不明的目標，才著手經營賭場嗎？我不這麼認為。如果說「經營賭場是個人嗜好的延伸」，這樣還比較能接受。如果只是要找尋運氣過人的傢伙，只要找歷年來那些贏得高額獎券的人來不就行了嗎？我認為這個說法很含糊，而且又沒效率，也不構成足以驅策別人行動的動機。我發現電車已即將到站，就此靜靜地將徽章放回口袋。

只要沒能明確地證實它與黑澤孝介有關，我就提不起勁前往那處連存不存在都令人懷疑的新宿賭場。對於這件事，我要再三思。

其他三人已返回飯店房間。他們三人各自都帶回自己得到的情報，展開一場小型的會議。

「有沒有得到什麼好的情報？」大須賀駿向我詢問。

我回答「還可以」。我針對自己從森重那裡聽來的情報，挑出最精采的部分，告訴他們三人。同時也從他們那裡聽取情報。針對葵靜葉和三枝乃音從雷遜電子總公司盜取出的情報，以及大須賀駿在黑澤皐月的母校打聽來的情報，我們讓彼此的知識量保持一致。

「嗯，感覺愈來愈可疑了。竟然還扯到賭場，這也太危險了吧。滿滿都是令人『心神不寧』的要素呢。」三枝乃音說。「還是另有原因？不知為何，資料庫裡擺了一本撲克牌玩法指南，也許他們是一家特別喜歡玩撲克牌的企業。」

「撲克牌？」大須賀駿問。三枝乃音頷首。

「對，我也嚇了一跳。我在資料庫裡拚了命取得的資料，沒想到竟然是撲克牌的規則說明書。連我一開始都以為是搞錯了呢。因為當時我很不像平時的我，處在本世紀最嚴重的滿身瘡痍狀態，欠缺正常的判斷力。不過，現在恢復冷靜後，仔細加以閱讀，發現這是如假包換的撲克牌規則說明書。整份資料從頭到尾講的全是撲克牌、撲克牌、撲克牌。而且是從沒聽過的遊戲。」

「那叫什麼遊戲來著？」

三枝乃音的視線微微往上移，就像小心翼翼地在朗讀記憶中的歷史年號般，緩慢且清楚地回答道：

「NOIR REVENANT。」

我的心臟微微一跳。就算三枝的發音不太標準，但這句話特有的獨特氣味，伴隨著香醇的咖啡香，飄向我心頭。

「這個『NOIR REVENANT』，說起來算是一種『差距』的遊戲。」

鮑伯的聲音浮現。現在覺得這聲音無比懷念，彷彿與現在隔了四、五年之久。這個撲克牌遊戲原本是鮑伯和老闆在玩，我也挑戰過。是鮑伯很喜歡的撲克牌遊戲。

——NOIR REVENANT——

突然有股既像電流，又像氣泡般的東西，從我體內湧現。氣泡在肌膚表面迸裂，朝身體傳送微弱的電信號。電信號瞬間刺激我的大腦，向我訴說。我體內正湧現一股革命性的追憶。我想起鮑伯說的話。就算很像無聊的明信片上會寫的字句，但只要是鮑伯說的話，我都能一一憶起。對我來說，鮑伯的存在，不是其他任何人所能取代。

對我而言，鮑伯是更勝於朋友的朋友，更勝於老師的老師，更勝於至親的至親。那天的鮑伯以和他平時一樣的聲音，對我說了這句話。對當時的我來說，那只是不經意的一句閒聊。但是對現在的我來說，我清楚且深刻的感覺到，那是這一切最重要的核心。

鮑伯給我門票的那天，我問鮑伯是在哪裡得知 NOIR REVENANT 這個遊戲。

「我還很小的時候，我弟弟教我的。他告訴我『有個很有趣的遊戲哦』。不過，我比我弟弟更會玩。我們只玩一次，他輸得一敗塗地，我到現在仍記得很清楚。哎呀，現在已成了一段美好的回憶。」

我弟弟教我的。鮑伯確實是那樣說。

鮑伯的弟弟教他玩 NOIR REVENANT，而不可思議的是，鮑伯在遊戲中贏了弟弟。

「從那之後，我弟弟每天都吵著要我和他再比一場。還對我說『不准贏過就不玩了』。」

所以你和他重新比過了嗎？

「哎呀……我贏過就不玩了。不過，我弟弟生性不服輸，而且特別執著。我當初完全沒想到會這樣。那一次的落敗，他似乎一直耿耿於懷……哎呀，不過就玩個撲克牌，沒必要那麼執著吧。對他來說，只要是輸，不管是什麼形式，他都不允許。」

鮑伯的弟弟一直逼他再比一場，相當執著。

對我來說，我只認為那單純是小孩子在鬧脾氣。以為只是個不服輸的小孩，抱持著天真無邪的願望。

但如果超出那樣的程度，超出因玩輸撲克牌而情緒激動的範圍，也就是超乎常軌的話……

「他就像個孩子。非常孩子氣。」

接著是傳來先前森重的聲音。

「（賭場）當中最主要的場子，正在進行一種從沒聽過的撲克牌遊戲，感覺氣氛很不尋常。」

話題移往黑澤孝介。黑澤在七年前的提案中，裁去大量的員工。從什麼都不知道的基層員工，到反對提案的五名董事。不過，他對所有離職員工的第二商業人生提供後援。幫忙安排新工作，助其維持原本的生活水平。

只有一人除外。

當時雷遜電子子公司的社長，黑澤孝介的哥哥。

「哎呀呀。如今看來，其實是我輸了。」

我體內的氣泡已全部迸裂。身體轉化為全新的次元，從原本在腦中沒有脈絡可循，破裂四散的碎片，形成一個漂亮的物體。一切的根源，一切的理由，都在那裡。

「江崎學長，你怎麼了？你看起來臉色凝重呢？」三枝乃音一本正經地詢問。

我猛然回神，很謹慎地開口，避免破壞某個東西。

「我好像搞懂了。」

「搞懂什麼？」

我臉上無意識地浮現帶有嘲諷意味的笑意。心想，這真是奇妙的因果啊。

「我在這裡的原因。」

「哦。」三枝乃音噘起嘴，緊盯著我瞧。「這話怎麼說？」

我不想針對此事說明一切，就只是搖了搖頭，決定不予理會。改為向她提議。

「妳原本是到這裡買書對吧？」

三枝乃音瞪大眼睛。「對啊……為什麼現在問這個問題？」

「妳身上帶著現金。」

「咦？」三枝乃音憨傻地叫了一聲。

我毫不猶豫地對她說道：

「不好意思，我沒其他人可以找。請全部借我，還有妳。」

被點名的葵靜葉指著自己，以慌張的聲音說道「我、我嗎？」我一樣向她說出我要的東西。

「請借我音樂播放器。我明天要用。」

黑澤孝介在等候。

他等的不是「運勢過人的傢伙」。而是更為具體，已完全鎖定的某人。那個人就是在「NOIR REVENANT」的遊戲中打敗他的親哥哥。現在都在一家低調坐落於西日暮里的郊區咖啡廳裡，小口小口喝著美式咖啡的男人。

鮑伯。

黑澤孝介都年紀一大把了，仍舊期望和哥哥再比一場。不過就只是輸了撲克牌遊戲。但是對黑澤孝介來說，那不管過再久都不會褪色的挫敗感、屈辱感，他怎麼都無法忍受。

就像森重說的，真的就像個孩子。非常孩子氣。

我忍不住嘴角輕揚，想起鮑伯的臉。每天都無事可做，成天泡在咖啡店裡，宛如貧窮的象徵般，小口喝著咖啡的鮑伯。

「別看我這樣，我以前可是社長呢。」

鮑伯動不動就強調這點。我就不用說了，也許就連老闆也沒拿他這句戲言當真。鮑伯的模樣和氣質，與社長的形象形成強烈對比。沒想到他說的是真的。我右手把玩著放在口袋裡的徽章。

「我說，『NOIR REVENANT』是什麼意思啊？」大須賀駿向眾人詢問。「感覺好像在哪兒聽過，但你們應該不知道意思吧？」

三枝乃音聽了之後，帶有挑釁意味地清咳一聲。「無知的大須賀學長。這種事請儘管問我吧。」

「乃音妳知道啊？」

「大須賀學長。既然我擁有用手指讀書，便能永遠記在腦中的特殊能力，你認為我不會閱讀字典嗎？」

「原來如此，說得也是。那麼，這是什麼意思？」

「坦白說，這並不是什麼多漂亮的字彙排列。『NOIR』是法語，而『REVENANT』則是從法語衍生出的英語。不過，如果用字典上的含意來說的話，『NOIR』在法語裡是『黑』的意思。同時也是略微給人暴力血腥印象的字彙。」

「那『REVENANT』呢？」

「你個性真急。呃，至於『REVENANT』嘛……」

【REVENANT】

1、（長期外出後）歸來者

2、從陰間返回者、亡靈

七月二十六日（第四天）

英雄

葵靜葉♥

時間是上午十一點十二分。戶外晴天。我在飯店房間的客廳操作音樂播放器。我迅速滑動觸控面板的畫面，樂曲飛快地移動。因為購買至今已有好些年，我的操作流暢無礙。這一連串動作就像事先早已決定好似地，我很順利便完成了一個播放清單。江崎說最好盡可能是純音樂，而且樂聲不太會中斷。幸好我的音樂播放器裡，包括古典音樂在內，登錄了許多純音樂。對始終都與音樂為伍的我來說，選曲並不是什麼難事。

「可以嗎？」從廁所返回的大須賀坐向我正面的沙發，如此問道。大須賀面露擔憂之色。

「嗯，應該沒問題。它有降噪功能，而且耳機用的也是搭載藍芽的無線耳機，不會太顯眼。」

「這樣啊，那就好……」大須賀神情變得開朗些許。「江崎還在房間裡嗎？」

我的視線很自然地移往寢室房門。房門一直緊閉著。

「嗯，他好像還在睡。要是一切順利就好了。」

大須賀點頭，不發一語。從中流露出他宛如在祈禱般的想法。

也難怪他會想祈禱。因為今天我們的一切全看江崎的表現了。很遺憾，今天一整天，我和大須賀都預定待在飯店裡，只能當旁觀者，靜候情勢發展。

「讓乃音自己一個人去，沒問題吧？」大須賀再度面露擔憂之色，如此詢問。

「一定沒問題的。乃音背後的數字是多少？」

大須賀的視線動了一下，做出回想的表情，接著回了一句「51」。

「那就更確定了。」

「話是這樣沒錯，但還是會擔心。就算順利發現那個東西，但要是因此知道什麼奇怪的事，她應該會大受打擊吧。畢竟乃音是黑澤皐月的朋友……」

「我也不知道，但就是因為這樣，她才想自己一個人去吧？」

「這什麼意思？」

「乃音應該是心裡想，當她得知黑澤皐月小姐……也就是小皐，有什麼令她感到難過的消息時，如果身邊有其他人在，應該會有點尷尬吧？想哭也不能哭，想生氣也不方便生氣，對吧？」

「原來如此……」大須賀點頭。

乃音今天又單獨行動了。就像她昨天說的，獨自前往目的地。我明白大須賀放心不下的這份心情，不過，乃音自己也這麼希望，所以無法制止她。乃音吃完飯店的早餐後，一手拎著前些日子得到的包包，滿面笑容地離開飯店。

「不過，仔細想想，我們還真是捲入了一場離奇的事件中呢。」我深有所感地說道。

大須賀也苦笑著應道：「沒錯。打從門票開始，接著是火災、黑澤皐月、黑澤孝介，而這次則是賭場。陸續出現不可思議的事，搞得我有點不太相信，現在的我和不久前悠哉地待在家中的我是同一個世界裡的人。」

我回以一笑。確實就像大須賀說的。我甚至對於以前的我和現在的我之間有明確的連續性一事，感到驚訝。彈鋼琴的我、能破壞事物的我、對那個男人下手的我、這幾天裡的我，感覺都像是分屬不同次元、不同世界裡的生物。我仰望客廳正上方燈光燦爛的枝形吊燈，找尋這種奇妙感覺的宣洩處。就像將情感寄託在燈籠裡一樣。

「葵小姐。」大須賀表情略顯僵硬地說道。「我想了一個假設，妳可以聽我說嗎？」

「假設？」

「對。和這一連串不可思議的事有關的假設。」

我感覺到大須賀的表情愈來愈凝重，因而不由自主地恭敬點頭。之前在大須賀心中蒐集的零散拼圖片，雖然只是「假設」，但現在似乎已拼湊成一個答案。我雙手併攏擺在膝上，仔細聆聽。

「真的就只是一般的假設，始終都只是我個人的想法……以昨天江崎從當時的副社長那裡聽來的消息來看，雷遜電子肯定有什麼詭異的陰謀。而且聽說七年前黑澤孝介做了某個提案。」

我頷首。

「關於他的提案內容，我實在是猜不出來，但肯定是『不好的事』。江崎也說過，那位副社長在回答時，顯得很不情願，畢竟再怎麼說，那都是開設賭場的社長在經營的公司。背後會有一兩個非法的陰謀，也是理所當然的事。黑澤孝介七年前提出的神祕提案，是一件『無論如何都不想讓人知道，很不好的事』。這點應該不會有錯。」

我再次點頭，等候他接著往下說。

「而關於這次談到的火災一事。就像我昨天說的，聽當時的那位導師說，黑澤皐月在火災發生的一個月前開始，就舉止有異。感覺心不在焉，坐立不安，總之，就是『和平時的黑澤同學不一樣』。那位導師甚至還補上個人的猜測，認為『那是一起縱火案，黑澤同學可能早就料到會有這場火災』。黑澤皐月就此喪命的火災，就發生在四年前……接下來我要談的是正題。」

大須賀重心往前移，從沙發上微微趨身向前。就像在表示即將談到這段話的總結般，沙發的皮革發出一陣擠壓聲。

「黑澤皐月該不會是在某個情況下，得知她父親，也就是黑澤孝介的提案內容吧？女兒黑澤皐月意外得知父親黑澤孝介隱瞞的提案。而她發現這件事的父親，或是其他公司員工，為了封口……」

「所以才縱火？」

大須賀緊咬嘴脣，露出略顯躊躇的眼神，小小聲說道。「這始終都是我的猜想。想到黑澤孝介自己也因為火災受傷，就覺得有點不太自然，不過，我總覺得這個假設可以看出整體事件的背後意義。」

我在心中思索著大須賀這番話。雖然是很異想天開的推論，但也覺得這是以我目前手中的拼圖所能拼湊出的最佳答案。

黑澤皐月得知父親一直隱藏著「不好」的陰謀，因而有人想殺她滅口。隱隱感覺到危險朝自己逼近的黑澤皐月，因而常在平日的生活上出現心不在焉的情形，連學校的老師也注意到了。接著終於發生了火災，從中隱隱透露出大人們的陰謀，在企業的施壓下，事件的真相就像雪融般，被乾淨俐落地抹除。當作一起單純偶發的小火警看待，真相就此石沉大海。

——那東西交給妳保管。在時候到來前，妳可以隨意使用。不過，等時候到來，請和我合作。如果時候到來，妳不願意和我合作的話，妳將會——

她已經死了，但為了告知真相，而給了我們四人「異於常人」的能力，並留下訊息。

「等時候到來，請和我合作」

她說的時候，可能就是「現在」。她死後至今，已過了四年，正好就是現在。

雖然稱不上所有謎團都已解開，但如果說這就是答案，倒也無從挑剔。猶如奇才畫出風格強烈的抽象畫一樣，比起理解，更重要的我方必須認同它是一部已完成的作品，以此作為前提。但疑問還是像熱水一樣不斷湧出。

舉例來說，為什麼我們是「現在」被召喚，這就是個疑問。這個疑問找不到答案。為什麼四年前，也就是火災剛發生後，我們沒被召喚呢？過了這些歲月，許多事都隨之風化，不再鮮明，或是就此消滅，事物的本質也漸漸無法看清，為什麼她要留下這四年的空檔呢？就真正的含意來說，「時候到來」指的又是什麼？

我在腦中對減少的疑問和增加的疑問做了一番整理後，再度著手製作音樂播放器的播放清單。現在我該做好自己能做的事。我們藉由一張門票，而一路走到這一步。光是這樣就已經近乎奇蹟。

「請和我合作」

黑澤皐月小姐。我們這樣是否算是按照妳的期望和妳合作呢？我朝空虛的彼方提出這個不會有回答的提問，就此完成音樂播放器的設定。這樣應該就完成江崎想要的播放清單了（雖然感覺我好像還多做了一些安排）。

「對了，葵小姐。我去買午餐回來吧？如果妳不特別指定的話，我就到超商隨便買個回來吧？」大須賀從沙發上站起身。

「謝謝，既然這樣，就連同江崎的份一起買吧？我想他一定是吃完午餐後才出門。」

「我知道了。那我出去一趟。妳要不要也一起去？」

我想了一會兒後，搖搖頭。

「如果我們兩人都出門的這段時間江崎起床，對他就有點抱歉了，我就在這裡等吧。」

「這樣啊……說得也是。那我出門了。如果我去採買的這段時間，江崎起床的話，請馬上通知我一聲。因為江崎接下來要去賭場，我得先看一下他背後的數字才行。這種情況下，『運氣』或『運勢』是最重要的。」

「我知道了。」

大須賀說完後，將手機和錢包塞進口袋裡，就此走出房間。房門關上後，客廳只剩我一人。

不久，寢室傳來聲響。似乎是江崎起床了。我的視線投入仍舊緊閉的寢室房門。就像望著即將開演的舞臺簾幕般。聽得出寢室傳來的腳步聲正朝這裡靠近。我更加專注地盯著房門。這時，房門沒開，但從房門底下的門縫處遞出一張紙。我急忙站起身，前往拿取那張往外推的紙。似乎是江崎從他的記事本上撕下的。上頭有幾條淡淡的格線，這張紙撕得像鋸齒般，瞬間讓人聯想到，這是隨手從記事本上撕下。我馬上望向上面寫的簡單句子。全部看完，花不到三秒鐘。

上頭以雖然稱不上工整，但也很不像是男高中生所寫的秀麗字跡，寫了一句話。我靜靜地鬆了口氣。那粗獷的用語，感覺很像江崎的作風。

——一切順利——

我小心不發出聲音，將那張紙對摺，擺在桌上。就像在施展某種咒術般。

走出飯店後，我前往最近的超商。並不是多遠的距離。我悠哉地走著，但還是一樣，不到五分鐘就走到了。一走進店門口，誇張的冰涼冷氣將我全身包覆。

可能因為這個時間帶正剛好，賣場裡種類豐富的便當，漂亮地陳列眼前。我思考江崎和葵小姐喜愛的口味（不過話說回來，我對他們兩人的好惡幾乎一無所知），試著挑了三個便當。同時也特別留意，要挑選風格不會太強烈，喜好與排斥不會很兩極的便當。但當我拿起便當時，突然在意起錢包來。咦，我現在手頭有多少錢啊？我先將便當擱向層架旁，從口袋裡拿出錢包。打開一看，只剩兩張千圓鈔和一些零錢。我不禁嘴角垂落。

因為這幾天的午餐費，以及搭電車的車資，使得我先前打工一點一滴攢下的積蓄面臨前所未有的恐慌狀態。原本我的生活就過得很清苦，這下子更是雪上加霜。我的打工費大部分都是拿來貼補家用，所以我手頭能用的錢少得可憐。

我收起這可憐的念頭，無奈地用手機的計算機功能推算目前手頭的錢是否買起得這三個便當（希望可以連茶飲一起買）。幸好最後算出，所有金額合計後，我手頭的資金勉強還付得起。我鬆了口氣，拿著便當和茶飲前往收銀臺。

我左手拿著買來的便當，空出的右手滑著手機。我不是那種愛滑手機的人，而且坦白說，就算我滑手機，也不會做什麼有助益的事。就只是不經意地回頭看以前的電子郵件，以及之前拍的照片。我就這樣漫無目的，重看以前的郵件。這時，一封電子郵件吸引了我的目光。

・FROM：真壁彌生

我因為這名字所具有的特殊影響，而想起那天的投影星象儀。和背部浮現數字「85」的彌生一起吃漢堡、看投影星象儀、喝咖啡，還有——。現在感覺那彷彿已是很久以前的事，或是像電影或漫畫中發生過的事一樣，有種平行時空的感覺。這份情感令我感到難受，突然很想寄信給彌生。在這家飯店連待了幾天，這世界不是我要的，我想和過去我確實生活過的現實世界展開通訊交流（當然了，不光只是因為這樣）。

我隨手將心裡的想法打成文章後，一再思索寄這封信是否恰當，反覆經過五次的推敲後，還是寄出了這封信。

「好久不見。彌生，最近過得如何？」

簡單扼要就好——在做出這樣的結論後，一開始寫了長達十五行的文字，幾乎都割捨了，經過一再地簡化後，寄出這封郵件。這時我發現一張很適合的長椅，就此坐下。過沒多久，收到回信了。我急忙（有點心跳加速）打開郵件。

「好久不見。最近還是老樣子沒變。正在享受暑假。大須賀同學現在還在旅行吧？玩得怎樣呢？」

彌生寄來的郵件中，到處都附上可愛的表情圖案。其中，「正在享受」的後面附上熊貓的表情圖案特別可愛。熊貓迅速揮動雙手的姿態，讓人聯想到彌生那總是結結巴巴的模樣。她認為我現在還在旅途中，我看了之後有點開心，急忙打字回信。

「看妳這麼享受暑假，真是太好了。這趟旅行很刺激，接連發生許多意想不到的事。」她一樣很快就回信。

「等你回來後，再好好說給我聽。」

這次她改貼一隻笑咪咪的貓咪表情圖案，令人印象深刻。

我接著又和彌生來來回回寫了幾封郵件後，就此返回飯店。要是能繼續悠哉地在外面寫信就好了，但便當如果因為天氣炎熱而餿掉，那可不行，而且我覺得，長時間接觸「尋常的生活」，對現在的我來說不是件好事。我確認過茶飲還是冰的，就此走進電梯，前往飯店房間。

返回房間一看，葵小姐仍坐在沙發上，維持和剛才同樣的姿勢。

「我買便當回來了。」

葵小姐以略顯不知所措的表情轉頭望向我。我感到納悶，視線投向寢室。確認之前一直緊閉的房門已完全敞開。我轉身面向葵小姐。

「江崎怎麼了？」

葵小姐微微低下頭，一臉歉疚地抬眼望著我。

「呃……我攔過他，但他說他非走不可……」

「他走掉了？」

面對我慌張的聲音，葵小姐就像要搬動什麼沉重的東西般，緩緩點頭。力量從我全身洩去，我就此嘆了口氣。

「怎麼會這樣……如果他背後出現的是像『35』這麼低的數字，我就非阻止他不可。

應該說，這是我唯一能做的事，江崎也真是的，多等我一下不就好了嗎？」

葵小姐就像是覺得自己也有責任般，朝我深深一鞠躬。「對不起。不過，因為江崎也說『一切順利』，所以我認為應該沒問題……」

我夾雜著鬱悶的情緒，重重嘆了口氣，沉身坐向葵小姐正面的沙發。我不經意地望向桌上，上頭留了一張像是江崎寫的便條紙。

——不好意思，我先走一步，不等你了。等我佳音——

我將便當擱向桌上，抬起右手搔頭。

的確，江崎的心情我也不是不懂。不管他背後浮現的數字為何，現在的我們已沒有「撤退」或「後退」的選項。不管有怎樣的命運在等著我們，我們都只能與那個聲音「合作」。這我心知肚明。但我還是想幫江崎，甚至是幫大家的忙。

乃音以手指讀取各種資料，對這次的解謎貢獻良多。葵小姐破壞雷遜電子總公司的門鎖，成功發現通往資料庫的活路。而江崎今天帶著預言，前往賭場。比起他們，我呢？我……根本完全派不上用場嘛。他們都具備了在這幾天的情況中能大顯身手的絕技，但只有我，被賦予的是「能看出背後數字」這種派不上用場的能力。這種能力什麼時候能用上？該怎麼運用？

「請和我合作」

我很想大聲地向這一切起源的那個聲音詢問。「妳要我怎麼和妳合作」。這麼與世無爭的能力，要怎樣才能幫得上大家的忙？無法閱讀、聽不到、無法破壞。我覺得自己真沒用。甚至覺得自己因為太過沒用，會身體就此爆裂開來。不過，冷靜下來後發現，我根本就只是閉著眼睛，什麼事也沒做。實際的我，毫無疑問的，一樣是個沒用的角色，深陷在沙發裡。

「抱歉，要是我能好好攔住江崎的話……」葵小姐就像要配合我的沮喪般，沉著臉說道。

「不不不，妳一點都沒錯。是我為了自己的事而垂頭喪氣。請不用放在心上。我們就耐心等候江崎報『佳音』吧。」

葵小姐略微恢復原本的神色後，應道：「說得也是。對了，我可以吃便當了吧？」

「請。好不容易買回來，請儘管吃，不用客氣。反正垂頭喪氣也沒用，而且……」

葵小姐偏著頭納悶道：「而且？」

「妳今天是運氣很好的一天哦。」

「有多好？」

「『54』。」

葵小姐優雅地一笑，接著啜飲一口茶。

江崎純一郎♠

昨天我已經事先從葵靜葉那裡聽聞音樂播放器的操作方法。今天打從一開始，我就不能再和別人好好說話，所以必須趁昨天就先完成大致的討論。我漫步走在街上，右手握著音樂播放器的遙控，讓肌膚熟悉它的觸感。為了將遙控器調整為會完全照我的意思行動的僕人。

音樂播放器的構成配件，可大致分為三部分。

一是音樂播放器的主機。一個像觸控面板的黑色機械，扮演音樂播放器的功能中樞。現在就在我的口袋裡。

二是遙控器。一個附有小液晶面板的長形棒狀機械，隨時顯示目前播放的曲名和歌手名（或是作曲者、演奏者名）。遙控器採無線設計，與主機完全獨立分開，目前完好地握在我手裡。

三是耳機。不用說也知道，是為了聽音樂而裝在耳朵裡的零件，現在同樣持續朝我耳中傳送我感到陌生的古典音樂。遙控器顯示，這首曲子的曲名為《女武神的騎行》，作曲者是「華格納」，演奏者為「艾里姆．克萊伯」。當然了，這些資訊對我來說都沒多大意義。對現在的我而言，音樂就只是耳塞。我再次謹慎地確認手中遙控的「播放／停止鈕」「降噪ON／OFF」按鈕功能正常，腦中一再展開預演。藉由大拇指微妙的力道控制，可以進行播放和停止，同時確認以食指指腹操作降噪開關的方法。這兩顆鈕貼得很近，令人覺得不舒服，感覺會不小心造成操作失誤。不過，經過幾次反覆練習，已漸漸熟悉它的操作感。

一天會出現五個預言。

這四年來不曾有過任何變化，一個絕對的法則。就像兩點的一個小時後是三點一樣，一個無比明確，不會變化的規則。

那是我國二那年發生的事。當時我正漸漸開始習慣預言的詭異、不可思議，以及它的組成機制。

當時我在學校的指導下，接受英語檢定考。是強制應考。我原本就對英語檢定不感興趣，更何況前往會場和應考得花時間，所以我始終提不起勁，甚至對應考這種行為感到不悅。一路上我的步履沉重。不過，參加第一關考試後，我的成績良好，順利通過。通知第二關考試日期和地點的文件，以郵寄的方式寄給了我。我非但感到不悅，甚至覺得麻煩透頂。心裡想，為什麼我非得再度前往會場不可？

第二關是口試。朗讀簡單的英文文章，回答英語提問。我當然提不起勁。幸好我就讀的那所國中，會懲罰不去應考的人，但是對沒通過考試的人卻沒準備罰則。就算我只是前往考試會場，和考官大眼瞪小眼，不發一語，就此返家，也不會怎樣。雖然我不想和考官大眼瞪小眼，但我也不想興致勃勃地去接受口試。不過就在口試的前一天，突如其來的好奇心驅策著我。

這「預言」用在考試上，不知道行不行得通？

一天的預言固定有「五個」。如果這樣，要是一天只聽到「五句話」，預言的內容又會是怎樣呢？我難得略感興奮，急忙到附近的百圓商品店買耳塞，將耳塞緊緊地塞進耳朵深處後上床睡覺，等候第二關考試當天的到來。

結果一如預期，一切順利。隔天早上，我手中握有的五個預言全是「英文」。而且是疑問句。這肯定就是第二關口試的問句。我塞著耳塞，前往會場，在進入口試會場前，絕不取下耳塞。從我起床到前往會場的這一路上，沒有半句話傳進我耳裡。這麼一來，預言當然只會有我在口試會場裡聽到的對話。

最後我當然是以完美的表現結束口試。因為全都是事先知道的提問。

我離開口試會場後，再次塞上耳塞，踏上歸途。在口試的前後，我一概沒聽到多餘的對話。

就像我前面說的，我並沒有非通過考試不可的理由，甚至沒這樣的意願。當時我採取這樣的行動，純粹只是出於好奇。如果執行這項計畫，結果到底會如何，就只是出於如此幼稚的探究心和求知心。因此，後來就算第二關考試的合格通知書寄達，我一樣沒半點感動，非但如此，得到這預料中的結果，我甚至略感悲哀。對我來說，這一連串的事只是更加深我的印象，覺得這是「不會改變」、「早註定好」的人生。從那之後，在日常生活中，我沒再用過同樣的手法。

直到今天。

在我前往吃午餐的連鎖咖啡廳裡，我緩緩打開記事本。上面以我自己看慣的筆跡寫下五句話。

・紅心6一張。
・黑桃K。
・方塊3。
・梅花7。
・黑桃7。

我想要的預言一字排開，全出現在上頭。再度和計畫的一樣，在我面前出現安穩的人生。我靜靜地合上記事本，收進口袋。接著我撕下一小塊貝果送進口中。最後喝了一小口咖啡。遙控上的液晶螢幕浮現「貝多芬科里奧蘭序曲／托馬斯・羅特邁爾」這行字。有厚實感的旋律在我耳中震蕩。

從「紅心6」開始，所有的預言都和撲克牌有關，這表示我得先認同有「賭場」的存在。我從森重那裡聽聞它的存在，雖然我擺出姑且相信的態度，但其實心裡還是存疑。在東京的都心真的會有賭場這種恐怖又不太真實的設施嗎？不過，就現實面來看，我的預言中浮現的文字，令人聯想到撲克牌。不太可能會在街上突然聽到「紅心6一張」這樣的對話，所以這肯定是我接下來會在賭場裡聽到的對話。我將剩下的咖啡喝完後，馬上起身走出店外。我決定照森重說的，前往新宿。

我一面回想森重指示的路線，一面從東南口走出新宿站。我離開眼前的電動扶梯，像被吐出般，來到馬路上。果然有不少行人。有西裝上浮現汗漬，快步行走的上班族、一路上笑個不停，學生模樣的情侶、身穿外出服，臉上化著濃妝的中年婦女、拖著載有行李的小推車，無精打采的流浪漢。我融入這些群眾當中，順著斑馬線左轉。

左手邊是成人電影院。和森重說的一樣。一名露出胸部的女子照片上，以誇張的字體貼上香豔刺激的廣告標語。等太陽下山後，這一帶想必會更加籠罩在妖豔的氣氛中吧。我路過電影院，數著第三棟大樓。

一棟灰色的住商混合大樓。看來，這裡似乎就是森重說的地點。

一棟冰冷、沒半點特色，就像背景般的大樓。牆面出現不少裂痕，呈現出陰沉的氣氛。我在大樓前佇足了半晌。

我沒讓大須賀看我的背部，便來到這裡。應該說，「我刻意不讓他看到」，自己溜了出來。理由很明確。

我不想再和任何預想、預測、預告、預言扯上關係。已經計算出未來的活動，對我來說根本就是一種折磨。某人保證會幸福（或是不幸），而就此度過的時間，那已不是我個人自由的時間，而是在某個看不見的手引導下，在不自由中度過的時間。假設我的背部出現「60」這樣的數字，我認為那是最幸福的一天。但那始終都是來自我背部的幸福，不是我親手創造出的幸福。因此，我不讓他看我的背部。不想讓他看。我要消費我自己的時間。我必須始終都是我自己的支配者。

我就像要確認自己的每一步般，走在那陽光照不到，也沒照明燈，一路通往地下的昏暗樓梯。涼鞋踩碎細小的沙石，發出聽了不舒服的摩擦聲。此時我耳中仍持續用大音量播放古典音樂。不看遙控不知道是什麼曲名。但我不在意（我原本就對曲名沒興趣），就此走完樓梯。滲進裡頭的風，令我的肌膚感到寒意。

樓梯底下有一扇感覺無比厚實的大門，前面坐著一名沒有眉毛，感覺像是守門人的年輕人。男子一看到我，便張口說了些話。看他的表情猜得出來，他的態度不太友善。眼神犀利又凶狠，就像是要把迷路的人趕回去似地，嘴巴的動作猶如呲牙咧嘴的野狼，充滿威嚇感。但我什麼也聽不見。一切都在指揮者揮動的指揮棒下，轉眼間消失不見。我不發一語地走近男子，拿出森重給我的徽章，以手指彈向他。男子略顯慌張地用雙手接住徽章，就像要辨識真偽般，瞇起眼睛細看那個徽章。過了一會兒，男子確認是正牌貨後，略顯驚訝地注視著我。可能是我的容貌、穿著，與平時會來這裡的人有很大的落差吧。我一如平時，穿著牛仔褲搭白色POLO衫。我剛硬的頭髮就像要遮住耳機般，蓋住了耳朵，亂翹的頭髮朝四面八方散亂開來。就算我給自己評論，也不覺得我看起來像有錢人。

我朝不發一語擺出防備姿態的男子說道「這樣可以進去了吧？」不過，因為耳朵完全塞住，所以不確定我說的那句「不好意思，可以快點讓我進去嗎？」發音標不標準。聽不到自己的聲音竟然會對對話帶來這麼大的影響，這令我感到既驚訝又焦急。

等了一會兒，男子始終都沒動作，所以我懷疑是自己的聲音沒清楚傳達，準備再說一次。但就在我準備開口時，男子向我說了些話，就此打開那扇門的門鎖。像被劈開般出現眼前的裂縫，開始逸洩出金光。與昏暗的樓梯間形成強烈對比，一處喧鬧、光明、黑暗的世界，即將在我面前開啟。

我瞄了遙控一眼，上面顯示「前奏曲作品三－二『鐘』－拉赫曼尼諾夫／安德烈・德米特里耶夫」。
門完全敞開。

「真的還保管著嗎？」

「對，當然。因為這是我們這項服務的賣點。」一名繫著圍裙，理著小平頭的男子，很自豪地面帶微笑回答道。「因為不知道客戶什麼時候會來取，所以不管是怎樣的物品，只要還保留大致的原形，我們便保證會代為保管五年。」

男子就像在模仿超級戰隊裡的紅戰士一樣，張開五根手指，將變身令牌抵向我面前。他的表情略顯陶醉。為了繼續讓男子保持亢奮，我誇張地附和一聲「噢～！」

我現在隔著白色櫃臺與男子交涉。因為他們從事這樣的工作，所以店內維護得一塵不染。也許店員都剪短髮，也是為了呈現出清潔感所採用的一種手段。與設置在後方的倉庫完全切割開來的這處待客空間，完全感覺不出「特殊清掃業」這個名字所背負的腥臭和血腥味。

「呃，這位客人，您是『黑澤小姐』沒錯吧？」

「對，沒錯。」

我抬頭挺胸，不讓自己的氣勢輸給這名男子。男子微微點頭，以此表示他已明白。

「已和您確認過電話，至於住址，是大田區田園調布 1-2× 沒錯吧？」

「完全正確。」

「我了解了。那麼，我這就去倉庫確認物品，請您在此稍候。」

男子像在領取畢業證書般，深深一鞠躬後，轉身從他背後那扇門走向倉庫。

昨天聽葵說。

葵之前和江崎學長一起去火災現場（之前小阜的住家）查看時，遇到附近一位話多的大嬸。那位大嬸很友善，劈哩啪啦提供了許多有用的資訊。雖然很感激，但一些（沒必要的）小道消息似乎也不少。

「她一定是個愛說話的人。總之，她告訴我們許多事，包括和火災有關的事，以及不相干的事。」

葵回想當時的情景，以有點吃不消的表情說道。

「然後我剛才突然想到，當時她好像提到火災的善後處理……也就是說，瓦礫堆的清掃工作，有專門的業者前來處理。將現場的垃圾丟棄，看起來有需要的東西，則會加以保管。所以要是能查出當初替黑澤家那場火災清掃的業者，不就會發現什麼遺留物嗎？運氣好的話，也許還能找到日記呢。」

我和大須賀學長都像是得知什麼厲害魔術的背後手法一樣，不由自主地發出讚嘆。那位大嬸的閒聊，幫助實在太大了。

「沒有人永遠遇不上好機會。只是在好機會來臨時無法好好掌握」——安德魯．卡內基。

漂亮，葵。儘管是無聊的談話，卻沒從中錯過好機會，這樣的選球眼光，足以與榎本喜八匹敵。就連鋼鐵大王一定也會對妳讚賞有加。

之後為了找出那家清掃業者，由手頭空閒的大須賀學長展開瘋狂打電話大作戰。以飯店房間裡的電腦搜尋附近的清掃業者，列出清單（找到了四十家左右），從頭依序撥打電話。

「敝姓黑澤，我聽說四年前七月三十一日發生在田園調布的一場火災，是你們負責事後清掃……」，以這樣的對白，對清掃業者展開地毯式搜索。結果打了二十通左右，抽中了大獎。大須賀學長很興奮地告訴我們。

「位於港區有一家名叫『GREEN GREEN』的公司，說他們負責四年前那場火災的清掃工作。還說，他們得去倉庫確認才行，所以無法馬上知道遺留了什麼，不過，如果明天前去的話，就能現場轉交遺留的物品。但要接收遺留物品，必須證明是黑澤家的『親人或親戚』。」

在這樣的對談中，我高舉右手，對於今天拜訪清掃業者一事，我自願前往。如果能取得小皐的遺留物品，我絕不能錯過這個機會。因為我得比任何人都更早，且更準確地看出小皐的心思，以及火災的真相。

身為小皐的摯友，以及她的大弟子。

過了一會兒，剛才那名男子捧著一個大塑膠盒走了回來，上面刻有「GREEN GREEN」這個清掃業者名稱。男子緩緩搬運著盒子，從他那顆小平頭上露出頭皮的縫隙處，汗水珠光晶亮，他動作輕細地將盒子放在櫃臺上，盡可能不發出聲響。接著來回比對盒子側面的編號與他手中的資料，滿意地點了點頭。

「這就是七月三十一日那場火災後，我們替黑澤家保管的物品。」

「裡、裡頭留下了什麼？」

我感覺那個塑膠盒就如同媲美世界遺產的寶箱一般，忍不住全身顫抖地詢問。男子擺出從容不迫的表情，就像在對我說「別急，妳先冷靜一下」，接著很刻意地用超級慢的動作打開盒蓋。取出收在盒子最上層的一張紙，朗讀紙上的內容。

「呃。首先是餐具數件。有盤子、杯子、湯匙、叉子。還有鑰匙圈等貴金屬。也有戒指和項鍊。還有罐子。除此之外，只剩一些無法分類的小物品。」

「罐子？」我問。

男子就像要重新確認自己說過的話似地，瞇起眼睛細看資料後點了點頭。「對。這裡只寫著『罐子』。我看看哦……」

男子如此說道，開始往盒子內部翻找。我也跟著微微踮起腳尖往內窺望。的確就像男子所說，盒內幾乎都是餐具類的物品。原本應該是白色的盤子和馬克杯。可能是觀賞用，像是WEDGWOOD[36]的盤子。每個都很仔細地用塑膠袋包好，但全都燒得像黑炭一樣，慘不忍睹。

男子取出幾個餐具後，繼續往盒內深處探尋。接著冒出一個像是裡頭裝了高級點心的罐子。大小和多層方盒差不多大。表面的彩繪玻璃圖案，因為火燒而有多處變形泛黑。我和那名男子發現罐子後，不約而同抬起頭互望一眼。我說：

「你說的『罐子』，就是這個嗎？」

「好像是。」

「不知道裡頭是什麼嗎？」

「呃……」男子再次朝資料看了一遍後說道。「啊，抱歉。這裡有紀錄。上面寫說，裡頭有紙類、其他物品，以及幾本書籍。」

我挑起眉毛。「書？」

男子再度低頭望向資料。「對。上面是寫書籍沒錯。但不知道是什麼書。」

「請問！」我雙手撐向櫃臺，趨身朝男子的臉逼近。「可以打開這個罐子嗎？」

我的逼近似乎令男子覺得不自在，他微微後退，點了點頭。

「可……可以啊。我這就打開它嗎？」

我用力點頭。幾乎都可以聽到我用力點頭的呼呼聲了。

男子把罐子擺在櫃臺上，準備用指甲打開盒蓋。但可能是因為過了很長一段時間，罐子變得不易開啟，遲遲不願亮出裡頭的東西。男子發現這罐子的防禦力出奇地高，眼神轉為犀利，開始朝雙手使勁。也許是就此點燃了他的戰鬥本能。加油啊，清掃業者的大哥哥。

這時，傳來清脆的一聲「啪嚓」。

男子露出像惡官般的得意表情，俯視眼前的罐子，嘴角輕揚。

「您要看裡頭的東西嗎？」

我再度用力點頭。男子見我那貪婪的態度，似乎頗為滿足，接著像一名分贓給部下的土匪頭子一樣，緩緩掀開蓋子，讓我看裡頭的東西。

我再度踮起腳尖，往裡頭窺望。

36. 英國的一家陶瓷公司。

江崎純一郎♠

這裡確實可用豪華絢爛來形容。

與大樓外頭頹廢的模樣截然不同，裡頭的世界是金光閃耀的黃金鄉。彷彿會吸收一切衝擊的深紅色地毯一路綿延，天花板則是高掛晶亮燦然的枝形吊燈和玻璃工藝。眼前是等距離一字排開，頗有分量的吃角子老虎機臺以及數位撲克。笑個不停的中年婦人，以及額頭冷汗直冒，正值壯年的男性。雖然耳內的古典音樂與這些聲音兩相抵消，但眼前的熱鬧還是透過視覺傳來。這是完全遺世獨立的異次元世界。

我決定先在賭場內慢慢逛一圈。此時雖是平日的午後，但這裡的來客數相當多。這裡的人與那些在賽馬場裡盤起雙臂抽著菸，模樣粗俗的賭客截然不同。他們都是上流階層的人。他們沒穿西裝，幾乎都穿外出的便服，我在裡頭確實顯得很突兀。從客人乃至於店內的員工，全都以鄙視的表情望著我，就像望著一隻混進廚房裡的老鼠。

進入賭場走了一會兒後，我來到一處擺了幾張大桌子的空間。在橢圓形的桌子對面，身穿背心的荷官面帶微笑，以俐落的動作讓撲克牌在毛氈質地的桌面上滑過。聚在四周的玩家和看熱鬧的人們，時而因開牌的結果歡聲雷動，時而垂頭喪氣。這裡一共擺了三張賭桌。

第一張賭桌玩的是二十一點。我斜眼瞄了賭桌一眼，從發牌的樣子便知道是在賭什麼。玩得相當熱絡。玩家和看熱鬧的群眾都不少。

第二張賭桌玩的是百家樂。我一樣從旁邊走過，一看就知道。熱絡的情況和隔壁的二十一點差不多。還算熱鬧。

接著是第三張賭桌。

這第三張賭桌比前面兩張賭桌足足大上一圈。在裝飾上也特別上心。身穿背心的荷官感覺比其他兩桌的還要精悍，表情微微透著知性。看起來年約四、五十歲，雙手的動作流暢無礙。真要說的話，感覺比其他荷官都更「專業」。總之，這個賭桌明顯別有一番特殊的設定，在此稱霸。它的待遇就是這麼與眾不同。

然而，儘管有這樣的特殊性，這第三張賭桌卻沒什麼熱度。完全沒人在一旁看熱鬧，設在賭桌正面的椅凳，只坐了三名客人。而且當中一張還空著。宛如沒趕上什麼慶典似地，只有這裡冷冷清清。

我就像被那張賭桌釋放的異樣氣息給吸過去似的，朝它走近。接著，荷官注意到我，向我搭話。他優雅地動著嘴脣，同時帶上從容不迫的動作，似乎向我詢問什麼。但我不知道荷官說了些什麼。小提琴的樂音在我耳中激昂地鳴響。如同要震破我的鼓膜般。

不得已，我只好選擇不回答荷官的提問，改由我主動提問。我一面留意自己的發音，一面謹慎地出聲說話。

「這是 NOIR REVENANT 的賭臺嗎？」

荷官似乎回了我一句「對，沒錯。」面帶笑容，微微點頭。在此同時，坐在椅凳上的三名玩家，都以納悶的表情打量我。他們的眼神像在問我「為什麼你這樣的人會在這裡？」聲音被阻斷後，我對人們的表情變得特別敏感。人們常說「眼睛會說話」，此時我正展開這樣的親身體驗。感受言外之意的分量感與存在感。

我再次留意自己的發音，開口問道「我可以坐這裡嗎？」荷官點頭。

我坐向最左邊那個沒人坐的椅凳。這時，右邊三名玩家再次以不悅的眼神瞪視我。也許他們很想對我說「你來錯地方了」。如果他們真這麼說，我也無從否認。我確實來錯地方，因為我確實和這裡的氣氛顯得格格不入。

我朝椅凳坐定後，心想著該對荷官說什麼好。要盡可能簡潔明白，做出讓荷官只能回答「是」和「不是」的提問。我想到一個很安全的提問，和剛才一樣很謹慎地出聲詢問。

「這裡是黑澤孝介旗下的賭場，沒錯吧？」

荷官面露苦笑，沒回答我的提問。這也是當然。就算這是眾所皆知的事實，他應該也不會隨便點頭承認。這始終都是在「違法」的形式下建立的設施，沒有人會給予讚賞，也一點都不健全。於是我改變提問。

「你在找人？」

這時，荷官的眼神微微一變。雖然只有短暫的瞬間，但確實有所不同。微微的動搖之色，像波紋般緩緩浮現在視線中，接著馬上又靜靜地消失。

荷官嘴脣微動，回了一兩句話。他偏著頭說話，所以推測可能是裝傻回了我一句「我不懂你在說什麼」。不愧是熟悉這種場面的人，荷官內心的動搖已完全從他臉上的表情中抹除。完全不留痕跡。我接著問：

「我想見黑澤孝介。可以幫我介紹一下嗎？我和你找尋的人有很深厚的關係。這提議不錯吧？」

但這次荷官不顯一絲動搖。也許是因為剛才我那番話，他已微微有一點耐受力。表情已切換成我就座前的狀態，臉上掛著帥氣的微笑。

確認荷官的嘴巴微動後，我極力試著從他的嘴形去推測他說的話。好像是說『我不懂您這句話的意思』。雖然這當中可能摻雜了我個人的解釋，但就算沒猜中，意思也相去不遠。荷官已對我失去興趣，低下頭，對下一場賭局要使用的撲克牌進行拆封。

坐我右邊的男子，皺起眉頭，凶巴巴地對我說了一大串話。雖然我無法讀他的唇語，但想必是說我妨礙他們玩遊戲吧。其他兩名玩家同樣也對我投來冰冷的視線。這也難怪。對他們來說，此時要玩的 NOIR REVENANT，是左右錢財或是人生的重要大事。突然一個來路不明的小孩厚著臉皮跑來，把遊戲擺一旁，說一些莫名其妙的話，看了當然覺得很不是滋味。我抬起右手打斷男子說話，對他說道：

「不好意思。我無意打擾你。」

我轉身面向荷官。

「難得有這個機會，也讓我參加吧。我知道規則。這些錢請幫我換成籌碼。」

我將裝有三枝乃音那二十萬日圓的信封拋向桌上。荷官拿起信封，確認裡頭的金額。接著他以俐落的動作清點萬圓鈔的張數，將寫有「1」的籌碼一共二十枚移到我面前。隔壁的男子面露嘲諷的笑意，對我說了些話。隔壁男子的面前擺了數十枚「100」的籌碼，外加堆積如山的「10」和「1」的籌碼。可能是一萬日圓換算成「1」，所以隔壁男子擁有價值數千萬的籌碼。原來如此，這樣當然會想嘲笑手頭只有二十萬日圓的我。

坦白說，如果可以，我實在不想和這種撲克牌遊戲扯上關係。如果不用玩撲克牌，只透過和荷官的對話，他就能安排我和黑澤孝介見面的話，那自然最好。這樣最安全、確實、有效率，無從挑剔。但就像我剛才所說，荷官一直佯裝不知，所以也沒辦法。原本預言中就很明確地出現撲克牌相關的話語。這是無法避免的路，一切早就已經決定好了。

——雖然不用凡事都積極面對，但適時地參與也很重要。這能讓人生的土壤變得更肥沃——

鮑伯也這樣說過。能參與的事，就適時地參與吧。

我轉身朝向正面，荷官已開始發牌。以華麗的動作朝四名玩家各發五張牌，牌從毛氈上滑過。我左手擺出那五張牌後，感覺身體某個開關啟動。某處吹來一陣涼風，緊貼著我的肌膚，滑順地輕撫而過。我使勁朝左右擺動脖子，骨頭發出喀喇的聲響，接著重新面對手中的牌。耳內的曲目改變。是《行星組曲「火星」——霍爾斯特／雷蒙拉圖》

NOIR REVENANT 開始了。

大致的規則，雖然我以前就從鮑伯那裡聽聞，但昨天重新聽三枝乃音說明「NOIR REVENANT」正確的規則內容後，這才知道先前從鮑伯那裡得知的規則，只是一小部分。它不單只是遊戲，關於它為了要在賭場上和人「賭」，而改變的幾個規則、複雜的專業用語、瑣細的步驟、各式各樣的資訊，我都得了解。我再次在腦中整理它的步驟和用語，重新確認（此外，我在此列出「NOIR REVENANT」的詳細規則、步驟、牌名，如果各位不是特別感興趣，可以跳過無妨）。

以基本的規則來說，這遊戲就像鮑伯說的，是「差距」的遊戲。現場打出兩張牌，以這兩張牌的數字「差距」當作「強度」，是決定勝負的重點。遊戲的步驟如下。

1、一開始各發五張牌當手牌。
2、從這五張牌當中，蓋上一張覺得不需要的牌，就此捨棄（這稱作REVENANT牌）。
3、從剩下的四張手牌中選出兩張，同樣蓋著打出（這是勝負牌）。
4、打開勝負牌，和對戰對手比，視關係決定勝負。

基本上，勝負牌的差距較大者獲勝。如果出A和K，以單純的減法計算後，差距是「12」。而如果對戰對手出6和7，則差距是「1」，由出A和K的人獲勝。

不過，這遊戲的特色，就是另外有個副規則——「當差距在10以上時，會輸給勝負牌是同一個數字的組合」。這個規則是它困難的地方，同時也是這個遊戲的妙趣所在。像剛才出A和K的情況，差距是「12」，也就是「10」以上。這麼一來，就會輸給像7和7，或是Q和Q這樣的數字組合。

以上是這個遊戲的基本規則（事實上，之前我和鮑伯對戰時，就是以上述的規則進行）。但這次賭場裡的規則有了些改變。

我這次的對戰對手，不是右邊的其他玩家，始終都是我和荷官的一對一對決。其他玩家也都是各自和荷官對戰。因此，如果不和荷官展開心理戰，這個遊戲就玩不成了。如果在完全沒提示的情況下互相出牌，勝負的結果只能完全交由運氣去決定。這樣就少了點樂趣，而且以賭博來說，這只能算是二流的賭法。因此，在這次賭場的規則下，規定荷官的勝負牌得掀開一張。也就是說，在兩張勝負牌（用來看出差距的牌）可以看見其中一張的狀態下，我們能與他一決勝負。這或許可說是對玩家有利的規則。不過，也有可能會自己想太多，而引發失誤，因一時大意而毀了自己。

以下是在這個遊戲中會用到的牌名。

【GRANDE（大）】——自己的勝負牌「差距」，比荷官的勝負牌「差距」大，這種情況下的牌名。是最正統的獲勝方式。紅利是賭金的兩倍。

【GEMELLI（雙子）】——對方的勝負牌差距在「10」以上時，打出兩張同樣數字的牌，這種情況下的牌名。是剛才說明的副規則。紅利比GRANDE多一些，是賭金的三倍。

【CAVALLO（騎士）】——自己的勝負牌，以及荷官的勝負牌都是兩張同樣數字的牌時（例如「A和A」對「5和5」），數字接近7的一方勝利的牌名。因為情況特殊，所以紅利更多，為賭金的五倍。

【REVENANT（歸來者）】——刻意將自己的勝負牌蓋著放棄，宣告要以一開始捨棄的REVENANT牌決勝負。如果對方的兩張勝負牌，與自己捨棄的REVENANT牌同樣數字（也就是三張牌都同樣數字時）便獲勝，這種情況下的牌名。

這是這個遊戲的一種特殊玩法，那天鮑伯沒教我這個牌名（難度與皇家同花順相當）。紅利是驚人的十倍。不過，正因為紅利頗高，所以它有一項罰則（這稱作「PECORA（綿羊）」），當玩家宣告REVENANT卻落敗時，得賠對方五倍的賭金。

【NOIR REVENANT（黑色歸來者）】——與剛才的REVENANT幾乎是在同樣的情況下發生的牌名，當對方的勝負牌花色都是「紅色」，而自己的REVENANT牌是黑桃時所宣告的牌名。就像這個遊戲以它來命名一樣，難度極高，紅利是二十倍。

【PICCOLO（小）】——自己的牌名不屬於上述任何一項時（也就是落敗時）所宣告的話語。也就是撲克中所說的「散牌」。當然沒有紅利。賭金會全部被沒收。

此外，只要參加這項遊戲，就必須以十局為單位，不能只玩一局就退出。一組遊戲分十局進行，這就是這座賭場的NOIR REVENANT全貌。

我手中的五張牌，從左開始依序是「黑桃4／黑桃6／方塊10／梅花10／黑桃K」。我這位只玩過一次的初學者，雖然沒資格講得好像很懂似的，但這副手牌應該不差。能湊出10和10的相同數字組合，而如果是4和K的組合，兩者相差「9」，算是很大的差距。以第一次拿到的牌來說，算是相當不錯了。是好兆頭。

我當場將不需要的黑桃6蓋住捨棄，當作REVENANT牌。剩下的四張牌在手中重新排列。這時，荷官朝我伸出右手，像在催促我。我看了旁邊的玩家們研判，他是在叫我決定下注的籌碼數量。我看右邊的男子疊了六枚寫有「10」的籌碼，往前推出。簡單換算後，是六十萬日圓。這樣已遠遠高出我的所有賭資。

我動作粗魯地朝自己蓬亂的頭髮一陣搔抓後，推出兩枚數字「1」的籌碼。頓時除了我以外，包括荷官在內的其他四人，都面露冷笑。儘管隔著降噪耳機，仍隱隱傳來那鄙夷的嘲笑聲。

我用力眨了兩下眼睛，深深沉入我自己的世界中。沉入極力限制與他人有任何關聯的自我精神中。我決定將其他玩家從我的視野中排除，只全神貫注在荷官打出的牌。從我的目光到全身的毛細孔都變得很敏感，只專注在撲克牌的花色和數字上。

荷官決定好兩張勝負牌後，把牌蓋上，只亮出其中一張牌。從他細長的指縫間露出的那張牌，是「方塊3」。

我吁了口氣，瞪視著方塊3。我心想，真是個討厭的數字。如果他蓋下的另一張牌是

「K」的話，差距就是「10」。但如果是「Q」，則差距是「9」，還不到「10」。也就是說，如果我打出同樣數字的牌，將會落敗。就這個含意來說，「3」這個數字是最適合用來亮給玩家看的絕妙數字。就像高大的樹上結出的甜美果實一樣，以妖豔的魅力吸引人們靠近。如果只是守，就得不到果實，如果一味只攻不守，又會從樹上跌落。我只閉右眼，陷入沉思。

——哎呀，是這樣的，在這個遊戲中決定打出同樣的數字，也就是差距「0」，需要很大的勇氣。一般不會甘冒風險，而打出以差距「0」的牌來出奇制勝——

從腦中的角落再度出現鮑伯說過的話。我配合耳中傳來的管弦樂，以右手食指打著節奏。充滿穩定感的旋律，舒服地融入我體內。

我就此決定好兩張勝負牌，靜靜地蓋在桌上。荷官露出瀟灑的笑容後，甩動擺在桌邊的手搖鈴，就此不能再移動手牌。之後也不能再變更勝負牌或是投注金額。我在椅凳上重新坐正，等候荷官掀開他的勝負牌。

荷官對包含我在內的四名玩家做了某個宣告後，掀開勝負牌。我身旁的玩家們不是皺起眉頭，就是眉開眼笑。

方塊3旁邊翻開的牌，是「梅花K」。也就是說，差距是「10」。

荷官再次宣告某件事後，從最右邊的玩家開始依序掀開自己的勝負牌。每位玩家在掀開的同時，也會說出牌名。

桌上的牌流暢地掀開，而在掀開時都會念出牌名。等沒多久，便輪到了我。我右手握住那蓋著的兩張勝負牌，直接掀開。並做出宣告。

「方塊10和梅花10」，接著我望向荷官。「GEMELLI，三倍賭金。對吧？」

荷官不太服氣地瞇起眼睛，點了點頭，遞出三倍賭金的六枚籌碼。我不發一語地收下，疊向自己的原有的籌碼上。現在籌碼有二十四枚。其他玩家似乎也出言調侃我，但全被雷遜電子製的降噪耳機屏除在外。

荷官再次搖響手搖鈴後，掀起他手邊紙作的數字顯示牌，從「1」改為「2」。局數已從第1局改為第2局。直到最後的第10局為止都不可逆，得一路進行下去。

當荷官手上的數字顯示牌迎接「10」的到來時，我手上的籌碼已增加為六十三枚。過程中雖然有幾次是PICCOLO（散牌），但我持續謹慎地看出勝負關鍵，最後籌碼才得以穩紮穩打地慢慢增加。

坦白說，我明白只要照這樣繼續賭下去，我不會慘輸，就此覺得有點掃興。雖說對方是專業的荷官，但終究只是個普通人。他的表情、發牌動作、賭局的情勢、周遭的空氣，綜合考量這些諸多要素後，他的勝負牌昭然若揭，我該採取的做法，可用最大公約數的方法算出。結果也都猜中。我的注意力忍不住轉往耳中的古典音樂，甚至多次打起了哈欠。

更何況，我到現在還沒使用號稱王牌的「預言」。倒是坐我右邊的這群呆瓜，在這場遊戲中陷入苦戰，我完全無法理解他們的心境。他們和我相反，就像秉持著義工的精神熱心捐款般，手中的籌碼逐漸減少。我動了動慵懶的身軀，改變坐姿。

荷官發完五張手牌，宣告最後的第10局開始。我朝他發給我的手牌瞄了一眼，確認這副牌還不壞，就此以手中全部的籌碼當賭注，往前推出。這合計六十三枚籌碼，就像某種裝飾品般，聳立在我和荷官中間。雖然聽不見場內的聲音，但我皮膚的細胞可以感覺到空氣發出聲響，就此產生變化。

荷官嘴巴微動，向我問了些話。我當然不知道荷官說什麼，但我只回了一句「就這樣沒關係」。其他玩家面面相覷，瞄了我一眼，似乎覺得我有點可怕。猶如在看什麼怪異的戰爭電影般。

荷官的兩張勝負牌當中，掀開的那張是「黑桃6」。另一張仍舊蓋著。撲克牌背面以紅線畫成的對稱幾何圖案，強調它的匿名性。

·紅心6一張

我腦中浮現第一個預言。試著將它套用在那張蓋著的牌上。接下來，我的勝負牌當然就這麼定了，同時也決定了這場勝負。

我選好兩張勝負牌蓋上。荷官機械性地將手搖鈴甩了兩下後，緩緩伸手搭向那張蓋著的勝負牌。

我沒錯過這個機會，迅速從口袋裡取出音樂播放器的遙控，握在右手中。以我從昨天晚上便多次練習的動作停止音樂播放，同時關閉降噪開關。大拇指和食指同時運作，原本在我耳內擴散開來的音樂世界，就此消失在遠方，充滿現實感的真實「聲音」的世界就此復活。從荷官拿起撲克牌的細微摩擦聲，到衣服布面摩擦的聲響，都傳進我耳中。

聲音恢復了。

宛如從鐵柵欄中解放開來般，那是一種極具壓倒性，甚至可用快感來形容的解放感。

但我提醒自己別過度被這樣的變化吸引注意力，我仔細聆聽荷官的聲音。因為那是最重要的預言，是絕不能漏聽的福音。我繃緊神經。

「紅心６一張。」

荷官的聲音比想像中來得渾厚，是很厚實的男低音。我趕在放心地鬆口氣之前，右手迅速行動，再次重新播放音樂。隨著氣勢十足的鋼琴聲，宛如讓世界倒轉播放般的降噪功能也跟著啟動。遙控器上浮現《瞬間幻影——普羅高菲夫／村井壽明》這行字。如同從雲縫間短暫露臉的陽光，寂靜的世界瞬間封閉，被吸入厚厚的雲層中。我再次被拉回音樂的世界裡。

和先前一樣，從最右邊的人開始顯現喜怒哀樂，陸續掀開勝負牌。一人、兩人、三人。輪到我的時候，我先等了一會兒。脖子往左右伸展，再次讓骨頭甩動兩下。雖然這段空白的時間長得有點不自然，但周遭都沒人出言指責。

因為我這是一局六十三萬日圓的勝負。沒人有辦法以輕佻的態度出言催促。眾人皆注視著我那兩張蓋著的勝負牌，等候揭曉時刻的到來。

我重重吁了口氣後，伸手搭向牌，望著荷官的眼睛，掀開牌。接著宣告道：

「梅花３和方塊６。」我閉著眼睛，探出右手。「GRANDE，兩倍賭金。」

五枚「10」的籌碼和七十六枚「1」的籌碼，合計共一百二十六萬日圓，疊在我面前。之所以不太有真切的感受，或許是因為耳內響起的是幻想曲風的音樂。

我沒理會那堆得像小山一樣高的籌碼，偷偷窺望荷官的表情。荷官仍是面無表情，微微帶著笑容，並未表現出多大的驚慌。就算我只玩了一組NOIR REVENANT，就由二十萬日圓賭金增加為百萬以上，他似乎也完全不為所動。

我不由自主地向荷官問道「還不能讓我和黑澤孝介見面嗎？」

荷官以裝傻的表情漠視我的提問，又開始拆開一盒全新的撲克牌。看來，他打算裝蒜到底。我再次問道：

「我要是再贏的話，你會改變心意嗎？」

荷官暫時停下手中的動作，注視著我。接著嘴巴動了幾下。雖然聽不到聲音，但感覺得到他緩慢的語感，就像他很享受自己的發音似的。他的動作彷彿知道我現在耳朵聽不見。或者是這位荷官可能沒出聲。不管怎樣，在這個被音樂封殺的世界，荷官說的話化為更低調的呢喃，朝我的耳朵說出無聲的話語。他的嘴巴微動。

——搞不好——

我微微一笑，豎起食指。

「我再玩一組。」

荷官頷首，優雅地搖動手搖鈴。數字顯示牌再次捲回「1」，宣告第1局開始。

・紅心6一張。
・黑桃K。
・方塊3。
・梅花7。
・黑桃7。

我在腦中整理過今天的預言後，展開第二組的 NOIR REVENANT。拿起滑到我手邊的五張撲克牌時，耳畔剛好換了一首音樂。我也帶著這首不知名的古典音樂，再次投身遊戲的世界。鈸的聲響就像是某種警告般，微帶威嚇地響起。

荷官以熟練的動作掀起數字顯示牌。這第二組的賭局，很快已來到第七局。可能是因為我已習慣遊戲的系統和步驟，體感時間比剛才還短。遊戲流暢無礙地進行。

雖然我的手氣略微下滑，但手上的籌碼還是略微增加，來到一百五十三萬日圓。就算狀況不佳，它仍是很單純的撲克牌遊戲。就算沒繃緊神經投入，還是可以穩紮穩打地贏錢。就像內線交易一樣。或者是像我過去一路走來的人生。

不過，這條鑲邊的漂亮道路，為了避免往左右偏移，我還是盡可能直直地往前走，就是這樣的人生。保證會有的固定獲利、確定性、不變性，以及千篇一律，毫無特色。這就是清楚展示在我面前的道路。不管我再怎麼掙扎，等在我面前的，就是這種無災無難的結果，或是手到擒來的勝利。最後就此成為亡靈。一個無比空虛，像路邊的石頭一樣沒有價值，黯黑的亡靈。

我一面在心頭泛起嘲諷的冷笑，一面將拿到的手牌在左手擺好。數字適度地分散，這副牌還不壞。我閉上眼，細細聆聽音樂。

還剩下四個預言，現在是第7局。也就是說，剩下第7、第8、第9、第10，一共4局。因此，接下來的每一局，預言都能用上。

・黑桃K。

・方塊3。
・梅花7。
・黑桃7。

今天早上我耳畔湧現的預言，全都要套用在荷官接下來的勝負牌中。我當然不可能會落敗。眼下會和之前一樣，保證成功一定會到來。就像發學校段考考卷、宣布校排名次、宣布考試合格者名單一樣。當然了，這種事一點意思也沒有，但我不能說這種不知足的話。我現在需要的不是雀躍的興奮之情，也不是會讓我口乾舌燥的刺激，單純只是要和黑澤孝介約見面。只要明天能見到黑澤就行了。如此而已。現在的我，對於眼前這垂手可得的勝利，沒資格置之不理，也沒必要錯過它。

我將眼前那體積增加許多，已來到一百五十三萬日圓的籌碼，全部向前推出。全部下注，交給荷官。接著，我右邊的玩家們，就像按照規定演出似地，全都向後退縮，竊竊私語。我不發一語地瞪視著手牌，反覆在腦中想著那些預言。

・黑桃K。

荷官接著開出的，會是黑桃K。我只要想著這點就行了。這是唯一重要的事。我靜靜等候荷官掀開第一張勝負牌。

荷官緩緩掀開第一張牌。他掀開的是「方塊K」。我先調勻呼吸，接著選定自己的勝負牌。不過，只要對照預言就會明白，荷官的勝負牌是「方塊K」和「黑桃K」。兩張牌的差距是出人意表的「0」。挑選勝負牌，沒花我太多時間。答案已擺在眼前，清楚地告訴我怎樣是必勝手法。我輕快地選了兩張牌，像拋開不要似地，蓋在桌上。

所有玩家也都蓋上各自的勝負牌後，荷官甩動手搖鈴，宣告已不能再換牌，接著伸手搭向他自己蓋著的勝負牌。動作就像在輕撫嬰兒般溫柔，而且鮮明。我屏氣斂息，再度以俐落的動作取出音樂播放器的遙控。將它放在最貼合右手的位置，確認按鍵的握把。

這時，應該是出了什麼狀況。

我也說不明白。就某個層面來說，是我一時太過大意、傲慢，但這同時也是偶發狀況，是我不走運。或者是某種因果下產生這種經過徹底算計，很理所當然的現象。不管怎樣，我無法說明眼前的情況。就算很客觀地退一步來看，反過來從我自己本身反推來細看這件事，還是一樣找不出答案。

荷官掀開勝負牌，就在準備口頭說出那張牌的花色和數字時。我和先前一樣，對遙控的停止鈕和降噪功能鈕進行切換。食指和大拇指的連續動作，昨天我已一再練習過。首先是大拇指按下停止鈕，同時食指採取動作。

傳來觸動的手感。

我食指確實將降噪開關往ＯＦＦ的方向切換，那高性能的防音膜應該會就此消除才對。

但現實世界的聲音卻沒重現。音樂已經停止，葵靜葉為我準備的古典音樂中，鈸激烈的響聲最後也消失了，但是那厚厚的防音膜依舊健在。它徹底地堵住我的耳朵，聽不到周遭任何的雜音。什麼也聽不到。

我聽不到荷官的聲音。

我對這突發狀況微感焦急，血氣微微從臉上退去。世界的流動變得緩慢。但時間還是漸進且確實地被侵蝕，眼看荷官已拿起手中那張牌。

我在焦急中極力佯裝平靜，視線落向手中。接著我親眼確認降噪的開關後，用力撥動它。世界馬上恢復原本的顏色，我被拉回現實世界。從細微的空調聲，到隔壁玩家的輕咳聲，都鮮明地傳進我耳中。我急忙抬起臉，視線移向荷官的手。

我看到已經掀開的勝負牌，以及荷官向前遞出的右掌。

在先前早已掀開的第一張勝負牌旁邊亮相的，是出乎意料的「紅心4」。

不是預言提到的「黑桃K」。

這兩張牌分別是「方塊K」和「紅心4」，差距「9」。

我強烈感覺到自己的慌亂。喉嚨乾渴，全身冒汗，交感神經的作用加速。已許久不曾這樣面對自己的情感。但我沒時間對自己與這樣的情緒反應重逢感到懷念。悲劇持續上演。

「**黑桃K**」

我因為這突然傳進耳中的神祕聲音而把臉轉向右邊。我已失去冷靜的判斷力。要是我腦中還剩下些許思考能力，我應該就會馬上再次打開降噪開關，重新播放音樂。但眼前展開一連串意外的發展，猛扯我後腿。我就像一個聽到未知警報的純真孩童，就只是茫然地愣在原地。

「**方塊3**」

我這才終於明白事態有多危險。剛才聽到的聲音，不是由荷官發出，而是不相干的其他玩家的聲音。這聲音是右邊玩家說出自己勝負牌的聲音。仔細一看，我看到最右邊的玩家已掀開手中的勝負牌。就算我聽到這個聲音，也不會有任何好處。非但如此，我剛才聽到的聲音，正是「預言」。

・紅心6一張。
・黑桃K。
・方塊3。
・梅花7。
・黑桃7。

白白浪費了預言。我急忙播放古典音樂，開啟降噪開關。周遭的雜音馬上在耳內抵消，音樂像是重新響起般，豪邁地鳴響。世界再次被巨大的膜包覆，現實感急速消失。

我正在發愣時，荷官的右手伸進我的視野中。荷官就像要喚醒我的意識般，溫柔地揮著手，朝我窺望。

我極力調整呼吸後，就像要將結論往後延般，緩緩抬頭望向荷官。出現在我面前的，是荷官那完全沒半點變化，若無其事的優雅面容，看了就有氣。荷官嘴唇微動，向我下達指示。我在亂成一團的精神狀態下，當然不可能讀出荷官的唇語，但要猜出他指示的內容並不難。

他要我掀開勝負牌。

我因為遭受強烈的衝擊，沉默了半晌，但流動的時間不允許我這麼做。現場空氣僵硬，我感覺眾人視線全往我手中匯聚。我的手半被動地搭向我的勝負牌。其他玩家也都屏息以待。荷官朝我投來冰冷又緊繃的眼神。我一口氣把牌掀開，宣告花色和數字。

「梅花7和方塊7。」

空氣變得鬆弛，慵懶而又糜爛。

「沒有牌名的……散牌。」

原本堆疊在我眼前的那一百五十三萬日圓的籌碼，就這麼按照規矩，一下子全被荷官拿走，一個不剩。籌碼被一掃而空，我身無分文。

過去未曾體驗過的未知領域，就此在我面前擴展開來。那宛如會永遠持續下去的漆黑，以及緩緩從皮膚上滑落，無比溼滑的挫敗感、失落感。

耳內的降噪彷彿連我的生氣一併奪走。

三枝乃音◆

我緊盯著那位清掃業者的大哥哥打開的罐子內部。裡頭到底放了什麼？裡頭會有小皐要讓我們知道的重要線索嗎？或者只是塞滿了不相關的破爛？大哥哥完全掀開蓋子，就像亮光照進昏暗的井底般，就此呈現出罐子的內部全貌。

就像剛才大哥哥照紙上的內容念的一樣，裡頭疊了三本年代久遠的精裝書。一旁還有……

「……是三羽鶴。」

我忍不住叫出聲來。擺在書本旁的，不是別的，正是四年前我送給小皐的三隻紙鶴。當時我還是小六生，手很不靈巧，那時候在摺紙鶴時，就已經形狀歪歪扭扭，現在隨著歲月流逝，更是加速它的變形。

粉紅色、黃色、水藍色的三隻紙鶴。

光看到紙鶴，就已將深藏在我心中的小皐相關回想整個連根刨起。宛如以電鑽不斷往深處鑽一樣，回憶愈鑽愈深，怎麼也停不下來。小皐的聲音、表情、動作，全都比過去更加鮮明，在我四周甦醒。我不自覺地感到熱淚盈眶。這樣不行。我現在不是正在從事重要的任務嗎？而且在這位清掃業者的大哥哥面前號啕大哭，也很不像我會做的事。我用力眨眼，極力不讓眼淚流下。

大哥哥將蓋子擺在罐子旁，從裡頭拿出三羽鶴，接著拿出那三本書。那老舊的精裝書並排放在櫃臺上。

第一本是褐色裝幀的《笛卡兒與近代哲學》。

小皐比任何人都熱愛名言和文學作品，而當中她引用特別多名言和思想的，就是勒內．笛卡兒。當初她叫我要多看書時，引用的也是笛卡兒的話。

雖然從罐子裡發現三羽鶴時，我已經可以料到，但笛卡兒的書登場後，我更加確定這罐子是小皐所有。這罐子肯定就是小皐所遺留。我暗自吞了口唾沫。

擺在一旁的第二本書是《幸福之路——伯特蘭．羅素》。

坦白說，我沒印象小皐和我的對話中，曾引用過羅素的話。但她如此珍藏在這個罐子裡，表示這可能是小皐覺得很重要的一本書吧。雖說我和小皐感情很好，但我當然不可能知道小皐的一切。我所不知道的未知領域裡的某個角落，就是伯特蘭．羅素的《幸福之路》了。我暗自頷首，目光移向第三本書。

《DIARY》

這肯定就是我在找尋的那本小皐的日記。全黑的硬殼封面，帶有懷舊風情，感覺很沉穩的裝幀。肯定就是它沒錯。

感覺進行得太順利了，甚至覺得有點心裡發毛，但事實就是如此。面對那本日記，我的心跳得好急。

因為這就是我們的出發點，也是終點。可能我們就是受到小皐的召喚，強迫要與她合作。既是這樣，我們就非弄明白不可。為什麼小皐要將「那能力」託我們保管？為什麼現在「是時候」了？為什麼要拜託我們和她「合作」？一切的答案，也許就沉睡在這本日記中。我們被召喚的理由。我們該做的事。

我此刻在這裡的理由。

「這是往生者的書本和日記吧？」大哥哥望著那三本書說道。可能是顧慮我的感受，他的表情顯得有點顧忌。

我點頭。「應該是。我也沒想到可以找到。」

「您要領回嗎？」大哥哥臉上泛起柔和的笑容，取出一張紙。「只要您在這裡填寫必要事項，並出示能證明您與死者家屬關係的身分證明，就能馬上領回哦。」

但我卻不發一語地拿起那本擺在櫃臺上的日記。光是拿在手上就覺得沉甸甸的日記。就得是這種裝幀才合適。我在手中朝日記輕彈了兩、三下，用雙手感受它的重量。

「請問……您有身分證明嗎？」

我朝這位大哥哥伸出右手，氣勢十足地做出宣告。不含半點躊躇和謝罪的感覺。我堅定有力地回答道：

「沒有！」

「咦？」

「我說沒有，就是沒有！」

大哥哥既困惑，又傻眼，嘴巴張得老大。我請他專程從倉庫拿這個沉重的盒子，覺得有點歉疚，但我不能扯東道西。因為說謊就是不對。沒有就是沒有。

「可是，妳沒有身分證明，東西就不能給您哦……」

「這也是沒辦法的事！」
「咦？」
「既然沒辦法帶走，那也沒辦法。我只好暫時放棄『TAKE OUT』。不過，既然這樣，只好『EAT IN』。請等我一下。」
我說完後，不容分說，便將日記直立放在白色的櫃臺上。厚實的硬殼封面日記，就算鬆手，一樣漂亮地立著，一動也不動。宛如艾菲爾鐵塔般，輕鬆又有力。
我豎起食指，抵向書背最上方。朝食指用力，用力往前伸，食指幾乎都快往後翹了，注入幹勁。
只要讓食指一路往下滑，我可能就會知道一切。與火災有關的真相，或是與雷遜電子的企圖有關的真相，以及小皐的心境。既然是以日記為名，小皐不可能完全沒提到這些重要的事。答案一定就寫在裡頭。這位大哥哥一臉狐疑，但我不予理會，就只是做了個深呼吸。就像要將室內的氧氣全化為二氧化碳般，胸部高高地隆起，接著緊縮。因為緊張，我又做了一次吸吐。
我先瞪視著書背，接著閉上眼。將神經集中在無比銳利突尖，遠比冰鑿還要尖細的精神上。
手指滑落。
以約莫每秒五公厘的速度緩緩滑落。書背那厚實的皮革材質，給手指帶來粗糙的摩擦感。指尖像痙攣般微微顫動。
透過日記，小皐本身流進我腦中。處於完美狀態，我一輩子都不可能遺忘的小皐，猶如被包覆在琥珀裡的古生物般，完好地侵入我體內。流入我腦中的小阜，馬上便成為完全無法與我分離的一個重要部位，確立其地位。四年前在火災中喪命的小阜，她的生命再次棲宿在我體內。笛卡兒說過「閱讀所有好書，就像與過去的人展開對話」，我現在與小阜的對話正是如此。經過四年的時光，現在我與已成為過往人物的小阜展開生命的對話。

那是驚人、壯闊、悲慘，無法隨便與他人共享的怪異故事。由於太過震撼，我一時無法隨便抱持感想。

我手指一路滑到最底部。

皮革書背我已完全摸過一遍，我的手指已來到光滑的冰冷桌面。直到今天我才明白一切，我終於了解小阜真正的意圖。

我最先有的反應，是淚如泉湧。淚水發出輕細的滴答聲，浮現在白色的櫃臺上。一粒，緊接著又是一粒。我全身虛脫無力，嘴角鬆弛地張開著，無法合上，模樣難看。連聲音也發不出來。我在遼闊無垠的沙漠上不知所從。

真相極為超現實，而且殘酷，遠超乎眾人的想像。

「呃……您怎麼了？」

我對大哥哥的聲音無法做出明確的回應，就只是不發一語地拭去眼眶滿溢出的淚水。他可能是看了之後更擔心了，以溫柔的聲音問道：

「您、您不要緊吧？」

我這才終於能朝嘴巴使力，努力出聲回答。

「抱、抱歉。我有點慌亂……我今天忘了帶身分證明，我改天再來拿可以嗎？」

大哥哥見我流淚而感到慌張，但還是用力點頭。

「我明白了。有機會的話，再麻煩您跑一趟。呃……」大哥哥就像在確認似地，又補上一句。「您真的不要緊嗎？」

我將小皐的日記，以及其他兩本書和三羽鶴小心地放回罐子內，蓋上蓋子。啪嚓一聲，留下深邃的餘音，彷彿會在無聲的室內一直永遠回響下去。

我轉身面向那位大哥哥。

「我不要緊。不過，有件事很要緊。」

我沒理會一臉納悶的大哥哥，就此離開清掃公司。打開大門，外頭的暖風緊緊地黏向我內心。我不知道要去哪裡，就像要找尋一個可以宣洩情緒的地方般，拖著沉重的步伐。

我需要一個人靜靜。

不論是要整理自己紛亂的思緒，還是要冷靜下來理解小皐遭遇的事件，這都是不可或缺的一段休息時間。

我先返回原本來的車站，通過驗票口後，馬上坐向月臺的長椅。因為是這個時間帶，而且這裡原本就不是人潮洶湧的車站，所以乍看之下，彷彿整個月臺只有我一個人。四周有顯得單調乏味的老舊辦公大樓，以及還是老樣子沒變的社區，電線上停著三隻烏鴉。規律地發出「呱～呱～」的叫聲，就像假的一樣。

我雖然坐在長椅上，但思緒的糾結可沒那麼輕易解開。要照先後順序來思考這些事，將種種事情照時間先後排列，解開各種浮現心頭的畫面，這對現在的我來說，根本不可能辦到。此刻的我方寸大亂。

眼看有三班普通列車在我面前抵達又開走，我這才緩緩站起身，朝自動販賣機走去。因為我發現喉嚨很乾渴。我掏出零錢，買了一罐椰果果汁。拿起那冰涼的果汁後，我再度坐回原本的長椅，啪嚓一聲打開易開罐。

這時，可能是對那清脆的聲響產生共鳴，淚水再度撲簌而下。淚水從眼角順著臉頰留下一道淚痕。流個不停。

在流淚的同時，我咕嘟咕嘟地喝起椰果果汁。固態顆粒的椰果，不太靈活地跑過我的喉嚨。就像幼稚園的園童在賽跑一樣。

月臺響起廣播，告知特快車即將過站。等沒多久，傳來特快車令鐵軌發出震動的聲響。叩嚕叩嚕的噪音，就像龍貓的吼聲一樣。我朝那班飛快通過的電車喊出我的心聲：

「小皐，妳這個大笨蛋！」

電車的噪音將我的聲音整個蓋過，匆匆忙忙地朝遠處駛離。我把臉埋進雙膝間，淚漬染向衣服。

小皐。

說什麼轉學，根本就是胡謅的鬼話。既然妳真的那麼痛苦難受，稍微和我聊聊不是很好嗎？沒錯，當時我還只是個小學生，作為一個商量的對象，或許不太可靠。但稍微向我透露一點，又有什麼關係嘛。小皐面對的問題，不是區區一個小孩能處理的。但好歹能我和我一起分享妳的煩惱和痛苦吧。

——我當不了英雄——

真是個大笨蛋。對小皐說這種話，真的很難過，而且這也不是我的本意。但小皐真的是個大笨蛋。一個無藥可救的大笨蛋。

貝托爾特．布萊希特說過，「沒有英雄的時代是不幸，但需要英雄的時代更是不幸」。英雄這種東西，原本就不需要。說起來，需要英雄的時代是一種罪，也是一種惡。

「勇氣的考驗往往不是死亡，而是活下去」——阿爾菲耶里（ALFIERI）。

怒氣不斷從我心中湧現。這股怒氣究竟是針對什麼？是對小皐？對造就出小皐這種處境的人？還是對當時那沒用的我？我不知道。

我只能說，人死了就會失去一切，一切的可能都將歸零。如此不合理又沒道理的行為，怎麼能原諒呢？

我將椰果果汁一飲而盡，緊緊握住那無法壓扁的金屬罐。在心裡默念著無法傳達給小皐的訊息。

「這世界充滿了光榮，超乎你所能理解」——卻思特頓（CHESTERTON）。

夏天的月臺無比開放，絕不會想要將我包覆。

江崎純一郎♠

真是絕望。

巨大的牆壁從四面八方將我包圍，我進退維谷。在第二組遊戲的第7局，我耗盡了所有資金，手中只留下不曾感受過的拘束感。就像全身的骨頭都融化散盡般，全身力量流失，一點都不剩。

荷官開始對我說了些話。他夾雜著沉穩的肢體動作，很仔細地向我展開說明。我當然不知道荷官在說些什麼。我就只是順著他的動作和嘴形去猜想。但還是無法掌握他真正的意思。過了一會兒，荷官放棄解說，從桌面下拿出一張紙。可能他研判現在的我處在落敗後的恍神狀態，不想聽他說。他遞給我一張Ａ4大小的紙。我困惑地望向它。

「緊急情況借款書」這個標題映入我眼中。我謹慎地閱讀上面的詳細說明。

本借款書是針對在本賭場進行「NOIR REVENANT（以下簡稱「本遊戲」）」遊戲，還不到第10局便資金用盡的客人，提供援助的緊急情況借款書。本遊戲禁止在比完10局前中途棄權，不通融之處尚請見諒。以鬥智和心理戰展開策略運用，是本遊戲的宗旨及其妙趣所在，為了讓玩家懂得自制，避免做出輕率地砸重金豪賭，贏了就跑的卑劣行徑，這才有這樣的規定。因此，不論在何種情況下，本遊戲未玩完10局，不得中途棄權（※1）。

本借款書是為了讓本遊戲的客人能玩到最後所準備的援助措施。若您同意本借款書之規定，當您在遊戲進行的過程中資金用盡，無法繼續參與遊戲時，可免擔保（※2）預借一百萬日圓的遊戲資金。因為是特殊情況下的借貸，若當天償還，利息為「1.5倍」，之後每多一天，就會追加「0.1倍」的利息。

若您在詳讀以上內容後，肯利用本措施進行緊急情況借款時，請在以下簽名欄位簽名、蓋章後，呈交負責人員。

請繼續享受這美好的遊戲。

※1、宣告中途棄權時，只有在您支付總賭金兩倍的金額時，我方才同意客人中途棄權，此為特例。

※2、不可能償還借款，或償還有困難時，會收取適合的補償。請見諒。

我看完後，抬頭細看荷官的表情。他就像在說「就跟上面寫的一樣」，以手掌比向借款書。我的視線再次落向那張紙。

不論在何種情況下，本遊戲未玩完10局，不得中途棄權……不可能償還借款，或償還有困難時，會收取適合的補償。

適合的補償。

這句話雖然老套，但是那不道德的含意，隱隱刺激著我。我體內的某個幫浦，開始緩緩加速，將一股來路不明的情感送往我全身。我臉頰微泛潮紅，手指不可思議地展開纖細的動作。

此刻沸騰的情感，不是剛才的挫敗感。更不是絕望、悲傷，或恐懼。這無疑是期待與興奮的情感。我現在的狀態，不管向任何人說明，恐怕都得不到完美的共鳴。此時支配我的激昂情緒，既怪異，又特殊。我只感到心臟跳得又快又急。

我拿著這張紙，第一次真切感受到「無法預見未來的情勢發展」。一個完全無法保證的世界。也就是最初遼闊而沒有秩序的世界。與之前的英語檢定、段考、入學考，都完全不一樣。是無法保證會「成功」的自由領域。

我糟蹋了寶貴的預言，將原本穩紮穩打增加的籌碼全部輸光，陷入身無分文的窘境。從之前一帆風順的情勢急轉直下，跌入悲慘、絕望的困境中。但這時候，名為「援助措施」的可疑之手向我伸來，想扶我一把。

不論在何種情況下，本遊戲未玩完10局，不得中途棄權。

這規則實在很像惡魔。早知道有這種副規則，沒人會把籌碼全部拿去下注。說得低調一點，我這是「被設計了」。

可免擔保預借一百萬日圓的遊戲資金。

但朝我伸來的手不管有多髒，就算是看得出在打什麼主意的陷阱，我也沒能力可以將它甩開。因為我要是不接受這項提議，可能連要離開這座賭場都沒辦法。我右手拿起和紙一起遞給我的黑色鋼筆，在簽名欄寫下名字。接著以拇指按向遞來的紅印泥，清楚地按下指印。

這是和惡魔締結的合約，同時也是我與自由的相遇。

我做了個深呼吸，將借款書用力遞向荷官。荷官行了一禮，接過它，並將以對價換來的一百枚籌碼遞向我面前。還沒人碰過的全新籌碼，就像在向我邀約般，無比歡喜地出現。

荷官宛如什麼事都沒發生般，掀起手邊的數字顯示牌。數字顯示牌從我慘敗的第7局轉為第8局，宣告新的一局開始。

顯示牌被掀起之前和之後，一切產生了改變。我手頭的籌碼、剩下的預言數，最重要的是我的精神狀態。在這短短數分鐘的時間裡，產生令人眼花繚亂的變化。

我拿起發好的五張手牌後，發現牌的重量變得不一樣。我現在挑戰的，已不是可以單手托腮，打著哈欠進行的遊戲。而是應該全神貫注去挑戰的一場人生交易。

這個時候對我來說，黑澤孝介的事已不重要。重要的是「此刻」非比尋常的驚險、無上的快感。我自由地與人爭鬥。光這樣就令我開始心跳加速，全身發燙。

——可以命名為「社會另一面的見習之旅」——

真是的，老是都被你說中，鮑伯。在門票的邀約下前來的這趟旅程，要是稍有一步踩偏就會墜落的社會另一面，我走得謹慎小心，宛如走鋼索般的旅行。我先微微一笑，然後注視著手牌。

關於這遊戲的攻略法，我已有一定的自信。就算現在只剩兩個預言，我也自認不會慘輸。因此，我現在最大的目標就是利用剩下的3局，能再增加多少籌碼。而當中最該留神的，就是得在不使用預言的情況下克服第8局的難關。就算這局得封印預言，我也非獲勝不可。

為了鼓舞自己，我毫不猶豫地將七十枚籌碼當賭注遞出。唯有在不能輸的極限狀態下，才能引出沉睡在我體內的未知專注力。

荷官掀開一張勝負牌後，我讓腦細胞全力運作，選定自己的勝負牌。我極力看出分散在四周的各種資訊，無一遺漏，雖然行事謹慎，但我也大膽爽快地選了兩張勝負牌。荷官掀起蓋著的另一張勝負牌。

・紅心6一張。
・黑桃K。
・方塊3。
・梅花7。

我咬緊牙關。汗水從額頭滴落。落下的汗珠被毛氈的布面吸收，化為波紋，搖動桌子。從右邊玩家開始陸續掀開勝負牌，宛如順著急流而下般，一張接一張地掀開，就此輪到了我。我一把抓住自己的勝負牌，略顯粗魯地翻開。

「方塊A和黑桃K……大，兩倍賭金。」

我在喘息中微微一笑，荷官微微點頭。

籌碼一口氣增加為一百七十枚。我激昂的情緒仍未平息。

紙上寫著，當天償還的利息是「1.5倍」。也就是說，我必須歸還一百五十萬日圓。而我個人的借貸方面，我必須還二十萬日圓給三枝乃音。當然了，為了這種小家子氣的金額而說這麼多，一點幫助也沒有，不過，總結來說，我需要的最低金額是一百七十萬。因此，目前姑且算是保住了最基本的資金。我深深吁了口氣，重新做好準備，進入下一局。

最後兩局，能使用我一直保留到現在的兩個預言。

・黑桃7。

就難度來說，遊戲接下來對我非常有利。當然了，只要剛才那樣的失誤別再犯的話。

就算已進入第九局，我的專注力還是有增無減。我將不必要的資訊從腦中屏除，荷官手的動作，現場的氣氛，全部鮮明地流入我腦中。

已發了五張手牌，荷官催促下注。我想也沒想，便伸手搭向我眼前的所有籌碼。現在已不是想著保身的時候。先前就算我的籌碼從二十增加到一百五十多，荷官也不顯一絲慌亂。既然這樣，那我得更霸氣地贏得勝利才行。這名荷官顯然與黑澤孝介有關聯。我得以壓倒性的實力逼他說出真話，由不得他說不。這就是我此刻人在這裡的理由。

荷官依慣例先掀開一張勝負牌。

映入我眼中的，是「黑桃6」。

我拭去掌心的溼汗，腦中再次浮現預言。

・梅花7

綜合這兩項資訊，「黑桃6」和「梅花7」的差距為「1」。看來，這局可以輕鬆獲勝。

我拿出手中的方塊A和梅花K蓋上。要穩當地以GRANDE贏得兩倍賭金。我就像要從桌子前抽身般，重心往後靠。從稍遠的地方採鳥瞰之姿，觀察這個遊戲。

就像霞霧散去般，我耳內的曲子轉為漸弱，新的音樂開始準備播放。中間穿插了幾秒的沉默後，低沉的鋼琴和音重重地撼動我的耳朵。

那音色不可思議地滲入我體內，如同以大鍋燉湯般，溫柔地攪拌著我的情感。就像要調和眼前的一切紛亂，加以抵銷般，朝我心中送出橘色的波動。這既不是以前在哪兒聽過的曲子，也不是很有特色的曲子。但這首鋼琴曲確實醞釀出一股和先前我聽的任何一首曲子都不一樣的特殊性。這是我第一次想知道曲名。這是為什麼呢？

我不禁在桌下取出遙控，在不讓荷官發現的情況下，確認曲名。當我看到液晶螢幕上緩緩流動的曲名和演奏者欄位時，差點叫了出來。

「《降A大調波蘭舞曲英雄》——弗雷德里克·蕭邦／葵靜葉」

這是何等的因果安排啊。之前我聽過的各種古典音樂，應該都是世界知名演奏家的作品。算是千挑百選的菁英。然而，儘管在這些音樂的環伺下，蕭邦，甚至是葵靜葉的演奏，都顯得毫不遜色，甚至散發一股威嚴。她的才能令我深受感動。

很出色的演奏。

雖然我對音樂一竅不通，但曲子演奏得多出色，多麼令人為之瞠目，我能充分理解。我感覺就像心靈得到淘洗，目光再次落向桌面的牌。

眼前仍和剛才一樣，荷官的勝負牌「黑桃6」翻開擺在那裡。但這時我突然覺得不對勁。

會與這張「黑桃6」成對的，真的是下一則預言「梅花7」嗎？

簡單來想，「6」和「7」的差距只有「1」。如果是想出奇制勝，以同樣的數字湊成一對，那還有話說，但在這種局面下，「差距1」實在是很不堪一擊的布局。我感覺到心中的猜疑逐漸膨脹。如果是採這樣的勝負牌，荷官根本沒半點好處。我因此重新對預言展開思索。

・紅心6一張。

・黑桃K。

・方塊3。

・梅花7。

・黑桃7。

雖然很單純，但我從中了解到，我遺漏了一點。

除了第一個預言「紅心6一張」外，其他預言後面都沒有加「一張」。這只是個很微不足道的細微差異。但仔細想想，這是很確定的差異。

我試著回想之前荷官說話的嘴形，他語尾一定都會加上「一張」。而事實上，第二、第三個預言，不是出自荷官之口，而是我右邊的玩家說的話。

・梅花7。

如果是這樣，這則預言就不是荷官說的話。

我急忙拿起先前蓋上的勝負牌，重新選出兩張蓋上。耳內奏出優美的旋律，就像在為我祝福。我吁了口氣。

不久，荷官甩動手搖鈴，伸手搭在勝負牌上。接著緩緩掀起另一張勝負牌。荷官那流暢的手勢，鮮明地映入我眼中。

我沒對音樂按暫停，直接避開荷官的宣告。這樣就行了。不會有錯。

荷官掀開的勝負牌是「方塊6」。

我忍不住面露淺笑，仔細聆聽《英雄》。葵靜葉還是一樣，持續彈奏出宛如要莊嚴地突破敵陣般，一路前進的音色。我掀開自己的勝負牌「方塊A」和「梅花3」。荷官仍是那張令人看了不舒服的撲克臉，算好籌碼後，遞向我面前。

我面前累積的籌碼，已來到三百四十萬日圓。

我的心臟敲著像定音鼓般細微的節奏，葵靜葉的演奏靜靜地走向結束。

第10局。這是終點，同時也是最重要的時刻。

我微微打了個哈欠，左手握住發配的手牌。甚至覺得這一路走來的人生路途，就是為了被引往這裡而存在。雖然內心像熔岩般沸騰，但我的視野卻清晰無比，甚至能望見地平線的彼方。我第一次認識自己的存在。

我首先採取的動作，是將目前累積的三百四十萬日圓的籌碼，全部推向荷官。我決定趕在還沒選定勝負牌，荷官也還沒下達指示之前，就遞出我所有籌碼。因為我覺得，這是讓我這個人的存在變得更加鮮明的一大要素。這時候不能為了保身而留下退路。如果那麼做，就和我過往的人生沒有兩樣。安心、安全，註定好的一切呈波浪狀交疊在一起的人生。此刻我必須揮別這樣的人生。

籌碼推向桌面中央後，荷官注視著我。感覺那像是之前多次出現過，象徵荷官這個角色的動作。但它有了明確的變化。剛才他的表情中流露出壓倒性的從容，現在已經消失。原本像聖火般一直亮著沒熄的淺笑，突然像是被強風吹走般，就此隱藏。由於我以三百四十萬日圓當賭注，向他挑戰，荷官也感受到壓力和焦躁。我從他的反應中感受到一股不知名的滿足感，鼻子微微顫動。

我決定忘掉一切預言。如果只會仰賴預言，我一定無法前進。話說回來，在剛才第9局時，預言清楚暴露出它的缺陷。此時的我心如止水，透明如鏡，以清澈猶勝多瑙河的精神面對這個遊戲。

桌子四周的空氣變得無比僵硬。這都是因為我眼前籌碼的緣故。荷官就不用說了，就連其他玩家也開始注視我，反而沒關心自己手中的牌。

就在此刻，一切都以我為中心在運轉。

我很謹慎地選出一張牌，當作是REVENANT牌蓋上。空氣變得更加緊繃。荷官以僵硬的表情掀開第一張勝負牌。動作之緩慢，猶如要抬起數十公斤重的東西。

掀開的牌是「方塊7」。

我瞪視著荷官面前掀開的牌。空氣的硬度愈來愈高，連要呼吸都有困難。我就像要攪動空氣般，做了個深呼吸。

這時，突然有個念頭浮現腦中。

這實在是很魯莽的舉動，可是一旦有了這個念頭，它就有了非執行不可的魔力。有人可能會罵我思慮欠周，或是莽撞胡來。但我認為就是這樣的思慮欠周、莽撞胡來，才是用來確認我的自由和生存的必經過程。

我順從自己的本能，想也不想就從右邊選了兩張勝負牌，拋向桌面蓋上。這是對撲克牌很不尊重的態度，所以乍看之下，甚至像是在表示投降。但對我而言，我這舉動形同宣戰。

對前方看不見的黑暗宣戰。

包含其他玩家在內，當所有牌都擺出後，荷官甩動手搖鈴。鈴聲剛好與我耳內的三角鐵共鳴，現實與非現實就此巧妙地中和。

我在冷冰的桌上做了一項宣告。

「我想掀開的不是勝負牌，而是這張牌，可以吧？」

荷官聽了我的話之後，眼珠微微顫動，用裝蒜的表情偏著頭，就像在說「我聽不懂你在說什麼」。他臉上確實浮現濃濃的慌亂之色。我接著道：

「我用這張牌決勝負，可以吧？」

我以食指輕敲那張蓋著的 REVENANT 牌。那張牌底下的毛氈布面，透過指甲傳來反彈的力道。

【REVENANT】——刻意將自己的勝負牌蓋著放棄，宣告要以一開始捨棄的 REVENANT 牌決勝負。如果對方的兩張勝負牌，與自己捨棄的 REVENANT 牌同樣數字（也就是三張牌都同樣數字時）便獲勝，這種情況下的牌名。紅利是十倍。如果對方的勝負牌花色都是「紅色」，而自己的 REVENANT 牌是「黑桃」時，這種牌名叫作「NOIR REVENANT」，紅利是二十倍。不過，落敗時的沒收金額為賭金的五倍。

這樣就對了。就是這樣才有趣。

假設我落敗，我當然還不出這五倍的賭金。我曾經一度身無分文，就連現在的賭金也是向這家賭場借來的。這筆錢要是花光了，我可就真的墮入地獄了。但就是這樣才有趣。在被逼急了的狀態下產生的一種自虐式的情感，給了我無比的激昂感。我這種情況，或許有人會用可怕來形容。甚至有人會感到很嫌棄。但不管別人怎麼想，事實上，我現在感到幸福極了。就算我這時候落敗，這也是無法撼動的事實。

當我宣告要出 REVENANT 牌後，荷官益發展現出明顯的焦躁態度。多出許多不必要的動作，一會兒伸手摸耳朵，一會兒搓手，感覺不出他平時的冷靜。與剛才判若兩人。

如果我下注的三百四十萬日圓籌碼躍升為十倍，或是二十倍，賭場肯定也會大失血。造成賭場這麼大的損失，荷官不可能不會被怪罪。我確認彼此都是背水一戰後，微微一笑。這就對了。就得這樣才有趣。

荷官就像要極力延後揭曉結果般，不時耽誤時間，但最後終於難以忍受時間一再的流逝，他伸手搭向自己的勝負牌。就算瞇起眼睛也看得出來，他的手在微微顫抖，上頭滿是溼汗。就算他沒掀牌，他的右手也已經清楚說明了那張牌是什麼。

他掀開的牌是「紅心７」。

在荷官的手底下，「方塊７」和「紅心７」漂亮地並排在一起。我強烈感覺到自己正在冒汗。彷彿這世上的一切熱能都滲進我體內。

荷官那兩張勝負牌掀開後，依照慣例，由右側的玩家依序掀開勝負牌。但每位玩家都對自己的勝負不感興趣。他們掀開牌，喊出牌名，但說起話來沒什麼力氣，視線全都往我手中匯聚。此時他們的勝負，規模遠比我的要小得多。他們下注的賭金，最高也只有八十萬日圓。一點霸氣也沒有。

很快便輪到我開牌了。玩家們的牌已全部掀開，他們此刻變成了普通觀眾。個個表情僵硬，很標準的緊張神情。有人甚至額頭冒汗。我望著他們，心裡覺得有點滑稽，但我還是維持原本的表情，轉身面向前方。

我仍不開牌。

我就像在享受這段時光，就只是不發一語地注視著那張牌。因為此刻對我來說，也許是第一次，也是最後一次的自由。我不能怠慢它。我必須享受時間的侵蝕，讓自己投身其中。如同浮在淤水處的泡沫、在空中飄蕩的白雲。

我決定就此停止播放音樂。這既不是什麼策略，也不是計謀，純粹只是要營造氣氛。在這種嚴肅的氣氛下，就要無聲才相稱。不搭調的背景音反而會抹殺這種氛圍。我右手伸入口袋裡，以冷靜的動作關閉播放和降噪的開關。一個再簡單不過的動作。我臉上浮現笑意，心想，這麼簡單的動作，為什麼剛才會失敗呢。

衝進沒有音樂的現實世界後，我重新以耳朵去感受現場僵硬的空氣。所有視線皆投向我的一舉手一投足。在那宛如液體般沉重的空間裡，我緩緩伸出右手，搭向勝負牌。

「梅花7……」以沙啞的聲音如此低語的，是我右邊的玩家。「或是……黑桃7。」

我的拇指滑進REVENANT牌底下。傳來荷官吞口水的聲音。在無聲的空間裡，這化為很大的噪音響起，然後再度被沉默吸收。

時間停止，所有東西都停止動作。

我在「無」的空間裡緩緩翻動右手。撲克牌如同扭動沉重的身軀般，露出它的樣貌。

我將那張牌完全翻正後，以沉穩的聲音宣告這張牌的花色數字以及牌名。

「黑桃7……」我注視著臉色發白的荷官，分量感十足地說道。

「NOIR REVENANT。」

我從計算過的好幾疊籌碼中，遞出先前借的一百五十萬日圓籌碼，當作還款。荷官一臉茫然，不發一語地望著我推還給他的籌碼。那模樣就像在等籌碼自己動起來似的。

我重新播放音樂，在耳內形成防音膜後說道：

「我們回歸正題。我想見黑澤孝介。而且明天就要見到。有可能嗎？」

荷官緩緩抬起頭，眨了眨眼後，微微搖頭。接著像在找理由推拖般，說了些話。雖然是表達否定的意思，但似乎拐了個大彎承認他和黑澤孝介有關聯。看他那不乾不脆的態度，我從那堆籌碼裡取出幾疊，遞向荷官。換算成現金的話，應該有一千萬吧。我接著道：

「要我還多少錢都行。這對我們來說沒那麼重要。我們想要的，是和黑澤孝介見面。」

荷官的表情轉為柔和，但還是苦著一張臉。我又朝他遞出幾疊籌碼。

「如果黑澤孝介不願和我們見面，你就告訴他『今天到賭場來的人，是你姪子』。」

在此瞬間，荷官明顯表情一變，雙目圓睜。看來，他知道黑澤孝介在找他哥哥鮑伯的事。我看出荷官表情的變化，就此靜靜從椅子上站起身。

「下午一點。明天下午一點，我會前往雷遜電子位於品川的總公司。你請他撥出時間給我。能辦到嗎？」

荷官眼神游移了一會兒。就像在等候哪個有力人士提供建議般。但我再次催促他答覆後，他就像認輸般，緊咬嘴脣，點了點頭。

鋼琴聲再次在我耳內響起。那彷彿在哪兒聽過，又彷彿從未聽過的旋律，重重刺激著我的鼓膜。像浪潮般低音雄渾的音樂。

葵靜葉♥

我坐在沙發上望著窗外。不知何時，太陽已逐漸西下，眼前的景致開始陸續亮起路燈。我剛泡好飯店提供的紅茶，微微啜飲一口。大吉嶺紅茶的茶香緩緩飄蕩在室內。

乃音和江崎出發後，我和大須賀一起看電視、閒聊，以此打發時間。儘管如此，等候別人歸來的時間，感覺總是過得特別長。沒事可做的大須賀，大約在一個小時前便坐在沙發上睡著了。此時他發出平靜的呼吸聲，整個人癱倒在沙發上。既是這樣，我要是也能跟著睡就好了，但單獨和男性共處一室，要我完全不設防，就我的精神結構來說，實在很難辦到。當然了，大須賀是個好人，而且和「那個男人」一點都不像。要不然我肯定連和他共處一室都辦不到。大須賀是值得信賴的人，而且他會關心周遭人。雖然我們只有短短幾天的相處，但我覺得他的為人真的很不錯。不過，以定義來看，「男性」這個分類在我腦中根深蒂固。我很清楚自己這樣的想法很失禮，但它已化為我心裡的刺青，無法抹除。

當我含了一口紅茶在嘴裡時，我聽見某個從走廊走來的腳步聲。因為昨天發生過雷遜電子的員工闖入的事件，我現在對腳步聲有點神經質，不過，聽到門外插入門卡的聲音後，我就此鬆了口氣。開門的人是乃音。

乃音緩緩走入房內，以幾乎沒發出任何聲響的輕細動作把門關上。乃音的表情有點消沉，感覺無精打采。

「我回來了。」乃音以分不清是沮喪還是微笑的模糊表情說道。
「回來啦。」我說。「查出什麼了嗎？」
「嗯，非常順利。成功查明了……應該說，對小皐來說，這是理所當然的事，我要找的那本日記也成功找到了，我已閱讀完畢。」
我吃驚地說道：
「裡頭寫有什麼線索嗎？」
乃音將包包收進壁櫥後，以虛弱無力的步伐走向我身旁的沙發坐下。
「這個嘛……不只線索，一切全都寫在裡面了。」乃音環視房內。「對了，江崎學長還沒回來啊？」
「嗯，妳出門後，他也很快就出門了。還沒回來。」
「嗯。」乃音沉聲低吟。「既然這樣，那就等一會兒再說吧。大須賀學長也睡著了，等大家都到齊後再說，比較有效率。」
乃音朝房內的時鐘瞄了一眼。
「不過話說回來，不知道江崎學長進行得順不順利。再怎麼說，他手中也握有我那重要的二十萬日圓，要是他亂來，我可不饒他……」
這時，就像是在回應乃音的聲音般，房門開啟，江崎走了進來。聽到開門聲，大須賀也揉著眼睛抬起頭來。
「噢，真是說曹操，曹操到。情況怎樣啊，江崎學長？」
但江崎卻沒回答乃音的提問，低著頭把門關上。不發一語，正準備從我們旁邊走過。

不知為何，江崎的右手握著一個硬鋁製的公事包。

「等等，江崎學長。到底情況怎樣？你該不會是把我的錢輸光了，因為歉疚才不理我吧？」

儘管如此，江崎仍舊沒回頭，一路往裡頭走去，我見狀，突然想起。

「他可能還戴著耳機，聽不到聲音。」

「哦……原來如此。」

江崎先回到寢室擱下公事包後，再次回到我們所在的客廳。接著不發一語地將記事本上撕下的一張紙，以及寫著「給三枝」的一個厚厚的褐色信封交給了我。我的視線望向那張紙。

——我約好明天下午一點要在品川的雷遜電子總公司與黑澤孝介會面。我今天累了，先睡了——

看了上面寫的訊息，我忍不住笑了，抬頭望向江崎。江崎一副真的很睏的表情，向我點了點頭，就此走向寢室。

「噢！」

江崎離去時，大須賀突然大叫一聲。大須賀那剛睡醒的垂眼，連眨了好幾下後說道「好酷……是歷屆第二高分」。接著真的就像剛睡醒似地，「哈哈哈」笑了起來。

「你到底是怎麼了，大須賀學長？是睡昏頭了嗎？」

面對乃音的詢問，大須賀擺動右手回答道：

「不不不……江崎背後的數字是『75』。我嚇了一跳。」

「哦。」乃音又發出一聲沉吟。「這確實不簡單。就連我那時候得到包包，也才只有『58』。」

我回想著消失在寢室裡的江崎背後的數字，心情很愉悅。雖然不知道發生了什麼事，但是對江崎來說，今天似乎是很特別的一天。我並不覺得事不關己，也跟著他高興起來。

我將手中那個寫著「給三枝」的信封交給乃音。

「他叫我拿這個給妳。不知道是什麼？」

乃音臉色凝重地接過它。

「一定是錢。我那僅有的二十萬日圓，不知道回來了多少……」

乃音打開信封後，直接像在撒鹽般，將裡頭的鈔票倒向桌面。這時，從裡頭飛出兩疊以紙膠帶捆住的鈔票，以及一張便條紙。

「噢……咦？」

乃音和大須賀的驚呼聲，絕妙地同時發出，在房內形成回音。那怎麼看都是以一百為單位捆成一疊的萬圓鈔。我因為太過吃驚而說不出話來，但還是望向一同放進信封裡的那張便條紙。

——幫了我一個大忙。本金連利息一併歸還——

乃音就像在翻閱漫畫般，右手飛快地翻動那疊鈔票。接著像在確認事實般低語道：

「增……增加為十倍。」

我們三人面對這意想不到的發展，沉默了半晌，接著乃音率先開口。她將鈔票靜靜放回桌上，嘴角露出淺笑。

「看到這麼多錢，我都覺得有點頭暈了。江崎學長好像睡了，那我就明天再說吧。要說出日記的全部內容，需要花點時間。」

我和大須賀朝乃音的提案點頭同意。

這趟一波三折的旅行，眼看第四天已即將結束。只剩最後一天。乃音到底會說出怎樣的真相呢？

江崎自己一個人先睡了，乃音表情複雜地望著窗外，大須賀坐在沙發上，仰望天花板。

在幾天前完全沒交集的我們這四人，今日聚在一起，互相幫助，全力解開謎團。而這股集結的力量，將再次散去，每個人心中各自有不同的感想。

四人一起共度的最後一晚，萬籟俱寂，夜色漸濃。

伴隨著黑澤皐月的想法。

如果不願意合作的話

大須賀駿♣

早上八點。我們四人圍著房內的沙發。就像第一天分別自我介紹的時候一樣，每個人各占據正方形矮桌的一邊，面對彼此。大家的表情都顯得很僵硬。空氣宛如飽含溼氣般沉重，連呼吸都比平時還要費力。

乃音先提醒一句「可能會講得很長」，沖好溫熱的紅茶後就座。紅茶瀰漫起熱氣，宛如路面上搖曳的蒸騰熱氣，刺激著我們的鼻端。乃音朝加了許多奶油球的紅茶喝了一口，開始娓娓道來。

可能是為了盡可能避免主觀的情感引導，乃音就只是持續以平淡的口吻念出日記的內容。就像在朗讀背誦的古文般，沒有情感，而且按照時間順序，念得小心謹慎，避免有所遺漏。喉嚨累了，就先停下來啜飲一口紅茶，清咳一聲，再接著說。此外，當日記內容開始出現接近核心的暗影時，乃音有別於喉嚨的疲勞，會因內心的動搖而暫時停止誦念。就這樣，乃音從頭到尾念完日記，花了約兩個小時的時間。

全部念完後，乃音只說了一句「說完了」，緊咬嘴脣。這時她杯裡的紅茶已經喝完，瀰漫的香氣也已消失。

我們為了了解日記的內容，或是為了緩和它帶來的衝擊，沉默了半晌。空氣又增添了幾分重量，以極高的黏度包覆著我們。每個人在各自的世界裡，消化這名為真相的故事。

火災的真相。

雷遜電子的企圖。

黑澤皐月這個人物。

這些事實都過於扭曲、奇特、複雜、難解，不是我這種高中生能輕易理解。猶如過於高深的文學作品，或是像幼兒所寫的，既拙劣，又沒有脈絡可循的故事，不讓人有任何共鳴。儘管如此，我還是努力一一將事實拉攏過來，理出整件事的梗概。包括它的因果關係、前後關係、人際關係。

結果我心中浮現一個意想不到的假設。

原本零散飄浮在空中的拼圖，緩緩拼湊在一起。比花開還謹慎，比漫畫的封面簡介還含糊，一個答案就此浮現。我倒抽一口氣，對這個假設展開驗證。確認它是否值得相信，有沒有什麼邏輯上的破綻。

「你們打算怎麼做？」率先打破沉默的，是江崎。

因為昨天的情況，感覺已好久沒聽到江崎的聲音了。江崎靠著椅背說道。

「到昨天為止，我們所做的事算是『調查』。現在到底發生了什麼事，我們為什麼會被聚集在這裡，對方要的是什麼？……但現在一切事實已攤在眼前，『調查』已經結束。因此，我們接下來該做的是『選擇』。我們必須做選擇，看要不要與黑澤皐月『合作』。」

江崎說完後，我們之間再度陷入沉默。每個人都低頭不語，整理自己的思緒。

我們被迫要「選擇」……而且得做出「決定」。

我向自己內心尋求答案。

「如、如果可以的話，我想助小皐一臂之力。」乃音以略顯慌張的聲音說道。「不過，該怎麼說呢……我們需要更多資訊。」

「資訊？」我問。

「對。」乃音點頭。「當然了，對我來說，小皐是最重要的人物，同時也是最值得尊敬的人。想全面肯定她的意見和想法的這個念頭，確實存在於我心中，無從否認。但如果這樣就要做出審判，你們不覺得『UNFAIR』嗎？因為看了這本日記後，我們所能理解的，始終都只有『小皐』個人的說詞。既然這樣，我們也必須聽聽看雷遜電子『黑澤孝介』的說詞。這樣我們才能站向『選擇』的『起點』，不是嗎？」

葵小姐頷首。

「的確，我也覺得，如果沒和黑澤孝介先生見面，就無法決定一切。」

「也就是說……」江崎開口。「在最糟的情況下，我們會選擇『不和黑澤皐月合作』對吧？」

乃音以冷靜的聲音說道：「當然了，如果可以，我也想和小皐合作，而且從這本日記來看，感覺黑澤孝介的計畫太過瘋狂。雖然很想現在馬上就積極地展開突擊，但這時候仔細聽他們兩邊的說詞，也很重要。應該要視結果而定，『選擇』正確的行動。江崎學長，你對我的看法感到不滿嗎？」

「也不是不滿。我只是要確認。我們在四年前接收到黑澤皐月『聲音下達的命令』，得到『異於常人的能力』。從日記的內容也可以充分看出黑澤皐月的想法。我想說的是，『反對黑澤皐月的這項選擇，或許會帶來很大的危險』。黑澤皐月悲慘的命運以及這長達四年的潛伏期，都將全部落空。我們得仔細思考這當中會暗藏多大的危險性。沒先做好心理準備，就去聽黑澤孝介的說詞，這樣有點危險。」

「嗯……」乃音沉聲低吟，沉默就此又再度來到我面前。光是處在這樣的沉默下，就令我們深感苦惱、混亂、困惑。

「我說……」

在沉悶的沉默中，我硬擠出這一聲。他們三人緩緩抬頭，視線移向我。我確認他們都認真注視我後，這才開始說。

「坦白說，我完全搞不清楚情況。到底什麼是對、什麼是錯、我們該怎麼做、該相信誰……沒有一項搞得清楚。所以我沒辦法很有自信地說些什麼，也不能輕率地催你們做出判斷。但相反的，我也沒辦法不負責任地放棄『選擇』。我沒有智慧，也沒能力，但我還是非得做出最低限度的判斷不可。不是採自暴自棄的態度，也不是採半被動的刪去法，而是確實地以自己的意見和想法去面對。」

眾人都不發一語地注視著我。我接著往下說。

「我有個提案……這或許是有點突兀又任性的提案，但有件事我想確認清楚。所以希望各位這時候能聽聽我的請求。對各位絕不會有害。」

「你說絕不會有害，有什麼依據？」江崎始終都以冷靜的眼神注視著我。

我因江崎這句話而緩緩站起身，朝他們所坐的沙發四周繞了一圈。就像在打量什麼似的，也像在享受以固定的步調發出的緩慢腳步聲。我一一望向他們微微離開沙發的背部。沒理會一臉困惑的眾人，繞完一圈後，再次坐向我原本坐的沙發。皮沙發發出低沉的摩擦聲，包覆我的身體。我就像要說服自己般，重重地點頭。

「大家今天都會是個不錯的日子。只有這點，是我能提出的最大依據。」

我說完後，眾人臉上露出微笑。就像冷飯用微波爐加熱過一樣，開始微微有了生氣。看著眾人這樣的表情，我也忍不住想跟著微笑。

感覺彷彿遠處微微傳來「卡嚓」一聲。那大概是我幻聽吧。一個像石膏碰撞般清脆的細微撞擊聲。我雖然不知道那是什麼聲響，但也許是骨牌翻倒的聲響吧。雖然我沒什麼根據。

黑澤皐月的日記

二〇××年4月3日 陰

現在做不到的事，就算再等十年也做不到。
想到什麼，就該馬上去做。（第二代市川左團次）

雖然有點突然，不過我決定從今天開始寫日記。理由如下。新的一年開始，我本身也來到上國中就讀的階段，我覺得這個時期正適合寫日記。我從以前就隱約對寫日記有點興趣。現在正是好時機，我就積極一點吧。

不過，只寫了開頭幾行，就覺得很傷腦筋，因為我沒什麼特別值得寫的日常活動或嗜好。既然稱作日記，就應該仔細寫下平日發生的事，但偏偏我沒辦法做到這點。

因此，眼下重點是先拿起筆。並不是非得寫實際發生的事不可。心中的想法，或是平日的一些微妙感觸，把它寫成文章應該也無妨吧。

因為這樣，一開始我打算先寫下我寫日記的態度。如果未來的我（或是其他人）回頭看這本日記時，為了避免對這本日記的「閱讀方式」感到困惑不解，我必須先寫下我的基本態度。不管什麼東西，往往都有它的說明書。

首先是基本概念，文章（就算是再怎麼無聊的塗鴉也一樣）如果沒有讀者，就沒有意義，我想清楚地寫下這點。就算再美的詩句或名言，如果沒人看得到，那就連「話語」都不是，連「記號」都稱不上，只能算是「無」。因此，文章的編寫，必須時時都假想有讀者的存在。沒假想有人會閱讀的文章，在邏輯上不得存在。就算是這種極度私人的內省日記也一樣。

因此，我想將未來的人（那也許是我，或是不特定多數的某人）假想成是「讀者」，以此來寫這本日記。

過去我看了許多書。每一本書都告訴我許多事，在我的人格建立上扮演了重要的角色。笛卡兒說過「閱讀一切好書，就像是與古人展開對話」，如果我也能透過寫日記，而和後世的人展開對話，那將是非常欣慰的事。或許這是很厚臉皮，又自己往臉上貼金的心願。但這是我由衷的心願，也是文章要存在所不可或缺的本能渴望。

才第一天就太有幹勁，一次寫太多，這樣也不好看，所以今天就到此為止。日後希望能提到各種題材。

走出飯店後，我和江崎邁步走向車站。今天是陽光強得嚇人的豔陽天。看不見身影的夏蟬從某處發出震耳欲聾的吶喊，撼動夏天的空氣。江崎不像先前一樣邁著飛快的步伐，而是配合我的步調慢慢走。

這幾天飯店裡的生活、與黑澤皐月有關的一連串解謎行動，都即將迎來最後的結局，但江崎還是一樣面無表情。就像很機械式地履行他被指派的職務般，不偏不倚地一直線走在通往車站的路上。真的很像江崎的作風。我就像在為這五天的日子做整體回顧般，暗自思索。

「我們兩個人一塊走，忍不住想起那天去火災遺址查看的事。」我不經意的向他搭話道。想到那天我們兩人之間始終只有沉默，就覺得很難想像會有這麼大的進步。江崎先是朝我瞄了一眼後，點了點頭。

「感覺好像是很久以前的事了。」

「真的呢。」

「那時候……」江崎的視線再度移向我。「妳應該是很害怕吧？」

「咦？」

「後來我聽妳談到以前的事才確定，當時妳一直在防備。對我繃緊了神經，盡可能不讓自己露出破綻。」

「真、真那麼明顯？」

「倒也不是很明顯，只是顯得不太自然。」

我難為情地低下頭。的確，那天的我對於江崎這位初次見面的「男性」，感覺很緊張。這是不爭的事實，但這種態度實在不該讓對方察覺。因為這對江崎是很失禮的行為。

「先不談這個。」江崎可能是察覺出我的慌亂，就此改變話題。「那首《英雄》，是在四年前黑澤皐月彈奏《革命》的那場音樂大賽時彈奏的嗎？」

我一時沒搞懂他這番話的前因後果，想了一會兒才明白他談話的內容。

「你是指昨天借你的音樂播放器裡的曲子嗎？」

江崎默默點頭。

我也像在與他回應般，點了點頭。「沒錯。因為就存在音樂播放器裡頭，所以我就不經意地加進播放清單裡了。因為對我來說，那首曲子同時也是這次事件的開端……真的是不經意的。」

江崎筆直地望著前方的行進方向說道：

「我對藝術，尤其是音樂，可說是個完全的門外漢，一概不知。哪個音樂有怎樣的特色，哪首曲子是哪個時代、哪個國家的音樂，也都不了解。所以我希望妳能當這是一個外行人在胡說，聽我說說我的感想，那首《英雄》令我深受感動。我從中得到一種不同於其他曲子的感覺。」

「你說得太誇張了。」

「妳如果真這麼想，那也沒關係。但我從那首曲子中感覺到了什麼，這是事實。我沒辦法解釋清楚。不過，我那時候要不是剛好播放妳彈的那首《英雄》，情況可能就會變得不太一樣。」

江崎注視著我的雙眼。對我而言，那感覺是彷彿直接看透我內心的犀利視線。潛藏在我心底的某個東西，差點忍不住就此滿溢而出。

「妳真的再也不彈鋼琴了嗎？」

這直接戳中我心裡痛處的詢問，令我為之怯縮，一時出現時間的空白。但緊接著下個瞬間，我約束自己，穩穩點了點頭。

「嗯……因為我已經做好決定了。」

江崎只回了一句「這樣啊」，便再轉頭面向前方。

陽光在地面上折返，從上下兩個方向將我們包覆。七月也來到尾聲。夏意變得更濃，我的肌膚浮現無數的汗珠。我心想，要是記得帶帽子來就好了。

來到車站，正準備前往售票口時，江崎喚住了我。我覺得納悶，轉過身來，偏著頭望向江崎。

「沒必要刻意坐電車去吧？」江崎說。

「咦？可是我們不是要去千葉的工廠嗎？要是不搭電車的話……」

「就搭計程車去吧。我現在有的是錢。」

我微微一笑，改為走向計程車招呼站。江崎行走時涼鞋拖地，似乎覺得很無趣。

「關於雷遜。」江崎低語道。由於他講得很小聲，所以我當他是在自言自語。他的視線微微朝下，望著地面。表情看起來也顯得心不在焉。但不同於我的猜想，江崎後續講的話，一直都是對著我說。維持他原本的視線和聲調。

「妳不要緊吧？」

「你指的是什麼？」

「妳聽了日記裡關於雷遜電子的事……覺得怎樣？」

我不懂江崎的意思，不發一語地朝他的側臉注視了半晌。這時，就像旗語信號一樣，感覺江崎真正的意思逐漸浮現。

然而，過沒多久，江崎自己說了一句「沒關係。如果妳不在意就好」，單方面結束這個話題。我心中有個像門閥的東西，一會兒打開，一會兒關上，感覺不太自在，但只要稍微忍耐，那種異物感就會像日落一樣靜靜地消失。

江崎來到停了一整排計程車的計程車招呼站，坐進第一輛車，對司機說「請載我們到千葉港口那邊的雷遜電子工廠」。

司機一副空間擁擠的模樣，扭動身軀，轉頭望向坐在後座的我們。

「開上收費道路沒關係吧？」

「可以。」江崎冷淡地應道。

司機那張福態的圓臉浮現笑意，動手繫上安全帶。安全帶的卡嚓聲，就像在宣告某個結束似的，詭異地在耳中留下殘響。

黑澤皐月的日記

二〇××年 5月7日 雨
（上次日記的一個月後）

我思故我在。（勒內・笛卡兒）

這是笛卡兒很有名的名言，但能正確掌握它原本含意的人或許不多。不時會看到有人將這句話中「思」的部分，改成自己喜歡的字（例如「歌」或「跑」）來使用，但我可以斷定，這就是不懂這句話真正含意的人最具代表性的做法。因為「我的存在意義就在於『思考』」，因此，思考正是我最頂極的存在證明」，並不是笛卡兒在這句話中所要表明的個人想法。

我思故我在。

這句話簡單來說，意思是「即使世上的一切事物都感到可疑，一切事物的存在都無法證明，但唯獨懷疑其存在的我確實存在。換句話說，因為我思考，所以確實存在」。若進一步探究，也許還能以「除了我以外的任何事物，都無法定義其存在」來加以表現。

我聽了這句話後，不時會陷入世界突然變大，或突然變小的錯覺中。我思考，所以存在。真是一語道破人類「真理」的一句話。

不過很遺憾，笛卡兒提出的近代哲學（或是物理學方面的功績），在現在已沒能獲得絕對的支持。笛卡兒秉持徹底懷疑主義所提出的許多假設，都被海德格（MARTIN HEIDEGGER）等眾多哲學家否定。儘管如此，我還是深深信奉「我思故我在（COGITO, ERGO SUM）」。我是與即物世界隔絕，存在於另一個次元之物，精神以松果體為媒介，操作著肉體。肉體不是精神，所以存在令人懷疑，在真正的意義下，能貼上「真」這個標籤的，就只有我的精神。我不由得這麼想。

除了精神以外的一切都令人懷疑。

除了我以外的一切都令人懷疑。

不過，如果懷疑一切事物，就什麼也做不了。就連速食食品的保存期限標示、與稅金有關的電視新聞、週末的天氣預報，對所有事物都不信任，這樣要生存非常困難。因此，我們人要生存，必須得具備一定的「信任」，以及「看清事物」的能力（這是笛卡兒所說的「方法」和「臨時道德」）。

針對笛卡兒所做的介紹，就到此為止，回顧我過往的人生，感覺彷彿每天都過著「看清事物」的日子。

一般人在出生後，馬上便會開始在「家庭」這個極為值得信賴的集團裡生活。父母的存在，基於笛卡兒的想法，就算無法完全證明其為「真」，但他們應該是能以全部的信賴去面對的人（非得是這樣不可）。但我寫到這裡，各位想必已察覺，我的情況並非如此。對我來說，父親感覺就像來路不明的非太陽系生物。別說信任了，根本完全無法理解和接納。如果我父親有「說明書」的話，想必比超弦理論還要複雜，肯定是頁數比山岡莊八的《德川家康》還要龐大的鉅作。總之，我到現在仍無法了解這位唯一家人的全貌。

我三歲時父母離異，母親帶著妹妹離開，兩年後病逝。我只有幼年時和母親有接觸，對她的記憶很模糊，無法鮮明地憶起。因此，對我來說，家人就只有父親一人。

我幾乎不曾和父親一起用餐。也不曾有過像樣的對話。連父親在他的公司裡從事怎樣的工作，我都不知道。

我和父親的關係，就只是共同擁有相同的家罷了。我回到空無一人的家中，父親在我熟睡時返家。我會在他醒來前離開家門，他朝空無一人的房子上好鎖後出門上班。我並不是特別喜歡鋼琴，但之所以能持續學琴，只是因為可以多點時間不用待在家裡。

我日後也會和某人結婚，有自己的孩子嗎？如果是這樣，我對「正確的家庭」相關的知識嚴重不足。人們是如何長大，如何了解愛，我一概不知。

在「看清事物」的觀點下，我不得不對「正確的家庭」蓋上一個「虛假」的烙印。因為故事中常會出現的圓滿家庭，我從未實際見過。

大須賀駿♣

我做了個深呼吸，先在腹中吸滿空氣，接著一次將盈滿體內的緊繃氣體完全排出。儘管如此，胃部底端還是充滿了異物感，就像在證明我的緊張般，令橫膈膜顫動。

我仰望眼前這座聳立的高樓。它實在過於巨大，看起來彷彿隨時都會往我這邊倒下。儘管脖子往上空仰到極限，頂樓看起來還是很模糊。整面都鋪滿玻璃的大樓，看起來也很像披著未來盔甲的凶惡魔獸。大樓表面極度閃耀地折射著日光，粗暴地燒炙著我們的臉。

「大須賀學長，你要是太戰戰兢兢，那可就一點都不帥氣了。我們就抬頭挺胸，大步走進去吧。」

我停止抬頭仰望，視線移向站在一旁的乃音。

乃音臉上掛著笑意，抬頭挺胸，就算重新看她這副模樣，還是覺得很怪異。她深戴著剛買來的養樂多燕子隊的棒球帽，上身穿的是我借她的寬鬆T恤。下身穿的是向江崎借來的牛仔褲。因為長度不合，得折好幾折才勉強能行走。我猜她是想變裝，讓自己看起來像男生，但這樣好嗎？她原本就是短髮，看起來已經很像男生了，但現在乍看像是沒跟上時代的鄉下饒舌歌手，和她站在一起，我都覺得有點難為情了。

「怎樣？你有什麼不滿嗎？」

「咦？」她突如其來的反問，令我為之怯縮。「不，沒事……我只是覺得，妳的變裝真是完美。」

「嗯……」乃音露出略顯不滿的表情。「大須賀學長，你在很多重要的時候會優柔寡斷，所以你要是有話想說，就請說清楚。前幾天我也說過，『如果是真心話，又何需修飾話語呢』，這句話請銘記在心。DO YOU UNDERSTAND？」

「OK、OK。」

「嗯。」乃音似乎接受了我的回應，微微點頭。「既然這樣，那我們這就上場吧。再怎麼說，我們好歹也是『社長』的客人，對方應該不會對我們亂來才對。至於包括櫃臺人員在內的這些手下們，我們就好好對付他們吧！」

我用力拍打臉頰，給自己打氣，用力喊了一聲「好」。都走到這兒了，已無法回頭。回顧這五天……不，是這四年的時間，我的想法變得更加堅定。

我用力跨出第一步，穿過雙層的玻璃自動門，潛入公司內。這裡與之前參加試用體驗的時候完全不同。充滿刺激的緊張感。寬敞的入口、流暢地播放宣傳影片的大型液晶螢幕、亮晶晶的雷遜電子金屬LOGO。感覺這全是用來威嚇我的獠牙。儘管如此，我還是一路走向那宛如機器人般恭敬行禮的櫃臺小姐面前。我遵從乃音的建議，抬頭挺胸，調整出略微低沉的嗓音。

「我是與黑澤孝介先生約好下午一點見面的江崎純一郎。」

櫃臺小姐那看起來不會有一絲慌亂的表情，此時略顯慌亂，那雙塗滿睫毛膏的圓眼瞪大足足兩圈，回答道：

「黑澤是吧……我明白了。請您稍候。」

櫃臺小姐朝我仔細打量後，像之前一樣，開始操作起手中的觸控面板。過沒多久，操作結束，她朝面板畫面注視了一會兒後，抬起臉來。

「是江崎先生對吧。」

「對。」我回答。

「江崎純一郎先生？」

「是。」我朝進行確認的櫃臺小姐微微用力點頭。

她就像是以表情在控制自己至今尚未接受的腦袋般，臉上泛起像是硬擠出來的笑容。

「讓您久等了。您確實有預約。……那麼，我帶您到辦公室。」

「啊，請等一下。」她正準備走出櫃臺時，我加以制止。「我知道社長室在哪裡。我可以自己去嗎？請妳特別陪我去，也不太好意思。」

這時，櫃臺小姐臉上流露出為難的表情，視線往左右游移。似乎是一時難以做出判斷。

我就像要幫她做決定般，又補上一句。

「我已經和黑澤先生說好了，應該沒關係。」

雖然完全是信口胡謅，但我借用社長之威，她馬上便乖乖向我行了一禮。

「這樣啊……真是失禮了。那麼，這邊的中央入口以及十五樓正面的安全防護門，我會進行解鎖，請直接前進即可。」

我回了一聲「謝謝」，朝正面的電梯走去。乃音就像隨從般，緊跟在我後面。乃音右手抱著從飯店借來的筆電，一副沉甸甸的模樣，而她變裝用的棒球帽也戴得特別深。

「呃……江崎先生。」

櫃臺小姐的這聲叫喚，令我心頭微微一驚，就此緩緩轉頭。

「還有什麼事嗎？」

「不好意思，請問這位是？」

她指的人當然是我身旁這位鄉下來的饒舌歌手。她戴的不是大聯盟球團的帽子，帶了一點本土的色彩，呈現出一股討喜的氣氛，但是對櫃臺小姐來說，肯定覺得可疑。乃音為了不讓對方看到她的臉，頭更低了，極力探尋櫃臺小姐的視線死角。

「今天預約只登記了江崎先生您一個人。沒有這位客人呢。」

我再次將自己快要發顫的聲音調整成低沉的嗓音，回答道：

「他是我弟弟。」

櫃臺小姐不發一語，朝我投來狐疑的眼神。我誇張地嘆了口氣，佯裝出有點動怒。

「關於我弟弟的事，我也跟黑澤先生提過了，一起進去不行嗎？」

這時，櫃臺小姐屈服在我理應沒有的威儀下，急忙低頭道歉。

「抱歉，把您叫住……」

我趕在又有新的懷疑之前，迅速走向電梯。乃音因為筆電的重量而略微失去重心，但還是快步跟在我後面。在我們走進電梯之前，入口周圍的員工一直都朝我們投以感到稀奇的目光，就像在看什麼怪異的街頭藝人一般。

潛入電梯後，我按下社長室所在的二十五樓按鈕，乃音則是按下五樓的按鈕。

「妳真的要躲在五樓的廁所裡？」我重新向她確認。

乃音若無其事地點頭。「對，因為我很確定，雷遜電子的公司裡，就屬那裡最安全。」

「妳自己要多加小心。」我說。

「說這什麼話，這是我要說的。大須賀學長，你自己才要小心，別被社長的氣勢震懾，嚇得尿褲子哦。」

電梯來到五樓後，電梯門像從冰上滑過般，安靜無聲地開啟。乃音臉上泛起調皮的笑容，用力朝我比了個勝利姿勢。

「祝你旗開得勝。」

我也回了她一個勝利姿勢，門就此靜靜關上，電梯裡只剩我一人。同一時間，乃音從燕子隊棒球帽底下露出的滿面笑容、江崎那沒有任何閃爍的冷靜眼神、葵小姐柔和的表情，全都從我腦中閃過。隨著電梯持續上升，我陸續想起那天參加試用體驗、在女校與望月老師的對話、報紙的剪報上，黑澤皐月那沒有情感的表情。彷彿隨著電梯上升，回憶的水位也就此上升般。我先做了個深呼吸，調整心情。再怎麼說，今天是這五天的最後一天，也是這四年時光的結尾。不允許以輕率的心情來面對。我靜靜閉上眼，豎耳細聽電梯的運作聲。那是極其微小的聲響，得將神經繃緊到極限才聽得出。

不久，就像在催促我醒來般，一個通知抵達的清亮電子聲響起。

我緩緩睜開眼。電梯門開啟，門外站著一名身穿珍珠白套裝的美麗女子。女子搖曳著她那頭微捲的深棕色頭髮，恭敬地向我行禮。她的行禮姿態感覺比入口處的那位櫃臺小姐更細膩，整整高一個等級。耳垂上大大的珍珠耳環晶亮生輝。

「您是江崎純一郎先生對吧。」

我點頭，女子臉上泛起高雅的笑容。

「歡迎大駕光臨。我來為您帶路。」

女子一個轉身，就像要獻上祝福般，她的頭髮隨風輕揚。她踩著優雅的步伐，走在方塊地毯上，我緊跟在她身後。

穿過安全防護的檢驗門後，前方長約二十公尺的走廊一路向前延伸。走廊的左右兩側有幾扇門，似乎有一整排的會議室，但每個房間都沒亮燈。女子對這些會議室連看都不看一眼，面對正前方，持續邁步前行。

前幾天因為試用體驗，而有機會在公司內稍做參觀，但這二十五樓感覺瀰漫著一股與眾不同的氣氛。也許是因為它與其他樓層不同的特殊構造，也可能是因為到處都裝嵌了美麗的裝飾品，或者是因為帶路的這位女性呈現出妖豔的氣息。不管怎樣，現在這處空間確實不斷在向我展現它的特殊性。

女子一路來到走廊最深處。走廊的盡頭處，有一扇毛玻璃的大門，同樣呈現出一股與其他房間迥異的氣息。門上沒有把手。似乎是自動門。果不其然，女子操作門邊一個和對講機差不多大的機械，接著門就像祕密社團的地下基地般，唰的一聲打開來。

「請進。」女子沒走進門內，伸出右手要我往前走。看來，這名女子來到這裡，已完成她的任務。

我向她點頭致意後，跨過那扇門的分界線。這時，門就像要斷去我的退路般，馬上關上。我感覺自己宛如被關進印第安納瓊斯的世界，微微感到一股寒意。

房內只能用一句「精采」來形容。

一處可以打造一整座籃球場，寬敞又雪白的空間裡，只有一張大桌子。這張桌子有過多的曲線和直線為它鑲邊，相當新潮的設計，所以我一直沒能看出它是一張桌子。同樣的，椅子也頗富設計性。牆邊到處都擺設了觀葉植物，營造出涼爽、充滿南國風味的渡假村風情。幾乎統一都是單一色調，一概沒擺設任何多餘之物。這完全開放的空間，大到讓人都覺得有點不好意思了。甚至覺得這裡是異次元。而讓室內的開放感更加強化數倍的，是那巨大的窗戶（也可說是這房間最大的特色）。宛如水族館的水槽般，一片沒邊框的玻璃，從左側來到正面，再連往右側，呈曲線狀一路相連。令人說不出話來的巨大環景視野。可能是因為周圍的大樓都比我現在所在的這棟大樓還矮一些，品川的街景盡收眼底。此刻的感覺就像置身天空之城，或是身處在環繞地球上空的太空船座艙裡。

我惴惴不安地往前踏出一步。

桌子後方站著一名男性。這名身穿西裝的男子背對著我，始終望著窗外。也不知道是完全沒發現我的存在，還是明明知道，卻又刻意無視我的存在。總之，男子一動也不動。

我緩緩朝男子靠近。男子的西裝是深灰色的質地，上頭有微微的壓紋，就連我這種外行人也看得出它很高級。我斂息而行，終於來到那張前衛的桌子前。與男子的距離不到五公尺。我停下腳步，目光聚焦在男子背部。

這時，男子沒轉頭，直接低語道「你好」。

我雖然感到不知所措，但還是回了一句「你好」。

男子的聲音不會太低，也不會太高，聽起來清晰明瞭。他聽到我回應後，這才轉過身來，露出從容的笑臉。年齡就像乃音說的，將近五十歲，但我覺得他看起來比實際年齡還要年輕。烏黑亮麗的頭髮，低調的後梳油頭，感覺得出他知性的一面。肌膚光澤有彈性。

五官鮮明、精悍。相當爽朗、潔淨的外觀。雖然給人年輕的感覺，說他才三十多歲也能接受，但從他身上感覺不出一點稚氣，倒不如說，他具有成人沉穩的風格。從袖口露出的高級錶，以及戴在無名指上，雖然樣式簡單，但帶有穩重感的戒指，都像在證明似地，閃閃生輝，散發出懾人的氣場，想要走進他方圓兩公尺內，不是件簡單的事。

我吞了口唾沫後出聲道：

「您是黑澤孝介先生嗎？」

男子閉上眼，動作柔和地點了點頭。

「沒錯，我就是黑澤。」黑澤孝介右手做出確認領帶是否端正的動作。「你就是傳聞的『江崎純一郎』嗎？還自稱是我姪子。」

我做好心理準備，搖了搖頭。

「抱歉，我不是江崎。我是江崎的朋友，名叫大須賀駿。」

「嗯。」黑澤孝介沉吟一聲後，睜開眼睛，露出很感興趣的表情。接著多次點了點頭，以幹練的動作瞄了手錶一眼。「不好意思，大須賀同學。坦白說，我不是個閒人。因此我能和你談話的時間有限。我頂多只能給你三十分鐘。所以大須賀同學，為什麼江崎同學不能親自前來，可以請你盡可能簡潔扼要地告訴我嗎？」

「……江崎因為另有原因，不方便前來。」

「這回答不太好呢。」黑澤孝介說。「江崎同學為什麼不方便前來？」

「我不能說。」我回答。

黑澤孝介沉聲低吟。「這樣啊，真是遺憾。雖然不知道他為何姓『江崎』，但如果他是我姪子的話，我倒是很想見他一面。」

黑澤孝介如此說完後，就像在想接下來該說什麼好似地，仰望天花板，接著又望向我。

「那麼，為什麼是你來這裡，可以告訴我嗎？」

我回答「我是代理人」。

「哦。」黑澤孝介的聲音中充滿感佩。「你是以江崎同學代理人的身分前來。」

由於這句話帶有強烈的訊息，所以我很明確地搖頭。「不是。」

黑澤孝介露出略感驚訝的表情，窺望著我。打從剛才起，黑澤孝介的表情相當多樣。也許是他的表情肌肉比其他人發達。自從我和黑澤孝介打照面後，感覺他已經展現出數十種表情。而黑澤孝介這次則是露出像遇上難題般的凝重表情，接著才出聲問道：

「既然這樣，你又是當誰的代理人？」

我先清咳一聲。這當然也是為了調整嗓子，但同時也是為了讓話語更有分量。我雖然被黑澤孝介散發的強力氣場所震懾，但還是定睛看著他的眼睛回答。就像要將這句話重重壓在黑澤孝介心頭般。

「我是……擔任黑澤皐月小姐的代理人，前來這裡。」

黑澤孝介面無表情，就只是沉吟一聲「哦」。

黑澤皐月的日記

二〇××年 7月30日 雨

（離上次日記三個月後）

所謂的朋友，是知道你的一切，

但一樣喜歡你的人。（阿爾伯特·哈伯德（ELBERT GREEN HUBBARD））

如果照這個定義，我根本沒有朋友。我不曾向人坦白說出自己的一切，也不曾清楚知道某人的一切。

不過，就算沒參考這個定義，在一般解釋的範圍下，也沒有我能稱作朋友的人。在學校，我連一個打招呼的對象也沒有，而在其他場合下，也沒有能閒聊的對象。

不過，如果看這篇日記的你（未來的我，或是其他的某人），研判我是個孤獨又不幸的人，那可就大錯特錯了。話說回來，孤獨這個概念，是屬於「後設認知」的範疇。我們如果在生活中不知道優質的事物為何，就會終其一生連優質事物的存在都無法理解。例如，要是不知道什麼是美食，就這樣過日子，就算吃了難吃的飯菜，也還是有一定的接受度（甚至不覺得那是「難吃」）。如果每天都在赤道上的國家生活，「寒冷」的感覺將完全化為未知。換言之，對我而言，「和朋友共度的幸福」，簡單來說，就是「含意不明的事物」。因此，我並不會覺得現狀有多痛苦，也不覺得應該從中跳脫。（我與父親的關係，之前曾經寫過）我與父親的相處時間極少，與學校同學也沒什麼互動，但我今天還是一樣活得好好的。因此，我不覺得這樣的日子有馬上改善的必要。

然而，不久前，我這樣的日子出現了些許改變。在我因地理條件而用來看書的公園，有位陌生女孩向我搭話。雖說「陌生」，但我常看到她在公園進出，她充滿活力，四處奔跑的模樣，也令我印象深刻。不過（不只限於這名女生），不太習慣被搭話的我，略感怯縮。我萬萬沒想到，一位如同初次見面的女生，竟然會在這種地方和我說話……

與她邂逅後，過了約兩個禮拜的時間，愈是了解她，愈覺得她是個很有趣的人。她的個性開朗活潑，以我的思考模式，怎麼樣也想不到的事，她卻能若無其事地做到（這當然指的是好的含意）。如果對人的個性和特質，依照多種層級標準來分類，我和她就像強烈對比，是存在著極大差異的兩人。她擁有我所沒有的，時時讓我明白，她和我處在兩個不同的世界。

當她找我商量某件事情時，我劈頭就建議她讀書。對此，她大為感佩（對提供建議的人來說，這樣的態度略嫌誇張了點），極力誇讚我。然而，我至今仍對自己做的事沒什麼自信。那麼開朗的孩子，我建議她「讀書」，這樣的善意真的正確嗎？

真要我坦白說的話，我並不是在聽完她的煩惱，多元且客觀地加以解釋、分析後，才提出要她「讀書」的解決辦法。連我自己都覺得慚愧，不論什麼時候、怎樣的煩惱，我都只能提出「讀書」這個提案。就像物理學者只能以物理學來評斷事物，生物學者只能以生物學來推想事物，運動選手只能期盼藉由努力和鍛鍊來提升技術一樣，我也只有「讀書」這項工具。我天生就嚴重缺乏與人對話，也極少與人接觸。這一路走來，我都是倚靠讀書來當作這一切的替代物。這是對我才有效的對策，應該未必是對一般人都能適用的解決方法。當然了，讀書也可能有效地對她發揮作用。但我覺得機率並不高。因為如同我前面所說，她和我是強烈對比的人，是不同世界裡的人。建議這樣的她讀書，真的「正確」嗎？

有人找我傾吐煩惱，我卻假裝出一副了然於胸的模樣，建議對方要讀書，我對這樣的自己感到異樣的不自在。這或許也都是我過去的人生中鮮少與人接觸所帶來的弊害。我不懂得正確與人接觸的方式，甚至是對他人的煩惱提出適切的因應之道。

對我來說，父親一樣是充滿謎團的人物，家裡的環境實在稱不上舒適。如果可以，家裡我連一秒的時間都不想多待。

這次與「三枝乃音」這位女孩的相遇，讓我重新認識自己的許多問題，並發現新的問題。對此，我到底是應該高興，還是沮喪呢？我不知道。

不過，只有一件事我可以很有自信地說，和她談話的時間，對這些年的我而言，是最有趣、最快樂的時光。遠非待在自己家中或學校的時間所能比。

今後，在與她接觸的過程中，我應該會讓她多了解我，也會多去了解她。等來到彼此相互了解，了解彼此一切的階段，如果仍覺得和她一起共度的時光很快樂，那她就是我的「朋友」，屬於我的「和朋友共度的幸福」便就此形成。

我期待（或者是畏懼）那天的出現，並靜靜等候她與我約好在公園見面的明天到來。

江崎純一郎♠

「江崎，為什麼你昨天回來時還戴著耳機呢？」葵靜葉問。

從國際展示場出發的計程車，已進入千葉縣，順暢地行駛在首都高灣岸線。司機開始行駛後不久，便沉默不語。也許他把我和葵靜葉想成是一對跑路的情侶，做了不必要的揣測。我不時會隔著後視鏡與司機那有話想說（帶著猜疑）的視線對望。車內除了高速行駛在道路上的輪胎磨地聲，以及我和葵靜葉斷斷續續的對話外，始終都靜悄悄。

我朝葵靜葉的提問思考了片刻。但無法輕易想出答覆。葵靜葉可能認為我沒了解她提問的含意，很仔細地改換另一種說法。

「賭場裡的事忙完時，一切已經和預言無關，所以你應該可以取下耳機，和平時一樣對話啊……」

儘管如此，我還是繼續思索。我很清楚葵靜葉想問的是什麼。但這不是三言兩語就能回答的簡單問題。不得已，我只好將它切割成幾個部分來回答。

「舉例來說……」聽我一開口，葵靜葉馬上微微點頭。「這就像指定時間宅配。」

「咦？」葵靜葉偏著頭感到納悶。

「這不是個很好的比喻，但我現在只想得到這個。不好意思，請將就一下。」

葵靜葉再度點頭。我接著道：

「我拜託宅配業者『我只有在中午十二點到十二點十五分這十五分鐘的時間會在家。所以這段時間請務必要把貨送達』。這麼一來，貨物當然會準時送到。我向準時前來的宅配業者道謝，收取貨物。並對他說『下次同樣時間我會再拜託你。其他時間我都不在家』。」

葵靜葉默默注視著我。我接著道：

「不過，在其他日子，送貨員剛好在下午一點時從我家門前經過，發現我家燈亮著。送貨員心想『他在非指定時間不是都不在家嗎』……這樣妳猜會有什麼後果？送貨員應該不會嚴格遵守指定的時間。因為他知道，十二點到十二點十五分這十五分鐘的時間，我就算沒有工作，至少在下午一點前也都會在家。他會在心裡想『晚一點到應該沒關係吧』。接著更會進一步知道，我下午兩點、下午五點、晚上十一點，也都在家。這麼一來，原本理應是在『指定時間』送達的宅配，會在不知不覺間變成『中午十二點以後，隨時都可以』，時間設定變得很隨便。關於預言，可能也是同樣的情況，妳明白我想表達的意思嗎？」

「……或許懂吧。」

「只要我對預言的態度真誠，預言也會真誠地待我。但如果我對預言不忠實，預言同樣也會背叛我。我和預言始終都只是恰巧相遇的點頭之交，我們之間的關係，只要一旦猜疑起彼此，就會無限地猜疑下去。因此，如果我想利用預言，就得真誠地對待預言才行。所以昨天我一直到最後都戴著耳機。」

「原來如此。」也不知道葵靜葉是否理解我說的話，她露出姑且接受的表情。我看到之後，就此閉口不語，望著窗外。計程車打著左轉燈，轉向習志野出口。

駛出高速道路後過了數十分鐘。計程車反覆經過幾次的左轉右轉，四周景致由住宅街轉為工業區。四周的人車稀少，給人冷清的印象。外觀老舊的建築，上頭「〇〇製粉」、「〇〇製菓」的名字交錯，也看到水泥、汽車工廠。

「到這一帶就行了嗎？」司機隔著後視鏡問道，計程車已開始減速，按下警示燈，停向路肩。我望向窗外的左前方，聳立著一扇招牌寫著「雷遜電子千葉工廠」的鐵柵門。

「到這裡就行了，謝謝。」葵靜葉向司機說道。

「你們兩位年輕人專程到這種地方來，是來參觀工廠嗎？」

我確認計費錶上的金額，將車資交給司機。

「可以這麼說。」我回答。

「佩服。」司機如此說道，找零錢給我。「咦？可是大門緊閉，今天工廠休假吧？」

「休假日才能好好參觀啊。」

「咦。是這樣嗎？算了，你們要多小心哦。」

我們走下車後，計程車的警示燈閃了四下後，就此駛離。我們確認車子在轉角處右轉，從視野中消失後，重新面向這扇門。

「雷遜電子千葉工廠」

它被學校校門常有的低矮鐵柵欄環繞，不讓人進入。門附近的警衛室當然沒人，光是從外觀來看，就知道工廠內相當冷清。

我們確認四下無人後，朝大門走近。門上掛著簡易的掛鎖。固定的柵欄，與可活動的門，都只有小小的金屬片固定，看起來不太牢固。葵靜葉緩緩蹲下身，以右手握住那個掛鎖。

「這樣沒關係吧？」葵靜葉問。

「也只能這麼做吧？」我回答。

葵靜葉像豁出去似地，微微一笑，接著閉上眼，靜靜投身在沉默中。只有短暫的瞬間聽到海風的聲音，接著傳來「啪嚓」一聲，一個清脆的破裂聲。一切都發生在短暫的瞬間。

葵靜葉就像很憐惜她親手破壞的掛鎖殘骸般，輕輕將它放在圍牆上，然後緩緩推開門。門發出卡啦卡啦的聲響，輕易地在我們面前讓出了道路。

工廠占地內原本就已經很空曠，而且建築物又少，再加上今天休假，空無一人，所以營造出無比荒涼的印象。就像被人遺忘般，堆疊的貨櫃，加上外部微微發黑的巨大倉庫。幾輛運送用的卡車，外加幾臺工業用的機械。就像在廉價電影或連續劇裡的高潮處，用來作為槍戰舞臺的場景。

我們走在工廠占地內，來到三枝乃音說的，位於最深處的建築。它的外觀比其他建築潔淨，看起來才剛建造沒多久。像足球場一般大的白色建築正面，設有巨大的鐵捲門入口。鐵捲門旁設有安全防護用的控制面板，看得出有雷遜電子的尖端技術在提防入侵者。

「會是這裡嗎？」葵靜葉說。

「可能是。」我回答。「以三枝乃音讀取的資料推算，『用途不明』，而且目前還在運作中的工廠，就只有這裡了。不管怎麼看，如果有製造那東西的工廠，那就肯定是這裡了。」

葵靜葉點點頭，走向安全防護用的面板。她的食指滑過面板後，抬頭仰望那可能有五公尺高的巨大鐵捲門。

「果然，就算破壞了它，靠手動還是打不開……」

我跟著葵靜葉一起仰望鐵捲門。的確，這扇門建造得既巨大又厚實。就算葵靜葉運用她的能力破壞鑰匙，這扇門也不是人力所能撬開。

「只能等三枝的好消息了。」我說。

葵靜葉點頭，原本碰觸安全防護面板的右手食指緩緩放下。

現在我們只能等候三枝乃音主動聯絡，一時間無事可做。葵靜葉背倚著建築的牆面，仰望天空，我則是不經意地望向她。

葵靜葉今天也一樣很順利地「展開破壞」，對我來說，覺得有點驚訝。我指的當然不是眼前這種不可思議的物理現象，而是更根本的問題，三枝乃音是怎樣我不清楚，不過，大須賀駿也還是能看見我們背後的數字。

我面對自己體內發生的小問題，試著找尋答案。但一時無法明白答案為何。

就像不明白黑澤孝介在想什麼一樣。

黑澤皐月的日記

二○××年 6月29日 雨

（離上次的日記一年後——火災的一個月前）

想拋卻對某個情況的幻想，這種願望就如同想拋卻需要幻想的情況。（卡爾·馬克斯）

我有點慌亂。

我曾對那個人帶來困擾嗎？

我的存在是個「失敗」嗎？

這一切如果都是夢就好了。

三枝乃音◆

我像之前一樣，坐在坐式馬桶上。廁間裡的封閉感，能給我些許安心感。天花板和腳下雖然不是完全封閉，但比起像走廊等公司內的其他場所，這裡已經很像是一座要塞了。

我在膝蓋上開啟筆電，打開瀏覽器。關於這臺筆電，是利用飯店的付費服務借來的。葵對電腦不太熟，大須賀學長家中沒電腦，而江崎學長別說電腦了，就連手機也沒有。因為諸多因素，我被任命擔任電腦操作班，現在人在這裡。不過，我其實對電腦也沒多熟。但過去儲存的眾多藏書都收納在我腦中。只要慢慢與它們產生連結，應該能精通電腦相關知識。想必不會應付不來才對。

而且我肩負的使命並不難。

我該做的事，是透過線上找出葵和江崎學長他們前往的千葉工廠解鎖密碼。前幾天我從資料庫讀取到的雷遜電子公司概要，以及安全防護相關資料，這時候能大大派上用場。千葉工廠入口的閘門過於沉重，憑人力恐怕無法打開（就算損毀門鎖也一樣），這點我早預見了。

既然這樣，就只能採正面突破了。

要打開工廠的入口閘門，必須輸入八位數的密碼，而這密碼為了強化安全防護，每隔十分鐘就會變更一次。至於密碼，只能以員工手中攜帶的終端機，或是連上雷遜電子公司內的無線區域網路來加以確認。因此，現在我人在廁所裡，嘗試用公司內部的無線區域網路，華麗地展開駭客行動。

我先以網路連接設定選擇公司內部的區域網路，輸入指定的ＷＰＡ金鑰。關於金鑰，我已用資料庫的安全防護資料確認過。符號進入等候狀態，過沒多久，區域網路連接完成。我小小聲發出「好耶」的一聲歡呼，輕撫筆電，以此表達我的讚許之意。

接著必須連往員工用的個人頁面。我輸入指定的網址，在出現頁面的輸入畫面中輸入員工編號和個人名字。全都是收納在我腦中的資訊。我輕快地（其實也沒多輕快）敲擊著鍵盤，輸入必要事項後，隨便選了一位員工的個人頁面登入。

——歡迎進入，武田守先生——

確認浮現出這個像在哪兒聽過，也像完全陌生的名字後，我更加順利地展開我的工作。就像一名冷靜、冷酷、聰明、本領過人的狙擊手，俐落地執行任務。我得意地發出「哼」的鼻音。如何？對電腦了解不深的外行人，有這個能耐嗎？不不不。這麼複雜的工作，除了我之外，又有誰能勝任呢？我在廁所裡詭異地暗自竊笑。

不過，任務得速戰速決才行。我極力約束自己放鬆的表情，馬上從個人頁面的選單畫面中選擇「密碼一覽」。馬上就像股價一樣，或是像成群的小蟲般，顯示出無數鑽動的數值。我差點因這幕詭異的光景而怯縮，但仔細一看，這不就是每隔十分鐘就會更新一次的各工廠、辦事處，以及其他各個單位的密碼一覽表嗎？我搓著雙手，伸舌舐脣，隔著螢幕展開威嚇，瞪視著數字。好了，千葉工廠的密碼在哪兒呢？

然而，儘管我鬥志昂揚，某人卻突然出現。

「抱歉打擾。」

我差點忍不住將擺在膝蓋上的筆電拋出。這確實是男性的聲音。不用說也知道，這裡是女廁。為什麼男性會踏入這神聖不可侵犯的女性園地呢？說話的男性入侵女廁後，似乎就站在我所在的廁間前。皮鞋踩在大理石上的聲響，在我前方消失。我嚇出一身冷汗。

「因為情況緊急，請恕我無禮。公司裡好像出現入侵者，現在正對全公司進行搜索。櫃臺人員已確認有一名神祕人物入侵，並得知有人透過公司內部區域網路無法辨識的終端機造訪網站。不好意思，可以請您報上姓名和員工編號嗎？」

竟然這麼快就穿幫了。

也許我這臨陣磨槍的知識，存在著什麼致命的疏失。我極力壓抑身體的顫抖，努力想要回覆。但在這種極限狀態下要開口說話，並不是件簡單的事，我嘴巴一張一合，遲遲說不出話來。

「哈囉？您如果不回答，就只能斷定您是入侵者了。」

多粗暴的言論啊。我就徹底來教會他，「無罪推定[37]」這句話是什麼意思吧。但我不可能有這樣的從容，我急忙出聲應道：

「我是資訊系統部的……寺、寺井優子。員工編號是 024-3354-7198！」

「謝謝您的配合。我這就進行確認。」

我的身體激烈顫抖，震度超過六級，廁所馬桶幾乎都快被我搖壞了。當然了，我剛才說的「寺井優子」是確實存在的人物，員工編號也是我從名冊上查來的，所以不會有錯。但要是有什麼差錯，我編的謊言被拆穿，那不就會遭受嚴厲的拷問嗎？再怎麼說，前些日子我已經被威脅過，而且已清楚露過面。這次要是再被逮到，像「嘿嘿，因為我想到公司裡參觀」這種像在搞笑的藉口，他們絕對不可能接受。

我靜靜等候男子的審判。

「……嗯。不好意思，您是『寺井優子』小姐沒錯吧？」

「啊，是。沒錯。」

「您真的……是寺井優子小姐嗎？」

「是我沒錯啊。」我在聲音中夾帶些許不耐煩。

但男子的回覆很慢。我雖然全身感覺到不祥的預感，但還是緊咬著嘴唇忍耐。接著男子終於又出聲了。

「寺井優子小姐今天沒有上班的打卡紀錄……」

我以肋骨壓抑跳得又快又急的心臟，同時腦袋全速運轉，搜尋機智的回答。

「呃……我今天因為人不舒服……才剛到公司。所以還沒打卡……哈哈哈。」

「可是……」感覺得出男子的聲音，從懷疑轉為確定。「寺井小姐從上個月就開始請產假呢。」

廁間內的情勢急轉直下，直接進入冰河期，瞬間將我的體溫連根拔除。但我不能就這樣輕易地被凍結，被這群野蠻的員工拘捕。另外，就算會被捉住，我也得完成我最低限度的任務才行。就像二壘有跑者的情況下，要刻意往右邊打；如果養狗，就一定每天要帶出

37.意指一個人若未被證實及判決有罪，在審判上應推定為無罪。

門散步；烤好的烤肉，就算硬撐也要吃完一樣。要完成最低限度的義務。

我停止答覆男子的提問，沒理會外頭的情形，從畫面中找出千葉工廠的密碼。同時左手從包包裡找出手機，開始編寫要寄給葵的郵件。

男子見我沉默不語，更加研判我有嫌疑，似乎開始打電話與其他員工聯絡。以冷靜粗獷的聲音說他已「發現目標物」。但我不予理會，埋首於自己的工作中。就算多少會發出聲響，硬碟的運轉聲會響起，我都不在乎，我回想著今天之前發生的事、回想小皐，專注在這項工作上。

小皐是抱持什麼想法，接受那項事實呢？

小皐是經過怎樣的內心糾葛，迎接那天的到來呢？

感覺光憑日記上的文字，絕對無法猜測得知。

廁所內突然增加許多腳步聲。為了確實地捉住我，似乎動員了許多員工來到這間廁所。我在心裡摀住耳朵，集中精神在畫面上。終於確認千葉工廠的密碼了，我馬上朝手機打上那串號碼。盡可能又快又準確。但心裡這麼想，手指卻完全不是這麼回事，它不停顫抖，我多次輸入錯誤，不得不一再用清除鍵來更正。心情無比焦急。

快點、快點、快點……就在這時。

「卡嚓」，一聲冰冷的聲響，撼動我的耳朵。就像在告知什麼結束了一樣，極為明快地在我耳畔響起。

我為之一愣，發現有人從門外打開我眼前的門鎖。我已來到「悟」的境界，就這樣默默注視著門。沒上鎖的門沒半點抵抗，流暢且無聲地打開來。

有多名男性員工守在外面。當中，站在我正前方的，是個有點面熟的男子。哎呀，討厭的記憶甦醒。

「這真是巧遇啊……」男子睜大眼睛後，點了點頭。「自從上次在飯店一會，就沒再見面了呢，國栖小姐。」

我合上筆電，將手機收進包包裡。

我已完成最低限度的義務，就乾脆一點上路吧。

「墓地是最便宜的旅館」——朗斯頓・休斯（JAMES MERCER LANGSTON HUGHES）。

黑澤皐月的日記

二〇××年 7月2日 雨
（離上次的日記幾天後）

民眾大多都無知又愚昧。（阿道夫．希特勒）

那種堪稱是得對公司外部保密的重要資料，竟然擺在我看得到的地方，這是我父親最大的失算，而我不小心偷看，同樣也是失算。

我們彼此都不夠小心。

雖然我目前的精神姑且已經恢復到能提筆寫日記的程度，但仍有一團黑影盤據在我心頭。雖然這世上存在著無數「莫名其妙的東西」，但我從未遇過像那份資料那麼莫名其妙的東西。

真的很詭異。充滿詭異之氣。

父親的公司是所謂的電子機器製造商。但那份資料遠遠超越這種作業的範圍，是很荒唐的計畫。為什麼父親要推出這樣的計畫？一想到這點，就感覺像是有小蟲在我胸口一帶鑽動，一股令我噁心作嘔的寒意包覆我全身。

父親的計畫感覺不為別的，正好與「我」的存在大有關聯。

我的存在確實很沒用，對父親來說，或許也是個沒半點助益的存在，但我的存在會造成他這麼大的困擾嗎？以至於要推出這樣的計畫？我真是如此嚴重的「礙事者」，以至於將父親引往那個方向走？

最近這個疑問一再地在我腦中盤旋。

我深感後悔莫及。真的只是無意間看到放在父親房間的一本厚厚的資料，真的只是一時興起拿起來翻閱。這當中一點都不是出於「想知道父親的工作」或「想縮短與父親的距離」這種高尚的情懷。就像伸手撥頭髮、望向窗外，或是吹口哨一樣，對我而言，就是如此沒特別含意的行動。為什麼我會看到那樣的資料呢？

這樣的命運安排真是諷刺。

如果當初不去看它，我就能繼續當「愚眾」。如果什麼都不知道，臉上掛著鼻涕過日子，那樣反而會救了我。我會因為這樣而獲救。無知是至高無上的自由。到學校上學、學鋼琴、讀書、洗澡、就寢。光這樣就夠了。這樣就不會想去了解蔓延在我四周的「真相」。

我知道了沒必要知道的事，為此大為苦惱。

我看到的那份資料，內容大致如下。

（～後面省略～）

大須賀駿♣

「原來如此。剛好我女兒的名字也叫黑澤皐月，你說的黑澤皐月，我可以想作是我女兒嗎？」

「可以。」我回答。

黑澤孝介低語一聲「原來如此」後，靜靜坐向桌子正面的椅子。「我姪子沒來，改為由我女兒的代理人前來是吧？」

「是的。」

「有意思。」黑澤孝介如此應道，請我坐向他桌子對面的椅子。我微微點頭致意後，拉開椅子，隔著桌子與黑澤孝介迎面而坐。這椅子的外形相當有特色，但坐下後，將身體緊緊包覆，說不出的舒服。不光只有設計性，功能性也很獨特。

黑澤孝介突然拿起桌上的一支筆，俐落地在手中轉了起來。

「那麼，你的目的是什麼？如果是要提出和黑澤皐月同樣的要求，那可就有點無趣了。」

「我想聽你的說法。」

「哦。」黑澤孝介發出今天不知第幾次的低吟。筆仍在他手中華麗地轉動。「那麼，我該說些什麼好呢？你到這裡，總不會是要我說伊索寓言給你聽吧。」

「第一件事，是針對七年前你推動那項企劃的目的。第二件事，是四年前……也就是火災發生那天的事，請你說明一下。」

「嗯……這兩件事說起來都很麻煩，需要花點時間。」他結束轉筆。「那麼，如果我告訴你，你就肯乖乖回去是嗎？」

「視情況。」

「視情況。」黑澤孝介重複說了一遍。「原來如此。不錯嘛。凡事都得先決定好才執行，這樣其實不好。下次的點數絕對是單或是雙，如果只有這種企劃，不管背負怎樣的風險，也都一定要達成，給的預算無論如何也要花光才行……像這種傻蛋，世上多的是。真正需要的是懂得善用想像力和機智的人。不錯。就是應該時時保有可以做決定的空白。」

黑澤孝介將筆擺向桌面，望向房內右方的對角線。話雖如此，他可能只是視線望向右方，基本上什麼也沒看。就只是視線不知該往哪兒擺，就此選了右邊角落。黑澤孝介維持這樣的視線說道。

「我做個假設吧。如果我說的話，你覺得不中聽，你會怎麼做？」

「身為黑澤皐月小姐的代理人，我會與你對抗。」我很肯定地說道。「你花了七年的時間建立的計畫，我會和同伴一起全力毀了它。」

在我最後做出這樣的回答後，完美的寂靜造訪室內。外頭行駛的車聲、人們走在走廊上的腳步聲，就連室內流動的空調聲，也都不存在。黑澤孝介就只是靜靜思索該如何接話，我則是默默窺望他的反應。接著過了一會兒，當寂靜再也按捺不住時，黑澤孝介終於開口。

「你對我們的計畫知道多少？」

「黑澤皐月小姐知道的，我們也全都知道。」我回答。

黑澤孝介突然就像視力退化般，將眼睛瞇至極限。

「我不知道你為什麼會和黑澤皐月有關聯，又是在哪兒認識，但既然你說要和我『對抗』，希望你要做好相當的心理準備。我自己這樣說也有點怪，不過，我這個人的個性就是不服輸。我極度痛恨落敗。」黑澤孝介單肘抵在桌上，就像在表現他的憎恨般，揮動著他的右手手指。「原本勝負這種事，就得是有能力的人淘汰沒能力的人才行。所以勝負不該有幸運與不幸運的存在。勝負就應該只以絕對的實力來判斷。我想表達的意思，你明白嗎？」

我默默搖了搖頭。黑澤孝介點頭。

「我以前……說起來，那已經是很久以前的事了。當時我還是個孩子，和我哥一起玩撲克牌。我哥哥是個只有口才好，但其實根本沒能力的男人。動不動就一副什麼都懂的樣子，開口淨說混話，一個很膚淺的男人。在學業成績的表現上，雖然不至於多笨，但他這個人就是欠缺人品……老愛對我愛聽的古典音樂發表評論，賣弄他那庸俗的才學。唉，真是個無聊的男人。算了，總之，我和我哥玩撲克牌。哎呀，真懷念。我們玩的是不太一樣的賭博用撲克牌遊戲，但我竟然在我那無能的哥哥手下『落敗』……真的是不該有的落敗。不過，撲克牌遊戲這種東西，可悲的『運氣』是很大的要素。麻將也是一項代表性的遊戲。會因為得到的牌而對情況帶來很大的影響。因此，為了防止當時的運氣與實力相互抵銷，至少也要來場東風戰[38]或是半莊戰[39]。啊，我離題了。我想說的是，遊戲就得玩最基本的局數，才能展現出實力。因為會有變數的切斷效果帶來的影響。因此，我對我哥說『我們再多玩幾局』。我認為唯有這麼做，彼此的實力高低才會更清楚明確，不過我認為是我會贏。」

黑澤孝介說到這裡深吸一口氣後，又接著說了起來。

「不過，我哥拒絕與我再戰。真是掃興。從那之後，我哥也不再仔細聽我說話。真的很沒意思。我哥那嗤之以鼻的冷笑神情，看了讓人覺得不舒服，真的很不舒服……我不死心，一直虎視眈眈，決定等候機會和他再戰一場。因為我憎恨那場落敗。我的實力確實凌駕在哥哥之上。勝負不該是以幸運、不幸運來評價，而是應該只憑實力在評價。因此我決定打造一個不管我哥同不同意，都非得玩這個遊戲不可的環境。他這個人，我要是以一般的方式提議，他一定不會聽從。如果你認為我的行為很愚蠢，那也沒辦法。那是你和我價值觀的出入。一時半刻要弭平這道鴻溝是不可能的事。真要說的話，對我而言，為了證明我的正當性，這項行為是不可或缺的。就算你聽了無法產生共鳴，我還是希望你能理解。

最後，雖然經過很長一段時間，但我還是決定對我哥採取斷糧戰法。這麼做當然是為了再次將他拉進遊戲桌。當時我哥已是社會人士，並擁有滿意的身分地位，我成功將他從那個職位上拉下來。嗯，至於我採取的手法和步驟，細節你就別過問了。那些行徑真的是既無趣，又不光采。總之，我成功讓我哥變成社會上的輸家。這麼一來會有什麼後果？他當然會為錢發愁。但他能求助的親人沒有別人，就只有我，我很清楚這點。他只能去打工，或是『賭博』。但不論是賭馬、柏青哥，還是吃角子老虎，他都不會。」

38. 麻將術語，只進行東場，即東一局至東四局的遊戲，遊戲長度比半莊東南戰縮短一半。
39. 麻將術語，一莊是十六局，半莊則是八局。

黑澤孝介就像是要為自己來一段開場白似地，我只覺得這是無法理解的幼稚行為。甚至可用悖行、奇行來形容。莫名其妙。

但等我勉強消化完黑澤孝介的昔日故事後，他就像已等候許久似地，開口接著說道：

「抱歉，開場白有點長。我向來自詡能言善道，但一談到私事，似乎就說不好。鮮明的情感，會擅自扭曲談話的主軸。不好意思啊……啊，不過，我想說的只有一句話，『我不服輸的個性近乎病態。你是否已做好心理準備，要和這樣的我對抗？』」

然而，他那近乎威脅的發言，並未令我動搖。我心中早已做好心理準備，我的視線筆直地穿透黑澤孝介的雙眼。

「視你的談話結果而定，我……我們已做好心理準備，不惜與你展開抗爭。」

「很好。」黑澤孝介以冰冷的聲音應道，伸手輕觸桌面上一個正方形的面板。接著面板就像黑光燈一樣，發出藍白色光芒，同時從某處傳來「啪」的一聲。我一時無法掌握發生何事，接著某個地方又開始傳出聲響。

「我是笹川，請問有什麼吩咐？」

看來黑澤孝介碰觸的面板似乎是內線裝置。像是剛才帶我來這間辦公室的那位女性的沉穩聲音，在房內響起。黑澤孝介直接對著空中說話。

「不好意思，我臨時有優先處理的急事。下午兩點和音響部門的會議，延至二十九日下午四點。下午四點與中央海上的會談，找個適合的人選代替我去……還有，調五名K去C的F。關於之後的預定行程，我會再跟妳聯絡。」

「我明白了。打擾了。」

就像泡泡破裂般的內線電話掛斷的細微聲響，在房內響起，黑澤孝介宛如要著手進行什麼作業般，搓著雙手。接著他嘴角上揚，展露歡顏。

「這麼一來就多出一點時間了。我們慢慢聊吧。那麼……」黑澤孝介往後靠向椅背。「我該從什麼說起好呢，大須賀同學？」

我做了今天不知第幾次的深呼吸，謹慎地開口道：

「請告訴我，你七年前為什麼要推出那樣的計畫。為什麼你……想創造無法生育的人呢？」

黑澤皐月的日記

（上次日記的後續）

我該怎麼接受這項事實才好呢？

所謂的父親，不用說也知道（我的用語可能不太適當），是創造我的其中一方。這是怎樣都無法否認的事實。我現在會在這裡，正是因為有父母的存在。就像陶瓷器是由陶藝家所創造，音樂是由作曲家所創作，菜餚是由廚師所烹調一樣，我也是父母所創造。

但現在讓我誕生在這世上的創造者，竟然想創造出一個「不會有孩子誕生的世界」。我到底該採取怎樣的行動或情感才好呢？是激烈的憤怒、無底的恐懼，還是莫大的反省……我已經搞不清楚了。

心情就像走在伸手不見五指的黑暗中。現在的我，連要認識自己都成了一項很困難的工作。

我寫日記已經有一年多了，但當中關於我父親的描述並不少。我也一直都用我自己的方式，從不同的角度來對離我又遠又近的父親展開探究和觀察。

父親到底在想些什麼？——主要都是工作的事嗎？

父親是怎麼看我？——覺得我很煩嗎？或者他一直都暗中關心我？還是說，他對我抱持一種憎恨的情感？

我依舊得不到明確的答案。不過——

「父親認為，只要沒有孩子誕生就行了。」

唯獨這項事實已攤在陽光下。

我的存在是什麼？現在這個問題，已經在我心裡平淡地處理過，就此擱置，等候明確的回答。我究竟該抱持怎樣的答案才好呢？

根據笛卡兒「我思故我在」的想法，可以解釋為「因為我思考，所以能規定我存在」。我現在在思考，因此我確實「存在」。

但我的創造主卻「想要創造一個不需要孩子、孩子不會誕生的世界」。我確實是父親的孩子。這麼一來，創造我的人，不就是否定我的存在嗎？

我生存在這個世上。但我的創造者否定我的存在。

如果我照這個理論走，我是否就算存在呢？

例如畫家對自己的作品無法接受，而在心裡想「當初要是沒畫這種作品就好了」，或是「畫失敗了」。不知道原因。畫家有畫家自己崇高的想法，為了規定自己的作品，會有個像分界線的東西。總之，作品不被畫家認定是自己的「作品」。

這麼一來會怎樣？像這種情況下，這個作品算「存在」嗎？

再舉個例子。某個工廠製造金屬零件。但在製造過程中總會出現一些不需要的金屬片，被當垃圾看，令工廠的人傷透腦筋。要丟棄得花錢，加以清理也很浪費時間。因此，工廠的人喊出「這種不需要的金屬片，我們努力讓它減少吧（或是讓它消失）」，展開行動。

而這些即將被驅逐的金屬片，到底算不算是工廠的製造物呢？

明白我所要表達的想法嗎？也就是說，我是否根本不「存在」，就只是個「不需要的東西」呢？

父親是想將我「殺掉」嗎？

不管我怎麼想，都還是想不透。

想不明白。

想不明白。

我不知道有什麼偉大的愛會勝過父母的愛。（伯特蘭．羅素）

這世上難解的事實在太多。

葵靜葉♥

從工廠內建築的縫隙，能略微窺見大海。在填海的人工混凝土前方，是沒有波浪起伏的平靜大海。鳥兒在天空飛翔。全身沐浴在海風下，一路朝大海的遠方飛去。

在寧靜的場所度過的時間，感覺總是比平時更加緩慢。江崎和我都不是話多的人，也不擅長以對話來填滿空白的時間。但不可思議的是，這樣的空白一點都不無聊。經過這幾天的相處，與江崎共處的時間已漸漸變成是輕鬆自在的時光。

這時，就像是在敲響我們這扇沉默之門般，傳來手機的震動。我急忙拿出手機，確認郵件內容。寄件者果然是乃音。

「密碼是 08G-51048839。用它開啟」

感覺是寫到一半中斷，但大致還是了解郵件的主旨。可能是她急著輸入，一時沒打好字吧。看她平安地得到密碼，我姑且放心了。

「三枝寄來的嗎？」江崎問。

「嗯。好像知道密碼了。」

我如此說道，重新面向安全防護用的面板，試著叫出畫面。我朝那以鮮豔的海藍色構成的面板，迅速地輸入密碼。因為我要是不快點輸入，密碼將會無情地持續更新。我雖然心急，但右手食指還是謹慎地輸入完畢。最後按下「比對」按鈕。

這時，響起長長的一聲「嗶」的電子音，聽見巨大齒輪轉動的聲響。沉重渾濁的嘎吱聲響。混在齒輪轉動聲中，還隱約傳來鏈條摩擦的卡啦卡啦聲。我正豎耳細聽時，眼前的鐵捲門就像要吸引我們的注意般，就此緩緩開啟。像竹簾被捲起般，厚重的鐵捲門逐漸被吸往天花板。密閉的沁涼空氣，開始從工廠內往外逸洩，粗暴地從我和江崎臉上撫過。

鐵捲門打開後，裡頭是一處卡車可以直接駛進，空蕩蕩的寬敞空間。裡頭還有另一道門守著。不過，這次這道門是很常見的那種門，大小也很一般，我們稍微鬆了口氣。

「如果是這樣的門，破壞後應該也能輕鬆地手動打開它。」江崎說。

我點頭，伸手搭向設在門上的安全防護面板。是和剛才的鐵捲門幾乎同型的面板。我閉上眼，做了個深呼吸後，將拉桿往前推倒一半。面板發出短路的聲響，液晶螢幕變成全黑，就此失去功能。

江崎確認我已破壞面板後，馬上握住門把打開門。雖說這是最後一道門，卻出奇簡單就打開了。

「裡頭可真大。」江崎說。剛才江崎對於預言和自己的關係，用「宅配業者與客戶的關係」這種古怪的形容來說明，以這樣的他來說，這感想顯得直接又單純。

不過，也難怪江崎會想這麼說。確實就像他所言，收納在工廠裡的機械實在很巨大，而且占地本身也很寬敞。機械一路綿延相連，光是站在入口處，一眼看不完，形成一個巨大的個體。散發光澤，機身白色的機械，井然羅列，有輸送帶和好幾根管子一路相通，就像連結它們彼此的「橋」。確實很巨大。

我們開始緩緩朝廠內深處走去。就像走在博物館裡，我們的行走速度無比緩慢。這處白得讓人很想用病態來形容的工廠內部空間，盈滿了牙醫診療室裡獨特的臭味。像消毒水的臭味，也像黴菌的臭味。可能是因為這間工廠是屬於藥品類的工廠。

我們就這樣持續緩步而行，就像在體驗產品通過製造程序的心情般，逐漸往這處機械迷宮內深入。工廠內雖然擠滿了機械，但還是保有可供人通行的空間。因此，我們可以不必跳，也不必蹲，就這樣一路往迷宮深處走去。接著過了將近十分鐘，我們已來到工廠最深處。再過去，已沒有輸送帶或管子相連。只有堆積如山的紙箱。紙箱就像占據工廠角落般，層層堆疊，像金字塔般散發出壓倒性的存在感。紙箱表面完全沒圖案，也一概沒寫產品名稱和公司名。

江崎緩緩朝這堆紙箱山走近，將其中一個紙箱的膠帶撕除。接著打開紙蓋，往裡頭窺望。他那毫不猶豫的行徑，一時令我大為吃驚，但我們現在已是非法闖入工廠內。就算再加上一些小罪，或許也不會有多大影響。

江崎從紙箱裡取出那個東西後，握在右手裡仔細觀察。

「看來，果然是這間工廠沒錯。」江崎如此說道，又從紙箱裡拿了一個給我。

我接過它，和江崎一樣仔細盯著瞧。

這東西和雷遜電子規模宏大的計畫相反，體積很小，而且入手輕盈。我看了好一會兒，突然覺得噁心起來，不由自主地移開目光。與它的輕量感呈反比，它充滿不祥之氣，攪亂我心。

「吞了它之後……」我望著江崎說道。「就沒辦法生孩子了……是嗎？」

「應該是吧。」江崎將它放回紙箱裡。「一點意義也沒有。」

我盡可能不去看手中的東西，將它放回紙箱裡。

我離開那堆紙箱山後，再次環視機械的整體（話雖如此，它太過巨大，一眼看不完）。安置在白色建築裡的白色機械。纏繞延伸的眾多管子，以及以整齊的等間隔配置的輸送帶。刺鼻的難聞臭味，以及裝在紙箱裡的那個東西。

這裡是一切的元凶。這四年來的元凶。

我一時感到頭暈目眩。眼前的景象變得斑駁歪斜，三半規管失去正常的判斷力。但緩緩閉上眼再睜開後，世界又恢復原樣。

我確實是靠雙腳站在地面。

我在這裡。

「江崎。」我出聲喚道。「一旦大須賀跟我們聯絡，可能就要破壞這裡對吧？」

江崎轉身面向我，以理所當然的表情點頭。「沒錯。我們就是為了這個目的才來到這裡。」

「既然這樣，我可以將這機械重新看過一遍嗎？我也不知道該怎麼說明才好，破壞東西時，我想先掌握對象物的『輪廓線』。看看到哪個程度是該破壞的對象，到哪個程度是可以不用破壞的部分。就像要看出山與平地的分界一樣。如果是像剛才的門鎖那樣的小東西，就不用這麼費事，不過，像這麼大的物體，得多花點時間，所以我想趁現在就著手。如果等大須賀聯絡後才進行，就太沒效率了。」

江崎點頭。「我明白了。我去面外看一下。要是工廠或保全的人前來，那可就麻煩了。」

「嗯。」

江崎最後說了這句話，便轉身準備朝工廠出口走去。但不知為何，他途中突然打消主意，轉頭面向我。

「妳……真的沒事吧？」

剛才在坐計程車前，他也問過我這句話。我不懂他真正的意思，回以笑臉。

「謝謝，我沒事。」

「這樣啊。」江崎說完這句話後，就此走向出口。江崎走路的樣子還是一樣，彷彿在告訴周遭人，這世上的一切都非出於他所願，很慵懶的走路姿態。

我確認江崎離開後，便著手投入細看機械輪廓線的作業中。

黑澤皐月的日記

二〇××年 7月8日 陰
（離上次的日記幾天後）

存在即是被感知。（喬治・柏克萊（GEORGE BERKELEY））

我下定決心。

這幾天來，我很徹底地苦惱過。

我不確定我的苦惱從文字中正確地流露出多少，但我這些日子，都與「極度」苦惱相伴。我變得充滿思辨，幾乎一舉手一投足都在思考其意義，或者是變得很提不起勁，連看書都嫌懶。有時甚至會感到作嘔想吐，或是頭暈目眩。

就這樣過了幾天，我做出一個結論。

再簡單不過了。

苦惱愈大，問題愈複雜，往往答案就愈單純。看是要讓它崩毀、破滅，或是煙消霧散。對於我打算做的事，我無意高舉什麼偉大的名義，也不打算讓它正當化。這是我個人的生存欲望，存在的欲望。

我現在就得展開行動——我非做不可。
為了能像個人一樣存在。

三枝乃音◆

「國栖小姐，我記得妳是到東京來觀光的，不是嗎？今天怎麼是這身奇特的打扮呢？」

我抬頭望向那名就像要堵住廁間入口般，擋在我面前的男子。他就是之前我和葵返回飯店時，強行闖入房內的那名男子。記得他好像姓「藪木」。我光是看到男子那快活的表情，以及他那結實的體格，就鮮明地憶起那天的恐懼，心裡很不舒服。光是看著他，我的十二指腸便幾欲糾結在一起，發出嘰哩咕嚕的聲響，就此消失。

男子和前幾天一樣，臉上泛起宛如用熨斗燙得硬挺的笑容。

「妳又到我們這棟大樓來參觀，看來妳真的很喜歡我們這棟大樓是吧？」

我雙手搭在合上的筆電上，不服輸地露出虛假的笑容。

「對啊。可以這麼說。尤其是這裡的廁所，坐起來真舒服。」

「妳喜歡就好。」男子點頭。「不過，妳擅自使用我們的網路，這可不行哦。而且還擅自登入個人頁面。這好像就有點……超出『觀光』的範疇了。」

男子這時抹除臉上的表情。他臉上出現無味無臭的表情，就像連嚼了三個小時的口香糖一樣，目光直透我雙眼。

「說出妳的目的吧。」

我不發一語地回瞪男子。接著就像在二戰中的鈴木貫太郎[40]一樣，始終保持緘默。我將上下嘴唇往內收，緊緊咬住。我的表情說明了我會守住一切祕密。
男子嘆了口氣。
「看來，妳是位優秀的特攻隊員呢。妳在這種狀況下保持沉默，我會忍不住推測，妳的背後藏有什麼很大的祕密。」
男子閉上眼，搖了搖頭。一副像在嘆息般的動作。
「話說回來，妳……不，包含上次和妳一起行動的另一名女孩，以及現在人在最頂樓的『江崎』在內，『你們』大致的目的，我們已經掌握了。」
我為了維持目前的表情，更加用力咬住嘴脣。
「你們的目標是千葉的工廠對吧？」
他此話一出，我不由自主，反射性地瞪大眼睛。是心事被說中的人很典型的反應。我急忙掩飾自己的表情，模樣著實狼狽，雖然想裝不知道，但已經太遲了。
男子瞇起眼睛，露出老狐狸似的笑臉。
「剛才正在與人會談的社長，直接跟我聯絡。吩咐我派保全人員前往千葉工廠。我還以為發生了什麼事，看來就是因為你們呢。」男子睜大眼睛。「不過，既然你們的目的是千葉工廠，那麼，目的肯定就是那個了。就連員工裡頭也只有極少數人才知道的最高機密。」
我雖然因為他說已派保全人員前往千葉工廠而感到慌亂，但還是默默聆聽。就算有兩名保全展開追捕，但江崎學長腦袋聰明，且葵在最糟糕的情況下，什麼都能破壞。我一點

40. 一九四五年，時任日本首相的鈴木貫太郎，發表了對波茨坦宣言「不予評論」的「一貫沉默」回應。

都不需要擔心。

這時我終於放鬆緊繃的嘴角，向男子提出質問。

「那麼……對於知道『最高機密』的我，你打算怎麼做呢？」

男子莞爾一笑，開口道：

「這個嘛，該怎麼處置妳好呢……」

男子做出仰望天花板思考的姿態，無比做作。接著他的視線移回我身上，露出和之前一樣的笑臉說道：

「可以請妳跟我來一趟嗎？」

他的口吻很輕鬆，但朝我投射的視線卻宛如絕對零度，令人冰冷凍結。我將筆電等私人物品收進包包裡，緩緩站起身。

男子踩在大理石上的腳步聲，在廁所內發出令人絕望的回響。

黑澤皐月的日記

二〇××年 7月15日 晴
（離上次日記的幾天後）

音樂是需要終生的練習與深入研究的技藝。（喬凡尼・馬蒂尼（GIOVANNI BATTISTA MARTINI））

好久沒寫了，想寫一篇像樣的日記。自從知道那項事實後，我明顯沉溺於思辨的描述中，但今天有件特別值得一提的事。我想將它寫下。

今天我生平第一次參加鋼琴大賽。雖然不太有機會接觸，不過我之前平均一週會上三、四天的鋼琴課。但我並非對鋼琴有多大的偏愛，也不是對音樂特別執著。

對我來說，鋼琴單純只是用來打發時間。

小學時，因為某個緣份，有人問我「要不要學鋼琴」，我心想，如果能因為這樣而不必待在那令我覺得不自在的家中，那也不錯，就此開始學琴。我對音樂沒什麼熱情，上鋼琴課並不會讓我感到情緒激昂，但果真如我所料，我成功增加了許多可以不用待在家中的時間。上課時，我能離開我那昏暗渾濁的家。光是衝著這點，就能讓我按時去上課。

我主要上課的時間是平日傍晚，在老師家中上課。

老師真的很會與我應對。也許對老師來說，我的存在是個麻煩。雖然我是老師的學生，卻沒以參加音樂大賽為目標（原本老師的課算是高階班，如果沒通過嚴格的考試，便無法上他的課），算是相當少見，而且也沒自己特別喜歡的作曲家，對上課也沒熱情。不過，老師收了一筆學費，所以只是以授課當回報。感覺我就是這樣的存在。

老師為了讓我對鋼琴感興趣，那些需要持續穩紮穩打練習的基礎課程一概沒教我。指法基礎、腳的擺放位置、椅子擺放位置、姿勢，這些就只是簡單講過，老師就突然讓我練習曲子。當真是完全不照規矩走的教育方法。然而，對老師和我來說，這都是最適合的上課方式。這種寬鬆的指導方式意外持續了許久。

老師讓我聽幾首曲子後，讓我帶感興趣的樂譜回家。我照自己的想法，適度地自行拿捏，投入樂曲的練習中。主要彈海頓、莫札特、貝多芬（老師專攻古典派音樂），有時也會彈拉赫曼尼諾夫、柴可夫斯基，以及蕭邦。會彈之後，心情也相當愉悅，不過，我進步的速度雖慢，但我一點都不焦躁。因為這終究只是打發時間用的。要是在這上頭耗費不必要的情感，那就不太合理了。

但如同我前面所說，我在今天的鋼琴大賽中上場了。

這是為什麼？——連我自己也不清楚。

可能是為了客觀地研究自己，我在看過父親那可怕的資料後，渴望能有目標，哪怕再微不足道都好。就算是每天要早睡早起也無妨，要增加讀書量也行，什麼都好。不過，對我來說，鋼琴大賽最清楚明瞭。就只是因為這樣。

前幾天，我向老師提出無理的要求，懇求他讓我參加鋼琴大賽。老師既沒生氣，也沒感到困擾，只是感到吃驚。這也難怪。一位上課只是為了打發時間（就像到咖啡店喝咖啡一樣）的學生，突然開始說要參加「鋼琴大賽」。會有這樣的反應很正常。

老師說「幾乎沒有妳現在能參加的鋼琴大賽，而且在練習不夠的狀態下，我也不能讓妳上場」。沒錯。我不具備鋼琴的「入門基礎」，會彈的曲子又少。說得極端一點，我根本就彈不好。一來也是為了顧及老師的名譽，他想必無法承認我是他的學生，讓我上場比賽。

但我堅持不退讓。向老師低頭懇求。

老師想了一會兒，提議我參加某個鋼琴大賽，並告訴我「如果是這個，或許能透過我個人的門路參加」。我二話不說，馬上同意，著手參加那個鋼琴大賽。我心想，這樣就行了。這樣就夠了。不管怎樣，我現在就是需要某個目標，甚至是某個活動。目標會產生存在的理由，甚至是形成存在本身。

在這天到來之前，我做了前所未有的大量練習。只要努力，終究能達成，這是相當嚴苛的工作。手指發疼，有時指甲還會斷裂，老師的指導也變得很嚴格。但感覺還不錯，真是不可思議。

我和老師討論後，幾乎完全不練指定曲。因為那不是光靠臨陣磨槍的練習就能應付的曲子，而且我覺得曲子本身既平庸又無趣，我也提不起勁練習。因此，我只全力投注在自選曲上。

自選曲選的是蕭邦的練習曲《革命》。

革命。聽起來氣勢不錯。與現在的我正好吻合。對身處險境的我來說，這首曲子再適合不過了。曲子本身也很出色。

在鋼琴大賽的會場上，我的「革命」究竟會彈出怎樣的音色呢？我很不自量力地想著這件事，就此前往會場。

想寫的事不勝枚舉。例如誰彈的曲子如何、哪位老師如何、會場的鋼琴觸感絕佳……等等等。只要我想寫（今天的日記感覺文思泉湧），或許今天的體驗可以永遠沒完沒了地寫下去。

但我受到很大的衝擊，令我不得不狠心放棄這些內容。

有一位女性。聽說年紀和我差不多。

這位女性的演奏，令我內心大受震撼。話雖如此，這與單純的感動又不太一樣。也不是只有像「哇，好厲害，嘩，好棒哦」這種老套的感想。那麼，她的演奏到底給了我什麼感覺呢？

真要說的話，也許用「嫉妒」來形容最為貼切（雖然這是我暫時性的判斷）。

她的演奏真的既優雅，又美麗。沒想到她的自選曲和我一樣是蕭邦，她選的是《英雄（降A大調波蘭舞曲）》。音色透明純淨，似乎會讓人心情無比爽朗。更進一步來說，不光她的琴音，包含她的氣質在內，整個都化為一部作品。我甚至覺得，就連會場內的「溫度」，感覺也像是被她握在掌心中。有哪裡不太一樣。與我之間存在著某個「決定性」的差異。

那是我們兩人過往人生的差異、成長環境的差異、個性的差異、挑選曲目的差異，或許當中有各種原因，但我覺得最重要的起因，在於她「喜愛演奏」。她和我不同，正因為她愛好鋼琴，所以才演奏。我有這種感覺。這點是她和我的決定性差異。

就是這樣教人嫉妒。

也許是覺得不甘心。

我無法正確地表達。不過，不管怎樣，她的存在激烈地攪亂我的內心。就像被丟進氣泡水裡的一顆「彈珠汽水糖」一樣，在我心中引發強烈的化學反應。

她是貨真價實的「英雄」。

與她相比，我是「革命」。

啊～這世界是多麼諷刺啊。

我終究只是個「革命家」。不是背負起所有人的喝采，抬頭挺胸行進的「英雄」。

如果可以，我就算當不成英雄，好歹也希望能過著像「勇者」般的人生。

大須賀駿♣

「為什麼要創造出無法生孩子的人是吧……這樣的說法不太正確呢。」黑澤孝介說。「正確來說，是不容易生孩子的人。只要付出固定的代價，就能生孩子。」

「這我知道。」我回答。「我現在想問的，是你的目的。為什麼想作出那種東西。」

黑澤孝介靠向椅背，靠背處為之彎撓。接著他就像覺得很麻煩似地，皺起眉頭，苦著一張臉，視線移向我胸口。

「不好意思，關於這件事，我不太想說。之所以這麼說，是因為我不認為像你這樣的孩子，能明白我的意見、邏輯，甚至是哲學。憑你那不夠成熟的思維，我說得愈投入，你只會愈認為我是個『怪人』。這樣我可受不了。我可不想成為支持地動說的伽利略，不過……」說到這裡，黑澤孝介望著我的眼睛。「我要是不全部說個清楚，你一定不肯離去對吧？」

我默默點頭，黑澤孝介單手托腮，一副愛睏的眼神。

「這樣我可傷腦筋了，沒辦法……只好稍微透露你一點吧。你也不是小三的學生，該不會相信孩子是送子鳥送來的，或者是從高麗菜田冒出來的吧。既然這樣，你不覺得人的發生過程很不自然嗎？」

「我不懂你的意思。」

「舉個例子，假設你想要某本書吧。其實不見得是書也行。要以點心、衣服、包包舉例也沒關係。不過目前就先以書舉例吧。你應該會去書店，拿起你鎖定的書，走向收銀臺。接下來會怎麼做？」

我想了一下他提問的用意後回答道：「付錢。」

「沒錯，當然要付錢。不管怎樣都得這麼做。不限於有形的物體，就算是無形的服務，我們也都得支付等價的費用。這是世上的運行法則。這才是原本應有的走向。就連這個公司，也是依照這個法則來推動事業。不過……」

說到這裡，黑澤孝介微微挺起上半身，就像要提高這番話的說服力般，他伸出右手。聲音開始帶有一股冷靜的剛強力道。

「孩子的情況又是怎樣呢？如果你想要的不是書，而是『孩子』，你會怎麼做？」

我沒回答，沉默不語，黑澤孝介急忙補上一句。

「啊，抱歉、抱歉。問這個問題真的太不識趣了。剛才那是我在做簡報時的提問，並不是真的要你回答。你不用回答得很仔細沒關係。不過，就是這麼回事。當我們想擁有子孫時，我們需要的不是等價的費用。反而是多餘的附加『快樂』。為了得到想要的東西，而進一步得到其他東西。這樣如果還不能說是『不自然』，那還能怎麼說？……因此，我出手解決這個問題。為了將事物導向應該有的形式和法則，要讓事物的走向明確化。為了有更好的明天。如何？」

「我不是很懂……不過，想要書的情感，與想要孩子的情感，感覺完全不同。想要孩子的情感，應該更為出於本能……」

「原來如此。你提出的反駁還不錯。的確，將這兩種情感放在同一個舞臺上討論，或許會覺得有點拘束。你說得沒錯。不過，真是這樣嗎？我認為『我們人的理性早就凌駕在本能之上』。或者應該說，非凌駕本能不可。明白我的意思嗎？」

我搖頭。

「我剛才確實挑明著說過，伴隨著性行為的快樂一起發生的繁殖，是很不自然的。但這只限於『人類』。如果這話題限定在『人類』以外的生物，這是很合理的繁殖方法。因為人類以外的其他生物，都缺乏知性和理性。牠們終其一生都是照著本能走。覺得肚子餓就展開獵食，或是吃草。身體癢就伸手抓，有便意就排泄，想睡就睡。一切的行動都是以『快樂』為基準而形成。同樣地，因為它的延長而存在的，是性行為。牠們本能地以『快樂』的概念當主軸展開行動，所以在追求異性、追求『快樂』的過程中，造就出繁衍子孫的結果，就此達成生物的首要目的——物種繁榮。這非常對，甚至很合理。這是很完美的一套自然系統，甚至可形容它帶有一種單純之美。

不過，接下來試著限定在我們『人類』上吧。假設這廣闊的世界有『不需要孩子』的人存在。……你覺得如何？這樣能算是生物嗎？如果生物的第一目的是追求物種繁榮，應該不會出現這樣的生物。因為這樣根本就欠缺生物基本的本能，無法以生物的身分生存。放棄物種繁榮的生物，這已經不算是一般的生物了吧？換句話說，我的結論是……『人類』已經不是靠本能來支配的一般生物。因此，像『本能的選擇』這種話，不能存在於我們心中。我們始終都是以知性和理性來行動、選擇、生存。更正，是應該要以這種方式生存。

這世上確實有一些人，雖然是『人類』，卻是受本能支配，智能低落的人。這多麼醜陋啊。唉，順著欲望吃飯，順著欲望消費，順著欲望生活。完全不動腦，就只是無所事事，然後猛然回神，醜陋的人生了好幾個醜陋的孩子，形成循環。那已不算是『人』。活得一點都不像『人』。

我是這麼想的。需不需要孩子，不該是以本能算計出的偶然性，而是應該出於理智且理性的判斷。說得簡單一點，只有真正想要孩子的人，甚至是只有值得擁有孩子的人才應該有孩子……而且要付出相對的代價，就像想要書的人，得付錢購買一樣……如何，這是很崇高，又充滿慈愛的理論對吧。」

黑澤孝介的這番話，自動在我腦中反覆出現。

「只有值得擁有孩子的人才應該有孩子。」

「醜陋的人已生了好幾個醜陋的孩子，形成循環。」

那已不算是「人」。

他是在說誰呢？

我開始感到噁心作嘔。胃部深處開始緩緩展開收縮運動，肚子裡的東西開始以幫浦往上推擠。我感到喉嚨急速變窄，就像頭部受到壓迫般，視野變得模糊。黑澤孝介說的話，在我心中打出一記無聲的重擊。強勁且準確地擊中我的要害，而且令我感到煩躁。

「我知道你想說的。」我強忍噁心和焦躁，如此說道。「但你基於這套理論所擬訂的計畫，為什麼要特地親自去執行呢？就算這麼做，你自己和雷遜電子也得不到任何好處啊。非但如此，雷遜電子是電子機器製造商，這樣離你們的專業太遠了。會投注許多時間和費用。我覺得根本沒半點好處。」

「嗯」，黑澤孝介臉上擠出深邃的皺紋，微微一笑。「這問題問得好。你從剛才起，表現的反應都很不錯。就我來說，可以畫出一條漂亮的主軸，一路往下說，感覺很不錯。嗯，一開始先來談談前提吧……你知道『企業』最大的目的是什麼嗎？」

我思考一會兒後回答道：「……提高收益。」

「三流的人才會這麼說。」

黑澤孝介完全移開椅背，手肘靠在桌上，趨身向前。接著就像一位開朗的媒體人一樣，夾帶著華麗的肢體動作接著往下說。

「企業最大的目的是『社會貢獻』。收益是伴隨的副產物，而且只是為了貢獻社會所用的手段。就像我們『人類』生存的目的不是要『增加血液』，也不是要『大量吸取氧氣』一樣。因為我們是人，所以該做的是運用我們的四肢和頭腦，努力看能在這世上留下些什麼。企業也是一樣。該做的不是追求收益，而是如何將賺來的收益回歸社會。回歸的社會貢獻會再產生一些利益。但這些並不是對我們企業的『獎勵』，而是對下次改善的『出資』。你還只是個高中生，可能難以理解，但這是在社會這套系統中，企業該扮演的最重要角色。

我們雷遜電子確實一開始是以製作電子電壓計起家的地方小工廠。但後來我們逐漸擴充事業規模。真的是走了很漫長的一條路，才建構出現今國內外集團一共九十三家公司的體制。這是為什麼？因為很徹底地持續追求收益嗎？不對。是因為我們總是時時向社會提供改善。而回報就是得到資金，作為對下次改善的『出資』。所以我們必須明確地提出下次對社會的改善。

這正是這項超過七年的計畫。我們持續提供的改善成果。這不能設置像領域這類的框架。能做的事就要去做。為了度過更好的明天。為了度過比昨天更一步改善的明天。不是要和其他生物同樣水平，而是為了以構築穩固地位的『人類』身分來過日子。

這就是『BEING ALIVE AS A HUMAN.』（活得像人）。」

黑澤孝介為這番話做出結尾後，彷彿就此淡出般，再度靠向椅背。他雙手擺在位置固定的扶手上，演說就此結束。

我盡可能小心不讓他那番話滲透進我心裡，同時讓黑澤孝介說過的話在我舌頭上打轉。我聽說品酒的人為了不讓自己喝醉，不會將含在嘴裡的酒嚥下肚，而是直接吐掉，現在的我就像這種感覺。黑澤孝介說的話要是嚥進肚裡，肯定會對我的內心造成嚴重的不良影響。舔過之後就要吐出。而在反覆這麼做的過程中，我心想。

果然還是不懂這個人的想法。

就像黑澤孝介說的，可能因為我還太嫩，不夠成熟，所以難以理解。要是我多點學問，具備他所說的哲學知識，或許就會點頭如搗蒜，贊同黑澤孝介的說法。或者是挑選適合的語句，條理分明地提出反駁。但我沒有一樣能辦到。我就只是聽他說，覺得既複雜又古怪。

因此，我無法對他這番話發表明確的意見。說不出該怎麼做才對。無言以對。不過，如果是要問我感想，而不是意見的話，我覺得黑澤孝介的話有哪裡「不對勁」。或許有人乍聽之下會覺得黑澤孝介的理論有道理。但我總是忍不住覺得，黑澤孝介有某個東西嚴重欠缺，或是有某個東西多得過剩。

他想法錯誤。

如果是個精神正常的人，絕不會想推出這樣的計畫。我沒有明確的根據、正當的理論，以及具體的反駁意見。我就只是強烈這麼覺得。這始終都是我個人的感想。

「這項計畫是在七年前開始推動對吧？」我為了消除心中殘留的疑問，開口詢問。

黑澤孝介就像在說「沒錯」似地，靜靜點頭。

我這時想起那個聲音。我們被召集在這裡的原因——黑澤皐月的那個聲音。

——等時候到來，請和我合作——

我問黑澤孝介。

「那項計畫是最近才完成嗎？」

黑澤孝介略顯驚訝地瞪大眼睛。話雖如此，那是仍舊游刃有餘的人所擺出的驚訝表情。

「我不知道你的資訊是從何得來，不過，還是免不了有些驚訝。」黑澤孝介可能是不滿意他現在的坐姿，略微移開他坐的位置。「你說得對。我們的其中一項計畫，確實是上個月才成形。七年的時間雖然很漫長，但目前已進入開始試用的階段。」

「試用」我將這兩個字重複了一遍。因為他這句話，我就此確定了一件事。

我從乃音那裡聽聞黑澤皐月的日記內容後，自己想了幾個假設。原本在這個瞬間發生之前，它們都只是假設，但現在我真切感受到，我已朝通往真相的階梯跨上一步。

先前拿到之後，一直都放在飯店裡的那個東西，我今天偷偷放進口袋裡。根據那隱約的預感，我靜靜地從口袋裡取出那個東西，擺在桌上。接著觀察黑澤孝介的反應。

「哦——」，黑澤孝介露出幾乎和剛才一樣的驚訝表情。「哎呀呀……你持有這個東西，表示你也參加過我們公司的試用體驗對吧？」

我點頭。「不過，我沒吃。」

「原來如此。大部分人都不會特別留意，而直接送入口中，不過，似乎不是每個人都會這樣。」

「因為對方說『我最討厭糖果了』。」

黑澤孝介嘴角輕揚。那張笑臉看起來很幼稚，而且皮笑肉不笑，我看了覺得有點可怕。

「個人口味的好惡是吧……原來如此，我會再思考改善對策。」

我擺在桌上的東西，是前幾天參加雷遜電子的試用體驗拿到的糖果。「兩人一起吃能得到幸福」她們說了這句很可疑的宣傳標語，同時發送紅得有點可怕的糖果。這糖果的光澤既妖豔，又充滿不祥之氣，如果知道這糖果（嚴格來說，算是藥物）真正的含意，肯定不敢直視，令我內心為之渾濁。它像地球般呈現漂亮的球形，如同手槍般微微發光。

「這糖果真正的名字叫什麼？」我問。

「它沒有名字。」黑澤孝介馬上回答。「因為沒必要取名。一旦取了名字，就會不必要地限定了它的本質。它沒有名字，我也不想取名。」

好像曾經在哪兒聽過這句話，但我一時想不起來。

我想起在試用體驗會場上，許多情侶在不知情的情況下將糖果送入口中的畫面。此時細想，那實在是很怪異的畫面，而且殘酷得令人作嘔。我的內臟再度將胃酸湧上喉頭。但我極力克制自己，將幾欲斷線的理智連接在一起。

「可以順便問你一個問題嗎？」

「我現在也沒理由拒絕吧。」黑澤孝介回答。

我謹慎地問道。「試用體驗發送的包包，是只有在試用體驗中才能拿到的限量品嗎？」

黑澤孝介對這個問題先是露出意外的表情，接著若無其事地回答道：「這是當然。我們對公司裡的女性員工做過問卷，調查送什麼樣的試用體驗禮物才合適。問卷中有人提到『如果有原創的包包，就會想參加看看』，於是我們採用了這個意見。馬上與義大利的設計師聯繫，展開品牌合作，請對方作出獨家款式的包包。就像你說的，那個包包只能在試用體驗中才能拿到。怎麼了嗎？」

我搖頭。「不，只是有件事覺得有點在意。」

我聽了之後，噁心感逐漸退去，取而代之的，是怒意逐漸湧現。它就像是放在爐上燒的鐵壺般，緩緩引導怒意沸騰。始終都是緩緩在進行。就像在一旁煽動般。

「然後呢……」率先開口的人是黑澤孝介。面對這突如其來的詢問，我心頭點燃的爐火仿如受到強風吹襲般，火勢微微轉弱。黑澤孝介沒理會我的心境，接著說道：「我接下來該說什麼好呢？」

「談火災的事。」我回答。「我想知道火災那天的事。」

「差點忘了。」

我清咳幾聲，當作是這場談話的區隔，悄悄熄去心中的爐火。因為我還有幾個問題得從黑澤孝介這裡問清楚才行。這時候順著怒火而失去理性，並非明智之舉。

我重新清楚地說出我的提問。

「為什麼那天你成功倖存，而黑澤皐月小姐卻喪命呢？」

黑澤皐月的日記

二〇××年 7月31日 陰
（火災當天）

殺一人成罪犯，殺百萬人卻成英雄。（取自卓別林《殺人狂時代》）

養兵千日，用在一時。
有鑑於各種情況，我想選今天做為動手的日子。
我不知道父親工作的詳細情況，但從他的生活步調來看，星期二這天他往往會比較早回家（話雖如此，也都是過九點）。從準備的情況來看，今天似乎是最適合的日子。要是再磨蹭下去，可能會往後延，而要是給自己多餘的猶豫時間，則有可能意志變得薄弱，這點也無法否認。既然下定決心，就要速戰速決，貫徹到底。不能老是回頭看。
我現在已做好一切準備，寫下這篇日記。此刻我的心情很不可思議。雖然我以為自己過去已充分了解文章所擁有的力量，但寫下文字，能感受到這麼深厚的意義，這或許還是第一次。
今天可能是我寫的最後一篇日記。

儘管「寫日記」這件事我一直持續至今，但這本日記肯定會就此結束。一切全看今天的結果而定。

就算迎接最糟的結果到來，我也只能自認「運氣不好」，很乾脆地死心，或是認定這是偶然（老天爺）的選擇。勝負往往受運氣左右，實力這種東西，終究只是「在勝負前」的實力罷了。勝負可能是由短短一瞬間的幸運和不走運來決定。此刻的我只能祈求神明，希望一切順利進行。

盡人事聽天命。

前幾天，和久違不見的「乃音」見面。說句喪氣話，其實我一直覺得很寂寞，每天都想見她，但讓她看到此刻如此疲憊的我，並不恰當，所以我自己遠離公園。我希望在乃音面前能永遠保有一位高冷大姊姊的形象。這理由真的很任性。

我由衷對乃音感到抱歉。我隱瞞了所有真相，說出「我要轉學」這種一看就知道是騙人的謊言。乃音是否已發現我說謊呢？我不知道。她總是這麼開朗、活潑，和我形成強烈對比。以我的標準來推測她，這本身就是個蠢問題，而且很失禮。如果她什麼都沒發現，什麼都不知道，就這樣結束，那就太幸運了。這麼一來，至少她回憶中的我，應該永遠都能保有（相當的）美。

乃音真的是我無可取代的朋友，也像是我的妹妹一樣。非但如此，除了乃音之外，我甚至連說話的對象都沒有。我不想用那些膚淺的形容，不過，她可能就是世人口中所說的「摯友」。是讓孤獨的我明白朋友是什麼滋味的最大恩人。我真的無限感激。這次我唯一想道歉的對象，就只有乃音。從明天以後，我可能就再也見不到乃音了（不論今天這場勝負的結果是誰贏）。

就算我在這裡寫下這些話，傳達給她知道的可能性一樣極低，但我還是想寫。我非寫不可。

抱歉，對妳撒了謊。

請原諒我的任性胡來。

無法一直當妳的好姊姊，真的很抱歉。

說到我心裡的遺憾，應該是與我父親離婚後便離開人世，我幾乎沒留下任何記憶的母親，以及和母親一起離開的妹妹。她們總令我微微感到遺憾。如果有機會能遇見妹妹，我想告訴她，一定要幸福。如果可以，希望我的任性不會對她造成任何困擾。

沒想到會連同妳的生存權也包含在內，展開這場戰鬥。請妳要永遠幸福。

不過，儘管聲稱這可能是最後的日記，但該了結的事卻少得可憐，我實在很可悲。多麼平淡、淺薄的人生啊。我已經想不到還有什麼該寫的了。就算只過了十幾年的人生，但既然身而為人，人生就應該會增加些許厚度吧。這點也很悲慘。真的很像我的作風。

雖然寫下許多瑣事（也許因為有點慌亂，文章寫得略顯散亂），但我還是想在這裡明確寫下我今天要做的事。今天有哪些事是我所為，要是日後變得不明不白，那我可不能接受。就在這裡簡潔扼要地從結論開始寫吧。

就在今天，我想殺了我父親黑澤孝介。

理由很單純。

「為了確保我自己的生存意義」——就只是這樣。

我父親推動「讓人無法生孩子」的這項難以理解的計畫。就算親口聽他向我說明，我大概也無法完全明白。不僅不明白它的意義，我也不想知道。

駭人。

對我來說，父親是可怕的化身。

不懂他在想些什麼，就只是默默面對工作，吃飯、睡覺、起床，接著又面對工作。就在一個月前，父親仍舊只是一個規規矩矩遵守這樣的常規，充滿謎團的成年人。真要比喻的話，只能說是個機關鐘，反覆在規定的時間做出不起眼的表演。就只是讓我覺得「他到底是怎麼回事」，其他一概就像過著牢獄生活一樣，反覆上演著準確、沒半點魅力的動作。父親是個謎團。

但現在不同。不知道在想什麼的父親，讓我知道他腦中唯一想的事。而且那是最為核心，完全否定我這個人的殘酷事實。

父親將孩子視為不需要的東西。

這個事實硬是抵向我面前，我該如何掙扎才好？又該做何反應呢？

父親要將孩子發生的機率降至最低，計畫只讓一部分「做好覺悟的人」可以有孩子。真搞不懂。我不懂他為什麼想這麼做。

是什麼促使他這麼做？

我就只是覺得害怕。害怕得不得了。

——你就這麼不需要孩子嗎？
——你真覺得要是沒有孩子誕生在世上就好了嗎？
——你就這麼恨我嗎？

和這種宛如怪物般的人住在同一個家庭，對我來說，是莫大的恐怖。感覺我宛如成了家畜。儘管他腦中總是想著什麼時候要出貨、什麼時候要殺了我、看了就討厭、一點都不需要，但每天還是和我同住一個屋簷下。如果父親還會直接說句抱怨的話，那還有救。因為這樣還能輕易地了解「哦，原來他討厭我啊」「原來他不需要我啊」。但父親始終沉默無語，就只是暗自在水面下推動他的計畫。令人絕望。

我得先下手為強才行。為了確實保有我生存的理由。

父親根本就不需要我。但他仍是創造我的人。雖然很不甘心，但這是無從爭辯的事實。我是父親和已故的母親生下的孩子。換句話說，創造我的人對我貼上不需要的標籤。

既然這樣，我還能怎麼辦？就只有自己動手奪回了。

既然父親撂下豪語，說他不需要我，我不該存在這世上，那我就非得消滅他不可。父親想展開一場不該有的「革命」，我則是得透過「革命」將他封印。只要有這位不需要我的父親在這世上，我就勢必得永遠被創造我的人當作「不需要」的東西，活在這樣的陰影下。

這種人的「生存」，根本不被認同。雖然這樣很不像我，但其實我打從心底強烈地「想要活下去」。唯有生存，才是「有」的開端，「無」根本沒半點價值。唯有斬斷與父親的關聯，我這才算是得到了「有」和「生存」。

我無法成為英雄。

父親不光針對我，還有今後將會誕生的上百萬人的生命，他都想透過那項計畫讓他們成為泡影。或許從長遠的眼光來看人類的歷史，這值得被稱作英雄，受人讚揚。但我（不論是基於個人生存的欲望，還是倫理價值觀）始終都不覺得這是一種正確的行徑，我無法認同。我要賭上自己的性命，殺了父親。

我已事先在屋內各個地方灑上汽油。整個屋子彷彿成了加油站，盈滿那獨特的臭味。雖是讓人覺得有點不舒服的臭味，但對我而言，卻是覺悟的氣味。要是稍微用力嗅聞，甚至能感覺到一股神聖之氣。

為什麼選擇用火來殺我父親呢？

這有幾個理由，首先，我想和父親來一場公平的決鬥。我前面也寫過幾次，我認為這是一場「勝負」。如果我趁父親回家時，突然拿刀刺死他，這種做法既欠缺美學，又不公平。這是單方面的虐殺。父親會沒時間理解發生了何事，就這麼一命嗚呼。這樣不行。父親必須傾聽我的痛苦，並充分理解後，再與我一決勝負。這需要雙方一定的同意（雖然無法達到完全同意）。

當然了，在盈滿汽油的室內引發火災，這對我本身也會造成危險。非但如此，或許還無法確實地取父親性命。——但我還是選擇這麼做。

就是這樣的偶發性，會決定勝負的結果，唯有這麼想，才能看出勝負的意義。這偶發性會選擇我，還是我父親呢？垂直立在桌上的鉛筆，究竟會倒向哪一邊呢？我想看個明白。而想要看明白這點，火焰是最適合的道具。

另外還有一個小小的理由，那就是我想燒毀我父親工作相關的資料。資料可能已事先準備了備份，就算我燒了擺在家中的資料，想必損害也很小。但這樣我心情會舒暢些。就像計畫因為這場火而失敗般，哪怕只有短暫的瞬間也好，只要能感受這樣的錯覺，便感到大快人心。

笛卡兒說過，「人」是「上帝（完美的存在）」所創造，所以就本質來說，應該是「完美」才對。完美的創造者，不可能不完美。因此人是完美的。

但人們卻會犯錯。這是為什麼？笛卡兒說，這是因為「思考」不夠。雖然完美，但沒能充分發揮其功能，所以才會犯下過錯和失敗。也就是說，只要充分思考，反覆充分地思考，做出「清晰的判斷」，應該不會犯錯才對。

我在迎接這天的到來時，經過一再的思考。而我唯一「真實」的精神，試著徹底思考。既然這樣，我清晰做出的判斷，一定是對的。

我現在手握著筆，思考要寫下的內容，但似乎已沒什麼好寫的了。我在此明確寫下日記的結尾。

這段長達一年半的日子，發生了許多事，但我萬萬沒料到會迎來這樣的結束。命運的安排真是不可思議。

就像這本日記開頭所寫的，文章要讓人閱讀後，才得以成立。因此，我不希望這本日記在火災中燒毀。這本日記勢必得讓未來的我，或是其他第三人看到才行，我希望有人能碰觸它。

因此，無論如何都不想讓它消失的這本日記、我敬愛的笛卡兒著作、伯特蘭．羅素的

《幸福之路》，以及乃音送我的紙鶴，我事先收進做了防火處理的罐子內。我祈禱火災過後，它們仍可保有原本的形體。

關於伯特蘭·羅素的書，是我這幾天在思考「幸福」時拿來參考的書籍。由於之前聽過宣傳，說它在眾多幸福論[41]當中，算是寫得相當好的一本，所以我就不經意地拿起這本書，但說來慚愧，我一直沒看完。這幾天在這種精神狀態下，要靜下心來閱讀是非常困難的一件事。連我自己都覺得羞愧。

如果這本書能保有原形留下來的話，希望能交到乃音或是我妹妹手上。我很期盼她們兩人能得到幸福。

支配人生的是幸運，不是睿智。（西塞羅）

希望妳們幸運。

後會有期，如果我還能寫字的話。

黑澤皐月

我留下葵靜葉一人，自己來到工廠外。這處占地內還是一樣空無一人，冷冷清清，只有緩緩吹過的海風，低調地主張它的存在感。儘管如此，為了小心起見，我還是環視四周，確認附近沒人。就算在我們沒注意到的地方，觸動了某個警報，那也不足為奇。小心總是好的。確認完畢後，我緩緩做了個深呼吸。為了讓剛才盈滿建築裡的化學人工臭味，從體內一掃而空。

我向來自詡不是個特別會對臭味神經質的人，但那股臭味不斷刺激我的鼻子，讓我覺得不舒服。我不清楚原因。光憑深呼吸還是無法抹除那不舒服的感覺，我伸手搭向設在建築旁的水龍頭。轉動水龍頭後，它就像日本大部分的自來水設施一樣，提供乾淨、無味、無臭的水。我和平時一樣，簡單洗過手之後，雙手盛水漱了漱口。雖然得不到多強烈的爽快感，但漱了兩三次後，對臭味的記憶已逐漸變淡。

差不多之後，我轉緊水龍頭，停止水流。這時，之前被水聲掩蓋的一個神祕重低音傳入耳中。我確認聲音的來源後，回身而望。這時，一輛外型沉穩的保全車輛，上面印有某家知名保全公司的 LOGO，夾帶著沉重的引擎聲朝這邊駛來。面對這有點棘手的狀況，我

41.《幸福之路》的日本原文是「幸福論」。

微微嘆了口氣，注視著這輛保全車輛的後續行動。車輛最後停向工廠建築正面。而在停車的同時，從中衝出五名全副武裝（這也太誇張）的男性保全人員。看他們的動作，想必訓練精良。動作真的很俐落。

我發現保全車輛時，也曾想過應該要衝進工廠建築內，告訴葵靜葉有危險，但最後我還是決定留在原地。反正負責以電子郵件接受大須賀駿指示的人是葵靜葉，而執行破壞的人也是葵靜葉。就算我不在，她也能順利執行任務。真要說的話，我根本沒必要到工廠來。我就只是跟班。既然這樣，我這時候吸引保全人員的注意力，努力爭取時間，才是上策。

我任由雙手和嘴角的水淌落，自行來到保全人員面前。保全人員一看到我，便皺起眉頭。

「你在那裡做什麼？」

出聲問話的是一名中年男子，可能是這群保全當中最年長的。他的膚色呈古銅色，體格健壯，頗有保全人員的架勢，從頭盔的縫隙處微露出的雙耳，像極了被壓扁的花椰菜。

我思考著該怎麼回答才好，但在我想出之前，這位焦躁的保全人員又開口說道：

「我問你在那裡做什麼？」

不得已，我只好回答道：「我在漱口。」

保全人員對我的回答露出露骨的不悅之色。

「你在開我玩笑是嗎？」

「不，我沒這個意思。我說的都是事實。沒別的意思。」

保全人員臉上的不悅之色更濃了。

「那麼，你漱口之前在做什麼？」

面對這有點滑稽的提問，我仰望天空，思索有沒有什麼妙答。但一時想不出什麼機智的臺詞，就像是個派不上用場的人，只會一味地嘆息。

「我可以反過來問你問題嗎？」我問。

保全人員以緊繃的表情說道。「少廢話，快回答我的問題。」

「你要是肯回答我的話，我就乖乖配合。」

這時，保全人員的表情略微放鬆，表示他在讓步，他努了努下巴，催我趕快發問。於是我問道：

「你有孩子嗎？不管是女兒或兒子都好。」

「你問這個做什麼？」保全人員以敷衍的口吻回答。

「對我來說，這點還滿重要的。……如果你就是不想回答的話，那也沒關係。不過，如果你肯回答，那就太好了。」

保全人員嘆了口氣，再度表現出讓步。

「有。一個女兒，一個兒子。怎樣嗎？」

「如果……」我望著男子的表情問道。「如果生孩子的代價，是你和你太太都得失去五感的其中一項，這樣你會想要有孩子嗎？也許會失明，也許是失聰。這樣你還想要孩子嗎？」

「……你到底想說什麼？」

「不過，好像有六分之一的機率，可以不用付出任何代價就生下孩子。就像擲骰子擲出一點的機率一樣。如果是擲出二點到六點，就會失去五感的其中一項。這樣你還會想生孩子嗎？」

「莫名其妙。你到底想說什麼？」

「就像我說的。我也覺得莫名其妙。」

我哼了一聲，深有所感地在心中細想。真的是莫名其妙。

我將這個怎麼想也無法理解，無法有共鳴的問題擱向一旁，走向那掌管鐵捲門開關的安全防護面板。為了避免刺激保全人員，我動作極為輕慢，就像撥動頭髮一樣，佯裝成只是不經意的動作。

葵靜葉目前在工廠裡仍沒有動靜。看來大須賀駿還沒主動聯絡。或者是雖然他已聯絡，但因為那件事，使得葵靜葉產生迷惘。不管怎樣，工廠裡什麼聲響都沒傳出。

「你要問的問題就只有這樣嗎？」保全人員問。

我邊走邊點頭。「就這樣。」

「既然這樣，那請回答我剛才的提問。你在這裡做什麼？」

「為了破壞工廠，先來查探。」

保全人員露出驚訝的表情後，急忙壓低身子擺出防備姿態，充分展現出對我的戒心。表情也從原先只是面對一個腦袋有點古怪的年輕人時的一般態度，瞬間轉為嚴肅。身旁的其他保全人員也都馬上繃緊神經。

「你、你為什麼要做這種事？」

面對他的提問，我一時想不出答案。意思不是說我找不到適當的臺詞來應付這位保全，而是更為單純，對於「為什麼這五天來我這麼努力奔走」的這個問題，我找不出答案。一切的起源，在於四年前的那個聲音。

——等時候到來，請和我合作。如果時候到來，你不願意和我合作的話，你將會——

的確，要不是有這個像在威脅般的聲音，我應該會什麼事也不做，就只是來往於自己位於西日暮里的住家、學校、咖啡店之間，持續過這樣的人生。這是不爭的事實。此刻我以協助黑澤皐月的形式展開行動的理由，感覺已變得和原本不同。『你不願意和我合作的話，你將會——』將會變成怎樣呢？

不知從什麼時候起，這個問題已不再重要。今天早上也是，雖然我對其他三人說「反對黑澤皐月，或許會帶來危險」，但其實我從未對這個聲音感到恐懼。我不是遭到威脅。我是按照自己的意思，現在才會站在這裡。

當我想著這件事情時，已來到安全防護面板前。我碰觸面板，叫出操作畫面。保全們似乎對我毫不猶豫的動作感到怯縮，呆立原地，就只是盯著我手中的動作看。也許他們以為我是在操作破壞工廠的定時炸彈。不管怎樣，這樣再好不過了。我操作面板，指示鐵捲門降下。接著鐵捲門和之前來的時候一樣，伴隨著一陣噪音，開始緩緩降下。

「你問我為什麼要做這種事對吧？」我重新問那位保全。他們全都擺出防備姿態，不發一語地來回望著降下的鐵捲門和我。他們或許都是認真的，但那模樣真的很滑稽。全副武裝的保全們因手無寸鐵的我而大為慌亂，氣勢全無。如果我心裡多一些從容的話，或許還會放聲大笑。

我看準鐵捲門已降至離地一公尺的高度後，開口道：

——你不願意和我合作的話，你將會——

「因為我要是不配合的話，『今後還是得過著看穿一切，無聊透頂的每一天』。而且有人告訴我，能參加的事，就要積極參與。」

我回答後，蹲下身，用滾的方式鑽進那即將合上的鐵捲門。鐵捲門在離地五十公分處勉強接納了我，繼續一路往下降。保全們不想讓我逃走，急忙朝鐵捲門靠近，傳來他們的腳步聲，但鐵捲門就像要把他們轟走般，緊緊閉上。我暫時因脫離危機而感到滿足，微微一笑。

因為手還是溼的，直接碰觸了地面，所以手上沾滿了烏黑的塵埃和沙石。我簡單地拍了拍雙手，將它拂去，返回葵靜葉等候的工廠裡。

化學惡臭再度撲鼻而來。

三枝乃音◆

沒想到他們向我提供冰咖啡。上頭插著吸管的玻璃杯，外面布滿水珠，優雅地潤溼了杯盤。冰塊不時在咖啡裡搖晃的模樣，讓人聯想起涼爽的夏天。

我被帶離廁所後，被關進這處配置了一張圓桌的會議室裡。室內講究的氣氛，感覺就像是間樣品屋，隨時都能充當漂亮的辦公室範本。我被帶來後，他們馬上安排我坐向這張圓桌前，吩咐我在此等候。接著過了約五分鐘後，那名姓「藪木」的男人，不知為何一隻手端著冰咖啡回到這裡，將它遞向我面前。就這樣直到現在。

我以緊繃的神情緊盯著那杯冰咖啡。這也許是壞蛋的策略，想趁我一時大意，一口氣送我歸陰。我對那杯始終一臉和善的冰咖啡投以猜疑的眼神。

「妳不喜歡喝咖啡嗎？」男子再度露出可疑的笑臉問道。

我就像對待冰咖啡一樣，對他的笑臉同樣投以猜疑的眼神。

「沒錯。比起『COFFEE』，我更喜歡『COCOA』。所以我不喝。」

我如此說道，將咖啡往前推，男子噘起嘴，露出很遺憾的表情。

「這樣啊……那可真是抱歉啊。」

「哼。」我嗤之以鼻。「沒、沒想到，你對我還挺客氣的嘛。這到底是在演哪齣啊？」

男子聳了聳肩。

「現在的妳，身分好歹是『社長客人的弟弟』。我沒辦法擅自依自己的判斷對妳造成任何危害，而且我們又不是暴力集團。妳如果想要我們用鞭子抽的話，倒是可以配合。」男子開玩笑地笑著說道，接著又恢復原本的表情。「社長似乎還在和那位姓『江崎』的少年交談，我們就先在這裡和睦相處吧。」

男子坐向我正面的椅子，趾高氣昂地翹起二郎腿，靠向椅背。他那往後仰的姿勢，讓人感受到他目中無人，游刃有餘。從那足以用傲慢來形容的氣氛中，感受不出半點迷惘。

嗯，真搞不懂他在打什麼主意。

之前這個男人在廁所裡說，雷遜電子這籌備七年多的計畫，「是只有一部分員工才知道的最高機密」。也就是說，這男子肯定是被選中的員工，知道這個「最高機密」。因此，推測應該是位階頗高的董事等級，或是社長的親信。我決定大膽地向他問明一切。

「你知道這家公司想幹什麼事對吧？」

男子原本望向別處的視線，緩緩移回我臉上。「當然知道。」

「既然這樣……」我一時為之語塞，但還是極力擠出話來。就像使足了勁，將最後僅剩的牙膏擠出般。「為什麼你還能擺出這樣的態度？我只覺得這家公司想做的事很瘋狂。基於『SPORTSMANSHIP』，才前來聽你們社長的說辭，但是照常識來想，你們的計畫根本就悖離常軌。那種莫名其妙的社長說的胡言亂語，為什麼你願意配合？」

「妳……」男子的眼神轉為犀利。「對那個人……對我們社長，又知道些什麼？」

空氣為之凍結。男子剛才的從容，瞬間從他臉上的表情消失，浮現很純粹的怒色。就像自己的親人遭人否定、自己的長相遭人否定、自己的信仰遭人否定般，展現出很直接的不悅和憤怒。我不禁因他的反應而怯縮，接下來要說的話縮了回去。男子改變原本後仰的姿勢，在椅子上重新坐好。

「明明什麼都不知道，卻出言侮辱他人，這是最要不得的行為。比起這個，在我看來，妳才更可疑呢。原本是打算等樓上談話結束後，再向妳一一詢問，不過妳……或者該說是你們，為什麼要查探我們公司的事，我實在滿腹疑問，無法理解。為什麼和我們沒瓜葛的妳，會甘冒危險潛入這裡呢？」

男子話說到後半，臉上的怒容漸漸消失，但話中還是留有滿滿的分量。從中可以看出他對黑澤孝介有股難以言喻的信任、信賴、崇拜。

「為什麼和我們沒瓜葛的妳，會甘冒危險潛入這裡呢？」

我試著重新思考。為什麼我會來到這裡？這確實是個很難回答的問題。我是在聽了那個聲音，收到門票後，才一路來到這裡。

會這麼做也是理所當然。這麼做是對的，毋庸置疑。我一直都這麼認為。

也許與「社團活動不能不去」這種強迫觀念很相近。我就這樣順著情勢發展來到這裡。度過這四年，或是這五天的時間。

但這時不妨停下腳步細想。

為什麼我不惜冒著危險來到這裡？

——等時候到來，請和我合作。如果時候到來，妳不願意和我合作的話，妳將會——

如果不願意合作，我會有什麼下場？

這時我想到一個答案。

嗯，原來如此。這正是答案。就像一個複雜的方程式，解開來之後是個漂亮的整數一樣，有個我能接受的感覺落向我手裡。沒錯。這正是我能擁有（更正，是應該擁有）的答案。

我抬頭挺胸，向男子說出答案。

——妳不願意和我合作的話，妳將會——

「因為我要是對你們公司的計畫視而不見，就等同是接受我摯友的死，悶不吭聲！」

男子露出無法接受的陰沉表情，與我形成強烈對比。但我不在乎。這樣正好。因為這才是我真正發自內心的答案。

起初這五天完全不明白箇中的意義，但從半途開始變得不同。自從得知小皐與這件事有關後，我心中就浮現出清楚的目的意識。我最尊敬、敬愛、崇拜的小皐，既然與這一連串事件的核心部分有關聯，我當然不能默不作聲。小皐就在那裡，光是這點要作為動機，就已經再充分不過了。

我光是用否定黑澤孝介的語氣講話，男子聽了便明顯露出不悅之色。這肯定是因為黑澤孝介這個人物對他來說，是構成他本身獨特性的重大要素。對這個男人而言，黑澤孝介是既尊敬又崇拜，難以形容的目標。

而我也一樣。這樣不是很好嗎？

小皐想殺了自己的父親。這在法律上、倫理上，當然都是不值得嘉許的事，就連我也無法認同這樣的行為是「對的」。不管怎樣都不可以殺人，沒人可以威脅別人的生存。不過，小皐要是不這麼做，就無法活下去。這肯定是與她的唯一生機緊緊相繫的一條生路。

我從小五那年夏天起，一直都很尊敬小皐。每天都以小皐為主軸，以她為中心，和她一起轉圈圈。小皐做的事都是對的，小皐否定的事全都愚不可及。我忍不住這麼想。要是有人說我欠缺主體性、欠缺自主性，我無從反駁。不過，我打從心底崇拜小皐，這是無法否認的事實。就算笛卡兒罵我沒出息，太宰治對我烙下「妳同樣也人間失格」的烙印，威廉・馮特（WILHELM MAXIMILIAN WUNDT）說我「欠缺內省」，我也不在乎。

小皐在我心中永遠都不變。

我清晰下的判斷，一定正確。

這樣做就對了。我說對就對。

「比死去的女人更可憐的，是被遺忘的女人」——瑪麗・羅蘭珊[42]。

我那幾欲衝上天的驚人決心和自我理解，在極度的衝擊下，感覺幾乎快要讓這棟高樓大廈崩毀。對得到信心的我來說，再也沒有什麼好怕的了。

說來也可悲，此刻遭囚禁的我，什麼事也做不了。但我深切相信，並強烈地期盼。

小皐說的是對的。

大須賀學長在接受後所下的判斷。

葵會為這一切劃下休止符。

我獨自一人在沉默的會議室裡，遙想著敬愛的摯友，以及我信賴的夥伴。

42. MARIE LAURENCIN，法國畫家、版畫家。

大須賀駿♣

「關於火災的事……」黑澤孝介說。「這也是很不愉快的回憶。如果可以，我不想說太多。」

比起聊自己公司的計畫，此時黑澤孝介似乎顯得不太起勁。他嘴角垂落，眉尾下垂，不顯一絲霸氣。過了一會兒後，他可能是已拿定主意，微微嘆了口氣，開始娓娓道來。

「我決定每個星期二提早下班。其他天絕對都不能這麼做，只有星期二才可以。」

黑澤孝介閉上眼，發出像是咂嘴的摩擦聲後，再度睜開眼睛。

「那也是星期二發生的事。我想，她也是看準星期二那天下手吧。因為我都會在固定的時間返家，所以比較容易擬定作戰計畫。那天她……黑澤皐月坐在客廳的沙發上。你或許不知道，這是很罕見的事。她基本上很少會走出自己房間，至少我在家的時候不會。

在沒開燈，黑漆漆一片的客廳裡，她竟然對我說『我有話要說』。哎呀呀，真的是很詭異的光景。老實說，我一時之間還沒搞懂發出那聲音的人是誰呢。說來慚愧，因為我已經好幾年沒聽過女兒的聲音了。我強忍心中的驚訝，以及自己生活的常規被打亂所感到的不悅，按照女兒的指示，與她面對面坐向沙發。這時，我隱隱聞到一股怪味，但我掌握不出那是什麼氣味。我女兒並沒任由汽油散發強烈的惡臭，她沒那麼笨。雖然不知道她用了什麼方法，不過她似乎已事先仔細除臭過。因此我只聞得出被除臭劑中和過的柔和怪味。

不過，不管臭味再強烈，我應該也不會太在意，因為女兒出現在我面前，是最罕見的事。世上再也沒有比這更吸引我的事了。我就像被老師點到的學生般，很安分地等她開口說話。這時候，我已不是感到不悅，而是滿心好奇，不知道她會對我說些什麼。就像望著開演前的舞臺般，懷著充滿期待的心情望著她。

但說來可悲，我雀躍的心情馬上消失無蹤。還以為她要說什麼呢，結果她一開口，說的卻是無趣至極的話。我聽了完全無法理解。抱歉，我沒辦法在你面前重現她當時說的話。因為她以平淡的表情說了一大串很無聊的話。如果探尋我依稀的記憶，感覺好像是一再地提到『我』『你』『生存』『存在的理由』等字彙。我的印象就只有這些。真的很無趣。如果是那樣，用等倍數來看牽牛花生長，反而還比較有幫助。我就那樣白白浪費了幾十分鐘，或是幾小時的時間。」

黑澤孝介說到這裡，長嘆一聲，聳了聳肩。一副打從心底瞧不起女兒當時那段發言的表情。我感覺到自己體內又有新的情感在蠢動。但我不知道那到底是什麼。我繼續默默聆聽黑澤孝介往下說。

「簡單來說，她的意思是『我知道你的計畫。因此我得殺了你』。就只是這樣。只是她在說的時候又多加了一些麻煩的修辭，以及累贅的觀念論……不過，不管她說的話有多無趣，多麼讓人引不起興趣，但她說要殺了我，這實在難以接受。我就這樣無來由地讓她殺了我，這沒道理。而且還是死在一個年紀輕輕的女孩手中，這也讓人覺得不舒服吧。不管怎樣，我都不想死。

可是，這傢伙到底是想用什麼方法殺我呢？正當我思索這個問題時，她突然拿起桌上的火柴。不過，當時一片漆黑，我根本不知那是什麼。總之，她拿起火柴，點燃了火。就像在黑暗中出現螢火蟲一樣，那是很有氣氛的一幕光景，但我這樣的感慨也只出現短暫的一瞬間。那根火柴落向地毯。火柴的火花宛如仙女棒，很夢幻地落下。她當時說的話，雖然我現在完全想不起來，但只有那幕光景印象鮮明。啊～真是一幅不錯的畫。

不過，接下來可就是地獄了。在火柴與地毯接觸的瞬間，室內以眼睛跟不上的速度被烈焰包覆。我當時的心情，就像在觀看拉斯維加斯的噴泉。火焰就像是電腦控制般，準確地呈環狀將我包圍。如今回想，她應該是假想好我會坐的位置，事先朝重點處灑上汽油。雖然可恨，但算得可真準確。此外，地板、牆壁、窗戶，也在轉瞬間被烈焰包覆。我當時也慌了起來。基本上，我是個不太會情緒激動的人，但遇上這種緊急事態，終究還是無法保持冷靜。我從沙發上站起身，急忙找尋退路。但火焰巧妙地將我包圍。我無處可逃。這汽油灑得可真巧妙，我看了都差點忍不住笑了。而另一方面，她筆直瞪視著我，接著緩緩離開客廳。而看了更可恨的是，她四周都沒燃起火焰。啊，感覺真不舒服。看起來就像火焰在極力主張那女孩的正當性似的。沒錯，很不像我會看到的幻影。算了。她就這樣來到走廊，走上樓梯，看來，她似乎也朝二樓縱火。這是為什麼？我不懂原因。雖然她一開始就挑明著說，她的目的是要殺了我，但她卻做了沒必要做的事。她的房間明明也在二樓。我真是從頭到尾都摸不透她這個人……」

說話告一段後，黑澤孝介面露苦笑。我不知道他這是在對誰苦笑，但無法往好的方面解釋。

我壓抑自己沸騰的情感，向他提問。

「那你為什麼逃過一劫，最後反而是黑澤皐月喪命呢？」

「可能……」黑澤孝介說。「是她誤判了火勢吧。她沒料到從客廳燃起的火焰，會一路燒到走廊的古董鐘，就此讓時鐘翻倒在地。就這樣荒唐地擋住了走廊的去路，使得她困住無法動彈。不過，這純粹都只是我的推測。我只是看到她走上二樓，聽到時鐘翻倒的巨大聲響。從那之後，我就再也沒看到她人。……而另一方面，為什麼我能逃過一劫，這其實很單純。說得極端一點，我是『順利逃了出去』。你可能沒遇過火災，所以你不知道，但火災真正的威脅，其實不是高溫，而是濃煙。不斷冒出的灰色濃煙，會讓人無法呼吸，視線受阻。我在遠去的意識中，感覺好像聽到與我女兒離開的那扇門相反的方向傳來某個東西崩塌的聲響。那是很模糊的感覺。因為四周都是火焰與濃煙。到處都傳來像是東西倒落的聲響。不過，我當時聽到的聲響，感覺規模與其他聲響大不相同，直接傳進我耳中。我沒理會火焰的高溫，在濃煙中一味往前衝。當時的心境只想著要把握那一線生機。

當我仰賴聲響傳來的方向，持續往前跑時，很幸運的是那處牆壁剛好燒毀。而燒毀崩塌的牆壁外頭，直接通往戶外。可能是因為她重點都放在客廳，附近灑了太多汽油。連牆壁也被燒垮，真的很幸運。我在微弱的意識中鑽出牆壁，連滾帶爬地來到屋外。很遺憾，之後就什麼也不記得了。等我醒來時，人已躺在醫院。」

「……也就是說，你扔下自己的女兒，逃到屋外去是嗎？」

「嗯。」黑澤孝介應了一聲，露出不服氣的表情。「這問題不太聰明呢。因為當時我女兒是前來奪我性命的死神。毫無疑問，她是我的敵人。我明明都已經處在瀕死邊緣了，沒道理還要特地出手救她吧？要看我的燙傷疤痕嗎？我也不是毫髮無傷哦。」

見我沉默不語，黑澤孝介補充道：

「不管怎樣，事件的善後處理麻煩透了。我畢竟也是有身分地位的人。雷遜電子的社長差點被自己女兒殺死，這種事傳出去實在不好聽。為了堵住人們的嘴，我可是花了不少錢呢。真是白白浪費了一筆支出。」

從黑澤孝介的口吻以及表情，始終感受不出他對女兒的父愛與同情。就像在說某個歷史事件般，冷靜，沒任何感慨，就只是語氣平淡地陳述事實。這是一名父親應有的姿態嗎？我不知道。

我沒有父親。

所以我不知道父親的存在應該是什麼樣子。該有怎樣的舉止，如何與孩子接觸，又該如何過日子。我不知道。但是像黑澤孝介這樣，我不想當這是一般父親的態度。雖然這始終都是我個人的推測，當中也包含了許多我個人的願望，不過，這種態度絕不可能是一般父親的標準。這種人竟是黑澤皐月（小皐）的父親，這項事實真的令我感到心痛。

眼前的事態，就像化學纖維般，許多人的情感複雜地交錯在一起，我已無法明確地判斷誰是壞人，誰是好人。我只是個就讀千葉的公立高中，沒特別優秀，也沒太差勁，一個很平凡的高中生，出生至今也才體會了十幾年的人生，也不算交友廣闊。這樣的我實在無法對如此荒唐的事件做出判決。這幾天感覺清楚見識到這世界的廣闊，有許多我不知道，或是無法搞懂的事。這幾天下來，我就只是對這起大規模的事件感到目瞪口呆，一片茫然。真的很沒用。

如果此刻在這裡的是江崎，面對黑澤孝介說的這些話，或許能想出一套合乎邏輯的破解之法。如果是乃音的話，或許會從眾多書籍中擷取各種引用，選出答案。如果是葵小姐的話，或許會以她堅定的內心來看待事物，判斷對與錯。

看來，還是應該由其他人來才對。這個想法突然從我眼前掠過。但我揮除這個雜念，再次確認我來這裡的理由。我是來這裡確認事實。該來這裡的人，就得是我才行。

我做了個深呼吸，將心裡形成漩渦的各種情感收進心中的瓶子裡，轉緊瓶栓。目前要暫時封存不必要的情感，我必須用我的身體去接受這個事實。這才是我來這裡的理由。我被託付的任務。

我為了讓自己的意念更堅定，我先緊咬嘴脣，接著鬆開，緩緩開口道：

「再問一個問題就好，可以嗎？」

「嗯。」黑澤孝介以略顯疲憊的聲音應道。「看來又是沒完沒了了。」

我搖頭應道：「你放心……這肯定是最後一個問題。」

「那可真是好消息呢。」

我調整好顫抖的聲音後，謹慎地發話。就像在照著底稿謄寫時一樣，我小心謹慎，為了避免出錯，要正確地傳達我的意思。

「這始終都只是我個人的『假設』。所以聽在你耳裡，或許會覺得這番話莫名其妙，或是覺得和自己無關，聽了很想笑。但我也有幾分把握。你聽了之後，應該心裡也會有底。」

「太冗長了。在談生意時，『先從結論開始說』是基本原則。拜託講得清楚明確一點。」

「你……」我嚥了口唾沫。「知道『真壁彌生』嗎？」

我的聲音朝空中放出後，頓時一陣來路不明的沉默造訪室內。這是無比寧靜的時間，甚至讓人懷疑是否連聲音的概念也一併消失。聽不到空調聲、自己的呼吸聲，甚至連衣服的摩擦聲也聽不到。不知沉默持續了多久。感覺像是只有幾十秒，也像長達幾十分鐘。

率先打破這黏稠沉默的人，是黑澤孝介的一聲「哦」。他筆直地望著我的雙眼，就像在細品陳年的紅酒般，頻頻點頭。不知為何，我覺得此時我要是移開目光，就永遠問不出答案，因此我持續注視著他的眼睛。感覺這才是我最重要的任務。黑澤孝介終於開口。

「有意思。」

黑澤孝介以低調的動作翹起二郎腿。

「沒錯……是我女兒。」

我緩緩吁了口氣，將這個事實放進我心底。彌生和皐月。只要將這兩個名字擺在一起，就會知道這兩人是姊妹[43]，感覺這是再清楚不過的事實。雖然這是在知道答案後才這麼說，只能算是自以為是的結果論。

不過，我因為得知這個事實，這才對自己待在這裡的原因有了明確的證據。

我重新以自己眼瞳的中心牢牢捕捉黑澤孝介的身影。他是黑澤皐月以及彌生的父親。這種感覺真的很奇怪。不是三言兩言所能形容的情感。它所造成的現象，是我的內臟咕嚕作響，隱隱作疼，開始警告我體內出現異常。似乎搶在理解之前，先產生抗拒。我的身體不願承認這個男人是彌生父親的這個事實。

我拿定主意，從口袋裡拿出手機。掌心滿是噁心的溼汗，證明了我此時的緊張和慌亂。我簡單地擦除手汗後，開始操作手機。我叫出電子郵件的畫面，設定葵小姐為收件人。接著簡單地打了幾個字，處在只要按下確定鈕就能將郵件寄出的狀態，然後就這樣將手機擺在桌上。

這時，黑澤孝介朝我的手機瞄了一眼，問道「你想做什麼？」

「和你對抗。」我以清楚的聲音回答。「對於你的計畫，我無法用邏輯的思維去否定你。但我不認為你是對的。就我個人的感想來說，我不想認為你是對的。因此，從現在開始，我要正式與你敵對。」

「嗯。」黑澤孝介發出他一貫的沉吟聲。「那可真是遺憾啊。不過，既然無法得到你的共鳴，那我也只好死心了。人的價值觀百百種。但就像我前面提到的，與我為敵，不是明智之舉。你有勝算嗎？」

「有。」我再次以清楚的聲音回答。「如果是今天與你一決勝負，我們絕對可以贏你。」

「很好。但我希望你有像樣的理由。否則說服力不太夠哦。」

「因為……」我說。「今天的你運氣不好。」

黑澤孝介露出傻眼無力的表情。「你這番話也真玄。你是在我不知道的時候看過我的手相是嗎？」

「不，我是看你的背。」

黑澤孝介一句話也沒說，表面上做做樣子，擺出明白的表情。從中可充分感覺出他對我的輕蔑和嘲笑。但我不予理會，向葵小姐寄出郵件。沒問題。一切一定都會進行得很順利。

走進這個房間時，黑澤孝介背對著我。他背後浮現的數字是「34」。這麼低的數字，

43.日文中，彌生是指陰曆三月、皐月是陰曆五月。

應該什麼事也做不成。

勝負是由一瞬間的運氣來決定。黑澤皐月好像在她自己的日記中這樣寫道。我希望真的就像她所說，靜靜合上手機，再次收進口袋裡

突然想起之前和彌生一起看投影星象儀的事。

在一片黑暗中，發出光輝的無數小星星。很像螢火蟲，也像在深邃的黑暗中點燃的火柴。彌生全神貫注地望著天體，我則是靜靜望著彌生。

擁有強大力量的天神之子俄里翁，被小小的蠍子所殺。

沒問題的。勝負看的是時運。

蠍子一定會成功刺殺俄里翁。

江崎走出工廠外後，我在工廠內繞了一圈。就像我剛才對江崎說明的，哪部分是該破壞的機械，哪部分是可以不用破壞的機械，我必須看個明白。要是不小心連工廠的屋柱也破壞，人在建築物裡的我，會被活活壓扁。這項作業馬虎不得。我很仔細地檢查機械。

我仰望機械，心想，這裝置可真巨大。每次要對工廠發表感想，就只會說巨大，感覺自己的語彙能力不足，不過，這是事實，所以會有這種感想也是沒辦法的事。真的是又大又白，發出詭異亮光的可疑裝置。想到它就是在雷遜電子的計畫中扮演核心角色的機械，看在我眼裡更加透著詭異。

感覺工廠外突然傳來車輛的行駛聲。可能是有人來了，我一時感到慌亂，但剛剛江崎才到外面查看，所以我決定先不管它。因為他可是從那間詭異的賭場平安生還的江崎。像我這樣的人，就算刻意前往查看外頭的情況，也不會有半點好處。一來會延遲這項工作，二來也很可能會成為江崎的絆腳石。就算放著不管，江崎一定也會處理得很好。雖然我這樣說，一點說服力也沒有，但這並非只是完全想仰賴他人，而是對江崎的一份信賴。如果是江崎，一定沒問題。我眼下該做的，就是徹底看清這臺機械的輪廓線，等大須賀一跟我聯絡，我就要馬上破壞這臺機械。這原本的目的，我不能有半點馬虎。

幾分鐘後，我終於清楚判別出機械的輪廓線。靜靜地在腦中拼湊出工廠的設計圖，該留意的重點也浮現腦中。這麼一來，不管大須賀什麼時候與我聯絡，我都能馬上安全且正確地破壞這座工廠。我從包包裡取出手機，確認大須賀是否還沒跟我聯絡。接著，我重新面向接下來將著手破壞的機械。心底浮現一股像在弔唁，也像在餞別的情感。

雖然這臺機械現在已關閉電源，靜靜地安眠，可是一旦開始運作，便會大量製造那種糖果（藥物）。那應該會引來很大的悲劇。

因為那糖果……

可是，我的思考突然就此停住。就像關閉開關的電風扇，風扇的轉動次數緩緩地減少。思考蒙上一層霧，我所想的事逐漸變得模糊不明。正當我覺得奇怪時，風扇已完全停下，沉默降臨我頭上。我落入沉默中，在思考的黑暗中呆立。

如果不破壞這臺機械，真的會有嚴重的後果嗎？

腦中產生的懷疑，像發酵的酵母菌般，不斷膨脹，瞬間支配了我的內心。此刻我的腦袋裡，一個固定的概念正即將被改寫成另一個概念。就像因為電壓的緣故而變調的電音般，一個完全未知的東西正在向我訴說。

千花。千花的事從我腦中掠過。

和她的髮色一樣明亮開朗的個性，能毫無隔閡地和任何人相處，我這位善良的好友。雖然我們相處的時間並不長，但千花是我無可取代的摯友。如今試著回想，每段回憶都還是一樣美好、歡樂、有趣，能懷著和當時一樣的心情露出微笑。因為千花說她想學鋼琴，而展開我們兩人相處的那段時間，最後卻被一名男子給截斷了。

千花死了。她結束自己的性命——為什麼？

我的精神就此從回憶的世界飛回飄散怪味的工廠裡。聳立眼前的白色巨大裝置。轉頭望向那層層堆疊的紙箱山。紅色糖果的模樣浮現我腦中。那與原色過於相近的紅色糖果，如同妓女妖豔的口紅般，泛著笑意。它誘惑著我，對我內心喊話。

妓女說，當初要是有那個糖果，千花就不會死了，不是嗎？我沉默了一會兒，試著思考此事。

如果不會生孩子，也就不會懷孕。這麼一來，千花（雖然這很難說是直接的解決方式）也就不會死了。煩惱、痛苦、因為「那個男人」說的話而受傷、上吊自殺，這一切都不會發生。一切都有救。不過，已經身亡的千花，不管怎樣都不可能復生。這點我自己也很了解。但為了不再生出第二、第三個千花，或許這樣的裝置有其必要。

這時，就像是要將我開始搖晃的內心實體化一般，我的手機開始震動。我急忙打開手機，確認寄達的郵件。考量到這個時間點，確實和我預料的一樣，是大須賀寄來的。

「我已聽過黑澤孝介的說法。根據我的判斷，實在無法對他說的話產生共鳴。為了按照黑澤皐月小姐的期望，打破這項計畫，請破壞那座工廠。」

大須賀從雷遜電子的社長那裡到底聽到了什麼呢？真的是不會讓人產生共鳴的空談嗎？我反覆朝那封郵件看了好一會兒。

「根據我的判斷」

這句話就像木材的邊刺般，就此勾住了我。或者應該說，明明沒東西勾住我，但因為我想找藉口，而假裝被這句話給勾住了。大須賀判斷他無法產生共鳴。但如果去的人是我，又會是什麼情形呢。

思考就像半途解體的機械般，碎裂四散，開始擅自展開動作。我的腦部中樞無法好好控管它們，就只是滿心慌亂，拿不定主意。

這時，某處傳來一個腳步聲。我甩除思考的碎片，望向聲音的方向，就此看到江崎現身。江崎以平時那拖地行走的步伐朝我走近。

「郵件還沒寄來嗎？」江崎問。

我搖頭否認。「不，郵件寄來了，可是……我想到千花的事，一時不知該怎麼做才好。你剛才對我說的事，難道指的就是這個？」

江崎沒回答，他坐向我身旁一個高度適中的紙箱。他就像要拍去髒汙般，簡單地拍撫雙手。仔細一看，江崎的雙手沾滿了沙石。我見狀，急忙從包包裡拿出手帕。

「不介意的話，請拿去用吧。」

江崎看了我手中的手帕，靜靜搖了搖頭。「用這樣的白布擦拭，實在不好意思。」

「不用在意啦。手帕我有很多條。」

江崎聽了，這才微微向我低頭行禮，接過那條手帕。「回飯店洗好後再還妳。」

「不用那麼客氣啦。」我說。「倒是你，怎麼會搞得這麼髒呢？」

「因為來了幾名保全，我甩掉了他們。沒什麼。」

「保全？」我略感驚訝地問道。

但江崎就像要抹除我的慌亂般，緩緩搖了搖頭。「放心。因為我關上鐵門了，所以他們暫時進不來。」

我睜大眼睛問道：「也就是說，我們被困在這裡了？」

江崎聳了聳肩。「也可以這麼說。」

不知為何，江崎的反應令我看了忍不住笑了。這讓我明白，自己一個人靜靜苦思的時間有多拘束。

「江崎，你怎麼看？」我問。

「妳指的是什麼？」

「這臺機械真的可以破壞嗎？」

「我不知道。」江崎回答。「我完全不知道。關於不需要它的理由，以及需要它的理由，我一概不知。」

我默默頷首。江崎接著說：

「這種東西，我們一定不會懂的。例如邪馬台國是位於畿內，還是位於九州；黎曼猜想的證明是對是錯；是資本主義對，還是共產主義對。精通此道的成人討論了好幾年的這種問題，要提出正確的答案，基本上是不可能的。就像這次一樣。我們四名高中生在這五天的時間裡，要對『人』和『生命』提出答案，不覺得很蠢嗎？怎麼可能辦得到。……所以我們才會決定交由大須賀去解答。這是今天早上，大家一起討論後所做出的決定不是嗎？不論大須賀做出怎樣的選擇，我們都要遵從。並且要相信他。這樣不就行了？如果是太過困難的問題，只有五成的把握，不管派出的是東大生還是小學生，答對的機率一樣都只有百分之五十。要是有人指責我這樣的選擇太過消極，我無法反駁。不過，我認為這樣就行了。如果大須賀思考後，最後得出那樣的答案，就有充分值得相信的價值。要是……」江崎望著我的眼睛說道。「妳想得更深入，想推翻大須賀的答案，我認為也有充分值得相信的價值。」

我一聽到這句話，頓時感到肩上一陣重壓。和我自己的體重相當，或是還勝過我體重的負荷，加諸在我身上。江崎可能是看出我表情浮現出的壓力，又接著補上一句。

「我並不是嚇唬妳，說妳要負起全責。我想說的是，沒人懂的問題，正因為沒人懂，所以每個人都有解答的權利。如果妳有自己的想法，我不會否定妳。只要時間允許，妳可以慢慢細想。」

「……真難。」

「妳是指什麼？」

我嘆了口氣。「全部。」

江崎用手帕仔細擦拭手掌，回答道：

「這始終都是我自言自語。妳就隨便聽聽吧。我認為，這世上發生的好事，大部分都不是託體系結構的福。就像雖然有菜刀，但很少有人會被砍，就算包包擺在路邊，也很少會被偷，電視上雖然有激情的演出，但很少有人會模仿一樣。真正有錯的，不是體系結構，始終都是『人們展現的樣貌』。假設妳的好朋友懷孕，妳要恨的是那個『男人』，還是那個男人的『性器』呢？……從我個人的見解來看，如果恨的是體系結構，那可就搞錯對象了。難得我也會發表如此性善的言論。」

「也就是說……你認為我應該破壞嘍？」我忍不住問道。

江崎低著頭回答。「剛才我不是也說了嗎？『我不知道』。」

江崎仍用手帕擦手。明明髒汙幾乎都已經擦除，但他就像是還想將肉眼看不到的某個東西擦除般，仍持續擦個不停。看起來也像在摩擦手掌。

「或許和這件事沒什麼關係，不過，我還是告訴妳吧。」江崎說。「今天早上，『預言』沒出現。」

「咦？」我因為太過驚訝，馬上就反問這麼一聲。江崎說得若無其事，但感覺這對我們來說，是一件大事。

「這四年來，我每天都會聽到的那五則『預言』，今天早上沒出現。」

「……為什麼？」我問。

「沒錯。」江崎應道。「為什麼會聽不到了呢？我也在思考這件事。為什麼連續聽了四年，無一日間斷的預言，在最重要的這五天的最後一天會聽不到了呢？」

江崎抬起臉說道。

「我想，這是『因為已經不需要預言了』。如果換句話來說，可說是『該聽的預言，已經都聽完了』。」

「也就是說，該聽的預言指的是『賭場的預言』？」

江崎頷首。「這雖然始終都是我個人的猜想，不過，我認為是這樣。在前天之前所聽到的數千個預言，全都像是預演用的附屬贈品。真正應該聽的……不，是真正應該做的事，是在賭場中獲勝，預言作為獲勝的手段，發生在我身上。我漸漸覺得，這麼想似乎也算是一種答案。所以在賭場那件事結束後，預言就從我身上消失了。然後——」江崎靜靜地將手帕摺好。「推動這項假設後，又進一步看到其他答案。」

「……怎樣的答案？」

「託付給我們四人的所有『異於常人的能力』，或許都有其意義。例如三枝能用手指閱讀。也就是說，三枝有她應該要閱讀的書。妳猜是什麼？」

我想了一會兒後，回答道：「日記嗎？」

江崎點頭。「我也這麼認為。黑澤皐月為了讓三枝乃音看她的日記，而給了她『異於常人』的能力。這樣就說得通。然後是妳。妳能破壞東西。為了破壞什麼？」

我感覺有個東西颼的一聲，從我體內溜走。如果能用肌膚去感受鬼魂的話，一定就是這種感覺。我微微吁了口氣後，抬頭仰望那個東西。

「可能就是指這臺機械吧……」

「可能是。」江崎頷首。「不過，關於大須賀能看出人們背後的數字，這我可就不清楚了。也許是有什麼重要的目的，也可能沒什麼重要意義。總之，基於以上幾點，我可以說『破壞那臺機械是妳的工作』。這麼一來，『拉桿』就會從妳體內消失，妳將再也無法破壞東西。」

「真的？」

「我不知道。」江崎回答。「這全都是假設。」

我在心底思索江崎的這番話。與聽自己最喜歡的音樂家新曲的時候一樣，先讓身體煥然一新，然後用全身去感受，如同接受音樂的沐浴般。我閉上眼，在腦中反覆思索他說的話。

真正有錯的，不是體系結構。而是「人們展現的樣貌」。

原來如此。也許他說的有理。真正有錯的不是世間一般的男女關係，而是那個男人內心展現的樣貌。就像江崎說的，我該恨的不是「男人的性器」，而是「男性」（這個比喻還真鮮明呢）。

這世界需要的，並非是因為有這個機械而能獲救，而是就算沒有這個機械也一樣能生存下去。就像江崎說的，這或許聽起來像是主張性善的好聽話，但同時也讓人覺得它有充分令人相信它的價值。我願意相信。

我相信千花不會落淚的世界會到來。

我非相信不可。

「我要破壞。」我面向江崎，語氣堅決地說道。那是充滿力量的聲音，足以在這座廣大的工廠裡形成迴響。「破壞這臺機械。」

江崎閉上眼，緩緩點了點頭。

「這是妳的選擇。我沒有意見。」

「謝謝。」

我前進三步，右手碰觸機械一處突出的部位。接著就像在享受它給人的觸感般，朝它輕撫了好一會兒。這臺機械與它暗藏的本性不同，擁有彷彿很善良的光滑表面。我在心中加以確認。

這麼做是對的。

我非這麼做不可……

——妳不願意和我合作的話，妳將會——

「我將永遠都只會破壞。」

我轉頭望向江崎。

「我猜你應該是不會有事，不過，我這次要徹底推倒拉桿，所以請你離遠一點。因為要是受傷可就不好了。」

「妳要控制一下力道。」

「不，這一定是最後一次了，難得有這個機會，我要試著卯足全力破壞。用『APPASSIONATO』。」

「什麼啊？」

「是表情記號。該如何演奏，我都會將它寫在樂譜上。例如CANTABILE所代表的『如歌一般、表情豐富地』，或是CALMATO所代表的『靜靜地』。」

「那麼，『APPASSIONATO』是什麼意思？」

「熱情地、激情地。」

江崎皺起眉頭。「看來，我還是離遠一點比較好。」

「這樣可能比較好。」

我如此說完後，閉上眼。照著腦中描繪的設計圖破壞這臺機械。採安全的做法，但同時也展現出熱情和激情，將它毀得無一處完好。徹底破壞一切。

「就讓這五天……以及這漫長的四年，就此劃下句點吧。」

心中的拉桿被使勁推倒。

大須賀駿♣

辦公室的門突然打開。在我和黑澤孝介坐的這張桌子遙遠的後方。我剛才進來時通過的那扇毛玻璃自動門，突然無預警地打開。黑澤孝介的視線緩緩移向房門，確認是誰走進辦公室內。我也跟著轉身往後望。

這時，出現我們眼前的，是剛才替我帶路的那位穿白色套裝的女性。她快步來到我們圍坐的那張桌子旁。額頭上微微冒汗，表情有些慌亂。

「發生什麼事了？」黑澤孝介問。

女子行了一禮後，開始說明。聲音不像我剛才來這裡的時候那麼清亮，略顯沙啞。

「原本想以內線電話通知您，但因為情況緊急，所以直接前來打擾。請見諒。」

黑澤孝介不悅地瞇起眼睛。「先說來聽吧。」

女子就像在為自己的處理不當道歉般，低頭行禮，接著以躊躇的視線望了我一眼。就像暗中在對黑澤孝介詢問「在這個人面前說好嗎？」黑澤孝介察覺她的視線後，回了一句「無妨」，催她直接說。女子就此說出這件急事。

「奉您的指示派往千葉港口工廠的保全人員，已拘捕潛入工廠的一對男女。」

我忍不住發出「咦？」的一聲驚呼。那肯定是葵小姐和江崎。女子沒理會我的慌亂，繼續往下說。

「但聽說慢了一步，3A建築內的器材已被入侵者徹底破壞。目前還不清楚其破壞方法，不過，大部分的零件都已化為碎屑。無法修復，損失慘重。被捕的那對男女，始終不肯透露目的，保持緘默。」

黑澤孝介的視線從女子移向了我。我一時差點為之怯縮，但最後還是瞪了回去。黑澤孝介的視線定在我臉上，向女子詢問「還有嗎？」

「還有另一件事，在會議室拘捕了一名擅自潛入公司內的女性。有跡象證明，她在公司內使用無線區域網路，瀏覽員工的個人頁面。」

面對又一個令人震撼的事實，我忍不住緊咬嘴脣。如果這名女子所言屬實，葵小姐、江崎、乃音，現在都已被囚禁。而我肯定也會落得跟他們一樣的下場。絕望正優雅地振動雙翅，緩緩降至我面前。接著絕望以粗俗的動作四處撫摸我的臉頰，我全身冒出無數的雞皮疙瘩，就此倒抽一口冷氣。

「這一切……全是你的朋友所為嗎？」黑澤孝介向我詢問。

但我什麼都答不出來。應該說，我因為慌亂和絕望，而完全無法表達我的想法。我就只是緊咬嘴脣，以顫抖的視線，柔弱地望向黑澤孝介。但反過來說，我的沉默無語充分表達了肯定的含意，事實赤裸裸地攤在他面前。

接著，黑澤孝介宛如一尊寒冬的石像，擺出極度冰冷的表情。「哼……真是令人欽佩的行動力和機動力。」

黑澤孝介重重嘆了口氣，從椅子上站起，以緩慢的步履朝窗戶走去。黑澤孝介背對著我，「34」這個偏低的數字強制映入我眼中。雖然舉不出什麼值得同情的小插曲，不過，耗時七年打造的一切就此毀於一旦的哀愁，似乎就飄蕩在眼前。

「你為什麼……要如此深入打探我們的事？」黑澤孝介望著窗外說道。「啊，請你別誤會。我這並不是一邊拿著手帕拭淚，一邊感嘆『為什麼要做出這麼過分的事？』我感到納悶的是『為什麼你能走到這一步』的整個過程以及動機。人活在世上，或多或少都會樹敵，但我對你的事一概不知。你是如何查到這裡，又為什麼想和我對抗？這是很單純的疑問。」

我鬆開過度緊咬嘴脣的力道，謹慎地回答。

「要說明一切實在沒辦法。但簡單來說，是『黑澤皐月小姐的遺志』將我們帶來這裡。而且……」

——你不願意和我合作的話，你將會——

「為了證明我自己和重要友人的正當性，我與黑澤皐月合作。」

聽完我的回答後，黑澤孝介背對著我露出苦笑。「這回答不太好呢。」

接著黑澤孝介朝窗外的都會景致仔細凝望了半晌。我默默注視著黑澤孝介的背影以及「34」這個數字。那名看起來像祕書的女子，也沒離開辦公室，靜靜等候社長開口。無聲的房間裡無聲的時間，伴隨著一股黏性，緩慢地流動。

「黑澤皐月的遺志」，黑澤孝介突然打破沉默說道。這句話不是對任何人說，而是像在懷疑這句話傳達出的語感，所發出的自言自語。「黑澤皐月的遺志」，黑澤孝介再度低語。

我看不到黑澤孝介此時的表情。他到底是怎樣的神情呢？我完全猜不出。因為實在是猜想不到，所以我停止思索，任憑時間流逝。接下來我會有什麼下場呢？會受到怎樣的處置？這問題隱隱在我腦中打轉。

「那些拘捕的人，可以全部放了。工廠的處理事宜，之後再來細想。」

這句話是誰說的，我一開始還沒意會過來。我甚至心想，該不會是出了什麼差錯，我腦中的想法往腦外逸洩吧？就像人們在想事情時，不小心自言自語說溜嘴一樣。但這當然不可能。那確實是成年男子的聲音，確實是從黑澤孝介口中說出的話。我以分不清是驚訝還是懷疑的表情，注視著黑澤孝介的背影。

但黑澤孝介一動也不動，就只是望著窗外。

那名像祕書的女子，雖然感到意外，但還是恭順地點頭應道「我明白了。我會著手安排」，踩著急促的步履離開房間。

女子離去後，房裡再度只剩我和黑澤孝介兩人。

黑澤孝介維持原本的姿勢開口道：「你應該已經沒事了吧？你可以回去了。」

我因為大感意外，一時間無法從椅子上起身。但我還是極力站起來，對黑澤孝介的背影說出最後一句話。

「我要代替原本今天應該來這裡的江崎純一郎，向你轉告一句話。」

「哦。」黑澤孝介說。「什麼話？」

我從口袋裡取出江崎給我的一張便條紙，朗讀上頭的文字。「『撲克牌很有趣。如果你想，我可以和你對戰。我一定比你哥有骨氣。』」

黑澤呵呵輕笑。

「『另外小小抱怨一下。我用過雷遜電子製造的音樂播放器，播放鍵與降噪鍵的配置不好，容易造成誤觸。希望能重新思考設計結構。我在關鍵時刻操作失誤，很不愉快。需要改善——結束。』」

「嗯。」黑澤孝介沉聲低吟。「那惡意的挖苦姑且不談，客人優質的抱怨，是企業的寶藏。我會轉告設計部。」

朗讀完畢後，我再次將便條紙收進口袋裡，在原地呆立了一會兒。這時快步離開這裡，實在不太好意思，但也沒理由朝黑澤孝介走近。我進退兩難，就這樣隔著辦公桌，持續望著黑澤孝介的背。感覺他背後浮現的數字「34」彷彿會透露出什麼答案。

「呃……請問一下。」猛然回神，我已開口朝他叫喚。「……我們將雷遜電子搞得一團亂，你為什麼完全沒責怪我們，就放我們回去呢？」

黑澤孝介持續默默注視著窗外。由於他注視窗外的時間實在太長，本以為他大概是不會答覆了。但黑澤孝介卻出人意表，隔了很長一段時間，才突然開口。

「因為我今天的心情。」

這真不像是黑澤孝介的回答。不過，我對他的為人一無所悉。因為我們兩人的關係，可說是才剛見面不久，還算半陌生。不過，就連這樣的我聽到他的回答，也忍不住判斷這不像他的作風。一個老是將「理論、理念、道理」掛嘴邊的人，怎麼會用「心情」這種語彙呢？我心中的疑問不斷膨脹，但感覺就算我進一步逼問，他也不會回答我。我決定說一句「告辭了」，就此離開。

我往前邁出一步後，黑澤孝介的背影一口氣離我遠去。宛如站在地平線的另一頭。我就只轉頭朝黑澤孝介看了一眼，之後便一路朝門口走去。黑澤孝介一直和我先前走進這個辦公室的時候一樣，維持同樣的姿勢，而我也即將離開這個房間，回到原來的世界。

一切都將回到原樣。

我來到房門前，自動門俐落地開啟。看來，從房內往外走的時候，門沒上鎖。我停頓一會兒，準備就此跨過走廊與辦公室的分界線。

「大須賀同學。」

背後傳來一個響亮的聲音。我不禁肩頭為之一震，回身向後望。仔細一看，他正筆直地望著我。這間辦公室很寬敞，從入口到黑澤孝介所站的位置，有很長一段距離，但黑澤孝介的表情還是鮮明地映入我眼中。

他雙目圓睜，充滿威儀。他的嘴像熟透的無花果般，咧向兩旁，露出黏糊甘甜的笑容，但卻像野狗的利牙般凶惡。鼻孔微微撐大，向我展開威嚇。

黑澤孝介維持這個表情，微微抬起下巴，俯視著我說道。

「我不允許『落敗』。絕不讓人贏了就跑。」

他的聲音響遍寬敞的室內，就像要激起我心中的恐懼般，令我的鼓膜為之震動。我的身體就像是在呼應他的聲音般，再度雞皮疙瘩直冒。說來慚愧，要是我的理性和忍耐力再少那麼一點的話，肯定會當場失禁。他這句話就是有這麼驚人的氣勢。

我以雖然柔弱，但很響亮的聲音回了一句「我記住了」。黑澤孝介笑容滿面地點了點頭，不知為何，朝我走來。我以為黑澤孝介已準備展開「復仇」，忍不住擺出防備架勢。全身緊繃，試著全力抵禦。

黑澤孝介不疾不徐地以他自己的步調來到我面前。來到伸手可及的距離後，黑澤孝介看起來比剛才還要高大。我不知道這是實際身高的問題，還是像氣場這種精神方面的問題。

總之，黑澤孝介顯得很巨大。

「我送你個禮物吧。」

黑澤孝介露出詭異的笑容，將一個褐色的小紙袋遞給了我。見我露出困惑不解的表情，他臉上的笑意更濃了，接著低聲對我說：

「代我向 NOIR REVENANT 問候一聲。」

骨牌全都推倒了。

接著，我們再次回歸日常生活。

回到五天前……或是四年前的日常生活。

雙份濃縮咖啡、蕭邦、
名言、「85」的背後數字

葵靜葉♥

電車抵達東戶塚站。車輪發出巨大的摩擦聲，集電弓與電線之間散發無數火花。某處傳來空氣猛然噴發的聲響，車門化為一扇通往日常生活的門扉，在我面前開啟。我拎起塞滿這五天份的衣服和生活用品的行李箱，跨過電車與月臺間的落差。

看慣了的電子告示板、聽慣了的發車鈴聲、來慣了的車站。

住慣了的市街。

我來到月臺上，做了個深呼吸。這空氣絕對算不上新鮮，但它作為與這五天時光的明顯區隔，清新地穿過我的身體。我讓自己身體適應老家（或是日常生活）的空氣後，就此走向驗票口。

走出驗票口後，我就像被某個看不見的東西牽引般，邁步朝吉田大叔的樂器行走去。其實我也可以先回家放好行李再去（倒不如說，這樣還比較有效率），但不知為何，我卻拖著行李箱直直地朝樂器行而去。我想趁記憶隨時間風化前，前去向促成我這趟旅行的大叔問候一聲。這五天的經歷以及所見所聞，我很想向大叔說個清楚。這五天真的發生了好多事。遇見了大須賀、乃音，還有江崎。得知了黑澤皐月、黑澤孝介、雷遜電子的事。發生的這些事都既奇妙，又不可思議，我恐怕無法完美地向吉田大叔說明一切。但我想多傳達一些此刻的心情。我接觸了許多事，就算是個人微不足道的感受，我也想和大叔一起分享。

我抵達樂器行門口後，緩緩打開店門。這時，歷經漫長歲月的眾多木製樂器的氣味，從門縫滿溢而出，和回憶一起刺激著我的鼻端。宛如置身在涼爽的森林裡，平靜又溫暖的氣味。那是我過去多次嗅聞，最能令我感到心情平靜的氣味之一。

「歡迎光……啊，這不是靜葉嗎？」吉田大叔微微從椅子上坐起身，以笑臉相迎。「有五天沒見了呢。」

「好久不見。」

最後一次造訪這裡，也不過才一週不到的時間，說「好久不見」感覺有點怪，但是就我的感覺來說，真的覺得睽違許久。因為這地方對我而言，就是這麼一處離不開的場所。

吉田大叔將剛才看的報紙摺好後，發現我拖的行李箱。

「妳該不會還沒回家吧？」大叔以略顯驚訝的表情問道。

我面露苦笑，點了點頭。「猛然回神，人就已經來到這裡了。」

「聽了真窩心。」吉田大叔如此說道，像太陽一樣微微一笑。「對了，那場蕭邦音樂會如何？」

「蕭邦音樂會？」我沒有要裝蒜的意思，一本正經地反問。但我馬上想到，這五天的經歷，全起因於一張門票，而這張門票的名義正是蕭邦音樂會。我急忙隨口回應來圓場。

「……對，那是很珍貴的體驗。」

「那就好。」大叔同樣莞爾一笑。

我明明有好多話想跟大叔說，但不知為何，一時卻撒了謊。不過話說回來，真實的情況根本無法說明。蕭邦音樂會其實是騙人的，那全是和黑澤皐月小姐有關的一場大冒險。

黑澤皐月小姐是曾經彈奏蕭邦《革命》的女孩，在一場火災中喪生。因此我們潛入雷遜電子……現在就連我自己回想，都覺得莫名其妙。這件事除了我們四人之外，無法和任何人分享。

我因為無法巧妙地傳達事實的這份焦急，以及隨口對大叔撒謊的這份罪惡感，而靜靜低下頭。那五天的時間，與此刻在這裡的日常生活之間，似乎沒有明確的連續性，我就此陷入這樣的錯覺中。這一切該不會全是虛幻吧？黑澤皐月、大須賀、乃音、江崎、雷遜電子，一切難道都是夢裡發生的事？我漸漸這麼覺得。

「拉桿」已從我體內消失。一切就像江崎說的。破壞那巨大的機械後，原本占據我體內的那根堅固的拉桿頓時消失得無影無蹤。這就像變魔術一樣，讓人覺得這簡直就是魔法，眨眼的下個瞬間，眼前變成全新的大地。現在我甚至連破壞東西時的感覺都想不起來。連要在自己腦中重現都辦不到。我之前到底是怎麼破壞東西的呢？

不過，這對我來說當然是一件幸福的事。我已經不必再破壞任何東西。也不再會有不小心破壞某個東西的危險性。感覺光是這樣就得到救贖。

「靜葉，妳要彈那臺鋼琴嗎？」

我望向大叔所指的方向。我以前破壞過的那臺山葉平臺鋼琴，靜靜地佇立在那裡。自從我在心中立誓，再也不彈鋼琴後，那是我唯一允許自己彈的「無聲」鋼琴。每次我來這裡，都會彈那臺鋼琴。更正，是做做彈琴的樣子。那臺已經破壞的平臺鋼琴，今天同樣伴隨著烏黑晶亮的光澤，靜靜引誘我靠近。就像要巧妙地填補我內心的縫隙般。

「那我就恭敬不如從命吧。」

我如此說道，坐向那臺壞掉的鋼琴正面的椅子。接著掀開琴蓋，輕柔地揭去毛氈的琴鍵防塵布。

如今回想，我最早破壞的東西，就是這臺鋼琴。

四年前，我體內出現拉桿的那天，我一如平時，到這家樂器行玩。就在以溫暖的笑臉迎接我的大叔面前，我天真地彈著這臺鋼琴。該彈什麼曲子好呢……我一時想不出曲目。總之，我當時就在這裡彈琴。那時我突然發現自己體內的拉桿。其實從那天早上開始，我便發現自己身體起了變化。今天的我不太對勁，有哪裡不太一樣，但我始終不知這樣的改變原因為何，就像喉嚨裡鯁了根小骨頭，我就是隱約感覺到一股詭異的異常。但開始演奏時，我發現這樣的怪異是「因為身體設置了一根拉桿」。理由不明。開始演奏時，就像過篩一樣，拉桿的存在逐漸浮現。這裡有根拉桿。雖然不知道推倒它會發生什麼事，但我知道這裡有根拉桿。我曾在短劇節目中看過一個畫面，有人見天花板懸吊著一條繩子，覺得納悶，伸手一拉，結果臉盆從頭頂掉落，當時我做了同樣的事。雖然不清楚是怎麼回事，但我一邊演奏，一邊將拉桿推倒。出於好奇、冒險，以及調皮。完全猜不到會發生什麼事，就只是因為我輕率的想法，拉桿就此被推倒。而我那無知的行徑所帶來的結果，是造成這臺山葉平臺鋼琴再也發不出聲響。這全是我的錯。

後來大叔試著想加以修理，但始終都修不好。明明每個零件、每個部位都能正常運作，但就是發不出「聲音」。就像音量開關忘了打開般，只有聲音整個被移除。不得已，大叔只好放棄修理，將發不出聲音的鋼琴擺在這裡。他說「沒人肯收，丟了又捨不得」（當時我也萬萬沒想到，自己日後會這麼重視它）。

我將心裡取出的許多回憶，再度收進相簿裡，雙手擺在鍵盤上，準備開始演奏。

好了，彈什麼曲子好呢？

馬上有一首曲名浮現我腦中。我對自己提出的回答，給了個愉悅的笑臉，腦中準備好了琴譜。如果是現在要彈的話（只不過發不出聲音），就只有這首曲子了。我右手俐落地敲向鍵盤。

這時──

我一時搞不清楚發生了什麼事。我反射性地從鍵盤上移開手，身體從鋼琴上往後仰。宛如閃光從眼前劃過般的衝擊，與令屋內所有人大感錯愕的寂靜來訪。我舉著雙手，全身僵硬。

「靜、靜葉……剛才……」大叔也因為過度驚訝，而從他櫃臺裡的固定位置站起身。

「發、發出聲音了呢。」

因大叔這句話，我這才得知發生了什麼事。

剛才鋼琴確實發出聲音。從我右手傳出的震動，透過鍵盤，一直線令琴弦漂亮地震動。

我感受著自己的心臟以十六拍的速度猛跳，戰戰兢兢地向大叔詢問：

「你知道這鋼琴……什、什麼時候變好的？」

大叔使勁搖頭。「不，會碰那臺鋼琴的人只有妳……所以我也是現在才知道。嚇了我一大跳呢……它為什麼自己變好呢？」

各種資訊和情感在我腦中交錯。我先是對自己犯了禁忌彈琴一事感到慌亂，接著是睽違兩年伴隨著聲音敲擊鍵盤所帶給我的激昂情緒，最後就像大叔說的，對「它為什麼自己變好呢」這個問題感到疑惑。

——「破壞那臺機械是妳的工作」。這麼一來，「拉桿」就會從妳體內消失，妳將再也無法破壞東西。——

我極力克制腦中零亂的思緒，反覆在腦中細想江崎說的那番話。

——妳將再也無法破壞東西——

目的物已被我破壞，拉桿就此從我身上消失。這當然是因為我再也不需要破壞任何東西，黑澤皐月的目的已經達成。這麼一來，目的以外的東西，已沒必要損壞。

也就是說……

我得到這樣的推測後，某個答案就像初雪般，從我的自覺中穿過，安靜且輕柔地落向我腦中。

我急忙從椅子上站起，奔向擺在店內角落的手提包。大叔對我的突發之舉似乎很驚訝，但當務之急就是先確認事實。如果我想的答案沒錯，那將會有一個驚人的結論。為了找出那個東西，我像在刨沙似地，拚命在手提包裡掏找。

「找到了……」我忍不住如此低語，對慌亂的大叔說道。「……大叔，你有便條紙嗎？什麼紙都好，我想要可以用來寫字的紙。」

大叔雖然一臉納悶，但還是說道「我、我知道了」，到櫃臺裡幫我找紙。接著他取出一張傳單。「這不是便條紙，可以嗎？」

「謝謝你。」

我從大叔手中接過傳單後，直接蹲在地上，將傳單擺地面，空白的部分朝上。接著握住從手提包裡取出的原子筆，按壓筆頭。這支筆是我們四人見面的第一天，江崎借我用來展示而「破壞」的原子筆。為了各自展示自己「異於常人」之處，我不得已破壞的原子筆。

我先做了個深呼吸後，讓筆尖在傳單上滑動。接著，就像我的情感從筆尖滲出般，出現滑順的黑色軌跡。

「……它能寫。」

那天，這支筆確實壞了。不管如何在紙上滑動，它都只是在紙上摩擦。什麼也寫不出來。但它現在變好了。完全修復。

我之前破壞的東西修復了。

「……大叔」，我以顫抖的聲音說道。「我想起我還有事……我先告辭。」

大叔以納悶的眼神朝我點點頭。「我知道。雖然不清楚發生了什麼事，但妳路上小心。」

「謝謝你。」

我如此說道，正準備衝出樂器行，但那個帶著走很礙事的行李箱映入我眼中。我心想，帶著行李箱走肯定很吃力，就這樣一直望著它，這時大叔柔聲向我提議道：

「如果妳不介意，行李箱就寄放我這兒吧？只要靜葉妳覺得可以的話。」

我二話不說，馬上應道「那就麻煩你了」，拎著手提包就往外衝。我原路折返，前往東戶塚站。每次感覺到身體跑步的震動，我內心就會像在搖雪克杯般，將緊張與不安完全攪混在一起。

夏日的柏油路面，升起搖曳的蒸騰熱氣。

領取會客證後，我沒等電梯，直接衝上樓梯。醫院裡和平時一樣，完全被殺過菌的寂靜支配，彷彿只響起我的心跳聲。我氣喘吁吁地爬上三樓，就此來到病房前。

三〇五號房。

房門關閉，從門縫處逸洩出令我肌膚為之凍結的詭異寒氣。劇烈撼動我的心。那寒氣宛如黏糊糊的沼澤。

我手擺在膝蓋上，試著調勻呼吸。反覆大動作收縮的心跳，看來在接下來這一小時的時間裡是不會平靜下來了。只會像「漸強」一樣有增無減。

儘管如此，我還是強行壓抑我急促的呼吸，伸手搭在病房的房門上。動作就像要將結論往後延般的緩慢，也像是要甩除迷惘般俐落，就此打開門。

窗外吹來的柔風，像在輕撫般，吹動窗簾和我的頭髮。這裡是我這兩年來幾乎每天進出的病房。白色的油氈地面，以及一路從天花板垂下的淡綠色隔板。牆上掛著小小的軟木板，以及寫有藥品公司名稱的簡樸月曆。一如平時的光景。過去看過很多次的光景。

但今天有個很大的不同。

這兩年來，我一直以謝罪和怨恨的情感去面對的「那個男人」，已經醒來了。這兩年來從未醒來的「那個男人」，此時坐在病床上望著窗外。他清醒地活著，很自然地呼吸。

我就只是呆立原地。想說的話卡在喉嚨裡，想往前跨出一步，卻被鉛製的腳鐐牽制。只有風緩緩地在房內吹送，一道淚水從我眼角滑落。

過了一會兒，男子就像慢動作般緩緩轉頭望向我。雖然打從開始照顧他的時候起就知道，但男子此刻的模樣，讓我清楚感受到這兩年對他的改變。他兩頰憔悴無力，脖子上浮現數道青筋。雖然五官端正，但眼神渙散，表情也沒生氣。

男子靜靜朝我注視了十秒後，就像看膩了似地，再次轉頭望向窗戶。接著他背對著我說道：

「我好像有很長一段時間，陷入原因不明的昏睡狀態中。」

聽到男子的聲音後，我全身感到宛如被撕裂般的痛楚。不管外表再怎麼變化，他的聲音還是一樣沒變，和那天一樣。聽到男子的聲音後，就此從我內心的金庫取出許多記憶。不管我有沒有意願，我最不想碰觸的眾多回憶，都陸續恢復原本的色彩。

男子再度以緩慢的動作轉頭看我。臉上表情微微亮起笑意。

「我從護理師那裡聽說，我臥床的這段時間，妳幾乎每天都來照顧我。該不會妳……」

男子的笑臉突然變得猥瑣。「其實對我有意思吧？」

當我回過神來，已用力賞了男子一巴掌。原本在門口定住不動的雙腳，突然失去重力，直直衝向病床，就像情感直接向肌肉組織下達命令般，重重打了他一耳光。男子順著我手掌動作的軌跡，頭扭向一旁，在這種狀態下靜止不動。很徹底地靜止不動，甚至讓人懷疑他在剛才的衝擊下斷了氣。

手掌感到又癢又痛，這喚起了我的罪惡意識。同時男子也把頭回正，就像要瞪死我似地，凶悍的目光激射而來。

「喂，妳這是幹什麼！」

他的聲音一點都不響亮，但透著明確的怒氣和敵意。我急忙後退三步，跪在地上。雙手撐向地面，深深一鞠躬，向他道歉。這當然也算是對剛才呼他巴掌的事致歉，但更重要的是為我兩年前所犯的罪過謝罪。

我對這個男人犯下言語難以形容的深重罪過。我讓他寶貴的「兩年時光」成了空白。

不管他是怎樣的人渣，我都不該這麼做。我一面壓抑在體內形成漩渦的各種情感，一面努力地擠出話來。

「我……我對你做出無法彌補的行徑。你失去的這兩年時光，沒有任何東西可以替代，不管我再怎麼後悔，再怎麼向你謝罪，也都無法彌補。今後我也會將自己人生的一部分奉獻給你，我有這樣的覺悟和義務……我很清楚這點。可是……」我聽到自己從極力壓抑的情感縫隙間滲出的聲音。「你逼死千花，我比誰都恨你。我不可能原諒你。」

我強忍喉中的嗚咽，這時男子語帶挑釁地說了聲「啥？」

「我完全聽不懂妳在講些什麼。妳的意思是說，我落得這個下場，整整沉睡了兩年，都是妳造成的？」

我以顫抖的聲音回答：「……對。你或許不相信，但這是事實。」

「啥？」男子充滿輕視地笑道。「所以妳『已做好覺悟，要將自己人生的一部分奉獻給我』？」

「……我認為，犯過罪的人理應要這麼做。」

男子對我露出鄙視的眼神。接著以從容的口吻說道：

「剛才醫生簡單地對我的身體做了一番檢查。結果醫生說，我一切功能正常，令人吃驚。搞不好接下來不到一週就能恢復原本的生活。醫生還說他沒見過這樣的案例，相當驚訝。剛才我洗澡時，也覺得身體沒任何不適。坦白說，除了變瘦之外，幾乎和之前沒什麼兩樣。算了，先不談這個……」男子問。「妳什麼都肯為我做對吧？」

我點頭。男子再度露出猥瑣的笑臉。

「那麼，不好意思，可以幫我宣泄一下嗎？」

我回望男子的臉，說不出話來。男子嬉皮笑臉地說道。

「看是用手還是用嘴都行。拜託妳了。我在昏睡時好像也會夢遺，但還是無法滿足。所以要麻煩妳。」

「這……」

「做不到嗎？」男子加重了語氣。「妳自己剛才不是說，妳理應要這麼做嗎？快點幫我吧。」

我的內心彷彿被巨大的壓力機壓扁，就此煙消霧散。世上的一切都染成絕望的色彩，我的雙手只留下塵埃。無比漆黑的暗影將我覆蓋。

見我始終坐著不動，男子出言威嚇道「快點」。我因為他的聲音而反射性地站起身，走向床邊。

不要。我死也不想做那種事。我不可能做得出來。可是——我曾經破壞這個男人，奪走他兩年的時光。

這是不爭的事實。不管我說再多藉口，都撼動不了這個事實。我奪走這個人兩年的時光。如果有兩年的時間，人們能做些什麼事呢？（這個男人是否能有效使用時間，另當別論）兩年的時間真的很漫長。換算成天數的話，是七百三十天，換算小時則是一萬七千五百二十個小時。我未經許可就擷取這個男人的人生，丟進了垃圾桶裡。

這種行徑怎麼能原諒呢？

我非為此贖罪不可。

我走到床邊，緩緩掀開一路蓋到男子腰部的棉被。接著露出男子穿著單薄住院服的下半身。我緊咬嘴唇，極力壓抑情感。什麼也別想，不能多想。我的手就像凍結般，強烈地顫抖。不光是手。還有腳、嘴唇、胸口、內心，全都展現出抗拒反應，抖個不停。

我伸手搭向男子的長褲。瞬間淚水源源不絕地從眼中湧出。每次眨眼，就會落下一滴、兩滴、三滴淚珠，如同開始下雨般，在棉被上留下淚漬。

四滴、五滴、六滴。

我不甘心。真的很不甘心。這個逼死我的摯友，這世上最令我憎恨的男人，我卻非得為他做這種事不可，真的很不甘心。

我想得太樂觀了。樂器行的鋼琴修復時，我料到這名男子也會醒來。這件事率先從我腦中掠過。但那個時候我竟然會不經意地在心裡想，雖然「那個男人」的本性壞透了，但經過兩年的昏睡，也許會變成一個正經人，就像換了個人一樣。沒有任何根據和理由，就只是這麼覺得。但冷靜下來細想，這根本不可能。因為這個男人在對我說了「千花死了。所以留下來的我們應該要好好活下去。妳要不要和我交往」這句蠢話後，他的時間便就此停止。

對這個男人來說，今天算是那天的隔天。

我終於再也忍不住嗚咽。極力壓抑的嗚咽，喚來新的嗚咽，原本關緊的內心瓣閥開始逆流。不甘心、懊悔、淚水、嗚咽，怎麼也停不下來。

「……我辦不到。」我聲若細蚊地說道。「對不起，我辦不到。」

男子冷冷地暗啐一聲，從床上粗魯地把我的手撥開。

「什麼嘛。看妳這種態度，我也興致全無了。竟然就這樣哭哭啼啼起來。算了，這次就這樣吧。妳現在很礙眼，趕快滾吧。」

我低著頭，拿起擺在地上的手提包，站起身，快步離開病房。我衝向走廊，與我擦身而過的護理師似乎向我說了什麼，但我什麼也沒聽見。我現在只想一個人靜靜。我走在院內，淚水不停地流。

不知為何，剛才的我有了錯覺，以為只要男子醒來，一切問題就都解決了。但答案反而顛倒。因為男子醒來，我的人生變得更黑暗、痛苦，根本是就此跌落一條通往死巷的路。千花不可能復生，男子逍遙地過日子，我放棄鋼琴，一再地向男子贖罪。

流不停的淚水，就像漢賽爾和葛麗特[44]留在地上當記號的麵包一樣，形成我的行進軌跡遺留在走廊上。我在走廊途中停下腳步，從手提包裡取出手帕。按向雙眼，想拭去淚水。

但我突然發現不一樣。

這手帕的觸感有點不同。感覺比平時多了一份厚度，似乎也變重了些，感覺不太一樣。我忘了哭，緩緩攤開那條手帕。

這時，從手帕裡飄然掉出一張紙。

那張紙像在跳舞般，優雅地翻飛，伴隨著柔和的餘韻，無聲地落向油氈地板。由於紙停在空中的時間很長，甚至給我一種有點刻意的感覺。我撿起掉落地上的那張便條紙的東西。接著攤開它摺成四摺的摺痕，望向上面寫的字。

我一時無語。

就像奇蹟般造訪極寒村莊的暖陽，將我的心徹底洗滌、融化，溫柔地包覆。感覺沉在幽暗水底的渾濁凝塊被撈起，隨著柔軟的毛毯一同被帶往陸地。豆大的淚珠再次不斷地從我眼中湧出。不知何時才會流盡的淚水，彷彿淨化了一切。

我像瓦解般跪坐在地，因淚水而扭曲的視野裡，那段文字再次烙進我眼中。深深地刻印在我內心深處，永遠不會消失。

「現在回想，還是覺得妳彈的鋼琴最棒。這樣說不太像我，不過，妳不該失去這麼出色的演奏。我是真的這麼認為。妳或許有妳的信念，但真要我說的話，妳所說的『過失』，就只是『正當防衛』。如果正式開庭審理，妳也絕對不會被問罪。如果妳想背負那不必要的罪，繼續當『好人』，那可就愚不可及了。妳一點都沒錯。所以妳要更傲慢。因為妳不再彈琴，有人會因此損失，但絕對沒人會因此得到好處。妳自己應該也很想彈琴才對。

請繼續彈琴吧。這是我由衷的心願。

7月27日　江崎純一郎」

「……江崎。」

44. 童話故事《糖果屋》裡的兄妹。

我不由自主地出聲低語，緊緊握住那張便條紙。謝謝你，江崎。你真的……是個很不可思議的人。

之前在雷遜電子的千葉港口工廠，我借手帕給江崎時，他說一定會洗乾淨再還我。後來果然按照約定，回飯店後便先前往洗臉臺，開始搓洗那條弄髒的手帕。一再清洗後，終於洗去髒汙，接著他用吹風機靜靜將手帕烘乾。由於他烘得太過認真，我看了都不好意思了，途中還對他說「謝謝。就算還有點溼，我也不介意」，但江崎還是以吹風機抵向手帕說道「不，我烘乾後再還妳」，始終沒停止那項作業。江崎最後終於將手帕交給了我。

不管對方是年長者，還是上位者，江崎都是一樣的說話用語，就像不懂敬語似地，這樣的江崎最後留給我的一句話。

「請繼續彈琴吧。這是我由衷的心願。」

我哭得滿臉是淚，但還是忍不住笑了。

護理師見我在走廊上低頭哭泣，一臉擔憂地伸手搭在我肩上。接著窺望我的臉，問我「不要緊吧，發生什麼事了？」我以手帕掩面，揮著右手，向護理師表示我沒事。但護理師還是很擔心地詢問。

「真的沒事嗎？是不是哪裡不舒服？」

我先擤了鼻涕後，趁嗚咽的空檔回答。

「謝謝您，我真的沒事……我現在已經沒事了。」

我搖搖晃晃地站起身，理了理微微變皺的裙子。接著再次以手帕拭淚，然後將它收進包包裡。我吸著鼻涕，轉頭望向通往三〇五號房的走廊。

「妳要更傲慢。」

我可以這麼做對吧，江崎。

我沒什麼自信。我這該不會只是聽到適合自己的建言，就這樣抓著不放吧？該不會就像聚在日光燈旁的飛蟲般，只是毫無自主性地迎合能滿足要求的回答吧？如果是這樣，我該怎麼做才好？我該怎麼辦才好呢，江崎。

「這種東西，我們一定不會懂的。」

江崎接著道。

「如果是太過困難的問題，只有五成的把握，不管派出的是東大生還是小學生，答對的機率一樣都只有百分之五十。要是有人指責我這樣的選擇太過消極，我無法反駁。不過，我認為這樣就行了。」

如果是我思考後得出的答案，「就有充分值得相信的價值」。

我做了個深呼吸後，點了點頭。也許我的結論過於任性。也許過於不合倫理。也許會過於傲慢。

但我還是做了這個選擇。我決定了。

我重新向護理師道謝，然後沿著自己的淚漬痕跡，走上通往三〇五號房的路線。我的腳步聲在安靜的走廊上威風凜凜地響起，就像在祝福凱旋的鼓掌般。我將怯懦的自己收進內心深處，抬頭挺胸，昂首闊步。腦中響起鋼琴演奏。曲目是蕭邦的《英雄》，但演奏的指法卻像是黑澤皐月。

我抵達三〇五號房後，毫不躊躇地打開門。「那個男人」以不悅的眼神瞪向我。

「我不是說妳很礙眼，叫妳滾嗎？妳沒聽到啊？」

我深吸一口氣後，大聲說道。在醫院裡發出這樣的聲音，可能太過大聲。整個三〇五號房都是我的聲音，房內容納不了的聲音，毫不吝惜地從窗戶往外衝。從小大家就都說「葵很文靜呢」，就我來說，這肯定是人生發出的聲音中，最宏亮的一次。我看著男子的眼睛說道：

「我收回之前說的話！……我不原諒你，我再也不會到這裡來，永遠不會再和你見面！」

我沒理會男子錯愕的表情，猛然轉身，就此離開病房。剛才很擔心我的那位護理師，聽到從病房傳出的吼聲，大吃一驚，就此呆立原地。我朝護理師行了一禮說道「叫這麼大聲，真的很抱歉」。

護理師仍是那驚訝的表情，直眨眼，只對我說了一句「以、以後請多留意」。我又行了一禮，筆直地走在走廊上。

或許單純只是我自己漏看了，回程時，走廊上已看不到我留在地上的淚漬。一定是淚水蒸發，融進了空氣中。就像我的迷惘消失在遙遠的世界裡，我的決心飛上天一樣。

一定是這樣沒錯。我心裡這麼想。

走出醫院後，我快步前往目的地。我邊走邊感到不可思議，心想，真是個四處奔波的一天啊。儘管如此，卻一點都不覺得疲憊。這一切的奔波、行動，都是我人生中不可或缺的，是構成我這個人的重要過程。我受自己的決心牽引，步調愈來愈快。沒戴耳機走在戶塚，四周的喧鬧聲，就像現場有鼓笛隊一樣，在我心中輕快地響起進行曲。

與車站拉開距離後，四周的綠意轉濃，從市街傳來的眾多聲響，也從人工轉為自然。蟬鳴聲、鳥叫聲、樹葉聲、風聲。

走出醫院過了約十分鐘左右，我已即將抵達我要前往的那戶人家。它佇立在幽靜的住宅街裡。一棟白色外牆，雙層樓的獨棟房。我沒調勻零亂的呼吸，馬上按下對講機。經過一陣悠哉的鈴聲後，一個過去常聽到，像魔女般的獨特沙啞嗓音應聲答覆。

「請問哪位？」

那聲音傳來難以言喻的懷念和溫暖，令我心頭顫動。我嚥了口氣，出聲說道：

「是我，葵。兩年前曾在老師門下學琴的葵靜葉。」

「哎呀……」，老師發出打從心底感到驚訝的聲音。「妳等我一下哦，我這就去開門。」

過沒多久，大門開啟。老師的模樣和兩年前幾乎沒什麼改變。髮量豐沛，長度及肩的白髮，以及像在暗示年齡般，深深刻印在臉上的法令紋。儘管如此，因為有英挺的眉毛，以及炯炯有神的雙眼，依舊無損她的威嚴和氣質。沒演奏時，總是戴著許多金光閃閃的戒指。確實是老師沒錯。

「呃……老師。」

我話說到一半，老師緩緩朝我面前探出右手。

「先進屋裡吧。我聽妳慢慢說。」

老師迎我進屋。

室內的氣氛，與先前我來上課時幾乎沒有兩樣。寬敞的玄關、寬敞的走廊、寬敞的客廳、寬敞的廚房。一間設計得無比從容的房子，每個地方在空間運用上都很霸氣。這房子就老師一個人住。好像定期會請專門的業者來打掃。屋內每個地方都擺設了精巧的玻璃工藝，呈現出清涼的氣氛。

老師叫我坐向餐廳，她則是走向廚房。

「我這裡只有咖啡，可以嗎？」

「謝謝。」

老師閉上眼，點了點頭，著手沖煮熱咖啡。就算是盛夏，老師一樣只喝熱飲。好像是因為冷飲會讓藝術的感性退化。

老師朝餐桌上擺了兩杯咖啡後，坐向我對面。

「葵。」老師以很緩慢的語速說道。「妳想找我談什麼？」

「我想繼續彈琴。」我明確地回答道。「請像以前那樣指導我鋼琴。我想考音樂大學。」

老師十指交握，緩緩擺向桌面。戴在老師手指上的戒指，在狹窄的空間裡相互推擠。

「我很高興妳有這份心。妳是有才能的人。看妳重拾對鋼琴的熱情，我身為一名指導者，當然很歡迎。不過……」老師嘆了口氣。「鋼琴的技巧就像生鮮。如果疏於維護就會腐敗，一路退化。比河水流逝的速度還快，就像死亡的到來一樣，難以避免。妳有很長一段空白呢。」

「我會練習。不管要花幾小時、幾天、幾年，我都會拚了命練習。」

「很好。」老師面露微笑。「雖然過了一段時日，但妳似乎沒喪失上進心，非常好。那麼，等喝完咖啡後，就馬上來進行測試吧。」

我們喝完咖啡後，便前往擺放平臺鋼琴的上課教室。我因為那房間令人懷念的風景，胸中無限感慨。我回來了。回到這間教室，這個空間，有鋼琴的世界。

「那麼，請彈妳喜歡的曲子。就以這首曲子來判斷妳的琴技生疏到什麼程度吧。」

老師露出神祕的微笑，宛如一顆毒蘋果，催我馬上演奏。

我用力點頭，雙手搭在鍵盤上。我要彈的曲子當然早已決定好了。是剛才吉田大叔的樂器行裡沒能彈成的「那首曲子」。

我從頭到腳都切換成演奏狀態。久違的演奏，已近逼眼前。一想到這點，便感到情緒激昂，全身的血液幾欲就此沸騰。我讓身體像波浪般起伏，看準敲擊第一個鍵的時機。因為第一個音將會決定一切。我小心留神，接著極為大膽地抬起右手，用力朝鍵盤彈下。

蕭邦練習曲十──第十二號「革命」──革命的練習曲

像敲擊般激烈的右手高音、像生命般躍動的左手琶音、像在挑選每一個音似地，在我腳下踩踏的纖細踏板。

這曲子本身就算彈得很慢，頂多也只有兩到三分鐘的長度。這同時也像是在重現我那五天的經歷。與人生漫長的路途相比，五天的時間實在很短。同樣的，兩分鐘的時間也無限地短。但這當中確實有「革命」的存在。某個東西崩毀，某個東西誕生。

時代的轉折點、人生的轉折點、精神的轉折點。

鋼琴宣告「革命」最後一個音時，老師說道「好慘的演奏」。

「右手的跳動太誇張，顯得急躁。踏板踩踏的時機拙劣。很多地方的音色混濁不清。

這樣實在不行。不過……」

老師莞爾一笑。

「就像蕭邦親自在彈奏一樣。」

我在激情尚未平復的情況下，朝老師行了一禮。「謝謝您。」

「妳不在這的兩年時間，我也變得很清閒。這點妳得要好好反省才行。從明天起，要展開斯巴達教育哦。」

猛然回神，我又流下淚來。手中確實還留有剛才彈琴的觸感。那宛如麻痺般的淡淡觸，令我深感滿足。我又能彈鋼琴了。我可以彈鋼琴。

我再次向老師鞠躬。

「今後請您多多指導。」

我的革命才剛開始。

江崎。

沒和你互留聯絡方式，我由衷感到「慶幸」。

我說過，我因為千花與「那個男人」的事，而給自己訂了兩個懲罰。你應該記得這件事吧？

第一個懲罰當然是「往後的人生，一概不彈鋼琴」，不過，關於第二個懲罰，我最後始終沒告訴你。

我對自己訂下的第二個懲罰是「往後的人生，一概不談戀愛」。

「戀愛」是讓千花受傷，就此走上絕路的原因，我決定自己一輩子都不碰。不過，「不談戀愛」這項懲罰，對我來說，其實是很輕的懲罰。因為我有自信，我與那燦爛的世界絕緣，是另一個世界的居民。

這次因為與江崎邂逅，我就此打破「往後的人生，一概不彈鋼琴」的第一個懲罰。我對此深感後悔。因為這是當初我自己下的決定。

不過，對於第二個懲罰，我希望它繼續有效。因為，一次違背兩個懲罰，未免也太自私了。

江崎，你現在在做什麼呢？

請保重身體，要永遠健健康康。

日後如果有緣再相見的話。

江崎純一郎♠

我醒來時，已過中午。我揉著愛睏的眼睛，從床上起身，就此走向書桌。不管昨晚這覺睡得有多糟，一早醒來是否身體像鉛塊一樣沉重，早上我都還是會半自動地進行這項例行功課。我搖晃還沒完全啟動的腦袋，近乎無意識地打開記事本，右手握著原子筆。不過，當然沒有預言出現。我就像不知該做什麼好似地，以原子筆前端朝桌面敲了三次左右，這才想起已經沒有預言。

我已經不再「異於常人」了。

可以像世上大部分人一樣，事先什麼都不知道，迎接宛如白紙般的一天到來。這種心情真是爽快。

我一如平時，穿上POLO衫搭牛仔褲，離開空無一人的家，準備獨自前往咖啡廳。但我突然想到，我得準備伴手禮才行，於是我帶著它走出大門。腳下的涼鞋發出比平時更大聲的摩擦聲。

「噢，老闆。江崎少年回來了。」

我一打開店門，鮑伯便大聲說道。原本蹲在吧臺裡，可能正在忙著處理什麼的老闆，馬上站起身，和平時一樣向我行了一禮。

「歡迎光臨。」

走進店內關上門後，我朝咖啡廳內環視了半晌。清一色的焦褐色地板、椅子、吧臺、持續轉動的留聲機。不知道名稱和用途，宛如古董般的許多小東西、瀰漫店內的咖啡香。老闆。鮑伯。

「你在發什麼呆啊，江崎少年。還是說，你因為受到旅行的影響，現在對許多事物都會感到憐愛呢？」

我冷笑一聲應道「或許是吧」。

鮑伯臉上泛起褐色的笑意。「哦～瞧你，回答得這麼從容。很期待你分享旅途的趣聞哦。」

我坐向鮑伯身旁，老闆默默地遞來一杯雙份濃縮咖啡。響起杯盤與杯子相互摩擦的聲響，充滿懷舊之情。雖然我沒這麼想，但或許就像鮑伯說的，我現在的感覺變得比較纖細敏感。我端起杯子，靜靜地將剛沖好的濃縮咖啡送入口中。這五天來，在其他幾個地方也都有喝咖啡的機會，但我的五感明白，還是老闆沖的咖啡最好喝。真要說的話，我甚至覺得這才稱得上咖啡，別的都是與咖啡極為相近的其他東西。喝了咖啡後，我又多了一項對日常生活的真切感受。

「這趟旅行如何啊，江崎少年？」

我將杯子放回杯盤上。「相當刺激。我的價值觀也有了很大的改變。」

「哦～」鮑伯很滿意地用力點頭，接著又點了一下。「這可真不像你。哎呀，這樣的發展很好。」

鮑伯小口啜飲著美式咖啡，笑容滿面。那看起來像是品嚐咖啡的表情，也像是聽了我說的話之後流露的表情。我看了鮑伯那樂天的態度後，心裡只覺得滑稽好笑，無法按捺。為什麼我會被迫展開這五天的旅程，這位奇人（不過現在看來，這位奇人也漸漸沒那麼神奇了）一點都不知情。

「真要說的話，這趟不算是我的旅行，而是你的旅行。因為你稱呼我是你的『兒子』，所以才會發生這些事。」

我朝鮑伯那膚色微黑的側臉說道。鮑伯就像聽得一頭霧水似地，皺起眉頭，撇著嘴。

「這是什麼意思啊？」

「這不是我的問題，是你的問題哦，社長。」

「嗯。」鮑伯可能是懶得思考，就此放棄追問，恢復原本的表情，很敷衍地應了一句「給你添麻煩了。不好意思啊，江崎少年」。目睹他那大而化之的態度，我不得不說，鮑伯果然是個奇人。我再次含了一口咖啡，潤了潤喉後，對鮑伯開口道：

「不過，我也沒想到會因為這次的機會，而逐漸看清人生的方向。我很感謝你。我從中發現一個因驚險而感到情緒激昂的世界。」

「哦。」鮑伯嘴角輕揚，露出像是想到什麼壞主意般的笑容。「這可不簡單，感覺和你出發前判若兩人啊，江崎少年。你那冥頑不化的想法，竟然能化解到這種程度，看來你這趟旅程相當刺激哦。」

「還行。」我回道。

「那麼，你現在對什麼學問感興趣呢？」

「學問？」我反問後，這才想到，我原本是去參加學術博覽會。我苦惱著該如何回答才好時，鮑伯豎起右手食指。

「等等，讓我猜猜看。如果考慮到你的個性，最有可能的是『哲學』，或者是……」

「不好意思……」

「不，等等，江崎少年。你什麼也別說，我會猜中的，你放心吧。不過，比起哲學，你好像對實用的學問更感興趣。照這樣來看，應該是經營學、法律學，或者是……」

「鮑伯。不好意思，我並不打算讀書。」

「咦。」鮑伯睜大眼睛。「這麼震撼性的話，你竟然可以講得一派輕鬆，江崎少年。到底是怎麼了？」

「沒什麼。我排斥念書，是在離開這裡之前就秉持的一貫態度，不是嗎？將精力投注在那宛如撫摸世界表面的無聊工作，我已經厭倦了。我發現了更有趣的東西。」

「哦，說來聽聽吧。你說有趣的東西是什麼？」

我隔了一會兒後應道。

「是賭博。」

鮑伯馬上從喉中發出「啥——」的一聲驚呼。「江崎少年，你怎麼會說出這麼荒唐的話來。意思是說，你在這趟旅行中投身賭博是嗎？」

我點頭應道。「差不多可以這麼說。」

鮑伯沉聲低吟後，盤起雙臂，蹙起眉頭注視著我。「江崎少年，你該不會是在心裡盤算著，只要善用那個『預言』來要老千，今後的人生就能無往不利吧。」

「正好相反，鮑伯。」我回答。「其實我從昨天開始，就再也聽不到預言了。所以賭博才吸引我。」

鮑伯原本緊蹙的眉頭就此緩緩解凍，朝我投以很感興趣的眼神。「說明一下吧，江崎少年。」

「我以前也說過，我的人生看透一切。如果再這樣下去，我這輩子應該會過著還算優秀、富裕、幸福的生活，幸福指數大約是58左右。我對此感到絕望。因為即使過著這種『中上』的人生，但人生中沒有高山，也沒低谷，沒有危險和危機，也不會有緊張和幹勁。這樣的每一天，新世界的鈸不會響起。」

鮑伯點頭。我繼續往下說。

「其實就在幾天前，我就像你說的那樣，用『預言』賭博。而且是一種不太一樣的撲克牌遊戲。但坦白說，直到實際開始玩遊戲前，我都沒料到我會輸。對我來說，勝負就像是要抓住浮在水面上的橡皮球一樣，我的認知就是這麼天真。不費吹灰之力就能掌握『勝利』，就算失敗，頂多也只是手上沾了幾滴水滴，不會有多大的損失。因為『過去我的人生過得太過安穩』。我心裡有種錯覺，以為有某個神聖不可侵犯之物在保護著我。那或許是社會，或許是父母，或許是『預言』。雖然沒有根據，但我確實不會輸，雖然我也不是很清楚，但我就是不會成為輸家。我的感覺有點麻痺。最後我終於發現這麼單純的事。原來我就像養在室內的動物，一直過著不知道危險和恐懼為何的生活。所以才會都悠哉地高談精神論，對無感的平日生活產生不該有的厭煩。不過……」

「投身賭博後，就此覺醒是嗎？」

「沒錯。」我說。「只要我一不小心，就會很合理地落敗，只要走錯一步，就會跌落。

就算有『預言』也一樣。賭博以最簡單易懂的形式讓我真切感受這點。感覺不錯。在我穿越危險的過程中，感覺全身沐浴在鈸的鳴響中，如同警報一般。那聲響無比舒暢，聽到那個聲響，我感覺自己獲救了。不去看漫長人生的整體，而是將一切全賭在下一張牌上，這樣的剎那性為我帶來強烈的震撼。我想投身在這樣的世界裡，同時，我無法壓抑這樣的衝動。」

我說完後，鮑伯罕見地將咖啡一飲而盡。咖啡如同順著湍急的瀑布而下，迅速地被鮑伯的體內吸收，瞬間從杯裡消失。從留聲機傳出的音樂改變，咖啡香也隨著再度變濃重現。鮑伯將杯子放回杯盤，以餐巾擦嘴後開口道：

「竟然會從一名高中生口中聽到，他日後的夢想是要當一名賭徒，哎呀，這實在太前衛了。或許這是年輕才能做的選擇。」鮑伯兩頰的肌肉上揚。「不過江崎少年，這是你第一次主動做出的選擇。我還是大力表示歡迎吧。因為這對你來說，是響亮的鈸。很好，非常好。人生就是不知道會在哪裡發生什麼事。而且時常主張要抱持開闊視野的，不是別人，就是我。雖然不知道你打算開始做什麼，不過，不管你打算做什麼，我都不會阻止你。你就照自己的意思，多方嘗試各種事吧。」

「適時地參與也很重要。」

「沒錯。」鮑伯露出滿意的微笑。「對了，江崎少年。有件事我從剛才就一直很在意，那個看起來很堅固的公事包是什麼啊？」

順著鮑伯的視線望去，我帶來的那個硬鋁製公事包就橫擺在吧臺上。我猛然想起那件事，開口向他說明。

「對了。我有伴手禮要送你。」

鮑伯聞言，頓時像少年一樣眼睛一亮。「哦。那可真教人期待啊。再也沒有比收到別人送的禮物更教人雀躍了。」

我滑動那個公事包，直接移向鮑伯面前。「聽說你被你弟弟壓搾得很慘呢？」

鮑伯一聽此言，馬上露出前所未見的錯愕表情。就像腦中的迴路有好幾根被強行剪斷般，鬆垮垮地張著嘴，一臉茫然地望著我。但過沒多久，鮑伯馬上回過神來，一臉感佩地笑道：

「這真是……江崎少年，你這句話可真教人吃驚啊。你是從哪兒得到這個消息？」

我沒回答他的提問，靜靜地指著那個公事包。

「它沒鎖。你打開來看看。」

鮑伯此時的神情像慌亂，像苦笑，也像帶著一份從容，以模糊難分的表情伸手搭向那個公事包。接著仔細一一解開上頭的鎖扣後，用力打開公事包。

「……少年，這是？」

我如實地告訴他。「如你所見，是錢。大概有三千萬吧？」

鮑伯可能是早就做好心理準備，不管怎樣都不為所動，他就像在看報紙一樣，望著眼前的鈔票。「你是在哪裡得來的，江崎少年。」

「從你弟弟那裡奪來的。這原本是你的錢吧？既然這樣，還給你很合理。凱撒的歸凱撒。」

儘管如此，鮑伯還是默默望著那一大疊鈔票。

「你可以盡情使用。只要有這些錢，要成立一個小事業應該也不成問題吧？」

「事業是吧……」鮑伯笑著應道。接著他就像在確認鬍子的觸感般，朝臉頰摸了一把，靜靜地閉上眼。「江崎少年，詳情我就不過問了。因為我覺得過問是很不識趣的行為。不過話說回來，沒想到會有這麼一天……當真是不知道什麼時候會發生什麼事。」

「不知道鈫什麼時候會響。」

「沒錯。」鮑伯得意地笑道，接著蓋上公事包。「江崎少年，我問一下，這錢真的是從我弟弟那裡奪來的嗎？」

「沒錯。」我回答。

鮑伯閉上單眼，露出詭異的微笑。「既然這樣，那我就不客氣地收下這筆錢，可以吧？因為從小我就不知道什麼叫客氣。」

我從他的口中感覺出鮑伯的風格，重重地點頭。「當然可以，你愛怎麼用，就怎麼用。」

「既然這樣。」鮑伯將公事包推向老闆。「我決定全數捐給這家店。」

老闆那一直都沒什麼變化的表情，這時微微有了變化，擦玻璃杯的動作就此中斷。接著他不發一語地望著鮑伯，就像在詢問他真正的意思。鮑伯仍是那燦爛的笑容。

「老闆，我一直都受這家店的關照。這只是一點小回報。你就不用客氣，收下吧。」

從別人那裡收到的東西，馬上又轉手送給別人，這彷彿是某天曾見過的光景，但我不在意，繼續注視著鮑伯。他的行動總是教人難以捉摸。不管引用何種邏輯，試著進行何種分析，一樣都不管用。

「你不用在自己身上，沒關係嗎？」我問。

鮑伯微微搖了搖頭。「江崎少年，就像你在賭博時聽到鈸的聲響一樣，我也在這家咖啡廳裡聽到鈸的聲音。我已別無所求。只要每天能在這裡喝咖啡，跟老闆還有你聊天，這樣就夠了，其他已沒有什麼是特別需要的。……不過，既然捐了這筆錢，那我就向老闆提出一項要求，當作是回饋吧。」

鮑伯抬頭望向老闆，老闆微微擺出防備的姿勢。如果豎耳細聽，或許還能聽到老闆吞口水的聲音。因為不可否認，鮑伯有可能提出惡魔般的要求。老闆清咳一聲後問道「你有什麼要求？」

「不好意思，老闆……」鮑伯說。「今後能讓我以美式咖啡的價格，喝和江崎少年一樣的雙份濃縮咖啡嗎？」

我笑了，老闆和鮑伯也笑了。

咖啡的香氣滲進店內的每個角落，溫暖且溫柔地包覆一切。只有這處空間是不被任何東西侵蝕，只有我們三人擁有的聖域。我趁濃縮咖啡還沒變涼，又喝了一口。

「對了，江崎少年。你也可以向老闆提出要求。這原本就是你帶來的資金。」

我苦思了一會兒後，請老闆在店內播放我喜歡的音樂。老闆問我想聽怎樣的曲子，我回答「蕭邦」。

「江崎少年，這可真不像你呢，用留聲機聽鋼琴曲是吧，感覺不錯哦。」鮑伯一副心領神會的模樣，頻頻點頭。

時間像雲一樣緩緩流逝，這間咖啡廳裡有個獨立的世界。有趣的東西，這裡似乎一樣也沒有，但不會讓人覺得無聊的東西，這裡一應俱全。

「對了，江崎少年。你知道這家咖啡廳叫什麼名字嗎？」鮑伯問。
「名字？這家店有名字？」
「當然有啊，江崎少年。不過，我也是在四天前才知道的。」
「叫什麼？」
「叫作『BLANCHE』。」
此時擺鐘鳴響，我幾乎就此想起了什麼。
BLANCHE是吧。原來如此，真是個充滿宿命的名字[45]。
我豎耳聆聽遠方的鋼琴旋律。

45. 法文BLANCHE意思是「白」，而NOIR意思是「黑」。

三枝乃音◆

叮咚的門鈴聲在屋內響起，我整個人跳了起來，衝向玄關。弟弟聽到我發出的急促腳步聲，暗自抱怨了幾句，但沒關係。這無關緊要。我一路衝向玄關，打開大門。這時，果然一如預期，穿著一身工作服，一副工匠打扮的小哥站在門外。

「您好，我是『成城家具』的員工，您訂的貨送來了。」

我就像在說「等你很久了」似地，請這位小哥進屋，帶他到我的房間去。接著仔細向他說明那東西的設置場所。因為要是完成的東西，與我腦中所描繪的畫面落差太大的話，我可受不了。這時候絕不能偷懶。我加入大量的肢體動作，在這位小哥能徹底理解之前，一再地向他說明。待小哥終於全都理解後，他用力豎起大拇指，作為「一切包在我身上」的證明。我也回以同樣的手勢，乖乖地待在客廳裡看書。接下來的工作，就交給專家去辦吧。相信專業準沒錯。

「希望下次還有機會為您服務。」

兩個小時後，我以欣賞晚霞般的溫暖笑臉目送那位小哥離去的背影。小哥，你做得無可挑剔。

我回到房間後，不禁為眼前的光景看得如痴如醉。多麼令人垂涎的光景啊。太美了，美到不行。

說到我為什麼會這麼興奮呢？因為我在自己的房間裡設置了期盼已久的書架。

而且一次三個。三個哦。

我光想，嘴角就忍不住緩緩上揚。貼牆式的高大書架、搭載旋轉功能的雜誌架，以及當作室內裝飾，別具設計性的玻璃展示架。這次的購物，真教人心滿意足。

「姊，這樣花多少錢？」

聽見背後傳來這不識趣的聲音，我以黏度極高的動作緩緩轉頭。面向我那表情憨到破表的傻弟弟，無限慈悲地對他仔細說明。

「約八萬日圓。如何啊，吾弟？不論是從實際的書本容納量來看，還是從造型之美的觀點來看，這都堪稱是完美的『COST PERFORMANCE（CP值）』對吧？」

弟弟皺著眉頭，伸手搔抓鬢角。「姊，妳果然很怪。」

「哼」，我朝傻弟弟駁斥道。「這次我做的小投資有了成果，多了一筆臨時收入。我用當中一部分的錢換來具體的實物。吾弟，你猜我這位『東洋大富豪』的存款有多少？」

「不知道。」弟弟懶得搭理地應道。「大概兩萬日圓左右吧？」

「哇哈哈，無知是一種罪啊，我可悲的傻弟弟。好好給你那欠缺滋潤的腦袋補充點營養吧。喏，賞你一點資金。一定要去購買好書哦。」

我如此說道，給了弟弟兩萬日圓。弟弟就像發現《原子小金剛》的初版書似地，一臉感動的表情，眼中閃著光輝，就這樣在我面前跪下。

「姊，妳真的要給我這兩萬日圓？」

「你會答應我，用這筆錢買書嗎？」

「不會。」

「啊架！」

弟弟從我手中搶走那兩萬日圓後，便展現伊賀忍者般的神速衝出大門外。我望著這個愚蠢之人的背影，嘆了口氣。算了，就這樣吧。因為我目前的存款還很充裕。

外頭的陽光耀眼毒辣，但空氣清澈，讓人覺得舒暢宜人。我走出家門後，一路朝水道橋方向走去。我打出生後便一直住在這裡，眼前這看慣的景致，如今在得知許多事情後，對它的看法似乎也有了改變。

離開家走約五分鐘後，我抵達了那座公園。小學時代的我幾乎每天都泡在這裡，和朋友們四處濫捕蚱蜢，幾乎都快觸法的那座公園。一邊喧譁，一邊全力奔跑，開心玩著警察抓小偷的公園。和愛讀書的小皐邂逅的公園。

自從升上國中後，我就很少到公園來，但公園裡的氣氛還是和以前一樣沒變。小小的公園占地裡，各設置了一張長椅和一座鞦韆。除此之外，雜草叢生，看得出公家機關沒對這裡展開維護。這也和當時一樣。我坐向小皐當時常坐的長椅，仰望天空。但強烈的陽光令我屈服，我馬上低下頭去。地面上清楚浮現我的影子，就像以黑色油漆塗成一般。我試著挺直腰桿，雙手擺出看書時的姿態。

嗯，如果只有影子的話，看起來和小皐是有幾分像。

我感受著長椅的觸感，接著站起身，再度邁步往前走。原本這座公園就只是順道繞過來看看。我原本的目的地是其他地方。

我結束這次的小旅行後，試著打了幾通電話到小皐家附近的寺院以及墓園。我心想，搞不好小皐就埋葬在當中的某處，果不其然，後來得知小皐的遺骨就埋葬在多摩川線沿途的一座小寺院。能掌握這個資訊，真的很幸運。不論死因為何，依照一般慣例，黑澤孝介還是非埋葬小皐不可。

因為這個緣故，我決定轉乘電車，前往那座寺院。

這座寺院真的很小，就像我前面說的，占地面積也很小。話說回來，裡頭擺放的墓碑連十個都不到。嗯，這可真教人意外。寺內住持看到我，向我點頭致意，朝我走近。我向他問候，告知我的來意後，住持很親切地帶我前往小皐的墳前。每次踩在碎石子上就會傳來乾燥的聲響，讓我聯想到死亡的氣味，真的很不可思議。

刻有「黑澤家之墓」的漆黑墓碑，伴隨著光滑的光澤，折射陽光。我緊咬著嘴唇。

在今天之前，小皐的死始終都只是從別人那裡聽來的消息。沒有實物的證據，或是明確的根據，就只是聽起來覺得「煞有其事」。

而現在，它以「墓碑」的形式，簡單明瞭在我面前證明她的死亡。當然了，因為它寫著「黑澤家之墓」，所以這一定不是小皐個人的墳墓，還包含了她的歷代祖先。光這樣無法完美地證明黑澤家的「皐月小姐」已死。但光是這樣，就已充分讓我真切感受到小皐已從這世上消失。這裡確實存在著死亡。

小皐。妳真的死了對吧。我在心中如此低語。

小皐常引用的笛卡兒，聽說很重視「果決」。據笛卡兒所言，思考中的人可說是佇立於森林中的一種狀態。因此，為了走出思考的森林，就一定「得向前邁步才行」。只要繼續佇立原地，我們就永遠都會是困在森林裡的人。為了走出森林，（不管選哪個方向）都非得前進不可。而一度決定的路線，絕不能轉彎（一不小心又會迷失方向）。也就是說，只要一路前進，（不論是怎樣的選擇）我們一定都能遠離森林的中心，朝森林出口接近。

小皐一定是遵從自己的選擇，貫徹自己的信念。

「為什麼妳不找我商量？」、「既然妳那麼難受，向我吐露妳的感受不是很好嗎」，現在的我，無法自以為是地對小皐說出這麼不負責任的話來。因為小皐是自己選擇，相信自己而活。

「我思故我在」

小皐在激進的懷疑主義下，認為自己的認知和決定才是最值得信賴的事。我還是很以這樣的小皐（姑且不論她的行動是對是錯）為傲。如果沒有小皐，一定沒有現在的我。

當真是「NO小皐，NO乃音」。

我重新縮緊自己變得鬆弛的淚腺後，微微一笑。接著從包包裡取出事先在家中摺好的紙鶴，擺在墓碑上。墓碑默默地折射日光。

我已經無法用手指閱讀。

過去以手指閱讀的大量書籍，一字一句都仍留在我腦中，沒半點遺漏，但已無法再追加新書。不過，這樣也好。這才是原本該有的樣貌。書本就應該隨著時間流逝，或是伴隨著生活，一直讀下去才對。

因為我以手指閱讀過小皐的日記，所以小皐在我記憶深處紮根。她成了我身體的一部分，在死神造訪我之前，她都會活在我心中。我永遠都會和小皐一起。這樣就夠了。

小皐。我現在正準備去書店。因為多了小小的一筆臨時收入。我準備朝肩膀使勁，綁緊頭巾，好好闊氣地散財一番。因為好不容易買回了書架。而且我也得多買些參考書才行啊，小皐。四年前妳給了我這麼方便好用的能力，所以我完全都沒用功念書。因為除了理科外，只要把大部分的教科書和參考書存進腦中，就天下無敵了。也因為這樣，現在我無法再用手指閱讀後，在用功的這層含意下，有點焦急。之前要是連大學水準的參考書也先讀過就好了。我真是太疏忽了。不，二宮尊德也說過「人誕生於世，若不學習，便如同從未誕生」，人生真的不能不用功啊。

「哈哈」，我笑了，拭去忍不住流下的淚。

「小皐。我想，我們應該是完全照妳所想的去奔忙吧。那可疑的機械最後也破壞了，妳的日記我也閱讀過了。還收到妳留下的訊息。」

抱歉，對妳撒了謊。

請原諒我的任性胡來。

無法一直當妳的好姊姊，真的很抱歉。

「小皐。對我而言，妳一直都是帥氣又『COOL』的姊姊。妳一點都不需要擔心。所以……妳完全不用顧慮，好好地安息吧。妳不惜化為亡靈，出現在我們面前，這樣不行哦。」

突然一陣強風吹來，將擺在墓碑旁的紙鶴吹走。我急忙撿起紙鶴，收進包包裡。

「我還是帶回去吧。不管怎樣，要是下雨，它就會溼成一團，而且可能也會給寺院裡的人添麻煩。」

面對我的自言自語，墓碑還是一樣沉默無語。

我露出開朗的笑容後，就此離開寺院。

我坐電車前往新宿。目的當然是大型書店。我通過店門口，和平時一樣精挑細選，這時，日記本的販售攤位映入我眼中。

我暗自發出「嗯」的一聲，拿起其中一本。

今後我也來寫日記吧。

雖然唐突，但我還是意志堅決地做出這個決定。

寫日記就是創造文章。

寫下文章，就是以話語贈給某人。

閱讀某人的話語，就是與某人展開對話。

對話代表不會遺忘。

我帶著淡淡的微笑，再次走進書本的森林深處。

這座森林一直往深處無限延伸。

大須賀駿♣

發現她的背影後，我忍不住露出歡顏。因為上面有明確的答案。我展開這五天旅行的原因、我被黑澤皐月選中的原因、我接下來該說的話，以及她會有的反應。感覺我有點卑鄙，但講這個也沒用。今天依舊是老樣子，我依然是我。

圖書館裡果然很安靜。人潮稀疏，不時傳來翻頁的聲音，或是某人低調的腳步聲，除此之外，便沒有任何像聲音的聲音存在。空氣中瀰漫著在常溫下熟成的書籍所散發的沉重香氣，我每次呼吸，便會重新認識，原來這裡就是圖書館啊。我遵照圖書館裡的慣習，盡可能不發出腳步聲，一步步朝彌生走近。

彌生坐在椅子上看某本書。在這個距離下，我不知道那是什麼書，但從尺寸來看，是大開本的書。書擺在桌上敞開著，彌生以俯視的姿態閱讀。她雙手規矩地擺在膝蓋上，顯得有規矩又可愛。

我輕拍彌生的肩膀，喚了一聲「彌生」。

彌生就像是從我的手指中感受到強力的靜電般，叫了聲「嚇！」全身一震。急忙轉頭望向我。

「……咦？是、是大須賀同學？你怎麼會在這裡……不，我不是那個意思。」

彌生嘴裡的話就像被舌頭吸住似地，說起話來吞吞吐吐，臉蛋漲得好紅。由於彌生顯得很慌亂，潛伏在我心中的緊張就此得到緩和。雖然彌生的聲音一點都不響亮，但在館內響起後，馬上引來周遭人的注目。我感覺到周邊的人們都從書中抬起頭，朝我們投注視線。也不知道彌生是否注意到這樣的視線，她急忙選定要說的話，壓低聲音。

「歡……歡迎你回來。」

我微微一笑，接著回了一句「我回來了」，並問她「妳在看什麼書？」

但彌生沒回答，就只是紅著臉，忸怩地低著頭。我感到納悶，望向擺在桌上的那本書，發現打開的頁面裡滿滿都是鳥，全都整齊劃一地面朝左方。有小椋鳥、灰背椋鳥、粉紅椋鳥、歐洲椋鳥。嗯。

我不發一語地看著那本書，這時彌生終於小聲地回答。

「……是鳥類圖鑑。」

長時間在圖書館內交談，不太好意思，而這樣壓低聲音也不方便說話。我決定邀彌生到外面談。彌生就像還沒搞清楚狀況般，一臉慌亂，但還是馬上便同意我的提議，以熟練的動作將書本放回書架上，走出圖書館。看得出來，彌生是這間圖書館的常客。

走出圖書館後，我們開始漫無目的走向國道一四號方向。因為沒有特定的目的地，我們的步履像烏龜一樣慢。到底要去哪兒，我們一直沉默不語，彼此摸索著，就此向前跨步。

「彌生，妳喜歡鳥類啊？」我試著詢問。

彌生連面對如此簡單的問題，也像是遭遇人生中的大事般，無比慌亂，以不成人語的聲音接話道：

「呃、那個、我……」彌生忸怩地搓著雙手，最後終於做出回答。「不、不算討厭。」

「不過，妳看鳥類圖鑑，那表示妳應該滿喜歡的吧？」

彌生用力搖頭。「只、只是剛好拿來看而已……比起這個……」

彌生極力壓抑那幾欲滿出的忸怩不安，向我問道。

「大須賀同學，你怎麼會來圖書館呢？」

「剛才我問過妳舅舅和舅媽。他們說妳向來都在圖書館。」

彌生一聽此言，驚訝得瞪大眼睛，張著嘴巴。我們剛好遇上紅燈，就此停下。

「妳喜歡看書嗎？」

彌生再次搖頭。

「不、不是很喜歡……只是因為圖書館很安靜，可以打發時間，所以……」

「這樣啊……」我說。就像她舅舅說的一樣。「妳不像妳姊姊呢。」

「咦？」

「請當我在自言自語。」

我今天早上獨自前往彌生家。彌生家位於商店街邊陲的位置，一棟外觀還算新的二層樓木造房。雖然我從未去過彌生家拜訪，但我隱約記得「這裡就是彌生家」。再怎麼說，我們畢竟國中到現在都是同學。就算沒特別注意，還是會很自然地記住。

我針對這次和黑澤皐月、黑澤孝介有關的一連串事件，在腦中重新整理一遍，對於我被召喚的理由，我有必要「確認答案」。我知道真壁彌生是黑澤孝介的女兒，黑澤皐月的妹妹。但為什麼妹妹彌生姓「真壁」，而姊姊皐月姓「黑澤」？她們兩人之間發生過什麼事？

更重要的是，為什麼黑澤皐月會召喚「我」？有許多未解之謎。

本想先寫封電子郵件給彌生，再到她家拜訪，但以這次的情況來說，我想談話的對象不是彌生，反而是她的舅舅或舅媽。因此，雖知這樣很沒禮貌，但我還是沒先預約一聲，就直接登門拜訪。

我很緊張地按下對講機，不久，傳來像是彌生她舅媽的聲音。

「喂？請問是哪位？」

不知為何，那噗通噗通直跳的心跳聲，令我更加緊張，但我還是硬擠出聲音，很簡短地（而且適時改編實情）說明情況。

我是彌生的同學，名叫大須賀。我有位朋友，是黑澤皐月這位女孩小學時代的同窗，她說「黑澤皐月小姐的妹妹，可能就是你的朋友真壁彌生」，並向我提出許多證據。我起初也半信半疑，但愈是驗證這些證據，愈覺得彌生同學是皐月小姐的妹妹。您想必諸事繁忙，我這次來訪，真的是很任性之舉。不過，如果您方便，可否和您談談這件事呢？

連我都覺得這樣的說明含糊難懂（而且不像是實話），但彌生的舅媽聽了，卻隔著對講機恭順地應和，毫不猶豫地請我進屋。她舅媽帶我來到客廳沙發後，端來冰麥茶款待。

「我這就叫我先生來，您請稍候一下。」

「突然來訪，真的很抱歉。勞煩您了。」

這位舅媽和善地微微一笑。「沒關係的。我想，我先生一定也很樂意和你談這件事。」

彌生的舅媽舉止溫柔，即使面對我這位不速之客，也完全沒擺臉色。這時的我心想「彌生就算沒有爸媽，但能由這位和善的舅媽養大，一定過得很幸福」，滿腦子都是樂觀的想法。

我坐在沙發上環視客廳。這裡就是彌生家。想到這裡，就覺得心臟用力跳了一下，但細看後發現，客廳四周找不到一樣可以感受到彌生存在感的物品。乾淨的碗櫃、中島式廚房、木製的電話架、大型的液晶電視。沙發很柔軟，桌子沒半點刮傷。每樣東西都構成了一般家庭的客廳（看起來比我家富裕多了），但就是看不到彌生的私人物品。我對此覺得有點不太對勁，但我馬上便不再多想，並告訴自己，也許一般就是這樣。

過了一會兒，彌生的舅舅從二樓走下。他和彌生的舅媽一樣，擁有和善的面相和氣質。他就像要避免發出多餘的聲響般，走路步伐相當謹慎，溫柔的眼神始終帶著笑意。從服裝到方框眼鏡，全都充分表現出這位舅舅為人良善。

「您好，我是彌生的舅舅。」

我急忙起身行禮。站在彌生的舅舅面前，突然覺得我就像是為了求婚而登門拜訪似的，變得特別緊張。但這位舅舅溫柔的笑臉拯救了我，我慢慢重拾平靜。我像剛才隔著對講機對彌生的舅媽說明那樣，簡潔地說明了情況。舅舅聽完後，閉上眼，臉上露出充滿懷念的微笑，接著摘下眼鏡，按住眼頭。

「抱歉，因為想起我姊姊。」舅舅說完後，再次掛上眼鏡。

「雖然不知道該跟你說多少才恰當，不過，能說的，我就都告訴你吧。反正今天剛好休假，我一整天都有空。」

彌生的舅舅告訴我以下這個故事。

這位舅舅的親姊姊「真壁優美」，曾經與人熱戀。舅舅說，真壁優美不論是功課還是運動，各方面都有很強實力，而且面貌姣好。

「也曾經有朋友對我說『可以幫我將這封信交給你姊姊嗎？』託我轉交情書。這也是很麻煩的一件事。」

真壁優美似乎就是這麼受歡迎。總之，真壁優美有點完美過頭（舅舅還補上一句「雖然我覺得可能是因為回憶而被美化了」）。不過，她曾是所謂的校園女神、男生的關注焦點、高不可攀的鮮花。但這位成績優秀、開朗活潑、面貌姣好的女神，對男性始終不屑一顧。周遭的男性看在她眼裡，可能全都不夠吸引她吧。或者是當時還不是她想談戀愛的時候。也可能是另有其他原因。雖然不清楚真相為何（對舅舅而言），但不管怎樣，在她上大學之前，都不曾談過戀愛。

然而，真壁優美最後墜入情網。

對方是她在大學認識的男性，名叫「黑澤孝介」。原本真壁優美一直都活在與戀愛絕緣的世界裡，而現在她卻像在享受這樣的反作用力般，傾心於黑澤孝介。

「每天她一回到家，就告訴我黑澤先生有哪一點多迷人。真教人受不了。誰會對姊姊的戀情感興趣啊？每當有電話打到家裡，姊姊就會快步跑向電話。比誰都早一步接起話筒。如果打來的人不是黑澤先生，她就會把話筒拋向一旁，如果是黑澤先生，就一直說個沒完。真受不了當時的姊姊。」

不久，真壁優美與黑澤孝介展開交往，幾年後，順理成章地結為夫妻。兩人各自搬離老家，開始同住。

「雖說是姊弟，但終究是外人。雖然我不知道姊姊與黑澤先生之間的詳細關係，但感覺他們婚後一切都很順利。姊姊在電話中的聲音，每天聽起來都很興奮。」

他們很滿意兩人共有的時間，鍾愛兩人共有的空間。

過沒多久，兩人有了孩子——是個女孩。

「當時他們好像說，雖然感覺有點隨便，但就以出生的月分來命名吧。」——黑澤皐月就這樣誕生。

有了孩子後，原本兩人的空間，必然會變成三人的空間。一個隨處可見，很平凡的三人家庭就此形成。

「隔年，又一個女孩出生。兩人只差一歲。其實是九月出生，但如果取名『長月』，念起來很拗口，而且少了一份可愛對吧？但我姊姊很希望這對姊妹能有一致感。於是決定以假的生出月分命名。至於選了哪個月分，你也知道的。」——黑澤彌生就此誕生在世上。

舅舅說，從皐月到彌生的出生，每天都忙得不可開交。兩人每天都忙著打造育兒的環境，或是辦理手續。接連的懷孕和生產，如同象徵著昔日熱戀的兩人時光，一眨眼就過去了。

「但走到這一步，兩人之間開始不合。」

黑澤孝介不愛孩子。

「這是我個人的感覺，我不知道該怎樣形容才好。但終歸一句，黑澤先生完全無法去愛自己的兩個女兒。一點都不想照顧她們，非但如此，嬰兒晚上哭得特別凶的時候，他甚至會狠狠地打嬰兒耳光。」

不明白為什麼黑澤孝介無法給孩子關愛。不過，彌生的舅舅先聲明一點「這純粹是我個人的推測」，接著說出他的看法。

「黑澤先生一定是只愛他的妻子優美。對他來說，優美才是一切，孩子完全沒需要。

非但如此，孩子看起來可能就像是妨礙他們兩人生活的壞蛋。……這當然不值得同情。除了管教以外，父母以其他目的對孩子動手，都是絕對不允許的事。不過，我和內人都沒有孩子。」

舅舅略顯悲戚地苦笑。

「回歸正題吧。我姊姊再也受不了黑澤先生的行徑，於是在皐月三歲那年申請離婚。」

黑澤皐月三歲。黑澤彌生兩歲。

帶著如此年幼的孩子離婚。婚後改姓黑澤的黑澤優美，名字再次改回真壁優美。

「不過，黑澤先生堅持不肯離婚。每次只要一提到離婚的事，黑澤先生就跪地向我姊姊懇求道『我已經在反省了。今後我會努力去面對我們的女兒』。」

不管嘴巴上講得再好聽，但事實上，黑澤孝介仍舊對年幼的女兒施暴，把一切育兒的工作都丟給真壁優美。完全沒有酌情原諒的餘地。彌生的舅舅做出這樣的判斷。然而……

「我姊姊她還是深愛著黑澤先生。不管他對自己心愛的孩子做出多過分的事，不論他的人格有多大的缺陷，他畢竟都是自己一生唯一的摯愛。無法輕易割捨。」

因此，真壁優美相信黑澤孝介的話，朝他寄託一絲希望。真壁優美向黑澤孝介提出一個條件，讓他覺得兩人有破鏡重圓的可能。

「我姊姊決定將皐月交給黑澤先生照顧。」

至於理由，真壁優美在包含弟弟等人在內的眾親戚面前，做了以下的說明。

——我無法原諒丈夫對女兒的冷酷行徑。就像沒當人看一樣，很粗魯地對待，有時甚至暴力相向也不在乎。這些舉止都深深刺痛我的心。但我還無法完全去嫌棄我的丈夫。我丈夫沉睡心底深處的溫柔，我比誰都清楚。

我仍願意相信我丈夫。

因此我決定將皐月託付給他。對女性來說……更正，對身為母親的我來說，女兒等同是我忍著痛產下的另一個「分身」。皐月和彌生是我的女兒，同時也是我身體的「一部分」。我將自己的一部分託付給丈夫，這是在莫大的勇氣下做出的決定。我願意相信我丈夫。

如果三年後，我丈夫將皐月平安養大，我會和他再婚。而相反的，如果他一樣對皐月做出那些不人道的行徑，不用等到三年後，我馬上就會將皐月接回，並立刻與黑澤孝介斷絕關係。

我再說一次。我女兒是我的「分身」。因此，如果我丈夫愛我，一定也會愛我們的女兒。因為女兒就是我——

就這樣，姊姊皐月由黑澤孝介養育，妹妹彌生則由真壁優美養育，各自展開不同的人生。

在那三年間，黑澤孝介究竟是否用真愛去對待自己的女兒皐月呢？現實是殘酷的，連審判的機會也不給。

因為兩人離婚兩年後，真壁優美便因病辭世。

「我姊姊天生就有『心房中隔缺損』這種先天性的心臟病。但說來慚愧，在姊姊上小學後，我們一家人都忘了這件事。因為剛才也說過，我姊姊不光功課好，在運動方面也都能輕鬆拿到平均以上的成績。話說回來，這種病據說如果一直都沒出現症狀，可能就是自然痊癒了，大家都心想『她的病沒事了』，而完全放心。」

但真壁優美卻死了。

「醫生說，這無疑是因為生產造成心臟疾病惡化。生產似乎原本就會對血液系統造成很大的負擔。有宿疾的姊姊卻還連續兩年生產，身體太過勉強……」

那項觀察三年的提案當然因此失效，皐月就這樣由黑澤孝介養育，而彌生則由真壁優美的弟弟，也就是彌生的舅舅收養。

「因為我們沒有孩子，而且這是姊姊的孩子，所以我很高興地收養了彌生。內人也很贊成。」

就這樣歲月流逝，來到我們生活的現今。

聽完這番話後，我很理所當然地想起黑澤孝介的臉。在窗外景致可以一覽無遺的雷遜電子總公司最頂樓，進見那位聰明的中年男子。一位擁有異於常人的價值觀，很不可思議的人物。雖然這始終都是我個人的猜測，不過，對黑澤孝介而言，真壁優美的死因是「生產」這件事，是比任何一切都重要的事實。或許甚至可以說是造成這一切的契機。

「對了，請問彌生同學在哪裡？」我問彌生的舅舅。

我在真壁家已叨擾了將近一個小時，但始終沒看到彌生的身影。一開始我以為她可能是在二樓的個人房間裡，抱持著這個毫無根據的幻想，但二樓完全沒傳出聲響。

聽我這樣詢問，舅舅露出有點尷尬的表情。

「彌生她……外出中。」

「外出？」

「該怎麼說呢……彌生不太想待在家裡。」

「為什麼？」

舅舅緊咬嘴脣，停頓了一會兒後才回答。

「一定是彌生用她的方式在顧慮我們吧。說來也可悲，我和內人終究不是彌生的『父母』。不管過了再久，始終都還是她的舅舅和舅媽。對彌生來說，她受我們夫妻的恩惠，不是『接受父母無償的愛』，而是『向外人收受的愧疚之物』。所以彌生向來都盡可能不給我們添麻煩，總是做出不讓我們花錢的選擇。高中選的是公立高中，也不去上補習班。如果想送她禮物，她會堅持選比較便宜的，而且很想去外頭打工。就連現在也是，如果待在家裡，會讓我們替她費心，所以她才外出。讓彌生顧慮這麼多事，是我們能力不夠。」

我就此想起一件和彌生有關的事。

彌生比任何人都早到校，也比任何人都晚離校。這不就是彌生發出的孤獨信號嗎？太簡單好懂了。碰巧她姊姊黑澤皐月也一樣，總是最早到校，最晚離校。我之前還很樂觀地用我那憨傻的想法看待，認為那是個很不可思議的信念。

當我享受著平凡的日子時，彌生為了不給舅舅和舅媽添麻煩，一直想要獨立自主。一想到這裡，就感到很慚愧。我的沒用，就像奶油般，滲進我身體深處。

「對了，你是彌生的男朋友嗎？」

「咦？」面對這唐突的詢問，我不由自主地發出一聲驚呼。「不、不……我不是。」

舅舅聽了後，應了聲「這樣啊」，露出鬆了口氣的表情。「太好了、太好了。要是彌生交了男朋友，我身為監護人，就非得打你耳光才行了。然後大聲地喊一句『你想對我們家彌生怎樣』。」

這位外表敦厚的舅舅說的這句話，令我靜靜地感到一陣戰慄。這時候絕不能亂說話。

我配合現場的氣氛，乾笑兩聲。舅舅似乎也受我影響，開始發出笑聲。不知不覺間，兩人的笑聲在客廳溫暖地擴散開來，伴隨著滋潤的溫情，形成回響。待充滿暖色的笑意結束後，舅舅臉上泛起原先的柔和笑容，對我說道：

「彌生向來都在幕張店前的圖書館，如果你打算去見她的話，可以幫我傳句話嗎？就說『多多倚賴舅舅和舅媽吧』。因為就算我們這樣說，她也不會坦然接受的。」

我臉上泛起平靜的笑容，回答道「我明白了。我會轉告她的」。之後我向他們夫妻倆道謝，就此離開真壁家。

燈號由紅轉綠，我和彌生再次開始漫無目標地走著。我和彌生一樣都踩著緩慢的步伐。但我心想，這樣的步調或許正剛好。因為龐大的資訊和故事就像團體操一樣，在這五天的時間裡，在我四周東奔西跑，令人眼花繚亂。現在稍微放鬆悠哉一下，又有何妨。

彌生基本上一直都低著頭走，但不時會像在意時間似地偷瞄我。幾次偷瞄的過程，和我視線交會，她就會像做了壞事而反省般，急忙望向地面。然後臉當然紅得像紅燈籠一樣。

我忍不住笑了。就算換了個人在場，一定也會忍不住笑。因為她的舉止不光帶有女性的可愛，也很像是小動物那令人無法抗拒的可愛。

「我、我可以買飲料嗎？」彌生突然說道。

我回了一句「當然可以」，彌生露出略顯歉疚的笑臉，跑向路邊的自動販賣機。她站在自動販賣機前，就像在選擇要到哪所學校就讀般，開始謹慎地挑選起飲料。如果這時候我機靈地主動幫彌生出錢的話，一定很帥氣，但說來可悲，窮人就是手頭緊啊。因為前些日子的那趟旅行，我的財產已趨近於零。我微微嘆了口氣，將目光焦點對準挑選飲料的彌生背後。

「85」，我出聲說道。

彌生就此中斷挑選飲料，轉頭望向我。接著她偏著頭，窺望我的反應。

「偏差值會到85這麼高嗎？」我看了一眼後，向彌生拋出這個莫名其妙的問題。

彌生雖然大感困惑，但還是仰望天空思考了一會兒，沒什麼把握地回答道：

「我、我不清楚，不過……應該不會吧？雖然得看模擬考的種類而定……不過，我沒聽說過偏差值有這麼高的數字……」

「就說嘛。」我回答。「一定不可能有。」

「……嗯。」彌生對我那奇怪的提問露出納悶的神情，再次轉身面向自動販賣機，挑選飲料。我靜靜注視著彌生的背部。

江崎前往賭場回來的隔天，就聽不到預言了。

乃音在讀過小阜的日記後，便無法再用手指閱讀。

葵小姐在破壞工廠的巨大機械後，便無法再破壞任何東西。

他們各自有當作目標的對象，達成任務後，原本異於常人的能力便像退潮一樣，靜靜地消失。原來如此，真是耐人尋味。

我對彌生的背後喚道。

「妳舅舅和舅媽說，希望妳多多倚賴他們。」

彌生和她每次的反應一樣，全身一震，但她並未轉頭看我。她就像在遵從心中某個嚴格的規定般，背對著我說道。

「我、我現在已經很倚賴他們了。」

「他們說，要妳再多倚賴一點。」

「……嗯。」彌生發出像是極力壓抑心中慌亂的應答聲。那像是在逞強，也像是在撒嬌，到最後我還是不懂她那應答聲的含意，不過，這伴隨著複雜的含意，令現場空氣為之震動。

有句話一直保留在我心底，我猶豫現在該不該說。原本我自己心中的預定計畫，是想在氣氛更好的地方，在符合「紳士」的氣氛下說出這番話，但現在漸漸覺得這樣的規劃好像有哪裡不太對。就還是用我自己的風格去做吧。這個想法令我內心動搖。

「我說，彌生。」

「……嗯。」

彌生的回答感覺帶有防備。「他也許會提到我舅舅和舅媽的事」，我可以清楚感受到彌生這樣的心境。但此時從我口中說出的話，與彌生的預料不太一樣。

「雖然這不太像我會說的話，不過，妳也可以多多倚賴我啊。」

「咦？」彌生發出一聲驚呼，背對著我，就這樣僵直不動。

我接著說。

「該怎麼說呢？妳從小就沒有父母，或許會覺得自己一直都是孤零零一人，產生這樣的錯覺。不過，像是不是親生父母這種小事，就不用去在意了。不論是妳的舅舅、舅媽……還是幫不上什麼忙的我，妳都可以好好倚賴我們。不論是誰，多少都得和人互相合作才能活下去。向別人借用自己所欠缺的部分，覺得別人欠缺的部分，自己加以補足。雖然這句話好像在哪兒聽過，聽起來有點老套。」

「謝、謝謝你。」彌生說。「可、可是，我不能給舅舅、舅媽，以及大須賀同學你添麻煩……我、我得自己做到某個程度才行……」

彌生這句話說得愈來愈小聲，接著她終於從自動販賣機中選出一瓶飲料，手指搭向按鈕。

「我從『非日常』當中看出了『日常』。」

「這、這什麼意思？」彌生問。

「我之前出外展開一場旅行，在旅行的過程中，我對『日常』展開思考。思考我平日生活的這個城市、學校、朋友、母親，還有彌生妳。這些事──當然也不是一直在想啦──一一從我腦中掠過。猛然回神才發現，在這當中，我很常想到妳。」我一邊窺望彌生的反應，一邊接著說道。「不光是和妳一起去星象館那天的事。仔細回想才發現，從國中開始，有很多時間我都是和妳一同度過。例如我們座位是隔壁、一起進行分組活動、國三時一同擔任衛生股長、畢業旅行的試膽活動分到同組……總之，我想起了許多過往。但我以前都覺得這是很普通的事。我應該要更早得到這個機會，停下腳步，重新仔細看待妳的存在。啊……也就是說……該怎麼說好呢。」

乃音說過的話突然從我腦中閃過。

「如果是真心話，又何需修飾話語呢」

沒錯。我這個人的個性就是愛拖拖拉拉。此刻我得更簡潔地傳達我心裡的想法才行。我的真心話，必須揮除所有囉哩八嗦的修飾語，讓它成為赤裸裸的真話，以此來表達。

傳來彌生按下自動販賣機按鈕的聲響。

我緩緩深吸口氣，仔細地說出心中的話語。

「彌生，我喜歡妳。」

發出卡嚓一聲，奶茶的鋁罐撞向取物口。待那粗暴的撞擊消失後，寂靜支配了我們四周。就像所有原素都事先講好似地，決定同時沉默，讓這世界化為真空。

我默默等候彌生回應，只見彌生無聲地彎下腰，擺出蹲向地面的姿勢。我起初當她是伸手朝取物口拿奶茶，但似乎不是這麼回事。

彌生把臉埋進雙膝間，就此全身顫抖，輕聲哭了起來。像是在吸鼻涕的聲音，以及嗚咽聲，交錯在一起，傳進我耳裡。

我急忙奔向彌生身邊，思索著該對她說什麼才好。

「抱、抱歉。妳嚇到了對吧。我的意思是，妳、妳可以倚賴我沒關係，所以……」

我小小聲地說道，比彌生還要結巴，彌生則是用比平時更輕細的聲音說了一句「謝謝」。待嗚咽徹底停止後，彌生接著道：

「我是因為高興……我、我很高興。」

為了明確傳達自己的情感，彌生極力與淚水糾纏，想向我表達自己的感受。個性害羞、怕生、容易緊張，這樣的彌生此刻正努力吐露自己的情感。我見彌生這樣的反應，非常開心，同時也有點歉疚。

抱歉，彌生，其實我知道妳此時覺得很高興。打從我在圖書館看到妳的背部開始。

我暗自在心中對彌生謝罪後，就像要讓她的嗚咽完全消失般，輕撫她的背。這模樣如同對她背後浮現的數字「85」無比憐愛一般。

那五天的時間，我都在做什麼呢？

當然了，如果將我去過的地方一一列舉，或許就能留下一份像樣的行動紀錄。但實際的問題是，我對大家所做的貢獻其實很少。

在賭場贏錢、破壞門鎖和機械、解讀資訊和日記，我每一樣都做不到。我被賦予的這項與世無爭的力量，最後一直都沒展現它真正的價值，就這樣結束了五天的行程。也是啦。不然要怎麼做，才會有效活用這個力量？就算我現在思考這個問題，也想不出個所以然來。

既然這樣，那就換個想法吧。

我和他們不同，那五天結束後，我的能力仍未消失——一樣能看見人們背部的數字。事實上，彌生舅舅的「61」、彌生舅媽的「54」，以及彌生本身的「85」，確實都清楚印在我眼中。我現在仍「異於常人」。

這是為什麼？

一定是因為我還沒達成黑澤皐月的要求。也就是說，我真正該幫忙的，不是那五天。那聲音所說的「到時候」，指的不是那五天。

還有我應該要看到的數字、背部，還有幸福。如果是這樣，是誰的背部呢？這麼不識趣的事，現在已沒必要問。這不是已經明擺的事嗎？

「不可能會有85這麼高的偏差值。」

剛才彌生這麼說過。我也這麼認為。話說回來，偏差值是相對評價。世上有數十億人，各自有他們幸運的成績，所以再怎麼看，個人應該都不可能出現「85」這種高得離譜的數字。

之前在前往雷遜電子總公司的路上，乃音曾對我說過。

——如果你能將「幸福」這種東西轉為數值，看出它的存在，那一定是有人擅自設定了那個數值。

也就是說，某人擅自將自己妹妹的數字估高了。而且只有在和我一起的時候。我忍不住露出苦笑。

黑澤皐月為了達成自己的目的，挑選了我們四人。

第一位是她國中時代唯一的摯友，兩人的關係就像師徒般的三枝乃音。

第二位是在鋼琴大賽中邂逅，她尊敬、羨慕，或者該說是嫉妒對象的葵靜葉。

第三位是認識黑澤孝介哥哥的江崎純一郎。

那麼，為什麼第四位是我呢？我自己加以定義，真的很不識趣。

我向彌生告白，對她說「我喜歡妳」。可是，這是很不公平的告白。照理來說，每個人都會因為不知道對方的心思，而感到內心紛亂、心跳加速，內心為之糾葛。不知道對方會怎麼答覆，這段戀情是否談得成，是否會被狠狠地拒絕。一面想著這些問題，時進時退。但我的情況不同。真是的，這樣的話，我不就太卑鄙了嗎？

黑澤皐月對我說。

——請絕對不要讓彌生的幸福就此斷絕——對於這點，你不願意和我合作的話，你將會——

我將會怎樣呢？

我將會一面擔心這件事（其實也沒多擔心），一面過著從今天開始展開的生活。為了不讓彌生背後的數字變低，就算彌生表面上顯得很堅強，我一樣不能忽略她背後顯示的訊息。我必須一直待在彌生身旁才行。這正是黑澤皐月所說的「請和我合作」的全貌。

不過，這對我來說，當然沒任何不便。

非但如此，我甚至求之不得。

不用別人來求我，我自己會先陪在彌生身邊。

因為我喜歡彌生——所以妳放心吧。

NOIR REVENANT小姐。

我取出那罐奶茶，輕輕遞給彌生。

♣♠♦♥

我敲了兩下門。隔壁的田中先生打開門。

「噢，是阿駿啊。怎麼了嗎？」

田中先生可能因為今天是假日而鬆懈，穿著黑色的素T搭七分褲，一副很隨便的打扮，很不像平時的他。儘管如此，笑臉還是很爽朗，讓人感覺到他平時活潑的印象。我向他簡短問候一聲後，便開門見山問道：

「田中先生，你是不是和你太太一起參加過雷遜電子的試用體驗？」

田中先生想了一會兒後，用力點頭。「啊，有。在品川那棟大樓舉辦的活動。你怎麼知道？」

「因為田中太太拿的是活動贈送的手提包。」
「原來如此。阿駿，你眼睛可真尖。」田中先生露出略帶邪氣的笑。
雖然田中先生露出笑臉，但我的心情卻無比沉重，和他形成強烈的反差。因為我擔心的事可能料中了。
「我想，你們最後應該是領了糖果，你們吃了嗎？」
田中先生想了一會兒後回答道「吃了、吃了，是紅色的糖果」。
田中先生輕快的回答，令我內心一沉，比冰塊還冷的寒風朝我心裡狂襲而來。但我極力壓抑自己低落的心情，筆直地望著田中先生的眼睛。
「田中先生，你想要有孩子嗎？」
「哈哈哈」，田中先生笑了。「怎麼啦？突然問這個問題。」
「我這是很嚴肅的問題。」
「這個嘛，我家公主總說她想要有孩子。不過我嘛……只有一半的意願。有孩子應該會挺快樂的，而沒有的話也就算了，也會有其他的樂趣吧。」
我點點頭，將裝在紙袋裡的「藍色糖果」遞給他。
「我接下來要說的話，請你完全相信，好嗎？」
田中先生一開始有點不正經，但他似乎很快便察覺我一本正經的神情。雖然他臉上還是掛著笑意，但看得出他確實已轉為坦誠。
「好，你說來聽聽吧。」田中先生說。
「只要吃了這紙袋裡的糖果，應該就會有很高的機率可以生孩子。相反的，要是不吃的話，不管怎樣，一定都生不出孩子。」

「這話可真嚇人呢。」

「對，我也這麼認為。」我回答。「而且，就算吃了這糖果，而生下了孩子，但身為父母的你們兩人或許會付出殘酷的沉重代價。所以請不要懷著隨隨便便的心情去吃它。我無法清楚告訴你我的根據和理論。我只能請你相信。雖然我這樣說，但老實講，連我都覺得聽起來很像在騙人，不過還是只能請你相信了……你願意相信嗎？」

「這樣我曉得了。」

「這樣不行。」我加重語氣。「請你要全盤相信。絕對不要懷著隨隨便便的心情吃它。」

田中先生閉上眼，點了點頭。「就像浦島太郎一樣呢。我明白了，我完全相信你說的。因為我這還是第一次看到阿駿你用這麼堅決的語氣和我說話。」

田中先生接過紙袋後，向我道別，轉身返回屋內。在那個瞬間，我對自己做的事失去自信。我有必要這麼做嗎？我會不會做了不該做的事？我是不是現在過去把糖果搶回來比較好？這些猶豫在我腦袋四周不斷盤旋。

不過，這時候發生了一個小插曲，在房門關上的瞬間，我看到田中先生的背後浮現「62」這個數字。

我停止思考，靜靜地閉上眼。

——醜陋的人生了好幾個醜陋的孩子，形成循環。那已不算是「人」。活得一點都不像「人」——

如今回想，黑澤孝介的這句話，感覺帶有自虐的味道。黑澤孝介一定是用醜陋來比喻過去為愛奔走的自己。

我這並不是在肯定黑澤孝介，不過，我希望不是這樣。

否則的話，黑澤皐月就不用說了，連同彌生，以及同樣沒有父親的我，都算是醜陋的代表。

活得一點都不像人——BEING ALIVE AS A HUMAN.

飯店的那五天生活已經落幕，NOIR REVENANT 的四年也已落幕，我今後的生活仍會持續下去。我得比任何人都活得更像個人。為了證明我自己，或是我以外的其他人存在的正當性以及理由。

♣♠♦♥

回想

乃音取出手機，高聲做出某個提議。在離退房已剩沒多少時間的房間裡，響起乃音那精力充沛的聲音。

「我想到一個很特別的『IDEA』，可以聽我說嗎？」

除了悠哉地坐在沙發上的乃音之外，我們三個人全都轉頭望向聲音傳出的方向。我露出狐疑的態度，葵小姐顯得興趣濃厚，江崎則是一臉不耐煩的表情，但我們都各自注視著乃音。她確認我們三人的視線都往她身上匯聚後，很滿意地露出微笑，聲音又加重了幾分力道。

「我們把每個人的聯絡方式都刪除，如何？」

「咦？」我和葵小姐忍不住叫出聲。

「為什麼要做這種莫名其妙的事……」我接著問。

乃音誇張地嘆了口氣，像歐美人一樣敞開雙臂。

「唉，沒情趣的大須賀學長可能是無法理解啦。抱歉，失禮了。不過，我這可是漂亮又迷人的『IDEA』哦。」乃音故意清咳一聲。「我們的邂逅，既不是常見的連續偶然所促成，也不是陰錯陽差，更不是拜社群網路所賜。我們是在『小皐』的安排下，歷經許多曲折，通過許多的必然和不可思議，最後才齊聚一堂。但現在這是怎樣？儘管經歷了這宛如魔法般的邂逅，卻這麼直接就在手機的聯絡人上寫下『大須賀學長』這個名字，這未免太沒情趣了吧？你們不覺得嗎？我並不是因為不想在手機裡留下大須賀學長的聯絡方式才這麼說哦。這只是很主觀的討論有沒有『情趣』。」

感覺乃音這番話莫名地有說服力。的確，經她這麼一說，我也覺得她說的方法比較有意思。這就是所謂一生一次的邂逅嗎？

「我都可以。」江崎說。「再說了，我原本就沒手機。」

「我也贊成。」葵小姐說。「這麼做比較有戲劇性。」

見他們兩人表示贊成，乃音點頭如搗蒜，一臉滿足。待她點完頭後，朝我投來挑釁的眼神。

「那麼，大須賀學長，你的決定是什麼？」

「我也贊同。」我回答。「因為我覺得妳說的也有道理。」

「哦～」乃音先是露出意外的表情，接著嘴角輕揚。「那麼，全體一致贊成，表決通過。既然這樣，打鐵趁熱，我們就刪除彼此的聯絡方式吧。」

就這樣，（除了江崎外）我們各自默默操作手機，刪除聯絡人。葵小姐和乃音的名字，陸續從手機中消失。我操作完畢後，靜靜地合上手機。合上手機時，發出感慨良深的啪嚓一聲，就像在宣告一切就此結束。我們互望著彼此，微微一笑。

「這樣就完美了。」乃音低語道。「這樣做感覺更夢幻，更有戲劇性。日後重逢，一定會特別感動。」

「如果可以，希望下次能在歡樂的機會下見面。」葵小姐說。

「而且大家集合的理由，得要簡單易懂才行。」江崎說。「畢竟解謎真的是很累人的一件事。」

「就是說啊。」我說。「希望能在讓人完全放鬆，始終都是歡笑的機會下，再次偶然的重逢。」

我們離開飯店後，回歸各自的道路、各自的生活，以及各自的日常中。我人生中最精采的五天時光就此結束，今後的漫長人生隨之揭開序幕。日後會有機會再和乃音、江崎、葵小姐見面嗎？

我心想，要是能再見面就好了。

雖然相處的時間不長，但他們是難得相遇的好朋友、好夥伴、好同志（借用某人的用語）。日後一定會再相見。

倘若日後有事，我們可能會再次被召集。聽到那個聲音，拿到門票，再次被喚至某個會場集合。我有這種感覺。

我們隨時都可能會被召喚。

被黑澤皐月——NOIR REVENANT召喚。

我就一邊期待那天的到來（雖然有點害怕），一邊過日子吧。

不過，如果什麼事也沒有，那樣當然最好……

有句話說，沒消息就是好消息。

我緊握變得輕盈些許的手機，往後靠向電車的坐墊，就此入睡。電車舒服地搖晃，引導我的身體陷入沉睡中。就像亡靈將我的精神拖入黑暗中一般，也像一張招待券，邀我前往一個陌生的真實世界。

猛然回神，我已深陷在睡眠中。而在夢境裡，我在呼息間低語道：

「晚安，NOIR REVENANT。」

FINE.

後記

從我出道後的第二部作品《FRAGGER的方程式》開始，之後的作品我都會重新回頭看，但唯獨這部作品我一次也沒回頭看過。我想，可能是在很多方面覺得害怕吧。如果看了之後覺得無聊，當然心裡會不是滋味，而要是覺得比近期的作品還有趣，一樣會很不是滋味。不管是哪一種，都沒有任何好處，所以我都刻意不回頭看。就某個層面來說，這是一直在逃避與作品的對峙，但這次因為要推出文庫本，由不得我再逃避，所以從二〇一二年發行以來，我第一次重看這部作品。

關於作品的完成度，就交由各位讀者來判斷，不過，我真的很吃驚。

因為要說自己的著作是好書，我實在沒這樣的勇氣和傲慢，但「閱讀一切好書，就像是與古人展開對話」這句話，在過了將近十年的歲月後，又再度回到我手中。當然了，大致的故事內容，我就算想忘也忘不了，但細部內容我早已遺忘。雖是自己寫的作品，但感覺卻像別人寫的，這真的很奇妙，我就這樣和過去的我展開了對話。

現在官方網站已經關閉，無法瀏覽，不過當初出版社提出委託「能否配合作品發表，跟讀者們說句話呢」，我在發行時寫下以下的感想。

「我寫的是『想看』的小說，或是『自己喜歡』的小說。這應該就是我一切的出發點，不過我明白，一旦作品完成，（既然是自己的作品）我就無法客觀地以『純粹的讀者』身分來享受這部小說。這是多大的悲劇啊。感覺很不甘心，因此，為了掃除這份遺憾，如果各位能閱讀這部小說，那將是我最大的欣慰。」

如今我已成為「純粹的讀者」，從作品的字裡行間中窺見自己年輕時的貪心。既然要發表作品，就能與過去的自己展開對話——我深深覺得，這真的是一件很幸福的工作。

關於當初執筆時的種種，我現在完全想不起來，不過，我至今仍清楚記得，當時我有很強的意念，不希望作家生涯只出了這本出道作便結束，一定要讓第二部、第三部作品問世，還在單行本的後記刻意寫下「今後也請多多指教」。雖然也曾多次氣餒，但真的很感謝大家這一路上對我的支持。今後為了能繼續透過書本和各位展開對話，只要有機會，我便會竭盡全力，持續寫出新的作品。

今後也請多多指教。

淺倉秋成

國家圖書館出版品預行編目資料

黑色亡魂 / 淺倉秋成 著；高詹燦 譯.--初版.--
臺北市：皇冠. 2024.05
面；公分. --（皇冠叢書；第5155種）
（異文；12）
譯自：ノワール・レヴナント

ISBN 978-957-33-4146-8（平裝）

861.57　　113005386

皇冠叢書第5155種
異文｜12
黑色亡魂
ノワール・レヴナント

NOIR・REVENANT

作　　者—淺倉秋成
譯　　者—高詹燦
發 行 人—平　雲
出版發行—皇冠文化出版有限公司
台北市敦化北路120巷50號
電話◎02-27168888
郵撥帳號◎15261516號
皇冠出版社(香港)有限公司
香港銅鑼灣道180號百樂商業中心
19字樓1903室
電話◎2529-1778　傳真◎2527-0904
總 編 輯—許婷婷
責任編輯—張懿祥
美術設計—單　宇
行銷企劃—謝乙甄
著作完成日期—2021年
初版一刷日期—2024年5月

法律顧問—王惠光律師

讀者服務傳真專線◎02-27150507
電腦編號◎554012
ISBN◎978-957-33-4146-8
Printed in Taiwan
本書特價◎新台幣599元/港幣200元